李致文存

Lizhi Wencun

第二卷

我的人生（上）

四川人民出版社

图书在版编目（CIP）数据

我的人生：全2册.第二卷/李致著.— 成都：
四川人民出版社，2019.6
（李致文存）
ISBN 978-7-220-11022-1

Ⅰ.①我… Ⅱ.①李… Ⅲ.①回忆录—中国—当代
Ⅳ.①I251

中国版本图书馆CIP数据核字（2018）第257242号

WO DE RENSHENG

我的人生（上下）
李致文存（第二卷）

出 品 人	黄立新
项目统筹	谢 雪
责任编辑	江 澄 董 玲
封面设计	张 妮
版式设计	戴雨虹
特约校对	蓝 海
责任印制	李 剑

出版发行	四川人民出版社（成都槐树街2号）
网 址	http://www.scpph.com
E-mail	scrmcbs@sina.com
新浪微博	@ 四川人民出版社
微信公众号	四川人民出版社
发行部业务电话	（028）86259624　86259453
防盗版举报电话	（028）86259624
照 排	四川胜翔数码印务设计有限公司
印 刷	成都东江印务有限公司
成品尺寸	160mm×238mm
印 张	60.5
字 数	790千
版 次	2019年6月第1版
印 次	2019年6月第1次印刷
书 号	ISBN 978-7-220-11022-1
定 价	278.00元（上下）

1956年，李致在捷克斯洛伐克首都布拉格参加第四次世界学生大会

李 | 致 | 文 | 存

我 的 人 生 （ 上 ）

他用所有时光回答一个问题

廖全京

  凝视着这五卷（六册）沉甸甸的文字，仿佛望见无数春花秋月在叠彩流光。面前这套《李致文存》，朴实而生动地记录了作者过往几十年生命中刻骨铭心的人和事。这是他灵魂的笔记。

  这里面包含着他过去岁月的所有时光。

  他用所有时光回答一个问题：如何做人？

  中国古代的贤人或智者，无一不把如何做人视为人生第一要义甚至是唯一要义，由此而形成人文传统。钱穆关于读《论语》是学习"做人"的看法，则代表了近代以来的人文学者对这一传统的遵循。日积月累，潜移默化，这传统已经随同中国历代的主流思想意识即孔孟儒学浸入社会的每一个细胞，成为整个社会言行、公私生活以及精神领域的导向和规范。即使是经历了"五四"时期及其后几十年新思潮的反复冲击，中国传统的这种积淀仍旧保留着它的神髓，并有意识或无意识地通过人们的行为、思想、言语、活动不同程度地显露出来。自然，在漫长的传统浸润与新潮冲击的矛盾过程中，人们对于如何做人的理解和履践也不可避免地发生了变化，正所谓"曲翻古调填今事，义探新思改旧观"，尤其是在主张冲破世俗的道德规范、抵御旧的社会道德戒律对个体的人的压制的一批政治家思想家陆续登上中国现代社会的政治舞台之后，这种变化尤其明显。在追求建构现代政治的民主体制和社会理想的强劲之风的推动下，对传统思想意识进行解构的呼声日益高涨，张扬现代革命伦理主义的具体行动日趋激烈。在相当长的一段历史时期内，通过对如何做人的各种回答呈现出来的新旧矛盾的冲撞和撕裂状况，一直是时代和民族的重要精神现象。

李致就是在这样一种大的精神背景下，踏上了自己的人生之路，开始了对如何做人的思考和探索。回头看去，这条路上重峦叠嶂，遍布荆棘。时或星汉灿烂、朝霞开曙；时或乱云飞渡、阴霾蔽日。但所有的历史波折，不仅没有从根本上改变李致自始至终对方向和道路的选择，反而更加激励了他一路之上的生命意志，坚定和饱满了他对于如何做人的信念和情绪。这些都可以从这几卷文字里窥见其大略。所以称大略者，是因为他一生的所有行为、行动，远远多于、大于他留在纸面上的这些文字。尽管如此，对于走近并理解李致来说，这些文字仍然有它不可取代的重要性。这重要性，首先的和根本的就在于这些有血有肉有情感的文字告诉我们，李致对于如何做人的认知与实践其精神趋向既是为传统道德观念所规范的，又是受现代革命伦理主义影响的，还是带有某些启蒙色彩与理想主义成分的。归根结底，李致的做人准则和为人行止，无论从个人修养还是从社会公德的角度来说，都符合一个由传统文化孕育出来的现代中国人的标准。

李致做人是从"爱人"出发，由"亲亲"做起的。十六岁那年，他将自己的生命交付给了进步学生运动，从此在"五四"新文学的影响下，学习做一个普通的、真正的中国人。在传统的氛围中高扬起反传统的旗帜，这是那一辈先知先觉者们的精神特质。这里面的深层原因，恐怕是在看似相互背反的传统与反传统之间，却有着对于人的相当接近的理解和尊重，虽然各自的理解和尊重的角度和程度不尽相同，马克思主义着眼于人的解放，人类的解放；孔子思想的核心是"仁"，而"仁"的核心是"爱人"。我们看到，二者在李致的一些言行中，奇妙而自然地结合乃至融合到了一起。当我们深入李致的心灵世界时，进一步发觉他的"爱人"是从对亲人的爱的基础上提升出来的。这又与所谓"仁者，人也，亲亲为大"（《礼记·中庸》）的精神暗合，而这种暗合，又被李致用行动赋予了新的含义。上述种种，都可以在这几卷文字中找到鲜活的例证。

我一直觉得，在李致的以《大妈，我的母亲》《终于理解父亲》《小屋的灯光》《我淋着雨，流着泪，离开上海》等为代表的一系列亲情散文中，能明晰地见到他的思想情感之流的源头及质地。更重要的是他对父亲、母亲、妻子、四爸巴金的思念和追怀已经不可以用简单的传统观念如孝道之类去把握，那是一种建立在理解基础之上的对传统道德中的愚、盲成分的批判和超越。我曾经这样写道："李致一直自觉地把理解别人，尤其是理解自己的亲人，作为通往人格理想的一条重要路径，努力想在理解别人的过程中获得内心的纯净、光明、温暖。"（《对李致散文的一种解读》）这种理解，源于在长期艰难曲折的社会实践活动中对人类现代文明思想和新的道德观念的吸纳和认知。

从对"爱人"的现代理解出发，李致在如何做人的漫漫长途上执着前行。从20世纪40年代中期至今，李致几乎将全部的精力和时间都献给了自己服膺的信仰、信念、事业。在那一辈先知先觉者心目中，一切为了他人，乃全部信仰、信念、事业的核心，他们甚至一度把"毫不利己、专门利人"这种燃烧着激情同时有些浪漫色彩的口号写满了江河大地。无论历史将如何评价，他们身上从内到外的那一个闪光的"诚"字已经为后人立下了精神的丰碑。李致作为那一辈先知先觉者们的追随者，他的言行，一直是符合"己所不欲，勿施于人"（《论语·卫灵公》）和"夫仁者，己欲立而立人，己欲达而达人"（《论语·雍也》）的传统伦理道德规范的。不同的是，他不是为立己而立人或达人，而是为了他心中神圣的信仰、事业而立人或达人，为了大多数人的利益而立人或达人。在某种程度上，这也是对传统伦理道德观念的一种批判和超越。

过去的半个多世纪里，李致先后在共青团部门、党政部门、新闻出版部门、文化艺术部门留下了精神足迹。他在所承担的每一项工作任务中，都特别注意把尊重人、理解人、关心人、支持人、爱护人放在重要以至首要的位置。无论对上级领导、下级同事，还是对编辑、记者、作家、艺术家，他都一视同仁，认真倾听他们的倾诉，尽力排解他们的烦难，畅快分享他们的喜悦，往往成为他们的朋友。在他看来，立人、达人的过程，其实是一个"亲亲"的过程。在与他人的交往中，他勉力地向古往今来那些"尊德性而道问学"的君子学习，待人接物一秉至诚：诚其心，诚其意，诚其言，诚其行，关键是一个"诚"——真实无妄。古人云："诚者，天之道也。诚之者，仁之道也。"（《礼记·中庸》）诚哉斯言！在四川文化界，李致有许多彼此知根知底相互推心置腹的朋友，比如马识途、王火、杨字心、高缨、沈重，比如魏明伦、徐棻，又比如周企何、陈书舫、竞华、许倩云，等等。他们之间的友情，正是仁之道的生动体现。20世纪80年代，魏明伦在改革开放的春风中从自贡本土脱颖而出，以"一年一戏""一戏一招"轰动海内外，他的成长，得到过自贡、成都、北京的领导和朋友伯乐们的发现和扶持。魏明伦常常提起的浇灌他的五位园丁中，就有他尊称为"恩兄"的李致。时任中共四川省委宣传部副部长的李致，继承巴金遗风，爱才惜才，肝胆相照。在魏明伦遭受极左棍棒打压之时，是李致力排"左"议，抵制"左"风，支持和保护了魏明伦。我觉得，李致身上体现出来的这种诚，除了传统道德的影响之外，还含有现代文明中的人道主义思想的成分。这成分，表现为一种现代意味的爱。对此，我曾经写道："爱是一个漫长的过程，一个需要不断学习、耐心修炼的过程。李致用笔墨记录下的所有感情，都是在学习和修炼过程中的感悟。陀思妥耶夫斯基在他的《卡拉玛佐夫兄弟》里借佐西马长老的嘴说过：'用爱去获得世界。'李致也许并不接受作为基督徒的这位俄国作家思想中的宗教情绪和神秘主义成分，但是，我相信，他对这位反对沙皇专制暴政的死牢囚徒关于人类爱的认识是完全同意的。"（《对李致散文的一种解读》）

说到李致对如何做人这一问题的回答，就不能不说到他的精神导师巴金。巴金的思想和作品，巴金的为人和一生，为李致树立了一个做人的榜样。在李致的生活中，四爸巴金是鲜活的灵魂的精神支撑和性格、情感的源头。巴金远走了，李致的许多亲人都远走了，但巴金及巴金的亲人们给李致留下了一笔宝贵而丰富的精神遗产。其中，巴金留给李致的四句话成为他一生的座右铭："读书的时候用功读书，玩耍的时候放心玩耍，说话要说真话，做人得做好人。"这盏温暖心灵的灯火，至今仍是李致做人的标准。他在顺境中牢记这四句话，他在逆境中不忘这四句话。通过这四句话，他不仅为自己更为广大读者树起了一个清洁的精神的思想标杆。其实，归结起来，巴金留给李致的也是留给中国知识分子的遗产就是两句话：一句是"生命的意义在于奉献而不是索取"，还有一句是"人总得说真话"。关于巴金对李致的影响和李致对巴金的深情，那篇《我淋着雨，流着泪，离开上海》有极其感人的揭示。这里我只想说，巴金与李致之间深层的内在联系就是，巴金是一个中国的知识分子，在他的影响下，李致也努力使自己成为一个中国的知识分子。

追溯起来，李致心目中的精神导师还应当有鲁迅。他是读着鲁迅的作品在暗夜中走向破晓的，是鲁迅教他"横眉冷对千夫指，俯首甘为孺子牛"，他用这种精神指导自己去回答如何做人的问题。而巴金对鲁迅的崇敬和追随，无疑更加重了鲁迅在李致心目中的分量。曾经为巴金辩护从而保护了巴金的鲁迅说过："巴金是一个有热情的有进步思想的作家，在屈指可数的好作家之列的作家。"（《答徐懋庸并关于抗日统一战线问题》）而在巴金那一代青年作家心目中，鲁迅是给他们温暖的太阳，也是为他们挡住风沙的大树。在所有进步作家的心目中，鲁迅先生的人格是比他的作品更伟大的。他的正义的呼声响彻了中国的暗夜，在荆棘遍地的荒野中，他执着思想的火把，引导着无数的青年向远远的一线光亮前进。这些青年中，应当也有李致，尽管当时他还只是一株幼嫩的秧苗。在"文革"被关"牛棚"的后期，李致靠"天天读"鲁迅的书获得精神支柱，度过他一生最困难的时候。

实践是检验真理的唯一标准，实践也是检验一个人的人生态度的唯一标准。无论是"俯首甘为孺子牛"的精神引领，还是"生命的意义在于奉献"的思想勉励，在李致身上都不同程度地默默化作了认真而坚实的实践。这些实践在他从事出版工作期间显得尤其突出。20世纪的最后二十年里，李致与出版结缘。他担任四川省出版工作的领导职务之初，中国正闹"书荒"，读者求书若渴，彻夜排队买书，但在百废待兴的情况下，人们往往买不到需要的书籍。面对此情此景，李致难过、内疚，心急如焚。全身心投入出版工作的李致团结带领四川出版界同仁，在迅猛发展的改革开放形势推动下，解放思想，实事求是，首先从突破束缚地方出版社手脚的"三化"（地方化、群众化、通俗化）框框入手，实行"立足本省，面向全国"的方针，抓住机遇，深化改革，勇于实践，埋头实干，使四川出版在短时间内异军突起，以品种多、成系列、有重点的鲜明特色，在国内以至海外出版界产生很大影响，广大读者由此对四川出版赞誉有加，四川出版事业由此而出现了空前繁荣的局面。一时间，许多作家、诗人、翻译家大受鼓舞，一部部佳作纷纷投向四川的出版社，人们戏称"孔雀西南飞"。曾被鲁迅先生誉为"中国最为杰出的抒情诗人"的冯至对李致说："你是出版家，不是出版商，也不是出版官。"李致将这些话理解为是对当时的四川人民出版社的整体评价，他向出版社全体职工传达说："冯至同志说四川出版社是出版家，不是出版商，也不是出版官。"李致，这位四川出版事业的有功之臣，就是这样坚持把社会效益放在首位，同时注重经济效益，以改革的思路、开放的心态，将鲁迅、巴金关于如何做人的观念，落实到一步一个脚印的重大社会实践中。

李致的实践，往往渗透着感情。实践的过程，就是积累感情的过程，深化感情的过程。而这感情，则是他与事业的感情，与人的感情。从担任振兴川剧领导小组副组长到顾问，李致与川剧界结缘几十年，将自己的身心融入了川剧事业。当年他抓川剧抓得十分具体，从讨论规划、研究创作、筹措经费、安排会演到带队出国访问、亲临排练现场、关心演员生活、解决剧团困难，事无巨细、亲力亲为。更重要的是，他"踩深水"、边做边学；将演职人员视为知己，情同手足。川剧界对他的评价很高，他则甘心自始至终当川剧的"吼班儿"。由于他不仅懂川剧，而且懂演员，川剧界无不为他那颗热爱川剧、热爱川剧人的心所感动。"望着满头白发的李致，我感叹，川剧之幸！"川剧表演艺术家左清飞的这句话道出了川剧人的心声。

天地之间，做人不易，做知识分子更不易，做中国知识分子尤其不易。偶读陈寅恪先生著作，见他曾谈到古代文人的自律问题，那是他在研究唐史时因诗人李商隐在"牛李党争"中的遭遇而引发的感叹："君子读史见玉溪生与其东川府主升沉荣悴之所由判，深有感于士之自处，虽外来之世变纵极纷歧，而内行之修谨益不可或缺也。"（《唐代政治制度史述论稿》中篇）字里行间，强调的是知识分子（士）的"自处"及"内行之修谨"。用今天的话说，知识分子首先要注重自我修养、自我提升、自我完善。只有自己有了良好的修养、坚定的信念，咬定青山不放松，才能不仅做到立人、达人，利国利民，而且做到宠辱不惊，进退从容，任尔东西南北风。这是如何做人的一条很重要的经验和原则。从这个角度看，《李致文存》透露出来的当代文人李致的所思所言所行，似可视为如何做人的一个鲜活个案；也可以说《李致文存》记载了作者对于如何做人问题的基本答案。

　　读读《李致文存》，会给我们在如何做人、如何自处自律等方面带来一些启示，这也许是《李致文存》出版的重要意义吧！

2018年6月10日

目 录

黎 明 破 晓

新元伊始

风雨十年

改革春风

情 系 文 艺

2014年版总序①

我是受"五四"新文学影响踏上人生旅途的。

在众多作家中,我最喜爱鲁迅、巴金、曹禺、艾青等人的著作。这些作品启发了我,自己也提笔学习写作。1943年冬,我的一篇作文入选校刊,铅字印出,时年十四岁。接下来的五年时间,我写了近百篇习作,揭露旧社会的黑暗,抒发对现实的不满,分别发表在成都、重庆和自贡等地的报刊上。1948年后,我全身心投入学生运动,迎接解放和新中国成立初期的工作,暂时停笔。

1955年,开展肃清"胡风反革命集团"运动,我因为与所谓的"胡风分子"有过接触而受到隔离审查达半年之久,导致早年的习作受到批判。"运动"结束后,我的思想被搞乱了。我认为自己长期在共青团从事学生工作,很少接触工农兵大众,不熟悉他们火热的斗争,写作难与时代同步。按所谓的阶级分析,我把自己定位为"小资产阶级"。既然小资产阶级一定要"用各种办法顽强地表现他们自己",那么最安全的做法就是"夹起尾巴"做人,再也不动笔。只是在1959年,"奉命"与人合写过报告文学《刘文学》。

"文革"中,我发誓再也不写任何作品。

重新提笔是在党的十一届三中全会前后,思想得到解放。巴金

---

① 此系2014年天地出版社出版的李致"往事随笔"系列(三卷)总序。

老人建议我六十岁以后再写，因为身任公职，不便畅所欲言。1992年，我从领导岗位退下来。当时，老伴生病，我以照顾她的生活为主，不敢有什么"宏伟"计划，只能有时间就写，想到哪里写到哪里，可长可短。这些文章的总题目叫"往事随笔"。

回想自己人生几十年，时代几度变迁。许多难以忘怀的人和事，我曾为之喜悦或痛苦。这些人和事可以说是时代的某些缩影或折射，也许有一些史料价值；我有感情需要倾诉，也想借此回顾自己走过的道路，剖析自己。我没有按时间顺序写，作品独立成篇：好处是写作起来比较灵活，缺点是某些内容难免重复。

我写的都是自己的经历，于人于己于事，务求真实，不对事实做任何加工。这是我恪守的原则，不越雷池一步。如有误差，一经发现，尽快更正。

我喜欢真诚、朴实、动情、幽默的散文。不无病呻吟，不追求华丽，不故弄玄虚，不作秀，不煽情，不搞笑。我将继续这方面的探索。

向巴老学习，我力求讲真话，把心交给读者。

写于2001年春

修改于2010年、2014年

难忘关怀

我所知道的胡耀邦

我这一生在共青团系统工作的时间最长，共二十三年，从大学、区、市、省团委到团中央，可算是科班出身。胡耀邦同志从1953年到团中央任书记（后任第一书记），我与他当然有所接触，并从他那儿获得很多教益。

一

第一次看见耀邦同志是在1955年春。

当时我在青年团重庆市委任少年儿童部部长，到北京去参加全国第三次少年儿童工作会议。前两次会议确定了总的目标：把少年儿童培养成为共产主义事业接班人。但执行起来，普遍存在对少年儿童过多强调老实听话、循规蹈矩的情况；掌握入队条件既高又严，还要"长期考验"，以至引起逆反的效果。这次会议强调了要培养少年儿童勇敢活泼的性格，正确掌握加入少先队（当时叫少儿队）的条件。

耀邦同志为这次会议作了总结报告。

耀邦同志显然经过认真思考，但讲的时候又是很随意的。他没有讲话稿，像与到会的人谈心似的，声音洪亮，加之以手势，极受欢迎。

他说：

说少年儿童是祖国的花朵，表示我们对少年儿童的爱护。但他们长大了要担负建设新中国的任务，花朵经得起风吹雨打吗？光要少年儿童老实听话，当乖娃娃、小老头？当小绵羊、小兔子？不行！要把少年儿童培养成小狮子、小老虎。彭真同志、贺龙同志多次就这个问题提醒过我。

加入少先队的条件怎样掌握，听说大家讨论得热烈。有些地方，入队比入党还困难。我看这是对少先队这个组织的性质和目的是什么没有搞清楚。少先队是少年儿童的群众性组织，它的任务是把少年儿童组织起来进行教育。是组织小部分少年儿童还是组织大部分少年儿童？我看越多越好，把所有少年儿童组织起来最好。不要搞关门主义嘛！把入队条件掌握得那么严，一年发展几个人，将来要变成"零光蛋主义"。当然，入队过程就要进行教育，但更重要的是把少年儿童组织起来教育！

这次会议怎样传达？大张旗鼓，不要小手小脚。这几天气

热爱祖国，祖国万岁！胡耀邦敬题

胡耀邦同志手迹

温下降，西伯利亚来了寒流，刮六级大风。我们传达，就刮它个五级、六级大风。做工作，只要看准了，就要给人留下深刻印象。像农村过年，杀大猪，过大年。

这次讲话距今已有四十二年，能回忆起这些要点，足见给我的印象之深。其中还有些生动的细节。例如讲到对少年儿童的要求，耀邦同志主张要搞得简单明了，让少年儿童能记住。如果太多，记不住就没有用了。他问："《小学生守则》有多少条？"下面回答二十一条。他笑着说："二十一条，这么多，记得住吗？不要说少年儿童记不住，恐怕教师、辅导员也记不住。这叫繁琐哲学。"他还风趣地说，"二十一条，袁世凯也有个二十一条。"可惜事后这句话引起了误会，听说有关部门的同志有意见，认为不该把《小学生守则》的二十一条与袁世凯的二十一条相提并论。其实，耀邦同志虽相提却没有"并论"。

耀邦同志如此熟悉少年儿童工作，简直是"行家里手"，令我佩服得五体投地。以后才知道，耀邦同志参加革命早，十六岁即担任苏区湘赣省委儿童局书记，以后还担任过苏区少共总书记。

二

1964年春，我调到共青团中央工作，在《辅导员》杂志任总编辑。有一次耀邦同志邀团中央所属报刊和出版社的总编辑座谈，他在会上即席讲了很多话，至今我还记得一些。

在谈到少年儿童工作时，耀邦同志鼓励从事少年儿童工作的同志，在实践中研究理论问题。他说，马、恩主要是剖析资本主义社会，顾不上研究少年儿童工作；列宁夺取政权以后，不久即逝世；毛主席一生搞革命，推翻三座大山，建立了新中国，也不可能有时间去研究少年儿童工作的理论。耀邦同志指着大家说，你们不要妄自菲薄，你们整天搞少年儿童工作，实践出真知，关键是你们不要只顾实际工作，要把实际工作上升为理论。

耀邦同志十分强调报纸、刊物和出版工作要抓重点。他说，每期报纸和刊物都要有一两篇重头文章。这些文章应该是青少年最关心的问题，写得要好，青少年才有兴趣。不要脱离实际，不要不抓重点，不要怕花大力气。一个季度，总要丢几个"石头"引起波澜。半年或一年，一定要丢几个"大石头"，引起轩然大波，才会有影响。四平八稳，平均使用力量，隔靴搔痒，谁会注意你这张报纸、这个刊物、这家出版社？

无论报刊和书籍，都不要离开青少年的实际，这也是耀邦同志强调的。他笑眯眯地对一家报纸的总编辑说："你们有一篇短文章，叫少年儿童不要喝生水。心是好的，注意卫生嘛！但办得到吗？绝大多数儿童在农村，有多少家庭烧开水给他们喝？农村的小孩，劳动累了，回家就用瓢从水缸盛满水，'咕咕咕'几下就喝了。"耀邦同志望着在座的同志说，对青少年提要求，一定要符合实际才办得到。

耀邦同志这一次讲话（特别是讲工作方法的部分），对我的影响很大。粉碎"四人帮"以后，无论我在哪儿工作都很注意这一点。

三

1964年举行了共青团全国第九次代表大会。耀邦同志再次当选为共青团中央第一书记。但不久他被任命为中共中央西北局第三书记兼陕西省委第一书记，以后又因病回北京疗养。

1966年，史无前例的"文化大革命"爆发了。

北京的大中学校首先乱起来。按照党中央的意图，团中央派了大批领导和干部以工作组的名义进驻北京市的中学。可是《炮打司令部》的大字报一出，全国开始批判"资产阶级反动路线"，许多中学生冲向团中央机关，高呼"革命无罪，造反有理"，四处揪斗工作组成员。团中央机关干部也建立了"红卫兵"和各种战斗组织，揪斗各类"牛鬼蛇神"。我期待着上面表态，没想到上面竟下令"改组团中央书记处"。

几个月时间内，团中央机关成了北京市的批斗重点之一。机关内外，贴满揭发"三胡一王"（即胡耀邦、胡克实、胡启立和王伟）的大字报。耀邦同志本来在生病，可以不管团中央的工作，但他看到团中央的领导遇到困难，便主动站出来，表示要与书记处同舟共济。江青趁机抓住耀邦同志不放，说："这个'红小鬼'是自己跳出来的。"每天有数千人最多上万人（主要是"大串联"的学生）来参观，挤得大院水泄不通。只要大院站满人，就有人高呼："把胡耀邦揪出来示众！"于是由看管"三胡一王"的人把他们从机关大楼二层会议室的窗户揪出来，让他们站在一个类似阳台

1964年，中国共产主义青年团第九次代表大会在北京召开，胡耀邦同志再次当选为团中央第一书记。图为团中央机关驻代表大会的工作人员合影

的地方，向"革命群众"认罪。从胡耀邦起，自报家门和交代"罪行"。最多的一天，被揪出来示众九次之多。可贵的是，耀邦同志承认自己学习不够，工作上有许多错误，执行了修正主义路线，但从没有承认过是"三反分子"。

我那时早被机关群众揪出。虽没有被看管，但行动已受限制。白天除劳动外，必须在办公室写检查。同在一栋大楼，对耀邦等同志被揪出的情景，听得见，看得到。当时，我已在共青团系统工作了十七年，耀邦同志在我心中有很高的威望。我和耀邦同志直接接触不多，但在干部中流传着的关于他的美谈深深地印在我心里。几乎所有的团干部都说他刻苦学习马克思主义原著，博览群书，知识面广；领会中央的精神快，深入实际，联系群众，经常有独到和精辟的见解；做报告生动活泼，很少套话，极受欢迎。特别是耀邦同志平等待人讲民主，能听取不同的意见，不少干部敢于和他讨论问题，甚至争得面红耳赤，不但不算"犯上"，还会得到他的赞扬。对某些政治运动中蒙受冤屈的同志，耀邦同志好打抱不平，他曾代表书记处向这些同志公开道歉，脱帽鞠躬。这样一个好的领导同志怎么会一下变成"三反分子"，受到这种侮辱？公道和天理到哪里去了！我想起国外的一些政变和反革命事件，既胆战心惊，又十分不平。

有一天中午我回家吃饭，刚下楼就看见耀邦同志被人从窗口揪出来，头被按得低低的。我不忍心看，匆忙走回家，坐在饭桌前，用手蒙住眼睛，眼泪一大串一大串地从指缝中流下来。

我爱人问我怎么了，我说："不该这样整耀邦！"

不用说，我没有任何勇气出来表示不同的意见。"文化大革命"是毛主席亲自发动的，改组团中央书记处是中央决定的，革命群众运动的"大方向是完全正确的"。我入党二十年，从要求"民主、自由"到信仰马列主义，再到迷信伟大领袖，愿做"驯服工具"，已经不敢独立思考了。"理解的要执行，不理解的也要执行，在执行中加深理解。"这个"指示"既搞乱了我的思想，又为自己找到某种"解脱"的借口。在相当长一段时间，只要当天不斗争我，我做完劳动（无论扫厕所或蹬三轮），就下班回家，尽量不去考虑第二天的事。

我相信有不少干部和群众尊重和同情耀邦同志，只是我处于被审查的地位，没有人和我交换意见。但有一件事能说明问题：有一天，"造反派"头头突然宣布要抓"叛徒"。原来耀邦同志在他的日记中记叙了一位群众对他的关心，问他每顿吃几两饭，身体好不好，令他感动。当时，我觉得耀邦同志太天真。已经被隔离审查，竟不知世事险恶，还写什么劳什子日记。

"大串联"停止后，对耀邦等同志的示众也取消了，改为大批判。大字报铺天盖地，批判大会不计其数。我不知听到多少揭发出来的耀邦同志的"罪行"。有人揭发他反对毛主席，证据是他说过"太阳也有黑点"。有人揭发他反对"林副主席"，证据是他反对无论什么事都要突出政治，说"游泳时要突出鼻子，不然就要呛水"。有人揭发他反对中央文革小组，证据是他说过"康生这个人一贯'左'"。有人揭发他反对"又红又专"，证据是他演讲时，讲"红"是假的，讲"专"才是真的。有人揭发他"生活特殊化"，证据是他有一次回家乡，想起小时候抓黄鳝，居然夜间打起火把去抓鳝鱼……不过，我听来听去也听不出耀邦同志有多大的"罪行"，大概我真是"修正主义的苗子"，物以类聚、人以群分，嗅觉早不灵了。

在大批判的高潮中，我贴了一张大字报揭发耀邦同志"反对毛泽东思想"。依据是1964年耀邦同志给有关报刊总编辑的讲话，说毛主席既搞革命又搞建设，"不可能有时间研究少年儿童工作"。这种胡乱上纲的大字报，既是我"思想混乱"的表现，也是我人品污点的暴露。我没有顶住当时的压力，想借此划清界限，保自己。我对不起耀邦同志，尽管多次自责、忏悔，都无济于事。

四

造反派打内战的时候，两派都揪斗耀邦同志。1968年初，军代表进驻机关，美其名曰要把"牛鬼蛇神"集中起来学习，实际上是关押起来，实行所谓"群众专政"。

关押的地点是机关南院（后被称为"牛棚"）的一栋西式平房。门前有两棵大洋槐树。进门的一间系"专政小组"的办公室，里面的三四间房子一共关押二十多个"牛鬼"。

我有幸和耀邦同志关在一间屋子。同室还有四人，一共六人。大家睡在靠南墙的地铺上。屋子中间，有三张小桌子和六把椅子，供学习和写交代材料用。

南院有一个《专政条例》，主要是限制人身自由，不许外出（上厕所都必须得到批准），被关押的人不能互相交谈，等等。耀邦同志是团中央"最大的走资派"，几乎所有被关押的人都要和他划清界限，生怕和他沾边。

在南院的几个月里，找耀邦同志外调的人很多，似乎他绝大多数时间都在写材料。他一支接一支地抽烟。一天三顿饭，大家排队去食堂，饭后又排队回来。"专政小组"还故意找碴儿，在南院安排了两三次批斗耀邦同志的会。尽管人人都是"牛鬼"，是批斗的对象，但斗起耀邦同志来，总有些人不甘落后。可能每一个人都有不同的动机，也可能迫于压力讲的是违心之言，但这不能不说是一种悲剧。

耀邦同志患有痔疮，每天早晚都要用药水洗。这样，早上他得先半小时起来，而且免不了有些声音。有人心理负担重，晚上睡不好觉，被耀邦同志惊醒后，多次指责他。有一天早上我先醒来，看到耀邦同志起身，轻手轻脚，十分小心。但可能他太紧张了，一不小心把铜盆摔在地上，所有的人都被惊醒。有人破口大骂："胡耀邦，你这个人就是自私自利！你每晚上吃了安眠药倒床就打呼噜。

我们好不容易睡了一会儿，你起来就把大家闹醒。光这一点就该斗争你！"

耀邦同志站在那儿，既委屈又尴尬。

有一次要到西郊劳动。前一天下午做语录牌，每人一个，用来挂在背包上。因为在劳动，看管松动一些。耀邦站在旁边，看人做语录牌。他忍不住评论："你这个做得太花哨了。"

"胡耀邦！你这话是什么意思？做语录牌是政治任务，什么花哨不花哨？你对毛主席是什么感情？你以为自己还是第一书记，仍在指手画脚？"

耀邦同志当然不是这个意思，但他解释不清。

一次我上厕所，亲耳听见有人向"造反派"头头告耀邦同志的状。

有一天我在看《北京日报》，第一版上横排着一篇社论，标题是："打倒谭震林！"耀邦同志看见了，来向我借报纸。我当然不敢借给他，摆了摆手，又用手指了一指"专政小组"办公室。他显得很失望。

耀邦同志的个子比较矮，我只比他高一点儿。凡排队，我们总在最后面，吃饭也常在一桌。因为我过去和耀邦同志少有接触，无嫌疑可避。有一次分配我们两人一起劳动，是在机关浴室附近一间房屋的墙壁上端，打通一个缺口。我记不清站在什么地方，反正容不下两人同时劳动。工具是一把锤子、一根短钢钎。耀邦同志说："我们一人打几锤，一人劳动时，另一人就喘口气。"尽管没有谈别的事，但我们靠得很近，有一种亲切感。

一天下午，"造反派"的一个头头和一位解放军到南院，叫耀邦同志跟他们走。我以为是又有人找他外调了。过去每遇这种情况，耀邦同志总是立即收拾一下桌子，拿着《毛主席语录》就往外走，一般在吃晚饭前回来。这次也一样，只是把衣服的扣子扣错了。解放军提醒他，他才把扣子扣好。与以往不同的是他没有回来吃晚饭，不知为什么。晚上洗脚的时候，一位担任过耀邦秘书的同志悄悄问我："耀邦为什么没有回来？"

当晚我已睡着了，大约十二时，被两位解放军战士叫醒："胡耀邦的被子在哪儿，把它卷起来。"

我听从命令，卷起耀邦同志的被子。他们抱起被子，把桌上耀邦同志的书籍和所写材料统统带走。我躺在地铺上，想不出耀邦同志被弄到什么地方去了。

耀邦同志从此离开了南院。看得出来，其他"牛鬼"也感到奇怪。不久，报纸刊登了中央召开八届十二中全会的消息。我恍然大悟，耀邦同志大概出席了这次会议。以后果然被证实了。据说因许多中央委员都被打倒，为凑足法定人数，耀邦同志被指定出席。既然出席了会议，当然也就"解放"了。

我在1969年3月才离开南院，还没"解放"。被关在南院的人大多数是团中央的部处级以上干部。回忆这个过程，深感在那个疯狂的年代，不仅思想被搞乱，人性也被扭曲了。

五

1969年4月，团中央干部被"一锅端"到河南省潢川县黄湖"五七干校"。耀邦同志参加了党的"九大"，稍后也到干校来劳动。

许多人为耀邦同志参加九大感到高兴。"造反派"头头却大肆宣传，要大家不要以为参加了九大的人就没有问题，还指手画脚地传达九大的小组会上对朱德、陈毅等同志的围攻。我听了心里很难受。

"不要以为胡耀邦参加九大就没有问题了。他没有被选成中央委员。"为了进一步"消毒"，这个头头广为宣传："我们问胡耀邦看见毛主席有什么想法？他居然说过去开会离毛主席很近，这一次离毛主席很远，没有看清楚。大家看胡耀邦对伟大领袖毛主席是一种什么感情？"

我和耀邦同志不在一个连，基本上没有接触。按军代表的安排，耀邦同志到各连劳动和征求意见。我在二八连，曾看见耀邦同志，并向他问好。有天晚上他在我们连听取"走资派"对他的意见，我因临时被派工，没有参加。据参加了会议的"走资派"讲，耀邦同志一开始就说："是我不好，我连累了你们，对不起你们。"我听了颇为感动。

有关耀邦同志的情况经常在干校中流传：耀邦同志在校部大会上做的检查很感人，好些同志当场就流了泪；耀邦同志劳动积极，插秧一天能插六分地，能扛很重的粮食麻袋往仓库送，还到几十里路以外去拉石头；耀邦同志的学习抓得紧，夏日高温，蚊子又多，晚上多数人在室外乘凉，他却在蚊帐里读《资本论》；耀邦同志与群众打成一片，一些小青年（印刷学校学生和干部子女）经常和他打打闹闹，叫他"老胡"，要他拿钱买糖请客；耀邦同志被评为"五好战士"；等等。这些正是耀邦同志的本色，是谁也抹不黑的。

以后，耀邦同志因健康状况不佳，回到北京。召开党的十大时，上面指定团中央只选一名年轻干部，没有耀邦同志。耀邦同志在北京闲居，读了大量的书。偶尔见报，也多是参加一些老同志的追悼会，而且排在最后："还有生前友好胡耀邦。"

"文革"进行了四五年，许多人远不像初期那样狂热，不少人开始想问题。耀邦同志再次受到团中央干部的爱戴。1972年春他回北京探亲，不少人去看望他，我也是其中之一。耀邦同志的客厅很简单，一套旧沙发。客人来请喝茶，过年时有点水果糖和大花生，但很少有人动它们。倒是耀邦同志偶尔要剥花生吃。

一位同志重新分配工作，临行前去向耀邦同志告别，约我陪他去。耀邦同志得知他将回四川工作，显得高兴，讲了许多鼓励的话。他强调干部既然出来工作，群众就对你有期望，你就要敢于大胆工作。有的干部出来工作后，缩手缩脚，使群众失望。他问："有些干部很消沉。消沉有什么用？沉到嘉陵江，沉到长江，再沉到太平洋？……"

当我提到耀邦同志解放初在川北行署工作时，引起了他的回忆。他眼里闪着光辉，不断用手摸着自己的头，兴奋地说：

"那时刚解放，很多人没有工作，土匪闹得很凶，老百姓拥护共产党，又害怕共产党待不长。怎么办？当时我就在行署所在地南充，大修房子，修百货大楼，修新华书店，既稳定了人心，又解决了部分失业问题。"

耀邦同志身处逆境，仍然十分关心国家的命运，我们深受鼓舞。不过当时"文化大革命"还在进行，大形势没有变，耀邦同志的期望难以完全实现。

"耀邦是一个理想主义者！"

"耀邦的精神的确很可贵！"

这是我们跨出耀邦同志家门后的对话。

我开始考虑自己今后的工作问题。估计军代表不会让我留在北京工作，能争取回四川最好。何况调我到北京工作时，我就向省委组织部表示将来在共青团工作"毕业"后，要回四川。有一次去胡克实同志家，遇见他在晋绥工作时的老战友苗前明同志（原四川省委组织部副部长），当时他已出来工作。我一说出自己的愿望，苗前明同志立即表示支持。这样，我给军代表写了报告，较快地得到批准。1973年6月，我从干校回到北京，并到耀邦同志家里去向他告别。

"您过去说，要把在共青团工作当成'大学'来读。我在共青团工作了十七年，的确受到了很多教育。"那天我的心情很激动，几次哽咽得说不下去，"像朝气蓬勃，努力学习，深入实际，调查研究，联系群众……都是在共青团工作中学到的。"耀邦同志说："这都是我们党的好传统。"

这次谈话只有我们两人。耀邦同志主动对我说："经过林彪事件，我一直在考虑一个问题。党内的路线斗争很复杂，要独立思考，不要随风倒。没有认识清楚之前，可以思考，暂不表态。千万不要头脑发热、随风倒，更不能盲目地吹喇叭、抬轿子。"

中央文革曾指责团中央"修透了"，但我和许多同志并不这样看。我把耀邦同志这一次谈话当成在我共青团"大学"毕业"典礼"上校长的讲话。

我调回四川以后，没有机会和耀邦同志联系。我为他复出在中国科学院工作感到高兴，又为他再一次被打倒感到难受。担任过耀邦同志秘书的戴云同志，当时在四机部工作，多次到成都出差。我与他是"牛棚"中的患难之交，从他那儿能听到一些耀邦同志的消息。我曾经希望戴云劝劝耀邦同志，有些事少管、少表态。戴云不赞成我的意见，他说："这也不管，那也不表态，胡耀邦就不是胡耀邦了！"

我放弃了自己的建议，从心底愿意耀邦同志永远保持他的本色。

六

粉碎"四人帮"以后，耀邦同志先后在中共中央党校、中组部和中宣部工作。他组织和支持"实践是检验真理的唯一标准"的讨论，大力平反冤假错案，是人所皆知的事。

我当时在四川人民出版社工作。出版社的同志解放思想，采取"立足本省，面向全国"的方针，陆续出版了一些好书。我知道耀邦同志喜欢读书，不时选寄几本给他。不久得到他的秘书梁金泉同志给我写的回信：

　　你两次给耀邦同志寄的书都收到了。耀邦同志让我给你写一封信，向你表示感谢。如来京办事，欢迎来家说话。

既然欢迎"来家说话"，以后我到北京总想去看望耀邦同志。有时约戴云一起去，有时单独去。不过我的心情很矛盾，既想去又怕打扰他。好在如果他有空，他就把我当成"送货上门"的调查研究对象。问工农业生产情况，了解某个人的表现，征询某些问题的意见。既接见了我，又不浪费时间。他的问题，有的我能够回答，有的无法回答（如工农业生产情况），因此我也不敢多去看他，怕"考不及格"。

有一次我去看望耀邦同志，他问到老团干部廖伯康的情况。我说："政策没有完全落实，但他工作的干劲一直很大。"

"这就好嘛！"耀邦同志赞许地说，"干部就是要干，不好好干算什么干部？"接着又问我，"你认为现在干部中的主要问题是什么？"

我没有一点思想准备，仅按自己平常的感觉回答："前一段主要在落实干部政策，使大批蒙受冤屈的干部出来工作，这是完全必要的。但有些干部出来工作以后，想自己的问题（如职务、住房、子女安排等）过多，缺少干劲和奉献精神。"

"你说得对，有这个问题！"耀邦同志说。

另一次，我和戴云、丁磐石（原《中国青年》杂志副总编）一起去看耀邦同志。那时他已到中组部工作，很忙。我们按时（大约在晚上八时半）到耀邦同志家，耀邦同志正在审批文件。稍等了一会儿，耀邦同志放下笔，兴致勃勃地和我们握手，并问："今天谈点什么？"

谁也没有回答，耀邦同志自己讲起来。主要是说我们党成立以后面临两大任务：一是推翻三座大山，实行新民主主义革命；二是抓住经济建设这个中心，建设现代化的社会主义国家。第一个任务完成得很好，第二个任务却受到许多的干扰，特别是"十年浩劫"。这是很大的教训。现在思想明确了，得好好地干几十年。

"我是看不到那一天了。"耀邦同志说，不无遗憾。他望了望我们三人，对戴云和磐石说，"你们两人也可能看不见了。"然后对着我说，"李致，你年轻一点，有可能看得见。"其实我们三人的年纪差不多，不知哪一点使他产生了错觉。

"现在要抓紧时间好好干。"耀邦同志说，"我到中组部以后，连桥牌都没有打过了。"我们都知道耀邦同志过去爱打桥牌。

直到耀邦同志的秘书来提醒，我们才依依不舍地离去。写到这里，我不禁怀念起戴云，他不幸在1980年逝世，年仅五十三岁。

全国第四次"文代会"时，耀邦同志已到中宣部工作。闭幕式结束那天晚上，耀邦同志在中宣部、文化部联合举行的茶话会上，发表了热情洋溢的讲话。代表们纷纷去向他敬酒，我也是其中之一。当他发现我的时候，对我讲了一句话："你们不要搞'宫廷文学'。"

我完全不知道耀邦同志所说的意思，但当时人多，不便交谈。茶话会结束后，我立即赶到耀邦同志家里。他正坐在客厅里看电视。我说没有理解他刚才说的话。

"有关四川的古诗词，你们自己出版好了。"耀邦同志说，"何必一定要出毛主席圈阅的？"

原来是我们出版了《诗词若干首》，内容系1958年成都会议时毛主席所选出的咏四川的诗词，印发给参加会议的同志阅读。我向耀邦同志说明："出版这本书的时候，还不许出版古诗词。我们是打着毛主席的旗号冲破这个禁区的。"

"总理的诗是他年轻时写的，用得着出那么多吗？"耀邦同志又问。

我回答说："群众太尊敬和热爱总理了。有关总理的书都畅销，这是人心所向。"

耀邦同志没有坚持他的意见。经过交谈，互相理解。我免去了思想负担，但也受到提醒，更感激他对我们出版社的关怀。

四川出版了《在彭总身边》。这是彭总的警卫参谋景希珍口述，作家丁隆炎执笔的。这本书记叙了彭德怀在庐山会议前后的一些感人事迹，在国内引起很大反响。1979年9月，北京的几位朋友写信告诉我，耀邦同志最近在中宣部的一次会上说："昨晚我躺在床上，一口气读完《在彭总身边》，写得很好，很感人。"可能与耀邦同志的讲话有关，许多报纸转载、许多电台广播了《在彭总身边》。

丁隆炎接着写了《最后的年月》。这本书忠实地记叙了林彪、江青反革命集团对彭德怀的残酷迫害，展现了彭总的高贵品质，是否定"文化大革命"的铁证。编辑流着眼泪审稿，工人流着眼泪排字，九天印出了四十万册。刚一发行，即在北京、上海、成都等地引起轰动。可是却有人以莫须有的罪名指责作者，以致暂停发行。出版社一再向上申诉，均无效果。没有办法，我只得去找耀邦同志。

耀邦同志听了我的陈述，显得有些犹豫。这是因为有不同意见，他感到难处。但我知道耀邦同志的为人，便据理力争。我说："您叫我们出好书。现在好书出来了，又不许发行，而不准发行的理由又站不住脚。"

我望着耀邦同志。他终于表态了："你们可以——"同时两只手各向左右摆动。但我没有明白他的意思。"自己发嘛！"他说。

一股暖流传遍我的全身。我说不出任何感谢的话，尽管眼睛已经湿润。带着耀邦同志的意见回到成都，经过一年多的努力，主管部门最终准予内部发行。

不久，耀邦同志担任党中央总书记，从此我再没有去打扰他。

1997年8月6日

"不要叫首长，叫同志"

——怀念贺龙

成都解放四十周年了。

解放前，我只知道贺龙同志是一位身材魁伟的将军，被人称为中国的"夏伯阳"。我第一次看见贺龙同志，是在解放军与地下党会师的大会上。会师的地点在商业街国民党的励志社，即现在省委机关的东一楼。贺龙同志披着一件呢大衣走到台上，微笑着环顾到会的同志，他是那样的亲切随和，没有一点大首长的架子。他第一个讲话，欢庆成都的解放，肯定地下党同志为迎接解放所做的贡献，号召大家团结一致建设新中国。他说，南下的解放军不熟悉情况，要向当地人民学习。并举例说，行军到四川，有的战士不知道吃橘子要剥皮，连橘皮一口咬下。这时，会场的人都哈哈大笑。

几天后，解放军和"地下社"社员会师，我又一次看见贺龙同志。地点在东胜街沙利文礼堂，即现在成都市政协礼堂。"地下社"是解放前地下党直接领导的青年秘密组织，相当于现在的共青团。那一天，会议议程用纸写好，贴在后面的墙壁上。我担任"司仪"，一项一项地宣布议程。当我正要宣布"请首长讲话"的时候，贺龙同志突然说："不要叫首长，叫同志！"

我一下不知所措了，直望着青年团市工委的书记史立言，用眼光征询他怎么办。

"当然是请首长讲话！"

台下的同志听见台上的讲话，都用关注的眼光望着我们。

在这两难的情况下，我"兼而有之"地宣布：

"请首长同志讲话！"

贺龙同志笑着站起来讲话，把我从困境中"解脱"出来。没想到贺龙同志竟从"首长"的问题讲了下去："什么'手掌''脚掌'啊！"

我已经记不清楚贺龙同志的原话。大意是说，共产党和解放军是为人民服务的，无论担任什么职务，大家都是同志，一律平等。对人民群众，他只是同志，不是什么首长。所以一进城，他首先接见工人和农民代表。他还说，至于某些国民党将领要求见他，他倒要摆个"架势"出来，像个"首长"，表示劳动人民当家做主。

这真是令人耳目一新的讲话。我在旧社会生活了二十年，看见过许多国民党的军、警、宪横行霸道，欺压人民。至于那些达官贵人，更是威风凛凛，不可一世。我上初中的时候，有一次，国民党省教育厅厅长到学校训话，只因为学生没有记笔记，便把大家臭骂了一顿。在高中的最后一期，因为反对内战，我被学校变相开除。到了重庆，又因身份不明，被宪兵抓去关了几天。现在解放了，赫赫有名的贺龙将军，竟和我们这些普通的青年人推心置腹地讲这些既是最珍贵又是极普通的道理。这些话，像一股股热流温暖了我的心。

这两次会师都是我带领喊口号，我高声地、发自内心地喊出了自己的感情：

"中国人民解放军万岁！"

"中国共产党万岁！"

贺龙同志是我第一次见到的党的高级领导人，他的讲话是我在新中国成立后所接受的第一次党课。党和人民群众应该有血肉的联系，这是贺龙同志教给我的，这也是我几十年来喜欢称同志的原因。"文革"初期，江青一伙被人称为"首长"而不脸红，与群众保持血肉联系的贺龙同志却被诬蔑为"大土匪"。仅这一点就引起了我对"文革"的怀疑。我无论怎样也想不通。

经过四十年的沧桑，我也年近花甲。无论过去或现在，只要我一想起贺龙同志的讲话，都会不可遏制地激动。贺龙同志去世了，我再也不能聆听他讲话了。

我只有在心里对他说："贺龙同志，我会永远记住你的话！"

1989年11月6日

总司令慈祥地挥手

1963年春，共青团四川省第四次代表大会在成都召开。在安排全体代表合影那一天，我们得到通知：朱德同志要来接见所有代表，并与代表们合影。这真是一件令人兴奋的事。

朱德同志是大家敬仰的党和国家领导人，中国人民解放军总司令。我小时候就知道有"朱、毛"。1949年冬，我们组织群众欢迎解放军入城，部队高举着毛泽东和朱德的画像。新中国成立后，朱德同志的形象经常出现在新闻电影上，但我一直没有机会看见他。20世纪50年代，朱总司令视察重庆第二钢铁厂，我爱人在该厂工作，并有幸参加与总司令合影。我非常羡慕她有此幸运。

我是这次代表大会的副秘书长，并负责组织这一次合影活动。当时，全体代表都遵守规定，有秩序地站在半圆形的站台上。仅前排留下总司令与省委领导同志的座位。大家都精神抖擞地期待着。

我作为指挥，站在汽车必经之路上。

总司令按预定时间到达。他身材魁伟，面带慈祥的笑容，一下车就向大家挥手。机不可失，时不再来。我立即走过去迎接，一双巨大温暖的手紧握着我的手，我感到幸福极了。当然我没有忘记自己的职责，协助团省委书记李培根，把总司令及省委领导引向他们的座位。

所有代表长时间鼓掌向总司令致敬。

共青团四川省第四次代表大会全体代表合影。前排右一为李致

我立即回到自己的座位上，等待摄影。摄影机从左向右开始转动，全场鸦雀无声。本来几分钟即可完成，但摄影机转动了一半突然不动了。

只见几位摄影师忙着检查，但机子就是不动。我跑过去询问，果然是机子出问题了，我立即把这个情况向培根同志报告。培根与省委领导商量，决定请总司令先到会议室休息，所有代表则原地等候。

几位摄影师急得满头大汗，却没有找到问题所在。五分钟、十分钟、二十分钟过去了，没有结果。与秘书长易难、副秘书长彭宗萍商量，都认为不能无限期地等下去，我向培根同志请示怎么办。

培根同志如实向总司令和省委领导报告，我听他带着歉意检讨说："没有查出原因，机子一下修不好！"

朱总司令笑着说："过几天修好了再来照吧！"

省委领导和培根陪同总司令离开会场。所有代表仍站在原地，再一次热烈鼓掌欢送。总司令慈祥地向大家挥手告别。

谁也没有料到机子会临时出问题。培根同志和我们这个秘书班子都感到工作没有做好，让总司令白跑一趟。培根总结经验："为什么不准备两部摄影机呢？这样即使出了问题，还有后备。"是呀，这个意见太好了，以后一定要有两手准备。可是当时我们都很年轻，谁也没有这种经历。后来摄影师找到了问题所在，原来摄影机被一个螺丝钉卡住了。

　　当时，解放军宣传的几个先进人物，都有一条："甘当螺丝钉"。这一次，问题正好出在螺丝钉上。培根同志讲话一贯善于运用典型事例。从此，我经常听他在讲"螺丝钉精神"时，列举这次照相的事例。

　　几天后，总司令再次来和所有代表一起照相。我一直担心机子出问题，没有心思再去争取握手。这一次很顺利，几分钟即照好了。代表们因多一次机会见到总司令，不停地热烈鼓掌，总司令慈祥地挥手向大家致意。

　　与总司令合影的照片，我一直珍藏着。"文革"时我在团中央工作，造反派抄家把照片拿走，然后石沉大海。可是，总司令与我们合影的故事以及他慈祥地挥手的样子，却深深印在我脑海里，永不消失。

1998年8月16日

岚山周恩来诗碑

日本京都风景区岚山，有一座周恩来诗碑。

诗碑上刻着周恩来所写的《雨中岚山》。全文是：

> 雨中二次游岚山，
>
> 两岸苍松，夹着几株樱。
>
> 到尽处突见一山高，
>
> 流出泉水绿如许，绕石照人。
>
> 潇潇雨，雾蒙浓；
>
> 一线阳光穿云出，愈见姣妍。
>
> 人间的万象真理，愈求愈模糊；
>
> ——模糊中偶然见着一点光明，
>
> 真愈觉姣妍。

1917年9月至1919年4月，周恩来留学日本，最后半年时间在京都生活。周恩来原打算在京都大学学习河上肇教授的马克思主义经济学，已向学校提出了申请。但当他看到祖国正面临存亡的关头，在"五四运动"前夕毅然回国。回国前，他来到岚山，写下这首诗。后刊于《觉悟》创刊号。

周恩来战斗的一生和高尚的人品，受到世人的敬爱。1976年1月

8日，周恩来总理逝世，人民群众冲破"四人帮"的禁锢，自发地表达了各种哀悼。"京城处处皆白花/风吹热泪洒万家/从今岁岁断肠日/定是年年一月八。"《天安门诗抄》中的这首诗，表达了众多人的心情。我至今仍保存着总理逝世当天的日历，保存着哀悼总理的黑袖纱，保存着看总理逝世影片的入场券。我将入场券贴在一张稿子上，在下面盖上时间"一九七六年二月七日"，并写下如下几句话：

> 我一次再一次去看
> 与总理遗体告别的电影
> 然而，没有一次看清楚
> 没有一次看够
> 每一次都充满泪水
> 哪能看清，哪能看够

三张入场券

"四人帮"被粉碎后，四川人民出版社出版了《周总理诗十七首》（发行上百万册），其中收录了《雨中岚山》。1979年4月得知，刻有《雨中岚山》的诗碑在岚山举行了揭碑仪式。

1985年，我随四川出版代表团访问日本。行程中安排有京都。4月22日下午，我们到了岚山公园。这个公园很大，我们首先来到周恩来诗碑前。诗碑是一块深褐色的天然巨石，这是京都名石"鞍马石"。诗碑矗立在天然石块镶砌成的碑座上。碑身、碑座与周围的树木融为一体，仿若天成。读着周总理在年轻时代"为生民立命"的诗句，我想起当年举行的周总理追悼会，仿佛听见群众发自内心的哭声。也想起为出版《周总理诗十七首》，同事们所做的各种努力，以及读者购书的热情。碑前有一束鲜花，我后悔没带鲜花来。不过，我的心是赤诚的。

20世纪80年代后期，李致在重庆红岩村周总理和邓颖超合照下留影

近来，翻看当天日记，有这样几句话："我真舍不得离开这里。我希望还有机会来，全家人来，至少待上一天。但不知这个愿望何年何月才能实现？……"

无论时间怎样流逝，都冲不淡人们热爱周总理的深情！

2008年1月3日，周总理逝世32周年纪念日前五天

杨尚昆同志二三事

——纪念尚昆同志一百周年诞辰

我是通过张爱萍同志认识尚昆同志的。

尚昆同志和张爱萍同志都是老一辈革命家、党和国家领导人。但由于他们平易近人和我们这一代人的习惯，我长期称他们为同志，直到后期才改称张爱萍同志为张老。

我和尚昆同志接触的次数不多，但有几件事印象很深。

支持我们当出版家

20世纪70年代和80年代，川版书曾有过一段辉煌时期，在全国颇有影响。1986年，在参加全国书展期间，我们在北京举办了川版书书展。尚昆同志和张爱萍同志参观了书展并参加了座谈会。

在座谈会上，我代表四川出版总社做了汇报。其中谈到我们的指导思想：做出版家，不做出版商，也不做出版官。这是著名诗人冯至对四川人民出版社称赞的话，我们接过这个话，把它作为出版社的座右铭。当时，颇有一些非议，认为我们思想保守，不敢言"商"，落后于时代。其实，我们并不忽视经济效益，而且还总结了几句话：君子爱财，取之有道，用之有方。该赚就赚，该赔就赔。赚，是薄利多销，不是越多越好。赔，是能不赔就不赔，能少赔就不多赔。统一核算，以盈补亏。按这个原则，我们不仅出了许多好书，修了职工宿舍，还盖了十二层高的办公大楼，这在当时的出版界是少有的。

尚昆同志在座谈会上讲了话。他充分肯定了我们要"做出版家，不做出版商，也不做出版官"的奋斗目标。他说，书籍不同于一般商品，它既有商品的属性在市场流通，又有意识形态的属性能影响人的思想，不能因单纯追求利润而出坏书。

听了尚昆同志的讲话，出版社的同志坚定了信心。当时，在全国出版界，有的主张"既当出版商又当出版家"，有的主张"先当出版商后当出版家"。为避免无谓的争论，不搞文字游戏，我们强调坚持把社会效益放在首位，力求做到社会效益和经济效益的统一。事实证明，这样做是正确的。

主张演川剧折子戏《滚灯》

尚昆同志和张爱萍同志都关心川剧的振兴。

无论是川剧团到北京演出，还是尚昆同志和张爱萍同志到成都、重庆视察，他们都爱看川剧。

1985年，川剧晋京演出，尚昆同志和张爱萍同志看了《巴山秀才》《绣襦记》及《丑公公见俏媳妇》《禹门关》三场（共四出戏）演出。在会见十三位川剧老艺人时，尚昆同志问川剧名丑陈全波："你还演《滚灯》吗？"

陈全波答："年纪大了，体力不行。"

尚昆同志说："可以教学生嘛！"

"文革"期间，所有戏曲的传统剧目被定性为"封"（即封建主义）遭禁演。粉碎"四人帮"以后，1978年，邓小平同志在成都看了川剧的传统折子戏，新华社向全国发了消息，这才解冻。但思想解放有个过程，有时心有余悸。文化部门有位同志趁机问："有人担心这个戏的内容……"

尚昆同志笑了，他说："旧社会的公子哥儿，吃喝嫖赌的不少。老婆反对，给予处罚，有什么不可以？"

这以后，《滚灯》上演，在国内外大受欢迎。

懂不懂"吃雷"

"三三一"惨案，是1927年地方军阀与国民党反动派勾结，镇压人民群众反对英帝国主义炮轰南京而制造的血案。1987年，重庆举行"三三一"惨案六十周年纪念会，我知道尚昆同志将出席这次会议。

我也去重庆出席这次会议。途经大足县，我们参观了著名的大足石刻。郭县长为我们做了解说，并托我把新出版的画册《大足石刻》送给尚昆同志。

在重庆，我陪尚昆同志看了川剧。

我对尚昆同志说："大足县的郭县长托我送一本《大足石刻》画册给您。"

尚昆同志说："我已经有了，你留着吧！"

"不行，"我赶紧说，"受人之托，忠人之事。我不交给您，人家会说我'吃雷'了。"

一听家乡土话"吃雷"，尚昆同志哈哈大笑。

"我很久没有听见'吃雷'这个话了。"尚昆同志说，并问他身边从北京来的同志，"你们知道什么叫'吃雷'吗？"

身边的同志没有人知道。

尚昆同志说："这是我们家乡的话，它是说这个人胆子大，大得连'雷'都敢吃！"他又爽朗地笑了。

我虽是四川人，过去只知道"吃雷"是把别人的东西占为己有，即四川话"打来吃起"。尚昆同志的解释，让我知道了它更准确、更风趣的含义。

2007年4月2日

我所知道的张爱萍[①]

张爱萍是老一辈革命家。无论在战争年代、建设时期和"文化大革命"中，张老都有许多传奇的故事。这几年先后出版的《张爱萍在1975年》和《张爱萍传》记录了张老光辉的一生。我与张老接触有二十年，对他的为人有所感受。

既是将军，又是诗人

粉碎"四人帮"以后，我常在报纸上读到张老的诗词。当时我是四川人民出版社的总编辑，正计划出老一辈革命家的诗集。在出版《罗瑞卿诗选》时，我们也准备出版张老的诗选。

第一次与张老接触，是在北京张老家。因为没有电话号码，无法事先约定时间。我只好凭共青团干部的那股劲儿，直接闯到张老家去了。这是一个普通独院，朴实清洁，毫不起眼，反映了主人人民公仆的本色。张老正要出门开会，汽车停在他身边。我立即自报家门，说明来意。

"你们要出我的诗集？"张老穿一身灰色的军便装，笑着用纯正的四川话说，"我那个算什么诗？豆豉、萝卜丝……"

---

① 本文收入李又兰等主编的《缅怀张爱萍》，解放军出版社2004年版。

我缠住张老不放，张老只得把我介绍给他的夫人李又兰大姐。又兰大姐既文雅又坚定，一口咬定说张老的诗大多即兴而作，还得修改，现在不能出集子。我当然毫不松口。最后达成"一年后再说"的协议。有这个协议就不错了：放长线钓"大鱼"嘛！

1983年夏，张老到成都，我去金牛宾馆看望他，一起在室外散步。张老挂一手杖——"文革"中长达五年多的"牛棚"生活，使张老备受摧残，摔在水泥地上，以致股骨颈骨折。当谈到诗集时，张老告诉我他的好些诗词是在"牛棚"即兴吟哦而成。或用撕下的报纸，或用抚平的香烟盒，很快地记下来，藏在床垫下，趁换季时塞进衣服，悄悄带给又兰大姐的。如此来之不易，使我更为珍惜，下决心一定要出版张老的诗集。

缠了几年，1986年，四川终于出版了张老的诗集《纪事篇》。张老和大姐一再说，这些谈不上是诗词，不过是纪事而已。集子共收诗词一百六十多首，为1928年夏至1986年8月间所作。出版前，张老要我写序，我不敢承担这个重任，只写了《出版前言》说明出书的一些过程。又兰大姐在《后记》里说："经原四川人民出版社李致同志再三鼓励、催促才得以问世。"后来张老的诗词、书法、摄影选集《神剑之歌》出版，还重刊了《纪事篇》的《后记》，这使我深感不安。

对川剧艺术的深厚之情

我在1982年底调省委宣传部，重点参与了振兴川剧的工作。

张老对川剧艺术有极其深厚的感情。他每次到四川视察工作，都要看川剧。不仅看省、市川剧团的演出，还要看区、县川剧团的演出。看了老艺人的表演，又看中青年演员的表演，还看娃娃班的表演。除了在正规剧场看，也爱听演员即兴清唱。不仅在四川看，川剧团上北京演出也每请必到。又兰大姐虽不是四川人，但因文化修养高，对川剧有同样浓厚的兴趣。

1983年第一次振兴川剧会演，正值张老来成都视察工作。他兴致勃勃地填词一首，送给大会：

乡音喜闻乐见
古曲今开新面
群星汇蓉城
百花齐放艺湛
堪羡堪羡
天府新秀千万

张老非常关心振兴川剧之举。他赞同"抢救、继承、改革、发展"的方针，强调这八个字是统一的整体。张老早在20世纪80年代初期，就强调戏曲要加快节奏，减少不必要的过场戏，不宜唱了又帮，帮了又唱。张老支持在创新上做探索。《芙蓉花仙》初演，非议不少。我们陪张老看后，张老基本肯定，并要他们在大胆改革时注意川剧特点，万变不离其宗。魏明伦笔下的潘金莲，曾受到一些指责。张老则认为魏明伦写出了潘金莲的变化过程，加以肯定。张老还十分关心现代戏的创作。

川剧界常出现一些矛盾。张老多次强调团结的重要性。他说，要改变旧的行会风气，变文人相轻为文人相亲。张老为省川剧院两位著名旦角张巧凤与左清飞书写了"双凤齐飞"四字，对她们起了很好的激励作用。张老广交朋友，无论剧作家、导演，还是老中青三代演员，都乐意与张老接触，为张老演出或清唱，听取张老的教诲，从张老的言行中汲取营养。张老对广大川剧工作者，既有言教，又有身教。

支持建立"文革"博物馆

1983年张老来成都，恰逢《巴金选集》（十卷本）在四川出版。我代表出版社送给张老和又兰大姐一套《巴金选集》。张老说他们年轻的时候就喜欢读巴金的书。

1986年，巴老通过他的《随想录》，提出建立"'文革'博物馆"的建议。巴老说："我们谁都有责任让子子孙孙、世世代代牢记十年惨痛的历史教训。'不让历史重演'，不应当只是一句空话。要使大家看得明明白白，记得清清楚楚，最好建立一座'文革'博物馆，用具体的、实在的东西，用惊心动魄的真实情景，说明二十年前在中国这块土地上，究竟发生了什么事情？！"还说，"只有牢记住'文革'的人才能制止历史的重演，阻止'文革'的再来。"

巴老的建议代表了人民的心愿，得到许多人的拥护。

当年我去北京时，张老特意对我说："请你转告巴老，我非常赞成他的建议，成立'文革'博物馆。否则若干年后，年轻人对什么叫'文化大革命'都不知道了。"

张老是国务院副总理（后为国务委员），他的赞同有特殊的含义。它充分说明了张老与人民同呼吸共命运，我听了很感动。这件事加深了我对张老的理解，更增加了我对张老的敬意。

我很快把张老的意见转达给巴老。在我的记忆中，张老以后又有三次重申了赞成巴老关于成立"文革"博物馆的建议。

1987年金秋十月，巴老回到他阔别了十七年的故乡成都，住在金牛宾馆。几天后，张老来成都视察工作，也住在金牛宾馆。我去看望张老和又兰大姐，向他们报告巴老也住在这里。张老和又兰大姐听了很高兴，立即表示并坚持第二天上午要去看望巴老。

第二天上午九时半，张老和又兰大姐来到巴老住处。他们亲切地握手问好。在场的还有沙汀老人、巴老的女儿和女婿。张老再一

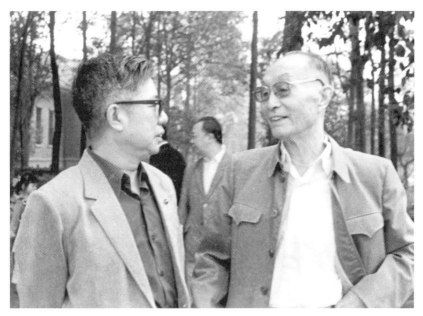
李致与张爱萍（右）在成都金牛宾馆

次表示年轻时就喜欢读巴老的小说，巴老则说自己当时是"乱写"的。张老还谈到20世纪50年代参观过巴老在正通顺街的旧居，对后来拆掉旧居表示遗憾。巴老则说拆掉就算了，不值得花国家的钱来重建。……这是一次难得的相会，我为他们的谈话录了音，可惜"觉悟"得晚了一点，刚开始的谈话没录下来。

　　张老是戏曲界的老朋友。他和又兰大姐每次来成都，川剧界和曲艺界的朋友总要来看望他们。我当时在省委宣传部分管文艺工作，趁此机会组织联欢。张老知道我们的安排后，邀请巴老参加，巴老欣然应邀。

　　几天内，张老和巴老连续三次看了川剧和曲艺。巴老喜爱乡音，认为是难得的机会，一直坚持看到底。张老怕巴老坐得太久，多次请巴老根据身体情况灵活自便。

　　以后，尽管张老和巴老没有机会再见面，但张老一直关心巴老的健康。有一次张老对我说："巴老在国内外都有影响，现在年事已高，他说的每一句话，你们都要把它记录下来。"我深切地感到，这既是张老对巴老的尊重，也是张老对整个知识分子的关怀。

不要把人格变成商品

张老是长辈，在他面前我没有顾虑，想不明白的事情或问题，都可以提出来向张老和又兰大姐请教。

有段时间出现"经商热"，似乎以"下海"为荣。一些党政机关和群众团体也办起公司，大做生意，甚至赔掉了一些国家拨款或基金。上班时也不乏有人三五成堆研究股市升降情况，心不在工作上面。电视上还出现过大学教授上街去卖袜子的节目，引起不少人的反感。20世纪80年代末，一次在北京见到张老，我忍不住谈到这些问题。

张老的态度十分鲜明，反对党政机关和部队经商。他说早在1985年，他就写信给国防科工委党委，提出过这个问题，反对部队经商，几年后又把这封信送到中顾委。张老一时没找到这封信，但我回成都不久就收到张老寄来的这封信的复印件。

张老在信里提出："有些人要去搞企业、公司、经商，就让他们离开军队或政府去搞好了。这种官商或军商，实不是我们共产党领导的社会干的，只有军阀国民党可以。热衷于经商，必然导致腐败。"在谈到国防科工委机关时，张老说："不去向科学技术高峰攀登，而热衷于赚钱，实在可悲！"还说，"尽管技术作为商品，从个人品德修养来说，也应培养一个人（一个真正的人）应有高尚的品德情操，不要把自己个人的人格也变成商品。我自己长期以来，有句警醒自己的话：'勿以名利自蒙耻'，不知以为然否？"

在复印件上，张老还写了一句话："李致同志：你要这份文件，现送上，请提意见。张"望着张老的字，我极为感动。张老要

李致父女与张爱萍（右一）、李又兰（左一）夫妇

我提意见，我还有什么意见？我举双手拥护张老的主张，并深受教育。"不要把自己个人的人格也变成商品""勿以名利自蒙耻"，这两句话成为我的座右铭。

关心人，平易近人

我今年七十有二，参加革命五十五年。在中央机关或省委部门，与大大小小的领导接触也不算少。有的人官大架子大。或是本来还不错，但"一阔脸就变"；或是区别对象，对上毕恭毕敬，对下净打官腔。而与张老接触二十年，深感到他老人家始终如一地关心人，平易近人。

张秀熟老人，曾经是张（爱萍）老的老师。张老对秀老的尊敬，始终如一。当秀老近百岁时，张老曾要我陪他去拜望秀老。两位老人坐在一起，张老问寒问暖，体贴入微。秀老行动不便，靠轮椅行动。张老去摸摸轮椅，发现靠背和坐垫比较硬，便向有关部门建议为秀老做一个沙发式的轮椅。张老怕没落实，离开成都时要我半月后去秀老家看看轮椅做好没有。直到半月后我去秀老家看见了

新轮椅，打电话向张老报告，张老才放心。

张老是将军，却乐意与文化人交朋友。省诗书画院，是张老和启龙、杨超等老同志倡导建立的。张老凡来成都，总与画家交往，并帮助成都市画院解决一些困难。有一次帮市画院要了一些维修费，怕不落实，也要我到时去院长朱佩君那儿问问，并向他报告。川剧演员更不用说了。有一次名丑笑非得脑溢血，影响到腿发麻。笑非的两个儿子写信向张老反映情况，张老立即批给许川和我，要我们关心。幸好我们早去看过笑非，建议他做脑部CT，并帮助他转到省医院治疗。

我个人的感受更深。张老来成都会打电话找我，我到北京必向他和大姐报到。对我来说，张老既是党和国家领导人，还是长辈和朋友。我在张老和大姐面前能敞开心扉，敢于直言。张老和大姐对我的关心，延伸到我的家人。大姐曾邀我的老伴一起去德阳看划龙舟。我女儿多次随我去看望张老和李阿姨。我儿子去美国攻读博士学位时，张老把他女儿小艾的地址给我，以便我儿子和小艾联系，而且说："这样，我们以后就能成为世交了。"以后我的女儿、女婿和儿子，都先后去北京看望过张老和李阿姨。当张老和大姐知道我的外孙在北京读大学时，也叫我把外孙带去玩。大姐很喜爱我外孙，慈爱地摸摸他健壮的身体，让他带一大包橘子和花生回学校去吃。

我每次去看张老和大姐都有很多话要说，但又怕占用二老过多的时间，话总是没有说完。1999年4月我去北京开会时去看张老，因时间不长，临走时张老要我第二天下午再去，可我却安排不过来。张老在室外拉着我的手不放。天有一点冷，但一股股热流，通过张老的手温暖了我全身。又兰大姐来解了围，我才得以上车。坐在车上看见张老和大姐仍站在室外挥手，真令我终生难忘。

2001年1月15日

附　记

　　张老逝世，我和家人极感悲痛。我儿子和女婿代表全家到张老灵堂悼念。不久收到又兰大姐的答谢卡，卡里的纸片上印着这样的话："在送别爱萍远行的日子里，感谢您对他的情谊和对我们全家的关爱。"封面是张老的遗像：绿竹丛中，张老像平日那样穿着浅灰色的军便装，没有系纽扣，拄着手杖，慈祥地微笑着。我真想伸出手去，紧紧地握住张老的手。这一次，是我不再松开了……

2004年2月24日晨

探又兰大姐

汽车在北京北五环路上向西山奔驰。

我们一行是去看望张爱萍将军的夫人李又兰大姐的。20世纪70年代，我在出版社工作，因向爱萍同志约稿而认识他们。二十多年来，张老和又兰大姐既是我的长辈，又是我的朋友。我从他们两位身上，获得不少教益。

几年前，为倾诉自己的感情，我写了一篇散文叫《我所知道的张爱萍》。文章结尾写到1999年4月的一天，与张老分别时他拉着我的手不放，要我答应第二天再去他家。室外天寒，我怕张老受凉，不知如何作答。又兰大姐来解围，说我第二年张老九十寿辰时一定会来，张老才松手。没想到这次分手，竟成了我和张老的诀别。

我早从北京的友人那里听到张老生病住院的消息。为避免干扰，我没有打电话去询问，感情上也不愿这个消息得到证实。直到去年巴老九十九岁华诞，又兰大姐代表张老打电话来祝贺，我才忍不住问了张老的情况，大姐说："也是靠药物和医疗器械维持生命。"

张老于2003年7月5日逝世。我很痛苦，也能想象又兰大姐的心情。除了通知当时在北京的儿子和女婿去灵堂吊唁，我给又兰大姐写了一封短信："张老逝世，我们全家悲痛。一下找不出适当的话来安慰您。请您和子女节哀，保重身体。人们不会忘记张老，将永

2003年10月19日，李致在北京探望又兰大姐（左）

远学习他高尚的人品。"尽管如此，我仍思念着大姐。

不久，我收到一封张爱萍治丧委员会的信。信封的字是又兰大姐写的。里面有一张纪念卡，印着张老的彩色相片：张老微笑着，穿着浅灰色的军便装，没有系纽扣，右手挂着手杖，身后是翠绿的竹叶。这正是向张老遗体告别时灵堂所悬挂的那张遗像。卡内一张纸印有："在送别爱萍远行的日子里，感谢您对他的情谊和对我们全家的关爱。"简短的两句话，深情和感激跃然纸上。

汽车到达西山又兰大姐的住处。

进入客厅，又兰大姐拥抱了我，又拥抱了我女儿，并与同去看望她的人——我女婿、女婿的母亲、我妻子的堂妹一一握手。大姐的精神不错，仍然是那样文雅谦和。

客厅墙壁上挂着张老的相片，就是我前面所描述的那一张。我既感到亲切，又感到难受。我想起张老历次热情地欢迎我，更忘不了最后一次他在室外拉着我的手不放……我的眼睛润湿了，喉咙也像哽着什么，说不出话。

好在又兰大姐询问我的妻子、儿子和外孙的情况，才打破僵局。又兰大姐又问到巴老的情况。过去我每一次来，她和张老都会问巴老的情况。

我概述了巴老的近况：靠药物和医疗器械维持生命，心脑血管没问题，病情相对稳定。并说我们即将去上海，庆贺巴老百岁生日。

大姐提到"文革"博物馆仍未建立。

巴老在1986年倡导建立"文革"博物馆。张老和又兰大姐极为支持。张老多次要我转告巴老：他支持建立"文革"博物馆，让子孙后代永不忘记这场历史灾难和教训。以后，征得张老同意，我把张老的支持，写入我的散文《我所知道的张爱萍》，公之于世。

"不应该忘却这段历史。忘记过去就意味着背叛。"

"巴老进入百岁。'文革'博物馆没建立，可能是他最大的遗憾。许多人不理解为什么不建立'文革'博物馆。"

"现在，很多年轻人都不知道'文化大革命了'。"

大家议论纷纷。这时，又兰大姐的二儿子和儿媳到来。他说起现在有个"文革"的网站，参与讨论的网民中，还有人认为只有"文革"这种"大民主"，才能反对腐败，克服官僚主义。这个现象表明了许多年轻人不了解"文革"。反腐倡廉，克服官僚主义，并没有错，但能用"文革"这种"大民主"来解决么？十年浩劫，"造反有理"，"和尚打伞，无法无天"。"四人帮"争权夺利，践踏人权，毁灭文化，生产停滞，经济濒于崩溃……还能让它重演吗？

又兰大姐说："还得建立'文革'博物馆，牢记这段历史。"

我们刚来的时候，又兰大姐的小儿媳一直在照顾她。后来二儿子夫妇回家，我们才意识到今天是休息日。又兰大姐说其他子女和孙辈也要回来。为了不影响大姐的家庭团聚，我提出让又兰大姐休息了。按照惯例，临别前合影留念。大家站在张老的照片前，就像过去围在张老的身边。由于我们都喜欢墙上这张张老的照片，又兰大姐请她的小儿媳妇拿出几张送给我们。这张相片是小艾设计的。小艾是张老和又兰大姐的女儿，搞艺术的，曾在美国留学。张老和又兰大姐都喜欢她，我还记得张老在一首《惜别》的词中写道："人未走，已盼归。"

又兰大姐把我们送到室外，一再嘱咐我争取机会再来北京。她再次拥抱了我女儿。我们则请她保重身体。我们上了车，大姐仍在挥手。

汽车在北五环路上向市区奔去。

我们仍在回忆又兰大姐，都为她精神好、身体健康而感到高兴。我女婿的母亲第一次与又兰大姐会面，对大姐的平易近人感受很深。会见时谈到她擅长国画，大姐特意为此与她交谈，并希望能得到她的一幅画。我说，尽管又兰大姐和我最熟，但若有他人在场，她都会与每一个人说上几句话，不让任何人感到冷落。过去，无论见面、写信或通电话，她会一一问到我家里的每一个成员。谈到川剧和绘画，她也会询问有关艺术家的情况。不过，无论当年请她同意出版张老的诗集，还是现在求大姐的墨宝，都非常困难。大姐非常尊重人，自己却很谦逊，这是她人格魅力的体现。言犹未尽，直到回到住处，我还沉浸在与大姐会面的气氛里。

这天，是2003年10月19日。

2004年初春

少年往事

李致文存·我的人生（上）

LIZHIWENCUN

大妈，我的母亲

我叫我母亲为大妈，即大伯母的意思。

我的哥哥在他四岁多就去世了。接着大妈生了四个姐姐。我生在节气大雪那天。我父亲——我叫他为伯伯，高兴地掀开帐子，对躺在床上的大妈说："是个儿子，你这下满意了吧？"四个女儿，一个儿子，对儿子自

年轻时的大妈

然宝贝，怕带不活，便把我过继给我四爸。我从小叫四爸为爹，如此，便叫自己的母亲为大妈，自己的父亲为伯伯。不过，这种过继并没有实际意义。我的四爸是作家巴金。我十分尊重和热爱他，因为我是他忠实的读者，我信仰他的主张：生命的意义在于奉献不是索取。

一

我大妈姓张，名兰生，小名叫玉。

我的外公是云南昆明人，后到四川昭化县任知县。他有一儿两

李致的外婆

女，我大妈是次女。大妈自幼聪明，琴棋书画都会一点，舅舅最大，老实憨厚，但脑子不大灵活。有一次，外公要舅舅背"四书"中的一段，舅舅背不出，但大妈却一口气把它背完。外公极为高兴，顺手从口袋摸出四块银圆给她。外婆知书识礼，极为慈祥，但按旧例要给女儿缠脚。外公一听见女儿的呻吟或哭声，常常为她解开缠脚布。有一段时间，外公干脆要他的小女儿改扮男装；有时还让她骑着马，跟着自己的轿子走。这是我大妈的幸福童年，也是她的"光荣史"。

在我外公任昭化县知县的同时，我祖父任广元县知县。昭化和广元是两个邻近的县。我祖父和外公常有交往，以后两家都回到成都定居。当时李家处于兴旺时期，我父亲系长房长孙，相貌清秀，对人诚恳热情，中学毕业名列第一，有好几家来给他说媒。祖父认为可以考虑的有两家，一家姓张（即我外公家），一家姓毛。但这两家条件相当，难下决心。祖父采取求助祖宗的办法，把两家的姓写在两方小红纸上，揉成纸团，在祖宗的神位面前虔诚祷告，然后拈起了一个纸团，上面写着"张"字。这样，我大妈就嫁到李家（改名李张和卿）。我曾祖父和祖父十分高兴，并请人在家演戏庆祝。

李家是一个封建大家庭，很注重旧的礼教，这对年轻一代是很大的束缚。从表面上看，大妈作为长房的长孙媳妇，似乎很体面和幸福。曾祖父因为大妈能诗会画，而且很快生了一个儿子，实现了"四世同堂"，的确喜欢她。但这同时引来嫉妒。有人看不起大妈不大不小的脚，挖苦她是"改组派"。也有人嘲笑大妈不会打扮自己——因为她在娘家常着男装。我哥哥李国嘉不到五岁害脑膜炎死去，大妈非常痛苦，有人却暗中幸灾乐祸。我大姐出世前，正遇曾祖父逝世，按"血光之灾"的迷信，让大妈到城外去生孩子。若干年后，一提到这些事，大妈还感慨地说："大家庭，一人吐一口口水，都可以把人淹死！"幸好伯伯理解大妈，不理会那些闲言碎语，尽可能安慰她、体贴她和爱护她。在各种节日和办喜事的日子，伯伯主动帮助大妈梳好发髻和穿好裙子。这种深厚的夫妻情，成了大妈在大家庭抵制旧礼教的"保护伞"。

"五四"运动发生了。伯伯经常买新书报回家。他和三爸、爹（四爸）贪婪地阅读新书报，接受新的思想。他还让大妈看妇女杂志。但伯伯的见解比较温和，他赞成刘半农的"作揖主义"和托尔斯泰的"无抵抗主义"。正如四爸巴金写的文章所说："他一方面信服新的理论，一方面顺应旧的环境生活下去。顺应环境的结果，就使他逐步变成一个有双重人格的人。"这就是伯伯人生悲剧的根源。

像所有的封建大家庭一样，李家也在不断衰败。曾祖父逝世后，因为祖父早已去世，伯伯成了承重孙。尽管他对人极好，仍成了"明枪暗箭"的目标。他内心非常痛苦，偶尔还出现过神经错乱的现象。后来，伯伯帮助三爸和四爸离开成都到南京读书，又支持四爸离开中国到法国留学——他盼望他们学成后回成都"兴家立业"。这时，大家庭早分了家，田产收入少。伯伯曾开过书店（启明书店），但因经办人选择不当而关门。后把田地产抵押出去，用贴现的办法在银行取得较高的利息，以补贴家里的收入。不料伯伯生了一场病，好几个银行倒了，他不知道。他病好出外一看，才知道全家的"养命根源已经化成水"。他感到对不起大家，打算自杀。但他"舍不得家里的人"，写了三次遗书，又三次把它们毁了。1931年旧历二月初四是伯伯的生日，他请了全家所有的人（包括请的佣人）去看戏，旧历三月初一他就离开了人世。伯伯自杀那天晚上，他和二姐睡在一间大床上。据我的奶妈讲，伯伯几次到大妈和我睡的床前打开帐子看我们，还多次去看我

大妈和五个子女，幼年的李致坐在大妈身上。摄于1931年，时住成都桂王桥西街

的三个姐姐。第二天早上发现伯伯时，他的嘴角沾了一点白粉，身体已经冰凉。

伯伯留下了遗书和一份账单，别人欠的债大多无法收回，欠别人的债却必须还清。家里的全部财产只有十六个银圆。债主纷纷来逼债，伯伯的继母、我的继祖母走投无路，卖尽一切，还清伯伯的债——有的债还是他代别人承担的。大妈哭得死去活来，外婆家和一些亲友守着她，怕再发生意外。

这真是晴天霹雳！家庭破产，丈夫自杀，子女年幼。天啊！这场灾难，大妈怎么承受得了，今后又怎么活下去？

二

"当时，我真想心一横，一头撞死！"大妈以后多次对我说，"但一看你们五个，你才一岁零三个月，我的心又软了。我死了，你们怎么办？"伟大的母爱支撑大妈活下来。

我们全家的生活面临极大的困难。三爸李尧林在天津南开中学做教员。他过着贫困的生活，每月按时汇款回家，维持一家十一口的基本生活。伯伯去世的时候，一些好心的亲友送了大妈一些钱，加起来可能有两百多元，把它放出去收利息，作为补贴我们的衣着、医药和其他费用。大妈让我们五姐弟穿得干干净净，先后上学读书。她母兼父职，忍受着各种困难，却从不在子女面前流露。但有一两次，我跟大妈出外办事，坐人力车回家，在途中她突然用手打自己的耳光。我吓得不知所措，只好按着她的手，把头埋在她的

大妈和五个子女的合影，从左到右为：大姐李国煜、三姐李国炯、四姐李国莹、大妈、李致和二姐李国炜

大妈和五个子女。摄于李致
的四舅公陈砚农家

胸前。我经常听见大妈讲："宁可人负我，不可我负人。"这句话
对我一生有很大的影响。大妈的苦，只有回娘家时，才可以向外婆
倾诉；但她又不愿让外婆为她难受，更多的是打掉牙齿往肚里吞。

　　大妈对我们五姐弟倾注了全部心血。无论有什么东西，她都
要分成五份，让大家都能享受到。我最小，又是独儿，她免不了有
点偏爱。不过我的四个姐姐完全理解，她们也爱自己的弟弟。我
自幼身体瘦弱，大妈带我十分小心。她常说："我像手上捏了一只
麻雀。捏紧了怕捏死，捏松了又怕飞掉。"她尽量节约，让我能吃
一些"米锅蛋"，并说："伯伯说的，一个蛋顶三碗饭。"有一段
时间，大妈给我订了牛奶。我不喜欢喝，把它当药吃，但对每天取
牛奶的方式却很有兴趣。大清早，卖牛奶的人在大门口高喊一声：
"挤牛奶！"我拿着一个洋瓷杯飞快地跑出去。卖牛奶的人当着我
的面，蹲下来从牛的奶头挤下奶，再倒进我的瓷杯里。用现在的话
来说，这种牛奶"正宗""资格"，不存在"造假"问题。我上小

学的时候，大妈怕我中午乱吃零食，每天给我送午饭。七八条街，来回走路，风雨无阻，两只脚各长了一个大茧。我经常生病，或是感冒，或是消化不良。伯伯的一个朋友叫张伯馨，是位西医。他很重友情。伯伯去世后，十多年间，我们几姐弟去看病，他基本上不收费，还要拿一些针药瓶给我们玩，我们至今感激他。

我们非常爱自己的母亲，听她的话，知道要为她争气。大姐早懂事，比我们体贴大妈。从二姐到我，充满孩子气。有几次，大妈出去办事，很久没有回家。我们等得着急，也非常担心，便胡乱猜疑：会不会在路上遇到坏人？人力车会不会突然翻车？于是我们伤伤心心地哭起来。我也有个别时候不满意大妈。她答应过年时给我买一匹可以骑的纸马，但买回来却是只能挂在身上的马头马尾，这算什么马？有一次我生病，大妈要出去办事，我不答应。她允诺给我订一份《儿童世界》杂志，我才放她走。可是她回家时却说："杂志要一个月才能到。"小孩要的东西，总是希望立即到手。一个月？这是多么漫长的时间！当然，不久我就忘了。但偶尔一想到这件事，我总觉得大妈"骗"了我。我那时太幼稚：大妈哪有钱给我买这些"奢侈品"呢？

全国性抗日战争爆发后，天津和成都的联系中断，家里收不到三爸的汇款。为了应变，我祖母和大妈各自搬回娘家，自谋生活。这是我们经济最困难的时候。物价暴涨，亲友原来送的钱大为贬值，本金和利息都收不回来。大妈挺起腰，想尽办法让我们几姐弟吃饱饭，有衣穿，能上学。大姐在省立女子职业学校读书，她的好朋友萧荀、刘玉琼、白炯等，经常在星期天或假日来我们家玩。大妈对大姐这些朋友很好，即使家里很困难，也要做些东西请她们吃。她们也很喜欢大妈，一直跟着大姐叫大妈为"妈妈"。大妈为别人画画挣钱，她的牡丹、梅花和菊花都画得很不错，不少人愿意请她画单条。她为别人绣帐檐子、绣枕头，也可以得些报酬。她还和舅妈、表嫂一起做豆腐乳、豆瓣酱，附近有不少人乐意来买。这些收入仍不敷出，大妈只得变卖伯伯留下来的各种遗物。稍微贵重的东西早卖光了，剩下的只有叫街上的收荒匠来买，价格很低。我一见卖伯伯的旧东西，心里就难受，常常大哭，抱着东西不放，惹得大妈伤心。当时，亲友中互相解决困难的一种形式"请会"，帮助大妈解决了不少的难题。大妈靠拿"头会"来给我们交学费、买衣服。劳累过度，使大妈的身体受到影响。有一次，大妈胃病大发，痛得从床上滚到床下。舅妈叫我跪在观音菩萨像的下面，不断念"南无阿弥陀佛"！我这个一向坐不下来的娃娃，竟在观音菩萨像前跪了很长的时间。

　　日本飞机轰炸最厉害的时候，我们随外婆一家疏散到外西文家场。大妈对我的学习一贯抓得很紧，到乡下也不放松，特别是教我写字。她经常在背后看我写字，如果我不用心，她便用手指节敲打我的头。可惜我既无天分又不勤奋，至今没有把字写好。我那一段时间处在男娃娃最调皮的阶段，不听话，惹人讨厌，被称为"五横牛"。大妈耐心教育我，我每天晚上"悔过"，第二天又依然故我。胖舅舅挖苦说："我都听厌了。"有一次，我调皮过分（什么事我忘了），引起公愤，大姐和她的好友萧姐、二姐、三姐总动员：两个按着我的手，两个按着我的脚，让大妈打我的屁股。我大哭大闹，用当时流行语言骂："哪个再打我挨炸弹！"当然，到了晚上我又向大妈"忏悔"。大妈认为教小孩儿像栽树一样，"小树没栽好，长大了就扳不过来了"。她经常给我们摆老龙门阵，我百听不厌。特别是五叔祖父的故事，我的印象最深。五叔祖父长得清秀，人又聪明，还能诗文，曾祖父特别宠爱他。他得到放纵，乱交朋友，吃喝嫖赌，无一不精。还租了小公馆，包下一个叫"礼拜六"的私娼。钱花完了就偷，偷曾祖父的字画，偷五叔祖母的首饰。小说《家》里的克定就是他的写照。五叔祖母把他赶出家门，他成了"惯偷"，在一个冬天死在牢里。大妈讲得很细致，她说五叔祖父穿马褂十分讲究，团花图案一天三变：上午是花的蓓蕾，中午和下午是盛开的花，黄昏和晚上是即将凋谢的样子。"但是这有什么用？光有钱，不学好，就会变坏！"大妈有针对地说，"生活苦没有关系，只要上进，自古寒门出贵子！"

疏散回来，大妈在今日新闻社工作了一年多。今日新闻社是张履谦先生创办的，他是四爸的朋友，他的夫人任培伯和大妈很要好。大妈的工作主要是剪贴报纸、写信封和到邮局寄信。大妈会做菜，还帮助他们家做腊肉、香肠。虽然薪水少，但大妈这一段期间比较愉快，她认为自己有工作，可以自食其力。新闻社有一个圆形的社章，在那儿工作的人都要挂在胸前。我听见她说过很多次："我胸前也挂上牌牌了！"

亲戚朋友都称赞大妈待人宽厚。我的六嬢（三爷爷的女儿），"五四"时期接受了一些新思想，与伯伯、三爸和四爸的感情都很好。伯伯曾称赞她"虽是女子，见解却甚高"。没想到伯伯去世的时候，六嬢竟说"人在人情在，人死人情两丢开"，带头来逼债。六嬢一直没有结婚，甚至连一个陌生的男人也没有见过。十几年后，成了一个性情怪僻的老处女，很少有人同情她。但大妈却常常去看六嬢，六嬢的委屈也愿意向大妈倾吐。现在想起来，这正是大妈不计恩怨，"宁可人负我，不可我负人"的体现。

20世纪40年代初期，四爸两次回到成都，和我们住在一起。四爸回来，引起两大变化。一是我小学毕业后，把我送到私立高琦初中读住读。这个学校费用较高，由四爸供给。集体生活对改变我的性格起了很大作用。二是四爸看见大家生活困难，便像三爸那样负担起全家的生活费用。为了节约开支，原来一分为二的家庭成员又合在一起。这时，小幺爸和我大姐先后工作，经济困难有所缓解。不久，二姐和三姐从师范学校毕业，担任了小学教员，每月交给家里一两个银圆或一斗平价米。当时，教师职位很不稳定，大妈每年都要参与"六腊之战"，四处求人帮忙。假期我在家，晚上八九点钟以后，大妈常要我去给她买二两干酒，一堆有壳的花生，独自消愁。这时大妈总爱对我说："一个人，要在有时想无时，不要在无时想有时。"这是她从长期生活重压下悟出的道理。

我上高琦初中的时候，语文教师杨邦杰指导我读鲁迅的小说。我似乎突然懂事了，知道体贴和安慰大妈，对几个姐姐也很好。大妈对我这点进步感到满意。上完初中二年级，我考上华西协合高级中学。我继续从进步书籍和报刊中汲取养料，学习写作，参加学生运动，与朋友合办刊物，上街游行反对内战。一个关心我的亲友把这些情况告诉大妈，大妈要我小心。我对大妈讲了一些看法，她似乎觉得有道理，没有干预我的活动。这时，大妈意识到她心爱的儿子已经有独立的意志了，她不愿再把儿子紧紧地"捏在手里"。

我因反对美军暴行发动罢考，在1947年初被学校勒令转学(变相开除)，去重庆读书。1948年夏天，祖母和十二姑离开成都，去重庆，后去上海。大妈和二姐、四姐在书院东街租了一个小独院——实际只有三间住房和一个天井。经地下党一位同志介绍，一个叫李维则的商人在我们家租了一间房子，作为他从雅安来成都时居住的地方。大妈感到李维则文质彬彬，有礼貌、关心人，不像一般商人，与他相处很好。1949年1月的一个晚上，突然来了几个便衣特务，要抓李维则。大妈和四姐（以后还加上二姐）被"软禁"在住房。大妈要四姐"以买烟招待"为借口，出外找机会通知李维则，叫他不要回来。但特务说"只准进，不准出"，拒不同意。李维则回来时，四姐抢先说了一句"双关话"："有人在等你！"李维则装着不知道，一下进了大妈的住房，丢了封信在地上，又退出去。特务立即逮捕了李维则。李维则也用"双关话"招呼大妈："帮我照顾一下东西！"第二天，四姐把李维则的信交给地下党同志，很长一段时间不能回家。以后才知道，李维则是地下党雅（安）乐（山）工委委员，原名吕英，被叛徒出卖，新中国成立前夕牺牲在重庆渣滓洞。当时，大妈多次说："这样好的人，居然会被抓走！"

三

1949年年底成都解放，给大妈的生活带来巨大变化。

大妈从几十年切身的体会中，认识到旧社会不合理，应该改变。当她知道我和四姐参加了党的地下组织，高兴地说："我早猜到了！"新社会是什么，大妈不清楚。但她的五个孩子都参加了工作，先后入党，她相信她的孩子不会去干坏事。现在，不愁吃、不愁穿、生活稳定，再不受有钱人的气，心情也舒畅了。社会风气良好，面目一新。这些情况，清朝没有，民国没有，大妈怎能不满意呢？

那时，外婆还健在。1952年成渝铁路通车，我和我爱人丁秀涓从重庆回成都探亲。大妈带我们去看望外婆。年过八十的外婆，听说"新娘子"（她没有见过我爱人）要来，请表嫂把屋子打扫干净，隆重接待我们。得知我们坐火车回来，她细声细语地给我们讲：清朝末年，修川汉铁路，强迫摊派"买"铁路的股票，以后铁路没修成，股票变成废纸。"才解放三年，共产党就把成渝铁路修好了。"外婆说了许多称赞共产党的话，最后笑眯眯地说："共产党啥都好，就是会太多了。"

大妈不感到会多，这是因为她耳朵聋了，街道上不找她去开会。大妈的耳朵是1948年的一天突然聋的。当时，我在重庆，知道这个消息，想起她为我们受的苦和她一生受的刺激，十分难受。四爸一直关心大妈（他的大嫂），两次为她买助听器。一次是1958年四爸去苏联，为大妈买了一个助听器，体积大，灵敏度不高。一次是1964年12月12日，四爸"搭公共汽车和无轨电车到上海市第一医药商店买国产助听器一副（准备送给大嫂）"。1965年1月21日，四爸又在日记上写："大嫂来信，说已收到耳机。"这个助听器体积小，灵敏度高。可惜大妈的耳神经不行，仍听不见。好在大妈爱读书报，每天读报纸，没有事就读小说，包括苏联小说（如高尔基

1963年，李致调团中央工作，大妈与李致一家

的《母亲》《远离莫斯科的地方》）。要交流思想感情，大妈自己讲话，别人就得写字。从小孩到大人，开始叫大妈为聋婆婆。她也自称为聋婆婆。

外婆去世，对大妈是一个沉重的打击。几十年来，特别是伯伯去世以后，大妈只能从外婆那儿得到爱抚。过去，外婆给大妈吃的东西，大妈总是带回来给我们几个吃。以后外婆一定要大妈当着她的面吃掉，而且说："玉，这一次你就自己吃吧！"就这样，大妈还要剩一点给我。真是天下慈母心！外婆去世后，我赶快接大妈到重庆来散心。大妈到了重庆，第一次看见她的孙女李芹，听见她叫"亲婆"，自然会减轻些痛苦。大妈说外婆是老死的，油干灯草尽，没有痛苦；遗憾的是她没有给外婆送终。

大妈来自旧社会，但她并不迷信。1962年，大妈跟二姐住在外东新桂村二楼。我那时在简阳参加"四清"。有一天，她爬到书桌上去开窗子，不留心竟摔到楼下，把几个姐姐和我爱人吓坏了。幸好没有出大问题，仅把腿部的韧带摔坏，不久即治愈。周围的邻居

说："聋婆婆人好，命大，摔不死。"大妈笑着对我们说："我不信这些。万一我摔死了，我就不是好人呐？"大妈的内侄张汉臣常来看她，有一次谈到死，大妈说她怕火葬，怕被烧痛。事后大妈又对我们说："其实，人死了，哪还晓得痛不痛啊！"过去大家庭里的规矩多，过春节时只能说吉利的话，很多忌讳。1972年我们从河南"五七"干校回来探亲，大年初一，我儿子李斧与亲婆开玩笑，竟用手比画表示他要"上吊"。我怕大妈不高兴，

李斧与亲婆

立即警告儿子，不许他做这些动作。没想到大妈不但没有责备孙子，自己也做了一个"上吊"的动作。

大妈真心实意地拥护共产党。新中国成立后我们几姐弟的工作经常调动：大姐调重庆，三姐调福建，四姐调北京和广西，我调重庆。大妈知道应该服从革命需要，从来没有阻拦。以后除三姐外，我们又调回成都。三年困难时期，大妈毫无怨言。她按照当时对干部的规定，不上饭馆吃东西，还在她住房楼下的空地上开了一小片地，种上蔬菜，以补不足。大妈那次从楼上摔下来，正跌在这片松土上，没有重伤。以后经济情况好转，日子过得好一些。1964年初组织通知我和我爱人调北京工作。大妈当时和我们住在一起，祖孙三代共享天伦之乐，这是我一生最愉快的时期之一。突然又要分离，我心里很不痛快。动员大妈和我们一起去北京，她又舍不得故土和几个姐姐。商量结果，大妈同意我们先去，以后她来北京玩。大妈努力控制自己的感情，仅在2月3日那天，指着日历对我说：

"我希望日历到今天就不动了。"我把大妈的话记在当天的日历上，这张日历到现在刚好保存了三十年。我们到北京以后，二姐和四姐为大妈准备了皮衣，大妈也打算来北京看我们，可是"文化大革命"发生了。

四

大妈当然无法理解所谓的"文化大革命"。

我三姐夫在福建一所劳改场当场长，犯人起来造反。他和三姐遭到残酷的报复，好在大妈不知道。我在北京靠边站、关"牛棚"，被打翻在地，两年多没有给大妈写信。大妈意识到我在受"审查"，但我患难与共的妻子定期给她写信和寄钱回家，多少给了她一些安慰。二姐和四姐是当权派，受审查、被斗争，不可能完全瞒过大妈。大妈凭报纸知道一些"革命"道理，她相信应该"维护毛主席革命路线"，多次要二姐、四姐"好好检查自己"，快一点"回到毛主席的革命路线上来"。1971年，我从"五七"干校回成都探亲，大妈知道我恢复了党组织生活，显得很高兴，问我的觉悟提了多少。天知道我该怎样回答！我不敢讲真话，又不能拒绝回答，只好开玩笑地在纸上写："提高了百分之八十。"大妈似乎理解我的难处，笑着说："希望你继续提高。"属于她子女的问题，大妈并不太计较。使大妈困惑的，是老一辈革命家的遭遇。

新中国成立十七年，大妈对老一辈革命家十分尊敬。可是，十年浩劫，是非颠倒，什么都乱了，谁也给她解释不清楚。刘少奇是国家主席，邓小平是党的总书记，这两位革命领袖一下变成被打倒的对象。大妈能理解吗？林彪是"副统帅"，天天要祝他"永远健康"，又因谋害毛主席未成叛逃摔死。这是怎么一回事？"人才难得"的邓小平出来主持工作，人民群众拥护，但又是什么"右倾翻案风"，被撤销一切职务。谁在故弄玄虚？周总理、朱总司令、毛主席先后逝世，大妈和人民群众一样，感到悲痛。"四人帮"被粉碎，万众欢腾，我们才敢向大妈说明真相。她非常高兴，但她悄悄问我："江青是毛主席的妻子，她为什么敢做坏事？"给贺龙、彭德怀、刘少奇平反，大妈都拥护，但必然要导致她对毛主席的不理解。有一次，我儿子大胆给大妈讲，毛主席也有缺点。大妈大吃一惊，要我告诫儿子"不要乱讲"。我趁机给大妈写了一段话："毛主席是伟大领袖，是人，不是神。他有很多功绩，但也有缺点和错误。'文化大革命'就搞错了。"大妈半信半疑，这个弯她不是一下子就能转过来的。

五

仅仅三四年，经济生活大有改善。大妈从几个儿女和周围的人身上，看到人们心情舒畅和新的工作热情。她的孙女、孙儿和外孙，大多参加工作。大妈和孙辈的关系极好，孙子辈可以叫她"老张"，可以和她开玩笑。外孙李舒帮外婆买点心，自己起码要吃一半。李舒拒不承认。实在没有办法，他就说："我要不去买，你们连那一半都吃不到。"剩下的点心，大妈真心实意地留给每一个孙子，而且要让他感到亲婆（或外婆）最爱他，是特意留给他的。这些孙子互通情报，发现每一个都是被"最爱"的，便和亲婆（或外婆）开玩笑，说她"一根骨头哄几条狗"。我儿子李斧强教亲婆说英语，她便用中文说"阿都那提罗"（I do not know）。大妈生性乐观，形势一好，幽默感就更加显示出来。有一次，大姐为一件小事不高兴。大妈当时没有说什么，隔了一会儿，大妈摸着大姐的脉对她说，要给她开副药方。大姐莫名其妙地问开什么药方，大妈说："平肝！"我1973年调回四川，在出版社工作，离大妈住地很近，几乎天天去看她。正因为经常去，每次去就不可能有很多新话题。我一去，总是先在纸上给大妈写："你好不好？我这几天很

061

晚年的大妈没事就写字

忙。李斧来看过你没有？"大妈对我简单的谈话很不满意。有一次，她对我说："你最好刻一个图章。"我不理解大妈的意思，申明我已有图章。她说："你每次来，只有这几句话，不如刻一个图章，来了一盖就行，省得每次都写。"我这才知道大妈在"挖苦"我。大妈还经常告诫我，要多去看她，否则将来她"没"了，我要后悔。又有一次，我听说大妈病了，淋着大雨去看她，她很高兴。我为了"报复"，写了四句话：

> 大雨探母亲
> 其心何虔诚
> 还说儿不好
> 打起灯笼找

　　大妈看见纸条，哈哈大笑。然后悄悄告诉我，她知道我儿子李斧有"朋友"了。当时，李斧正在和方惠谈恋爱，常常一起去亲婆那儿玩。他们既是去看望亲婆，又是在那儿谈情话，因为亲婆听不见。我问大妈怎么知道的。大妈说："那天我对李斧说，我知道你有朋友了。李斧问是哪一个，我说总之不是圆的、不是扁的。"
　　一家人团聚吃饭是最愉快的时候——大妈往往在一个月前就开出菜单，征求国庆节或春节吃哪些菜肴——大小十五人，分坐两桌，说说笑笑。大妈把儿孙们孝敬她的钱大部分用来请儿孙们吃饭。我女儿李芹说："亲婆的方针是：取之于民，用之于民。"

采桑子

人生易老天难老，岁岁重阳，今又重阳，战地黄花分外香。一年一度秋风劲，不似春光，胜似春光，寥廓江天万里霜。

忆秦娥

西风烈，长空雁叫霜晨月。霜晨月，马蹄声碎，喇叭声咽。雄关漫道真如铁，而今迈步从头越。从头越，苍山如海，残阳如血。

七绝

暮色苍茫看劲松，乱云飞渡仍从容。天生一个仙人洞，无限风光在险峰。

蝶恋花

我失骄杨君失柳，杨柳轻飏直上重霄九。问讯吴刚何所有，吴刚捧出桂花酒。寂寞嫦娥舒广袖，万里长空且为忠魂舞。忽报人间曾伏虎，泪飞顿作倾盆雨。

卜算子

风雨送春归，飞雪迎春到。已是悬崖百丈冰，犹有花枝俏。俏也不争春，只把春来报。待到山花烂熳时，她在丛中笑。

十六字令三首

山，快马加鞭未下鞍。惊回首，离天三尺三。

山，倒海翻江卷巨澜。奔腾急，万马战犹酣。

山，刺破青天锷未残。天欲堕，赖以拄其间。

母亲在"文革"中抄写的毛泽东诗词

这一两年，大妈几次对我说："昨晚我又梦见你伯伯，大概他要我去了。"我则要她不要胡思乱想。李芹问过我亲婆的健康状况，我说至少两三年内不会有问题吧。

大妈，我们多么期望您多过几年幸福生活呵！

六

不幸的时刻突然到了！

1980年4月12日，我忙了一天，十分疲倦。十时前上床，打算提前睡觉。伴着"砰砰"的敲门声，我听见："舅舅，快到二姑家里去，亲婆婆出事了！"这是晓音的声音。她是二姐邻居、市文化局郝局长的女儿，与我们家的关系很好，跟着二姐的孩子叫我舅舅。我立即从床上跳起来，跟着晓音便走。路途并不长，但老走不到。我想知道更多的情况，晓音只知道大妈上床睡觉，突然偏倒，叫不答应。

赶到二姐家，大妈躺在大床上，已经深度昏迷。二姐说，他们发现大妈昏迷时曾不断叫她，大妈唯一的反应是手动了一下，把五根指头捏在一起，示意要叫我去。可是我去迟了，连叫："大妈！大妈！"再也听不到回答。对面医院的周院长、唐医生早在这里。我知道现在不是悲伤的时候，必须冷静，便和二姐、医生商量，立即把大妈送医院抢救。

四姐、秀涓等赶到医院。医生诊断大妈是脑溢血，安好输氧、输液的管子，由我守护。考虑到大姐身体不好，决定明早再通知她。我

大妈，摄于1968年金秋十月

又动员二姐、四姐和秀涓回家，第二天再来替换我。她们走后，天下大雨，代我流了眼泪。我坐在大妈身边，目不转睛地望着她老人家。她鼾声很大，像已熟睡，还看不出痛苦的表情。但我已预感到大事不好，凶多吉少。生死离别的感情开始笼罩着我。大妈的情况逐渐恶化。我用一张纸做了记录：

十二时四十五分情况

血压：八十至一百三十

呼吸：二十七至二十九（鼾声较大）

头部、身上出汗，两腮明显肿大。太阳穴附近也开始肿大，继续溢血

一时情况

血压：一百至一百六十八

皮下肿大，眼睛也肿起来

一时四十分情况

血压：一百一十至六十

"一百一十至六十"是个什么数字？我现在已经看不懂了。当时，我心乱如麻，两手发抖，无法再记录下去。是呀！一个儿子，怎么能冷静地记录下母亲衰亡的情况呢？

我默默地望着大妈……

我想起童年的时候，夏季炎热，大妈让我睡在室外的春凳上，不断地用扇子为我扇凉和驱蚊虫，直到我睡熟才把我抱进室内。

我想起上小学的时候，大妈每天给我送午饭。如果大妈迟到了，我就靠在校门上，从门缝望出去。直到大妈来了，才破涕为笑。

我想起上初中的时候，有一次回家拿钱，大妈不在。我从窗户翻进屋，打烂立柜，没有找到钱，留下一张胡言乱语的纸条。回

学校后，我知道做错事了，满以为回家要受责备。但后来大妈看见我，却带有歉意地说："我不知道你要回来。"

我想起三十岁生日的时候，大妈知道我喜爱鲁迅的书，拿出自己的积蓄，买了一套精装的《鲁迅全集》送我。多么珍贵的礼物！

大妈的呼吸没有停止，心脏还在跳动。我站起来，内疚地、感激地、深情地亲吻了大妈的前额。大妈，这是你儿子的亲吻，也是您女儿、孙儿和孙女的亲吻！

以后的事，我糊涂了，记不清了。

第二天一早，三个姐姐和姐夫来了，秀涓来了，孙子辈来了。对大妈的抢救，只不过让她多活几小时罢了。我和四姐商量，如果确实抢救不过来，最好让大妈少受一点痛苦。我们把这个想法告诉了医生。如果大妈逝世，几个姐姐一定承受不了，我请几个姐夫和外甥照顾她们。晚上，我口授了讣告，请外甥李舒做了记录。

第二个晚上我又守护大妈。我平常对大妈照顾太少，这时我再也不能离开她了。这一夜，李舒与我一起守护。大妈的病情更加恶化，我们的主要任务是给大妈吸痰。我头昏脑涨，别的什么都记不住。

1980年4月14日下午七时，大妈告别人世，享年八十一岁。

我的三个姐姐，有的昏倒，有的心脏病发作。我强忍巨大的悲痛，和四姐的朋友刘桂文给大妈换了衣服，把她送进太平间。第二天上午，我们把大妈的遗体送到火葬场。正如我们在《讣告》上通知的"丧事从简"，"不举行追悼仪式，不接受花圈、祭幛和其他纪念物品"，我们没有举行任何仪式。我们几姐弟躲在一个朋友家里，用无言的沉默来舐干内心出血的伤口。

办完丧事，我扑在床上放声大哭。

四爸给我们来信："大妈去世，消息来得突然。我刚从日本回来，得到通知，也没有写信安慰你们，你们姐妹兄弟的悲痛是想得到的。我也难过，我本来以为我还会回成都，还可以再见她一面。

不过我对生死问题看得开，也看得透，我没有几年好活，因此要多做事情。但你们都得保重身体，你们年轻，你们还有许多事可做。要热爱生活，好好安排生活。有什么事需要我帮忙的，可以告诉我。我希望你们都过得好！"

七

大妈逝世十四年了。

这些年来，我们几姐弟谁也不敢轻易提起大妈。时间的流逝，冲不淡我们对母亲的深情。大妈患高血压，如果认真服降压药，可能不至于猝死。当时我为什么就没有想到呢？现在想到已无济于事。

悔之晚矣！悔之晚矣！悔之晚矣！

有一次我打算写一篇短文，只写了第一句"我已经没有母亲，只有在梦里寻觅"，便再也无法写下去。我的确多次梦见大妈，但最后总是又找不到她了，直到哭醒。这也是我为什么到现在才写这篇回忆的原因。不过，我无时不在内心呼唤：

大妈，我的母亲！

1994年3月22日

终于理解父亲

我父亲在1931年春自杀身亡。

那时我只有一岁零三个月，谈不上对他有什么了解，所以我说不清楚自己的父亲。我只能说说自己对父亲的认识和感情的转变。

一

从我有记忆的时候起，母亲卧室里就挂着一张颇大的照片，我天天看见它。照片上的人眉清目秀，身着西服。不管我站在什么地方，他的眼睛都望着我，使我既感到陌生，又感到亲切。母亲说他就是我的父亲。

父亲名李尧枚，字卜贤。从母亲和长辈那儿，我听到许多称赞父亲的话。众口同声，说他是好人。在学校功课好，中学毕业考试名列第一。在家学过武术，舞剑曾得众人喝彩。喜欢阅读"五四"以来的新书报。热心为亲友帮忙，我们家和亲友家的红白喜事都少不了他。帮亲友做生意，赢了归亲友，亏了他赔钱。懂医，能为亲友看些小病。

李致的父亲李尧枚

脾气特别好，亲友中发生什么矛盾，他去劝解，甚至给双方作揖，说是他的不是。他死后，连邻居、小贩都感到惋惜。……所有的人都说他不该自杀。

二姐、三姐、四姐和我，因为年龄小，加上母亲身兼父职，似乎未感到缺少父亲的不幸。大姐对父亲感情特别深，一提到父亲她就流泪。半个世纪以后，她才告诉我，父亲很爱她。当年她和父亲同睡一张大床。父亲喜欢读新书报，每晚读到深夜，她至今还记得父亲读书时的背影。父亲给她订了《小朋友》和《儿童世界》，对她有很大影响。父亲爱带她出去玩，买糖果招待她的小朋友。1929年，父亲从上海回来正是中秋节，她在大门外玩，父亲一下轿子就摸她的头。父亲去世后，大姐十分痛苦，长期用写日记的方式倾诉她对父亲的感情。

我没有这些经历和感受。听母亲说，父亲去世前，我只会为他提拖鞋。我看见过一张旧照片，父亲抱着大约半岁的我，我含着自己的指头，父亲右手顶着

李致的父亲（左）和曾祖父

李致的父亲抱着未满一岁的李致。1930年夏摄于成都桂王桥西街

我的脚，左手抱着我的腰。老友刘多成会用计算机修复旧照片。他帮我把父亲抱着我照的那张照片修复一新。我在旁边加上"《父与子》（李尧枚与李致）1930年夏"。望着照片，我享受到父爱，似乎能感到他身体的温暖。

我看见过父亲的很多遗物，包括我用来玩的父亲的打针用具。除此之外，再无其他。

二

母亲经历千辛万苦，把四个姐姐和我带大。

父亲自杀，家庭破产，亲友逼债。继祖母卖了自己的养赡田产还债。有些亲友甚至拿走家里的字画和别的实物。面对没有父亲的五个孩子怎么办？这无疑是母亲最困难的时候。我太小，根本不知母亲的痛苦。幸亏在天津当教员的三爸李尧林，担负起全家的生活费用。

日本鬼子侵略我国，交通中断，三爸无法寄钱回来。继祖母和母亲分别带孩子回娘家住。母亲靠变卖旧衣物、绘画刺绣、卖豆腐乳、"请会"拿"头会"等办法养活我们，供我们读书。

20世纪40年代初期，四爸两次回成都。他目睹家里的困难，主动担负起全家的生活费用。为节约开支，我们又和继祖母住在一起。这次住在一起，可能是因为生活困难，加上传统的婆媳关系，母亲经常受到继祖母的训斥。每当继祖母心情不好时，就在晚上训斥母亲，时间很长。我睡在隔壁房间，听得清清楚楚。我为母亲不平，长时间不能入眠，常高声喊叫母亲，但任我千呼万唤，母亲都不敢回自己的房间。这时，我内心深处常埋怨父亲，为什么扔下母亲而去？

抗日战争时期，学校搬到乡下踏水桥，离城五六里。每遇下雨，满地泥泞，我和四姐在风雨中戴着斗笠，举步维艰。有几次风大，斗笠被吹走，人跌在地上。许多同学有父亲来接，令我们羡慕不已。

如果有父亲多好！……

三

上中学的时候，读了四爸的小说《家》和散文《做大哥的人》，我才对父亲有所了解。《家》中的高觉新以我父亲做原型。父亲自小就很聪慧。他对化学很有兴趣，希望将来能去上海或北京上大学，以后再到德国留学，脑子里充满美丽的幻想。可是高中毕业后，祖父给他找了工作，二十四元的月薪断送了他的前程，他回到自己屋子伤心地大哭。不久，祖父又为他娶了妻子，而他本有心仪的人。他一切顺从祖父，毫不反抗。祖父逝世后，父亲又担负起我们这一房的生活重担。"五四"运动发生后，父亲和三爸、四爸都受到新思潮的洗礼，父亲"被遗忘了的青春也给唤醒了"。父亲经常买回新书报，贪婪地阅读这些书报，接受新思想。父亲的见解比较温和，他赞成刘半农的"作揖主义"和托尔斯泰的"不抵抗主义"。正如四爸所说，我父亲"他一方面信服新的理论，一方面依旧顺应旧的环境生活下去。顺应环境的结果，就使他逐渐变成了一个有双重人格的人"。这是他以后发生悲剧的根源。

祖父去世后，父亲做了承重孙，成了明枪暗箭的目标。他到处磕头作揖想讨好别人，也没用处。四爸说，他和三爸"带反抗性的言行"又给我父亲招来更多的麻烦。我的哥哥李国嘉四岁多时突患脑膜炎去世，对父亲是一个更大的打击：他的希望完全破灭了，精神抑郁，偶尔还出现过神经错乱的现象。后来，父亲帮助三爸和四爸到南京读书，又支持四爸去法国留学，希望他们学成后回来兴家立业。由于大家庭分家，田产收入减少，父亲曾另想办法增加收入。开过书店，但因经办人选择不当关门。继而把田产抵押出去，希望用贴现的办法取得较高的利息。不料他生了一场大病，等他病好才知道好几个银行倒闭，全家的"养命根源已经化成水"。他感到愧对全家，终于服大量的安眠药自杀!

知道这些情况，我对父亲有了一定的认识。他是好人，是旧社会的受害者。但在很长的一段时期内，我不满他采用自杀的办法。父亲离开人世，把母亲和五个子女留在人间，让母亲独自承担莫大的痛苦和灾难。

四

从20世纪50年代起，我发现四爸对我父亲有极为深厚的感情。他曾对我说，我父亲如果放下绅士的面子，过一般人的简单的生活，完全可以不自杀。他懂医，可以好好学医，成为一个好医生。新中国成立后说不定还可能当一个政协委员。

为我父亲，我和四爸有过辩论。

四爸曾答应我将来去上海时，他陪我玩。1964年9月我第一次去上海，我提出要去给三爸扫墓。我没见过三爸，但我非常尊重他。主要原因是父亲去世后，他牺牲了自己的爱情和婚姻，主动用教员的薪水供给我们全家生活费用，努力工作，省吃俭用，直至全面抗日战争开始后联系中断。抗日战争胜利时，三爸贫病交加，逝世于上海。四爸同意我的要求，在一个下午雇了一辆三轮车，我们冒着烈日，同去虹桥公墓。我在墓地向三爸鞠躬，感激和尊敬使我流了眼泪。

在去墓地的三轮车上谈到父亲，我第一次向四爸表示了对父亲的看法，说他丢下母亲和子女去自杀，太不负责任。我当时年轻气盛，用语相当激烈。我们谁也说不服对方。只记得四爸感慨地说："连你都不理解，小林他们就更难说了。"

对父亲的"谴责"，在我心中保留了几十年。特别是我有了孩子以后，我非常喜爱我的两个孩子。我用玩、讲故事等办法启发他们的智力，促进他们的全面成长。女儿两次生病，怕她抽筋，我守通夜，困了用冷水浇头。儿子小时候，为了引起他读书的兴趣，我花了几个月时间，连续在晚上给儿子讲完《水浒传》，以后他在八九岁竟自己读完《三国演义》。儿子跟我去"五七"干校，整个冬天我们睡在一间小床上，互相用身体温暖对方。联想到我自己没有得到父爱，实在遗憾。"文革"中不论遇到什么困难，当"牛鬼"，进"牛棚"，被批斗和殴打，我从没想到自杀。原因之一，是我不能让孩子没有父亲。

五

20世纪80年代初期，我有一次去上海。一天上午，四爸拿了一叠信纸给我，说这是我父亲给他的四封信。我知道三爸、四爸离开四川以后，父亲经常给他们写信。四爸很珍惜这些信，把一百多封信装订成三册，保存了四十多年。"文革"初期，为避免引起麻烦，四爸横下心烧掉这些信。以后，四爸回忆到这件事时曾说："毁掉它们，我感到心疼，仿佛毁掉我的过去，仿佛跟我的大哥永别。"

这是我第一次看见父亲的字迹，也是第一次读到他们兄弟间的信。1929年7月，在分别六年以后，父亲到上海，与四爸相聚了一个多月。三爸当时在天津，未到上海相聚。这四封信是我父亲回成都后写的。前三封写于1929年，后一封写于1930年。因为尚未装订，烧毁时漏掉，才被留下。"文革"时被抄走，落实政策时退回。我一下就被信的内容所吸引，几乎是流着泪把它看完的。看一次不够，征得四爸同意，我把父亲的信带回成都复印，再把原件寄还给他。原件他要捐给现代文学馆。

这四封信增进了我对父亲的理解。

最引起我注意的，是父亲谈到"对人类的爱"。由于四爸在小说《灭亡》的《序》中谈到过他和我父亲的差异，父亲在信中表示了他对当时社会的看法，说："现代社会所需要的是虚伪的心情，无价的黄金，这两项都是我俩所不要的，不喜的。"在谈到他俩的差异时，父亲说四爸"对现代社会失之过冷"，而他对"现代社会失之过热"，所以他俩"不是合于现代社会的"。接着父亲又强调"我俩对人类的爱是很坚的"，"我两个没爹没娘的孩子，各秉着他父母给他的一点良心，向前乱碰罢了"。

我父亲以极大的热情支持四爸写小说《家》。他在信上说："《春梦》（即以后的小说《家》）你要写，我很赞成；并且以我们家人物为主人翁，尤其赞成。实在的，我家的历史很可以代表一切家族的历史。我自从得到《新青年》书报，读过以后，我就想写一部书来，但是我实在写不出来。现在你想写，我简直欢喜得了不得。弟弟，我现在恭恭敬（敬）向（你）鞠躬致敬，希望你有暇把他（它）写成罢。"他还鼓励四爸不要怕，说："《块肉余生》过于害怕就写不出来了。"

李尧枚给巴金的信的手迹

父亲与四爸的兄弟之情，充满字里行间。父亲在第一封信里说：“你们走后，我就睡在舱里哭，一直到三点半钟船开始起锚，我才走出来，望着灯光闪闪的上海，嘴里不住地说：‘别了，上海！别了，亲爱的弟弟们！’上海，我不大喜欢，但是我弟弟住在那里，我也爱他了。”另一封信上又说：“弟弟，我此次回来，一直到现在，终是失魂落魄的。我的心的确的掉在上海了。……我无日无夜的不住思念你。弟弟，我回来，我仍在我屋里设一间（张）行军床，仍然不挂帐子，每夜仍然是照在上海时那个样子吃茶看书。然而在上海看书过迟，你一定要催促我……”还说，他是不再看电影了。因为没有他弟弟坐在他旁边替他解释剧情了。弟弟，他要他弟弟来了，他才得快乐呵！

　　关心和尊重人也在信中体现。父亲在上海时，常和四爸去一家叫三和公的饭馆吃饭，回成都后还念念不忘。他说：“你要吃西餐，请人照顾一下三和公罢，因为他对你和我两个很好的。茶房我走时一共给了三块钱，但是对那个笑嘻嘻的堂官（倌）和那几个山东人，我是很抱歉的。你照顾他一下也好，因为我俩是时常在那里一块吃饭呵！”

　　父亲在信上已有自杀的念头。他说：“我也是陷于矛盾而不能自拔之一人，奈何！……此时暂不自辩，将来弟总知道兄非虚语。恐到那时，弟都忘却兄了。唉！”正如四爸以后所说：“他始终未说出原因来，所以我不曾重视他的话。”

　　我通过这四封信，接触到父亲的心灵。他不是不热爱和留恋生活，更不是回避矛盾抛弃亲人。他阅读《新青年》杂志，喜欢狄更斯的小说《大卫·科波菲尔》，爱听G.F.的唱片*Sonny Boy*。家庭破产，父亲觉得对不起全家，企图自杀，正因他舍不得家人，写了三次遗书又三次把它毁掉。最后一封遗书中写道：“算了吧，如果活下去，才是骗人呢。……我死之后不用什么埋葬，随随便便分尸也可，或者听野兽吃也可。因为我应得之罪累及家人受此痛苦，望从重对我的尸体加以处罚……"（这是我以后读到的）。自杀前二十多天，父亲借自己的生日，请了全家人（包括佣人）看戏，以示惜别。父亲自杀当夜，他几次来看望母亲和我们几姐弟。第二天早上，全家乱成一团。我和二姐、三姐、四姐人小不懂事，唯大姐悲痛不已。她拼命地喊爹爹，多次用手扳开父亲的眼睛，希望把父亲叫醒，但这时已"呼天天不应，叫地地不灵"了。

此后我不再谴责父亲对母亲和子女不负责任。尽管我仍不赞成他自杀。对四爸在小说《秋》里没有让觉新自杀，我也有了新的理解。四爸本想通过《家》鼓励父亲，勇敢地面对生活。但小说的《序》刚在《上海时报》连载，父亲就在成都自杀了。四爸为此感到"终生遗憾"。写到《秋》的结尾，四爸既想给读者希望，更不忍心觉新在他笔下死去。

六

从此，对我父亲，我与四爸有了更多的话题。

20世纪80年代我常去上海。有天早上和四爸在花园散步，四爸说他发现自己不如写《家》时那样勇敢，身上有时还有觉新的东西。可惜谈话被打断，未继续下去。

1986年春，我就父亲的四封信，与四爸有一次较长的谈话。四爸为我父亲1929年7月来上海，他们未能与三爸相聚，感到十分遗憾。当时，四爸曾以他和我父亲两人的名义约三爸来上海，但三爸以暑期要为学生补课为由，没有成行。四爸说，其实还有一个问题，去信中没有解决路费问题，失去了三兄弟分别六年再聚的机会。以往在成都，大家都向往杭州，这在小说《家》和《春》中多有描写。四爸一连几次对我说，真不知道那一次为什么没与你父亲一起去杭州玩？感到十分遗憾。当然，最令四爸痛苦的事，是两个哥哥都是因没有钱而死去。四爸痛哭失声地说："我现在有钱，但钱有什么用？我又不想过好生活。"

1995年，我第一次去杭州看望四爸。四爸对我说："一个人做点好事，总不会被人忘记。我时常想起你父亲，他对我有很多帮助，你三爸对我的帮助也很大。我要帮助他们，结果没有机会了。我知道，我可能不会被人忘记，但我希望他两人也被人记住。"两年后，我第二次去杭州看望四爸。四爸再一次谈到我父亲和三爸，他说："我们三兄弟有一个共同点，就是愿意多为别人着想，做出自己的奉献。"这一点，我感到很重要，是理解他们三兄弟的关键。四爸希望他们三兄弟能在"慧园见面"，即在慧园设一个展览室。我回成都即向市主要领导做过建议，但这个愿望难以实现。

也是在杭州，有一天，我和四爸的儿子小棠在屋里与四爸聊天。四爸说："你们以后写文章，涉及婆婆（指继祖母）一定要公正。"我说："我在《大妈，我的母亲》一文中特别提到在我父亲逝世后，继祖母卖了她的养赡田来还账。这是大局。家里的一些小矛盾，难免，但大局是主要的。我和几个姐姐都理解这一点。"四爸还谈到他小时婆婆对他的关心。其中谈到有一次过年，四爸放火花，鞋烧燃了，脚被烧伤，躺在床上，婆婆给他找药治疗。小棠与四爸开玩笑，问四爸："你那么大了，还不知道自己把着火的鞋脱了？"

1997年父亲百年诞辰之际，我打电话给住在华东医院的四爸。四爸有语言障碍，没有多说，只说了："庆祝一下。"我和几个姐姐、儿子与女儿，想不出用什么办法庆祝。后来，儿子在计算机的互联网上设了一个李尧枚的资料库，有照片、文章和资料，除四爸和济生叔的文章，还先后组织了采臣叔的文章以及大姐和张表嫂对父亲的回忆。到一定时候，资料库即可公开，欢迎访问。

几十年了，经历了一个漫长的过程，我终于理解了父亲。只是这理解来得过迟了。请你原谅，我的父亲！

2002年春

外婆家的花园

外婆家的四合院，有一个相当大的天井，种了许多花草。外婆或是亲自动手，或是指挥家人劳动，一年四季都有花。这不就是花园吗？

面对正房的右边，有一棵玉兰花树，长得很高。春天一到，先看见它长了许多骨朵儿。这时，我、四姐和外侄女淑媛，心里就痒痒的了。等呀，等呀，好不容易花开了。几十朵白花像树枝上顶满白雪，使人感到纯洁。但是还得等，等什么？等它的花朵掉下来。如果花不掉下来去摇动树干，准会挨骂。不管哪个拾到花朵，一人分几瓣，用手把花瓣一摩擦，再把瓣头撕掉一小块，用嘴吹，花瓣便慢慢地鼓起来，像一个扁的小气球。拿着玩一会儿，比比谁吹得大，然后再用两手一拍，听听谁拍得响。这里面可有技术啦。摩擦得太重，花瓣就破了，吹不起来；吹也得轻轻地，不然就爆了。

左边，树可多了。

有一棵绿萼梅树。它的花开得早，虽然香味儿不浓，但素雅，像一个姑娘。还有垂丝海棠树。每逢开花，树上像吊着一根根的丝线，丝线上挂着一串串红色的小花朵。四姐最喜欢垂丝海棠，说它很美，经常摘些花朵送她的同学。

我兴趣最大的是紫荆花树。花是红的，只要用手去抓树干，树枝就要动。大人说是给它抓痒。我们一天总要给它抓几次痒。胖舅舅也爱叫我给他抓痒，胖舅舅的肉很软和。树干像瘦人的骨头，硬邦邦的。尽管如此，我们仍愿给紫荆花树抓痒。

几棵树的中间，有一个绿色的大水缸。里面全是绿色的浮萍和水草。据说有很多金鱼，我们找来找去，很难找到。胖舅舅说水草太多，金鱼被盖住了。我几次用棍子去拨开水草，只看见过一条红色的金鱼。太费时间了，没有兴趣再去看它。

有蟋蟀，我也捉到过几只。大人说蟋蟀会打架，特别是有一种叫"棺材头"的。可是我捉住的，从不打架。它们也许是朋友，也许是"和平爱好者"。大人叫我们不要打架，何必要蟋蟀去打呢？我把纸盒打开，让它们回家去。

树多，夏天有蝉叫。我很想抓一只，但或是看不见，或是太高，从没有抓住。只不时发现一些蝉壳，外婆说中药叫蝉蜕，可以明目。

经常看见的是蚂蚁。如果打死一只苍蝇，放在地上，不久被小蚂蚁发现，急急忙忙地跑回去报信，不一会儿，一长串小蚂蚁排着队来了。我和淑媛便高兴地唱："蚂蚁儿、蚂蚁儿来来，大哥不来小哥来，吹吹打打一路来。"等许多小蚂蚁来了，它们便齐心合力地把苍蝇拉走。可是看完这一过程，得花很长的时间，往往看到一半，大人就叫去吃饭；我们的腿也疼了，借此休息一会儿。可惜再来看的时候，蚂蚁已经不见了。但这种小动物的有组织的行动，给我们留下了深刻的印象。

夜晚，能听见"叫咕咕"清脆的声音，给夏天的黑夜增添一份欢乐的气氛。叫咕咕一般是胖舅舅买的，装在用麦草编的笼子里，吃南瓜花。吃完南瓜花，总不能让它饿死，便把它放到花园里去"自谋"生路。也不知道它吃什么，还能活多久。这是一个谜。

外婆亲自动手的：一是牡丹花，一是兰花。每到冬天，外婆要把牡丹树枝一些可能生骨朵儿的地方，用旧棉花缠住。像小孩戴了一顶棉帽，好暖和啊！不知等多久，春天到了，外婆把棉帽取掉，能看见骨朵儿了。又不知等多久，花盛开了。外婆请客人来赏花，客人对外婆说一些吉祥的话，外婆也很高兴。牡丹花显得雍容富贵，我母亲爱画牡丹，我也喜欢它。这时，天暖和，外婆几乎天天出来观花，还要加肥。不仅要把鸡关住，还不断给小孩打招呼，不许去碰它。至于兰花，外婆也很爱护，但我不会欣赏，只觉得清香。

唯一的果树是枇杷树。每年结果，外婆总要叫人摘下来，说是清热，要母亲剥了皮给我吃。

房后的小天井，也是花园。几株芭蕉树，叶子特别绿。它让我想起舅妈给我讲的《西游记》中铁扇公主的芭蕉扇。一下雨，很好听，外婆叫"雨打芭蕉"。若干棵蜡梅，它的花不特别漂亮，但味儿很香，是我最喜欢的香味儿。与它们挨近，有一棵柚子树，秋天柚子成熟，可惜味太酸。我只要一个柚子，用竿穿进去，在柚子上贴些花纸，做成龙脑壳，神气十足地拿着它到处飞舞，一边叫："龙来了，龙来了。"

厢房外的天井仅有一棵椿芽树，大人很爱吃它的叶子，但我闻不来它的气味。不论大人如何宣传，一听说吃椿芽，我便跑得远远的。

小时候，我们的天地很狭窄，幸好外婆家有这样一个花园，使我接触到一小角"大自然"。它让我和一些树木、花草与昆虫交了朋友。长大后，我到过许多地方和一些国家，无论那些地方的自然环境多么美好，但它不能代替外婆的花园。外婆的花园始终和我的童年连在一起，直到永远。

1998年8月24日

哇——我只要小花

我从小爱动物，特别爱小狗。

亲戚中有两家养狗：一是四舅公家，养的是猎狗。庞然大物，用铁链拴着，我们一去，虽有人挡住，它仍张牙舞爪，跳起来企图咬人。一是四伯伯家，养的是京狗，小巧玲珑，见人就摇尾巴，只要逗逗它就和你玩。我那时尚不知世界上有鲁迅，却用了他所说的比较是最好的鉴别方法：猎狗与京狗，我喜欢京狗。

四伯伯家，除他以外，只有四伯妈，没有小孩。我每跟母亲去他们家，大人摆龙门阵，我就和京狗玩。四伯妈见我喜欢京狗，主动对我说：

"以后它生了小狗，送你一个。"

我听了十分高兴，远超过大人买彩票中奖。当时我们住在外婆家，胖舅舅想发财，几乎每月都要买彩票。一到开奖前几天，舅妈还要给观音菩萨许愿。可惜观音菩萨不保佑，次次落空。仅有一次得了尾奖，胖舅舅高兴得买了猪耳朵下酒吃。我从没有想过彩票中奖，能有只京狗，就是最大的愿望。

"还要等多久？"我赶快问。

四伯妈说："再过一个多月，你就可以得到了。"

小孩子要的东西最好马上得到。但母狗还没有生，急也没办法。好在时间不算太长，而且不是做梦，只需要耐心。

幼年时期的李致

第二天上学，我立即发布新闻。大家都为我高兴，特别是与我最好的两个女同学。一个姓吴，一个姓彭——当时我们还不划分男女界限。她们仔细地询问了京狗的模样，我绘声绘色地作了回答。

这一个多月，对我来说可真是度日如年。到了预定的时候，我催着母亲带我去四伯伯家。果然京狗生了小狗。我选了一只白色又有少许黄色图块的，装在早准备好的小竹篮里把它带回家。我向四伯妈鞠躬致谢，心里特别敬佩她。有些大人常常开空头支票哄娃娃，说了不算。四伯妈说话算话，她瘦小的个子，在我眼里变得高大起来。

我把京狗抱给外婆、胖舅舅、舅妈、表嫂和家里所有的人参观。大家都说这只小京狗乖。外婆熟悉医书《验方新编》，说："狗就是小的乖。等它大一点，喂点丁香给它吃，它就不长了。"

京狗的身子不长，脚短，尾巴虽是卷的，摇起来很有劲。我和它玩了一天，它已经把我当成最亲密的人。我给它取了一个名字叫小花。它东跑西跳，用鼻子闻来闻去，只要我一叫"小花"，就摇着尾巴向我扑来。吃饭的时候，喂它米汤，它把一个小盘子舔得干干净净。

问题出在晚上：小花在哪儿睡？

我早在竹篮上铺了一些破棉絮和旧布，它躺着好像还舒服。我要把它带进屋里，没有一人赞成。最后只得把它放在我住的屋外。

开初，小花疲倦了，安静地睡了一会。但一到半夜，它却用一种凄凉的声音叫起来，把我和母亲都吵醒。

小花的叫声使我心疼。我要去把竹篮提进来，母亲又不允许。我问母亲是不是小花怕冷，母亲说不是。还说小狗刚离开母狗，一般都要叫，隔几天就好了。我联想到自己，凡母亲外出，一定"撵路"，不带我去我就哭。这样，我似乎理解了小花的感情，心里稍微平静一点。一直到小花叫累了，睡了，我才靠着母亲入睡。

第二天上学，我把昨晚的情况告诉两个好朋友吴和彭。她们都同情小花，认为它那么小就离开了妈妈，当然不习惯。可是放学回家，几乎受到全家人的声讨，说小花的叫声影响睡眠。我说不是只叫了一次吗？表嫂说："你睡着了不知道，把我们叫醒了几次。"

小花见了我很亲热。可能大家骂了它，它只能从我这儿得到爱抚。我抱着它说："小花，你晚上不要叫了，不然大家会讨厌的。"小花高兴地用舌头舔我的手，弄得我痒痒的。为了安慰小花，我一直和它玩到晚上——当时课程负担不重，放学后没有作业。

不幸，到了夜晚小花又凄凉地叫起来。这样一直连续叫了几个晚上。我既同情小花，又怕这样下去，大人更讨厌它。"小花，你懂事一点吧！"这是大人经常叮嘱我的一句话，我现在把它用来叮嘱小花。

记不清是在哪一天了。我上学的时候抱了抱小花，它一直跟我走，我只好把它撵回去。到了学校，又向两个好朋友吴和彭讲述小花的可爱和一些趣事。吴文静地笑了，彭的脸像苹果似的更红了。

放学回家，我满以为一叫小花，小花会立即跑来迎接，但毫无动静。我一边叫一边找，不见踪影。问大人，都说没看见。我认为表嫂是最大的"嫌疑犯"，追着问她，她支支吾吾地说："上午都在，下午有个和尚来化缘，它就跟着和尚走了，以后再没看见它。"

母亲来安慰我："以后我们再向四伯妈要一个。"

"我只要小花，哇——"

　　记不清是怎样收场的了。当晚，没有小花的叫声，特别安静。我很久没有睡着，担心小花刚离开它妈妈，现在又走掉了，不知会遇到多少困难。有人喂它吃的吗？今晚它睡在哪儿？明天会不会回来？我的头转来转去，泪水把枕头打湿一大片。

　　第二天，我没有把这个消息告诉我的两个好朋友，但我沮丧的表情使她们感到异样。课间，我不玩。她们主动来问我，我流着泪说："小花不在了。"放学回家，再也不见小花，盼它归来只不过是痴心妄想。

　　小花的丢失，始终是个谜。我长大了分析，当时正是抗日战争，生活困难，大人心烦，不愿听小花尖叫，加上它不讲卫生，随地小便，他们故意把小花丢了或送人。然而，他们不知道这样处理，给我的心灵造成多大的创伤。在很长一段时期内，我闷闷不乐，老想着："小花到哪儿去了？"

　　我再没有去四伯妈家，我觉得对不起她。

1998年8月2日

附　记

　　事隔几十年，有一次和表嫂通电话，她终于承认狗是她放走的。我的怀疑没有错。

过　年

过年，是孩子们最快乐的事。

腊月（阴历十二月）初六"打阳尘"，所有人家开始做大扫除。当时我人小，不给我分配任务。二十三日送灶，也就是送灶神，就与我有关了。灶神供在厨房里，用红纸写上"灶王帝君神位"几个字，贴在墙上。神位前钉上一个木板放香炉。当时的厨房光线不好，神位钉在角落里，居住条件最差。据说灶神是玉皇大帝在各家各户的"特派员"，让他"深入基层"掌握情况，以便年终上天汇报。

为什么要住在厨房里？大概是民以食为天，穷或富总得表现在吃上面，便于观察。平时是否烧香也很难说，但送灶那天却比较隆重。先得祭，祭品主要是麻糖——后来读鲁迅的书才知道，麻糖是用来粘灶神的嘴的——既为神，难道连这种"贿赂"都不知道？可能是一年只供一次，饥饿使得灶神不得不吃，忘了"饿死事小，失节事大"的古训。其实也不是"失节"，他并没有乱打"小报告"，只是嘴被粘住，无法说话，失职而已。年年如此，为什么不总结经验教训？不过，这些天上的事，一万亿年以后也不会公开"档案"，凡人是弄不清楚的，用不着去钻牛角尖。

我父亲早逝，几个叔父又不在家，按照"女不敬灶，男不敬月"的原则，送灶的重大任务只有我这个男丁来承担。我觉得好玩，每到这天的晚上，便把神位取（侯宝林相声里的老太婆说应用"请"）下来，送出大门，用火烧掉，请他老人家"上天言好事，下地保平安"；回到厨房立即"帮助"灶神把没有用完的麻糖吃光，以免浪费。到三十晚再接他老人家回来。

当然，更令我高兴的是，它预示着：很快就要过年了。

临近过年，得帮助大人把祖宗的影像挂在堂屋里。因为从没有见过这些祖宗，所以很不容易搞清楚谁是祖爷爷，谁又是祖爷爷的爷爷。堂屋的桌椅都得换上红色的桌帘和椅披、椅垫。尽管当时大家庭早已破落，但这些东西还存在。为了向祖宗表示敬意和孝心，还得折黄表（金叶子）和撕纸钱（小铜钱），让他们在天上不缺钱用。这些劳动并不重，但花时间。好在我和三个姐姐一边撕纸钱一边摆龙门阵，也不太难过。吃的东西主要由母亲准备，小孩帮不上忙。祖母一再打招呼，过年期间不许说不吉利的话，不能打碎东西，不要把垃圾扫出门，等等。

母亲要给我和几个姐姐做新衣服。零用钱也比平常稍多一点。胖舅舅每年都要先带我去科甲巷，给我买些戏脸壳儿、笑头和尚和灯笼之类的玩具。自己还得准备一些火花儿和小鞭炮，这是小孩最爱玩的。点灯笼的小蜡烛、演灯影戏的大纸等也得先买好。还计划上哪些地方玩。万事皆备，只等过年。

在高兴之际，也看到另外一些景象。

街上饭店前面，不时有吃了饭没钱给，被罚跪在地上顶板凳的，叫着"善人，老爷、太太"，乞求过路的人给点钱，好让他把头上的板凳取下来。

一个穿得很破旧的老头儿，前面放着一个小孩儿。小孩儿四五岁，蹲在地上用一片小瓦片画着泥玩，背上插着打有圈的谷草。这表示要把小孩儿卖掉。他本人不知道，但老头儿的脸上却显得很痛苦。

拉胡琴卖唱的每天都要从我们家门外走过。一老一小，老的好像是瞎子，他边走边拉胡琴；小的是女孩儿，她牵着瞎子，唱着小曲。我听不懂他们唱什么，只感到声音很凄凉。

我不明白为什么会有这些事。问我的胖舅舅，他只回答说："他们穷。"至于为什么会穷，我想不到那样深，只觉得不公平。那卖唱的小姑娘，她怎么过年呢？那背上插着草圈的小孩儿，他的妈妈知道要卖他吗？万一我像他一样被卖掉，我绝对舍不得离开妈妈和几个姐姐。想到这里，我差一点哭了。

孩子的注意力很容易被转移。只要被过年的气氛感染，我又去忙别的事了。

除夕特别热闹。放鞭炮，堂屋的长桌上摆满供祖宗的菜肴和水果，还要奠酒。按辈分大小，一个个依照次序给祖宗叩头。接着又按大小给长辈叩头，祖母就给压岁钱。然后吃团年饭，祖母给每人夹一点菜，说一句吉祥的话。大人还要行令喝酒。小孩儿忙着吃完饭，就跑出去把灯笼点亮，放火花儿，演灯影儿戏。等大人忙着打牌或掷"狮子俸"，点燃大蜡烛开始守岁时，我已经累得睁不开眼了。

大年初一，早被鞭炮声惊醒。又敬祖宗、拜长辈，行礼如仪。吃过早饭，大人或去拜年，走喜神方。我一般是跟母亲去拜年。拜年枯燥无味，但也没办法，不过有两处我特别愿意去。

一处是堂叔父家。那儿有一位堂兄，只比我大两岁，出生那一天正是除夕，小名叫重喜。重喜哥极其聪明，扯响簧，不管是"放地转转儿"，或是"纺棉花"，或是抛上又接住，无不得心应手；划甘蔗，一刀能从头划到底，凡比赛他全赢；打乒乓，手拿的球拍，这面写"有我无敌"，那面写"有敌无我"，又抽又杀，连大人也一一败阵；唱川剧，戴上戏脸壳儿，拿一把银色的木刀，高叫"明亮亮，灯光往前照"，做出要杀人的样子。在我心目中，他似乎无所不会，既会就精。我对他已有"个人崇拜"，最愿意和他一起玩儿。

外婆家也是最愿意去的。外婆极为慈祥，常用她的手抚摸我的脸，怕我长大了"找不到媳妇"，帮我把略为"右倾"的鼻子扳正。舅妈最会讲《西游记》，孙悟空的七十二变、铁扇公主、牛魔王和红孩儿，我全是从她那儿听来的。胖舅舅更不用说了。过年期间，他的拿手好戏是放大火花儿。好不容易等到天黑，天井四周站满人，胖舅舅把大火花儿点燃，有规则地挥动着手，整个天井满是金色的火花儿，持续几分钟，实在太喜气、太美了！孩子们不断惊呼。这可以说是过年的高潮。

在过年期间，我常听到那卖唱的从大门前走过。小姑娘拉琴的琴调虽然有变化，但仍使人感到凄凉。一下又想起那个背上插着草圈的小孩儿，不知他被卖出去没有。为什么所有的孩子，不能全都快快乐乐地过年呢？这些想法像阴影一样不时笼罩着我。有一天黄昏，我又听见琴声和歌声，它像绳子似的牵动着我的心。我突然跑出去，把准备买火花儿的两个大铜圆塞到小女孩儿手里。

终于在欢乐中过完年，但也夹杂了少许忧愁。

1999年1月3日

书，戏和故事

　　小孩子都喜欢看图画书、看戏和听故事，我当然也不例外。回想起来，虽然看过的听过的难以计数，但有的印象特别深。当然，半个世纪以前的事，细节不一定准确了。

可爱的小乌鸦

　　过去，成都有很多乌鸦。早上可以看见数以百计的乌鸦，黑压压一片从天上飞过；黄昏前又看见它们飞回来。乌鸦究竟飞来飞去到什么地方，谁也不知道。我们是学生，所以认为乌鸦像学生一样。当乌鸦早上飞过的时候，我就和小朋友一起，有节奏地欢呼："乌鸦，乌鸦，上学！"黄昏的时候，又有节奏地欢呼："乌鸦，乌鸦，放学！"

　　不知从哪里得到一本彩色连环画，书名早已记不得了，内容却很清楚。这是一本讲乌鸦的童话书。书中所有的乌鸦都拟人化了。黑色的乌鸦全穿上了白色的外衣，翅膀成了手，形象很可爱。

　　一开始，乌鸦爸爸和妈妈在树上搭窝，接着生蛋孵蛋。大概有四五个乌鸦蛋吧。乌鸦妈妈耐心地孵蛋，小乌鸦一个个地从蛋壳里钻出来。乌鸦爸爸妈妈不断地飞出去寻找食物，然后又衔着食物，急急忙忙地飞回来喂孩子。小乌鸦饿坏了，一个个伸着脖子、张着大嘴，嗷嗷待哺。小乌鸦长大了，也穿上了白外衣，老乌鸦教他们学飞翔、寻找食物，一家人和和睦睦地，过得可愉快了。

乌鸦爸爸妈妈老了，飞不动了。几个孩子很着急，每天寻找食物来喂爸爸妈妈。不久乌鸦妈妈生病了。小乌鸦们给妈妈熬药，用翅膀拿着扇子生炉子。乌鸦妈妈终于死了。所有孩子围着妈妈痛哭，眼泪一颗一颗往下掉。我非常爱自己的妈妈，因此也最怕看见别人的妈妈死去。每当看到这里，我心里很难受，不知道怎样去安慰那些没有妈妈的小乌鸦。我赶快把书合上，好像这样做，乌鸦妈妈就不会死去。

以后知道，这叫"乌鸦反哺"。大人常用这个故事教育孩子。前不久，电视剧《咱爸咱妈》里的大哥乔家伟，也用乌鸦反哺来教育女儿要孝顺爷爷。不过，我一直有个疑问：似乎人人都喜欢喜鹊，认为喜鹊叫意味着喜事临门，很吉利；而看见乌鸦却要把它赶走，嫌它的声音不好听，像是报丧。为什么只看乌鸦的衣服和声音，不看它的心好不好呢？大人不是常说"不能以貌取人"么？

最近，我就"乌鸦反哺"这个故事，请教了一位科学家。他说乌鸦这种鸟类很合群，乌鸦老了或病了，如果不能觅食，别的乌鸦就会来帮助喂食，并不一定是子女孝顺父母。

我相信科学家的论证，但我仍然爱着童话故事里那些忙着给妈妈寻食、熬药的小乌鸦。

相依为命的姐姐和弟弟

舅妈，也就是胖舅舅的妻子，除了爱给我们讲《西游记》和《聊斋志异》，还爱带我去看川剧。剧场在布后街，场外挂了许多牌子，写着：天籁、贾培芝、曼丽、苹萍等大演员的名字。舅妈一个个给我介绍他们好在哪儿，但我缺乏兴趣。我主要去看打仗，大花脸，挂着红胡子，背上插四面三角形的旗，用关刀、矛子、铁锤等各种武器交战，一连翻七八个跟斗儿，配以紧密的锣鼓声，实在太有劲了！远比现在某些哄闹得一塌糊涂的摇滚乐有趣。

然而，有出戏我不但看懂了，而且被感动了。

那是时装戏，写一位继母不善待子女。子女一个是成年的姐姐，一个是年幼的弟弟。姐姐非常爱她的弟弟，弟弟当然十分依赖姐姐。姐姐毕竟是成人，决心逃离家庭，以后再设法救出弟弟，但又不敢告诉他。弟弟似乎有所察觉，非常注意姐姐的一举一动。姐姐临走那一天晚上，在床边陪着弟弟睡觉；弟弟则用手拉着姐姐的衣角，他以为这样姐姐就无法走掉。姐姐等弟弟睡熟了，流着眼泪，悄悄把衣角扯出来，再把帐子塞进弟弟的手里。

"你快点醒嘛！"我差一点要叫起来。

弟弟听不见我的声音，自然不会醒。姐姐用手绢擦着眼泪，一步一步地退出房门。

戏完了，舅妈牵着我的手离开剧场。平常演完戏，我总要闹着吃零食或买什么小玩意儿。这次一反常态，闷闷不乐。

舅妈问我："你哪点不舒服？是不是受热了？"还用手背测试我额头是否发烧。

我却问："那个弟弟怎么不醒嘛？明天他找不到姐姐怎么办？"

"他姐姐出去以后，一定会来救弟弟。"舅妈笑着安慰我说，"五儿，这是戏。"

很长时间内我都为弟弟担心。设身处地，我要是那个弟弟怎么办？不管是戏不是戏，反正它拨乱了我的心弦。但愿姐姐能早些把弟弟救出来。

爱国的波兰少年

这是故事。这类故事舅妈不会讲，是姐姐讲的。我有四个姐姐，单叫姐姐是指大姐。我从小就认为她是大人，平常不与我们一起玩小孩儿的游戏，但她会讲故事。偶然发现她没有事，我就要拉着她讲故事。

"讲什么呢？"她想了一会儿，"讲个波兰少年的故事吧。"

波兰是欧洲的一个小国，处在不少强大国家之间，经常受强国的欺负。有一次，一个强国出兵攻打波兰，打到某个城堡下，但城堡的门早已关上了。怎么办呢？敌人忽然发现有一个少年在城外牧羊，手上还拿着一个喇叭。有个奸细马上向长官报告，说少年每一次回去，都要在城外吹喇叭。城里的人一听见喇叭声，就给少年开门，于是少年就赶着羊群进城。

长官听了奸细的报告，马上强迫少年到城外吹喇叭，好骗取城堡里的人打开城门。

"少年去了没有？"我着急地问。

姐姐反过来问我："你说呢？"

"当然不能去。"

姐姐又接着讲下去。这个波兰少年当然不愿去。不过他又想，我不怕被敌人打死，但总得要城堡里的人知道敌人来了。不然我死了敌人还会用别的办法攻打他们。他对敌人说："好，我吹。"敌人押着他走到城堡下，他毅然对着城堡吹喇叭。听到这里，我的心像被一只手捏紧了，气也不敢出。姐姐说，平常这个少年回去吹的都是欢快的曲子，城堡里的人一听见就马上开门。可这一次吹的却是很凄凉的曲调，城堡里的人听了感到奇怪。仔细一看，只有少年一人，没有羊群，而四周埋伏了敌人。波兰士兵赶快做好准备，打开城门，一举把敌人消灭。

我立即问："波兰少年呢？"

姐姐说："他被敌人杀害了。不过全城堡的人为了纪念他，在城堡外给他塑了一座铜像：他仍吹着喇叭，向城堡里的同胞报告敌人来了！"

波兰少年的爱国行为打动了我的心。他让我知道除了妈妈、姐姐和朋友，还有同胞和祖国。我上小学以后，抗日战争爆发了，老师带领我们搞宣传、捐寒衣，我仿佛都听见了波兰少年的号声。只是我听见的号声没有凄凉，而是激昂。

激昂的号声，让我爱自己的祖国，爱自己的同胞！

1999年1月26日

胖舅舅

我舅舅是一个大胖子。

从我有印象的时候起，他的身子就比一般人宽一倍，颈项后面有几层肉堆。夏天，他非常怕热，总是不停地摇着芭蕉扇。他喜欢小孩，特别喜欢我。我父亲去世早，家里经济情况不好，没有人带我出去玩，也很少有人给我买什么玩具。但只要一回到外婆家，情况就不一样了。胖舅舅对我的愿望几乎是有求必应。不是送我蝴蝶风筝，就是带我到科甲巷去买关刀或宝剑。关刀和宝剑都是木头做的，但涂上银粉就像真的一样。胖舅舅经常带我上公园，赶花会，或是逛城隍庙。当他走累了坐下来慢慢喝酒的时候，我就可以喝一碗糖豆花或吃薛涛干。他喝完酒总要叮咛："回去不要对舅母说。"我也极愿为他保密。长期以来，我形成这样一个概念：舅舅最爱外甥，也应该是个胖子。似乎不是胖子，连做舅舅的"资格"也会丧失。

胖舅舅有两个爱好，除了喝酒，就是下象棋。只要有空，他就把棋盘摆好，找人来对战。我很不愿他下棋，因为他下棋就不能带我出去玩。于是在他身边捣乱，有时候横起来就干脆闹个"地震"，把棋盘给他掀翻。尽管这样，胖舅舅并不生气，也没有骂过我。他总是笑嘻嘻地把我拉到他怀里说："来，我教你，下棋好耍得很！"我没有办法，先是赌气不说话，但慢慢就认识了棋子儿，知道了"马走斜角，象飞田"之类的知识。

这样，我对下象棋产生了兴趣。

我常拉着胖舅舅陪我下棋。他并不嫌弃，总是兴致勃勃地边下边教我。我当然不是他的对手，走不了几步，我的"将"就被吃掉了。但我从小好胜，只愿赢不服输。连输几次，坐不住了，脸也红了，非下赢不放他走。但最后，往往出现奇迹：我用重重炮或连环马，胖舅舅简直招架不住，节节败退，直到我大获全胜。这时，他如获"大赦"似的笑着说："你赢了！你赢了！"我忙跑到外婆那儿去报告战绩，外婆笑眯眯地称赞说："乖，长进了，把舅舅都下赢了！"

我为这个"重大胜利"飘飘然了许多年。

我一年年长大，以后参加学生运动，兴趣转到读书上面，很少再下象棋。在我二十岁的时候，胖舅舅去世了，我感到非常难过。不久，我也当舅舅了。我也喜欢自己的外甥，带他们玩，给他们变戏法。有一天，我姐姐到学校去接儿子，学校老师居然问："孩子的舅舅是不是在杂技团工作？"原来外甥经常在学校宣传舅舅，说舅舅"什么都会变"，以至老师产生误解。几个外甥喜欢我，我很高兴。只是我觉得自己不很胖，不完全像个舅舅。

历史往往有重演的时候。我教外甥下象棋，同样是先教他认棋子儿，每个子儿该怎样走。外甥下象棋的兴趣和我当年一样，一见我就拉着不放。他当然下不赢我，我只要几步棋就可以把他的"帅"置于死地。没想到他也好胜，只愿赢不服输。如果连输几次，不但不准我走，有时还借故和观战的人争吵，怪别人不该帮我，放声大哭。怎么办呢？我不能为下棋花过多的时间，只好甘拜下风，马、车、炮都送给他吃掉，彻底投降。这时，他也像我小时候那样高兴地叫着："我赢了！我赢了！"

我很高兴，如释重负，赶忙去做别的事。

也就在这时候，我恍然悟出十几年前自己是怎样下赢胖舅舅的了。小时候的事情，想起来总觉得好笑。一个人如何正确认识和对待自己是很不容易的。胖舅舅明明是嫌烦，有意让我，而自己反觉得比他行，把这当成骄傲的资本。这实在值得警惕。

胖舅舅离开人世已经三十多年。我现在也已年过半百，身体发胖，取得了做舅舅的"资格"。但我至今仍怀念我的胖舅舅，感谢他对我的爱，给我寂寞的童年增添了欢乐。想起他必然又联想到下象棋，它让我知道：人贵有自知之明。

如果胖舅舅知道我有这点认识，他一定很高兴。

1981年2月22日

八　舅

八舅家和我们家是世交，后来又亲上加亲。

八舅是我姨婆的儿子，后来又成了我姑妈的小叔子，我应该叫他八表叔。但他的姐姐又嫁给我的一位叔父，我堂弟叫他八舅。我的舅舅是胖子，八表叔正好也是胖子。可能我一向对舅舅很有好感，便跟着堂弟叫他八舅。

我小学的最后一期，上的是航空委员会子弟学校，学校在成都市五世同堂街，离

我的八舅

我们家很近。八舅的五哥我叫五表叔，他在学校旁边开了一家波音电器修理社，我有空就去玩。我是在这里与八舅熟悉的。八舅有一双浓眉和深邃的大眼，喜欢孩子，与他交往不感到任何拘束。我愿向他倾诉自己的感情和讨论各种问题，深感他是孙中山先生所说的"以平等待我之民族"。八舅的性格很好，我从没见过他发脾气。有一次他路过新南门外的大木桥，一人把唾沫吐在他的新棉袄上。

就是在这种情况下，八舅也不过指着那人，连说了三个"你！你！你！"别无其他。

八舅比我大十岁，当时还没有结婚。我有一位表姑，人既漂亮，性格又温柔。八舅很喜欢表姑，我为他传书递柬，多次代他约表姑出来看电影和下馆子。他俩的关系维持了一年多，表姑曾用崇宁线打了一双袜子送八舅，八舅春风得意，白天夜里都在笑。但不知什么原因，后来表姑却看上了我的另一位表叔，八舅感到失望和沮丧。一天早上起床，八舅正准备穿崇宁线袜子，突然改变主意，拿起袜子就往窗外楼下的小河里扔。同屋的伙伴忙说："你送给我嘛，何必丢呢？"说时迟那时快，话音未落袜子已漂在河上，他又连声"可惜！可惜！"感叹不已。

八舅先在走马街一个电讯处工作，继而到一家出版社当会计，后到一所私立的浙蓉中学任总务主任兼教数学和物理。他似乎没有经济负担，所得薪水大多用来买书，他的财产也主要是书。我只要去他寝室就要翻书，然后借来阅读。当时我对理论书籍没有兴趣——后来知道他曾借《资本论》给我大姐看。但文艺书对我有很大的吸引力。我经常和八舅讨论鲁迅、巴金、曹禺等人的作品。有一次八舅介绍瞿秋白编的《鲁迅杂文选》给我看，我问瞿秋白是谁？他说这人如果不死，对新文学的贡献可能仅次于鲁迅。八舅爱看话剧，每当中华剧艺社演出时，无论是曹禺的《雷雨》《日出》《北京人》，或是陈白尘的《升官图》《结婚进行曲》，夏衍的《上海屋檐下》《离离草》，他都带我去看。我说自己是在"五四"新文学影响下成长的，八舅是介绍新文学给我的最主要的人。

1942年，日本兵打进贵州占领独山，震动了大西南。《新华日报》对此做了醒目的报道。以后国民党报纸大肆宣传收复独山时，《新华日报》仅发了一则消息。学校里的一位历史教员借此做文章，大骂《新华日报》不爱国。我把这事转述给八舅，八舅告诉了我国共两党对日抗战的态度，特别说明武汉沦陷以后国民党消极抗日积极反共。他说不抵抗引来独山失守，日本人撤走了却大叫收复，《新华日报》把真相告诉老百姓，这有什么不对？我从小长到十三岁，一直在国民党统治下的学校读书，受的都是"正统"教育。八舅是第一个给我讲国家大事的，使我十分震惊。

我热爱文艺，除大量读文艺作品外，还学着写文章到报刊上发表。我对理科缺乏兴趣，数理化三门课的成绩都不好。这种偏废使我遭遇到很大困难。八舅每周为我补习功课，成了我的"家教"。这位老师不仅不收费，还要拿钱给我。新中国成立前，我们家的经济状况不好。我上中学，学校费用高，全由四爸供给。母亲给的零用钱很少。所谓零用，主要是买课外书，看场电影或话剧，晚上吃碗面之类。八舅知道我的情况后，每周都给我点零用钱，使我大体上过得去。

有一次聊天，八舅告诉我他在抗战初期参加过一个社团。参加的目的是为了抗日，但第一次参加开会即发现这个社团的活动与它标榜的宗旨大相径庭，从此再不去了。当时说了就过去了，谁知道这件事给他一生种下了祸根。

从1945年起，我积极参加学生运动，与一批志同道合的朋友组织了破晓社。校外活动多，难免影响功课。在我的建议下，我们请八舅补习功课。就在八舅任教学校的课堂，八舅给大家讲数学。八舅对我的朋友都很亲切，大家也和我一样叫他八舅。1946年底我被学校变相开除去了重庆，八舅和我的朋友仍保持联系，以后他参加了党的地下组织。1949年我回成都工作了半年多，由于长期的相互信赖，我和八舅在工作上积极配合，一起在成都迎来了解放。

新中国成立后，我的工作变动较大，时而重庆时而成都，加上大家工作忙，与八舅接触不多。我在重庆工作时，听说八舅在"三反"时几乎被打成贪污分子，以后又听说在一个什么训练班里，八舅主动如实地向党组织讲了自己的情况，竟成了有"历史问题"的人。1955年成都来人外调，说八舅在"肃反"运动中承认自己是特务，通过我们这批人打入党内，为国民党递送情报，挑拨地下党内的关系，等等。尽管我当时因"胡风问题"受审查，尚未作结论，我立即说八舅是胡乱交代。我详细讲了八舅的情况，他一贯追求进步，读马克思主义著作和进步书籍，拥护共产党的主张，参加地下党后也积极工作。八舅认得不少地下党员和进步人士，如果他是特务，这些人不早就被一网打尽了？但新中国成立前夕地下党并未受到破坏。以后又听说八舅在"反右"时受到牵连。

1957年底，我调回成都工作，便到八舅家看望他。这时他已结婚，有了两个孩子。他仍是胖胖的，但过去的灵气似乎全没有了。我开门见山地指出他不应胡乱交代。

"顶不住啊！……"他内疚地回答。以后我调北京工作，"文革"后期调回成都。打听八舅消息，说他调至宜宾靠近云南的地方。粉碎"四人帮"后第三年，收到八舅来信，他已恢复党组织生活，正在当地农村参加社会主义教育，托我为他买书。我为他能平安度过"十年浩劫"感到高兴。他的第二封信中还有一张照片，浓眉大眼，穿着浅色的中山装。又一封信说书收到，还托买《三国演义》。可是第二批书没寄出，传来噩耗，八舅突然逝世。他的夫人来信说，八舅在农村搞社会主义教育运动，星期天上午算完账，吃饭前上厕所，久不见他去食堂，同事去找他，发现他倒在厕所里，医生诊断为脑溢血。

望着前不久得到的照片，对着善良的八舅，我泪水长流。善良的八舅在过去的政治运动中受到许多伤害，现在拨乱反正不再搞政治运动。八舅，你经历了这么多磨难，本该过几天安宁的日子，为什么偏在这个时候匆匆走了？

2000年1月21日

捐寒衣

抗日战争时期，我在成都上小学。

当年，我不愿意说出这所学校的名字，因为它是华阳县立骆公祠女子小学。这所学校的高小只收女生，初小则是男女兼收。我上这所小学，是因为我的三个姐姐都在这里读书，她们带着我上学，可以减少母亲的负担。开初，我觉得学校很大，玩的地方也多。有一个大池塘，据说是三国时赵子龙的洗马池，水上漂满浮萍，有时还能看见乌龟露出头来。长大一点，加上亲友开玩笑，便觉得自己是男生，上女子小学很不光彩。似乎多数男同学都有这种想法。学校的三角形校徽，学生必须佩戴。我们男生在学校里不敢不戴，但一出校门就赶快把它摘下来，生怕被人看见。唱校歌的时候，开头几句"子龙塘畔，圣迹流传"，男女生齐唱，声音很响亮，但一唱到"莫让男儿着祖鞭"，男生都不张嘴了，歌声顿时减弱一半。再大一点，恨不得赶快离开这所女子学校。

没想到现在我却时常怀念这所学校。

最使我难忘的，是学校有许多很好的先生，他们经常教育学生要爱国。我就是在这个学校里，知道了从鸦片战争起，许多帝国主义国家来欺负我们，强迫我们签订了各种不平等的条约，割地赔款。先生告诉我们，中国人在世界上被叫作"东亚病夫"，上海租界的公园门外，竟挂着"华人与狗不准入内"的牌子。听到这些，我们幼小的心灵莫不感到奇耻大辱。教音乐的王先生教我们唱：

> 请看安南、印度、朝鲜，
> 亡国真可怜！
> 为奴为仆做牛马，
> 丧失自由权。
> 我国同样受压迫，
> 身家不安全，
> 要想不做亡国奴，
> 奋起莫迟延！

爱国要有行动。秋天就要到了，学校发起给前方战士募集寒衣的活动，全校师生热烈响应。每天早上课前的朝会，值日生在前面把手一举，全班同学一下站起来，他叫一声："预备，唱！"我们就唱道：

> 秋风起，秋风凉，
> 民族战士上战场。
> 我们在后方，
> 多做几件棉衣裳，
> 帮助他们打胜仗，
> 打胜仗，打胜仗，
> 收复失地保家乡！

这首歌叫《做棉衣》，曲调好听，歌词简单。"秋风起，秋风凉"，我们大声地唱；"民族战士上战场"，不只是我们班，其他班也在唱；"多做几件棉衣裳"，童声在学校的上空飘荡；"打胜仗，打胜仗，收复失地保家乡！"我在心里发誓：一定要抗日！一定要雪耻！坚决不做亡国奴！

值日生拿出几个黄色的大瓦罐，大家开始传递。瓦罐是专供存钱用的，我们叫它攒钱罐儿。瓦罐上方有一条小缝，可以把铜圆丢进去。罐子依次传递，每一个接到罐子的同学，都要丢进一个或两个铜圆。我们那时并不知道国民党腐败，这些捐款不一定被用来做寒衣，穿在抗日战士的身上。同学们凭着孩子最诚挚的感情，把自己整个的心都丢进去了。前方的抗日战士，我们多么盼望你们能穿上棉衣，多打几个大胜仗呀！

孩子的经济实力有限，只能把家里给的零用钱捐出来。成都人当时的习惯是一天吃早晚两顿饭，中午只吃一些点心。我的身体瘦弱，母亲不辞辛苦，每天中午给我送饭到学校。这样我每天上学时，只能得到一个铜圆（即两百钱）。当时街上有许多专门招揽孩子"打镖"的小商贩。圆形的镖盘分四格，每一格写一个字（例如"抗、战、必、胜"）。小孩自报打其中某一个字。商贩转动镖盘，小孩立即把镖打出去。打中了可以得一包水果糖，没有打中只能得一颗普通的糖。我每天的两百钱，都"报销"在这上面了。但自从捐寒衣开始，我决定不再"打镖"。早上上学路过小摊，昂着头就走过去，甚至都不朝旁边看一下。有的商贩问："怎么不打镖了？"我理直气壮地回答："要捐寒衣！"同时，用手把口袋里的铜圆紧紧握住，生怕被人抢去。

一天早上，同学们唱完"秋风起，秋风凉"，级任先生讲话。她说第二天要把捐款送走，希望今天大家多捐一点。同学们热烈鼓掌拥护。我平常身上只有两百钱，但那天母亲不能给我送午饭，多给了我两百钱。如果我捐两百钱，中午可以买点东西吃，但就不能"多做几件棉衣裳"；要是捐四百钱，中午就得饿肚子。正在思想斗争的时候，攒钱罐儿传到我的面前了。我往四周一看，看到同学们充满期待的眼光，我一下就把两个铜圆全丢进去了。不用说，中午我没有钱买东西吃，肚子咕咕叫，还悄悄到校门口去看过几次——万一母亲又送饭来了呢！尽管饿得很难受，我仍然很高兴。

抵制日货的教育，也深深地刻在我的心上。有一年我过生日，四姑妈送了我一个小骆驼。弄不清是用什么石头做的，深绿色，造型精美，我很喜欢。有人说它是日货，这对我来说，是一个大是大非的问题。我怒发冲冠，举起骆驼就往地上摔，摔断了骆驼的两只腿。以后又有人说它不是日货，但我毫不后悔。

日本敌机对后方进行了大轰炸，成都人开始跑警报。警报一响，学校就放学，有时一天跑几次警报。我和姐姐们不上学了，全家跟随外婆，暂时疏散到温江县文家场，在那儿住了大半年。从此我离开了骆公祠女子小学。

乡间是宁静的，没有敌机空袭。每天做完母亲布置的作业，我就去抓鱼、喂鸭子；还经常跟着胖舅舅去赶赶集，大着胆子过独木桥。但是学校给我播下的爱国种子，早已在心底生根发芽。我时常关心战争的情况，天冷了我就会想：前方的战士穿上我们捐的寒衣没有？

人们对跑警报逐渐习惯，我们又回到城里。

我进了成都北门外的总府街小学，读高小一年级。我和四姐每天从"垮城墙"（即城墙缺口）出去上学，得走四五里路。"垮城墙"外，有一所西蜀小学的分校，教室是两三间新盖的大草房。我们上学、回家都要从这里经过，还要在教室旁边的木桥上，看人划甘蔗。有一天[①]，日本飞机来轰炸，丢了不少炸弹。解除警报后，我从学校回家，发现西蜀小学分校被炸。当时不许接近现场，第二天一早我们跑去看了。教室完全被烧毁，废墟中有四五具烧焦的尸体，一个个蜷缩着。过去仅仅听先生讲过敌人的

_____

① 几十年以后，看见一个资料：大轰炸这一天是1940年10月4日。日本重型轰炸机二十七架，在二十六架驱逐机掩护下，上午九时从成都北较场一直炸到新东门城墙，投弹百余枚，轮番轰炸扫射，死尸遍地。

暴行，现在亲眼看见了。我毫不害怕，握紧拳头，充满仇恨，心里留下永不磨灭的印象。

初稿写于1981年

再改于2005年4月

冬娃儿

童年时期，我有一个小伙伴，叫冬娃儿。

冬娃儿的母亲是外婆家的女工，大家称她濮嫂。濮嫂的丈夫去世后，她改嫁给一个聋子。聋子给外婆家看大门，忠于职守，对人和气。他住在进大门的楼板上，楼板有一个出口，要搭一个很长的木梯才上得去。聋子因为穷，以前没结过婚。他非常爱冬娃儿，让他穿得干干净净。当时我没有问冬娃儿姓什么，事隔六十年更无法考证了。

每当我去外婆家，给外婆、胖舅舅和舅妈请了安，喊了表哥、表嫂和表姐，便急于去找冬娃儿。我小时候很淘气，头上长两个旋儿，人称"五横牛"。表嫂一见我，必高呼："五王爷来了！"既是表欢迎，又是放"警报"。这时，冬娃儿已在天井里等候我。现在想来，表嫂的呼叫可能是对我采取的防范措施之一。

冬娃儿笑着问我怎么玩，先安排"日程"。

如果是春天，我一定提出放风筝。先缠着胖舅舅到街上买一个金鱼风筝或丁丁猫儿风筝，就向外婆报告要去垮城墙放。外婆见我和冬娃儿一起去，便同意了。不过总得叮嘱：不要摔跤，快去快回，不要被"麻脸子"（即人贩子）拐走。我一一点头称是，立即和冬娃儿一起跑出大门。

冬娃儿比我高，身体很结实。他带我从对面的街背后，穿过一大片菜地，就到了垮城墙。城墙多年失修，城砖塌下来一部分，我们沿着城砖爬上去。在城墙上感到站得很高。望城内，全是一片一片的黑瓦矮屋，不太好看；望城外，既有绿色的小麦，又有弯弯的溪流，十分开阔。空气新鲜，春风扑面，一身来劲。我和冬娃儿一人手举风筝，一人牵着线跑。轮流几次，满身是汗。这时冬娃儿必定想起外婆"快去快回"的指示，便另想出一个新玩意儿，吸引我跟他回家去。

我们经常一边玩，一边摆龙门阵。冬娃儿在慈惠堂办的一个工厂半工半读，我估计是胖舅舅安排的，因为胖舅舅是育婴堂堂长。冬娃儿上午做工，下午学认字和珠算。他说一个月打两次"牙祭"，一次一碗咸烧白或甜烧白，八片肉，刚好一人一片。我听了很同情他。以后我凡买零食，无论是橘子或花生、牛肉干或香油卤兔，绝对一人一半，他也乐意接受。母亲对我吃东西一向控制很严，但"儿在外，母命有所不受"。冬娃儿很够哥们儿，从不揭发，更不会"反戈一击"。

有一天我在天井玩，冬娃儿示意我出去。经外婆同意，我和冬娃儿到了街口。原来在一家饭铺前面，有一个人跪在地上，头上顶了一根长板凳。冬娃儿说这叫"顶板凳"，是穷人吃了饭没有钱给，在这儿受罚的。要有人替他付了钱，才能取下板凳。我不愿意多看，便回到大门口坐在小石狮子上。门内楼板上有一个燕子窝，平时我最爱看大燕子喂小燕子，今天却无心思看了。冬娃儿让我看到人间的不公平！幸好胖舅舅从外面回来，他一贯乐于行善，我向他报告了街口的情况。他去给了钱，那个跪着的人才取下板凳站起来。从此，我增加了对胖舅舅的敬意。

抗日战争的宣传普及到许多地方。我在学校参加了捐寒衣的活动，冬娃儿也会唱"大刀向鬼子们的头上砍去"。有一天，冬娃儿告诉我对门学校的空坝中午要演戏，到时我们都去了。不久，出来一男一女，敲锣打鼓，像卖唱的。观众马上围成一圈。女的表演总不成功。男的觉得丢了面子，便用鞭子打她。许多观众愤怒了，连声高呼："不许打！"但男的仍不住手。几个观众冲上去夺过鞭子，要打那个男的。这时，女的立即护着男的，说男的是她的父亲。他们是东北人，因为日本人占领了东北，才被迫逃到内地。沿途饥寒交迫，精疲力竭，所以演出不好，千万不要打她的父亲。说着说着，她动情地唱起来："我的家在东北松花江上，那里有森林煤矿，还有那满山遍野的大豆高粱。九一八，九一八……"观众被感动了，不断高呼："打倒日本帝国主义！""收复失地，还我河山！"冬娃儿和我都一起喊，恨不得马上打到东北去。这个广场戏叫《放下你的鞭子》，那些冲上去夺鞭子的观众都是演员扮演的，但当时我们不知道。听人说校长不许演这个戏，我和冬娃儿觉得这毫无道理。下午我们再来学校，果然空无一人，但校长室的窗却开着。为了报复，我和冬娃儿伸手进去，拿出一些书、本子和文具，把它们丢进厕所里去。现在想来这些做法太幼稚了，当时却自认为是正义行动。经过这个事件，我和冬娃儿的友谊大大加深了。

敌机经常轰炸成都。我们随外婆疏散到温江县的文家场，半年多才回到城里。冬娃儿所在的工厂也疏散走了。后来，濮嫂和聋子先后去世，我再也没有看见冬娃儿。人世沧桑，以后的事就难说了。如果没有特殊情况，冬娃儿应该仍健在。我真想见到他，叫他一声："冬娃儿哥！"但这愿望能实现吗？

1998年9月18日

从科甲巷到祠堂街

我是成都人，十七岁以前没有离开过家乡。但如果问到成都的掌故，我知道的却很少。只能说过去我最喜欢的两条街：一条是科甲巷，一条是祠堂街。

一、对科甲巷的怀念

提到科甲巷，我好像又回到童年时代，心里充满喜悦和激动。当时成都有的街道，多数商店都卖一种商品。例如，纱帽街主要卖帽子，纯阳观街则多是卖鞋的。如果要买鞋或帽子，必须跟着母亲到这两条街去，很希望"速战速决"，生怕母亲挑来挑去，枯燥无味。只有到科甲巷大不一样，常常是自己要求去，去了就不想走；即使仅买一两样小东西，看都要看半天。原来，整个科甲巷几乎都是玩具店，满街挂着玩具，多吸引人啊！

可惜当时不懂得社会调查，没有把卖什么玩具——记下。至今记得，打仗用的多是古代的武器，如关刀、矛子、宝剑、弓箭，拿在手上连人都显得威武。过年的时候，可以买到各种戏脸壳和笑头和尚，用香在面具眼睛上烧两个洞，然后再戴在头上，别人就认不出你是谁了。买上几个皮灯影儿，回家去把板凳翻过来，糊上一张白纸，点支蜡烛，自编自演，可以吸引一大批小朋友。纸灯的种类很多，有提在手上的金鱼灯，有用绳子拖着在地上走的兔子灯，……晚上插支小蜡烛在灯里面，许多孩子在一起，就像灯会似的。但谁都不愿多买灯笼，因为过了正月十五，家里就要动员烧掉。现在看来，可能是怕火灾，但当时却拿迷信吓人，说过了十五不烧灯笼，就要害眼病。春天一到，各式各样、大大小小的风筝都有：王字风筝最简单；稍好一些的有金鱼风筝、鲇巴郎风筝、小蝴蝶风筝，这些要用细麻绳才能放；还有大蝴蝶风筝、蜈蚣风筝、凤凰风筝，这类风筝不仅壮观，还有能转动的眼睛，有些小孩不敢自己放，要大人帮助。至于洋娃娃、竹子编的小篮子，各种染了不同颜色的白果（抓"子儿"用的），则是女孩子的玩具，男娃娃不感兴趣。有的玩具很贵，如大型纸马，里面有结实的木架，人可以骑上去，要卖一块银圆。真像天上的月亮，可望而不可即。好在多数不贵，去一次总可以买一两样。

孩子能不喜欢科甲巷吗？

四十年前，作为孩子，我喜欢科甲巷，完全是为了好玩。以后上了中学，读鲁迅的《野草》，才懂得玩具对孩子的特殊意义。鲁迅说他向来不爱风筝，以为"这是没有出息孩子所做的玩意"，甚至不许他的小兄弟放风筝。有一天，鲁迅忽然发现他的小兄弟躲着他在做风筝，盛怒之下，"即刻伸手折断了蝴蝶的一支翅骨，又将风轮掷在地下，踏扁了"。许多年以后，鲁迅偶尔读了一本有关儿童的书，"知道游戏是儿童最正当的行为，玩具是儿童的天使"。严于解剖自己的鲁迅，想到过去毁坏小兄弟的风筝，感到这是属于"精神虐杀"，自悔"少年时代的糊涂"，并希望得到"宽恕"。可是，直到今天，有多少人是这样看待儿童玩具的意义的呢？

说"玩具是儿童的天使"，是因为对儿童进行教育，要适合儿童的特点。孩子喜欢玩，通过玩玩具可以"长身体、长知识"。除了引导孩子读书和劳动以外，还要善于寓教于玩具和游戏之中。过去在"左"的思想影响下，曾把研究儿童的特点当成资产阶级教育思想来批判，这完全是错误的。同时，有的人则把儿童的特点神秘化了。其实，每个成人都当过孩子，真的一点都不懂儿童特点吗？鲁迅说过记性不佳是"有害于子孙的"，他建议"各人去买一本notebook来，将自己现在的思想举动都记上，作为将来年龄和地位都改变了之后的参考。假如憎恶孩子要到公园去的时候，取来一翻，看见上面有一条道，'我想到中央公园去'，那就即刻心平气和了"。这实在是一个好办法。

新中国成立后，儿童玩具的品种、制作都有很大进步，但供应点少，价廉物美的不太多。当我给孩子（以后又给外孙）买玩具时，总感到不满足，于是对科甲巷的怀念就加深了。我并不要求恢复科甲巷一条街都卖玩具的传统，我只希望有人在儿童玩具上下功夫，生产出更多有意义、价廉物美的玩具，给新中国的孩子增添更多的欢乐。可能是上年纪了，我实在喜欢看男孩子们拿着木枪打游击的神气，也同样喜欢看小姑娘抱着布娃娃那种认真的样子。

二、祠堂街留给我的记忆

从喜欢科甲巷到喜欢祠堂街，这表明我的少年儿童时期已经宣告结束。因为新中国成立前的成都，科甲巷主要是玩具店，而祠堂街开设的则多是书店。

对书店有兴趣先得爱读书。我是从上高琦初中时开始读课外书籍的，先是读文艺书，后来扩大到社会科学书。这里，我得感谢杨邦杰先生，他是我们的国文教员，虽不善言辞，但有新思想，愿意和学生接近。我常到他寝室去玩。有一天，他从书架上取出一本《新青年》的合订本，从头到尾给我读了鲁迅的《狂人日记》。我坐着安静地听，生怕漏掉一个字，但心里却像点燃了火，激动得发抖。当他读完最后一节"没有吃过人的孩子，或者还有？救救孩子……"时，我感到眼前出现光明：原来几千年来的历史，满本都写着"吃人"两个字，而时代的先驱者——鲁迅是那样勇敢地举起了投枪！

从此，我渴求进步书籍。

读书的兴趣有了，问题在于找书困难。学校图书馆藏书贫乏，一片荒芜。亲友中能借到一些，但不多。于是便跑书店。当时，成都的书店大多在三条街：一是春熙路，有商务印书馆、中华书局等；一是西玉龙街，多是卖线装书的古旧书店；一是祠堂街，这条街书店多，能买到进步书刊。我们的兴趣主要在祠堂街。

祠堂街至少有十几家书店，有进步的，也有国民党办的（如正中书局），我最常去的是联营书店，它有明显的进步倾向。位于现在的四川电影院对门，只有一间铺面。店内靠墙的地方都是书架，屋子中间有一个大书摊，摆满新到的书籍和杂志。到书店去的，可以随便取书翻阅，买到自己满意的书；如果不买书，也可以站在书架或书摊前看上一两个小时。店员不多，但忠于职守，有业务知识。你询问一本什么书，他总是主动地帮助寻找，绝不会说"你自己看嘛"；更不会不理顾客，坐在那儿闲聊或打毛线、吃瓜子儿。遇到年纪大一点的店员，还能告诉你某一本书已经出过几版，每一个版本有什么特色。其他好的书店（如开明书店）也大抵如此。

我从这时候起，养成了有空就跑书店的习惯。或是买书，或是看书，或是打听新书刊的消息，简直成了一种癖好、一种享受。科甲巷的什么关刀、宝剑，什么风筝、皮灯影儿，都被丢到九霄云外去了。日子一久，几个店员对我比较熟悉，常常主动给我留《世界知识》之类的杂志。1945年，我的好友先泽过生日，我想送他一本《辩证唯物论辞典》，跑了几次没买到，后来也是店员主动给我留下来的。我当时只不过是一个十五六岁的穷学生，既没有权势，又没有"后门"，能得到这种友谊，很使我感动。

祠堂街还有一个更吸引我们的地方，那就是共产党办的《新华日报》成都分馆（现在的人民公园斜对门）。这里除了可订阅报纸，还出售毛泽东、刘少奇、周恩来和朱德等同志的著作，出售党办的刊物《群众》。我们当时有一个进步学生团体——破晓社，多次组织阅读毛泽东的《新民主主义论》和艾思奇的《大众哲学》。《大众哲学》在联营书店可以买到，《新民主主义论》则只有《新华日报》成都分馆才有卖的。地下党员贾姐姐曾告诉我们，经常有特务监视《新华日报》分馆，要我们少去或不要去。我那时年轻，不怕事又好奇，常常闪电似的去买一两本书就走，自然也不敢像在联营书店内那样长时间停留。但是分馆同志那种热情的目光，对青年充满信任的态度，却深深地打动了我的心。这个分馆，到1947年2月才被迫撤走。

1981年8月10日

看戏遇兵

曹禺的剧本文学性很强，我上中学就喜欢读。当时正是抗日战争时期，许多话剧团在成都演出。我先后看过演出曹禺的《雷雨》《日出》《北京人》《家》，仅没有看过《原野》和《蜕变》。我一直盼望着能看到演出这两个戏。

有一天突然看见上演《原野》的广告。

我高兴极了！立即跑到好友陈先泽家里去，把这个消息告诉他。看话剧是我们共同的爱好，他上初中时作为童星曾与周峰、欧阳红缨等同台演出《杏花春雨江南》。一听说要演《原野》，他也很兴奋。剧场在东胜街，叫沙利文。我们一起去买了两张星期六晚场的票。

好不容易盼到星期六晚，我们提前到了剧场。

沙利文剧场不大，比较适宜演话剧。我们的座位在剧场中偏后。我读过《原野》的剧本，不知演出是什么情况。主要演员中的吴景平和裘萍，都是第一次在成都演出，更有一种新奇感。

戏一开演，便把我们吸引住了。那种专注的神情，肯定超过我在学校听课。但在我旁边却不断有说话的声音，我想摆掉它，办不到。转身一看，是一个国民党宪兵，旁若无人地在与他的同伙聊天。他们是"弹压座"的宪兵。在那个时期，所有的电影院和娱乐场都设有弹压座，美其名曰维持秩序，老百姓叫他们是看"白戏"

（不花钱看戏）的。这种人看一般的电影还可以，哪儿看得懂曹禺的话剧？遇着他们算我倒霉。

他越说越起劲了。我实在受不了这种干扰，便客气地说："请你小声一点。"他蔑视我一眼，暂停说话。

我正看得入迷，突然有人拍了我一下，原来就是那个宪兵。他问我："别的人说话，你不去干涉，为什么要干涉我？"

我回答："你离我太近，影响我看戏。"

他说："等一会儿我们再说！"

只要不影响我看戏，其他的我都不管了。隔了一阵，先泽悄悄对我说了一声"上厕所"，拉着我就走。我虽不愿意，但我和他一贯行动一致，只得跟着他去了。

我问："不是刚上过吗？"

他坚决地说："这个戏不能看了，赶快走！"

"为什么？"

"不走要挨打！"

我们走出剧场，他再解释："你去干涉宪兵讲话，他说'等会再说'。说什么？无非打你一顿，好汉不吃眼前亏。"我本来好像什么都不怕，现在冷静下来了。秀才遇到兵，有理讲不清。何况先泽年龄比我大，社会经验比我多。他为我放弃看戏，我不能违背他的好意。

盼望了很久的《原野》，像煮熟了的鸭子又飞了。找时间再去看是不可能的，因为我的零用钱很少。除了心中充满愤怒，还能说什么？

东胜街是条小巷。当我们离开剧场，快步走过电线杆后，街灯把我们的影子拉得越来越长。再往前走，连街灯也没有，一片漆黑。

1998年7月3日

115

黎明破晓

我的引路人

——怀念贾唯英

贾唯英同志病重七十天，在成都的朋友极为关注。我每周打一两次电话到重庆，向王宇光同志询问病情。7月1日中午，老王打电话给我说："贾唯英在上午九时逝世！"尽管早有思想准备，听到这个不幸的消息，我还是很震惊，久久说不出话来。

一

我与贾唯英同志相识，已经四十九年了。1945年抗日战争胜利，国民党反动派不尊重民意，拒不成立联合政府，一心想消灭解放区和民主势力。许多青年学生从高兴到失望，苦闷彷徨；同时上下求索，追求真理。我就是在这个时候认识贾唯英同志的。

当时，我和好友陈先泽在成都华西协合高级中学（简称"华西协合高中"或"华西协中"）读书。经先泽在华西大学的四姐先华介绍，我参加了以燕京大学、华西大学两校学生为主的未名团契。团契本是基督教的群众组织，系团结契合友爱之意。贾唯英同志是"未名"的主要成员，她广交朋友，以火样的热情、博大的胸怀赢得了大家的尊敬。在她的影响下，"未名"广泛地开展谈心、讨论时事、读进步书籍、唱歌、游戏、郊游等许多为青年人喜爱的活

贾唯英（右二）、王宇光（左一）、洪德铭（右一）和李致
（左二）20世纪80年代初在成都合影

动。很自然，一旦大家提高觉悟，便更加关心政治，积极投入反对
内战、争取民主的学生运动。

　　贾唯英同志比我们大，对我和先泽十分爱护。我们从认识她
那一天起，就叫她贾姐姐。未名团契只有先泽和我是中学生，在会
上我们还不大发言，更不敢参与争论。但散会以后，特别是在从陕
西街（燕大所在地）回华西坝的途中，我和先泽总是走在贾姐姐身
边，向她提出各种各样的问题，听她阐述热情洋溢的尖锐深刻的观
点。当时没有人民南路，回华西坝得从南大街经过南门大桥。夜深
人静，河水撞击着石桥，发出巨大的响声。贾姐姐的谈话在我心中
引起的震动，也像大桥下的流水，有力地叩打着我的心扉。

　　我无法一一列举贾姐姐所给予我们的帮助。"未名"组织阅读
毛泽东的《新民主主义论》，我们小组在华大图书馆外的草坪展开
讨论，贾姐姐耐心回答各种问题。每当学生运动爆发，贾姐姐总是
找我和先泽谈心，共商如何团结同学，开展斗争。1945年冬天，贾
姐姐带我和先泽到成都市女中与寒假留校的学生联欢，先泽唱了优
美动听的歌曲，我朗诵了一首慷慨激昂的诗歌。贾姐姐鼓励我们在

中学生中成立破晓社，帮助我们创办《破晓半月刊》，还要我们打破小圈子，吸收更多的朋友加入。

一个星期天，"未名"组织看美国影片《魂断蓝桥》。贾姐姐一人买了两张票。先华四姐悄悄地告诉我们："贾唯英的'光'要来。""光"是指王宇光同志，金陵大学学生，贾姐姐的男朋友。我们看见"光"风度翩翩，一表人才，都为贾姐姐高兴。他们在1946年春天结婚。为了必要的掩护，两个无神论者，在北打金街教堂按基督教仪式举行了婚礼。然后"未名"的成员和他们的亲友又到四道街王宇光同志家里去向他们祝贺。在充满喜悦的气氛中，加拿大友好人士文幼章提着茶壶，用地道的四川话喊："洋茶房来了！"

1946年12月，我刚过了十七岁生日，贾姐姐约我到她家里。自从贾姐姐结了婚，他们的"新房"便是我们常来的地方。这一次贾姐姐先祝贺我的生日，送了我一把红色的"玻璃梳子"（即塑料梳子）。然后直截了当地对我说，她准备介绍我入党，问我是否愿意。我学过《新民主主义论》，在学校推销过赵超构的《延安一月》，参加过两年的学生运动，我早就憧憬有这么一天，就是不知道党组织在哪儿。原来我们尊敬和热爱的贾姐姐就是共产党员。我激动不已，立即表示愿意，不到两天就把申请书交给了贾姐姐。

不久，因为参加反对美军暴行发动罢考，我被学校勒令转学（变相开除）。1947年初，我考上重庆的西南学院。经贾姐姐同意，我去了重庆。稍后，贾姐姐因白色恐怖离开成都。以后三年，我虽然没有见到贾姐姐，但她的身影无时不在我心中，鼓励我不断前进。

二

1949年底，我才在成都再次见到贾姐姐。

贾姐姐和马识途、王宇光、彭塞同志一起，在解放军举行入城仪式前，会见了地下党一些同志。贾姐姐穿一身军装，显得特别精神。千言万语，无从说起。热情的握手，爽朗的笑声，表达了我们相互能理解的感情。

　　解放军入城以后，立即着手分配工作。老王和贾姐姐征求我的意见，我表示愿意去演戏，做演员。老王说："现在很差干部，当什么演员，你到青年团去。"这样，我就到了青年团成都市工委，在共青团系统工作十七年，"文革"时作为胡耀邦的"修正主义的苗子"，被"扫地出门"。

　　贾姐姐在川西妇联工作的时间很短，不久即和老王一起调到重庆青年团西南工委。1950年5月我去重庆，先在团市工委，后到团沙磁区工委工作。当时工作很忙，但在一个系统工作，我们毕竟有见面的时候。

　　贾姐姐在共青团西南工委任宣传部长，十分重视对青年进行政治思想教育。她分管共青团西南工委的机关刊物《西南青年》。刊物办得生动活泼，为广大青年所喜爱。大约在1950年底，刊物集中宣传在剿匪斗争中壮烈牺牲的青年团员丁佑君，在读者中引起了强烈的反响，我就是被丁佑君的英雄事迹所感动的读者之一。当时，树人中学的初中学生要求我给他们讲故事，我把有关丁佑君的材料集中起来，并倾注了自己的感情，讲给他们听。他们被英雄的事迹深深打动，在听的过程中，有的放声痛哭，有的高呼口号。这个消息很快传开，许多大、中学的团组织来请我讲《党的好女儿丁佑君》。这本是一件好事，但有的同志却批评我"出风头"，弄得我左右为难。贾姐姐知道这件事后，亲自去李子坝一个学校，听我给学生做报告。我在讲台上看见贾姐姐坐在学生当中，联想起1945年她带我和先泽到成都市女中联欢，一点不感到拘束。我讲完之后，贾姐姐加以肯定，并提了改进意见，使我受到鼓舞，更加积极热情地宣传丁佑君的英雄事迹，先后向大、中学生做了一百多次报告。

贾姐姐在1953年任团西南工委副书记，大区撤销后到重庆日报社工作。我在1955年调团重庆市委工作。因为都住在市中区，我和贾姐姐、老王接触增多。1956年春，为祝贺他们结婚十周年，我和我爱人丁秀涓到贾姐姐家吃晚饭，畅叙友情。1956年我作为中国学生代表团成员，到捷克的首都布拉格参加第四届世界学生代表大会。途经苏联并在莫斯科和列宁格勒参观，回国后我向贾姐姐讲了国外见闻，她听得很有兴致，并问了我很多问题。

　　1957年夏，风云突变，使许多人蒙受冤屈。贾姐姐在这场灾难中未能幸免，被错划为右派。我和贾姐姐相识十多年，这位十七岁入党，到过延安、上过陕北公学，长期经历白色恐怖的共产党员，怎么会反党呢？以后才知道，无非是因为她热爱党的事业，敢讲真话罢了。这真是时代的悲剧！

　　对贾姐姐的遭遇，我不敢公开讲什么，但却在心里写下几句话：

　　　　像太阳从东方升起
　　　　像北极星指引方向
　　　　一个真正的共产党员
　　　　任何尘埃
　　　　也掩盖不住她朴实的光芒

三

　　1957年我调离重庆，将近二十年没有和贾姐姐见过面。好在老王在重庆钢铁厂工作，无论在成都或北京，老王总要来看我们，我们也会千方百计找到老王。从老王那儿，我们能知道贾姐姐的近况。老王因贾姐姐的事受到牵连，但他善良、公正、重情。正如贾姐姐逝世前写老王的散文中所写的那样："不管是白色恐怖的狂风暴雨，闪电雷鸣；还是极左路线的高度压力，你始终顶着来自外界的压力，永远和我站在一起。"有这样一位好丈夫，这样纯真的爱情，是贾姐姐的幸福。

党的十一届三中全会以后，贾姐姐的错案得到彻底改正。贾姐姐和她全家欢天喜地。我们破晓社的成员都感到由衷的高兴。

四

近十五年，贾姐姐和老王多次到成都来。贾姐姐长胖了，还是过去那样热情和开朗，不失赤子之心。她对什么事都关心，上街买菜，要对市场物价做社会调查。到香港去旅游，她也要对比（1949年她在香港住过二十一天），研究香港怎样成为"四小龙"之一。她绝不隐瞒自己的观点，坚持讲真话。只是听力减退，交谈得靠助听器，后来完全听不见了，她就随身带一个小黑板。她用口说，我在黑板上写，写了又擦，擦了又写。像过去一样，我们的话总是谈不完。我们还一直互相通信。

贾姐姐曾在信上对我说："我过去之所以没疯没死，是因为难舍五个年幼的子女，是因为心里还想为共产主义事业奋斗。现在子女已经成人，唯有为祖国美好前景奋斗的支柱未垮。"

正因为有这样的精神支柱，尽管贾姐姐离休了，她仍想做一些有益于人民的事。她重新拿起笔，写游记、写随想，写周总理和革命先烈，写自己的经历和《西南团史》。特别是近三年，她用了很多时间收集和查证史料，写了在抗日战争中牺牲的英雄李林的事迹《侨女之光》（已由重庆出版社出版）。当我知道贾姐姐近年来共写了一百多万字时，实在大吃一惊！特别是她双耳全聋，全靠小黑板与采访对象笔谈，这是多么困难的事，需要多么坚强的毅力啊！

贾姐姐始终把自己的感情和国家的前途联系在一起。她拥护改革开放的政策，为经济建设所取得的成就感到高兴，同时她又为新时期出现的一些问题感到担忧。前年她在信上说："现在转型期

王宇光、贾唯英夫妇

中，的确出现许多问题，特别是腐败问题、拜金主义问题，令人忧虑。在许多人心中，共产主义理想早已不存在了。"另一封信，她在结尾时说："我和宇光身体均好，宇光尤佳，无病无虑。我则对目前滋长的拜金主义忧心忡忡。"

贾姐姐十分注重友情。她写信说："现在能谈心的人不多了。我还是留恋、追求40年代的友情。也许我也落后了。"前年她和老王去贵阳，原团西南工委的十多位同志热情相迎，既全体团聚，又分别叙旧。特别是当他们"秘密"离开贵阳时，那些老同志主动到车站送行，使贾姐姐极为感动。她说："这些感人的场面，是那些拜金主义者以及拜权主义者永远不能理解的。"正是这样，她积极支持"民协"成立五十周年的聚会，也积极倡导"未名"的朋友在成立五十周年时相聚。

贾姐姐像过去一样关心我们。1981年四川人民出版社出版的《最后的年月》一书遭到挫折，她设法托她的老朋友向中央负责同志反映情况。1982年底调我到省委宣传部工作，我不愿离开出版社，她来信说服我。我从美国回来，她看见我写的访美杂记，来信鼓励我"多写一点好"，并希望我"多写国人想知而又未写的方面，如美国人的守法、务实，不讲排场，还有志愿者的活动等"。我爱人生病住院，老王几次打电话来，贾姐姐则不断写信询问。她的友情温暖了我的心。

<h2 style="text-align:center">五</h2>

今年年初，收到贾姐姐来信，说她摔了一跤，不能走路。我忙打电话给老王询问情况。1月6日贾姐姐来信，说初步查清，腰椎移位，全身软组织受伤，右腿有麻木之感，生活不能完全自理。2月21日来信说："我现在处于一生中最困难的时期，有人扶着都很难走了。……实际上是残废了。"3月17日老王打电话来，说已查出贾姐姐脑内有肿瘤，要动手术。一听这个消息，我就后悔。我本来知道腿的问题往往与大脑有关，提醒过别的同志，为什么竟忘了提醒贾姐姐呢？22日，老王来电话，说会诊结果，系恶性肿瘤，医生不主张开刀，拟采取保守疗法。我知道，这实际上是宣布没有办法了，心里很难受。第二天，破晓社成员聚会，推举先泽代表大家给贾姐姐写了一封充满激情的慰问信，可惜贾姐姐已经昏迷不能读信了。老王想尽办法用中药治疗，但并无效果。他说："估计5月份可以拖过，6月份就难说了。"这两个月，我总觉得，贾姐姐在年轻的时候与白色恐怖做斗争，20世纪50年代又遭受不白之冤，好不容易过几年幸福生活却又病魔缠身，这实在太不公平！6月下旬，破晓社成员庄焕仪（贾姐姐和老王1947年避难时在她家住过一段时间）满怀深情去重庆看望贾姐姐，带回来的也是不好的消息。7月1日，老王打电话来通知，贾姐姐不幸逝世。

六

贾姐姐离开我们去了。四十九年来的许多情景，在我脑海里转来转去。我有一张照片，是贾姐姐和老王在我们家照的。她和老王坐在我的书柜前，慈祥地微笑着，好像有很多话要说，显得很健康。我记不起这次见面的准确时间，分析起来应是1991年春天。这是我们最后一次会面。亲爱的贾姐姐，今后我再也见不到你了！

我和秀涓给老王发去唁电：

> 贾姐姐逝去，我们非常悲痛。早在四十年代，贾姐姐就帮助我们走上革命的道路，并一贯像长姐似的爱护我们。她历经坎坷，却保持为祖国美好未来奋斗的信念和革命乐观主义精神。我们将永远感激和怀念她。

前不久，我读到贾姐姐写给老王的《献……》。这篇遗作是很好的散文，它歌颂了美好的理想和纯真的爱情。我把它复印了若干份，寄给破晓社的成员。我相信大家都会从中吸取力量。

写于1994年盛夏酷暑

有理、有利、有节

——怀念洪德铭

今年是成都解放六十周年。我时常想起解放前成都地下党市委最后一任书记洪德铭同志。

1946年12月，我在成都由地下党员贾唯英介绍入党。年底因参加抗议美军暴行运动，被学校变相开除。1947年初，我考上民主同盟在重庆办的西南学院。经贾唯英同意，约好把关系转到重庆地下党。后因贾唯英受敌特追捕，组织关系暂时转不过去。直到1948年底，我在重庆沙坪坝碰见贾唯英的丈夫王宇光（地下党川康特委委员），他答应派人来和我接关系。

当时，我住在重庆大学校门右边荒坡上的一个叫刘家坟的地方。1949年1月的一个下午，我从外面回来，见门上有一张字条。留言上说他从成都来找我，我不在，叫我等他，他会再来。落款"老张"。我并不认识老张，估计是接关系的人来了，我兴奋不已。

天黑前，老张来了。

老张个头较高，身穿长袍，脖系围巾，头发梳得整齐，对人十分随和。他先说是我的挚友陈先泽托他来看我的，一下就让我感到十分亲切。接着问了邻居是做什么的，平常关系如何，又随意看了看我所住的屋子，注意到前屋还有一道旁门，并把旁门打开向四周看了一下。

我感到老张的警惕性很高。

从1945年起，陈先泽和我以及另外四人在成都发起成立了破晓社，在贾唯英的领导下，破晓社逐渐扩大，在学生运动中起着积极作用。老张对破晓社的众多成员都有了解，逐一给我讲了情况。

老张很自然地问起我的情况。

我说，考上西南学院，叔父嫌这个学院"红"了一点，不拿学费给我。我请教务长李文钊写信给在新华日报社工作的诗人何其芳，请

李致住过的刘家坟的小屋

何其芳介绍我去解放区。但我去找何其芳那天，正遇国民党宪兵包围新华日报社。我只得留下来自学，准备另考学校，以期有个工作阵地。

我说，1947年6月1日，国民党在各大城市实行大逮捕（人称"六一"大逮捕），我在四川省教育学院被捕。因无证据，加上原成都华西协合高中校长、无政府主义者吴先忧具保，关了四天半被释放。我没有自首，也没写过悔过书或任何文字材料。

我说，1948年，我仍继续做学生工作。我组织了一个"大家读书会"，有重庆大学、四川省教育学院、南开中学的十五六个同学参加。我们读进步书刊，朗诵新诗和唱进步歌曲，定期讨论时事，还在一幅大地图上插标志，示意解放军的节节胜利。听到这儿，老张笑了，可能觉得这种做法太容易暴露。也真是，这之前有一天早上，重庆大学训导长侯枫带了若干壮汉，以清理学校家具为名，突袭了我们的住房。幸好前一天晚上，我已把所有书刊藏在望板上，逃过了这一劫。

我说，前不久碰见王宇光，并要求接上党的关系。

老张听取了我的有关情况，给我讲了很多：他首先讲了形势和任务。主要是，目前在战场上我们已取得决定性的胜利，不久即可解放全中国。为储蓄力量，迎接解放，地下党不需要搞大规模的群众运动，以免暴露，造成损失。他要我们不断团结和帮助群众认清形势，同情和拥护我党。临解放前，要发动群众护厂（特别要护电厂、自来水厂等与群众生活有关的厂）、护校，防止敌人破坏。为了有利于将来接管城市，要在我们有力量的地方做调查研究、积累资料，等等。

他教了我许多斗争的策略和方法。他说，关键是紧密联系群众，和群众生活在一起，关心和帮助他们。即使是一个不关心政治的书呆子，万一敌人来抓你，这个书呆子也会觉得被抓的是好人，同情或保护你。斗争的口号不要提得太高，太高了会吓倒中间群众，一定要使大多数群众（特别是中间群众）能接受。一般可从生活斗争入手，逐步提高到政治斗争。不论在学校的一个系或一个班，要认真逐个分析：我们的人有多少，进步学生有多少，中间学生有多少，国民党和三青团的人有多少，靠近他们的人有多少。一旦开展斗争，能得到多少人拥护，能否取得胜利。斗争中一定要做到有理、有利、有节，该前进时前进，该后退时后退，才能处于不败之地。

他讲了党内和地下社新的联系方式。为防止敌人破坏和叛徒出卖，同志间采取单线联系。一般不用真名，彼此不知住址，接头的方式要很自然，即使有人在你身边也不知你们在接头。开始接触，就要商定彼此的关系，说得清对方的主要情况，以应付敌人的突击盘问。

他还要我注意一些生活细节。我当时不修边幅，衣着很随便，头发也较乱。他说："你这个样子，头发是'俄国囚犯'式的，一看就知道是个进步分子。"我自己也觉得好笑。

以上很多谈话，是我第一次听到，对我的震动很大。当晚，我们同睡一张大床，他睡着了我仍久久不能入眠。过去，贾唯英教我们冲破黑暗，敢于斗争；现在老张教我们团结群众，善于斗争。听老张一席谈话，茅塞顿开，浑身有劲！

第二天早上，老张离开我那儿前，他把头发梳好，又弄好衣服和围巾。以后两次也这样。我发现，他的脚稍有一点跛。后来才知道，那是他参加新四军在皖南事变中受伤致残的。

我上高中的时候，也就是抗日战争后期，八舅帮助我弄清了国民党在消极抵抗，共产党在坚决抗日。以后，参加燕京大学和华西大学的未名团契，贾唯英组织我们学习《新民主主义论》和《论联合政府》，先泽和我从此便积极投身于学生运动。

1945年的"一二·一"反内战运动，我们一批同学参加游行。见华西大学和其他学校的学生都举着有校名的横幅，我们也打出"华西协中"的横幅。事后，校方召开全体学生大会，指责我们没经校长同意，不该打学校的横幅。双方争执不下，举手表决，我们只有五十二票，处于少数。我们本应从中吸取教训，学会团结多

李致夫妇与洪德铭夫妇（左二、左三）

数同学，但当时我们认识不到这一点。破晓社的成员屈彬写了一首诗，叫《我们有五十二票》，我们引以为傲，经常朗诵。这首诗鼓舞了我们的士气，这是事实，可惜我仍停留在这个水平。继之而来的"五二〇"反内战运动和抗议美军暴行运动，尽管我仍冲锋在前，写传单《告全市中学生书》，演讲，大声高呼口号，但因为脱离群众，能发动的同学不多。抗议美军暴行运动，游行后面临大考，许多同学住校一学期，很想回家过寒假和过年，我们却发动罢考，显然脱离群众；以致我被学校变相开除，也没有人出来为我讲话。敢于斗争，这是好的；而脱离群众，则是失误，更谈不上善于斗争、讲策略，做到有理、有利、有节。个人生活上不注意小节。正像老张所说，让人一看，就觉得是个"进步分子"。

当然，这以前我也有一点认识。人们歌颂扑灯蛾，说它为追求光明，一下就扑向灯火，使自己化为火焰，得到永生。我却认为，扑灯蛾盲目而幼稚地牺牲了自己。1948年底，我写过一首散文诗，叫《蛾》，发表在重庆《大公报》由艾芜主编的副刊《半月文艺》上。

这以后，老张又来我这儿住过两夜。

老张告诉我，由于重庆地下党遭到破坏，中央上海分局决定，川康特委从成都派了一些同志来，加上从北平回来的同志，在重庆分区成立工作组。各区之间不发生横的关系。我们这个区叫沙磁区（实际工作包括小龙坎和北碚）工作组，由三人组成：组长，老王（刘康），管大学和全面工作；老杨（张君平），管工运；小陈（李致）管重大先修班和中学工作。老王和老杨都是从北京大学调回的。老张交了两个党员关系给我，一位是苏慰慈，一位是李惠春，都是成都市女中的学生；还交了两个地下社员的关系给我。

老张和我仔细分析了"大家读书会"成员的情况，决定接收丁秀涓入党，由老王办理手续，胡季文、康大钧、印天纵、武仲秋等，先入地下社"民青"（民主青年联合会）。"大家读书会"停止活动，读书会的成员要回自己的学校开展活动。

老张说，原地下党市一级以上领导，奉上海分局命，即将去香港总结工作。尽管我和老张见面次数不多，我对他已有感情，颇为不舍。他握紧我的手，充满信心地说："天亮见！"

我们沙磁区工作组定期开会，研究工作。由于国民党反动派在军事上大败，政府腐败透顶，物价高涨，民不聊生，怨声四起。当年3月，学生发起尊师运动，受到广大教师和学生的支持。规模之大，在我们预料之外。原说不发动大规模群众运动，但群众一起来，党必须引导。从学生义卖、尊师运动发展到"争温饱、争生存"的请愿游行，从各校活动发展到全区、全市行动，发动了百分之九十五以上学生参加。当市学联决定在4月21日全市大游行时，地下党得知市长杨森要用机枪扫射，决定改全市大游行为分区游行。这样，既保护了学生的积极性，又避免了可能发生的不幸，做到了有理、有利、有节。当时，老张已离开重庆，但他的斗争经验无疑对川西派遣工作组的同志产生了良好的影响。

"四二一"学生运动后不久，我撤回成都工作。

解放军进入成都的前两天，原地下党领导人先入城与留在成都的各地区、各系统的负责人见面，布置欢迎解放军入城仪式。马识途、王宇光、彭塞、贾唯英都身着军装出现，独缺与我相约"天亮见"的老张，他留在湖北省工作了。我在这时才知道老张叫洪德铭，是成都地下党市委最后一任书记。以后又知道，他1938年入党，1941年在皖南事变中受重伤被俘，1942年8月逃出战俘集中营。……

新中国成立后，大家都忙于工作，没见面机会。有一次在武昌开会，我听时任共青团中央书记处书记胡克实说，老洪曾在中南团校工作。后又听说，老洪在武汉财经学院工作。

1966年爆发"文革"。1968年，我被关在"牛棚"时，有两人从武汉找我调查洪德铭的情况。这两人一见我就说："洪德铭是叛徒，你必须划清界限，老实揭发他的罪行。"我已有经验：凡持这种态度的人，必是居心陷害老同志的。我实事求是地讲了洪德铭的情况，他们极不满意，对我大加训斥。我不理会这些，仍照实写了书面材料。"牛棚"的监管人认为我的态度极为"恶劣"。

1969年，团中央的干部进入河南的"五七干校"，我在年底得到"解放"。1971年，我患眼病去汉口治疗。因为惦记着洪德铭，便给他打了个电话。总机一听我找洪德铭，马上问我姓名，住在哪里，为什么要找洪德铭，这种严厉的态度表明洪德铭尚无自由。为了不给洪德铭增添麻烦，我立即把电话挂了。

粉碎"四人帮"，结束了那个疯狂的年代。

1979年5月，洪德铭和他的夫人陈可（也是我在学生运动时结识的好友）来成都。我当时在四川人民出版社工作。三十年不见，亲切无比。我老伴丁秀涓和老洪虽是第一次见面，也像老朋友似的，无话不谈。正如老洪在6月26日的来信中所说："在分别三十年后得到重逢和叙旧的机会，打从心眼里感到高兴和愉快。在蓉两次见面畅谈，又蒙热情款待和赠书，深情厚谊，我们是永远不会忘记的。"来不及给老洪回信，老洪在7月16日又来信说："秀涓虽是第一次见面，但她的健谈风趣，热情澎湃的神貌，却给我们留下了深刻的印象，而你的豪放、健谈、深思、热情的性格仍然一如往日，更使我们打从心眼里感到高兴。"其实，老洪这些对我的印象正也是我对他的感受。

我常寄一些书给老洪夫妇，如《在彭总身边》等，但通信不多。老洪1983年8月11日来信也说："由于今后我们工作较忙，不可能经常写信，但经过三十多年考验，我们的心是永远连在一起的。"即便如此，每年春节，我都接到他和陈可的贺卡，保存至今。

事隔四年，即1983年，老洪再一次到成都。那时，我已调中共四川省委宣传部工作。老洪在当年12月5日的来信中说："这次来蓉得到叙谈机会，乐何如之。你年富力强，思想解放，在出版社做出了显著的成绩，今后一定会做出更大的成绩。"我知道，这是老领导、老朋友像过去一样对我的关怀和期望。

老洪十分珍惜友情。在1994年2月4日给我的信上，他说："我们的友谊是经过历史考验的。虽然在解放前我们来往时间很短，解放后又基本上没有什么来往，但建立在共同理想和许多老友对你我都有较深了解基础上的友谊，就非一般寻常情况可比了。人之相知，贵在知心，知心朋友之谊绝不会因为写信少、没有写信而发生变化的。所以我们和以前一样，是十分珍惜这种难得的革命情谊的。"他多次邀我和秀涓去武汉他们的家。在1983年的信上就说："你们如有可能出差过汉，请在家中玩住几天，武汉气候、供应虽不很好，但扫榻以待故人却是一片诚心的。"

每次见面必谈国家大事。言犹未尽，老洪和陈可曾联名写信说："对于国家、世界大事，老洪看法不少（当然都非高明之见），信上很难评说，见面时当可畅所欲言。对于国内问题，十四届三中全会决定的五十条是有远见的文件，我们衷心拥护，但是如果治不了腐败，不切实推进民主政治（民主对共产党人来说，就好比人需要空气的关系一样，是绝对不能缺少的），前景如何，还是很难预料的，不能不引起我们这些老家伙的忧虑。"这反映了众多"老家伙"的担心。

有一次老洪到成都来，谈到"文革"，我说老洪当年对我讲的群众路线和斗争策略，我受益一生。"文革"后期，我和从北京调到四川人民出版社的几位同志，团结了党支部的绝大多数支委，把造反派头头（也是支委）完全孤立起来。还谈到他们学校造反派对他的外调。不久我找到当时用复写纸写的材料底稿，便寄他一看。他回信说："所赐复印（应为复写）件太宝贵了。从此可见李致铁骨铮铮，一身正气。"他这个评价太高，我只不过遵循了四爸早年对我的教导，"说话要说真话"而已。

1999年，老洪最后一次到成都，时任成都市委书记的陶武先会

1999年，洪德铭（右三）和夫人陈可（右二）回成都，与马识途（右四）、陈先泽（右一）、章文伦（左三）、詹大风（左二）、李致（左一）合影

见了他和陈可，向他们介绍了成都的发展情况。马识途、陈先泽、詹大风、章文伦及我作陪。我们这几个当年做地下工作的同志还一起合影，留下了一张珍贵的照片。

2009年3月31日，老洪因患癌症医治无效，在海南省三亚市逝世，享年九十岁。

我得陈可发来的《致亲友的信》。老洪在世时留下四条遗嘱：一是请学校取消为他举办庆祝九十岁生日的活动计划；二是捐款十万元人民币给中南财经政法大学，作为学校的学生奖学基金；三是将遗体捐给祖国的医学事业；四是丧事从简，不发讣告，不举行任何形式的纪念活动。

陈可和家人认真执行了老洪的遗嘱。

老洪是一位坚强的战士，无论遇到什么坎坷，他总是积极向上，把一生献给祖国、献给人民，直至把遗体捐献给祖国的医学事业。我会永远牢记他的高贵品质，牢记他教我如何团结群众，善于斗争，牢记他对我的友情。正如他所说："我们的心是永远连在一起的。"

2009年11月14日

永远的负疚

——怀念国际友人云从龙

20世纪40年代中期，我在成都华西协合高中读书。当时，华西坝有两位来自加拿大的教授和传教士，一位从美国来的教授和传教士，他们都给自己取了中文名字，即文幼章、云从龙和费尔浦。他们同情和帮助追求进步的学生。我和这三位教授都有过接触。文幼章参加过我们反内战的游行，并在少城公园发表过演说。费尔浦为我和两位朋友补习过英语。

云从龙先生既是华西大学的教授，又是华西协合高中的校董。他住在华西后坝华西协中球场旁边的一栋洋房里。我上学和放学都要经过他住的院子。作为未名团契的成员，我曾到云从龙家参加团契举办的活动。据马识途同志回忆，他第一次看见我就是在云从龙家里。当时马识途老师（他1947年在协中教英语）是地下党川康特委副书记，但我并不知道。

1946年底，全国学生反对美军强奸北平一个女大学生，掀起了规模巨大的学生运动。我们在地下党员贾唯英的领导下，发动同学参加游行，还发动了罢考。许多同学参加了罢考，但临考试时有少数同学又到考场外观望。我生怕有人参加考试，便跳上石阶，讲述这次罢考的意义，最后大声疾呼："同学们！我们谁没有母亲，谁没有姐妹？我们能甘心中国妇女遭受凌辱吗？我们一定要用

137

罢考来声援北平学生，用罢考来表示我们的爱国行动！"同学们同仇敌忾，罢考成功。可是，事过不久，学校在给我家长的通知书中写着："该生一心向外，无心向学，准予转学。"我从没有申请转学，"准予转学"实际上是把我"开除"了。

我不敢把这件事告诉母亲，怕她接受不了。在地下党的帮助下，我考上民主同盟一些著名教授在重庆办的西南学院。同时，贾姐姐又支持我去找协中校长杨立之谈判，要求学校收回"准予转学"的成命。协中是教会学校，一贯标榜"民主自由"，为了使校长不敢随便以政治原因开除学生，贾姐姐请校董云从龙参加我们的谈判。

在约定的时间前，我在校门口等云从龙。我看见他从家里出来，走向办公大楼。他高且瘦，着西服，我们先后到达校长办公室。

加拿大教授云从龙和夫人在成都华西后坝别墅留影

云从龙问校长："这是怎么一回事？"

我讲了我并没有申请转学，而通知书上却写"准予转学"，这是不对的。校长则以我在外参加活动多、学习成绩不好为理由为自己辩护。说实在话，当时我偏爱文科，数理化成绩的确不好，但成绩不好可以补考，补考不及格再留级，不能开除。开除显然有政治目的，不合"民主自由"的原则。

云从龙听我们讲话，一双眼睛轮换地看着我和

2008年，马识途（左二）和李致在成都会见加拿大友人云从龙之子（左一）、文幼章之子（右二）

校长。听完我和校长几次"一般性辩论"，他才用熟练的中国话问了一句："这就可以开除一个学生吗？"

这句话显然使校长为难。校长考虑了一会儿，似乎准备"妥协"，然而态度仍然强硬。他对我说："如果要留在协中读书，你必须先认真写一份检讨书表示悔过。"

我一听要写检讨书，心里十分愤怒。当时我刚满十七岁，年轻气盛，正处在"天不怕，地不怕"的阶段。加之我已经考上西南学院，有恃无恐，便与校长争吵起来，毫不让步，拒写所谓悔过书。我和校长互不相让，最后我昂首挺胸，拂袖而去。校长是什么表情，我毫无印象。只记得云从龙把一双眼睛睁得更大，显得无可奈何。

不久我去了重庆，1949年5月才回到成都。年底在成都迎接解放。1950年初我在新民主主义青年团成都市工委工作，被派到铭贤学院任工作组组长。有一天看见一张海报，上面报道云从龙先生将在星期天上午来学院传道。我想起1947年初云从龙先生帮助我去与校长谈判的事，便想去见他一面。

星期天上午，学院一间教室坐满了人。我进教室时，云从龙已开始讲话。他还是老样子，高且瘦，着西服，一双大眼睛，正用中国话传道。大意是："共产主义并不神秘和可怕。耶稣把一个饼子分给七十二个门徒吃，也是共产主义精神。我们要学习《圣经》，理解上帝的旨意，这样便会使我们通向共产主义！"

　　我听了以后，立即激动地站起来反驳："既然共产主义是好的，我们可以直接读马克思恩格斯的书。过去国民党政府不许我们读，这没有办法。现在解放了，有条件读马恩的书了，何必先要去学《圣经》，通过学《圣经》去研究共产主义精神呢？"

　　教室里鸦雀无声，听众感到愕然。云从龙先生没有说什么，似乎很失望。我以为自己坚持了原则，虽然谈不上"飘飘然"，却以胜利者自居。事情一过，再没有去想它，更没有想到云从龙先生会有什么感受。

　　"文革"期间，在共青团中央工作的我被关进"牛棚"。有人来外调成都的一些老朋友与文幼章、云从龙和费尔浦的关系。我想，造反派抓这些辫子，难道要派人到加拿大和美国去外调？这下不知要多么漫长的岁月才能得出结论。

　　随着年龄的增长，特别是十一届三中全会以后，各方面都在清除"左"的思想的影响，我才发现自己那时反驳云从龙先生的一些话非常幼稚。云从龙先生长期在中国传教，支持中国人民的革命。他在新中国刚成立时讲共产主义精神与基督教教义的某些一致，是为了减轻教徒对共产党的恐惧，帮助我们团结更多的人。我貌似正确而实则偏激的话，对团结人没有好处，还会伤害云从龙先生的感情。这是"'左'派幼稚病"。对此我有一种负疚之情。

　　对我的惩罚终于来到了。去年年底，读马老（马识途）的一篇文章《记一个外国友人——云从龙》。文中提到马老调任川康特委副书记时，就是拿着张友渔（当时在省委负责统战工作）写的介绍信去找云从龙，由云从龙介绍他去华西协中担任英语教员，以此职业掩护他从事地下工作。后来，地下党的同志甚至在云从龙的住宅里，用云从龙的收音机收听解放区的广播，印刷秘密报纸，传送革命信息。……我不禁又想起自己那些幼稚的偏激的言行，深深感到对不起这一位具有国际主义精神的友人。也许云从龙当时并没有计较，现在已经忘记这些对他来说的小事，但我应该向云从龙先生道歉，请求他的原谅。1983年我在北京见到过文幼章先生。当时中国人民大学副校长谢韬请他吃饭，邀我参加，在席间谈到许多过去的事。如果云从龙先生来中国，我一定要向他检讨。可是接着把马老的文章读下去，才知道云从龙先生已在20世纪80年代度过九十寿辰后逝世了。这样，我连道歉的机会也没有了。

近年来，对云从龙先生的负疚感越来越成为一个包袱，压在我的身上，压在我的心里。我不信神，但如果真有天国，将来我一定要云游到加拿大上空寻找云从龙先生，向他道歉，并感谢他对中国人民（包括对我个人）的友情。

阿门！

1995年12月22日写

2008年4月2日修改

附　记

得知云从龙的儿子云达乐先生将来中国访问，我将《永远的负疚》一文交给有关的朋友。朋友将该文的大意翻译给云达乐先生，云达乐在回信中谈到该文，现摘录如下：

"我非常有兴趣地听到李致关于他忏悔的故事。我敢肯定如果我父亲听到以后，他会大笑一声，然后说道，那些日子已经过去了，在那杂乱无序的年代，对各种不同的事情有不同的反应都是可以理解的。我也相信从那以后我父亲一定会对李致的造诣表示钦佩，也一定会把他作为老朋友来看待。我也会对李致所写的'云游到加拿大上空'大笑一声，多么聪明的想象哦。这让我想起一幅卡通画，是一位艺术家为我父亲画的，内容是我父亲站在天国门口。根据基督教的传统，守门的是圣彼特，由他决定谁能进天国。在这幅卡通画里，圣彼特手里拿了一本电话簿，正在给上帝打电话。他说：'我的主，按照你的吩咐，我正准备隆重接待云从龙。但是，他却不愿进来。他说他不相信这里，因为早期的新约福音中和其他早期关于耶稣的文章中都没有提到过天国。如果这个地方是真实存在，为什么你不把它带到地球上去呢？我的主，我该如何回答他呢？'"

2008年3月

十二桥前的思念

——怀念杨伯恺烈士

新中国刚成立，大约在1950年初，贾唯英对我说："可惜杨伯恺同志牺牲了，不然他最适宜担任法院院长。"

我大吃一惊，感到很难受。

从贾姐姐那儿，我知道杨伯恺是我们党的老同志。抗日战争爆发后，从上海回四川从事上层统战工作和文化工作。我和杨伯恺同志有过接触，并终生难忘。

一

第一次在1946年春。当时，我在成都华西协合高中读书，与一批志同道合的同学组织了一个叫破晓社的社团。破晓社在学校办壁报，揭露旧社会的黑暗，尤其是反对国民党打内战，既受到同学的欢迎，又引起三青团的痛恨。有一期壁报居然被三青团的人撕掉了。我们怀着极大的愤怒用大字报写了《启事》，痛斥这帮人的卑劣行为，并宣布，为了表示抗议，争取言论自由，还要出铅印刊物。这件事受到进步报纸《学生报》的报道和支持。

青年人是勇往直前的，我们决定自办《破晓半月刊》。好不容易凑了一些钱，但到哪儿去印刷呢？哪家报纸愿意承印由青年学生主办且具有进步倾向的这张小报呢？《民众时报》我们都喜爱，但苦于同它没有任何关系。找不到印刷的地方，我们十分着急，担心别人说我们放空炮。我把这个顾虑告诉贾姐姐，她说："我找老王给它的主办人杨伯恺写信，他会同意给你们印刷。"老王是贾姐姐的丈夫（地下党川康特委委员——当时我们不知道），叫王煜（又名王宇光），他很快给我们写了一封简单的介绍信。我和好友陈先泽拿到信就到《民众时报》去了。

杨伯恺先生会见了我们。他穿一身长袍，长者风度，对我们很慈祥。先泽和我向他说明意图，他立即同意，费用也不高（具体数字我记不清了）。我感到他理解我们，并全力支持我们。以前我们只在学校范围活动，这是第一次与社会接触。遇见杨伯恺这样好的一位老先生，当然很高兴。这样，《破晓半月刊》出版了，《启事》上的宣言终于实现。

二

1946年春，重庆较场口发生特务殴打郭沫若等人的"二一〇"事件，成都市成立了中学生联合会，联合会的第一次代表会是在慈惠堂召开的。

我是代表之一。当时，我们从直觉上感到这个联合会的成员是进步的，因而大家都参加了声援"较场口事件"的游行和活动。但对其中最活跃的几个人的政治背景并不了解，免不了有少许疑虑。

在会议进行时，我突然看见一位老者从室外走过。我认出他是杨伯恺老先生，他也对我会心一笑。

凭这一点，我有一种安全感。杨伯老先生在这里进出，至少慈惠堂不会有问题。那几位活跃分子能联系在这里开会，至少不会是伪装进步的。这就是我这个小青年的简单思维。

三

抗议美军暴行运动发生在1946年底，我积极参加了这次运动。学期结束，学校变相把我开除（勒令转学）。当时，重庆的西南学院在成都招生。一打听，教授有潘大逵、孟超、李文钊等，主办人是马哲民，显然是一所进步学校。我和破晓社另三位成员报考了西南学院。考试的作文是《试论文言文与白话文的优劣》，问答题中有一题是问对第一次国民代表大会的看法。我早就喜欢新文学并在报刊上发表习作，又是《新华日报》忠实的读者，作文和答问，一挥而就。政治态度也很鲜明，认为第一次国民代表大会系国民党一手包办，称它为伪国大。

下午口试，我有些紧张。出乎意料，口试我的是杨伯老先生，但不知道他会口试什么题目。

杨伯老先生亲切地问我："你被学校开除了？"

我回答："是！通知书上说我'一心向外，无心向学，准予转学'，但我并没有要求转学。"

他笑了，又问："想考新闻系？"

我答："是，想把新闻作为武器。"

他慈祥地点了一下头："好，就这样吧！"

我还在等他考我，口试就结束了。

不久发榜，居然在报纸上发现我不仅考上，而且名列第一。我以前叫李国辉，考试前改名为李致。

我太高兴了，颇为飘飘然。一直到有幸与潘大逵教授同乘一辆汽车，飘飘然地坐长途汽车去重庆。到重庆时已天黑，看见万家灯火。我以为重庆有很多高楼大厦，第二天才发现附近几乎全是一两层的房子，因为它是山城，才使我产生之前的错觉。

四

由于民主运动高涨，国民党感到恐惧，1947年6月在全国进行了一次大规模的镇压。我到重庆后，"六一"遭国民党逮捕，好在我是学生，很快被保释出来。新中国成立之后得知，杨伯老先生同年"六二"在成都被国民党逮捕，一直坐牢，新中国成立前夕被敌人杀害于西郊十二桥。

五

以后我逐渐了解到一些伯恺同志的情况。

伯恺同志于1885年出生在四川省营山县，二十五岁时赴法国勤工俭学，先加入留法共产主义小组，继而入党。归国后，在上海为党中央机关报写文章，积极参加"五卅"爱国运动。以后回四川工作，经历重庆"三三一惨案"后再去上海。我在沙汀的回忆文章上，看到过伯恺同志创办辛星书店的情况。1946年参加成都地下党的文化工作小组活动。被捕后，在狱中领导对敌斗争，被难友誉为狱中的精神堡垒。以后我逐渐了解到一些伯恺同志的情况。

伯恺同志牺牲已快半个世纪。我多次到墓地悼念，感谢他对建立新中国所做出的贡献，也感谢他对我个人的爱护和关怀。当时，追求进步的青年常常受到很大的压力。特务把你当成"共匪"，社会上视你为"异端"，学校可以把你开除。伯恺同志的年龄，比我的父亲大。我和他第一次见面时，他五十二岁，我才十六岁。凭王煜同志的介绍，他同意《破晓半月刊》在他主办报纸的工厂印刷。当他得知我被学校开除，就支持我上西南学院。这些充分体现了一个老同志对青年人的爱护。他没有对我说过更多的话，但他的行动像春雨一样，"润物细无声"。我长期从事青少年工作，深感伯恺同志在这方面对我起了潜移默化的楷模作用。

蜀都大道上靠十二桥一段，有一座纪念碑，一只巨手正在挣脱铁镣。自由，是多么可贵啊！每当想起那些争取民主自由的岁月，我都忘不了伯恺同志。不知他是否记得我——当年那个瘦小而执着的小伙子，而今这小伙子也近古稀之年了。

　　伯恺同志，您牺牲那天恰逢节气大雪，也是我的生日。每到这一天，我更加思念您。

1989年7月19日

历经斧斤不老松
——记马识途

这棵"历经斧斤不老松"，是马识途同志。他是老革命，又是老作家。他一生经历许多危难和坎坷，为了祖国和人民，他"宁死不屈，宁折不弯"，是一个硬骨头的知识分子和真正的共产党员。《马识途文集》充分反映了他的精神和历程。我与马老有半个世纪以上的交往，是他的学生和朋友。十年前，上海一家文学刊物曾约我写马老，我反复构思并多次和马老交谈，却一直没有动笔。最近，因为视力严重衰退，怕有"万一"，失去倾诉自己感情的机会。我在电脑上用二号黑体字，记下了这些难以忘怀的往事。

戴土耳其帽的英文教员

20世纪40年代，我在成都华西协合高中读书。它是一所教会学校，无政府主义者吴先忧长期担任校长，学校有很浓的民主自由空气。

1946年底，地下党员贾唯英告诉我，有一个叫马谦和的先生要到华西协中教英文。贾姐姐说他政治上很好，要我关心和支持他。

我和马先生见过一面，但没交谈。马先生身材魁梧，头戴土耳其帽，身穿中式长袍。至于见面的地点，五十年后回忆：我记得是在贾姐姐家里，马先生记得是在云从龙家里。云从龙是加拿大友人，一贯支持进步学生的活动。马先生是经云从龙介绍去协中教书的。可能我和马先生见过两次面，各自记住了印象较深的那一次。

李致与马识途（右）　摄于2016年

1946年底，我因参加"抗议美军暴行"运动，被后任校长变相开除。云从龙曾努力与校长商谈，让我继续留校读书，但未成功。我就此离开学校，失去与马先生进一步接触的机会。

爱护青年的组织部部长

成都解放前夕，我在成都从事党的地下工作。

1949年底，成都和平解放。在解放军进城的前一两天，我得到通知去暑袜南街开会。一到会场便见到身穿解放军军装的地下党组织领导人：王宇光、贾唯英、彭塞等同志，还有马谦和先生。王宇光介绍马先生时说："这位是老马，马识途，老马识途，我们川康特委的副书记。"会上主要布置欢迎解放军入城的工作。会后，我握着马先生的手，他说："我记得你！"地下党没有官气，称呼也随意，我与其他同志一样，长期叫他老马。他对我直呼其名，叫我爱人丁秀涓为小丁。

组织上分配工作，我和丁秀涓都分到青年团成都市工委。

不久，发生了这样一件事：解放前约一个月，我、丁秀涓、赖均奎、范今一等几位地下党同志，住在丁秀涓的伯父丁次鹤家。 *149*

丁次鹤是银行家，与刘文辉的私人关系好，曾任西康驻蓉办事处处长，帮助过民主人士和地下党同志。成都解放后，丁次鹤的住宅被征用。丁次鹤当时在重庆，来信托丁秀涓代他把住宅捐给人民政府。丁次鹤无政治问题，捐住宅也是好事，何况我们在这儿住过，也该有个了结。我陪着丁秀涓去找当时住在丁次鹤房子的驻军。没想到一位年轻的解放军同志听完我们的陈述后，竟把我们当成住宅的主人，声色俱厉地横加训斥，好像我们就是"资产阶级"的"阶级敌人"。我们一再解释，我们是地下党员，在这里住过，丁次鹤愿意捐献住宅，这是好事。该同志抓住我说"地下党同志在这儿住过"这句话，说地下党没有公开，质问我们"究竟是什么人"。我说你不相信可以去问川西区党委组织部副部长马识途。谈话陷入僵局，不欢而散。

这件事让我们感到困惑和委屈。我们是青年学生，从进步书籍中，得知许多解放军爱民的动人事迹。1945年我曾热情地代售过《延安一月》这本书。如今解放了，解放军与地下党会师时贺龙将军是那样的和蔼可亲，而第一次接触解放军同志却是这样的遭遇。很快我和丁秀涓去区党委组织部找马识途部长，叫声"老马"，把一肚子的委屈向他倾诉，想在他面前讨个公道。老马耐心地听完，没有责备我们，这使我们得到某种安慰。

不过，老马犹豫一阵，说了一句："你们怎么不知道避嫌疑？"

我们丝毫不理解老马这话的含义，内心也不同意。心想幸好那位解放军同志训斥的是我们，我们是自己人，可以不介意；如果这样对老百姓，一定会造成很不好的影响。那时年轻，既然觉得自己没错，也不背思想包袱。我们被很多新鲜事物吸引着，淡忘了这件事。

地下党员会师时，马老曾对地下党的同志表示：若因工作有债务，组织上可以解决。解放前大约三个月，我们曾向一位"地下社"（类似现在共青团组织）社员借过十两黄金：一两黄金买了一部收音机，收听解放区的广播；九两黄金以备急用，但实际没用。可是在成都解放前几天，先有人在丁次鹤家"查户口"，半小时后有几名持枪的彪形大汉，借查烟毒为名，把我们几个暂住在丁家的地下党员，也就是我、赖均奎和范今一（后两人均系燕京大学学生）关在一间小屋里，押着丁秀涓在屋里搜查，抢走了收音机、九两黄金和丁秀涓的手表。我向老马汇报此事，他表示可以解决，不久即给了我相同价值的人民币还债。老马无意中说了一句："有人说快解放了，地主子女借钱给你们，是为了转移财产。但钱是你们主动借的，借钱还钱，要讲信用。"看来，还债的事可能受到质疑，但老马坚持地下党要讲信用。这种信守承诺的精神，给我上了很好的一课。

尽管老区来的同志与地下党的同志会了师，但两支队伍来自不同的环境和文化背景，确有一个相互理解和磨合的过程。当时，团市工委有个别从老区来的领导，看不惯我们这批由地下转为地上的学生党员，认为这批人"活蹦乱跳""没上没下"，其中李致最难"打整"，打算调我去外地工作。我知道后产生逆反心理，大闹情绪，坚决要求调回重庆工作。老马多次耐心说服我，我听不进去，浪费了他不少时间。老马为"照顾"我的情绪，最后迁就了我。那时我十分幼稚，如果老马采用简单粗暴的方式，我可能真会犯错误。现在想来，我非常内疚，更十分感激老马。以后我长期做青年工作，老马的言传身教，使我知道对青年人的某些一时的偏激行为，应该耐心细致地引导教育，千万不要简单粗暴。

几年后，成渝铁路通车，我回成都探亲，听说组织部另一位副部长曾把我作为"典型"，在大会上点名批评。还偶然听说那位为我们捐赠房子而对我们严加训斥的解放军同志（可惜我忘了他的名字），因别的事犯了错误，被打成"反党"分子，调离原单位。事隔半个世纪，不知他是否健在？但愿已为他"平反"。

"可用不可信"

1957年底，我从重庆调回成都，担任共青团四川省委主办的红领巾杂志社总编辑。我爱人原在重庆第二钢铁厂工作，为照顾夫妻关系，她被调回成都，拟分配在金堂钢铁厂工作。重庆到成都只需乘一晚上的火车，金堂到成都距离虽然近，但交通很不方便。这种"照顾"还不如不照顾。

我除了向团省委领导反映外，也想找地下党老领导帮忙。当时正值反右派斗争之际，贾唯英在重庆被错划为右派，王宇光受到牵连。在成都的彭塞，也因他说某领导是"小斯大林"而受审查。我去找时任省城市建设厅厅长的马识途。老马热情地接待了我，但对我的要求却爱莫能助。我隐约感到：省的某主要领导对原地下党同志有歧视，老马首当其冲。我没有为难他。

几十年后才知道，原任川西区党委组织部副部长的老马被调任成都市委组织部部长，不久又以他"不宜搞组织工作"为由调省城市建设厅。当时，只有城市贫民，没有产业工人，也没有工程师、技术人员。有一些著名工程师是被关押着的，经省委书记陈钢同意，放出来几个工程师，帮助建设。但有人说老马启用"坏人"，反右时因老马保护知识分子，又说他"包庇"右派。

不少问题困扰着老马。老马有看法又不敢说，怕出"立场"问题。那时经常强调要过好"社会主义关"。老马说："这个社会主义关，真不知如何过？似乎关公、张飞像过去的门神一样，手拿大刀站在门边，谁也不能轻易过去。"

省委一位书记告诉老马，省里的"一把手"对老马的态度是："可用不可信。"我分析：可用，指老马能力强，能打开困难局面，做出成绩；不可信，则反映了他对地下党同志的歧视，有些工作只让老马担当副职，被"监督"使用。

《清江壮歌》

1960年，我因眼病在四川省医院住院治疗，约半年时间。

一天，偶然发现老马也住在眼科的病房。他不是眼病，而是腿疾。因为干部病房无床位，临时借住一间眼科病房。老马虽是治病，多数时候却在创作。这之前，他已发表《找红军》《老三姐》《接关系》《最有办法的人》等著名的短篇小说，引起许多读者和老作家、老编辑的注意，被他们"抓"住不放，用老马的话来说，他从此被"拉入"文坛。

这引起了我很大的兴趣。趁老马休息之际，我常去病房探望。

老马正在写一部长篇小说，讲述他自己的经历。1941年1月，老马的妻子刘惠馨，在鄂西从事地下工作时，被敌人逮捕关进监狱。当年11月她英勇就义，随她在狱中的不满一岁的女儿被一位工人收养。新中国成立后，在公安部门的帮助下，老马终于找到失散二十年的女儿，并在北京团聚。鉴于女儿是工人抚养成人的，老马不让女儿改姓马，仍要她与养父养母一道生活，侍奉养父养母。这便是以后由人民文学出版社出版的、催人泪下的长篇小说《清江壮歌》。

我深为这个故事感动。我长期在共青团工作，每到一处总喜欢与青年人打成一片，在省医院也不例外。我把老马的故事讲给几个青年医生和护士听，他们也很感动，于是住院部团总支举行了一次活动，请老马讲他的这段经历。我看见不少人听讲时两眼饱含热泪。

老马在1937年参加中国共产党。因为他是地下党在几个地区的领导人，无论在抗日战争时期还是在解放战争时期，都是敌特追捕的重要对象。老马改名换姓，装扮成各种人物，从事各种职业，过着极其艰难的生活。他领导群众进行各种形式的斗争，直至迎来新中国的成立。正如老马所说："我所经历的危险，只有用九死一生

153

才能形容，然而我处之泰然。因为我们把'相信胜利，准备牺牲'作为我们的信条。虽然我们不时要为我们同志的被捕和牺牲而痛哭哀悼，却也常常为我们斗争的胜利而欢唱。人生能得几回搏？我曾享受过许多次搏斗的欢乐，也就不虚此一生了。"

老马长期在白区与敌人做斗争，充满传奇故事。他的创作，源于他的革命经历。老马多次说："我不一定是作家，但我一定是革命家，我写的是革命文学。"

宁死不屈，宁折不弯

1958年，中央号召向科学进军，老马被任命为中国科学院成都分院副院长。省里的"一把手"凭主观臆断，提倡在四川大种棉花，主张在水利工程上以"提灌"为主，但省内和国内的科学家，则认为四川的土壤适宜种粮食，主张水利工程以"蓄"为主。老马支持科学家的意见，省的"一把手"认为老马是有意反对他，说老马这个"管科学的人'不科学'"。"文革"前，老马已被贬到南充县当县委副书记。1966年"文革"一开始，又改口说他是"带职"下放，调回西南局机关参加运动。还莫须有地诬陷老马涉及什么"间谍案"，回成都第二天即被宣布为"反革命"，隔离审查。同时，四川也抛出"三家村"，即马识途、李亚群、沙汀，公开在报纸上对三人进行大批判。

不久，老马被造反派抓来关在一所大学里。一天夜晚，两派内战，男生参战，只有女生看管。天下着大雨，老马看准时机，利用地下工作经验，设法从二楼厕所的窗户逃出来，去了北京。受中央文革小组支持的刘结挺、张西挺再把老马"捉"回成都，关进昭觉寺（那时实际是监狱）。刘、张两人多次暗示，只要老马承认"错误"，问题可以解决（以后刘、张倒台，别人揭发，他俩想要"结合"老马，为其主管文化工作），老马不卖身投靠，不予理会。为了记录这场史无前例的、给国家给人民带来的巨大灾难，老马在狱中长时间思考和积累资料，以便将来在可能的时候写一本反映"文革"的书，即以后出版的《沧桑十年》。

1964年我调到北京共青团中央工作，有八年时间与老马没有接触。"文革"前，我在共青团中央任《辅导员》杂志总编辑。"文革"开始，先靠边站，继而被夺权，限制人身自由，后又被冠以"胡风集团""小爬虫"的罪名，关进"牛棚"，再去"五七"干校劳动改造，直到1969年底被"解放"。1973年秋，我调回成都，在四川人民出版社工作。

林彪事件后，在周总理的促进下，全国解放了一批干部。这时，老马已获解放。原四川省委宣传部主管文艺的副部长李亚群，坚决不愿再主管文艺工作。时任省委书记的李大章请老马支持他，老马才不得不担任省委宣传部副部长主管文艺工作。亚公向老马又作揖又鞠躬，说自己找到"替代"了。

老马住在商业街五十号，我常在晚上骑自行车去看望他，谈些当时不能公之于世的心里话。"四人帮"在台上，谈不上工作，只是混日子。老马告诉我，他写了三十多年以来有关地下工作的经验教训的书稿，要我做第一读者。

我当然很有兴趣阅读老马的书稿。不过，新中国成立后已经不需要做地下工作，因此这种书根本不可能出版，我又感到惋惜。老马说，也许对那些没有解放的国家有用。这使我想起1973年初我悄悄去上海看望巴金，巴老在"文革"中受了很多迫害，每天还在翻译赫尔岑的《往事与随想》。他明知书不可能出版，但说将把译文抄写好送给图书馆，可供关心当年俄国革命的人查阅。老马和巴老，身处逆境，仍勤于奉献，不忘耕耘。这种精神实在可贵！

在"雷区"工作

文艺工作真是布满"地雷"的重灾区。

1975年小平同志重新主持工作，毛主席号召"繁荣文艺"。四川恢复了文艺期刊《四川文学》，作家艾芜在刊物上发表短篇小说《在高山上》，以后又被批为"黑线回潮"。四川峨眉电影制片厂拍摄了一部影片，名为《寄托》，描写一个老干部犯错误后如何改正的故事。到"反击右倾翻案风"时，宣传部领导指责老马在领导该片拍摄时，没有写"走资派还在'走'"。更好笑的是，粉碎"四人帮"以后，该领导又指责《寄托》写了"走资派还在'走'"。

1977年初，四川人民出版社出版了怀念周总理的诗集，名为《人民的怀念》，社会反响极好。一天下午，出版社突然接到某领导秘书的电话，问《人民的怀念》是谁主编的？作者的政治情况是否都弄清楚了？我答：我是主编，作者的政治情况没问题。事后，一位知情人告诉我，该领导是怀疑李亚群和马识途有"问题"。我一笑置之。

省委书记杜心源了解老马，说有关文艺界的大事，老马都是经请示省领导后才做决定的。这场风波就此结束。尽管如此，老马不愿与这位"左"派共事，他以"归队"为由，调到中国科学院成都分院工作。

坚持写作，用笔做武器

老马到了科分院，并没有放下手中的笔。当时，正值书荒，我们重新出版了老马的《找红军》（短篇小说集）。老马在赠书的扉页上写下："不惜歌者苦但伤知音稀，《找红军》这本遭到百般批判的小书出版了。感慨良多。非君之力，曷克臻此。特赠知音李致、秀涓同志　马识途　1979年元月。"不久，他随中国科学家代表团访问英国，回国后写了《西游散记》，也在四川出版。

鉴于我与老马多年的友好关系，我表示今后要"包出"他所有的著作，"强迫"他同意。老马虽未承诺，但他的确非常支持四川的出版事业。

针对社会上某些不良现象，马老写了不少杂文。这些针砭时弊的杂文，先发表在《成都晚报》的《盛世微言》专栏上，后结集出版，拥有很多读者。若干年后，有一次老马的生日，我到花店买花送他。卖花人因要配花，询问买花的用途，我说是给马老祝寿。身旁一位市民即打招呼说："马识途是为老百姓说话的，不能多要钱。"

"我要努力说真话，不管为此我要付出什么代价"

1982年底，我调省委宣传部任副部长，主管文艺工作。我不愿离开出版社，却不敢不服从省委的决定。

老马开玩笑说："我也找到'替代'了。"只是没向我鞠躬作揖。

我估计，省委调我去宣传部主管文艺工作，可能是因为我在出版社工作期间，与作家和文艺界人士相处较好。但在宣传部主管文艺工作，非我能力所及。怎么办？除了学亚公和老马在文艺界广交朋友外，就是多向任白戈、沙汀、艾芜和马识途等老先生请教。这时，老马已年过花甲，我早改称他为马老了。

由于多次请教，我进一步了解马老，知道他非常尊重巴老。马老早年喜读巴金的"激流三部曲"，如今他佩服巴老敢于直言，建议管文艺的领导要"无为而治"，赞同巴老主张讲真话。马老与巴老的接触虽然不多，但可算是神交，心灵相通。

1987年10月，巴老返川，在家乡住了十七天。张秀熟、巴金、　*157*

沙汀、艾芜、马识途五老相聚，成为文坛佳话。张老时年九十三岁，巴、沙、艾三老八十三岁，马老七十三岁，五老相约七年后再次聚会。马老为这次聚会写了一篇纪实文章，发表在《当代》杂志上。可惜，七年以后，张老、艾老、沙老先后乘鹤西去，巴老则卧病在床，五老再不能相聚了。

巴老九十华诞时，马老曾率四川文艺代表团到上海向巴老祝寿。1995年6月，我去杭州看望巴老，马老托我带一本他的杂文集《盛世微言》送巴老。马老在空页上写道："巴老：这是一本学您说真话的书。过去我说真话，有时也说假话。现在我在您面前说：从今以后，我要努力说真话，不管为此我要付出什么代价。谢谢您赠书《再思录》。马识途 1995年6月15日。"在四川省庆祝巴金百岁华诞座谈会上，马老说："我曾经不止一次自以为是地说过，如果我们说鲁迅是中国的脊梁骨的话，那么巴金就是中国的良心。"马老还在会上重申了他在1995年向巴金赠书时的保证：从今以后，我要努力说真话，不管为此我要付出什么代价。

去年，巴老辞世，马老悲痛不已，本拟亲去上海向巴老的遗体告别，被家人劝阻。马老亲写祭文《告灵》，委托女儿马万梅赶到上海巴老家，在灵堂遗像下读给巴老听。此系后话。

《沧桑十年》

忘记过去意味着背叛。鲁迅谴责过国人的"健忘症"。可是，当时某些人借口"向前看"，一直反对写"文革"。

在这个问题上，马老不信邪，在1998年出版了反映"文革"的《沧桑十年》，季羡林先生为之作序。这本书在读者中产生了很大的影响。

时任中共中央委员、全国妇联副主席的黄启璪，写信给马老说：

我在近期医院给我做的两次化疗期间，拜读了您的新作，不读则已，读起来惊心动魄。您以亲身亲历及所见所闻，将"文革"这场灾难，这场悲剧、闹剧、滑稽剧如实做了记述；将其荒唐性、危害性揭露得淋漓尽致，还从思想上体制上及应吸取的教训上做了精辟的剖析。这样的"文革"纪实作品，很有历史价值，也有现实意义。

正如您心中所预料到的，现在二十多岁的青年人，不了解也不愿去了解"文革"是怎么回事。我体会，您与季羡林先生写的书，就是留给下一代、两代的好教材。

我真钦佩您，以八十高龄还完成了这样一部巨著，这只有像您对祖国对人民对党的事业有高度责任感的老革命、科学家、知名作家，才有这样坚强的意志力、洞察力和表达力。

启璪的信，表达了许多读者的心意。

肩负重任的"业余"作家

马老是作家，他创作的长短篇小说、散文杂文随笔、回忆录、文论、古诗词和新诗，总数超过五百万字。在本届省委的关怀下，去年出版了《马识途文集》（十二卷十三册），中国作家协会和省委宣传部在北京举办了马识途创作七十周年暨《马识途文集》首发式座谈会。到会者对马老的作品给予很高的评价。

应该说明：马老并不是专业作家。

马老一直担任着各种各样的领导工作，如省委宣传部副部长、中国科学院成都分院副院长、省人大常委会副主任、省文联和省作协主席，这些工作都很繁重。在完成本职和兼职工作后，马老在业余时间创作。写《清江壮歌》时，他熬了一百八十多个夜晚。

这样的"业余"作家，在国内很难见到。

优秀的文艺工作领导人

马老连续五届被选为四川省作家协会主席并兼任巴金文学院院长。

马老长期从事党的地下工作，又长期担任党和政府部门的领导，很注意团结知识分子。"文革"以后，部分作家受"派性"影响，加上文人相轻，常出现一些分歧。但只要马老参与会议，各种问题总是不难解决。

领导文联和作协工作，马老主要是把握"为人民服务，为社会主义服务"的"二为"方向和"百花齐放，百家争鸣"的"双百"方针，鼓励作家贴近人民、贴近生活，贴近现实，安于寂寞，安守清贫，避免经济转型期间的金钱诱惑和浮躁不安，潜心创作。他与作家交朋友，或公开讲话，或个别交谈，或为之作序，有针对性地帮助他们，其中有王火、阿来、魏明伦、裘山山等。我也是受益者之一。

马老常与我交换有关文学和文艺工作方面的意见。去年初，马老对我说，他对当前的文艺形势，有一喜、一忧、一愁、一惧：喜，是文坛迎来宽松和谐的创作环境，新人辈出，后继有人；忧，是文学和影视创作中出现某些低俗化倾向；愁，是在一片产业化的呼声中，对作协如何产业化心中没底；惧，是雅文学的日益边缘化和文化霸权主义的咄咄逼人。不久他以"文学三问"为题，发表讲话并写成文章。三问，即谁来守望我们的人文终极关怀的文学家园？谁来保卫我们文学的美学边疆？谁来坚持我们在马克思主义光照下的社会主义主流意识？《四川文艺》把马老的《文学三问》，套红发表在头版头条，引起了全国文联和全国作协的关注。《人民日报》为此发表了对马老的专访。其他报纸也有转载。这三问，震动了众多文艺界人士的心灵。

马老高瞻远瞩的见解，其影响远远超越四川文艺界。

拒绝"死亡通知书"

2001年年初，马老得了肾癌。

这是件令人揪心的事。华西医学院做了最初的诊断，主张尽快动手术。亲友的意见分为三种：一是尽快动，以免延误；二是观察一段时间，根据发展的情况再决定；三是马老年事已高，最好采取保守疗法，不动手术。

清华大学举办九十周年校庆，马老应邀参加。他趁机在北京医院做了检查，诊断结果与华西医学院的一样。马老在北京住在早年曾经失散的大女儿吴翠兰家，并由大女儿把马老送回成都。这是我第一次看见吴翠兰，她个头不高，性情温和。

回到成都以后，马老下决心在华西医学院动手术。我的心情很矛盾：一方面怕癌细胞扩散，赞同马老早动手术，切除一个肾；另一方面又怕马老年高，下不了手术台……

4月23日下午，我去马老家。一摁门铃，小狗就叫了。我很喜欢这只黄色小狗，因为马老夫人王敬祥的听力很差，小狗替我报信。马老和夫人一起来开门。

我先把最近写的一篇散文《心留巴老家》交给马老，请他有空看看。不料，马老拿起来就读。我坐在沙发上，环顾书房：进门处的镜框，装有马老书写的"无愧无悔，我行我素"。对面的墙壁上有木刻的"未悔斋"，也是马老的书法。下面是计算机，马老是四川作家中第一个用电脑写文章的，已用电脑写了两百万字以上的作品。左边有一大堆写好的书法作品，过去我常去翻阅，讨马老的笔墨。此时，我对这熟悉的书房感到格外亲切。

这个下午，马老和我谈了很多。

先谈我的"往事随笔"，继而谈巴老。又谈粉碎"四人帮"初期，巴老主张"无为而治"以及主管意识形态最高官员的态度等等。最后才说他决心动手术，考虑到万一下不了手术台，马老留

161

2007年11月16日在马老（右二）家中合影，中为谢韬

下一个"遗嘱"。大意是：一、他这一生，无愧无悔。二、丧事从简，不搞遗体告别，不要花圈之类。最多在家里设一灵堂，只让至亲好友来告别。可以发个消息，以免别人再给他寄文稿来，浪费精力。三、骨灰与夫人葬在一起。四、他希望《马识途文集》能出版，仍由作协负责，请李致和王火促进。五、……

我表示完全理解他的"五点"，着重说了些安慰他的话。他答应为我"往事随笔"第三本集子《昔日》题写书名，我说不急。告别时，马老深情地说："知我者，李致也。"

离开马老家后的那些天，我极为担心。在马老进医院那天上午，马老请为他开车多年的司机小胡，送来两张为《昔日》题写的书名。我突然想起马老对我说过："只要对你好的事，我都愿意做。"马老对我的关怀，使我深受感动。写到这里，我的眼里再一次充满泪水。直到马老手术成功，我才放下心来。

马老后来曾说："我去年得了绝症，'死亡通知书'已在路上，但我拒绝了'死亡通知书'，还要继续奋斗。"

"两头真"

今年马老九十二高龄，我也七十有七。

再过几年，马老就是"世纪老人"了。虽说人生苦短，但总不能混混沌沌地走过。马老的许多宝贵回顾，都包括在他的文集里面了。我也写了一些"往事随笔"，记下自己难忘的人和事。

为了弄清这几十年的历程，我多次向马老请教，毫无顾虑地和他讨论。我知道，马老平时也常和他的同龄人讨论这些问题。

这一代（或说这一批）知识分子，多数人有类似的经历。马老是大知识分子，我是小知识分子，我比他小十五岁。但毕竟是他的战友贾唯英引导我参加革命的，姑且算是"这一代"人吧。我们反对帝国主义的压迫和侵略、反对蒋介石的法西斯专政，渴望民主、平等、自由，向往"山那边呀，好地方"。最近，偶然听见播放田汉（国歌的词作者）作词的歌曲《热血》："谁愿意做奴隶/谁愿意做马牛/人道的烽火，燃遍整个的欧洲/我们为着：博爱、平等、自由/愿付出任何代价/甚至我们的头颅……"我恍然大悟，这就是我当年的觉悟和追求。马老在革命的征途中被敌特追捕，九死一生。我也被学校变相开除，被宪兵抓去关了几天。好不容易等到新中国成立，换了人间。

1945年，在地下党的领导下，成都市的一批中学生成立了誓与法西斯强盗斗争到底的破晓社。去年，是破晓社第六十个生日，马老为破晓社的这个生日写了祝词。对联是"风雨如晦盼天明，鸡鸣不已迎破晓"，条幅是"只有度过沉沉黑夜的人，才配享受天将破晓的欢乐"。马老希望我们这批人能保持"两头真"：前头的"真"，是我们早期的理想和信念；后头的"真"是回归人的本性和天真，继续追求民主、自由、平等的人类共同理想。生命的中间一段，被泼污水，被搞糊涂了。直到近二十年（特别是近十年），才逐渐清醒。清醒后不能再失去信仰，做到后一个"真"，才是保持晚节。

无论经历再多的曲折，马老仍能找到前进的方向。

我又想起王宇光在解放军入城前的介绍："老马，马识途。老马识途。"真是老马识途。

2006年4月开始写作，7月二伏天完成

附 记

这篇文章是2006年写的，距今十二年。当年马老九十二岁，今年已一百零四岁。十年前马老有诗句："若得十年天假我，挥毫泼墨写兴隆。"马老早年因心脏不适，安装起搏器。2001年，因患肾癌割掉了一个肾。在这种情况下，他能跨越百岁实属不易。更不容易的是，马老迄今仍坚持写作。从九十高龄到一百零三岁，能坚持写作，在全国乃至世界的作家，都是少有或仅有的。马老非常乐观，在一首打油诗里，他说："阎王有请我不去，小鬼来缠我不怕。"而且总结出自己的长寿"三字诀"。更重要的是他作为老革命、老作家的社会责任感。马老说，他每天上午写两三小时，他的子女说他下午往往还写一两小时。马老是四川第一个用电脑写文章的作家，如今因为看不清楚电脑汉字输入时所提供的文字选择，他又开始使用稿纸了。马老的文稿，每页三百字，字迹清楚，不出格。朋友们关心马老的健康，劝他做事"悠着点"。马老不太在乎，还想多做一点事，多留一些作品。他和巴金老人一样，多次说："如果活着不做事，生命也没有意义。"马老实践他的诺言，坚持说真话，把心交给读者。

2018年出版十八卷本《马识途文集》，马老指定此文为序。

2018年4月14日

致公素描

◎ 马识途

致公，乃马老之学生李致也。官至局级以后，人多以职位相称。李致坚持互称同志，但年轻人认为不恭，改称李老。在马老心中，"少年"李致岂能成李老？决定"拨乱反正"。马老在八十寿庆时宣称：李致未到古稀，不能称老，若表尊重，可称致公。现李致七十有七，尚未完全享受"老"级待遇。近期，李致请求马老为他写首诗或词，马老谓此事可遇而不可求。李致不知马老的诗兴多久才发一次，只有耐心等待。不料次日李致得马老电话，谓昨夜雷雨大作，夜不能寐，诗兴发矣，遂成《致公素描》。

一

怒发直立一少年，桀骜不驯校长前。

自我开除出校去，革命道路何处寻。

20世纪40年代，李致在成都华西协合高中读书，积极参加学生运动。校长以"一心向外，无心向学，准予转学"为由，变相把李致开除。地下党同志请协中校董、加拿大国际友人云从龙帮助，要校长收回成命。校长责令李致写悔过书，李致认为无过可悔，拂袖而去。（幸好没写，否则"文革"中又多一罪状。）李致头上长着两个旋儿，旋儿边头发直立。马老说起当年的李致，那是"一个活泼跳跃，手舞足蹈，颇有点孙大圣天不

马识途手书"致公素描"

怕地不怕，心直口快，勇猛向前的少年"。

二

欢天喜地迎解放，磕磕碰碰遇大军。
革命哪能容天真，少年本当学老成。

成都解放后不几天，一位银行家的房子被部队征用。李致向驻军转达，房主愿把房子捐给人民政府。一个小干部竟把李致当成"资产阶级"，大加训斥。新中国成立初期，一批地下党员分配在青年团市工委工作，敢于发表意见。少数刚从部队来的"老革命"看不惯，认为这批地下党员没上没下，活蹦乱跳，尤以李致最难"打整"，准备把李致"发配"到外地工作。

三

一团烈火向革命，满盆冷水泼上身。
革命如要我磕头，另寻庙门拜真神。

四

少年领班老少年，扑爬跟斗撵革命。
这个世界真奇妙，我独左右不逢源。

在共青团系统中，李致长期做青少年工作。孩子们天真无邪，李致感到坦然和舒畅。在历次政治运动中，李致也努力学习，改造自己，扑爬跟斗想"撵"上革命的步伐。但苦于不会整人，更不满不许被整对象申辩。有领导说：李致在历次政治运动中都表现得"右"。李致反思：的确如此，遗憾的是一唱歌就"左"（四川土话，即跑调之意。）

五

老信徒见老正神，如遇春风壮苗生。

哪知大革文化命，真神打倒关庙门。

真神，指时任共青团中央第一书记胡耀邦同志。耀邦块头不大，思想品德却纯正高尚，对共青团干部有很大的影响。1964年春，李致调团中央工作，能直接听到耀邦的一些教导。不料"文革"爆发，中央文革小组操纵红卫兵冲击团中央机关。耀邦成为打倒对象，1966年夏秋两季，几乎天天被"揪"出来示众。中央文革小组宣称团中央"修透了"，好端端一个团中央被搞得乌烟瘴气。这便是"真神打倒关庙门"。

六

龙蛇鱼虾不可分，乌龟王八一起蒸。

顶天立地一铁汉，世间才知有好人。

"文革"初期，耀邦无论怎样被斗、被打，从未承认自己是"三反"分子。1968年，李致与耀邦被关进"牛棚"，同在一间小屋。八届十一中全会，为凑够半数以上委员，拉耀邦参加会议。九大会上，耀邦不肯认罪，拒绝与康生握手，落选中央委员。耀邦回京治病，乐于帮助老干部及其子女，被诬为什么"俱乐部"。小平复出后，耀邦主持科学院工作，积极落实知识分子政策。"反击右倾翻案风"，耀邦再次被打倒。宁折不弯，顶天立地一铁汉。

七

且随春风入剑门，摸爬滚打淘尽神。

棱角磨掉成卵石，才知内方须外圆。

"文革"后期，李致调到四川人民出版社工作。十一届三中全会，像"春风入剑门"，川版书异军突起。但极左思潮尚存。作家丁隆炎写彭总的《最后的年月》，编辑流着泪审阅，工人含着泪排版，九天印出四十万册，却被最高宣传部门封杀。出版社党委把"官司"打到中央书记处，一年后才许"内部发行"。出版巴老的书，也遇到过一些困难。出版社的"立足本省，面向全国"，"要当出版家，不当出版商"等基本方针，亦多次受到质疑。真是"摸爬滚打淘尽神"。

八

生末净旦丑齐登，公侯伯子男尽演。

假作真时真还假，真作假时假也真。

"文革"长达十年之久。无论是当权派、造反派、保守派、逍遥派，这派那派，人人都在台上台下、有意无意地做了充分的表演。是真是假，是自愿或是上当，或是趁机捞一把，人民心中有杆秤，历史是无法抹掉的。这本是知人善任的宝贵财富，可惜没有被充分运用。

九

人间沧桑已历尽，雷鸣电闪何足惊。

留得脊骨还挺直，要讲真话学巴金。

1942年，巴老为十二岁的李致题字："说话要说真话，做人得做好人。"李致牢记巴老教导，"文革"中，无论挨打、被斗、关"牛棚"，交代自己的问题或别人的问题，李致没有讲过假话。粉碎"四人帮"以后，巴老再度主张讲真话，读者称他为"世纪良知"。马老也向巴老保证："我要努力说真话，不管为此我要付出什么代价。"

十

风风雨雨寄流年，箪食瓢饮度余生。

时人不知余心乐，我自偷闲学少年。

马老认为，李致虽经历不少磨难，至今还有一颗童心，即赤子之心。

2006年8月14日夜雷雨中马识途谐笔

2006年8月15日到20日李致解题并注释

大姐，我叫了你半个世纪

人生有许多坎坷，幸好还有友情。

我有一批半世纪以上的挚友。五十年前，我们是十六七岁的中学生，为了追求进步，在斗争中认识并走在一起。这便是我多次提到过的破晓社。破晓社成员以兄弟姐妹相称，大哥大姐公推，其余的拈阄而定。

贺惠君被推为大姐，我们这样叫了她半世纪以上。

一

五十年前的大姐，脸色红润，高高的，胖胖的，显得很健壮。

我认识大姐，带一点传奇色彩。1945年，陈先泽的四姐，介绍他和我参加了燕京大学、华西大学的进步组织——未名团契。地下党员贾唯英是团契的核心。在"一二·一"反内战运动中，华西协合高中的六位同学（包括先泽和我）发起成立了破晓社。宗旨是"誓与法西斯强盗斗争到底"，道路是"从梦想走向实践，又在实践中学习"。它一成立，就受到贾姐姐的关怀和指导。

破晓社办了名为《破晓》的壁报，受到广大同学的欢迎，却被三青团的成员偷偷撕掉。我们满怀愤怒地用大字报形式表示抗议。《学生报》报道了这个事件，并对破晓社表示支持。这种支持来之

与破晓社部分兄弟姐妹20世纪80年代初于成都合影，前排左二即大姐贺惠君

不易，使我们十分激动。先泽和我急于与报社取得联系，找报纸一看，报社的通信处是四道街八号。我们很快就在一天黄昏找到了这个地方。

这并不是正规的报社，而是一个公馆。看门的老大爷知道我们的来意后，往里叫了一声："幺小姐！"接着出来的便是身穿旗袍的贺惠君。我们要买报纸，她说没有，请我们留下地址。我用纸写下：东城根下街七十六号，李国辉。以后在回忆这一段交往时，贺惠君说："来了两个小青年，一胖一瘦，嘴里还含了棒棒糖。"

不久，贺惠君把报纸送到我家门口。她坚决不收钱，我只得以紧紧地握手表示感谢。

二

抗日战争结束，国民党反动派发动内战，引起广大群众的反对。1946年2月10日重庆市各界在较场口集会反对内战，国民党特

务公然打伤郭沫若、李公朴等人。与广大人民群众一样,破晓社成员义愤填膺,在贾姐姐的帮助下,积极参与了声援活动。

大家分头去联系自己熟悉的朋友。先泽和我主动去找贺惠君。这一次不是站在大门内谈话了,而被请入客厅。我们一起参加了声援活动,并参与成立成都市中学生联合会。可惜这个联合会缺乏群众基础,并没有经常开展活动。好在有破晓社,先泽和我提出介绍贺惠君参加破晓社,她欣然同意。从此,地下党领导下的两股力量汇集在一起,贺惠君与我们结下了终身的友谊。

贺惠君被推为大姐并非偶然。她的年龄并不是最大的,但相对来说,显得成熟:分析问题有说服力,处理问题比较理智,关心人。这在我们这一批热情而幼稚的人中,算得上是鹤立鸡群了。

我们当时虽然追求进步,但有较浓的小圈子气息。例如我,只愿和少数志同道合的人在一起,不懂得要广泛接触群众,团结更多的人。大姐在和我交谈中,给我提出过这个意见,对我很有启发。她参加破晓社不久,即介绍了庄焕仪、殷里蓉参加;年底又介绍了华美女中四位姐妹参加。她的好友李晓芸虽未参加破晓社,却是破晓社的朋友,而且是"终身制"。

成熟并不妨碍大姐的活跃。她爱唱歌,音色也不错。每当她唱起《我们的青春》(力扬作词)这首歌的时候,大家便跟着合唱。我印象最深的是她教大家唱的一首解放区的歌。歌名早忘了,内容是歌颂劳动英雄和批评个人英雄主义的。至今我还能唱几句:"周子山,我这几天,好不厌烦;心里头压下事,难对人言。"这首歌,是大姐的六哥和曹三姐从解放区回来后教她的。

大姐的活动面宽,除破晓社和《学生报》外,她还参加了雏鹰剧社。她曾邀请我去参加过雏鹰剧社的一次活动,让我朗诵《日出》中乔治·张的几段台词。剧社有一个成员叫毛弟娃儿,即以后创作《好久没到这方来》的歌曲作者——茅地。

这一年,我们一起参加学生运动和破晓社的活动,个人接触也很多。我们两家住地很近，只隔一条过街楼街。我和先泽或我一个人，有空就到大姐家去。唐大爷对我们也熟悉了，立即通报。于是我和大姐便海阔天空，无所不谈，包括相互批评。同志，朋友，姐弟，这是一种深厚的友情！

更令人难忘的是，1946年12月上旬，贾姐姐约我到她家，开门见山地提出地下党组织决定吸收贺惠君和我入党，问我是否同意。我当然同意。贾姐姐又要我去征求贺惠君的意见。她们两家都住在四道街，我从贾姐姐家出来，几步路便跨进大姐家。大姐立即表示同意。我转身又去向贾姐姐报告。我们三人都很高兴。

从1947年起，大姐负责地下党中学生的工作，在中学校里建立地下社"民协"。破晓社的大多数成员，经她的介绍入了党或"地下社"。这是我在新中国成立后才知道的。

三

1946年底，我因参加抗议美军暴行被学校变相开除，到了重庆。以后撤回成都工作一段时间后，又调重庆工作。这十年，我和大姐几乎没有接触。仅1955年春在成都见了一次。在那一次谈心中，她认为若干年前对破晓社处理一位成员的做法过激了。这是她进一步成熟的反思，我当即表示赞成她的观点。

我再次调回成都，在共青团省委工作，那是在1957年冬。当时大姐任共青团四川省委副书记，刚因病切除了一个肾。我正为她的健康担心时，却来了更大的风暴。她蒙受冤屈，被错划为右派。我参加了团省委常委会，看见了许多揭发她的材料，不寒而栗。我当然不相信她反党，但她对省委一把手提了意见，在劫难逃。当时我早已成了"驯服工具"，不敢独立思考。我暗中为大姐惋惜，却没有认识到她坚持原则、敢讲真话的精神。有这个认识那是以后的事了。

大姐被开除党籍，撤销职务，下放在《四川青年报》，主要是处理群众来信，同时搞一些轻微劳动。可以想象这种冤屈会带给她多大的痛苦！我当时在红领巾杂志社工作，与四川青年报社同在一个大院。听说大姐工作认真，并不消极。我常看见她扫地、倒痰盂，态度不卑不亢。我们还同住在祠堂街三十三号宿舍，但我不敢与她往来。

1958年秋，我随中国青少年报刊工作者代表团去苏联访问，经常听见播放《祖国进行曲》。我们破晓社的社歌就是按这个曲子写的词。我免不了想起大姐和另几位受冤屈的老朋友，内心有说不出的感慨。回国后的一个晚上，我偷偷地进了大姐的住处。屋子潮湿阴暗，最多只有十平方米，她正在看书。我不知道该说什么，叫了声："大姐！"只记得她说，除了工作，她想学中医。最后我送了她两枚从苏联带回的硬币（戈比）。我想安慰大姐，但这种安慰有什么用？

过去很长一段时间，我满足于曾顶住压力，没有乱揭发，敢于实事求是写材料。但后来我知道，大哥余文正在大姐困难时，不怕划不清界限受牵连，帮助大姐的子女，使我深受感动。一高一矮，大哥是巨人，我是矮子。

大姐，我相信你能原谅我，但我必须责备自己。

四

"文革"时我在共青团中央工作，先泽的爱人熊庆娟到北京探亲，到团中央看大字报。她告诉我共青团四川省委有一部分人在为贺惠君翻案。我从心里支持，但也感到难度很大。果然，当我被关在"牛棚"的时候，成都来人外调大姐的情况，那是带着鲜明的倾向来抓问题的。我如实地写了大姐在新中国成立前的情况，却受到训斥。十几年后偶然谈起这件事，我把这份材料给大姐看过。

党的十一届三中全会以后，1979年大姐得到平反，被分配到省旅游局担任副局长。省旅游局局长李止舟，新中国成立初期担任过共青团重庆市委书记，是我的老领导和老朋友。我多次听到他称赞贺惠君，说她为人正派，不搞歪门邪道；能独立思考，能力强，敢说话，敢负责；关心人，群众关系好；等等。李公水平高，不轻易称赞人。1987年，我和大姐同是省政协常委，有机会一起参加某些活动。与大姐接触中，我有与李公相同的感受。

经过"十年浩劫"，破晓社的朋友每年至少聚会一次。几次重要活动还得到省、市党史研究室的支持。半个世纪过去了，我们这一批从十几岁便追求革命的青年，除一个在"文革"中被迫害致死外，都挺过来了。大家保持着固有的理想，没有人当帮派分子，没有人把金钱放在第一位，更没有人腐化堕落。只要聚在一起，彼此能感受到赤子之心的跳动，共唱那些当年鼓舞我们前进的歌曲，朗诵那些当年催人奋发的诗歌，互勉保持晚节。随着年龄的增长，大多数成员离退休了，大家又交流保健的体会，以安度晚年。大姐积极参加破晓社的聚会，可惜经过多年的折磨，她的健康状况不佳：以前摘掉一个肾，1993年骨折，还有较重的肺气肿。有一次，我推荐王火的长篇小说《战争和人》给她。她很喜欢这部书，看完第一部来换第二部，但走到我所住的大院门口，就喘得连二楼也上不去了。这以后我就主动把书给她送去。尽管如此，大姐的精神状态仍很好。

因为老伴生病，影响了我参加老朋友的一些聚会。好在我和大姐两家宿舍很近，只要可能，我仍挤时间去看看她，哪怕只坐一二十分钟。我们还常在理发室相遇。理发的小杨听见我老叫贺惠君为大姐，就问贺惠君，她是我的大姐还是我老伴的大姐？事后大姐告诉我说："我回答小杨，我是他们两人的大姐。小杨莫名其妙。"我知道大姐这样回答，是因为我老伴也是破晓社成员。说着我们都笑起来。

五

谁也没想到的事陆续发生了。

1994年秋，远在西昌的破晓社成员冷离，因心脏病突发猝死。20世纪40年代在华英女中读书。1957年因丈夫屈彬蒙冤，随其下放西昌，在第一中学教书，任劳任怨，受到学生爱戴。我们为她的早逝极感悲痛。

去年1月，正在美国探亲的方家祥（破晓社发起人之一），突然因病回到成都。这个能吃能喝能睡、看起来气壮如牛的老方，因癌症影响心脏，匆匆离开人世。大家都没有思想准备，像头上被人用重锤一击！大姐的丈夫詹大风（破晓社成员）流着眼泪说："死亡已经威胁到我们这一代了！"老方的妻子姜志惠更是接受不了，万分痛苦。大姐和许多朋友千方百计安慰她。

一直在重庆工作的三哥王竹因病卧床，成了"植物人"，牵动着大家的心。5月16日他与世长辞。三哥一生疾恶如仇并乐于助人。大家虽估计到有这一天，仍免不了再一次陷入悲痛。

7月我因心肌缺血住院输液，突然获悉詹大风患肺癌，即将入住四川医学院附属医院开刀。老詹身体一贯很好，长期坚持冬泳，多次被破晓社选为"健康儿童"，怎么一下也患重病了？14日吃过晚饭，我匆匆赶到大风家。几个老朋友正在吃饭，先泽递给了我一杯红葡萄酒。姜志惠说："你来得正好，老詹明天要住院。"我表示正是为此而来的。饭桌上气氛祥和，像没有发生什么事一样。饭后，大姐和几个朋友玩牌，我安慰老詹：第一发现早，第二病变位置便于切除，第三他的身体素质好。在归途中，我既担心，又佩服大姐和老詹的镇静。这种临危不惧的精神，是坚强的表现，给我上了一课。

几位老朋友在大风动手术后去青城山避暑。17日下午临行前，姜志惠打电话告诉我，大风的手术很成功。她特别嘱咐，他们走后 *177*

大姐贺惠君

要我多关心大风。我回答她，尽管我住院输液，我会经常用电话与大姐联系。为了了解手术的情况，我与四川医学院著名外科专家萧路加学长通话，从他那儿得知大风术后情况的确较好，才稍微放心。

20日上午，我从医院去大姐家，在路上碰见她看病出来，哮喘不已，举步维艰。我赶忙帮她拿着药，陪着她一步一歇地到了她家。看见她这样累，我原想让她休息，坐一会儿就走。可是她稍坐不久，精神恢复后又热情地和我交谈。从大风的手术谈到我们这一批人的健康，从当年参加破晓社谈到反"胡风反革命集团"以及史无前例的"文革"，从改革开放的成果谈到领导干部的作风以至反腐倡廉。我们许多年没有这样单独谈心了。大姐的观点还是那么鲜明和尖锐，声音还是那样有力量。这种心灵的交流，使我感到非常舒畅。我仿佛回到了五十年前，坐在四道街八号她家的客厅里，互相打开心扉汲取营养。

告辞时我对大姐说："他们去青城山了，有事多用电话联系。"她说："你放心，不会有什么事儿。你们有事儿也打电话给我。"

25日，我上午在医院输液回家，我女儿说四姑妈来电话，说贺阿姨昨天摔跤，股骨颈摔断，呼吸困难，已送川医监护室。我立即与四姐李国莹相约，下午三时半（在此之前不许探视病人）到了医院监护室。大姐躺在病床上，脸色苍白，身上插了很多管子。我真不忍心看她遭受这样的痛苦，也不能久留在那儿影响她的治疗。我们去看了大风，他只知道大姐摔了跤，尚不知详情。没有多说，我和四姐乘电梯下楼。我们都不知说什么。隔了一阵，四姐告诉我，大姐对她说了一句："我不行了。"这时突然下雨，无法行走。我们站在外厅，风吹得有点刺骨。难道这7月雨像"六月雪"，它在替大姐倾诉什么？

第二天晚十时，接到四姐电话，大姐九时半逝世！

当晚我分别打电话给晓芸、焕仪和其珉。我先后服了五粒安定也安静不下来。五十多年的友情，我记得清清楚楚。14日的晚餐成了我和大姐的最后一次晚餐，20日的谈心也成了我和大姐的最后一次谈心。铭心刻骨，终生难忘！第二天天刚亮，我就给西昌的罗介夫、兰州的方信嘉打电话。在电话上我听见了兄妹们的啜泣。

六时半赶到川医，与大风抱头痛哭。

六

大姐和几位兄妹先后突然走了，把无尽的痛苦留给我们。在很长一段时间内，我无法走出这个阴影。然而，冷静一想，应该说他们留下很多东西，最重要的是留下了这代人的思想品质和人格力量。

1999年3月31日

179

再见！三哥

三哥走了。他处于"植物人"状态已三个多月，我隔一天与他的小儿子通一次电话，应该说有思想准备。但得知这一消息，我仍接受不了。

一

三哥名王竹，我们交往已有半个世纪。

三哥是我的中学同学，比我高几班。在破晓社成立以前，也就是1944年日本侵略军打到贵州独山时，四川震动，三哥怀着满腔爱国热情参加远征军到印度，准备随军从陆路打通国际通道，报效国家。可是当他目睹了国民党军队的腐败不可救药，便毅然离开远征军回校读书。1946年他参加破晓社，在《破晓半月刊》上，以屈萤为笔名发表了两篇揭露国民党军队黑暗的散文，给读者留下深刻的印象。以"萤"为名，是因他喜欢萤火虫，"有一分热，发一分光"。

破晓社的成员以兄弟姐妹相称。除大哥大姐是公推之外，其余排行一律拈阄决定。三哥的称谓就是这样定的。不过，我们这些拈阄定下来的哥哥（包括我在内），只有三哥名副其实。不少弟妹受到过三哥的关怀和照顾，而我得到的可能最多。

二

1946年底，我因参加抗暴运动被学校变相开除，第二年初到了重庆。当时三哥在四川省教育学院读书，我在他那儿住了几个月。我有四个姐姐，没有哥哥，一直感到遗憾。三哥像亲哥哥一样爱护我，填补了这个空白。我爱睡懒觉，他每天早上来叫我，至今我还记得那熟悉和"可怕"的脚步声。他用木桶打好水，强迫我去洗澡——我从来没有这样讲过卫生。吃过早饭，必须到他寝室做数学题。"教授"是破晓社成员屈丁（重庆大学学生），三哥是"助教"。每当我做错题，三哥丝毫不讲情面，凶得很，甚至骂我，以至于与他同寝室的朋友批评他"不像学教育的"。

当然也有愉快的时候，那就是每当我们从重庆大学补习回来，归途中除了聊天，还要唱歌。三哥的嗓子有点"沙"，他最爱唱：

1981年，三哥（前左）到成都草堂疗养院看望陈先泽（前右）和李致

当兵好，当兵好，

当兵出力把国保。

我明知他所唱的"兵"是抗日战士，却故意和他开玩笑，接着
就唱：

我们当了兵，

我们出了粮，

为什么别人在享福啊，

我们就没有份儿？

1947年"六一"大逮捕，我被国民党特务抓走。三哥一早发现
我不在了，万分着急，赶忙跑进城找我姐姐，设法营救。后又送来
一本中英词典，要我背单词。我被释放回到学校，他看见我时激动
得满眼泪花。

三

我们分别了两年多。新中国成立之初才又在重庆相遇，并同
在共青团系统工作。那时候，三哥是一个部门的领导，工作十分积
极，亲自下厂蹲点，对干部要求很严。干部汇报工作，要有情况、
有分析、有意见，否则过不了他这一关。同时他又平等待人，关心
干部，经常为有困难的干部争取生活补助。除了自己部门的工作，
三哥还有一个特点就是关心全局，团市委领导为此经常称赞他。

1955年，全国开展肃清"胡风反革命集团"运动，我被隔离审
查。我和三哥的寝室相连，又一起在仅有一桌的中灶吃饭。他被迫
与我划清界限，不来往不说话，但从他的目光中却看得出他的同情
和不平。国庆节三嫂来探亲，她不避嫌疑，带着我的女儿到劳动人

民文化宫玩，还照了相，令我和妻子终生难忘。胡风案是个冤案，不过那时的审查与"文革"有所不同，我能正确对待。审查结束，我没问题，三哥由衷感到高兴。1956年，政治上稍微宽松一点，每到假日，我们两家一起到冠生园吃早点，带着孩子去动物园玩。在动物园，我背着女儿，三哥背着儿子，不停地唱我编的顺口溜："当爸爸真辛苦，背起娃娃看老虎。"以后我到捷克的首都布拉格参加第四届世界学生代表大会，途中又在苏联的莫斯科和列宁格勒（即圣彼得堡）参观。那一年多时间，生活比较愉快。

可惜好景不长，"反右"后我调到成都工作不久，重庆有三位敢于为民说话的同志（即萧泽宽、李止舟、廖伯康）被打成"反党集团"。在七千人大会以后，三哥和几位有正义感的同志，用"几个半勇敢分子"的名义，直接向毛主席反映困难时期四川的情况。这本是党员的正当权利，但因党内生活不正常，终被追查出来，认为三哥与"反党集团"一个鼻孔出气，受了批判，还被调动工作，降职使用。

四

"文革"期间，我在北京工作，三哥仍在重庆。我们两人都是"当权派"，加上我被国民党逮捕过，与胡风案有牵连，三哥则参加过远征军，与"反党集团"一个鼻孔出气，两人异地受审。有一段时间造反派打内战，放松了对我的监管，我与来北京避难的重庆朋友商量把三哥救出来，但未成功。在被关进"牛棚"后，我每天都要暗暗呼唤一些亲人，其中就有三哥。我的呼唤，既是对自己的安慰，也是对他们的关切。三哥，你现在怎么样了？以后逐渐知道，三哥被造反派长期关押在一间潮湿的地下室，受尽折磨，肺病复发，而他在地下室里仍关心国家民族的命运，写出关于开展增产节约运动的建议。当一派群众组织把三哥"抢"出来，准备把他作为革命干部搞"三结合"时，他却首先提出要给"萧、李、廖"平反。这就是三哥！一个中国的知识分子，一个凭理想参加革命的共产党员。

<h1 style="text-align:center">五</h1>

"文革"后期，我主动要求回到成都工作，又有机会和三哥见面了。每当他来成都，我们都有许多心里话说不完，主要是对"文革"不满，对王、张、江、姚不满。那些话如被造反派知道，其后果不堪设想。有一次，我和三哥一起看了一份周总理遗嘱，他泣不成声，我从来没有看见过他这样痛哭过。后来知道这份遗嘱不是真

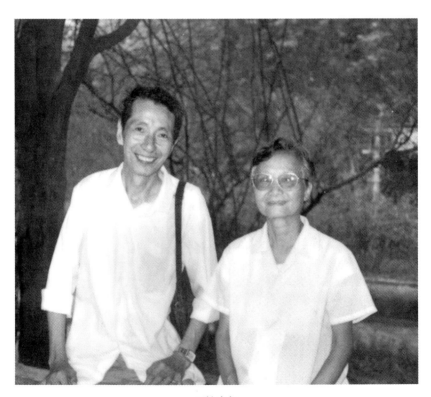

王竹夫妇

的，但它的内容反映了人民群众的某些心声。"四人帮"被粉碎时，我率先得到北京朋友带来的消息，三哥正在成都。这种大快人心的事，我当然急于告诉他，但又怕他心直口快，随便对人讲。他一来，我就把这个顾虑说给他听。

他立即表态："哪个龟儿子乱说！"

事情太重大了，仅这个表态不能使我放心。最后达成协议：他愿意跪在地上发誓，我也做出让步——只要他跪在床上发誓。他真跪在床上发了誓，我才告诉他。这种喜悦，凡是过来人都理解。只是三哥太兴奋了，违背了他的誓言，一出我家就告诉了他的朋友。我当然也不会去追究。

六

粉碎"四人帮"以后，三哥自己尚未落实政策，却和几个与他情况相类似的同志四处奔波，热心帮助别人落实政策：恢复名誉，解决被占房子和被扣工资的问题，把仍在农村的小孩调出来……许多人十分感动，称他为"民间落实政策办公室主任"。他自己落实政策以后，更是一如既往，心怀全局，致力于体制改革，忘我地工作。他还像过去一样乐意帮助别人，他的一个小本子上记有许多朋友的电话号码，我戏称之为三哥的"联络图"。

年逾花甲，三哥从第一线退下来，在民意机关工作。民意机关可虚可实，作为一个常务委员，他可以鼓掌举手，或说几句不关痛痒的话。但三哥爱憎分明，对某些腐败现象疾恶如仇，既敢当面批评，又敢向上反映，不明哲保身。他写过一封短信给我，说他们那里发生了几个大案，因涉及某几个头头，"民怨沸腾，威信降到极点，奈何！"

三哥身体不好，发过几次脑血栓，以至于有段时间不能自己吃饭。我和一些老朋友关心他，多次劝他保重身体，不管闲事，甚至开玩笑挖苦他，集体"修理"他，要他潇洒一点，欢度晚年。他虽心领朋友们的好意，却一如既往，绝不放弃斗争。以后，因为多少了解一些情况，我开始感到对三哥的"责备"有片面之处。这种斗争精神正是他极可贵的品质。

七

去年冬天，三哥又患脑血栓，肺部大面积感染，股骨摔断。许多同志为他的病四处奔走，老领导出来为他说话，有关部门拨了专款，医院尽了全力抢救，好人得到好报。可惜尽管如此，仅延长了他几个月的生命，且处于"植物人"状态。破晓社中受过他照顾的一个妹妹方信嘉，从兰州赶到医院看他，叫了几十声"三哥"，都没有反应。我们听了，心如刀绞。这段时间我提心吊胆，常常一听到电话铃声就害怕。但这个无法逃避的消息，还是在一天早上来了。

我和我女儿赶到重庆。为了不增加三嫂的痛苦，只得压抑自己的感情，把泪水往肚里咽。回到故地，遇见许多老同志，无不称赞三哥。一位老同志告诉我，三哥有一次在会上给领导提意见，会后这位领导批评了他。三哥非但不害怕，还把他的意见写成文字再次交给这位领导。多么光明磊落！这个故事加深了我对三哥的理解。

第二天向三哥的遗体告别，我真想叫醒他，再和他作一次推心置腹的谈话，再和他抢书看或打架玩。我愿意天天去叫他起床，用木桶为他打水洗澡，报答他对我的爱护和关怀。……我在三哥的右眼角发现一颗泪珠，难道他真知道我和女儿站在他的身边？

我们的信仰不会变，到时在马克思那儿再见！

1998年夏

坚持信念①

破晓社的成立和它的社歌

破晓社是20世纪40年代中期民主运动的产物。

1945年，抗日战争胜利。国民党反动派阴谋发动内战，激起广大人民的愤慨。成都华西协合高级中学，是一个具有民主空气的教会学校，长期担任校长的吴先忧是无政府主义者。青年学生是政治的晴雨表，不少学生以壁报的方式来反映自己的心声，坚决反对内战。

华西协中有不少的壁报。陈先泽和我在学校办了一个叫《破晓》的壁报，引起了同学的注意。同时引起注意的，还有一个叫《野笛》的壁报，主要成员有罗介夫、罗泽甫（即罗洛）和余文正。这两张壁报的成员思想接近，互相关注，这是以后联合起来成立破晓社的基础。方家祥是"独立大队"。

正在这个时候，昆明爆发了有名的"一二·一"反内战的学生运动。华西协中的进步同学积极声援，参加了成都的游行。余文正、方家祥、罗介夫、罗泽甫、陈先泽和我等六人，在"一二·一"运动中相识，感到志同道合，发起成立破晓社。同时，吸收了华西协中以外的华英女中的冷离（原名钟谦铮）、协进中学的刘波以及王存贞参加。

---

① 本文系在破晓社"六十个生日"会上的发言。

陈先华，1945年摄。她是好友陈先泽的四姐，华西大学学生。当年她介绍陈先泽和我参加未名团契

谈到破晓社的成立，需要提到陈先泽的四姐陈先华、未名团契以及贾唯英。陈先华四姐是华西大学学生，她介绍陈先泽和我参加未名团契。未名团契是燕京大学和华西大学两校的进步学生组织，核心人物是中共地下党成都工委委员贾唯英。陈先泽和我在未名团契接受新思想，学习《新民主主义论》，这对我俩的一生产生了极重要的影响。而贾唯英对以后成立的破晓社，不仅关怀备至，并给予直接指导。

六位发起人，在一起写了破晓社社歌的歌词。

那是一个夜晚，大家坐在华西大学的草坪上，沐浴着月光，逐字推敲。我至今记得当时的情景。应该说，歌词是我们的宣言。"打从'一二·一'走向自由的日子，打从专制的魔窟到民主，誓和法西斯强盗斗争到底，战斗一刻不停息"，是我们的政治"纲领"。"我们从梦想走向实践，又在实践中学习"，是我们成长的道路。无论是政治"纲领"和成长道路，都十分明确，经得起时间考验。

校际的学生组织

破晓社逐渐扩大，成为跨校的学生组织。

未名团契的方信瑜介绍她的妹妹，华美女中的方信嘉和刚离开空军幼年学校的萧祥衡参加。

必须提到《学生报》和贺惠君。《学生报》是当时中共中央南方局青年组派刘文范来成都创办的，与川康特委委员王宇光同志有密切联系。贺惠君是《学生报》的成员。破晓社成立后，我们的壁报定名为《破晓》，受到广大同学的欢迎，有一次却被三青团的成员偷偷撕掉。我们满怀愤怒地写"大字报"表示抗议。《学生报》及时地报道了这个事件，并对破晓社表示支持。这种支持来之不易，我们十分激动。陈先泽和我急于与报社取得联系，《学生报》的通信处是四道街八号。在一天黄昏，我们找到了这个地方。这并不是正规的报社，而是一个公馆。看门的老大爷知道我们的来意后，冲里面叫了一声："幺小姐！"接着出来的便是身穿旗袍的贺惠君。我们要买报纸，她说没有，请我们留下地址。不久，贺惠君把报纸送到我家门口，而且坚决不收钱。以后回忆这一次交往，贺惠君说："来了两个小青年，一胖一瘦，嘴里还含了棒棒糖。"

1946年2月10日，重庆市各界在较场口集会反对内战，国民党特务打伤郭沫若、李公朴等人。全国开展了声援"较场口事件"的"二一〇"运动。破晓社成员在贾唯英的鼓励下，积极参与了这次声援活动。

大家分头去联系自己熟悉的朋友。陈先泽和我去找贺惠君。这一次不是站在大门口谈话了，而是被请入客厅。我们一起参加了声援活动，并参与成立"成都市中学生联合会"。可惜这个联合会缺乏群众基础，没能经常开展活动。好在有破晓社，陈先泽和我提出，介绍贺惠君参加破晓社，她欣然同意。从此，地下党领导下的中学生的两股力量，破晓社和学生报，在斗争中汇集在一起。

韦其珉原与《野笛》几人同班，后跳级考上四川大学，是破晓社初期唯一的大学生。运动中他回华西协中联系，由余文正介绍参加了破晓社。1946年秋，韦其珉又介绍詹大风、王德愚（王竹）、文国绪参加。这样，华西协中共有十名破晓社成员。

邱令纾是华美女中学生，她读了《破晓半月刊》，写信自荐参加破晓社。文国绪介绍文国英参加。我在1946年秋介绍成都县立女中学生、四姐李国莹参加。

贺惠君介绍庄焕仪、殷里蓉参加。庄焕仪当时已经工作，是一个小职员。同年秋天，贺惠君又介绍华美女中的尹静、李朝壁、钟宁、孙汉甫参加。这样，华美女中共有七位成员。

1946年冬，贾唯英介绍成都市女中黄桂芳、谭静涵、蔡尔雄、张桂华参加。贾唯英对先泽和我说，要打破"小圈子"。

1947年初，破晓社重庆支部成立。除当时在重庆的王竹、我、罗介夫、冷离和孙汉甫以外，还有重庆大学学生丁秀涓参加。

破晓社共有三十位成员。新入社的成员，一般在大会上做自我介绍，并表演节目。为加强联系，成员之间互相进行个别谈话。《家信》即在本子上写下自己的心里话，大家传阅，是我们交流思想的重要工具。

1947年，部分破晓社成员合影，当时绝大多数都未满二十岁

时代需要刚直不阿的人。大家崇拜楚国诗人屈原，破晓社成员自愿姓屈，各取单名，以兄弟姐妹相称。除推选确定大哥（余文正）、大姐（贺惠君）外，其余的排行"抓阄"决定。社歌中有"我们永远热爱这个'家庭'（后改为'团体'），但愿它长久生存"歌词，这是我们共同的心愿。

李晓芸由贺惠君的朋友变成破晓社的朋友，而且是"终身制"。

遗憾的是李朝璧、萧祥衡、冷离、方家祥、王竹、贺惠君、罗泽浦、罗介夫、殷里蓉、庄焕仪等十位兄弟姐妹，已经先后逝世，我们对他们有着深厚的感情，将永远思念和缅怀他们。

热爱这个团体

破晓社的聚会，没有人想缺席，迟到的也不多。

聚会吸引人，主要是两方面：

首先是会议的内容。当年我们在一起，学习《大众哲学》和《新民主主义论》。纪念鲁迅和演鲁迅的《过客》，作家陈翔鹤（华西协中教师）还应邀讲话。讨论时事，大多时候由方家祥主讲。请从解放区来川的杨慧琳同志介绍解放区的情况，跳秧歌舞。大家都有自己最喜爱或印象最深的活动。

形式生动活泼也是吸引大家的因素。那时大家都是十几岁的青年，怕说教、怕枯燥、怕套话。破晓社的多数活动采用文艺形式，读书、唱歌、朗诵、做游戏、旅行等，就是后来周总理提倡的寓教于乐的形式。这些符合青年特点的自我教育的形式，使我们既受了教育，又玩得高高兴兴。

当然，更重要的是我们参与了那几年的由地下党领导的各种学生运动。如"一二·一"运动、声援较场口事件、抗议美军暴行运动。社会是个大课堂，斗争使我们增加智慧和才干。"一二·一"运动后我们曾遭受挫折：在一次全校学生表决中，我们仅有五十二票支持，处于劣势。感谢罗介夫写了一首诗，叫《我们有五十二票》，它鼓舞了我们的士气，让我们不要气馁。可惜，当时我们不懂团结大多数群众，只顾少数人往前冲。我在"抗暴"运动后被校长变相开除，只有校董加拿大人士云从龙出来为我说话，没有群众起来保护。以后，我和罗介夫、冷离、孙汉甫考上西南学院，离开成都去了重庆。

1948年，破晓社仍很活跃，陈先泽、方家祥、詹大风在四川大学广场和新新新闻大厦，演出了反对法西斯统治为主题的活报剧《八根火柴》。年底，为保存力量迎接新中国成立，根据地下党成都市委书记洪德铭的意见，破晓社停止活动，大家各自回到自己的学校或单位，去发动和组织群众。尽管我们对破晓社有深厚的感情，但都乐意服从党的决定。这是战略转移。破晓社成员注意联系群众，在自己的学校成立了类似破晓社的社团：华西协中成立了大家读书会，成县女中成立了驰风社，华美女中成立了橄榄社，市女中成立了布谷社，使"破晓"的工作大大地跨进一步。大家在斗争中成长，有不少兄弟姐妹先后被吸收成为地下党员或地下社员。这也是破晓社的一个贡献。

我们正是这样"从梦想走向实践，又在实践中学习"的。

历史的嘲弄

1949年底，大家欢天喜地迎接成都解放。

解放带来翻天覆地的变化。推翻了蒋介石的独裁统治，赶走了帝国主义，工人农民翻了身。大家有了工作，热忱为人民服务，生活也有了保障，我也是受益者之一。但也有困惑：从《国际歌》的"从来就没有什么救世主，也没有神仙皇帝。要创造人类的幸福，全靠我们自己"，变成《东方红》的"呼儿嗨哟，他是人民大救星"。带着这样的疑问请教领导，被告知"万岁"类似苏联的"乌拉"，只是欢呼之意；或被斥为"缺乏阶级感情"，才提出这个疑问。年轻人有独立见解，爱发表意见，也为领导所不悦。后来终于明白，我们这类人是"未改造好"的"小资产阶级分子"。

不仅如此。在"以阶级斗争为纲"的指导思想下，政治运动不断。1955年，全国开展肃清"胡风反革命集团"运动，破晓社有不少成员受波及，严重的还被隔离（即软禁）、被搜查。幸好地下党领导人、原川康特委副书记马识途等同志，为破晓社作出了是"进步组织"的结论，才幸免于难。1957年，破晓社有五六人蒙冤。有的被打成"右派"，有的被打成"反党小集团"，被开除党籍或团籍，受尽折磨。这以后，只有夹着"尾巴"做人，当"驯服工具"，如临深渊，如履薄冰，不敢多说一句话，不敢走错一步路。

"打从'一二·一'走向自由的日子"，这是我们追求的"自由的日子"吗？

"打从专制的魔窟到民主"，这是我们渴望的"民主"吗？

"文化大革命"中，造反派审查破晓社，我交代我们的社歌，说明它的政治目的和成长道路。造反派说："你们当时就这么'进步'？少给自己搽脂抹粉了。"

真是"秀才"遇到"兵"（红卫兵），对牛弹琴，欲哭无泪。

在这种年代，破晓社不需要活动，也不可能活动，何况它早已"不存在"。如果我们聚在一起，唱起社歌，而我们追求的自由民主，全是"资产阶级"甚至是"反动"的东西，心里该是什么滋味？我们困惑了，历史竟是这样地嘲弄人。

信念与重聚

粉碎"四人帮"，党的十一届三中全会召开，"实践是检验真理的唯一标准"的讨论，平反冤假错案，改革开放，开始了国家民族真正的转折。

人人看见变化，不需我来举例。

十一届三中全会后，破晓社的成员重新开始聚会。有的活动还得到四川省和成都市党史研究室的支持。《成都市党史资料通讯》刊登了破晓社的史料。现在，破晓社成员一年全体聚会一次。我们在一起讨论人生中带共性的问题，或追忆青年时期的理想和斗争，或高唱当年的进步歌曲，或探讨老年的健康和生活，以激励大家保持晚节和欢度晚年。大哥余文正年龄最大，早在1984年离休；到今年为止，当年破晓社最小的成员也年过古稀。所幸的是经历半个世纪多的考验，破晓社的成员没有一个叛徒，没有一个帮派分子，没有一个贪污腐败。离退休后，各有自己的生活安排。

近十年来，我写了一些往事随笔，涉及破晓社的一些人和事。前不久，获全国曹禺评论奖的评论家廖全京写了一篇评论，其中谈到破晓社，我读给大家听听：

　　在李致的散文里，这种爱往往表现为一种信仰、信念。与他的许多同龄人一样，李致属于有坚定信仰的一代。那一代人的心目中，信仰和信念是源自人类的精神使命的。他们可以为自己的信仰、信念付出血肉之躯，为之耗尽生命。在很多时候，信仰、信念是他们行动的血书。读《再见！三哥》《大姐，我叫了你半个世纪》《十二桥前的思念》《七星岗》等这几篇文章时，我强烈地感到，与其说这几篇文章是写他做地下工作时的斗争经历和战友情谊，不如说是写他们那一群破晓社成员对信仰、信念的执着与热忱。"半个世纪过去了，我们这一批从十几岁便追求革命的青年，除一人在'文化大革命'中被迫害致死外，都挺过来了。"一个"挺"字，蕴含着几多起伏曲折，几多艰苦磨难，几多欢乐酸楚。我相信，信念是一种激情，它使人的一生中的所有阶段都能熊熊燃烧，信仰更是一种对人性和人生的态度。坚持信仰，就是坚持一种价值和价值观的持守和履践。这一群年轻人选择了破晓社，就是选择了一种人生大爱；同时，选择了一种人格自律。从这个意义上说，爱是一种选择。

作家一般有浪漫主义，他的评价显然高了，但他所谈的坚持信仰信念，对我们则是鼓励和鞭策。

保持"两头真"

没有信仰的民族和人是可悲的。六十年过去了，尽管我们都七老八十，但我们的信仰、信念不会变、不应变。什么是我们的信仰、信念？我既清楚，又不清楚。清楚的是社歌里的自由、民主。这当然不是全部，至少还得有平等、文明、科学、富裕。如何才能实现全部理想，我不完全明白。团结稳定十分重要，发展是硬道理。我们期望，在经济建设取得显著成绩时，要坚决反对和制止各种腐败行为，政治改革不要停滞。转型期间，拜金主义四处冲击，信仰理想和道德观念不受重视。这使许多人（我也在内）又一次感到困惑。好在历史总要前进，人类总得进步。现在正自发地出现新的启蒙运动。我们要保重身体，把健康放在首位，没有健康就没有一切。先泽说过，生活交给我们的任务正在转移，转移给年青一代（包括我们的子女和孙辈），将由他们去开始新的"破晓"。我们欢度晚年，但可洁身自律。我们可能不懂子女的专业，但可与他们建立友谊和保持对话，帮助他们做人。人各有志，最要紧的是做人。在力所能及的条件下，支持有利于人民、有利于社会进步的改革，支持正在兴起的新启蒙运动。

马识途老人为破晓社的第六十个生日写了祝词。对联是"风雨如晦盼天明，鸡鸣不已迎破晓"。条幅是"只有度过沉沉黑夜的人，才配享受天将破晓的欢乐"。马老希望我们这批人，能保持

马识途为破晓社第六十个生日的祝词

"两头真"：前头的"真"，是我们早期的理想和信念；后头的"真"，是回到人的本性和天真。中间一段，被泼污水，被搞糊涂了。直到近二十年（特别是近十年），才逐渐清醒。做到后一个"真"，才是保持晚节。

破晓社将有"第七十个生日"，我们期待那时国家民族有更光明的未来。

2005年9月20日

花好月圆人长寿

——贺大哥九十华诞暨大哥大嫂结婚六十五周年

今天，我们相聚一堂，庆贺大哥余文正九十华诞，以及大哥大嫂结婚六十五周年。

六十六年前（也就是1945年）破晓社成立。我们这一批十几岁的青年人，因反对国民党独裁统治，投身学生运动。我们有"打从'一二·一'步向自由的日子/打从专制的魔窟到民主/誓与法西斯强盗斗争到底"的政治纲领，又有"从梦想走向实践/又在实践中学习"的成长途径。破晓社社歌，明确地宣告了我们的信仰。尽管在漫长的岁月中，经过许多坎坷，走过不少弯路，丧失过独立思考，当过"驯服工具"，现在懂得，仍然要坚持为民主和自由而奋斗。在破晓社第六十个生日时，马识途老人期望我们要做到"两头真"，我们不会辜负马老的期望。

大哥余文正，是破晓社的发起人之一，也是社歌的起草人之一。这表明了他的政治理念。余文正不仅年长，更重要的是他忠厚淳朴，被一致尊为大哥。

1946年寒假，大哥在家乡眉山县永寿乡结婚。按照当时的习俗，结婚得用花轿把新娘抬回家。大哥本着"新式旧式无所谓，她爱我爱就成功"的原则，打破旧习俗，由傧相骑着自行车去接新娘，大嫂跟着大哥"牵手"走回家。在旧中国一个普通的乡镇，这

1946年，大哥大嫂结婚照

样的举措需要难得的勇气，无疑是一次"革命"行为。大哥大嫂的结婚照片上，一支纸扎的箭穿透两颗心；一副对联，上联是"燃烧起生命的火炬"，下联是"搜索着黑暗中前进"。

1948年，破晓社根据地下党成都市委的意见，停止公开活动，各自回到自己的学校或工作单位去发动和组织群众，为迎接成都解放做出了应有的贡献。新中国成立后，大家忙于工作，很少接触。1955年，全国开展肃清"胡风反革命集团"运动时，省里对破晓社进行过内部审查，由于马识途等同志的参加和证明，破晓社被定性为"进步的青年学生组织"。实际上，应定性为"地下党直接领导的青年学生组织"，我曾就此征求过马老、王宇光和贾唯英的意见，他们完全认同。尽管如此，在以"阶级斗争为纲"的时期，破晓社已成为"历史"，不可能再有任何活动。在历次运动中，破晓社都有成员被蒙上不白之冤。感谢胡耀邦同志后来大刀阔斧地纠正了冤假错案。

在那段人人自危的时期，大哥不怕戴上"划不清界限"的"帽子"，像过去一样关心蒙冤的弟妹们。大姐被错划为"右派"，大哥与他们一家保持正常来往，"文革"中还到"牛棚"去探视；帮助安排他们的子女上山下乡，并给予经济资助；在1976年地震时期，邀请他们去自己所在的郊区宿舍避难。大哥的人品，延续着破晓社的情谊，温暖着兄弟姐妹的心。

粉碎了"四人帮"，党的十一届三中全会以后，破晓社重新开始活动。每年聚会一次，已经坚持了三十多年。大哥早在1984年离休。大哥的兴趣在写诗，我们不时收到他寄来的诗篇，以后还有诗集。诗为心声，大哥的诗，以饱满的热情和朴实的语言，反映了他对祖国对人民的热爱，对理想对信仰的追求，对同志对朋友的深情。这几年，大哥还坚持搞剪报，从2001年到现在，一月一期。每期剪报有一个主题，有资料有评论。他有选择地、不厌其烦地把剪报寄给兄弟姐妹，帮助大家增加知识，注意健康。

有这样的大哥，是我们的幸福，也是我们的骄傲！我们庆祝过大哥的六十华诞、七十华诞、八十华诞，现在又庆祝他的九十华

2001年中秋节余文正九十岁生日纪念

诞。今年，又时逢大哥大嫂结婚六十五周年，双喜临门。当年的那支箭依然穿透着两颗心，那生命的火炬仍然在燃烧。六十五年来，大哥大嫂相濡以沫，供养老人、抚养孩子，度过坎坷的岁月，迎来了夕阳红。大哥心脏不好，大嫂两次协助为大哥安装起搏器；大哥听不见了，大嫂成为大哥的耳朵和同声翻译。大哥大嫂做到了白头偕老，我们羡慕，我们庆贺！

中秋是中国的传统节日。秋高气爽，花好月圆，是一年中最好的日子。大哥诞生在中秋，这意味着大哥长寿，预示着大哥大嫂的婚姻圆满。我们在这个节日相聚，张桂华从北京赶到成都，方信嘉从兰州电话祝贺，为聚会增加了欢乐的气氛。我们送大哥大嫂的礼物虽微不足道，但弟弟妹妹的心是赤诚的。

庆祝大哥的九十华诞，我们要坚持共同的信仰；庆祝大哥的九十华诞，我们要学习大哥的品质；庆祝大哥的九十华诞，我们祝愿大哥大嫂胜利地向百岁进军；庆祝大哥的九十华诞，我们每一个人都要增强体质，提高生活质量，努力争取健康长寿！

言犹未尽！言犹难尽！

让我们一起度过这个欢乐的节日吧！

2011年9月10日

第一次出远门

1947年2月的一天，我乘长途汽车，从成都去重庆。

那是六十六年以前的事了。我生在成都，时年十七岁，没出过远门，远足旅行也只到过附近的新都。这次去重庆，是因为参加1946年底抗议美军暴行运动，被华西协合高级中学变相把我开除了；正如一首歌词所说："天快亮，更黑暗，路难行，跌倒是常事情。"

1947年初，我考上了民主进步人士主办的西南学院，地下党组织同意我去重庆。我们破晓社有四人考上西南学院：罗介夫、冷离、屈甫和我。出发的那天，不少破晓社的兄妹到车站为我们送行，祝福我们踏上人生新的旅程。

西南学院包了两辆长途汽车。我和屈甫乘前一辆，坐第一排；云南大学教授、民盟的成员潘大逵，坐在我的左边，他在民主运动中很有名气，我早就知道他。罗介夫和冷离乘后一辆车。一路上尽管颠簸，但汽车没有抛锚。第一天，上渡船过了球溪河，晚上到了内江；第二天，在靠近重庆的青木关，接受了宪兵的严格检查，当晚到了重庆。

重庆曾为陪都，遭过日本飞机大轰炸，国共两党在这里举行过和谈，我对重庆充满好奇。从远处看去，这座城市灯火辉煌，好像高楼林立。进城以后，才知道重庆是山城，并无几幢大厦，倒有不少的吊脚楼，无处不上坡下坎。成都没有山，想到儿时我把少城公园内的土堆当成山，爬上爬下，不觉好笑。

汽车停在两路口。罗介夫和冷离是恋人，被亲戚接走了。我和屈甫立即找住处，正好附近有一个旅社：一间大屋子，放着二十多张双层床，收费不高；几十人住在一起，虽不方便但相对安全。我们决定住下。屈甫是女孩子，年龄比我稍小，我要保护她，让她睡上铺，我睡下铺，如有什么动静我能察觉。两天的旅途劳累，我倒在床上就睡熟了。

第二天清晨一打听，西南学院在南温泉的白鹤林山上，早班车已经开走了，只能坐下午的车了。上午闲着干什么？

新到重庆，本有许多新奇的东西，但最吸引我们的，还是新华书店。得知书店在七星岗，我和屈甫便挤上了一辆破旧的、冒着浓浓黑烟的公共汽车。这是我第一次乘公共汽车。

以后才知道，七星岗这家书店是《新华日报》的门市部。我们到时，书店刚开门。由于国民党的限制，店面很小，光线也不充足。一个年轻朴实的店员，正在整理书籍。他看出我们是学生，微微一笑，像是说：你们来得真早。我们也笑了，像是回答：同志，我们刚到重庆，就来这里。

店里没有书架，只有几张条桌。然而这里有最珍贵的精神食粮——《共产党宣言》《论联合政府》《新民主主义论》等书，还有共产党的机关刊物《群众》。《论联合政府》的封面上，印着毛泽东的头像。这一切，对我们是多么熟悉、多么亲切啊！

我们并没有买什么。本来就不是为买书而来的，只是来看看党在重庆办的书店，来翻翻那些教育我们革命的书籍。翻开《新民主主义论》，想起两年前在华西大学的草坪上，贾唯英组织我们学习讨论时，那些兴奋的面孔和热烈的言辞；拿起《群众》，仿佛又到春熙路游行，高呼："反对内战!"我忘不了这些进步书刊对我的启迪和鼓励。

李致文存·我的人生（上）

202

正当我们沉浸在这喜悦和回忆之中，年轻的店员，突然而又迅速地塞了一张字条在我手里。我意识到发生了情况，心跳得很急，不过仍强自镇静地顺手把字条夹在书中。稍隔几分钟翻开书，几个字一下跳进眼里："注意背后那个人！"我借故招呼屈甫，回头一看：一个穿美军衬衫、头发梳得光亮的男人，背朝我们，也在"看书"。显然他不是扒手，而是监视书店的特务。

　　刚才那种愉快的心情，被这个人搅乱了。年轻的店员一定早就发现了他的身份。很可能有不少的人，是由于店员的提醒，才免遭特务的陷害。感谢你，店员同志！

　　我示意屈甫，立即离开书店，一下挤入人群。

　　屈甫问我为什么这样快就离开书店，知情后，她的眼光充满愤怒。

　　吃过中饭，我们乘公共汽车到储奇门。面对宽阔、波涛汹涌的长江，我惊叹不已！成都最大的河是南河，过去我站在南门大桥上看南河，听见河水拍打桥墩的声音，总感到激动；但与长江相比，南河只是条小溪。长江上没有大桥，过江得乘轮渡。

　　我们刚准备上轮渡，就被拦住了，理由是我们两人有行李：各有一个被盖卷和一个小箱子。双方争执不下，旁边一个衣着破烂的船工，一把抢过我们的行李就走，不停地说："只能坐木船！"船工带着我们，实际是强迫

李致与屈甫（左）

我们，沿岸朝上游方向走了一大段路，然后上了一条小木船。我们毫无办法，只能听其摆布。船工顺流而下，艰难地将小船划向对岸。船身随波起伏摇晃旋转，浪花飞溅而入。屈甫很害怕，我强作镇静地安慰她。其实我也是有生以来第一次这样提心吊胆：如果船翻了，我们将葬身鱼腹；要是母亲知道，不知该有多担心！我们没有手表，只知道木船在长江上漂荡甚久，终于到岸。我们两人的鞋、裤腿和被盖卷都湿透了，上岸后很久，还心有余悸。

到了南温泉，一条蜿蜒的山路，不知要上多少石阶，才能到山顶白鹤林。我们从来没爬过这样高的山，上气不接下气，一路歇息；有遛马人招揽生意，但我们从没骑过马，怎敢骑马上山？终于登顶，在西南学院报了到。第二天，我进城去看我的长姐和小叔父，他们两人都在文化生活出版社工作，地址在民国路一百四十五号。乘公共汽车去海棠溪，路程三十多里。快到海棠溪时，一声巨响，汽车突然失去平衡，从右边翻下一个小山坡。出车祸了！我坐在车尾，赶紧从后窗口翻了出去。整个车顶马上脱落。车上的人，有的站着，有的躺着，有的大声哭叫，有的满脸是血。有人在喊："受了伤的来登记，我们要求赔偿。"我镇静下来，似乎头脑还清楚，摸摸身上，好像也没有受伤。随即离开现场，走了一小段路，在海棠溪乘轮渡过江，终于到了出版社。长姐如母，听了我的一番讲述，颇为心疼。中午见报，公共汽车被国民党军车撞翻，当场死了四人，伤者颇多。

西南学院是民盟的一些知名人士主办的。教务长为马哲民，教授有潘大逵、孟超、李文钊等人。我的小叔父认为这个学院太"红"了，坚决不给我学费上西南学院，他要我在重庆自修，第二年报考燕京大学或复旦大学。我一贯喜欢文科，这次凭政治态度和作文成绩，以成都考区第一名的成绩考上西南学院新闻系，但我的数学很差，根本不可能考上燕京大学或复旦大学。西南学院读不成，不能进学校，我便失去工作阵地，难以发挥党员的作用。想来想去，决定去延安。

我请李文钊教授，给在《新华日报》工作的何其芳同志，写了一封介绍信。延安是我向往多年的圣地。1946年，从延安回成都的杨慧琳，曾在破晓社给我们介绍"山那边呀，好地方"，当场还扭了秧歌；在学校，我推销过《延安一月》这本书。想到从此摆脱黑暗，走向光明，心里充满憧憬。何其芳是诗人，我喜欢读他的诗，也朗诵过他的诗。当晚，我多次默念他《夜歌》中的诗句，"你呵/你又从梦中醒来/你又将睁着眼睛到天亮/又将想起你的过去的日子……"难以入眠。

第二天，我带着介绍信，乘公共汽车进城，直奔《新华日报》报社的所在地化龙桥。不料沿街报贩高声叫卖《号外》，说是宪兵包围了八路军办事处和《新华日报》社。怎么办？我当然不会自投罗网。但是，何其芳是见不着了，更无法去延安了，一切美景化为泡影。我极度失望，提着行李，去了文化生活出版社。

第一次出远门，初到重庆的这短短几天，惊险而意外，好像给我一种预示：人生的旅途，不会一帆风顺，将遇到各种曲折和坎坷；而我，从现在起，就得学会坚强。

2013年9月3日

失去自由的日子

——忆重庆"六一"大逮捕

1945年抗日战争胜利后，全国人民希望停止战乱，建立民主富强的新中国，而国民党反动派却妄图打内战，消灭解放区和民主力量。在共产党的领导和民主党派共同努力下，国统区内爆发了大规模的民主运动。例如，声援昆明的"一二·一"事件，声援重庆的"较场口事件"，抗议美军强奸女大学生事件。民主运动使国民党反动派感到恐惧，独裁者决心镇压，于是发生了重庆的"六一"大逮捕。

我原在成都华西协合高级中学念书，是学生运动的积极分子。先后参加了地下党直接领导的未名团契（以燕京、华西大学学生为主）和破晓社（以华西协合高中等校学生为主），1946年底参加党的地下组织。1947年2月，我到了重庆。当时，我的大姐在文化生活出版社工作，我曾在出版社住过一段时候。以后因为破晓社成员王竹在四川省立教育学院读书，能为我解决住处；我大姐的朋友丁秀涓在重庆大学读书，可以为我们补习数学，我便搬到省教院去住。我打算趁此机会复习功课，重新报考大学，以便有一个立足之点。

王竹的寝室住满了人，他把我介绍到何文波的寝室去住。何文波是重庆学生运动的积极分子，寝室里挂了一副政治性很强的对联。同室还住有一个省教院的学生叫祝建勋，20世纪50年代在南开中学当教员。

6月1日凌晨，我突然被何文波叫醒："李致，来抓人了！"我见他把墙壁上的对联扯下来，从窗口丢出去。我坐起来，看见书桌上我的两本书，一本是《面包与自由》（克鲁泡特金著，巴金译），一本是《抗战八年》（揭露蒋介石消极抗日、积极反共的），也立即把这两本书扔到窗外。

我和何文波刚躺上床，外面就在敲门。

何文波起来开了门，进来三个宪兵，两个持枪，为首的宪兵问明谁是何文波，就叫他穿好衣服跟他们走，没有说任何理由。这时，外面进来一个宪兵，报告"长官"说，寝室丢了书出去。"长官"问他是什么书，他说："一本是打抗战的，一本是说什么自由的。""长官"问谁的书，我说是我的。他走过来翻开我的枕头，发现一封文化生活出版社转给我的信，像发现新大陆似的神气地说："生活书店给你转信！"我正要解释文化生活出版社和生活书店是两回事，这位"长官"已迫不及待地"命令"说："跟我们走！"

我和何文波各被两个宪兵挟着左右臂出去。宿舍门口，还有几个学生被宪兵押着。当时天还没有亮，经过王竹住的宿舍，我想这个像兄长一样关心我的朋友，天亮发现我被抓走，不知会怎样着急！以往我和王竹从重庆大学补习数学回来，走过这段路，总爱唱歌，特别爱唱：

> 我们当了兵，
> 我们出了粮，
> 为什么别人在享福啊，
> 我们就没有份儿？

出了学院大门，宪兵把我们分别押上美军用的十轮卡车，便往城里方向去。

207

我和何文波不在一个车上。宪兵站在汽车三个边上，我站在靠驾驶室一边，手扶着一根钢架。虽是6月，毕竟是凌晨，车开得很快，颇有凉意。我猜不出他们这次抓人的目的是什么。我到重庆已改了名字，还没有接上组织关系，也没有参加政治活动，谈不上暴露。那两本书问题不大，只是那封信有麻烦。那是破晓社最小的成员屈波从成都写来的，她说大姐告诉她，"刘伯承将要在中秋节打到成都吃月饼"。想到这里，我有些激动。我那时刚好十七岁半，"初生之犊不畏虎"，便随意用一个粗犷的曲调低声哼着："为民主而战，为自由而死！"十轮卡车开得很快，天刚亮的时候，在中山二路的"渝舍"（国民党重庆市市长杨森的旧公馆）停下来。我们被带进一间很大的屋子，宪兵在门外把守。屋里大概有百人以上，许多人见面即互相握手问好。我刚到重庆熟人不多，只发现重庆大学的学生谢立璟——四十年后他曾担任重大的副校长。我被西南学院的汪文风认出来，因为我刚到重庆时在西南学院读过几天书。汪文风后在北京第二外国语学院工作，悼念周总理时是"童怀周"的主要成员。我们被关了四五个小时，没有人过问。时近中午，宪兵才把大家带到一排平房，十八个人住一间。我和谢立璟被关进第一间屋子。接着勤务兵挑了饭菜来给大家吃，自凌晨以来我们还没有吃东西。

　　当时的进步人士和学生很活跃，既被关在一个屋子，便自我介绍。一个身着西装的银行襄理叫邓托夫（新中国成立后曾任重庆市政协委员，我们在一个小组开过会）。他说："人家说我像莫洛托夫，所以把我抓来了。"我则介绍自己是到重庆准备考大学的，不知道什么原因被抓来。我穿的是中学生的麻制服，个子瘦小。以后，允许外面送东西来时，王竹给我送了一本寸半长的《英汉小字典》。有位难友收到水果糖，均分给每一个人；多余几个糖，都给了我，因我最年轻。

　　整个下午，不断有人被抓进来，还有一位妇女抱着小孩。我们定时放出去小便，可以看到十几间屋子关满了人。按一间屋子十八人计算，已抓了两百多人。吃过晚饭，每人发两床灰色毛毯，说是一床垫在地上，一床盖在身上。显然今天出不去了。

不久开始审讯，每次叫几个人去，时间不长。我又想到屈波那封信，好在她用的不是真姓名，又没有寄信的地址；万一问到，只有随便说一个学校，反正他们查不到。轮到审讯我时，我被带进一间屋子，没有电灯，桌上点了蜡烛，一人审问，一人记录。在问了我姓名，到重庆做什么等问题后，他突然问我：

"你反不反对内战？"

"刚打败日本人，"我回答说，"打内战还是不好！"

"你参加'反内战'的活动没有？"

"没有。"我到重庆的时间短，的确没有参加任何活动。如果在成都，我这样回答是骗不到人的。因为我经常在游行时喊口号，发传单。

"你平常爱读什么书？"

"我爱读小说，特别爱读老舍的《四世同堂》。"

特务感到茫然。他可能不知道谁是老舍，更不知道《四世同堂》是什么书籍。

审讯就此结束。没有提到丢书的事，没有提到生活书店，没有提到屈波写信的内容。我不敢掉以轻心，谁知道以后会怎么样。但这一"关"总算过了。

6月2日，没有任何放人的迹象。

同室的难友闹着要看报纸。其中几位新闻记者要守卫的兵去买。当时，特务机关办了一个《新华时报》，有意把名称弄得和《新华日报》类似，以欺骗读者。卫兵问："买什么报？"一位记者故意说："《新华时报》。"卫兵后来竟买了《中央日报》和《大公报》来。问他为什么不买《新华时报》，他说"不敢买《新华日报》"。其实，《新华日报》早在2月份就被迫停刊。特务机关竟把自己的士兵弄糊涂了，这是一个笑话。

有几位难友突然大骂起来。原来《中央日报》上刊有昨天抓人的消息，说经过审讯，已有某某人"自认不讳"。至于自认不讳是共产党员还是"扰乱治安"，我记不清了。

"我什么时候自认不讳了？"

"简直无耻！血口喷人！"

这几位难友中有一个是谢立璟。

特务不敢对这些正义的骂声有任何回答，却制造了另一个闹剧。突然，一声令下，所有卫兵全部卧倒，如临大敌，子弹上膛，一触即发。原来他们昨天误抓了一位精神失常的学生来，不让他大小便，他便大喊大叫。十几间屋子的难友挤到窗口，只见一个特务拿起扁担要打他。

"不许打！"

"不许打！"

"不许打！"

一阵愤怒的吼声终于使特务慑服。他放下扁担，但口中还在骂人。一个校官走出来，一副息事宁人的态度，连说："没有事，没有事。"并下令卫兵解除戒备。

看样子，我们不会很快被释放。为了计算日子，我在墙壁上画正字。半夜，特务叫走了几人。

6月3日一早，大家为昨晚叫走人的事议论纷纷。有的说其中两人不是进步学生，而是三青团员；抓他们来，是为刺探情报的。有位难友问卫兵，卫兵说："可能是案情重，要转移地方。"

有一个身材矮小的少校军官，到屋子来找大家谈话。他自己介绍姓刁，是刁科长。他带一个小板凳，做出很随和的样子。

"一个人年轻的时候不闹一下不是英雄。年纪大了还要闹，就是狗熊！"他用这两句话开头，然后说他年轻的时候也"闹"过，还到共产党的地区去过，说得口吐白沫，"但是，到了那儿才知道，一点不好，还得回来。我劝你们——"

似乎没有人听他讲话。

有几个新闻记者把他当成"活宝"，弄得他很尴尬。一位被诬"自认不讳"的难友，趁此责问他："报纸上说我们'自认不讳'，我什么时候承认自己是共产党、承认扰乱社会治安？"

"这个我不知道，我是来劝大家的！"此人自讨没趣，只得找个借口溜了。

这一天大概在发动"政治攻势"。下午，一个少将军官来"视察"，前呼后拥，官气十足。他转了一圈以后，大声武气地斥责看守的官兵："怎么把大家关起来？不要这样嘛！让大家出来散散步，透透气嘛。"谁都知道他在演戏，不过，看守官兵不得不让大家出来"自由活动"，也有人互相串门。我发现作家方然也关在这儿，离我那间房子很近。那军官刚走，他们又把大家关进屋，不许出入。

他们演了一天戏。到半夜又听见十轮卡车的怪声。谢立璟被转移了。我若有所失，感到孤独。

第四天，大家有些沉闷。可能都在考虑自己的前景。邓托夫天生比较乐观，一有机会总要和难友们闲聊几句：

"怎样取名字，事关重大。我叫托夫，人家说像苏联人的名字。我曾经想改名叫陀佛，但又怕发生宗教战争，脱不倒手！"

大家都笑了，但这是短暂的。不知谁提出：他们夜晚叫人走，怎样才能分辨出是转移还是释放？有人说："我看，叫你走时，要不要你带毯子。"言外之意，不叫带毯子可能是被释放，相反则是转移。

天一黑，大家都在等十轮卡车的怪声。

十轮卡车终于来了。几个宪兵先到我们屋子叫人。第二个叫我的名字："李致，走！"

"带不带毯子？"我问。

宪兵回答："把毯子带上嘛。"

我被带上十轮卡车，车架盖上很厚的油布。车上还有人，但什么都看不见。我估计可能知道我在成都参加学生运动的情况了，会有更麻烦的事。

到了一个地方，我被叫下车，带着毛毯。还下来一人，是汪文风。十轮卡车载着别的难友，开向别的地方。我们两人被带进楼上礼堂，里面有不少长椅子。宪兵说："你们就在椅子上睡吧！"还说明天早上有人审讯我们。当时，我毕竟年轻，天大的事明天再说，倒在椅子上就睡着了。

6月5日，我们在礼堂等了一个上午也没有人来审讯。不知葫芦里装的什么药，无聊之至。中午，一个宪兵来叫我的名字，说："你没事了，门口有人接你。"

我走到大门，我四爸巴金的好朋友、原华西协合高中校长吴先忧在那儿等我。我叫了一声："吴伯伯！"他笑了一笑，说："以后要小心，你自己搭公共汽车回民国路去吧。你大姐正担心哩！"

我告别吴伯伯，乘公共汽车回到文化生活出版社。大姐见到我，自然很高兴。原来我被捕当天，王竹即来向她讲了情况。王竹和大姐告诉我，"六一"以后，重庆市社会各界（特别是学校师生）严厉谴责市政府，开展了各种抗议和声援活动。大姐多方设法营救我，包括找吴伯伯。吴伯伯正筹办重庆南林学院，与重庆上层人物有一定接触。他是

吴先忧

一个教育家，信仰无政府主义，曾多次保护和营救过共产党员和进步人士。

这是我学生时代所遭遇的一段曲折，它让我进一步认识到国民党反动派的腐朽，坚定了要推翻黑暗统治的决心。同时，也让我第一次尝到失去自由的滋味。那一次被捕的难友，有的较快被释放，有的被关进监狱，有的在解放前夕牺牲在渣滓洞。

国民党反动派原以为通过这次大逮捕，可以把学生运动镇压下去。但正如鲁迅所说，石在，火种不会绝灭！1949年，重庆爆发了大规模的学生运动，并举行了"四二一"反饥饿、反迫害大游行。就在这一天，解放军百万雄师渡过长江天险。

世间有许多巧合的事。1954—1955年，我在共青团重庆市委担任少年儿童部部长，参与筹建重庆市少年宫。少年宫的地址在中山二路的"渝舍"。当时"六一"已被定为国际儿童节。八年前的这天我被关在这里，现在恰好在这里为新中国的少年儿童建立校外活动场地。真是翻天覆地的变化，谁能想到呢？更没有想到的是，"十年浩劫"中，竟把这段历史"翻"出来。我所在机关的某些造反派想借此把我打成"叛徒"。斗争会上，一个自称老干部的造反派，真把我打翻在地。一些别有用心的人来外调，强迫我证实曾"自认不讳"的难友"叛变革命"。我说："这是敌人的陷害。"他们却说我"包庇坏人"。当时，我真不明白这些"造反派"为什么要与国民党特务一个鼻孔出气呢？为此我在20世纪40年代被关了四天半，造反派斗了我几个月。此系后话，将来再说。

1994年4月22日

新元伊始

荡秋千

　　课间休息的时间短，学校又只有一个秋千架。所以，大家定了一条规则：只能把秋千打平一次，不能歇了气又蹬。

　　下课铃一响，王一立就奔跑出教室，去抢占打秋千的位置。他还想像昨天那样，占着位子后多蹬平几次。

　　王一立站在行列里，一数自己是第六个，相信一定能打上秋千，高兴得跳着说："运气好！"一面又不断地催促站在前面的同学：

　　"快点，快点！"

　　前面四个同学，一个个蹬平一次，都很快下秋千了。

　　"张明，快！"王一立高兴地把前面的同学推上了秋千，就等他下来，自己好上去。

《打秋千》在《新少年》报上发表时被编辑改名《荡秋千》

　　糟糕的是张明一上去，蹬平了一次又一次，慢吞吞地不打算下来，完全和王一立昨天一模一样。

　　"快点下来！"王一立鼓起眼睛，大声喊叫。

张明好像什么也没有听见，仍旧蹬平一次又一次。王一立气得把两手握成拳头，大声地说：

"你遵不遵守纪律？"

张明好像还是什么也没有听见，笑嘻嘻地蹬平一次又一次。

眼看马上就要上课，玩不成了。王一立只得恳求了："你已经玩了这么久，该下来了吧。"

张明仍旧是蹬平一次又一次，不肯下秋千。

"把他拉下来！"同学们都喊起来了，"不许自私自利。"

王一立立即和几个同学用力去拉秋千。

秋千停了。这时候，上课铃也响了。

"白站了十分钟！"

"这种人就是自私自利。"

同学们埋怨着散开了。王一立气冲冲地赶上了张明，举起拳头就要打。正巧老师过来，王一立只好向张瞪着眼，指着他说："你呀，你……"

"我……我什么？我是跟你昨天学的。"张明回答。

王一立的手垂下，一句话也说不出了。

1955年初

附 记

这是1955年初，我刚到青年重庆市委工作时写的，以"白熊"为笔名发表在全国《新少年》报。稿酬不低，买了一个金钱牌暖水瓶，还有余。同年，我因"胡风问题"受审查，再没有主动写作。此文可算我青年时期的"绝笔"。

我们戴上了红领巾

　　今年"六一"儿童节，我们五位老朋友聚会。合影时，戴上了少先队的红领巾。这张照片，记录了五位少年工作者一生的信仰和坚持。

　　照片右一是钟立慧，八十二岁。1954年担任街道办事处辖区少先队辅导员。1956到1966年在共青团成都市委少年儿童部工作。

左起：徐华、蓝星、李致、韩梁、钟立慧

1973年到1993年在成都市青少年宫任群众文化部部长。1987年被评为全国优秀少先队辅导员，1996年获共青团中央颁发的全国一级"星星火炬"奖章。在从事少年儿童工作中，她为少先队活动和少年宫工作写过很多文章和报道，收集在她编印的《情缘》一书中。

右二是韩梁，八十二岁。1955年到1966年在共青团四川省委少年儿童部工作，长期在成都市西城一小蹲点，在该校担任过少先队辅导员，并兼任语文课教师。1982年到1993年任四川少年儿童出版社社长，该社出版了不少好书。离休后，任四川省少先队学会副会长，2006年，21世纪出版社出版了她写的《教育孩子的学问》，发行三万册以上。

左一是徐华，左二是蓝星，他们是夫妻。

徐华，七十六岁。1950年成都市建立少年儿童队（以后改名为少年先锋队），她是第一批戴上红领巾的队员。1958年在成都市少年之家，后到共青团成都市委少年部工作到1966年。1980年到1996年在四川少年儿童出版社任编辑。她写过不少儿童文学作品，多次获奖；代表作《弹琴蛙》发表在《小朋友》杂志，后由北京外文出版社翻译为英、俄、德、法和西班牙等多种外文出版。

蓝星，七十九岁。1955年到1958年在重庆解放西路小学任少先队辅导员。1958年到1966年在《红领巾》杂志任编辑。1980年在四川少年儿童出版社工作，后任副社长。他早年写的诗歌《母校万岁》被选编入全国小学语文教材。1959年与李致、黄韶合写了报告文学《刘文学》。他著有儿歌和诗集《露珠中的彩虹》，其中的诗获四川优秀儿童文学奖。

我，八十六岁，被他们称为老大哥，站在他们四人中间，从20世纪50年代起，先后在共青团重庆市第三区委、共青团重庆市委、共青团四川省委少年儿童部工作，参与筹建重庆市少年宫。在《红领巾》杂志工作时，参加中国青少年报刊工作者代表团访问苏联。1964年到1966年，在共青团中央《辅导员》杂志工作。1980年筹建四川少年儿童出版社。离休后，曾任四川关心下一代工作委员会副主任。无论在哪一个机关或宿舍，都有少先队员为朋友。

我们五位长期或终身从事少年儿童工作，所以才选择"六一"儿童节聚会。我们热爱少年儿童，除了深知儿童是祖国的未来，是我们事业的接班人，各自还有不同的原因。钟立慧，是看了苏联电影《乡村女教师》，决心学习那位名叫华尔华娜的教师，"用星星火炬的光芒，去点亮孩子们的心，让每颗心灵都发出光和热"。韩梁，早年在江苏南通师范学校读过三年书，受两位对孩子有爱心老师的影响，进军西南后分配到共青团四川省委，主动要求到少年部工作，后来也受到《乡村女教师》的激励。蓝星，初中毕业时积极响应学校的号召，报考了师范学校，以后当了少先队辅导员。本着"做一行，爱一行"的精神，不仅爱上儿童，还爱上了儿童诗歌。徐华，在她入队时听辅导员讲"红领巾是红旗的一角，是革命烈士的鲜血染成的"，她决心要一辈子戴红领巾，为此读了师范学校，终身从事少年儿童工作。李致，热爱下一代的教育，是受了鲁迅的影响，《关爱明天》杂志有专文报道。社会上有一些人，看不起少年儿童工作者，认为是"娃娃头"或"小儿科"。而我们五人，却以有这样的经历为荣。

这次"六一"聚会，是钟立慧和徐华发起的。半月前蓝星患病住院，我原以为无法聚会了，不料蓝星出院后坚持出席。韩梁这十年间两次癌症，动过两次大手术，做过多次化疗，头发掉光又长出来。考虑到她的健康，既想约她参加又不敢通知她。我在当天早上打电话，问她身体如何，然后告诉她这次聚会，她马上主动赶来。

五位少年儿童工作者，一见面就谈到我们教育孩子，也从孩子那里受到教育。孩子有好奇心，不懂就问，不像成人不好意思问或不懂装懂；孩子说真话，不像成人时有顾虑，更有甚者说空话和假话；孩子敏感，乐于接受新鲜事物，不像老年人反应慢、常自以为是或墨守成规；等等。大家的感受很多，可以写篇短文，这里只能概括几句。

我们一起合影留念。钟立慧带来四条红领巾，因韩梁临时加入，少了一条。钟立慧的丈夫杨尊辉立即乘老年车去附近学校的商店买回一条。这样，杨尊辉为戴上红领巾的五位老少年工作者，拍下这张照片。杨尊辉一贯是钟立慧的坚强后盾。

徐华和蓝星送了一本影集给我。今年是他们的金婚，五十年来，他们互敬互爱，生活幸福。我是他俩的"媒人"，他们赠影集以示感谢。我很高兴，说自己做"媒"的成功率百分之百。我敢于这样说，是我一生只做过这一次"媒"。

大家一起吃午饭，边吃边聊。我说，今天是6月1日国际儿童节，可是六十八年前的今天，即1947年6月1日，国民党镇压民主运动，在国统区实行大逮捕，仅重庆就逮捕了两百多人。我在重庆被逮捕后，关在杨森的"渝舍"公馆，而1955年我们却在"渝舍"筹建了少年宫。这种翻天覆地的变化，真难以预测。谈到老人健康，大家一致表示：要学习韩梁顽强向疾病做斗争的精神。十二时半，我说成都市七百六十二位百岁老人中，有百分之八十坚持午睡。这次聚会的最后一个"节目"，是各自回家睡午觉。这个提议获全票赞同，并立即实行。

2015年6月14日

我因胡风受审查

1955年5月，全国开展肃清"胡风反革命集团"运动，没想到我竟为此被隔离审查达半年之久，甚至在"文革"中还有余波。

我从上初中起，喜爱"五四"以来的新文学，开始受到鲁迅、巴金的影响。至于胡风，因为鲁迅称他为"朋友"，我一直把他当成进步作家；而他的作品，也正如鲁迅所说，"文字的不肯大众化"，我读得很少。我和一些朋友，特别是破晓社的成员，喜欢朗诵"七月派"诗人鲁藜、天蓝和绿原的诗。1949年，通过香港的"大众文艺"丛刊杂志，我知道胡风等人，与我党的文艺方针和政策有争论，但从不认为他们是反革命，我不可能有那样"高"的"觉悟"。

破晓社是地下党直接领导下的进步青年学生组织。罗泽浦（即罗洛）是破晓社的六位发起人之一，他的诗写得好，在反内战、反独裁的立场上，我们志同道合，非常友好，一起合写了"誓和法西斯强盗斗争到底"的破晓社社歌。不久，罗泽浦参加《学生报》，认识了方然。我们办《破晓半月刊》时，罗泽浦主编的文艺版上，发表过方然和绿原的文章。我和方然，只有一两次见面，没有单独接触。绿原到成都时，通过罗泽浦向我借过一张条桌，我把桌子送去，仅此而已。不到一年，罗泽浦与我们之间发生分歧：一是我们不赞成方然主办的《呼吸》杂志，骂郭沫若、巴金、何其芳和沙汀等进步作家；二是不赞成《呼吸》杂志有的作者，把接近群众，批评为市侩行为。此外，还觉得《呼吸》杂志的一些作者有小圈子或小山头的现象。当时，大家都年轻气盛，一场辩论之后，破晓社把罗泽浦开除，罗泽浦也宣布退出破晓社。那时我十五六岁，在成都华西协合高中读书。

全国开展肃清"胡风反革命集团"运动。既然我认识的罗洛、方然和绿原被定为"胡风分子"，我立即主动把上述情况向机关党委汇报，还将我保留的一张有罗泽浦合影的照片交给党委。我时年二十六岁，在青年团重庆市委任少年儿童部部长。

党委要我交出我在解放前发表过的作品。从1945年到1948年，我发表了近百篇习作，完整地贴在一个大本子上。1949年，我在重庆学运中有所暴露，组织上决定我撤退回成都。离开重庆前，我把这个大本子交给一位姓冉的地下社员，托她保管。1950年我再回重庆时，冉同志已把大本子丢失了。当时年轻记忆好，我把所有的习作，何时何地、发表在什么报刊上、文章题目和所有笔名，全部记录在案，请党委审查。

6月初的一次会议上，要我交代问题。

我表示所有有关情况，全部说清楚了，没有任何隐瞒。于是领导和群众就对我"打态度"，批我不老实。我说对我影响大的作家是鲁迅和巴金，不是胡风，又批我"搽脂抹粉，美化自己"……

这样的批判会，大概开过三四次。

我平时与同志的关系好，有说有笑，亲密无间，但从第一次批判会起，几乎所有人立即与我划清界限，不和我接触，不与我交谈，碰面时目不正视，连点头招呼也不打了。上班时间，我只能在办公室学习批判胡风的文件，写交代材料。在中灶食堂吃饭，大家有说有笑，没有任何人理睬我。我陷入人生从没有过的孤立。

我一度感到委屈。我一直喜爱"五四"以来的新文学，1945年学习了毛泽东的《新民主主义论》，参加历次反内战的学生运动，

1946年加入地下党组织，学校把我变相开除，"六一"被国民党逮捕，我不管在任何情况下，坚持为党工作直到解放，怎么一下被怀疑成为"胡风反革命集团"的成员呢？我根本没有问题，相信党最后能做出正确结论。我的妻子一再要我"正确对待，经受得起审查"。对一些过头的批判，我开初很反感；后来，我想在战场上作战，也有误伤自己人的时候，也可以理解。这样，我很坦然，没有精神负担。我每天衣着整齐，吃得下饭，睡得好觉。

9月22日上午，机关同志陪同公安局同志，拿出搜查证，对我寝室和办公桌进行搜查（实际是抄家），拿走我所有的笔记本、信件和一切有文字的东西和一些照片。从此，不仅不让我外出和通信，也不让我的妻子周末回家。以后得知，搜查我的那天，公安局也派人到重庆第二钢铁厂，对我妻子的宿舍进行了搜查。

在审查的过程中，似乎又抓住了我的"现行"。一位领导说，团沙坪坝区委有同志揭发，说我前几年在群众集会上，经常朗诵胡征的诗《入党表》，诗人胡征目前正因胡风问题被审查。我确信《入党表》是一首好诗，并说明自己是在一本杂志上发现这首诗的，因为喜欢而朗诵，并不认识胡征。此事我另有专文，不赘述。

同时，还要我就自己受"胡风的影响"，写思想检查。

这种检查很难写。我努力回忆，这个"集团"的观点，有两处我是赞成的。一是"主观战斗精神"。我和一个朋友曾认真阅读舒芜的《论主观》，因为涉及许多哲学问题，没有读下去。我理解的"主观战斗精神"是不怕客观环境恶劣，敢于向旧社会宣战，所以赞同。二是"哪里有生活哪里就有战斗"。这个问题不复杂，很容易接受。联系到前几年每次的年终鉴定，批评我有"个人英雄主义"，于是我把自己各种缺点，都与"主观战斗精神"联系起来，上纲上线地做检查。一位领导看了，认为大体可以，但深挖思想根源不够。我不知道怎样深挖。他启发我是否想到"以后当成都市委书记"？解放前的我，知道有的地下党组织受到破坏，出过叛

225

徒，受过气节教育，有不怕牺牲的思想准备，根本不知道胜利以后的"市委书记"是啥模样，无法设想。我说，成都刚解放分配工作时，上级征求我的意见，我表示愿意当话剧演员，还因此受到几句批评。王宇光（原地下党川康特委委员）、贾唯英（我的入党介绍人）可以作证。

隔离审查达半年之久。每天我到指定的屋子写材料、反省交代；平时不许走出机关大门，不准与外界通信和通电话，周末不许妻子回家。即使得到允许外出理发，也有人跟随监视。只有下班回到寝室，可以抱抱女儿。女儿是我唯一能接触的亲人，一岁多，我不可能对她说什么，只有亲亲她的小脸蛋，在心里对她说："你不要担心，爸爸是好人！"

国庆节，好友邱蕴白，从成都来重庆探亲，住在我寝室隔壁。她不避嫌疑，带着她的儿子和我的女儿，一起去劳动人民文化宫玩耍。邱蕴白现已逝世，但她为两个孩子拍的合影，我保存至今，借此表示对她的怀念。

12月初，党委负责人找我谈话，表明经过审查，认定我不是胡风集团成员。还我清白，我当然高兴。但认为我受胡风反动思想的影响严重，还得公开在大会上做检讨，我答应了。说实话，答应得相当勉强，因为我实在怕继续被隔离在一间屋子，没有事干，也没人说话，只听得见屋外挂钟"嘀嗒、嘀嗒"的声音，这种日子太难过了。我在大会上做了检讨，听了大家上纲上线的批判。最后，团市委一位副书记做总结讲话，说我虽然不是胡风集团成员，但政治上思想上和胡风集团完全一样！这位同志平常自认为出身好，一贯较"左"，随他说去吧。

做了结论就恢复我的工作。我不再任少年儿童部部长，改任大学工作部部长。没有因接受审查而受到歧视，对我是一个安慰。也证明那位副书记的总结讲话，只是他个人的"高"见。

妻子在周末可以回家了。她知道我没有问题，但这漫长的审查，对她也够难受的。她坚持每月给我母亲写信和寄生活费。她不仅不能回来看我，也不能回来看和我住在一起的一岁多的女儿。有一次，我女儿发高烧抽筋住院，她去医院守护了一天，但不能回家。她工作的二钢的党委书记李原、厂长刘培礼多次安慰我妻子，说当年他们在延安经历过"抢救"运动，只要没有问题，最后还得恢复名誉。我深感妻子能与我患难与共，也从心底感谢李原和刘培礼这两位老同志对我妻子的安慰。

我也感谢我家的保姆。她是我一位朋友的姨妈，我们也叫她姨妈。在我受审查期间，妻子周末不能回家，姨妈把我女儿照顾得很好，还每天督促我喝牛奶吃鸡蛋。后来知道，曾有人动员她揭发我。她说，李同志过去的事，我不知道；现在的情况，我不能昧良心乱说。对这位可敬的普通农村妇女，我另有专文《姨妈》记述。

以后得知，破晓社在成都的一些成员也受到审查。原地下党川康特委副书记马识途，在省上审查解放前的各种群众组织时，确认了破晓社是解放前进步青年的组织。还知道四爸巴金在全国人民代表大会上，向中共重庆市委领导人任白戈询问过我受审的情况。

1956年，共青团中央派我参加社会主义阵营的第四届世界学生代表大会，会议地点在捷克的首都布拉格，途中停留访问苏联。团长是全国学联主席胡启立。副团长是团中央学校部长曾德林，他是代表团的实际领导。代表团有几位委员，其中有一位叫柯在烁，后为中英香港谈判的中方首席代表。我也是代表团委员之一。曾德林不仅安排我单独参加一些重要的分组会议，还派我代表中国学生出席9月2日越南驻捷大使举办的国庆招待会。我更感到党对我的信任。

1957年底，突然接到通知，调我去成都，到共青团四川省委主办的红领巾杂志社工作。原因是杂志社的原主要领导被打成右派或反党分子，急需新派人去担任领导；认为我熟悉少年儿童工作，特别是在反胡风的审查中发现我"有写作才能"，似乎非我莫属。我不愿意离开重庆，更不愿意再搞文字工作，但只能服从组织安排。

《红领巾》杂志半月出一期，有六七万订户，是一项硬任务，那时刚经过反右斗争，社内人心涣散，我必须全力以赴，把大家精力集中办好刊物，按时出刊。我分工一位副手抓社内政治思想工作，她却以此为理由，打小报告，说我对"肃反"有抵触情绪。团省委书记李培根找我谈心，我向他报告了我接受审查的态度和事后党对我的信任，得到了他的理解。1958年，团中央组织中国青少年工作者代表团访问苏联，我被选为成员，再次访问了苏联。

1964年初，我被调到北京，在团中央《辅导员》杂志任总编辑。长期以来，以阶级斗争为纲的指导思想和政策，必然导致"十年浩劫"。1966年爆发"文革"，我作为"当权派"，先靠边站，再被夺权，后被关进"牛棚"。进"牛棚"当天，1968年4月22日，召开群众大会斗争，让我坐"喷气式"，我的罪名居然是"胡风反革命集团"的"小爬虫"。真是欲加之罪，何患无辞。我高呼口号表示抗议，不少人对我拳打脚踢，幸好我坐着"喷气式"，头被按住，双手被反提，才没被打翻在地。批判会结束后被抄家，押送"牛棚"，关了十一个月，接着去"五七"干校劳动改造。直到1969年12月，一切诬陷之罪均查无实据，恢复了我的党组织生活，"小爬虫"又成了共产党员，但"革命群众"仍时刻监督我们这些人的"新动向"，防止我们"翻案复辟"。

肃清"胡风反革命集团"，是新中国成立后文艺界的一场大规模的肃反运动，是对知识分子的迫害，共清查了二千一百多人，逮捕了九十三人，被定为胡风分子的七十一人。被定为"胡风分子"的人，有的妻离子散，有的精神失常，有的被迫自杀。相对来说，我的遭遇还是比较轻的。直到1976年打倒"四人帮"，特别是在党的十一届三中全会以后，胡耀邦大力平反冤假错案，1980年"胡风反革命集团"得以平反。

1981年，我任四川人民出版社总编辑。罗洛到出版社来看望杜谷（即刘令蒙）。杜谷也曾因胡风问题受审，后调任出版社副总编辑。我与罗洛在出版社院子里偶然相遇，我们热情握手。真是历经沧桑，一笑泯"恩仇"。出版社为罗洛出版了他的新诗集《雨后》。不久他从西北调回上海，最后任上海作家协会主席，我们多次在巴金老人家相会并留影。我与罗洛的友好关系，一直保持到1998年他不幸逝世，享年七十一岁。

李致与罗洛（左）

1982年1月，我所在的四川省出版局党组为我平反，撤销了1955年"李致同志崇拜胡风及其著作……受胡风反动文艺思想较深"的结论，肯定我解放前"思想是进步的，主要是受党的影响"。党组拿初稿征求我的意见，我坚持实事求是：当年我说过自己"对方然主编《呼吸》杂志的某些错误主张和做法，并不同意"，这一句话，要加在平反结论上。这表明1955年受审查时我没讲假话。我不赞成将胡风等人打成反革命，拥护为他们平反；现在仍然不赞同他们的某些主张，我不是随风倒的"墙上草"。党组接受了我的意见。

两次被抄家，也给我留下一些后遗症：不再提笔写作，不留下任何文字记录。

不能忘记黄启璪同志。20世纪50年代初，我在团重庆沙磁区委工作时，她是树人中学团支部书记，长时期我是她的领导；1983年她任中共四川省委常委，分管文艺工作，是我的直接领导；1988年，她调全国妇联任党组书记，在中共第十四次、十五次代表大会上，均被选为中央委员。2000年3月8日，启璪患癌症时，她忍着痛苦，给我写了一千多字的信。信中说，她想"写一篇文章，名叫《对不起，李致大哥》"。她先说她"深知"我任团区委副书记时，对学校团干部的关爱，朗诵《入党表》给了团员、青年"多大的激励"以及很多年内"同志们亲如一家"。她着重讲了1955年审查我时，自己"这个黄毛丫头"被指定为清查我的小组长。她说，"我实在弄不明白我该做些什么。……我不得不做出一副严肃的面孔，这对于才二十二岁的我来说，很难很难。有一次，我闻到您在'交代'时的口气有味，我猜想您一定是渴极了，可是我却没有想到应该给您倒一杯水，我是多么的后悔啊！"启璪的信使我非常感动，我立刻给她回了信。我说："1955年的事，我早已忘了，你还记在心上。此事责任在上面，广大干部和党员何罪？但从这封信，我看到了你善良的心，也让我回忆起我们的青年时代。"

我们的通信，是这次事件的结尾，也是本文的尾声。

今年是我被审查六十周年，事过一个甲子了。

2015年3月16日

胡征的《入党表》

我青年时期，喜欢朗诵新诗。

新中国成立前，我爱朗诵与法西斯强盗斗争的诗；新中国成立初期，我喜欢朗诵一首叫《入党表》的诗，作者是胡征。全文如下：

> 指导员/我啥都舍得/我啥都不要/只要一张入党表//指导员/苦我舍得吃/力我舍得使/汗我舍得淌/血我舍得流/背包可以扔掉/性命可以拼掉/名字可要给我写上入党表//指导员/如果我在火线立功了/如果我在火线牺牲了/我啥都不要/只要一张入党表//指导员/云梯抬起了/刺刀举起了/手榴弹掂起了/信号弹快射了/马上就要冲锋了/指导员啊指导员/请你快把我名字写上入党表……

这是一首描写解放战争时代的诗，充满革命激情和对党的忠诚。当时的青年，现在七十五岁以上的老人，完全能够理解这种感情。我的普通话说得不好，带有一点川味，但是在重庆市沙坪坝区学生的大小集会上，我朗诵这首诗，总是受到他们热情的欢迎。

曾任中共第十四、十五届中央委员，全国妇联第六、七届副主席的黄启璪同志，刚解放时在重庆市沙坪坝树人中学读书，任该校团总支部书记。她在2000年3月8日给我的信中说："我深知您任团区委副书记时，对我们这些团干部是多么关爱，而您杰出的口才和

231

鼓动性，特别是您朗诵的《入党表》，给了团员、青年们多大的激励。这几乎成了团区委召开的每次大会最精彩的结束。因为有时您不朗诵《入党表》，大家就在下面要求，甚至有节奏地呼喊：'入党表'！'入党表'！于是您满足了群众的要求，才'走得到路'。这些美好的回忆，不少树人同学在写给我的信中都还多次提到。"

《入党表》这首诗的确给了团员、青年们较大的激励。团区委组织部的同志说，他们在审查入团申请书上，许多青年学生提到《入党表》这首诗给他们的鼓舞。1950年下半年的参军运动，也有不少青年学生提到《入党表》这首诗激励了他们参军报效祖国的热情。

胡耀邦同志曾对我们说："我们党成立以后面临两大任务：一是推翻三座大山，实行新民主主义革命；一是抓住经济建设这个中心，建设现代化的社会主义国家。第一个任务完成得很好，第二个任务却受到许多的干扰，特别是'十年浩劫'。"由于没有抓住经济建设这个中心，没完没了地搞政治运动，斗来斗去，伤害了许多人，特别是伤害了很多知识分子，使党的形象也受到损害。1955年开展的肃清"胡风反革命集团"运动，就是一个大冤案。我因为解放前读过所谓"胡风分子"的作品，曾经认识罗洛、方然，就被隔离审查达半年之久。《入党表》的作者胡征，当时也被列为审查对象。我并不认识胡征，《入党表》这首诗我是在重庆的文学杂志上读到的，但因为我经常朗诵它，又多了一大"罪状"。不过，我并不认为这首诗有什么问题，也没有就朗诵这首诗做过检查。运动后期给我做了"组织上无问题"的结论，"文化大革命"中造反派又以我为"胡风反革命集团"的"小爬虫"为由，把我关进"牛棚"，长达十一个月。好在党的十一届三中全会以后，耀邦同志大刀阔斧平反冤假错案，这一切已作为历史的一页被翻过了。

从1950—1966年闹"文化大革命"，我一直在共青团工作。这个期间，特别是20世纪50年代初期，团干部与广大青年团员的关系十分密切。近十年来，常有一些当时的青年来看我。他们都已是七十岁以上的老人了：有的白发斑斑，有的步履蹒跚，见到我们这些老团干部十分热情，滔滔不绝地讲述那"火红年代"，多数人会提到《入党表》这首诗。有一位叫江朝余的同志，当年是树人中学学生会主席、青年团员，退休前是中国农科院研究员，他在土壤改良上卓有贡献，被誉为"土神"的科研尖兵。这位老团员在六十年后，居然能背出《入党表》的主要片断，比我记得的还多（前面的全文是从我女儿不久前替我买到的胡征的《七月的战争》一书里抄录下来的）。最近，江朝余寄来他写的《往事》（征求意见稿），开始第一章即写明"一首激情诗，使他从年轻学子走上了党和国家召唤之路"，"听着《入党表》成长"。"这首诗，涤激着在场每一个人的心灵，也再一次强烈地震撼了江朝余。他暗自下决心，要做一个对国家对人民有用的人。"江朝余在西北农学院读二年级时，当选为学生会主席，在一次欢迎新生的会上，他"满怀激情地朗诵了那首叫他永生牢记的诗《入党表》"。"他的朗诵不仅激起全场青年人的热血沸腾，也激励和鼓舞着江朝余从一个纯真的少年走向风华正茂的青年中坚。"（该书使用的是第三人称）

由此可见，那一代青年的天真纯洁和革命激情，以及《入党表》这首诗对他们的影响。

在新的历史时期，经济有了巨大的发展，国家正在崛起和不断前进。不可忽视，转型期间出现很多问题，特别是一些掌权者的贪污腐败，引起人民群众的强烈不满，使党的形象受到严重损害。以前许多人入党，是为实现共产主义的理想而奋斗，出生入死在所不惜；现在有些人入党，是为了升官发财，自然会产生腐败。人民期待通过逐步实现政治体制改革，遏制和消除这些腐败现象。

正因为这样，当年的美好记忆，将永远留在我们这一代人心里。

2011年2月25日

附 记

近日在网上查阅，《入党表》的作者胡征，河南人，七月派诗人。1938年，时年二十一岁去延安，同年入党。曾因在战争中被俘长期接受审查，后任刘邓大军随军记者。他的《七月的战争》和《大进军》两部长诗，曾获西南军区文学一等奖。1955年被打成"胡风反革命集团"分子，开除党籍军籍，冤案超过四分之一世纪，1980年平反。2007年1月29日在西安逝世，享年九十岁。胡征被西安文化界称为卓有建树的伟大的诗人之一。我愿以这篇短文献给胡征的在天之灵，让他知道《入党表》在当代青年中的影响。

2011年7月23日

缅怀曾德林

曾德林同志是我的老领导，也是我的好朋友、好兄长。他离世已经二十二年了，但和他交往的那些片断，我却铭记在心。

一

从学生时代起，我就喜欢话剧，特别是曹禺的名著。我爱模仿某些演员，即兴表演剧中的独白；还喜欢朗诵诗歌。20世纪50年代初期，我在青年团重庆市沙磁区工委搞学生工作，我的这些特点，受到青年学生的欢迎，会前或会后，常有学生一起高喊："学校部长来一个！"正因为如此，个别领导认为我爱出风头，有小资产阶级情调，多次发动机关同志批评我。唯有曾德林同志例外：有一次，我在青年团西南工委的晚会上，表演了曹禺《日出》中留学生乔治·张的一段台词，老曾立即问我能不能演胡四？胡四这个角色是一个游手好闲的"面首"。我感到老曾思想开放，有文化，熟悉曹禺剧作。

由于地下党中的某些误会，在1950年的年终鉴定时，我受到团重庆市委宣传部部长不实事求是的、猛烈的批评和指责。这些误会发生在上级领导之间，与我这个学生党员根本没有关系，我心里很

曾德林夫妇

不愉快。我找1938年入党的、团市委组织部部长的老曾汇报思想。他与人为善，为我卸下了包袱，并给了我不少的鼓励。

我在青年团重庆市沙磁工委工作时，被选为区政府委员。区长是一个从老解放区来的同志，人很好，但可能他在部队的时间长了，工作方法比较简单，常常是自己说了算，不大注意民主程序。我向曾德林同志谈到此事，老曾鼓励我写一份情况反映。我写好交上去不久，区委书记张文澄对我说，他已看到这份情况反映，并提醒区长注意。这说明，老曾和张文澄对民主程序的重视。

也是20世纪50年代初期，一次在南开中学的广场上，召开公审大会，批斗一名强奸犯。到会群众极为愤慨，包括我在内，高呼"立即枪毙，誓不罢休！"老曾出面耐心解释，主张送法院审判定罪，以法律为准，好不容易才把大家说服。

二

1954年，时任青年团重庆市委书记的曾德林同志，调到青年团中央任学校部部长，到北京工作。

大约在1955年，老曾陪同苏联共青团中央书记谢米恰斯内为团长的访华团，到重庆访问。青年团重庆市委派王竹（青工部部长）和我（大学部部长）负责接待。谢米恰斯内突然提出要缩短参观时间，赶回莫斯科参加会议，要我们立即为他买飞机票。我和王竹深夜去民航售票处联系，一两天内都没有飞北京的航班，感到很为难。老曾认为谢米恰斯内的做法很不礼貌，是大国沙文主义的表现，叫我们不要有负担。他直

李致和参加第四次世界学生代表大会的越南学生代表（左）

接对谢米恰斯内说，新中国刚成立不久，还很穷，不是每天都有飞北京的航班。后来谢米恰斯内找苏联驻华大使馆帮他解决了问题。当时，我们国家奉行"一边倒"（即倒向苏联）的政策，很多人在"老大哥"面前唯唯诺诺；老曾实事求是，平等坦率，敢于直接向谢米恰斯内表达意见，不失我方尊严。

我就读的高中是一所教会学校，我与外国人多有接触，比较自然，加上又与老曾一起接待过外宾，1956年社会主义阵营在布拉格召开第四届世界学生代表大会，老曾提议我参加。我以重庆市学联秘书长的身份，参加这次代表大会。代表团在北京集训时，逢越南学生代表团路过北京。团中央联络部一时抽不出人接待，老曾派我陪同越南朋友在北京参观。

中国代表团的大多数成员是学生，初次参加外事活动。有几次吃饭时，外国人来找老曾说话，同桌吃饭的中国学生，全都站立起来。老曾要我告诉他们：以后再有这种情况，不必都站起来；对外国人要不卑不亢，过分礼让反而被人看不起。

会议期间，有几次重要的分组会，其中一次是讨论苏伊士运河问题，老曾指派我做代表参加。时逢9月2日越南国庆节，老曾又派我代表中国学生代表团，出席越南驻捷克大使馆的招待会。第四届世界学生代表大会结束后，老曾和胡启立应邀访问南斯拉夫，老曾又要我带队回国，并在途中参观了苏联的列宁格勒。

我在1955年，刚因所谓"胡风反革命集团"一事受审查，要我参加国际会议和有关活动，使我感到组织上的信任；但我也非常谨小慎微，生怕出错，几次征求老曾对我有什么意见。他不耐烦地说："哪有那么多意见哦？"他反问我，回国后是否打算在北京停留几天；如果没有住处，可住在他家。

三

1957年大鸣大放期间，曾德林同志正在重庆出差。他和我一起去重庆大学和西南师范学院，听取大学生的意见。其中有对土改和肃反的一些意见，老曾并不认为是反动言论。继之，全国开展反右运动，团中央机关划了不少右派；老曾主管的学校部，一个右派也没有划，还以向党"交心"和向党"进攻"是有区别的理由，保护了一位差点被划为右派的同志。

1964年4月，我调团中央《辅导员》杂志工作。我原以为是老曾推荐的，后来得知不是。老曾时任团中央书记处候补书记，了解少年儿童部有位"打手"，一贯借政治运动中整人，他不会调我去《辅导员》杂志。同年，共青团九大以后，《红岩》作者罗广斌来北京，用自己的稿费，请曾在团重庆市委共事过的一些老同志吃了一顿饭。"文革"中，有大字报"揭发"团中央有个"四川帮"。当时，曾德林已调教育部工作。教育部的"造反派"，来"压"这批老同志"揭发"老曾。有一天，老曾的夫人罗玉清，来团中央机关看大字报，我关心地问起老曾的情况。罗玉清说，她看了这些老同志的大字报，都是应付了事的；只有一个人，把自己和老曾私下闲聊的话，上纲上线地作为"罪行"揭发出来。

"文革"中，"造反派"批判"团中央执行了刘少奇修正主义路线"。涉及学校部工作和曾德林同志的，主要有两点。一是说，在"又红文专"问题上，只强调"专"而忽视"红"，证据是老曾说过，"如果只'红'不'专'，那就成了大红灯笼，里面是空的"。二是说，1957年提出的"培养青年学生良好的意志性格"，脱离了"政治大方向"。我一直认为团中央学校部强调的这两点，既正确又很重要，根本不是什么修正主义。现在更用不着来辨别是非了。

老曾对巴金一贯尊重，对打倒巴金十分不满！1973年，我悄悄去上海看望巴老，转达了老曾的愤慨，对巴老是一种安慰。

四

1973上半年，曾德林同志从教育部"五七"干校，调任重庆大学党委书记。

1976年1月8日，周恩来总理逝世，全国人民陷入巨大的悲痛。由"四人帮"把持的党中央，却不许群众开追悼会，先是电话通知，后又发正式文件。违背中央禁令，可能会产生严重的政治后果。曾德林同志顶着巨大压力，坚持召开追悼会，公开表示自己一人承担全部责任。1月18日，重庆大学为周总理举行了追悼会，老曾宣布大会开始，他带领大家默哀、向总理遗像三鞠躬、致悼词。所有校党委成员，站在他的身后；全校的师生，聚集在他的面前。

团结广场一片寂静，只有哀乐和老曾的声音在回荡；人们胸前的白花、臂上的黑纱，诉说着对总理的思念。我女儿当时在重庆大学读书，寄了一张她在追悼会上的照片回来。

五

表面上看起来，老曾很严肃。

老曾很爱读书，学识广，且又直率；与人交谈，一旦对方念错字、引错成语或错说知识，他会立刻当面纠正，很像川剧《巴山秀才》的秀才所说："头可杀，血可流，别字不可不纠。"但只要多与老曾接触，就会感到他亲切，平易近人，而且很幽默。老曾幽默的表现之一，是脱口而出的打油诗。我们在布拉格参加世界国际学生大会时，会议往往开得很长，最后一次竟白天晚上连轴转，开了二十四小时。老曾做了一首打油诗，第一句是"洋人开会不知疲"，可惜我忘了后面三句。20世纪60年代初，团中央发生了几件趣事：一是传达室把台湾自治同盟来联系工作的人，当成"台湾"那边来人了，很紧张；二是有人把画家齐白石与团中央的丁磐石混为一谈；三是刘文学牺牲后，有人竟然问刘文学受表扬后，是否骄傲了？老曾为此作打油诗："台湾来人吃一惊，白石老人今复生。文学如今骄傲否，不学无术实可悲。"20世纪70年代，几位同志的老伴患更年期综合征，有时爱发脾气，老曾分享他的经验："只要她脾气发，便用沉默回答。为免事态扩大，耳朵说炝就炝。"他还解释：考虑过用"微笑"回答，但怕被挑剔为"笑里藏刀"；尽管"沉默"也可能被误会为就是"抗议"，但两害相权取其轻，还是"沉默"比较安全。

老曾也有"调皮"的时候。与朋友打麻将玩，他或偷牌，或在洗牌时把四张"听用"放在自己一边，随时可以"和"了。好在当时打麻将不赌钱，只是游戏，他这种手法终被揭穿。还有一次聚会，老曾多喝了一点儿酒，略有醉意。让他稍事休息，他倒上床，把两只鞋抛在地上，一只鞋朝上，一只鞋朝下，他随口说了"顺卦"两字，让大家好笑。

我女儿和老曾也有接触。20世纪60年代初，老曾到成都，我带着女儿陪老曾参观草堂寺，老曾对女儿说：去看"豆腐爷爷"（杜甫）。女儿尚小，对草堂的诗词对联没有兴趣。"豆腐爷爷"长着胡子，"豆腐伯伯"（指老曾）太过严肃。后来女儿去重庆大学读书，到松林坡看望校长曾伯伯。初时只觉得罗阿姨和蔼可亲，逐渐发现了曾伯伯的"豆腐心肠"，再加上在周总理追悼会上曾伯伯表现出的勇敢和担当，到毕业时，她已是十分热爱曾伯伯。她"估倒"（四川方言，强迫）校长伯伯赋诗勉励留念。老曾也不含糊，题七律两首送她，鼓励她在科学的春天里，继续"攻关不怕难"。

老曾调往重庆大学的那年，我也从团中央"五七"干校调回家乡成都，在四川人民出版社工作。当时，重庆市隶属四川省，老曾常来成都开会，每次也必到我家畅谈。我妻子丁秀涓做四菜一汤招待他，老曾很喜欢吃，认为既可口又节俭。

六

粉碎"四人帮"以后，四川人民出版社立足本省，面向全国，出版了不少好书。每有好书，我必寄曾德林同志。老曾对此充分肯定，并给以鼓励。他在一封来信中说："贵社迩年大干快上，质与量迥异昔时，想见阁下更劳瘁也。"

四川人民出版社出版了《在彭总身边》一书，写了彭德怀元帅在庐山会上和会后的遭遇，十分感人。老曾读后，立即写信给我："《在彭总身边》收到，已连夜阅读一遍，不禁再次泛起万千感慨之情，陷入无限沉思之中。是谁之过欤？是谁之过欤？……年来我在各种场合发表了许多愤激之词，爱憎溢于言表，许多人以为我已淋漓尽致，无所保留了。其实，我更多的时间和情愫是'沉思'。'路漫漫其修远兮，吾将上下而求索。'真理不仅没有完结，也不是袒露在表层，需要探索啊！"我理解老曾这封信的含义，更加尊重他。

1982年，曾德林同志调中共中央宣传部任副部长。

1983年，我调中共四川省委宣传部，负责振兴川剧的工作。当年，川剧晋京演出，老曾来看了几场。他历来喜欢川剧，认为川剧的文学性强，他多次说："《柳荫记》不亚于英国莎士比亚的悲剧，《评雪辨踪》可与法国莫里哀的喜剧比美！"老曾的评价，体现了他广泛的文学知识。

1992年，我和老伴经香港去美国探亲，惊闻老曾患肝癌，十分担心。第二年归国，择道经北京再回成都，意在能与老曾见上一面。可惜到北京后才知道，几天前老曾在罗玉清陪同下，去上海治病，错过了相见的机会。好在我们保持了通信联系。

作家艾芜、沙汀在1992年年末先后逝世。在他们逝世一周年之际，我分别写了回忆二老的文章，并寄老曾。他在回信中说："沙、艾二老同时出道，几乎同时齐名，声誉同隆，创作等身，不但是蜀中双杰，亦中国文坛之双子星，几乎同时陨落，实令人惆怅不已！我虽同他们无多接触，但解放初期在渝的党代会、人代会上亦小有结识，加上读过他们一些作品，我的印象是二老虽是名家，但为人特别朴实无华，真诚童真，正如你的文章所说，谦虚，而且是发自内心的自然。我看他们的为人和著作，是的的确确的真善美，毫无矫饰。这是读了你情真意切的忆文的一点随想，见笑。"

老曾谈到了他的病，信上说："我病情尚称稳定，但此病到底非同小可，精神准备更严峻的时刻到来。现在中西药都吃，加上适当锻炼，自觉无甚不舒服，只是被药物所苦，常感烦恼矣！林妹妹（指林黛玉）句云：未学会吃饭，就学会了吃药；我则每日汤药两大碗，西药、丸药、补药一大堆，吃药量超过了吃饭量，苦啊！"

听起来老曾是在"诉苦",我却感到他的乐观和幽默。因为这封信一开始,他就"责备"我把地址写"混乱"了。他说:"'北京市三里河南沙沟'写对了,'大方向是正确的',但具体的地址就写错了……投递员是不能光凭'正确的大方向'投递的。"经过"文革"的人都知道,当时上面常以"大方向是正确的"来掩饰各种错误。

原共青团重庆市委青工部部长易难,因病于1995年1月3日在成都逝世。1月10日,老曾来信表示"悲痛逾桓",这是他的绝笔。

老曾一共给我写了十一封信。以后,我把原件送给玉清,留作纪念。

七

1995年9月28日,曾德林在北京逝世,享年七十五岁。

我和秀涓给玉清同志发出悼念老曾的信。

李致与曾德林夫人罗玉清(左)

玉清同志：

　　曾德林同志逝世，我们全家感到极大的痛苦。曾德林同志是一个真正的共产党员，把一生献给革命事业。几十年来，老曾是我们的好领导、好兄长和好朋友。我们不仅从他那儿汲取教益，还从他那儿得到友谊。1992年我们在美国得知他患病，1993年初我们绕道北京回川，就是为了看望他。但恰遇你送老曾到上海治病，失之交臂。这两年，由于你知道的原因我们无法到北京，但无时不关心老曾的健康。现在他走向任何人（包括我们）都不能避免的自然规律，我们明白这个道理，但我们实在舍不得他。没有向老曾告别，这是终身遗憾！我给小元打电话，拿起话筒，声音就哽咽了；草拟唁电，泪水模糊了眼睛，看不清纸和笔。想安慰你，但找不出任何语言可以减轻你的痛苦。玉清，你是老曾的妻子，你最理解他。此时此刻，他一定期望你坚强、健康，面对现实，勇敢地生活下去！众多的老朋友也这样期望你。我女儿昨天离开成都，她永远不会忘记她的曾伯伯和老校长。

　　老朋友们都期待你到成都来。

　　　　　　　　　　　　　　　　　　李致　秀涓
　　　　　　　　　　　　　　　　　　9月30日　泪书

　　　　　　　　　　　　　　　　2018年1月6日终稿

两位组织部长

李高平

1950年下半年，我调到青年团重庆市沙磁区工作。

沙磁区党区委的书记是张文澄，组织部长是李高平，宣传部长是龙实。三位都是"三八"式的老革命。李高平个子不高，很胖，对人很和蔼，关心人，像一位慈祥的婆婆。

当时，团区工委的同志都很年轻。我二十二岁，有几位同志稍年长，也没超过二十六岁。年轻人朝气蓬勃，但思想不免偏激。

1951年底，全国开展反贪污、反浪费、反官僚主义的"三反"运动。经检查，团工委的会计没有问题。同志之间除了自我检查，还互相揭发，就一些小事上纲上线。特别是一位同志，说我唱岳飞的《满江红》是在唱国民党军歌，使我怒气冲天。他平时对人简单粗暴，大家对他的意见最多。我虽然没有乱批评他，但在别人揭发他某一件事，还需要调查弄清真相时，我就脱口而出："他就是这样的，不必调查！"

这些情况，照例汇报到党区委。

有一天，我在沙坪坝小街上，碰见高平同志。

高平同志拉着我的手，心平气和地对我说："搞运动可以提意见，但不要过激撕破脸。要想到，运动一过，大家还要在一起工作。"

245

这是一个极重要的提醒，我终生不忘。

男女青年在一起工作，有时难免在生活作风上有失检点。有一位同志出了一点差错，在党内做了自我检查，大家对他进行了批评和帮助，他的情绪略受影响。有一次，我去党区委开会，高平同志叫住我，要我转告该同志："知错改了就好，不要背包袱。这件事不会装档案袋！"高平同志这样与人为善、爱护同志的态度，使我十分感动。

1954年我调团重庆市委工作，高平同志则调到援助越南的专家工作组任组长。以后，我调成都团四川省委，再调北京共青团中央工作。"文革"后我调回成都，才知道高平同志已从越南回来，在省石油局工作。每年春节，我和老伴都去看望高平同志和他的夫人向阳同志。近二十年不见，高平同志最大的变化是瘦了。但他仍然是那样和蔼慈祥，平易近人。他开始写古诗词，还出了诗词集。

连续两年春节，我打电话到高平同志家，都没有人接。2000年9月17日，偶然在商业街上碰见向阳同志。我急忙问高平同志的现况，向阳同志低声地说："他'走'了。因为心肌梗塞，在峨眉山'走'的。"我问为什么不通知我们。她答："高平不愿惊动朋友。"我看见向阳同志身后跟着一位妇女，显然是照顾她的。

我一生有幸遇上三位难忘的组织部长，高平同志是第一位。高平同志怕惊动我们，悄悄地"走"了，享年八十三岁。但我绝不会忘记他。

萧泽宽

20世纪50年代，萧泽宽任中共重庆市委组织部长。

1954年上半年，我调共青团重庆市委工作。泽宽同志分管团的工作，常来团市委。如遇上开会，他会坐下来，与大家谈工作或聊天。他原是地下党川东特委委员，身材魁伟，胖胖的，平易近人。

1955年，我因所谓"胡风问题"被隔离审查半年。机关所有的人都站稳"立场"，与我划清界限，不和我接触；当然，审问和批判我时例外。有一天，泽宽同志来到团市委，居然和平时一样，对我点头打招呼，还叫了我的名字。运动后期，清查完毕，我并无任何问题，调我从少年儿童部部长改任大学工作部部长，应该说是增加了工作的担子；第二年又让我去捷克首都布拉格，出席第四届世界学生代表大会。那时出国的机会极少，泽宽同志分管团的工作，没有他的同意，这是不可能的。

1957年开展"反右"运动。共青团四川省委主办的红领巾杂志社的总编辑，被错打为极右分子。杂志半月一期，不能停刊。不知是谁"发现"了我，说我既搞过少年儿童工作，又能写作，立即调我去红领巾杂志社任总编辑。我就是因为写作而被怀疑为"胡风分子"而受审查的，极不愿赴职，但又不能不服从组织调动。我只好与四岁的女儿和带她的保姆，一起去了成都，妻子仍留在重庆。

有一天，我开会后回杂志社，传达室的人递上一张字条给我，原来是泽宽同志留下的。他来成都开会，路过杂志社，来看我，但我不在。他住陕西街省委组织部招待所，希望我有空去一趟。我像能见到亲人一样的感动，立即骑上自行车到招待所，找到泽宽同志。

我早就认识泽宽同志，但单独接触这是第一次。他询问我工作和生活情况，鼓励我好好工作。当他知道我妻子丁秀涓还在重庆时，立即表示将催办她的调动。不久，秀涓果然调来成都，解决了两地分居的难题。

1963年，在团省委的一次会上，书记李培根同志说，重庆市委把"萧（泽宽）、李（止舟）、廖（伯康）"定为"反党集团"，因为他们反对省委书记。我很吃惊，也不愿相信。以后知道，是因为"大跃进"时期四川饿死很多人，萧、李、廖对省委书记有意见；他们的意见，是在市委第二十次扩大会上公开提出的。这是一大冤案！

1964年我调共青团中央工作。以后，泽宽同志也调全国侨务办公室工作。大家都到了北京。我和秀涓去侨办宿舍看过泽宽同志。1966年闹"文革"，造反派把泽宽同志揪回重庆，后经另一派红卫兵营救，送萧、李、廖三人到北京地质学院保护居住。我和秀涓去看过他们。我记得泽宽同志对我说，他非常反对打倒巴金，巴金对当代知识分子有很好的影响。1973年我悄悄去上海，把这种不平告诉巴金，这是后话。1968年我被关进"牛棚"，失去自由，不能再去看望他们。他们三人缺少全国粮票，秀涓支援了一百斤，这是我们家多年节约下来的。

粉碎"四人帮"以后，为萧、李、廖平反落实了政策，泽宽同志任中共北京市委组织部部长，直到离休。我在四川人民出版社工作，常去北京组稿，也常去看望泽宽夫妇，他夫人名为曾昭华。泽宽同志来成都，必与我会面。我们可以畅谈心里话。这时，泽宽同志对我，已不是领导与被领导的关系，我视他为兄长和好朋友。我知道他尊敬巴老，多次为他找巴金文集，以后又送给他四川出版的《巴金选集》（十卷本）。

我保留了泽宽同志给我的九封信。包括他收到《巴金选集》（十卷本）后，表示要有重点地复读巴金的作品。多数信是在读了我的书或文章后，给我的鼓励。他说："寄来的书收到，很高兴。现已读完，有的还反复再读。我仿佛又回到青年时期、中年时期。一个人，要真正做人，做一个高尚的讲真话的人，那就是人了！"在另一封信上又说："收到近作，今晨就读了两篇，感到清新，诚挚，朴实，真吸引了我。我对昭华说，李致写了一本好书，我看完，你就看吧！"他多次期望我"有新作，多写好文章"。曾昭华逝世后，他写了他和昭华几十年相濡以沫的短文，代替讣告。2002年12月16日写最后一封信时，他的身体已不好，用颤抖的手写了："我真想念你们！"

2001年8月15日凌晨，我不小心从床上摔下，脸摔肿，牙掉一颗，幸无大碍。几天后，梦见萧泽宽批示：要我休息两周。醒后告诉秀涓，她说萧部长总是关心同志的。

2003年6月17日，泽宽同志在北京逝世。

2018年4月初

列宁同志的小屋

1956年9月18日和19日，我们中国学生代表团，在苏联访问了列宁格勒。两天的访问，时间虽然很短，却给我们留下许多深刻的印象。其中之一，是我们参观了斯摩尔尼宫，所看到的列宁同志的小屋。

斯摩尔尼宫在列宁格勒东部的一条幽静的街上。它是十月革命的司令部。我们敬爱的列宁同志，于1917年11月6日深夜到达这里，一直工作到1918年3月才迁往首都莫斯科。

我们在19日上午，乘一辆大汽车，去参观斯摩尔尼宫。路途上，陪同我们去的三位苏联同志，和我们一起用中文高唱着《祖国进行曲》。快到斯摩尔尼宫，瓦洛加同志站起来对我们说："同志们！我们马上就要看见列宁同志工作和生活的地方了。"我们本来就非常兴奋，经他这么一说，心跳得更快了。

汽车停下来了。第一眼看见的，是斯摩尔尼宫正门前列宁同志举起右臂的铜像。铜像下面的花岗石台座上刻有："无产阶级专政万岁！"

"这个铜像是在十月革命十周年时修建的。"金木同志对我们说。

走进斯摩尔尼宫的拱顶走廊，好几位同志不约而同地说："这地方好熟悉。"原来大家都在电影上见过：走廊上挤满着人；列宁同志匆忙地走进走廊；赤卫队员招呼着"列宁同志"，上前去握手……

解说员同志把我们引进一个白圆柱大厅。这是举行第二次苏维埃代表大会的地方，这次大会通过了著名的和平法令和土地法令。在大门两边嵌的大理石上，用金色的字刻着苏联第一部《宪法》的全文。

"我们在电影上看过这个大厅。"同志们高兴地说。

跟着解说员同志，我们轻轻地走上二楼，在一间屋子门前停住。我们围在她身边，像等待她宣布一件什么重大事件。

她说："这就是列宁同志的办公室和寝室。"

这是一间小屋子，八米长，四米七宽。里面用木板隔了一间将近二米宽的寝室。屋里的陈设全是按列宁同志生前那样摆置的。也许有人会怀疑："难道这就是全世界工人阶级领袖列宁同志的办公室吗？"一点不错，它就是。

靠左边墙壁，有一张普通的写字台和一把木椅。写字台上有一部电话机、一盏油灯，以及列宁同志用过的一支蘸水钢笔的照片。列宁同志用这部电话机，发布过攻占冬宫和电报局的命令，用这支笔签署过许多重要的文件。

靠左边墙壁，有一张小圆桌和三张套有白布的沙发。列宁同志常坐在这里与工人、农民谈话，或者看报纸。小圆桌上有几张十六开的报纸。

"这是列宁同志看过的报纸。"瓦洛加悄悄地在我耳边说。

我们走进列宁同志的寝室。

寝室更窄。有两张从医院借来的小铁床，上面铺着灰毯子。这是列宁同志和他的夫人克鲁普斯卡娅同志睡的。两张床之间小柜子上，有一个只有六七厘米的小圆镜。这是列宁同志的卫士送给克鲁普斯卡娅的。此外，再没有别的东西。

我站在列宁同志的寝室里，说不出的激动。这样一个伟大的领袖，过着这样极其简朴的生活。想起我们有时还贪图生活享受，我感到脸发热。我知道，这时候，我的脸一定红了。

同志们参观出去，我仍然站在小屋子里。解说员同志来催我出去：“要锁门了。”我说：“我愿意被你锁在这里。”我再认真地看了一次这间小屋，我要牢牢地记住这小屋的一切情景。

离开斯摩尔尼宫以前，我们再一次走到列宁同志的铜像下。这时候，大家对列宁同志的像感到特别亲切。我在心里对自己说：“我一定要学习列宁同志这种高贵的品质。”

当天晚上，我们离开列宁格勒。共青团列宁格勒州委书记到车站送我们。我们再一次谈到了列宁同志的那间小屋。

“这是一堂生动的教育课。”同志们说。

“是呀！”州委书记笑了，“在我们这里，如果有青年不好好工作，贪图享受，我们就把他带去参观斯摩尔尼宫，让他看看列宁同志是怎样工作和生活的。”

附　记

此文是我1958年3月出差在重庆写的，后发表在《红领巾》杂志上。苏联解体后，列宁格勒改名为圣彼得堡。目前对列宁有不同的评价，但我们当时的感受是真诚和积极的。

2016年5月22日抄录

不朽的精神

　　这几天一直在看电视剧《钢铁是怎样炼成的》，激动不已。昨晚看完以后，想起我还有几张奥斯特洛夫斯基的照片，立即翻箱倒柜把它找出来。

　　奥斯特洛夫斯基的《钢铁是怎样炼成的》一书，对中国青年曾经产生巨大影响。许多人至今可以背出书中主人公保尔的话："人最宝贵的东西是生命。生命属于我们只有一次。人的一生应该这样度过：当他回首往事的时候，不因虚度年华而悔恨，也不因碌碌无为而羞耻。这样，在他临死的时候，他就能够说：我的一切，包括宝贵的生命，都已献给世界上最壮丽的事业——为人类的解放而斗争。"20世纪50年代初期，重庆学生积极要求参加军事干部学校，他们高举着"保尔战斗队"的旗帜游行。那面红旗，至今还在我的眼前飘扬。

1924年时的奥斯特洛夫斯基

　　1957年，奥斯特洛夫斯基的夫人奥斯特洛夫斯卡娅访问重庆，当时我在共青团重庆市委担任大学工作部部长。我访问过苏联，团市委秘书长赵济也去过苏联，于是我们俩参与了接待奥斯特洛夫斯卡娅的工作。奥斯特洛夫斯卡娅原是乌克兰的普通女工，与丈夫共同生活了十年，对丈夫写出《钢铁是怎样炼成的》做了很大的贡献，后来她担任奥斯特洛夫斯基博物馆馆长。奥斯特洛夫斯卡娅身体健康，脸色红润，十分健谈。那天，我们先陪她参观了重庆大学，一起吃了午饭，然后在重大的团结广场，与数千名沙磁区的大中学生见面。

我代表全市学生致辞，欢迎奥斯特洛夫斯卡娅的来访。奥斯特洛夫斯卡娅在大会上讲话，介绍奥斯特洛夫斯基的事迹和精神，受到学生们的热情欢迎。当奥斯特洛夫斯卡娅讲到1926年中国北伐战争时，奥斯特洛夫斯基曾对她说，如果不是他病了，他一定会骑着战马奔向中国，支援中国革命时，全场学生更是热血沸腾，欢呼声和掌声经久不息。奥斯特洛夫斯卡娅目睹青年的激情，深受感动，她说："我在中国学生中，看到了奥斯特洛夫斯基。"

临别时，奥斯特洛夫斯卡娅送了三张照片给我。一张是奥斯特洛夫斯基的头像；一张是奥斯特洛夫斯基躺在床上，奥斯特洛夫斯卡娅相伴在旁；一张是他们的工作室兼卧室。这三张照片，我保存

1936年，奥斯特洛夫斯基与妻子在一起

奥斯特洛夫斯基的工作室兼卧室

了四十多年。尽管四十多年来，世界发生了巨大变化，苏联已经解
体。但我始终坚信：没有信仰是很可悲的，拜金主义更不可取。正
是如此，虽然照片已经发黄，但奥斯特洛夫斯基的信仰，为祖国为
人类的献身精神，却永远在我的心里闪光！

2000年3月8日

附 记

后来，我才知道奥斯特洛夫斯基临终前还有一句名言："我
们所建成的，与我们所奋斗的完全两样！"这是《莫斯科共青团员
报》刊载奥斯特洛夫斯基的侄女加林娜对该报讲述的。

坎坷的一生，坚强的战士

——龙实《曲折的道路》序

  这个冬天，成都相当寒冷，飘过几次雪，特别是三九四九天，我取消了下楼散步。不过，我仍然感到充实。因为我重读了龙实同志的《曲折的道路》，他坎坷的一生和正直的品格，深深地打动了我。

龙实

龙实同志常说，他生于"难忘的1918年"，今年九十三岁。故乡在南国广东，那里的人和事，至今难以忘怀。年轻时为寻求真理，从南方到北方，甚至冒着生命危险，从山西步行到延安。他1938年参加八路军，1939年加入中国共产党，在抗日战争和解放战争的烽火岁月，出生入死，既做了贡献，又得到锻炼。新中国成立后，热爱美术的龙实同志服从组织分配，担任各级领导工作，却由于在反右斗争中仗义执言，1958年被错划为右派，下放到农场劳动改造。他承受了许多痛苦和磨难，但丝毫没能摧毁他坚强的意志。直至1979年平反冤假错案，他才重返领导岗位。

　　龙实同志是我的领导，又是我的朋友。我们相识在1950年下半年。他时任中共重庆市沙坪坝区委常委、宣传部长，我在该区青年团工委先后任学校部部长、副书记。不久，我调团市委任大学部部长，龙实同志调中国作家协会重庆分会任党组书记。两个机关相邻，我常到龙实同志家里谈心，听他讲述经历，建立了友谊。当他被打成右派时，我为他不平，因为他的主要"罪状"竟是他对时任重庆市委宣传部部长张文澄被划为右派一事持不同看法。我了解张文澄同志，也不认为他是"右派"，但我不敢直言。此后我调成都、北京工作，与龙实同志没有来往。直到1979年，他突然出现在我家门前，真是一个极大的惊喜！我由衷地感谢党的十一届三中全会，感谢敢于大刀阔斧平反冤假错案的胡耀邦同志！

　　1986年，龙实同志离休。近十五年来，他孜孜不倦地提笔写作。诗人沈重说："上了八九十岁，还这么勤奋写作，我最佩服马老（马识途）和龙实同志。"我有此同感。这位离"世纪老人"不远的龙实同志，用白描的手法，把自己经历过的往事点滴，做了朴实生动的描写，反映了各个时期的侧影，让人听到历史的脚步声。忘却历史，无论是一个民族或是个人，都不会有前途和希望。鲁迅和巴金历来反对健忘。龙实同志正是本着高度的社会责任感，写出自己的经历。由无数小故事组成的往事，摆脱

257

了某些回忆录的"八股"味，加上作为美术家的龙实同志自己的插图，更使读者感到亲切。

这十几年来，我对龙实同志有了更深的理解，《曲折的道路》实际就是龙实同志坎坷人生的写照。年轻人常幻想一帆风顺，而实际生活哪有什么一帆风顺？关键在于如何对待荣誉，如何对待坎坷。龙实同志在顺风之时，温文尔雅，平易近人；在受到冤屈之际，坚强坦荡，积极向上。其原因就是他有坚定的信仰。人不能没有信仰，不能没有道德准则。《曲折的道路》体现了龙实同志的善良、正直、坚强和为理想奋斗的高尚品格，激励我要做一个像他那样的好人。

言犹未尽，请阅读《曲折的道路》吧！

2011年立春第四天

鸡就是鸡，鸭就是鸭

——我"三下农村"的故事

我生在成都，长在成都，一直在大城市生活。一生中只有三次，分别在四川、辽宁和河南的农村生活过一段时间。

在四川简阳县搞"四清"

1963年秋，中共四川省委组织工作团，到省内各地农村，开展"四清"运动。共青团四川省委派我参加，我被分在简阳县工作团。团长是董启勋，他早年去过延安，是个年轻的"老"革命，曾任省委财贸部副部长，刚从北京调回四川，省委派他去整顿简阳县委领导班子，兼管"四清"工作团。有三位副团长，我是其中之一。

我们先后在解放、绛溪和平泉三个公社搞"四清"：清账目、清仓库、清财物、清工分。解放公社结束后，董启勋不再兼任团长，由省工会副主席黄文若继任。1964年3月，我接到共青团中央的调令去北京工作，提前离开简阳。

刚到解放公社时，工作团召开"三级干部会"，向公社、大队和生产队的干部，说明"四清"的任务和有关政策。董启勋要我去讲，我说自己不了解农村，肯定讲不好；再三推辞也没有用，只好硬着头皮上台。头一句话我就说，前几天我们带着行李到公社时，

259

小孩们都说"演戏"的班子来了，会场一下出现了笑声。我长期做少年儿童工作，讲话可以深入浅出，到会干部基本听懂了我们是来"演"哪出"戏"的。董启勋又布置我向省委汇报工作，我写了《我们的开场锣鼓》。省委书记贾启允，把这份简报批转给省内所有的"四清"工作团和各省级部门。

要了解农民，首先要熟悉他们的语言。农村人说话爱用比喻，形象生动。说到公社财产，他们说"集体是块唐僧肉，人人都想咬一口"；评价公社制度的问题，就像"铁匠的围腰，全是漏洞"；一些干部有经济问题，"常在河边走，哪有不湿脚？"有一些干部消极，那是"黄鼠狼钻鸡屁股，看蛋（淡）了"；被人误会，则是"黄泥巴掉进裤裆头，不是屎也是屎"。印象最深的是"实事求是"，我完全不知怎样讲，才能让社员所懂，他们却说"鸡就是鸡，鸭就是鸭，不要把鸭说成鸡，也不要把鸡说成鸭"。这些话我至今记忆犹新。当然，真正要与农民有共同的语言，不是学说几句他们的话，而是要有共同的思想感情。

解放、绛溪、平泉三个公社的条件，在简阳算是比较好的。工作团把涉及有关经济问题的农村干部，集中在公社或大队部，一笔一笔地核对账目和到库房查物资。工作团正副团长吃住都在公社，很少到社员家。我去过降溪公社的一户人家：一间草房，没有窗户；泥巴墙，多处透风；两夫妇和一个小女儿，同睡一张床，衣着被褥都很单薄；家里只有锅碗和柴灶；一头小猪也圈在屋内，满是臭气。夫妇两人都有病，劳动力弱，但又没有达到"五保户"的标准；公社给了他们一点经济补助，远不足以使他们摆脱贫困。

在绛溪公社时，省委书记李井泉布置要搞"大生产队"的试点，也就是把三个生产队，将近一百户人家，合并为一个大生产队，进行经济核算。团长要我和团省委干部钱运通来负责。我们严格核实和登记三个生产队各自的财产，不无偿调走个人和集体的财物，合并工作还算顺利。这期间，周恩来总理正出国访问，总理的四位秘书趁此机会来四川搞调查研究，省委介绍他们来绛溪公社。他们平易近人，拒绝生活上的特殊照顾；只了解情况，不发表意见；与我和钱运通相处甚好，常给我们讲一些他们在北京的趣闻。从他们的身上，能看到周总理的影响。

农村与城市的生活差别很大。为了让十岁的女儿了解农村，1964年春节刚过，我把她带到平泉公社，交给平泉大队一位姓俸的团支部书记，吃住都在她家，参加力所能及的劳动。可惜不到十天，团中央调令已到，我只好带着女儿回成都。我问她有什么感受，她说红薯很好吃！我告诉她，长年累月顿顿只吃红薯，是很难受的。不过，最近我找到女儿当年给她母亲的信，信上说："中国六亿七千万人口，有五亿多农民。爸爸告诉我：'如果不了解农民，就会脱离大多数群众。'这次，我下农村主要是学习。要认识庄稼，和贫农一起同吃、同住，了解农村情况。我已经认识了小麦、豌豆、油菜等。我还和俸嬢嬢一起上了民校，参加了三级干部会。"看来，还有一点效果。

我不善于记数字，但在简阳工作这一段，我记得该县的年平均雨量，是一千二百毫米。解放公社产棉花，最高亩产是一百斤。

在辽宁锦县参加"四清"

1964年4月，我调北京共青团中央工作。党中央决定在全国农村开展"社会主义教育运动"，又称"四清运动"。与以前"四清"不同的是：上一次主要是清经济；这一次是清政治、清经济、清思想、清组织，重点是整党内"走资本主义道路的当权派"。

1965年秋，团中央派了大批干部，参加辽宁的"四清"。以团中央候补书记李淑铮为队长的工作队，进驻锦县大业公社大付大队。我和亚非疗养院的李家骅，负责大队会计所在的那个生产队。后期，我担任工作队的副队长。

辽宁省委规定，参加"四清"的干部，必须实行"三同"：同吃、同住、同劳动。同吃，即轮流在生产队各家吃"派饭"；同住，是要住到社员家里去；同劳动，主要是参加秋收，收割玉米和高粱。

吃"派饭"能接触到生产队所有的群众。收到我们交的粮票和现金，社员也很欢迎。我们扎根串连、访贫问苦，在大量了解情况后，没有发现政治上有问题的干部和社员。大队的会计姓王，我忘了他的名字。群众对他意见最多，说他有经济问题。李家骅会算账，又很仔细，在王会计的账本上，查出不少破绽。我虽然不会查账，但经历过多次运动，有点"斗争"经验。不拿出真凭实据，王会计一口咬定没有贪污。有时为了尽快过关，他又胡乱交代。一次我外出几天回来，他"坦白"贪污了一千元。一经核实，他又说不清赃款的去向。问钱到哪儿去了？他总是回答"喝一三五了""吃腰儿细了"。一、三、五三个数加起来是九，"酒"的谐音；"腰儿细"是花生的外壳的形状，两头粗中间细，细处为"腰"。按照当时农村的生活标准，吃花生，喝小酒，是花不了那么些钱的。我反复向他讲明"坦白从宽、抗拒从严"的政策，抓住他前后不一致的漏洞，及时追问，使他不能自圆其说。有几次，我们事先找几个熟悉王会计的人来预演，估计他会怎样辩解，做到心中有数，打有准备之仗。最后查实王会计贪污四百多元，每笔钱的来龙去脉都清清楚楚。我们把握政策，既没逼供，也没夸大战果，直到"四清"结束，王会计也无法翻案。我又一次感到必须实事求是，也就是"鸡就是鸡，鸭就是鸭，不要把鸭说成鸡，也不要把鸡说成鸭"。

当时很强调政治学习。每天晚上八点钟，我们把各家户主召集在一起，靠墙上挂的马灯，学习毛主席著作和有关政策。一般是我或李家骅，念《毛泽东选集》或报纸给大家听。会场非常安静，我以为他们在认真听，但仔细一看，多数人已经进入梦乡；即使被叫醒，几分钟后又合上眼睛。农民劳累了一天，按理说天黑就该睡觉了。这样的政治学习，实在流于形式，没有什么效果。

从南方到北方，我碰到了很多新问题。

首先是语言不通。我的四川话，在北京团中央机关时还勉强凑合，但在东北农村，则根本行不通。李家骅是东北人，说地道的东北话，社员有啥事只找他，把我晾在一边。我被迫"放开"说"四川普通话"。语调虽然有所改进，但词汇跟不上。东北人叫公鸡，四川叫公鸡也叫鸡公，有一次开会我说"鸡公"，全场哄堂大笑。会后，一些小孩儿跟在我身后，不停地嚷"鸡公、鸡公"。我也努力学着说上几句东北的土话，如"寻思""埋汰""不赶趟""砢碜""嗯呐""闹心""中"等，逐渐也能和社员"唠"上"嗑"了。

辽宁省委严格规定工作团的人员"五不吃"：不准吃肉、蛋、鱼、米饭和面粉。我们天天吃玉米或高粱米、白菜或萝卜。北方农家的院子里，秋天挂满了刚收获的玉米棒子。玉米晒干后磨成面粉做饼子，是我们的主食。做玉米大饼子，要像做馒头一样，先把玉米面发酵，再握团压扁，沿大铁锅侧面贴一圈；锅底既可加水，也能炖菜；锅上面放上一个用高粱秆编的"大盖帘"，可以蒸东西。一把火烧下来，饭菜全有了；顺带还烧了炕。

当地还吃高粱。夏天做高粱米，要把刚煮熟冒着热气的饭，用井里打出的凉水冲泡，叫作"熟米水饭"。高粱米饭本来就硬，经冷水冲泡更硬，吃起来更经"饿"，干活儿就更有劲儿。他们说，这种饭是招待客人和干重活时才吃的，我们是客，所以特意为我们做。东北人喜欢吃高粱米饭。我们村里的一对老贫农夫妇，去西安探望女儿回来，唠叨那两个月玩得很高兴，但天天只吃白面馒头，"一粒高粱米都没吃着"，最想高粱米了。

我是四川人，玉米饼子或高粱米饭，对我来说太硬太结实，顿顿吃不习惯，也消化不了，经常胃痛；副食只有白菜、萝卜，缺少蛋白质。到"四清"结束时，我已经瘦到"皮包骨"：用大拇指和中指，轻易就能圈住另一只胳膊的上臂。有几次我偶然发现，工作

263

队里有人带了巧克力、肉松等东西，私下里悄悄吃；我自觉遵守规定，没有带过任何一样食品。有的社员看到我们只吃粗粮和蔬菜，不忍心，特别做一碗豆腐。做法很简单：锅里加点油，把豆腐放进去，煎一煎，熬一熬，最后撒上点儿葱花。对我们来说，这是美食，吃起来真香。

北方农村的住房条件，比四川好得多。四川农村多是茅草房，少有窗户，屋里黑乎乎的。东北农村一家多是三间房，"灰打顶"，也就是房顶抹水泥，可以晒粮食；房子坐北朝南，南面一排玻璃窗户，冬天阳光照进来，亮堂堂暖烘烘的。拉通的大炕挨着南窗，炕上放个柜子，上面摞被子。靠北墙摆家具、镜子，墙上贴年画，有的还挂奖状。

我和李家骅住在村里最穷的一位老贫农家。他家除进门的空间有锅灶外，有两间住房，一大一小。窗户没有装玻璃，糊的是白纸；墙壁没有刷白灰，糊的是旧报纸，后来贴上了李家骅的彩色烟纸盒。屋里没有家具，仅有两个炕。我们俩加上两位当地干部，住稍大的那间屋，睡稍大的那个炕。主人用高粱秸，怎么也烧不热我们的炕。我们自己掏钱买煤块烧，但煤块火"硬"，不好掌握，一下烧过又"烫屁股"，躺上去像烙饼似的，得不断地翻身。炕一热，跳蚤异常活跃，"潜伏"在衣服里，频频出击。工作队开会时，我常被咬得坐立不安，只好找一空屋，从棉衣、毛衣、背心到内衣，一件一件地脱下来抖。抖完了跳蚤，再回去接着开会。问我去哪儿了？我说："跳脱衣舞去啦！"

北方的冬天，风雪交加，刀割似的打在脸上。一次，我从公社回大队，沿着堤岸走，竟然被大风吹落到坡下。我戴着棉帽、穿着棉鞋；身上大棉袄、二棉裤，外加军大衣，在屋外却仍然冷得发抖。我这才真正懂得，什么叫作"寒风刺骨"。然而，我喜欢雪，广阔的田野，一望无边的白雪，覆盖了一切，在阳光下晶莹闪烁，那么干净，那么纯洁！

春节回北京过年，回锦县时我带了一个135相机，给不少社员照了全家福。1966年4月，团中央召开九届三中全会。我是团中央候补委员，回北京参加会议。我把三十六张照片冲洗出来，回公社后分送各家。很多人是第一次照相，感到格外新奇，一家人挤在一起，拿着照片，左看右看，久久不愿放下。小孩到处嚷嚷：李叔给我们家照相了。

"四清"结束前，大队召集全体社员开会。听完李淑铮的工作报告，人们还不想散去，一致鼓掌要我唱歌。我爱唱歌，喜欢即兴表演：一首歌唱一百遍，每遍都有新花样。推辞不掉，唱了一首《三头黄牛一匹马》：

> 三头黄牛，一呀一匹马，
> 不由得我赶车的人儿笑呀笑哈哈，
> 往年这个车呀，咱穷人哪配坐呀，
> 今年呀嗨，大轱辘车呀，轱辘轱辘转呀，
> 转呀转呀，转到了咱们的家。
> 嘿！转到了咱们的家。

我边唱边比画，长鞭儿一甩"嘚儿，驾"；赶着那大车回了家，"吁——"。全场沸腾，欢声笑语一片。小青年更热情，认定李叔唱的这首歌，应该灌唱片！

工作队离开大付大队的那天，成群结队的男女老少聚在村口送行，有些妇女和孩子放声大哭，就像电影里苏区的老乡送红军。这种场面，我以前没有见过，以后也没有见过。我坐在马车上，不断地向他们挥手。村庄越来越远，人群越来越小，直到再也看不见。我强忍着情感，上了火车，才发现自己早已热泪盈眶。

在河南潢川县参加整党

1969年4月15日，北京共青团中央机关的干部，到天安门前毛主席像下宣誓，决心走"五七"道路，离开首都去河南潢川县的"五七"干校。在干校，劳动很重，我们与附近的公社基本没有接触。

1971年，河南省在农村开展整党运动。干校派人参加，去邻近的桃林公社张集大队，由戴云带队。戴云原为胡耀邦的秘书，团中央宣传部副部长。"文革"中他和我都被关进"牛棚"，以后成为挚友。在张集，我负责一个生产队，一共两个党员，又不查账，与在辽宁"四清"相比，工作轻松多了。

在队里，我颇受欢迎。我可以犁地，犁把扶得稳、路走得直；我还能挑担，百斤重的稻草，挑起来就走。即使在农村，也不是任何人都能这么干的。这是我在干校经历了劳动锻炼的成果。有些老人还劝我悠着点，说那是年轻人干的。我会理发，随时可以拿出围裙，用手动推子剃个光头，一般还有几个人排队等候。只有一次不当心，夹了一个小伙的头发，他高叫"老李，我不'逗'了！"在河南，"逗"是一个总动词，不"逗"就是不干了，不剃头了。我自备了少量的眼药和感冒药，如遇到农民的眼睛不适或有点感冒，我也给他们用。他们很少用药，一用就灵；于是我被误认为是医生，他们有病痛就来找我。我敢唱《三头黄牛一匹马》，但是不敢当医生，马上申明自己不懂医，只有这两种药，不能包医百病。我深感农村缺医少药，这是一个大问题。他们没见过收音机，我打开收听广播时，总有一圈人围在身边。

当时农村的工作路线比较"左"，例如用"平调"的办法建立集体养猪场，社员的自留地由集体统一耕种，大寨式记工分等等。这样做是不是有利于发展生产？其实，只要得到社员的信任，他们就会讲心里话。有一次，我和一位中年社员一起干活儿，一边干一边聊，谈得很投入，我大胆问他生产队集体劳动和以家庭劳动为主的方式哪种好。他说："只要不扣资本主义的帽子，当然家庭劳动的效果好得多。"我听了，心中有数，知道他说了真话。

我住在社员家。这家有三间房，我一人住一间，屋里有床。还是吃"派饭"，主食是大米。北方一般吃面粉，但河南信阳专区特别是潢川县产水稻，人说"好个潢川县，一半水稻一半面"。他们用一小黑瓦罐，装上新米，不加盖，捂在柴灶的烧火洞里，做菜烧水时，顺带就把米饭焖熟了。取出来的瓦罐，上面一层黑炉灰，把黑灰扒掉，露出白白的米饭。这种饭吃起来特香，不吃菜也没关系。与在辽宁"四清"吃玉米高粱相比，河南农村的生活，实在是太幸福了。有香喷喷的大米饭，有和睦相处的群众；再没有"母蚊子"①之类的恶人，整天与我"斗来斗去"，我真愿意在这里多住上几个月，多熟悉一些农村的生活。

不幸，我的眼病突然发作，难以坚持工作。戴云同意我到外地治疗，我先后到了信阳、武汉和成都，历时两个多月才勉强治愈。回到河南时，这一期的整党已基本结束。我去张集大队搬行李的那一天，戴云留我住下。我们躺在床上深夜长谈。谈林彪事件后的形势，谈干校的问题，谈农村整党。老戴告诉我，他已经和大队支部一起，解散了大队养猪场，把平调集中来的猪，又还给了生产队和社员，群众很高兴。他还把在农村中发现的问题汇总，向中央主管农业的领导华国锋反映了情况。在"文革"期间老戴敢于这样做，令我钦佩。

第二天，我依依不舍地离开张集，回到黄湖"五七"干校。

---

① "母蚊子"是团中央机关在"文革"中个别的想置我于死地的人。详见本书《"牛棚"散记》之《谁是"母蚊子"》。

结尾的话

我三次去农村，两次在"文革"前，一次在"文革"中，所去的公社都是生活条件相对比较好的，并没有真正了解当年中国农民的贫困和疾苦，但四川绛溪公社那一家贫困户，给我留下了深刻的印象。改革开放后，农村有了翻天覆地的变化，但还有一些地方仍然贫困，我拥护党和政府帮助所有地区的农民脱贫的政策。

至于"四清"运动，我无法作全面的评价。前"四清"清经济没有错；后"四清"打击面过大，特别是重点整"走资本主义道路的当权派"，成了"文革"的前奏。以后听说，有的地方派出的工作队，一进村便夺权，把干部集中关起来，斗来斗去；还有的先把干部绑起来，再让他们交代问题，搞"逼供信"的那一套。有些在"四清"中被冤枉的人，"文革"中找上门来"造"工作队的"反"。

团中央派出的工作队，政策执行得比较好，这应该是受时任团中央第一书记的胡耀邦的影响，胡耀邦办事一贯实事求是，反对极左的做法。提到实事求是，我立刻想起简阳农民说的"鸡就是鸡，鸭就是鸭，不要把鸭说成鸡，也不要把鸡说成鸭"。无论做人做事，都应该如此。

三下农村，我交了三个终身的朋友：董启勋、李淑铮和戴云。五十多年过去了，董启勋、李淑铮和我都年至耄耋。我们始终保持着联系，凡过节或过生日，通一次电话，重温彼此深厚的友情。戴云英年早逝，我有专文怀念。他离世已经三十六年了。戴云，我的"生前友好"，此时此刻，我特别想念你！

2016年1月23日完稿

风雨十年

李致文存·我的人生（上）

LIZHIWENCUN

世上没有一帆风顺的事

——怀念胡克实

胡克实同志走了，我感到悲伤和惆怅。

从1950年起，我在共青团各级组织工作了十七年。在团中央的领导同志中，除了胡耀邦同志，克实同志给我的印象最深。因为我在共青团主要从事学校和少先队工作，而时任团中央书记处书记的克实同志，则长期分管这方面的工作。

第一次见到克实同志，是1955年在北京举行的全国第三次少年儿童工作会议上。这次会议主要解决两个问题：一是要培养少年儿童勇敢活泼的性格，要把少年儿童培养成小狮子、小老虎，而不是小老头、小绵羊；二是明确少先队的性质，即把少年儿童组织起来进行教育，而不是教育好了再组织起来。耀邦同志在会上做了一个很好的报告，克实同志一直关注和引导会议的进行。

我当时在共青团重庆市委任少年儿童部部长，到北京参加会议。克实同志很年轻，文质彬彬，稍胖，普通话里带有湖北口音。这次会上，我和克实同志没有个别接触，只记得我用四川话在大会发言时，他坐在前排笑脸相望，不断点头。

第二年，即1956年秋，团中央在湖北武昌东湖召开学校工作南方片区会。我那时已调任共青团重庆市委大学部部长，并参加了这次会议。这以前，团中央提出要培养青年学生良好的意志品格。

由于国内外形势的影响，青年学生的思想相当活跃，一些习惯"舆论一律"的人，对学生颇多指责，还认为"培养青年学生良好的意志品格"的提法不当。南方片会肯定了青年学生的主流是好的，分析了出现问题的多种原因，指出不必惊慌失措，要针对问题进行教育，等等。

克实同志在会上做了总结，还有多次插话。他讲话一般没有慷慨激昂之词，而多温文尔雅之语。我印象最深的，是他有关"一帆风顺"的插话。他说，由于缺乏经历，许多青年常把复杂的世界和人生简单化，总希望一帆风顺。其实，在人生的道路上，哪有一帆风顺的事？世界复杂得很，人生有许多曲折和坎坷。面对世界面对人生，要有勇气有毅力有办法地去战胜困难。这个观点不是克实同志首先提出的，但我却是第一次从克实同志那儿听到的。我听了很受启发，并受益一生。

客观情况也证实了这一点。新中国成立不久，领导者头脑发热，提出要十五年"超英赶美"。"三面红旗"给国民经济造成严重破坏。接着又不断发动"阶级斗争"，一波未平一波又起，直至"文革"的十年动乱。哪有什么"一帆风顺"？"文革"初期，克实同志被任命为北京市中学文化革命工作团团长。当《炮打司令部》的大字报出来以后，在江青、康生一伙指挥下，"造反有理"，克实同志和团中央首当其冲。红卫兵大串联，凡到团中央机关，就把耀邦、克实等同志揪出来示众，最多一天达九次。克实同志被揪斗、被侮辱、被殴打，我还记得红卫兵在团中央大院追他的情景（后听说还挨了一耳光）。现在回想起，我仍感到十分痛心。

我在1964年调共青团中央工作。"文革"中受批斗，被关进"牛棚"。尽管我违心地承认执行了"反革命修正主义路线"，但思想一直不通。在大批判中，培养少年儿童勇敢活泼，培养青年学生的良好意志品格，培养青少年的文明行为，都成了资产阶级思想的表现，理由是"离开了大的政治方向"。其实，把青年一代培养成社会主义新人（或共产主义事业接班人）这个大的政治方向早就明确，针对一个时期的情况提出某个问题，有何不可？哪是中央文革说的"团中央修透了"？如果只抓只言片语，毛泽东祝青年"身体好、工作好、学习好"，不是也没有谈政治方向吗？我并非否定

273

毛泽东的"三好"，只是用这个例子来证实大批判的荒谬。

1968年，我和克实同志同被关进设在南院的团中央"牛棚"里。军代表一直不承认有"牛棚"，说是"集中"起来便于"学习"而已。"专政条例"规定极严，被押"牛鬼"不许外出，不许交谈，大小便要先报告，关押了十一个月。被释放的若干天前，调整座位，我和克实同志被分配同用一个幼儿园的小桌学习和写检讨。两人一桌，近在身旁，虽不能交谈，彼此的目光友好，我感到很亲切。他常向我借用订书机或曲别针，他有求我必应。这是心灵上的一种交流。我们是难友。

经历了"五七"干校几年的劳动改造，1972年春节，放大家回北京探亲。有一天，我去关东店克实同志家看望他，正遇原中共四川省委组织部副部长苗前民同志在他家。他们早年一起在晋绥工作过。我原在四川工作，苗前民同志知道我，我趁此提出想回四川工作的愿望。克实同志表示支持，苗前民同志也乐意帮助。这样，第二年我就调回成都，在四川人民出版社工作。

长达十年的"文化大革命"中，人人都做了充分表演。当权派中，有的自认为代表正确路线，有的反戈一击，有的忏悔过去，不一而足。在我的记忆里，克实同志在强大的压力下，坚持实话实说，没有讨好中央文革和造反派，没有出卖同志，没有出卖自己。近读高勇同志《胡克实同志永垂不朽》一诗，最后两句是："年来每忆'牛棚'里，大节冰坚抗逆流。"高勇是团中央的老同志，他对克实的评价，我深有同感。

1974年秋，时任国家地震局局长的克实同志，在视察了云南的灾情路过成都时，主动打电话给我。我与几位长期做青年团工作的老同志，有康乃尔和张惠明、李止舟和赵济、向洛新和陈家俊，请克实同志在我家吃了一顿饭。在当时条件下，无非是本着"休谈国事"的原则，闲聊了一会儿。这次聚会，后来竟被出版社的某造反派头头告到省革委会去了，只是当时我不知道。粉碎"四人帮"

后，四川省委书记处书记杜心源同志告诉我："出版社的一个造反派头头，在批'右倾翻案风'时，把你们与克实同志的聚会当作黑会上告。"为了要与"右倾翻案风"扯在一起，造反派把我们1974年的聚会改为1975年，从胡克实联系到胡耀邦，又从胡耀邦联系到邓小平。心源同志笑了笑说："你们聚会的这些人，我都认识。老同志见见面，这是很正常的事。我没有理会他的告状。"

真是欲加之罪，何患无辞？立此存照。

在新时期，各自忙工作去了。20世纪90年代，克实同志出差成都，老团干部又有过类似聚会。近十年，因老伴生病，我很少去北京，但心里仍惦记着克实和团中央的老同志。今年，我想送一本近作给克实同志，一打听才知他在住院。因克实同志常生病，也没特别在意，可突然得知克实同志逝世的消息，许多往事出现在脑子里。五十年真不是一帆风顺，国家和个人都经历了大风大雨，幸好多数人挺过来了。在这些风雨中，克实同志关于"人生没有一帆风顺"的话，鼓励我度过了许多困难时刻。

我被关"牛棚"的时候，儿子李斧才十岁，常给我送东西来。克实同志看在眼里记在心里，以后无论在河南、北京或成都，克实同志一见他，总爱亲切地叫一声："小李斧！"如今，克实同志关心的小李斧已是大学教授了。我多次对李斧和他的姐姐讲克实同志关于"世上没有一帆风顺"的话，他们也牢记在心。

能活在人们心中的人，是值得尊敬的。

2004年7月31日

"生前友好"

——怀念戴云

患难之交戴云

刚乘上去北京的飞机，我的心情一下就沉重起来，眼里也充满泪水。过去我每次去北京，心情总很愉快，常在飞机上设想和朋友们见面的情景。而这次去北京，戴云同志已不在人世，我再也看不到他了。

只有闭上眼睛，让往事来安慰自己。

我1964年调共青团中央工作。团的九大以后，戴云任团中央宣传部副部长。我和他在一层楼上办公，经常见面，但并无交往。我对他的了解，是"文革"初期从造反派对他的批判开始的。当时，在康生、江青等人的煽动下，学校的红卫兵和机关的造反派一拥而来砸烂所谓"胡家黑店"，把一个好端端的团中央搞得乌烟瘴气。要把团中央的主要负责干部打倒，首先就要与部长、处长等干部"划清界限"，站出来揭发。自然，不免有"觉悟高"的，头一天参加书记处的会议，第二天就贴大字报揭发"胡家店黑会内幕"，令造反派高兴不已。戴云担任过团中央第一书记胡耀邦同志的秘书，被称为"黑高参"，他的态度十分受人关注。在强大的压力下，他也贴出大字报，字大，纸的张数也不少，但里面的事情似乎众所周知。于是，"假揭发，真包庇"的帽子扣在他头上，召开了无数次会议对他进行批判。而戴云，无论怎样压他，都压不出什么油水。尽管口号声很响亮，发言人拍桌子打板凳，戴云站在那儿，不卑躬屈膝，不卖身投靠。从揭发批判中，我知道戴云不仅没有乱揭发，还与李彦（也是宣传部副部长）约定暗号，"企图互通情况"。最令造反派不能容忍的，是戴云居然"假装买菜"，悄悄去看望已被定为所谓反革命修正主义分子的胡耀邦同志。主持会议的人企图一层层地剥掉戴云的"画皮"，而我看到的却是戴云的硬骨头和一颗金子般的心。这大概是那些想打倒他的人所万万没想到的。

当时，我们没有条件成为朋友。我早靠边站了，除交代、接受批判、打扫厕所或蹬平板三轮买糨糊外，没有机会接触别的人。在打派仗的高潮之际，军代表进驻机关。1968年4月，戴云和我都被关进"牛棚"。在"牛棚"里，除了"交代罪行"就是"劳动改造"，连什么"早请示，晚汇报"的资格都没有。我们早晚只能"请罪"——甚至在严冬的早晨都得站在室外，头上大雪纷飞，像和尚念经似的各念各的"罪行"，然后朗读《南京政府向何处去？》。后来，又被集中关在一间大屋子里，大家都睡地铺，一百瓦的电灯整夜亮着，以防有人逃跑或自杀。我和戴云在"牛棚"里接触的机会较多，但"专政条例"规定不许交谈。我常看见戴云伏在桌上写材料，走路时低头沉思，把帽檐压得很低。有一次，我从外面劳动归来，发现有几个造反派头头在"牛棚"里大骂戴云，批他态度恶劣，拒不交代要害问题；以后，在墙上又贴出"打倒死保胡耀邦的戴云"的大横标。我在"牛棚"也是顽固分子之一，经常在全体"牛鬼蛇神"面前被严加痛斥。这些情况，我们彼此看在眼里，心中有数，因此互相信任。只要我们碰面（例如上厕所时），常常友好地笑笑；若碰巧只有我们两人一起劳动，忍不住就要谈几句话。强迫劳动当然是不愉快的事，但我们并不怕劳动。特别是戴云，劳动很努力，不怕艰苦，还能照顾体力弱的同志。这对我也是很大的鼓励。我们在"牛棚"的时间长达十一个月之久。好几个朋友，都是在"牛棚"结识的，这真是"疾风知劲草，患难遇知交"，戴云就是其中之一。

我对老戴的进一步认识，是在干校后期。1969年4月下旬，团中央和所属系统，被"一锅端"到河南黄湖"五七"干校。同年底，我们先后被"解放"，恢复党组织生活。老戴的处境比我好一些。我直到1971年才被"结合"，给了"一官半职"，当了代理班长和副党小组长。但"洞中方七日，世上已千年"，哪还允许你认真工作？终于，把我"派出去"参加农村整党，接受贫下中农再教育，而且不担任任何领导职务。这些我都乐意接受。特别使我高兴的是我和老戴被派往一个生产大队（即桃林公社张集大队），他当组长，我这个组员只负责一个生产队的工作。当时，农村中"左"的路线很突出，例如用平调办法建立集体养猪场，社员自留地统一由集体耕种，生产队的经济负担过重，实行大寨式的工分，等等。老戴常和我交换意见，我们的看法没有一个不相同。不过，我认为这只是私下交谈，将来怎么办，得遵照县委的规定。不巧我的眼病发了，很严重。老戴主动关心我，支持我出去治疗；先后到信阳、武汉、成都等地就医，才勉强治愈。我常想：如果换一个组长，唱几句高调，要我坚持工作，不知会给我带来多大的痛苦。我治愈眼病回到河南，这期整党已基本结束，我只好去张集大队搬行李。到张集那天，老戴热情地留我和他住在一起。晚上，我们躺在床上做了深夜长谈。谈林彪事件后的形势，谈干校工作中的问题，谈农村工作。老戴告诉我，他已经和大队支部一起解决了用平调建立集体猪场的问题，群众很高兴。他把在农村中发现的有关问题，向当时中央主管农业的领导华国锋做了反映。我禁不住想：尽管我们的看法相同，而我却没有勇气去纠正和反映这些问题，而这正是老戴可贵的地方。据我所知，后来校方对老戴越级反映情况并不高兴，但大队支部书记和他的关系很好，有一次还带了自己喂养的鸡到干校送他。

经过多种折磨，我的勇气大为减退，而老戴恰好相反。在干校最后一年，我们住得较近，他有机会总要到我寝室谈谈。特别是回北京探亲，他常来我家玩。他是湖南人，很喜欢吃我爱人做的家常川菜，还爱喝两杯泸州大曲。我们一边吃饭，一边谈心。他总是胸怀全局，纵论天下大事。他认为当时主要的问题是"左"，不是右；他主张要更多的老干部站出来工作；他指责和驳斥谢静宜、迟群等人的讲话。我们开始担心他谈话不看对象，又听说他在会上和军代表顶过几次，便劝他注意。有一次，我们在朋友郑韵家玩，一起动手准备菜饭，老戴又高谈阔论，涉及许多国家大事，我们都劝他说话要小心。这一次，他表示异议了："你们劝我几次，我想过了，少说话无非是想保自己。但如果人人都不说话，让他们胡搞，党和国家都变了，把自己保住有什么用？"他这一段话使我很感动：这才是一个共产党员应有的态度，这才叫真正的勇敢和反潮流！

1973年我回到四川工作，但在当时的条件下什么工作也推不动。直到1975年小平同志主持中央工作，各条战线才有起色；但江青、张春桥一天到晚唱反调。周总理逝世引起全国人民无限的悲痛和担忧。接着"四人帮"又批"右倾翻案风"，镇压1976年的清明节天安门集会。我陷入极大的苦闷之中，常常想和老戴商量讨论，但又无法通信。碰巧他出差到四川（他已调四机部工作），到我家来了两次。我的寝室不隔音，就到办公室关上门谈心。原在团中央工作的向洛新同志也前来参加。当然，主要是听老戴讲。他讲了总理、小平同志和江青、张春桥等人的斗争，热情地歌颂天安门悼念周总理的群众运动，并对"四人帮"的倒行逆施持鲜明的否定态度。畅谈以后，暂时吐了一些闷气，但今后怎么办呢？什么时候才能改变这种混乱的局面呢？我看不到前途，没有信心。老戴却说："我看长不了，青年一代要起来革命！"现在想来，老戴在北京，受到"四五"运动强烈的感染，所以把希望寄托在青年一代身上。

我们党终于粉碎了"四人帮"，挽救了革命，得到全国各族人民的衷心拥护。不久，老戴调中宣部工作，先任宣传局副局长，后任办公厅副主任。我每次去北京出差，我们总要见面谈心。我发现他对两个"凡是"的观点持强烈的反对态度，并批评某些单位不坚决执行中央平反冤假错案的决定。1978年老戴到四川来了解情况。他那时就反对个人崇拜活动，对眉山的三苏祠和成都的杜甫草堂大量陈列领袖活动照片，提出过意见；不赞成当时风行的敲锣打鼓去迎接领导人题词的做法。尽管有人骂他"打胡乱说"，但毕竟他是正确的，对我们的工作起了促进作用。与粉碎"四人帮"以前无事可做的情况不同，我们都忙起来了，不可能像过去那样有较多的时间讨论问题。好在我们的心总是相通的……

飞机上的乘务员送来茶水，我的思路中断了。喝完一杯水，好像舒服一点。但继续回忆，却充满痛苦。

谁都说老戴年富力强，思想解放，大有可为。没想到去年9月突然接到原在团中央工作的丁磐石同志的信，说老戴访问罗马尼亚回来后鼻子流血，经检查是癌症，已扩散；戴云知道病情，但很乐观。这真是晴天霹雳！我一下想起过去在"五七"干校时，戴云、李彦、徐葵和我，曾开玩笑约定，以后无论谁先去世，对方都作为当然的"生前友好"。称"生前友好"，既表示了我们的友谊，也是一种调侃。难道老戴竟要离我们而去了？不！也许诊断不准确，也许能治好。好在戴云乐观，这能帮助他战胜疾病。10月我出差去北京，第一件事就想看望老戴。但他刚动过手术，不宜接待看望他的人。我怕以后万一看不到他，还是和磐石、向洛新同志到医院去了。其实那天去看望老戴的人较多。他躺在床上，尽管讲话吃力，但精神不错。老戴的夫人吴素娟同志向大家介绍病情。当素娟讲到为防止扩散，医院采取化学疗法时，戴云立即补充："有两种可能性：一是没有转移，一是已经转移。"从这里，我再一次看到他实事求是，不回避矛盾，对疾病采取乐观主义的态度。大家讲了一些安慰的话便告辞了。当人们走出病房，我走到老戴身旁，我们互相紧握着手。我对他说："我们全家都非常关心你，你很乐观，这很好。"他听着我说，一双大眼睛闪耀着热情、坚毅的光芒。最后我说了一句："我要回成都去了，下次来看你！"他高兴地不住点头。

回成都以后，我心上像压了一块大石头，无时不担心老戴的病情，期望他好转。11月17日，得磐石电报："戴云昨晨病故，唁电可交西长安街五号转。"我不能不接受这个痛苦的现实了，我靠在沙发上，泪水长流。我想起他强壮的身体，有力的握手，坚毅的目光……我"十年动乱"中结识的一生难得的好友，难道我们就这样永别了？

我不愿意打听老戴病故的细节，只知道李彦赶到老戴身边时号啕大哭。我完全理解他的感情。他和老戴的交往比我长，对老戴的了解也比我深。但不幸的是，我和他竟这样早就成了老戴的"生前友好"，怎能不心碎肠断呢？12月4日，收到素娟寄来的《戴云同志的悼词》。第一段是："戴云同志正当年富力强，可以为党做更多工作的时候，凶恶的癌症突然夺去了他的生命，这使我们每个同志都感到异常的悲痛。"每读到这里，我的眼睛就模糊了，不知分了多少次才把整个悼词读完。

飞机终于停在北京机场。

我取下眼镜，擦干泪水。这是我第一次来到没有戴云同志的北京，真是有说不出的悲伤。突然，我想起两句话：有的人活着，但人们并不感到他存在；有的人虽然死了，但人们总感到他在身边。老戴不正是后一种人么？

1981年10月21日

蹬三轮

我过去只会骑自行车，不会蹬三轮。

1967年秋天，造反派中的一个成员突然责令我蹬三轮。当时，我在共青团中央机关工作。史无前例的"文化大革命"已经进行一年多了。我作为一个杂志社的当权派早靠边站。每天，除了无休止地交代自己的"罪行"，便是被强迫"劳动改造"。开初是打扫机关大楼第六层的走道和男女厕所，后来那个自称为老干部的"造反派"，嫌我的任务轻了，便责令我一周去买两次糨糊。为什么要买糨糊？主要是"打派仗"要贴很多大字报，不仅浪费许多纸张，一周得用四五百斤糨糊。买糨糊的地点在朝阳门内大街，离机关所在的正义路比较远，必须蹬平板三轮车去。我以为自己从小就会骑自行车，而且技术不错，蹬三轮大概不成问题。没想到这完全是两回事：当我第一次骑上三轮车开始蹬的时候，三轮总是向右转，简直无法控制。我怕撞着行人，便下来推着三轮车走。去的途中，车上是两个空木箱，虽然吃力，还可以对付；买好回来，两个木箱装满糨糊，推得全身衣裤湿透，精疲力竭，第二天几乎站不起来。怎么办呢？去要求换一种劳动吧，但又立即打消这个念头。我读过鲁迅的书，我愿意学习鲁迅的硬骨头精神：宁肯累坏身体，也不去求饶。

凡事最好采取积极态度。我决心干脆利用这个机会，学会蹬三轮。我这样考虑并没有什么"伟大"的目的。那个时候，林彪、江青这些反革命，叫嚣着把所谓的"牛鬼蛇神"打翻在地，还要踏上一只脚，叫他们"永世不得翻身"。鲁迅笔下的阿Q都懂得"世事须'退一步想'"，我不免也想——如果我真被定成什么分子，被开除公职，怎样生活下去呢。我不会自杀，又不愿卖身投靠，那就蹬三轮吧。我愿意以此为生，以供养年迈的慈母和患难与共的妻子。尽管有人说我"修透"了，但我坚信自食其力并不可耻。有了这些想法，当我第二次把三轮推出机关大门时，心情完全不一样了。当然，光有决心还不行，得想点办法。先这样吧：去时空箱，力争蹬着三轮去；装满糨糊回来暂时推着走，以免发生危险。可是刚一上三轮车，就控制不了，只得下来，下来以后又不甘心，就再骑上去。有两次竟撞在机关的院墙上，把两个空木箱都震掉下来。我下车把三轮扶正，把木箱抬上平板，忍不住对着三轮车说："人家说我老右倾，这不符合事实。你一走就固定向右转，不听指挥。我看，你才真正是一个'右倾分子'哩！"说完自己也觉得好笑。我不愿在人生的舞台上扮演悲剧角色，又高高兴兴地骑上去。

不知经过多少次失败，我终于学会蹬三轮了。不管来回，都敢骑过北京市最繁华的王府井大街。我心里充满了愉快，敞开上衣，低声哼着歌曲，享受着一个劳动者的幸福。这在机关是根本不可能的；我只能"认罪"，在"灵魂深处爆发革命"。这时，我对三轮车产生了歉意；因为我骂过它是"右倾分子"，其实是我没有掌握它的规律。"给你平反吧，有错就改。"但接着又感到心酸：谁又来给我们这些人平反呢？

有一个小孩曾帮助我蹬三轮，他是机关同志的孩子，最多有十岁，长得较高，大家叫他小王①。每当我星期三、五出车的时候，他总悄悄地跟在我后面，先跳上平板坐着，然后缠着要我同意他蹬一

---

① 现已得知，小王叫王德凤，是团中央军体部王世应的儿子。可惜不知他现在的地址。

段三轮车。我看见过他在机关院内蹬三轮，技术比我好得多；不过毕竟年龄小，我仍不放心。最后达成协议：在人少的小胡同，他可以蹬一段，但要绝对听从我的指挥。我们合作得很好，既满足了他的愿望，我也稍有替换，能喘一口气。每当蹬到八面槽和东四南大街口这两个地方，我们就停下来休息，我请客，一人吃一个冰棍。看见他满头是汗，吃得津津有味的样子，我也很高兴。他是机关少有几个没有和我"划清界限"的人之一，我真心感谢他。

好景不长。1968年4月22日，我被关进"牛棚"，完全失掉自由。同屋的人不许交谈，吃饭来回得整队，出外劳动有监督，去大小便先得向"专政小组"成员报告。我再一次深深地感受到：只有在失掉自由的时候，才懂得自由的可贵。那时，我非常向往进"牛棚"前的一周两次蹬三轮的生活：在那几小时，我终归是自由的；还可以在途中看看大字报，了解一些社会动态。

啊！什么时候，我才再有机会蹬着三轮，自由、愉快地经过王府井大街呢？

1981年11月6日

"牛棚"散记（九则）

之一：妻子的安慰

史无前例的"文化大革命"开始时，我在共青团中央一个杂志社任总编辑，按"政策"规定为"当权派"。不仅很快被揪出来，而且在所谓"一月风暴"后被夺了权。

由于习惯于根据"最高指示"来考虑问题，最初我坚信这场"革命"是为了"反修防修"，但对"副统帅"说的"要革那些过去革过命的人的命"却半信半疑。不过，除了对爱人以外，我没敢在任何场合乱说。险恶的政治环境，可怕的人际关系，使我养成了这个习惯。

运动来势很猛。一贯受尊敬的刘少奇、邓小平被打倒了，共青团中央的"三胡一王"（即胡耀邦、胡克实、胡启立和王伟）也被揪出来了。"革命群众"忙于批判"资产阶级反动路线"，揪出各种"牛鬼蛇神"，抬着语录牌和大标语游行，相互之间打内战……我这个小"当权派"暂时被搁置下来。当然，绝不会忘记要我交代问题，写思想汇报和劳动改造。

1968年4月下旬，风云突变。"三胡一王"和各种"牛鬼"被集中关押到机关南院（一年以后，伟大领袖明察秋毫，统称这类地方为"牛棚"，下令解散）。三天内，人员不断增多，我暗自一数，已有二十多个。我们杂志社的"革命群众"一直开会，

285

似乎在争论什么。我一个人坐在办公室，反复分析自己是否也会被关进南院。

结论是被关进去的可能性大。我最初被揪出来，是怀疑我散布过攻击李井泉的言论。实际上我并没有说过。并不是对他没有看法，主要是我一贯"夹起尾巴做人"，从不乱讲。不久，李井泉也作为"西南最大的走资派"被打倒了，因此这条罪状不能成立。我到团中央工作的时间不久，杂志社多数人对我并不了解。但有那么一两个人，出于极端的个人目的，下决心打倒我。直到林彪事件以后，我才知道叶群等在篡党夺权之际还要"报私仇"。当然这是后话。

得要我爱人也有思想准备。

当晚吃饭前我没有谈，先让她安安静静吃顿饭吧。饭后，两个孩子出外玩去了，我爱人开始织毛衣。我坐在她身边的小木椅上，谈了我的分析。

她同意我的分析：被关进南院的可能性大。

我说："你千万不要担心，我会承受住这个考验。第一，绝不会自杀，就是人家诬我自杀，你也不要相信；第二，不是我的问题，不管给我多大的压力或诱惑，绝不承认；第三，更不会为了自己去诬陷别人，不卖友求荣。"

"我相信，"她说，"应该这样。"

她一再叮嘱我要坚强，准备承受各种可能出现的局面。"我不担心你自杀，自杀不仅说不清问题，还会背上'叛徒'的罪名。"她冷静地说，"不管最后是什么结论，我一辈子和你在一起。"她主张暂时不要告诉孩子，如果我被关押，她会给他们做工作。还要我放心，她会按月写信和寄生活费给我母亲。

望着她消瘦的身子，我说："你要注意身体。不然，将来我的问题弄清了，你又病了……"其实，天知道我的问题什么时候才能弄清楚。

两个孩子满头大汗跑回来，同时在争夺一个大气球玩。姐姐把气球举得很高，比姐姐小五岁的弟弟跳起来也够不上。

"不要抢，我们和爸爸一起玩儿。"

我一贯喜欢和儿女一起玩。只是"文化大革命"一开始就没有这种心情了，何况现在面临这样复杂的局面。我本想找一个借口让他们再出去玩一会儿，但看见两双对父亲渴求的眼睛，我犹豫了。如果真被关押起来，什么时候才能和他们玩呢？一下想起秦朝李斯被斩首之前对他儿子说的话："吾欲与若复牵黄犬，俱出上蔡东门逐狡兔，岂可得乎？"我答应了孩子的要求。

"就玩气球。"在我指挥下，我们三人躺在大床上，用脚来抢气球。孩子们高兴极了，又闹又笑。我知道"黑帮"家里不能这样欢乐，多次提醒他们不要出声。我也玩得很舒心，一身是汗。这是"文化大革命"以来第一次。

深夜，躺在床上思绪万千。4月21日，这原是一个非常值得纪念的日子。十九年前的今天，人民解放军百万雄师渡长江，敲响蒋家王朝灭亡的钟声。同一天，作为地下党重庆沙磁学运工作组的成员，我们同成千上万的学生一起参加"争生存、争温饱"的大游行，吓得反动当局戒备森严。新中国成立了，人们勤勤恳恳地为建设社会主义工作了这么多年，我和许多人一样，真心诚意地崇拜伟大领袖毛主席，老老实实地愿做党的"驯服工具"，可是现在我却面临被关押的危险。难道这就是"革那些过去革过命的人的命"吗？

唯有妻子的安慰使我放心，给了我力量。

1996年深秋

之二：我大声高呼口号

果然不出所料，第二天（4月22日），我被关进机关的南院。

上午十一时左右，我在办公室读报纸。造反派组织的代表通知我：中午不要回家，在食堂吃饭，饭后找你谈话。然后即有人监视。从这时候起我失去了自由。这是我第二次失去自由，第一次是1947年"六一"遭国民党逮捕。

吃过中饭回到办公室，并没有人找我谈话。下午一时半（这是他们预定的时间），一群人拥进来，高喊着"把李致揪出来"的口号，我被押下楼去。另一些人早等在底层的一张大字报下，声嘶力竭地喊："打倒李致！"

宣布了我的"罪状"以后，立即开斗争会。原来，我的"罪状"是"胡风反革命集团"的"小爬虫"。我感到十分好笑。二十年前，我十六七岁的时候，在成都上中学。因为追求进步和爱好文学，读过胡风主编的《希望》杂志，朗诵过天蓝、鲁藜等人的诗，和方然等有过接触。这些问题，早在1955年就经过审查，做出了"组织上无任何问题"的结论。"文化大革命"已近两年，抓不到别的问题，只好把我打成"小爬虫"。

要驳倒强加给我的"罪名"，轻而易举。问题是根本不允许辩护，这是在"以阶级斗争为纲"时期的一个恶习。

我坐的是"喷气式"，头被按得很低。我一直在想我爱人再三叮嘱的"要正确对待'革命群众'"，心里仍然压不住满腔怒火。我入党近二十年，热爱自己的祖国和社会主义制度。我当然有缺点错误，愿意为"反修防修"接受审查，但为什么要把捏造的罪名强加在我身上？我一生（包括在旧社会十九年）没有受过这种人身侮辱。更重要的是，我认为造反派这些做法并不符合毛主席的指示。当时，我只有这个认识。然而，他们呼的全是最"革命"的口号。我实在控制不住自己，直起身子大声高呼：

"毛主席革命路线胜利万岁！"

这里不妨"吹嘘"一下，我的确会呼口号，不仅声音大，而且有感情。解放前游行示威，我主动喊口号。解放军和地下党在成都会师，指定我喊口号。解放初没有扩音器，我常在万人集会上喊口号……我洪亮的口号声出乎"革命群众"的意料，似乎一下把他们镇住了。他们很快反应过来，立即有不少人吼叫着对我进行痛打。我头部和身上挨了不少拳头，幸好那两人重新按下我的肩、拉起我的手（因为我坐"喷气式"），"飞机"没击落，我才未被"打翻在地"。我丝毫不感到痛（绝不是"小爬虫"的硬壳保护了我），只感到痛快。我高兴自己没有屈服，洪亮的口号声表示了我的抗议。

接着是抄家。我那些心爱的书和照片被翻得一塌糊涂，有的被抄走。一位造反派在一处秘密的地方发现一个小盒子，如获至宝，打开一看却是已经过期的粮票，大失所望。抄完家，我遵命卷起一床被子和一些洗漱用具，被押进南院，并听他们宣布了"专政条例"。早来的二十几个"牛鬼"一点不奇怪我被关进来，因为运动一开始就贴了我的大字报，我是靠这些大字报成为机关的"知名人士"的。这里是一座多年没人住的西式平房，大概有四五间屋子，我所住的一间屋，连我共六人，其中有党中央委员、共青团中央第一书记胡耀邦。过去我做梦也没有想到能和他同住一间屋，可惜现在都落难于此。没有椅子，没有床，大家都坐在地铺上。我脱了鞋，背靠墙，坐在被子上，两腿蜷起，手把腿抱住。这种形象可能有点像"小爬虫"。

我逐渐从悲愤中平静下来。已经被关进南院，这是客观事实。怎么办？按伟大领袖的教导，"既来之，则安之"。何况我已经用口号表示了抗议。我爱人有一定的思想准备，但这个灾难终于落在她头上了。两个孩子昨晚还和我一起玩气球，今天放学后发现爸爸被关起来，一定很难受。儿子放学早，会先发现一切变化。女儿是

李致与两个孩子

红卫兵，会不会要她退出？她自尊心强，受得住另眼看待吗？我要立即看看他们才能放心。

　　找到"专政小组"的人，我说被子带少了，要回去再拿一床。南院离我们家很近，不到一百米。他们如不放心，可以跟我一道去。我这个要求得到同意。他们像对犯人一样跟着我，我走进自己的家门。

　　被抄乱的东西已经收拾好。

　　我爱人坐在窗前的木椅上看报。

　　两个孩子同在一个小桌上做功课。

　　我被损伤的心顿时得到安慰。他们经受住了这一次冲击，没有被弄得晕头转向。背着管看我的人，我真想告诉两个孩子：爸爸没有屈服，还在今天的斗争会上高呼了口号。考虑到可能引起的麻烦，只得把话压在心里。我对他们笑了一笑，眨了几下眼睛。从他们亲切的眼光，我感到一种理解。

这一夜我很宁静，很快入睡。

1996年深秋

之三："谁是"母蚊子"

造反派忙于"内战"，把我们送到西山农场去劳动。我们被关在"牛棚"里写了很长时间的检查交代，相互又不能说话，实在闷得心慌。现在能到北京郊外去劳动，大家都很高兴。

农场空气清新。劳动不仅使人筋骨活动，而且使人暂时丢掉汇报、检查等各种烦恼。特别是劳动时比较分散，难以监督，便冲破了"不准交谈"的"专政条例"。农场种有许多水蜜桃树，桃子既大又甜，美不可言。渴了，几下便把皮撕光，大口大口地把它吃完。我个人的"吉尼斯纪录"是：一天吃了十一个！每到睡觉时间，倒在床上便呼呼入睡，包括几位神经衰弱的"走资派"和"黑高参"在内。

比较难受的是晚上两小时的"天天读"。郊区蚊子多，一到黄昏，听到蚊子的嗡嗡叫声就使人不寒而栗。二十几条壮汉集中在一间屋子，给蚊子提供了"打牙祭"的最好时机。没有蚊烟，用扇子抵御，防不胜防。学习之前，大家很自然地对这"四害"之一的蚊子声讨起来。"四害"是伟大领袖定的，声讨它"大方向"没错。

我也参加了声讨。想起要"区别对待"的政策，便发表了一通看法："其实，公蚊子并不咬人，只喝露水。母蚊子要产卵，需要营养，才吸人血。"

说的全系空话，毫无用处。还得拼命挥动扇子，昏沉沉地去背"革命不是请客吃饭……""凡是反动的东西，你不打它就不倒"。

十几天的劳动很快就过了，又命令我们返回机关学习和交代。上车的时候，想起"牛棚"里的生活，心似冰冻，情绪与来农场的时候大不一样。到了被关押的住处门口，我听到一个凶神恶煞的叫声："李致，你留下来！"

站在门口，我规规矩矩地望着她，静候训斥或勒令。

"你交代一下在这次劳动中的表现。"

我一下不知道该说什么。我乐意参加劳动，而且努力在干，没有偷懒，更无差错。略想一会儿，我说了这个情况。

"你一贯会转移视线，避重就轻！"她立即质问我，"'天天读'的时候呢？"

"每天晚上都和大家一样，'天天读'两个小时。"

"你呀！从来没有老实过。你乱说什么没有？"

"没有！"我回答。

"没有？"她显然愤怒了，咬牙切齿地问，"你说什么'母蚊子'没有？"

绕了半天，原来是这个问题。我坦然地回答："说过！"

"这是什么意思？"

"没有什么意思，母蚊子就是吸人血。"

"谁是母蚊子？"

我忍不住在心里笑了。这位自称是老干部的造反派，自己对上号了。出于某种个人因素，从"文化大革命"一开始，她就下决心要把我置于死地而后快，现在正好抓住这个把柄。

"这是知识问题。你如果不相信，可以翻翻少儿出版社出的《十万个为什么》。"

"不行，你得老实交代，认真写份检查来！"

她的突然袭击，引起我的愤怒和不愉快。按照惯例，凡事我都要先从最坏的结果设想。她把自己当作"母蚊子"，这没有什么了不起。当然，她可以上纲为这是"对'革命群众'的态度"，从而再上纲为"对毛主席革命路线的态度",最后上纲到"对伟大领袖的态度"。这是她一贯的手法，我已经多次领教。突然，我一下想起"伟大的旗手"也是女的——我绝无意人身攻击说她是"母"的，否则以后触及灵魂，深挖"三线"思想，其后果将不堪设想——会不会诬我为"现行反革命分子"？但是，母蚊子吸人血确是我从《十万个为什么》一书上看见的，翻书可查，我将据理力争。到此为止，什么都不再想了，以免背包袱，弄得坐卧不安。这是我在"牛棚"给自己定的思考问题的原则。我翻开鲁迅的书，从这个巨人身上去汲取力量。

我拒绝就这个问题写检查，奇怪的是造反派也没有再追究。我分析，他们或知道这是知识问题，或已经从《十万个为什么》一书中找到答案。毕竟多数人并无恶意，与"母蚊子"对号的人处于孤立状态。但我也总结了经验教训，切不可得意忘形。以后再稍有自由，一切可说可不说的话，坚决不说了。这必须成为座右铭。

令我意外的是，告密者是我们"牛鬼"学习组的副组长。他当时也是"牛鬼"，无非"挣表现"而已。这是一位好心的"革命群众"悄悄告诉我的。

现在想起来，蚊子案件好像是天方夜谭，可是却给我留下后遗症，我多次梦见那张咬牙切齿的脸问我："谁是母蚊子？"

1996年9月18日

之四：不能折磨自己

"革命群众"要去郊区参加大战"三秋"，"牛鬼"必须随行，以利监督和改造。难友们被囚禁太久，委实乐意出去呼吸新鲜空气。我在高兴之余，想起"蚊子案件"的教训，决心严守不随意说话的座右铭。

"专政小组"成员突然吹口哨集合。

所有"牛鬼"端端正正地列队听取训话。什么"劳动改造的重大意义"啦，什么"不许乱说乱动"啦……这些话左耳进右耳出，任他们去讲。但出乎意料地听到："这一次要劳动五六天，大家要把劳动的衣服和所需用具准备好。'专政小组'决定，五点半以后准许你们回家住一晚上，明早六点准时集合，不许迟到。"

被关押几个月以后，居然可以回家住一夜，内心的喜悦难以掩饰。别人考虑什么我不知道，我则在想：

——我爱人的处境不知好些没有？运动一开始，她为研究所的党总支讲了几句公正话，立即被打为"保皇派"。我被关起来，她的事不仅没有人商量，还得为我担心。

——我女儿很爱我，她不相信爸爸是坏人，但爸爸为什么又被关起来呢？机关的孩子和学校的同学怎样看她？她能承受这些压力么？儿子还小，除了定期给我送东西来，有时还在院子里玩。有一次他穿着一套小军装，看见我时抿嘴笑了一下。但女儿却避开走这条路，我长时间没有见到她了。

——我母亲，不知道有没有信来。

今晚可以回家，这些疑问很快能得到解答。我忙着把桌子收拾好，"毛选""语录"和交代材料各就其位。又把几件要换季的衣服折好，以便带回去。表面平静，内心却很激动。对失去自由的人来说，能和家人见面，这是多么愉快的事啊！不便老看表，干脆把手表取下来放在桌上。同时，面前放一张纸一支笔，似乎准备交代问题。

五点半钟终于到了。

"牛鬼"们安静地走出室外，提着一些东西回家。我的家最近，几步路即可走到，所以不去抢先。然而就在这个时刻，那个凶神恶煞的声音又出现了："李致，等一下。"

我只得站住，等候她出难题。

"你的问题很严重，正在审查。"她咬牙切齿地说（请原谅，不是我没别的形容词，而是她一说话就这样），"你不能回家，到北屋去住！"

我当然不能反抗，否则会招来更大的不愉快。我跟着她把被子抱到北屋。她又做了许多训斥，我知道这是故意刁难，听了等于不听。但一向以坚强自诩的我，这时感到当头一棒，仿佛掉进一个什么深渊。

她神气十足地走了。我坐在床上（这屋子有张床），晕头转向。我承认她这一手很毒辣。什么"问题严重"，我自己心中有数。至于欲加之罪，虽不决定于我，但我并不害怕，也绝不会承认。问题是我失去了一次和家人团聚的机会，半小时前的愉快心情顿然烟消云散。特别是所有"牛鬼"，上自耀邦同志下至各种"阶级敌人"都放回去了，唯独不放李致，周围的人会怎样看？我爱人和女儿会怎样想？……

我背着这个沉重的包袱去劳动。

劳动很紧张，多数时间顾不上去想问题。但稍有空隙，这些问题像牛背上的蝇子似的缠着我，无论怎样也甩不掉。后来得知，劳动结束后，还得给"牛鬼"们放一天假，允许回家休整。这一次放不放我回家？按惯例，从最坏方面设想，不放。这是把自己置于不败之地的思想准备。当然免不了有侥幸心理，渴望有回家的机会。

劳动结束，下午回到机关南院。"专政小组"成员作了这次劳动总结，"表扬"和批评都没有点我的名，至少没有新的把柄被抓住。然后宣布，可以回家，后天早上八点集中。

我感到意外，颇为兴奋，正准备回家。

突然，那阴阳怪气的声音又出现了："李致，你不要想回家休息——"

我不愿意再描绘整个谈话过程。与上次一样，我又单独留下，住进北屋。我感到沮丧和难受，更担心我爱人和女儿会为此受到压力。突然，我想到与"母蚊子"对号的人采取这种措施，无非是想在精神上整垮我。我为什么要"配合"她来折磨自己呢？应该坚强一些。这个想法像在黑暗的深渊里看见一盏明灯。我的心松弛了，眼睛也亮了。如果我的精神不垮，痛苦的不是我，而是"她"。我得按《国际歌》的教导去做：自己救自己。这样，我平平静静地睡了一夜。

第二天醒来，精神特别好。按照想好的对策，像没有发生什么重大事件，我到食堂吃了早饭。饭后端出两个盆子，充满水，认认真真地洗衣服。又去找绳子，拴在两棵小树之间，拧干衣服上的水，把衣服挂在绳子上，还把每件衣服扯平。我做得极为安详，略有一点笑容。我家所住那一层楼公用厨房的窗口，正好对着北屋。我看见阿婆（一个同事的母亲），她一贯乐于帮助人。我看见晓平，这个天真的小姑娘是我的朋友，我被关押以后，她单独看见我时总要微笑。我先后看见我爱人和我女儿，她们在洗菜做饭。我相信她们一定看见了我。我用行动表明，没有发生什么了不起的事：天不会塌，地不会陷。

这一天一切正常。监督我的人当然会一一上报。最多加以评论，说李致这个人从不在"灵魂深处爆发革命"，人一天比一天胖。其实是因为"文化大革命"前刚从辽宁农村参加"四清"回来，工作团规定"五不吃"（包括不许吃米和面），我这个南方人不习惯吃玉米和高粱，骨瘦如柴；回北京后虽然不久即被揪出，经常挨斗，但毕竟天天吃馒头米饭，自然就长胖了一些。想不到这竟成了我的"罪状"。这不是主观臆想，而是多次批判过的。经过这一次精神折磨，我终于悟出一个道理：绝不配合"造反派"的某些人，自己打倒自己。

我猜想，两次勒令我不许回家的人，没有把我从精神上搞垮，可能有点痛苦。我忍不住笑了，并怀疑自己有点阿Q精神。好在伟大领袖说过，一个人一点阿Q精神都没有，恐怕也活不下去。看来，我没有违背伟大领袖的教导。但这一点没有写入每周的思想汇报。何必自投罗网呢？

1996年10月

之五：小屋的灯光

"牛棚"的生活很单调：学习、交代和劳动。我没做亏心事，不怕鬼敲门。当时年轻，要我交代什么，大多记得，实事求是写清楚，也不复杂，所以没有多少心理负担，中午晚上按时休息，一般都能很快入睡。但这也成了我"不开展思想斗争"的"罪状"，因为我居然没有失眠。"革命群众"批判我，我只好说："'专政条例'规定要按时作息。"

其实，我的情感哪会没有起伏？

我非常思念我的爱人。我们相爱在1947年。当时她在重庆大学读书，我因为参加"抗暴"运动，被学校变相开除，成了一个待考的穷学生。她为我补习数学，我向她宣传革命。以后一起参加学生运动和党的地下工作。新中国成立后满以为从此一帆风顺，谁知不久即遇坎坷。1955年肃清所谓"胡风反革命集团"，我被隔离审查半年之久。她从不怀疑我有问题，可是审查结束后，她却病倒了。

经过不断地敲打，我"夹着尾巴做人"，努力工作，后被调到团中央机关。很快爆发了"文化大革命"。我爱人仅仅为所在单位的党总支讲了几句公道话，便受到冲击。我十分担心她。每到下班时间，我站在厨房窗口，望着一条狭窄的小巷，这是她回家的必经之路。我只要一看她的脸色，便知道她当天的情绪。如果她没能按时回家，我就会坐立不安。

我被"揪"出来以后，我爱人反过来开导和安慰我。她要我相信党，但我长期信任的许多中央领导人已被打倒，党组织也停止了

297

活动。她要我相信群众，但在那种政治气候下，谁敢站出来主持公道？她劝我先写好检查，以便将来争取早点"解放"，我说："人家不解放你，你写多少次检查也没用；如果要解放你，应付一下就过去了。"难怪"革命群众"说我是"老运动员"，用北京话说：没治了。

"牛棚"在机关的南院，离我们家住的中楼很近。可能是我的"臭知识分子"恶习未改，有一天突然想到作诗，刚想了两句"相距不到百米远，相见如隔万重山"，就被"专政小组"成员叫走了。他们批判我五一节晚上，居然站在室外看礼花！这是事实，当时我去厕所，正赶上放礼花，我曾停步观看。但更重要的是，我在看家里的灯光。我家在中楼二层有一间半屋子，外间大一点，住着两个孩子，我和爱人住在里面的半间。只要看见两间屋子都亮着灯光，我就感到家里平安无事，我想象孩子在玩儿，爱人在为他们做饭。于是，我的心得到片刻的安宁。

啊！小屋的灯光，我的希望！

一天晚饭后，我突然发现家里大屋有灯光，小屋没有。这是什么原因？我爱人是在大屋里，还是没有回家？这个悬念使我"心神不定"，什么事儿也做不成。半个小时以后，我向"专政小组"报告去小便（这是"专政条例"规定的），走出房门来往中楼一看，小屋仍然没有灯光。难道我爱人真的出事了？我必须立即了解情况。

"没有粮票了，我要叫家里给我十斤粮票。"我提出了要求。

"专政小组"成员站在南院门口监视着我。我几个快步走过去，高叫着爱人的名字。她居然答应了，打开窗户望着我。原来她在家，她在家！

"我要十斤粮票。"

她下楼给我粮票时，我低声告诉她："以后你一回家，马上把小屋的灯打开，免得我担心。"

立秋以后，北京的天黑得很早。天还没有全黑，家里的灯就亮了。一看见里外两个屋子的灯光，我就得到安慰。小屋是我的世界和归宿，我只有在这里得到理解和爱。

《毛主席语录》第二百六十三页："情况是在不断地发生变化。"随着秋凉，南院没有暖气，所有"牛鬼"都搬到有暖气的大院北边平房。二十几人合住一间大屋子，仍睡地铺。为防止自杀，屋顶一盏一百瓦的电灯通夜长明。这些对我没有什么影响，可是现在看不见小屋的灯光了，我心灵上和家里唯一的联系中断了。

我爱人可能意识到这一点。她每天去机关和回家，不再走那条狭窄的小巷，改走经过大院出门。我们住的平房碰巧看得见大院，当然不可能每一次都能看见她，但聊胜于无。退而求其次，我还能要求什么。

一天下午，成都有人来找我外调。他们坐着提问，我站着回答。屋外就是大院空地，隔着玻璃窗看得很清楚。大约三点，我爱人从外面回来。我在回答问题，没有特别关注她。可是，半小时以后，她竟然提着一个大手提包出去了。

一定是发生了什么事情！我一下两腿发软，差一点站立不稳。只得用手扶着身前的桌子。

"怎么不回答问题？"外调人员问。

我努力使自己镇静下来，把外调人员应付过去。晚饭我毫无食欲。我非常想念前一段被关在南院的日子，那里可以看见小屋的灯光。现在找不到任何借口再去那边望一下了。八点到十点，无论报纸和《毛泽东选集》，我都读不进去。整夜睡不安宁。第二天，儿子没有到南院玩儿，更增加了我的担忧。尽管我不迷信，居然也用一种简单的方式（翻《新华字典》）来"打卦"。一次不如意，就"三打二胜"，再不行就"五打三胜"，直到有一个满意的结果。实际上是在消磨时间。天啊！谁能帮助我了解家里的情况？

晚上，"专政小组"成员叫我们去洗澡。每次去五人，我和被打成"黑高参"的团中央宣传部副部长李彦一批。到了澡堂，大多数格子已经有人了，空气中弥漫着水蒸气，哗哗的流水声淹没了说话声。我突然发现儿子也在洗澡，但我不敢主动接近。

"大家挤着洗。"李彦大声招呼，"李致，到你儿子那里去！"

真是求之不得，我立即到了儿子身边。很久不和他在一起，感到十分亲切。我把水龙头拧到最大，抓住时机立即问他：

"妈妈呢？"

"集中学习去了。"

"回不回家？"

"星期六晚上回来，星期一早上去。"

"为什么要她去？"

"所有人都集中学习。"

我小声地问了三句，儿子小声地回答了三句。这六句话排除了我的疑虑，心里的大石头顿时落地。我帮儿子擦背，摸了摸他淋湿的头。儿子，此时此刻，我只能以此来表示父亲对你的爱。你的三句回答对我多么宝贵，谢谢你！

我和我爱人一贯相互为对方着想。我们有一床毛毯，睡觉时用来调整冷热。入秋后，她把毛毯交给儿子带给我。我想到她也需要，让儿子把毛毯带回家。而我爱人又叫儿子把毛毯给我送来。这件事使我想起1959年困难时期，食品匮乏，我们在成都街上买了一块"高级点心"，相互推让要对方吃，而谁都不肯接受，于是把点心放在地上，以为对方会去拿，结果被一个陌生人捡起就跑。现在互让毛毯不过是互让点心的继续罢了。可是"专政小组"却大为怀疑，这个"黑帮"和他的家属在搞什么鬼？他们把我叫去质问，又反复检查毛毯，没有发现任何可疑之处。只有按惯例把问题"挂"起来，加倍警惕，以观后效。

节气大雪是我的生日，儿子一早给我送来一件新毛衣。大小合身，是我最喜欢的深咖啡色。在我关进"牛棚"以后，我爱人担负起全家重担，按月给我母亲写信、寄生活费用，照料两个孩子，还要对付机关造反派的干扰。这件毛衣是她每天晚上在小屋的灯光下，一针一线为我织成的。泪水模糊了我的眼睛。"文化大革命"以来，不少妻子因为丈夫被打成"黑帮"，赶忙划清界限。我却没有这样的后顾之忧。我确信，即便我成了叫花子，她也会跟着我去讨饭。穿上爱人亲手编织的毛衣，寒冬里一身温暖。我突然想到：我要终身穿着这件毛衣，将来——那时还是很遥远的事——离开人世时，愿它裹着我的身体一起火化。

为了患难与共的爱人，为了两个可爱的孩子，为了远在四川年迈的母亲，我一定要坚强地活下去。

在"牛棚"再也看不见小屋的灯光，但它在我心中却永远没有熄灭！

1996年10月26日

之六：你打你的，我打我的

被关进"牛棚"以后，很长时间只要我交代问题、提供线索。即使开会，多是所谓"打态度"，没有接触实际问题。我实在弄不清我的态度有什么问题，因为我讲的全是真话。难道要讲假话？

大概是"不打无准备之仗"，"革命群众"派人到四川去外调我的材料。如果尊重客观事实，调查研究本来是一件好事，但这取决于外调人员的素质。我在"牛棚"中曾被许多外调人员"审问"，只要听几句话，我凭经验就可以判断这些人是何用心。武汉一位外调人员来找我了解原地下党成都市委书记洪德铭同志的情况，第一句话就要我和"叛徒"划清界限。我想："已经定为叛徒，何必来找我？"我实事求是讲了情况，反被他大声训斥一顿。

我是以"胡风反革命集团"的"小爬虫"的"罪名"被关进"牛棚"的。造反派感到没有多大"油水"，又想把我打成"叛徒"。1947年6月1日，我在重庆曾被国民党特务逮捕。起因是我在成都参加"抗暴"运动被学校开除，到重庆考大学，住在四川省教育学院。我所睡的床位是他们预捕的一位学生的床位，加以搜查前我丢了两本进步书籍到窗外，便被抓走了。由于社会各界抗议，国民党特务迫于压力释放了一些人。我当时仅十七岁，是一个穿麻制服的中学生，又没有被抓到证据，关了四天半，受了一次简单的审问，便被巴金的朋友、南林学院院长吴先忧保释出来。1955年"审干"（即审查干部），作了"无任何问题"的结论。

不出所料，一场大斗争会终于召开了。除我所在单位的"革命群众"外，别的部门"战斗组"也派人来助威。军代表办公室还来了一位穿军装的"解放军"。一开始就高呼"打倒李致"的口号，杀气腾腾。

"你老实交代1947年被捕的情况！"

我简略地叙述了情况，但不断被"不要避重就轻""交代要害问题"等口号声打断。然后按照他们的设计，企图诱我入圈套。他们抓住一些微小的细节（例如我忘记了同寝室的一个无关紧要的人，据说叫先知富①），来证明我"有重大隐瞒"，似乎今天非把我这个"顽固堡垒"攻下来不可。

纠缠这类细节毫无意义，但他们又不松口。毕竟当时学习"毛选"的时间很充分。我一下想起伟大领袖的教导"你打你的，我打我的"，便理直气壮地说：

---

① 2006年春，与何文波（现名何平，已离休）同志闲聊。他是原四川省教育学院学生，我与他同住在一间寝室，"六一"大逮捕时同时被捕。他说，我们寝室只有三人：何文波、祝建勋和我。先知富在我去之前搬走，正因为先知富搬走，有了空床，我才搬去住的。

"有些细节我可能忘掉。但有几个关键问题我可以保证：一是没有自首是党员，二是没有写过悔过书，三是没有出卖同志。"我还想说如果这三点没有问题，无论抓我再多的细节，最多说我记不清了，还能怎样？但"好汉不吃眼前亏"，终于把它咽下了。

他们没有理解我的话，又绕圈子。

"你平常看不看报？"

"看。"

"看什么报？"

"《大公报》和《新民报》。"

"看不看《中央日报》？"

我想起当时很多地方贴有《中央日报》，如走那儿过一般也要看，便说："也看。"

"释放你的时候报上登过有关你的什么？"

我以为他们一定要抓我在被释放时登过"悔过书"，立即回答："没有！"

"敢不敢保证？"

"敢！"

在各种口号声中，有人突然抓住我的头发，把我的头扯起来——这以前只能低头回答——把一张报纸在我眼前一晃。从那时的气氛来看，似乎我的精神马上就会崩溃，即将跪在地上求饶。

"没有看清楚！"我说。

为了表示他们的证据"确凿"，终于让我看到当时的《中央日报》上的一条消息，即释放共产党嫌疑犯名单中，有我的名字。我说："我的确没有看到过这条消息。但'嫌疑犯'正说明我没有暴露党员身份，也没有悔过。"

在失望之际，那个曾与"母蚊子"对号入座的"战士"，冲过来打我。这时我没有坐"喷气式"飞机，没有人按我的肩拉我的手，又缺乏思想准备，一下被"打翻在地"。不过，这次只有她一人动手，无人响应。

用不着继续描绘斗争会的情况。在押我出会场之前，我看见穿军装的人（当时我没有资格称他为"同志"），感到机会难得，站着说："今天有军代表办公室的'解放军'在场，我想说几句话。对我审查的时间已经很久了。我既不是什么'小爬虫'或'叛徒'，也不是其他任何一种反革命分子。我对自己所交代的一切（包括今天会上所说的话）负责。"

"坦白从宽，抗拒从严！"

"拒不交代，死路一条！"

斗争会后不久，重庆有人来外调1947年"六一"大逮捕一位难友何文波的情况。"六一"当天国民党特务对被关押的两百多进步人士和学生，只进行了很一般的审问，第二天即在《中央日报》上刊登了一百多人（其中有何文波）"自认不讳"是共产党员或扰乱治安。同室的难友看见后即大骂特务"无耻"和"血口喷人"，并就此质问过特务，而特务却哑口无言。我如实讲了这些情况，说这是"敌人的陷害"，但外调的人却说我"包庇叛徒"。这些人为什么要和国民党特务一个鼻孔出气？

20世纪40年代，作为学生运动的积极分子，国民党关押了我四天半，因为我对敌人说了假话被释放。三十一年后，作为共青团中央一个杂志社的总编，在"文化大革命"中因为我坚持说真话被关押了十一个月。而且为国民党关了我四天半，"造反派"斗了我几个月，甚至被那个品质恶劣的人"打翻在地"。我绞尽脑汁也想不通，这"文化大革命"究竟是怎么一回事。

经过这次斗争，"抓叛徒"的事不了了之。不管"造反派"中某些人设多少圈套，绝不能让他们牵着鼻子走。"你打你的，我打我的"的战术行之有效。

号召"抓叛徒"的是康生、江青等一伙。"革命群众"上当受骗，也是受害者，我不埋怨他们。事实证明了这一点：以后在

"五七"干校，他们中多数成了我的朋友。

1996年12月1日

之七：寻找精神支柱

"文化大革命"一开始，就兴起所谓"早请示、晚汇报"。即一早一晚，大家挥动着"语录"，先祝伟大领袖"万寿无疆"，再祝副统帅"身体健康"。由"革命群众"的头头领喊，其余的人跟着祝愿，连喊三次"万寿无疆"和"永远健康"。后来，发展到打电话或见面时，先得喊一声"毛主席万岁！"我对伟大领袖"无限崇拜"，深信不疑，但对中央文革所提倡或默许的这些做法总感到不习惯。可悲的是，我仍然积极跟着去祝愿，生怕别人说我"不忠于伟大领袖"。关进"牛棚"以后，成了"专政对象"，没有资格参加"早请示、晚汇报"，只能早晚"认罪"，我还感到遗憾，企盼能早一点享受"早请示、晚汇报"的待遇。

在"牛棚"，除了交代自己的"罪行"和参加"劳动改造"，只能学习《毛泽东选集》（简称《毛选》）。我学《毛选》十分积极，主要为了提高觉悟，也为了消磨时间。十一个月期间，我共通读了《毛选》（一至四卷）四遍。凡我认为重要的地方都认真画了红线，而且画得很直。每读完一遍，就叫儿子把学过的《毛选》拿回家，另换新的《毛选》来。如此四次，引起"专政小组"的怀疑。经我说明原因，加上查不出别的疑点，和上次毛毯事件一样，被"挂"起来。"这个李致，看你搞些什么鬼花样！"

没想到我在学习中找到了精神支柱。

开初，我的确认为"文化大革命"是为了"反修防修"，但越来越感到离谱。我最想不通的是许多老一辈革命家被打倒。许多做法十分过头，一些人被迫害致死还被定为"叛徒"。中央文革却再

305

在"牛棚",规定每人必须有毛主席语录牌。这是李致女儿为父亲写的语录牌

三强调"'大方向'正确",别的都不值一谈。当读到《毛选》上的:"世界上没有直路,要准备走曲折的路,不要贪便宜。"我似乎得到一点安慰。

对我的冲击很猛烈,特别是精神折磨。我反复读《毛选》上的:"不为敌之气势汹汹所吓倒,不为尚能忍耐的困难所沮丧,给以必要的耐心和持久,是完全必要的。"这一段话帮助我保持了心理上的某种平衡。

从"走资派"到"小爬虫",直到"抓叛徒"的大决战,那个别有用心的人气势汹汹,非把我打倒不可。其实她的招数已用尽。在《毛选》上读到:"往往在敌人十分起劲自己十分困难的时候,正是敌人开始不利,自己开始有利的时候。往往有这种情形,有利的情况和主动的恢复,产生于'再坚持一下'的努力之中。"这段话很符合当时的情况,她"开始不利",我"开始有利"了。

还有:"你打你的,我打我的。"

在任何困难的情况下,总得寻求希望。《毛选》上说:"当天

空中出现乌云的时候，我们就指出：这不过是暂时的现象，黑暗即将过去，曙光即在前头。"说实话，"曙光"何日出现，我既无法预测也没有把握，但有希望总比绝望好！

我为自己找到了五条毛主席的语录。造反派用"凡是反动的东西，你不打他就不倒"的语录来打倒我们。"革命群众"打内战，每一派攻击对方时，都要引一段"语录"来证明自己立场观点的正确，被称为"语录战"。我当然也可以从"语录"中找出几条来安慰和鼓舞自己。"革命群众"是受害者，不是敌人，这个界限我是清楚的。问题是"造反派"根本不承认我是同志——同志这个称呼，对我们做过地下工作的人来说，深知它的珍贵——我也不想自作多情去攀附。不用说，这些都是思想活动，但不能写在《思想汇报》上。至于行动，"专政条例"明确规定"不许乱说乱动"，遵守这条规定就行了。

也不能说没有一点行动。按规定，每天早晚"请罪"时，规定在祝愿"万寿无疆"和"永远健康"后，每个"牛鬼"都要背诵自己的"罪行"。别人怎样背，我不知道。我就背这五条语录，从而得到一种精神力量。不怕被发现么？不。二十几个"牛鬼"一起背诵，像蜂子朝王，又像和尚念经，谁听得清楚？站在台阶上监督我们的人，洋洋得意：似乎这些"牛鬼"全都被管制得驯服了。

为了多汲取一些精神力量，我以检查自己的文艺思想为理由，要求学习《鲁迅全集》。"专政小组"的人同意了。从此儿子给我送东西时，可以带一本鲁迅的著作来，看完再换。我"天天读"鲁迅的书，真是莫大的幸福。我发自内心感谢"专政小组"的人，并感到别有用心的人毕竟是个别的。

我早在十几岁时，就读过《知识即罪恶》这篇杂文，还写过一篇读后感。鲁迅先生写道："于是我跑到北京，拜老师，求知识，知道地球是圆的。元质有七十多种。X＋Y＝Z。"他曾梦见自己死去，被夜叉拱进"油豆滑跌小地狱"，接连摔了十二跤。其中一人对他说："这是罚知识的，因为智识是罪恶，赃物……。我们这是轻的呢。你在阳间的时候，怎么不昏一点？"鲁迅先生说："现在昏起来罢。"那人说："迟了。"半个世纪前鲁迅先生的噩梦，怎么会在"文化大革命"中重演呢？我也后悔过去写那些劳什子文章，主编什么报刊，为什么不昏一点，然而已经"迟了"。

读《阿Q正传》时，差一点笑出声来。阿Q在被枪毙以前先游街，"他不知道这是在游街，在示众。但即使知道也一样，他不过以为人生天地间，大约本来有时也未免要游街要示众罢了。"这一点我实在不如阿Q，以致在进"牛棚"前，一看到老同志被游街示众，心里便愤愤不平。

鲁迅在一篇杂文里说："乡下人被捉进知县衙门去，打完屁股之后，磕一个头道：'谢大老爷！'这情形是特异的中国民族所特有的。"回想过去在一些批判或斗争会上，我明明不同意"革命群众"的观点，最后表态时还要"感谢'革命群众'的帮助"。我与鲁迅所批判的态度，不一样可笑么？

关于"忘却"，鲁迅有不少议论。在一篇杂文里，鲁迅说："记性不佳，是有益于己而有害于子孙的。人们因为能忘却，所以自己能渐渐地脱离了受过的苦痛，也因为能忘却，所以往往照样地再犯前人的错误。"阿Q挨过假洋鬼子的打，这是他"生平第二件的屈辱"，鲁迅描写说："幸而拍拍的响了之后，于他倒似乎完结了一件事，反而觉得轻松些，而且'忘却'这一件祖传的宝贝也发生了效力，他慢慢的走，将到酒店门口，早已有些高兴了。"这些议论震撼了我的心。我不愿向阿Q学习，决心丢掉"忘却"这一"祖传的宝贝"。

以后回忆在"牛棚"的情景，我总想起当时寻找精神支柱的那些往事。

1996年冬于北京，时值全国第六次文代会召开

之八：1969年春节

严寒，大雪纷飞。新的一年开始了。

每天照样请罪写检查。《人民日报》元旦社论指出，"死不改悔的走资派"只是一小撮，似乎给"牛鬼"们带来希望。专政人员训话时号召大家抓住时机，彻底交代罪行，不当"死不悔改"。有不少"牛鬼"连夜赶写交代材料。我实在找不出值得交代的东西，生活依旧，按时作息。我知道这又是"态度问题"，但有什么办法？

说实在的，我想得最多的是春节能否回家。

已有半年多没有回家，真说不出是什么滋味。当然即使放别人回家，也可能把我一人扣下来。这已有两次前例，不能不作最坏的思想准备。

除夕下午刚上班——即开始写罪行材料——"专政小组"来了一人。他先讲了许多报纸社论的精神，终于宣布所有"牛鬼"放假四天。这是天大的好消息！尽管我努力控制自己的情绪，喜悦之情也难免流露出来。其他"牛鬼"也如此。

"有几条纪律必须遵守。"专政人员说，"第一，不许串门，更不许外出；第二，每天必须在家里人早请示晚汇报时，向伟大领袖毛主席请罪；第三，继续认真考虑自己的罪行；第四，要向自己全家交代一次自己的罪行；第五，春节回来，交一份书面思想汇报。"

只要能回家，其他事都好办。

下午五时半回家，全家人都很高兴。我爱人说儿子早知这个消息，全家人都在等我。爱人还做了好吃的。一个小方桌，四把小椅子。平常我们一家就是在这儿吃饭的。坐在一起，团圆了，感到特别亲切。尽管被关押半年多，我的精神未垮，我爱人和子女从不相信我是坏人，因而并无悲伤情绪。

可是大年初一却碰上一个难题。

大约在八时半，我们这一层楼的"革命群众"，都开始"早请示"了。相继传来敬祝"四个伟大"的领袖"万寿无疆"和敬祝"林副统帅永远健康"的呼声。我赶快按照"专政小组"的规定，招呼全家开始"早请示"。可是当全家四人站在毛主席像前，谁来"带领"呢？

我身为"黑帮"，没有资格。

我爱人说："我从来没有带领过，让女儿带领。"

让女儿带领"早请示"，应该没问题。因为"文革"初期她参加过机关的宣传队，有表演能力。我立即支持我爱人的意见，叫女儿带领。但女儿坚决不愿意。

没带领人，怎样"早请示"呢？

没办法，我只有叫儿子来带领。我儿子当时很小，严格来说让他带领似不够"严肃"。出乎意料，儿子也不愿意。似乎谁也不愿做这件傻事。无可奈何之际，全家都"支持"儿子来带领。

儿子毕竟年小，"被迫"带领全家敬祝伟大领袖"万寿无疆"和"副统帅"的身体"永远健康"。总算完成了这个规定。可是勉强儿子这样做，现在想来也感到歉意。

我爱人不愿带领当然能理解，两个孩子为什么不愿意？可能都对这种封建的形式主义的东西感到厌倦了。在公开场合不能不跟着喊几声，在家里却不愿带领。可惜"洞察一切"的领袖不知道这个情况。以后听说，伟大领袖对"副统帅"搞"个人崇拜"以及什么"四个伟大"之类，早就"不高兴"，而且"厌烦"了。如果及时传达了这个"最高指示"，我们何至如此尴尬？

向全家人交代自己的罪行一事，安排在初二下午。我们围坐在小方桌四周。我爱人了解我的情况，所谓交代实际是对两个孩子。我着重说了在工作中如何执行了修正主义路线，如没有突出政治，过分强调智育等等。这些事几乎是所有"当权派"皆有的罪行，已成套话空话，孩子们司空见惯，听烦了，听过就算了。当谈到十几岁写过一些错误作品时，女儿发生兴趣，要我举例说明。

我说自己十五岁时所写的一首小诗，名叫《野草》，全文是："温室的花朵/需要一定的水分、温度和阳光/我们却不断地/像野草/从荒原、坟堆、石缝瓦砾中/发芽，生长！"

女儿听了，立即说："这有什么错？不做温室的花朵，在艰苦的环境中成长。我觉得挺好。"

这首诗谈不上好，但也没什么错。当时系1945年，面临国民党的黑暗统治，不可能要求有好的环境；我也只有十五六岁，思想水平不高。我很高兴女儿能分辨是非，但只能违心地按照"革命群众"批判的语言说："它既没有突出党的领导，也没有依靠群众的思想，只强调了个人奋斗。"

女儿没表态。我不得不反复批判，大有她不服我则不停之势。最后她把头转过去，不屑地说了一句："充其量有点小资产阶级的思想。"我至今还记得她那轻蔑的样子。

我不想把问题扯开了。自己都不信的话，岂能说服儿女？趁此机会，我说被捕问题，我没悔过、没自首，更没出卖同志；只是执行修正主义路线的罪行，是该受审查该被批判的。假戏真做，我想让孩子对我的问题心中有个底。

这个规定任务就算完成了。

还要写思想汇报，这也是令人头疼的事。从1966年被揪出来开始，规定我每周写份思想汇报。如果写真话这并不难，一千字半小时即可。但那时哪儿能容你讲真话？除非你甘愿被折磨。讲点轻描淡写的违心话也不行，会说你不触及灵魂不暴露思想。每当写思想汇报时，我常坐在桌前，一两小时无法提笔，万分苦恼。别有用心的某人（那个与"母蚊子"对号入座的）多次借此大做文章。

初四下午，又面临这个局面。折腾一两小时后，我不得不提笔写思想汇报。首先感谢"革命群众"给我们放假，让我们回家过春节。接着表明遵守了各项规定，没有外出和串门，按时在"早请示、晚汇报"时向毛主席请罪，认真向家人交代了自己的罪行，等等。最后决心要用毛泽东思想改造自己，重新做人，并高呼几项必呼"万岁"的口号——全是劳什子"'文化大革命'八股"。

明天清早得回关押之地，难得的最后一夕。从吃晚饭到上床，与两个孩子说不完的话。深夜，又与爱人讨论国家和个人的前景。说来说去，谁知道这"文化大革命"要"革"到何时为止？……

这就是我1969年的春节。

2000年立冬

小萍的笑容

很长时候了，我眼前经常浮现出小萍的笑容。

我一贯喜欢孩子，无论住哪儿，和邻居小孩儿的关系都很好。1964年我在共青团中央工作，不久住房调到中楼。当时厨房与邻居共用。一层楼的几家住户关系密切，特别是做饭时有说有笑。同楼层有五六个小孩，有三个与我特别友好。小萍和小凡是两姐弟，还有一个女孩子叫兰兰。

小萍和小凡叫他们的外祖母为阿婆。阿婆胖胖的，很和蔼，乐于助人，满口无锡话。除了把两个外孙照顾得很好之外，一层楼的孩子她都很关心。平常大家上班，孩子们放学归来，她都看在眼里。谁有"越轨"行为，当面提醒；提醒无效，下班后就告诉其父母。父母当然感谢阿婆，但小孩儿却不高兴她背后"告状"，有时甚至悄悄骂她。阿婆从不计较，不愧为家属中的积极分子。

"文革"前夕，根本没有什么玩的时候。吃晚饭前，家长忙于做

邻家女孩小萍

小凡

饭，我挤时间给小萍等孩子们讲故事、说笑话、做游戏、猜谜语。孩子们喜欢我，一见面就叫李叔叔，拉着我说这说那。机关一周要放一两次电影，有几个孩子特意要与我坐在一起。小凡小一点，平时爱找楼下同龄的孩子玩儿，但往往会突然跑上楼报告：

"阿婆，我要喝水！"

"阿婆，我要拉！"

我笑着对小凡说："我们这层楼的小孩，算小凡的组织纪律性最强，不论喝水、拉，都要向阿婆报告。"又故意问他，"如果阿婆不同意，你拉不拉？"

小凡有点尴尬，但拉完以后，神气十足地在走道上来回走动，背诵着《愚公移山》："我死了还有我孙子，孙子死了还有我儿子。"

这时，厨房和走道的大人和小孩都高兴地笑了。

可惜，这样宁静和睦的日子很快就被打破。在"横扫一切牛鬼蛇神"的号召下，我作为杂志社的总编，很快被揪出来。经一两个别有用心的人的煽动，几乎所有人一下和我划清界限，使我十分孤立。不久，揭发我的大字报又率先贴到食堂，标题是《李致有个大阴谋》，一举使我成为全机关的"知名"人物。

团中央是个大机关，有很多小孩儿，多数并不认识我。这下不少小孩儿都知道我是李致了。有好几次，我从食堂出来，几个孩子跟在后面，朗诵童谣似的合唱："李致，有个，大阴谋！"我感到孩子既简单又可爱，回头笑笑。可是这些孩子却齐声抨击：

"没羞，没臊，还笑哩！"

许多"大人物"相继被揪出，大字报满院皆是；与他们相比，我何足挂齿？不过，我再没有心情和同楼层的孩子玩儿。1968年4月22日我被关进"牛棚"。排队去食堂吃饭要经过若干宿舍，有时会遭到一些小孩儿的嘲笑和辱骂，但同楼层的小孩儿没有一个对我有过恶意：这一点我十分欣慰！

"牛棚"离我的宿舍很近，孩子们常到"牛棚"前面玩儿。看见这些小朋友，我心里真说不出是什么滋味儿。我真想像"文革"前一样，去摸摸他们的头，讲几句笑话，或和他们玩个什么游戏。然而，一堵无形的高墙把我们隔离在两个世界。我不愿以"牛鬼"的身份，去接近这些天真无邪的花朵。也不知他们是否还喜欢我这个李叔叔？

六一国际儿童节到了。如果没有"文革"，作为儿童工作者，我会欢天喜地地和孩子们一起度过节日；作为父亲，一早就会叫醒儿女，把已准备好的礼物送给他们。可是现在我是"专政对象"，天没亮就得向毛主席他老人家"请罪"，接着去扫大院。

扫完大院去洗脸，无意中碰见小萍，我们一下都站住了。

小萍穿着白衬衫和花裙子，头上还戴一个红绸扎的蝴蝶结。白皙的皮肤，红红的脸蛋儿。我真想抱起她向她祝贺，然而不能！小萍却极其自然和友好地向我露出笑容，跟过去没有任何区别。我立即做了相应的回应。

小萍的笑容给了我无比的温暖。我不仅这一天过得十分愉快，而且在"牛棚"，甚至在整个"文革"期间，每当看到人世间的各种丑恶行径，每当对自己的前途感到绝望之际，那张红脸蛋上的笑容又在我眼前浮现。她似乎在不断地呼唤、安慰和鼓励着我，使我感到人间的良知和真情是无法摧毁的。

我从"牛棚"到了干校，又从干校回到四川。在漫长和痛苦的历程中，我始终没有忘记小萍的笑容。粉碎"四人帮"若干年后，一次出差北京，我特意去看望小萍一家。当时只有阿婆一人在，小萍和小凡都外出玩儿去了，我颇感失望。阿婆说两个孩子都很好，小萍已上大学，小凡即将上大学。阿婆见我关心两个孩子，便主动送给我他们的照片。小凡戴了眼镜，两只手抄在一起，完全是一个大孩子了。想起他当年叫"阿婆，我要拉"的样子，我暗自失笑。小萍已是大姑娘，穿一身连衣裙，两手握着桨，正在划船，脸上的笑容仍如过去那样天真和甜润。突然想起过去我儿子和小萍玩儿，无意推了她一下，她的脸被划破，还缝了几针。我问阿婆，小萍脸上有没有留下痕迹？阿婆说没有。没有见着两位小朋友，我只有抱憾地带着照片回到成都。前几年偶然听说小凡大学毕业，因骑摩托遇难，我们全家都很难过，但愿这不是真的。

我一直保留着一张小萍满脸笑容的照片。三十多年了，小萍一定早已工作，可能结了婚生了孩子，也可能忘了我。而我永远不会忘记小萍，更不会忘记她那曾经给予我安慰和鼓舞的笑容。

1999年6月1日动笔，天热中断，8月30日续完

焦某"文革"轶事

　　焦某，男，南方人。家在农村，早年参军，后深造于北京某大学中文系，供职中央某机关。本有大名，却"精兵简政"，自称焦某。不久爆发史无前例之"文革"，长达十年，人人均做充分表演。焦某大智若愚，以特有姿态度过这场浩劫。真人真事，仅易其姓，略记备忘。

一

　　"文革"开始，红卫兵"造反有理"，大揪"三反分子"。焦某所在机关的前"几把手"均被揪出。"一把手"少年参加革命，经历二万五千里长征，酷爱学习，深入实际，平易近人，深受群众爱戴。但一被揪出，人皆不敢沾边，更有落井下石者。焦某根红苗正，被派去监管"牛鬼蛇神"，但对"文革"很不理解，对老干部依旧充满感情。某日见"一把手"，情不自禁询其健康状况。"一把手"深受感动，不察人间险恶，把此事录入日记，而日记又被抄走。造反派从日记中查出有监管人员关心"三反分子"，这还了得！决心抓出"叛徒"。幸好"一把手"不识焦某，又拒不指认，日记中无名无姓，焦某得以幸免。

二

焦某智力过人，但不善言辞，人多误以为他有点迷糊。焦某顺其所说，结结巴巴，会上很少发言；担任大字报办公室主任，忙于纸张糨糊等琐碎事务——不为中央文革吹喇叭抬轿子。造反派令一当权派每周蹬三轮外出买糨糊，焦某常与其同行。焦某观此人正派，交换意见由浅至深，遂成好友；后去"五七"干校，两人亦常交心。一日，焦某对"文革"提出怀疑，谓林彪、江青系争夺个人权力，最高当局亦有不可推卸之责。这在当时系"反革命"言论，当权派不敢附和，王顾左右而言他，内心却极佩服焦某的胆识。

三

"五七"干校劳动任务繁重，干农活焦某是把好手。要焦某劳动改造实属笑话，好在他自有办法应付。割麦子，众人先抢好工具好镰刀。焦某不争不抢，拿众人剩下的，显示其高风格。到大田，焦某二话不说，抢先割麦，不久即割下一大片，基本完成任务。绝大多数"五七战士"，手不能提、肩不能挑，见焦某如此善战，叹为观止。此时焦某所执镰刀之刀把断裂，众人叫焦某去调换，焦某怕鞭打快牛，正好去找保管。一两小时后，焦某急忙赶回，大骂农忙之际保管室居然无人，只得自己修理，浪费割麦时间，操他的！焦某重新战斗，又助后进战士割麦。众战士早已腰酸背疼，见焦某雪中送炭，啧啧佩服不已。

四

干校领导多不懂农业生产，常搞形式主义。一日傍晚大雨，连长布置去撒化肥，动员"五七战士""一不怕苦，二不怕死"，在风口浪尖炼就一颗红心。农田早已汪洋一片，勉强能见田埂。战士们身淋瓢泼大雨，手端盛满化肥之盆，一亩一地完成任务，疲惫不堪。焦某三下五除二，提前超额，又助人快撒，受到表扬。事后焦某说，田里积水外流，化肥冲走，纯属浪费；我去无人之处，倾盆一倒，既不浪费体力，又使大家回去早睡，何乐不为？

五

干校领导号召"五七战士"与贫下中农交朋友，焦某常在劳动时主动帮助贫下中农，多次为贫下中农带路。众人皆赞焦某对贫下中农感情深厚。一日，全班战士冒烈日于大田劳动，辛苦不堪。有两个农民问路。未等代班长指派，焦某自愿为贫下中农带路。不久代班长见两个农民已从原路返回，而焦某则迟迟不归。下班吃饭，焦某说他把两个贫下中农送至河那边去了，又顺便了解该地生产情况。事后代班长问焦某，焦某笑说只有善于休息的人才善于工作。

六

一日去大田劳动，焦某骑着水牛大牯子，兴高采烈，昂首四望。有人苦中寻乐，重抽牛背，大牯子猛往前跑。焦某毫无思想准备，立即从牛背滑下。女战士吓得惊叫，忙问焦某是否摔伤？只见焦某身蜷在地，表情痛苦。排长拟派人送焦某去医务室。焦某表示不能影响全班任务，自拾树枝为杖，艰难返回。下班后，战友看望焦某，赠当地之甜瓜——"王海瓜"以表慰问。焦某养伤数日，吃病号伙食，品王海甜瓜，卧床构思长篇小说，设计其主人公吴臣如何在战斗中成为英雄。事后，焦某对友人说，我从小放牛，深知牛性，哪能一下摔伤？你说痛，骨头未断，医务室诊断不出，只好说韧带受伤。

七

干校围湖造田，空气潮湿，凡有太阳，战士们纷晒被褥衣物。焦某此时打开小皮箱，将其财产拿出展示。为此众人按《智取威虎山》台词，为焦某创作了一段对话：

焦某有几件珍宝？

两件珍宝。

哪两件珍宝？

长裤快刀。

裤是什么裤？

国产的确良。

刀是什么刀？

双面刮胡刀。

何时所买？

六十年代。

何地所购？

干校小卖部。

......

八

阶级斗争弄得人人自危。"旗手"规定人人必须学唱样板戏，但焦某记不住唱词，一会儿唱，"我家的表叔真正多，没有大事他不来"；一会儿又唱，"贼鸠山，你王八蛋！"有人提醒唱词不准，有篡改样板戏之嫌；身为中央机关干部，不同于一般群众，罪莫大焉。焦某立感紧张。又有人安慰他，说骂鸠山是王八蛋，大方向正确；个别词句不准，属记忆问题。只要大方向正确，没有什么可怕的。焦某放下包袱，点头称是，又大声高唱："贼鸠山，你王八蛋！"

九

干校时间一长，革命群众多有怨言，焦某自不例外。当时有种说法，进进出出乃干校之正常现象。焦某对此印象深刻。一日厕所拥挤不堪，焦某脱口而出："厕所与干校一样，进进出出。"事后战友指出此言不妥，可上纲到亵渎伟大的"五七号召"。焦某诚惶诚恐，坐卧不宁，仔细考虑当时几人在场，所持观点如何，关系如何？排队分类，仅一人需要警惕。察言观色多日，无人揭发，焦某始安。

十

春节探亲假，系一年一度最长之假日，绝大多数人将归家探亲。各级首长为使"五七战士"按时返校，层层动员，明年大干快上，不准超假。焦某表示坚决响应号召，但到时全班战士均已返校，唯缺他一人。不久焦某来信，报告本应按期乘火车返校，但至车站突大泻不止，无法行走；并附公社医院化验单和盖章的证明数张，必须吊针半月。半月后焦某返校，似无大病迹象。他说，当时极为狼狈，经医生精心治疗，始达目前之模样。

十一

焦某一到关键时刻就生病。何为关键时刻得视其需要。焦某一般生两种病：一为头晕，一为看不见。干校医务室查不出，北京的医院亦难确诊。只得据焦某口述，或定为美尼尔氏综合征，或定为视网膜脱落。焦某回北京就医，继续构思其长篇小说。医生所开之药一般不用，仅服维生素片，打维生素针，治得红光满面身强力壮，肌肉凸出，颇似健美运动员。智者千虑难免露馅之时。从北京回干校，一次集体出工，焦某看见二百米外之狗，竟说狗屁股上有条蛲虫。人问他视力多少，焦某恍然大悟，视网膜有病，岂能看得如此清楚？再不乱说。

十二

干校各连每晚均派两人值夜班，严防阶级敌人破坏——实际是防盗窃。班长一般指派焦某和其好友值班。好友原系当权派，值班时精神集中不敢懈怠。焦某说，围湖造田，哪来阶级敌人，无非附近农民来拾柴火；农民苦，拾点柴火也没关系。干校几十条狗，一吠百吠，谁敢自投罗网？焦某先与好友讨论创作问题，后叫好友放心大胆睡觉。好友自愿巡逻，焦某一觉到天明。次日上午，好友按规定补睡眠，焦某精力充沛，动手创作长篇小说。

十三

焦某喜欢读书。外国作家中喜欢俄国的契诃夫，中国作家中喜欢鲁迅和沙汀。一次，焦某向好友借读车尔尼雪夫斯基名著《怎么办》，好友爱书如命，焦某发誓将倍加爱护，丝毫不损。但还书时发现，焦某擅自在书上横加批语甚多，且封底脱落一半。好友提出严重抗议，焦某愿以自己珍藏之书赔偿，好友一本也看不上。焦某说，把我的左手砍下赔你，好友说这是耍赖。恰好路过塘边，焦某竟说，这不行那不行，我只有把你掀到池塘里去。好友瞠目结舌，真不知拿焦某怎么办。

十四

焦某之长篇小说几易其稿，终未完成。好友笑焦某把主人公的名字取错：吴臣，即无成，怎能完成？焦某苦笑，谓江青搞乱文艺思想，谁都无法正常创作。

十五

干校围湖造田，破坏自然环境，到夏天即发大水。军代表坐镇办公室运筹帷幄，指挥"五七战士"奋勇抗洪。一次大坝面临决堤，焦某被选入敢死队。出发前焦某取下手表，郑重交给好友。好友大受感动，等待着样板戏中英雄人物遇险前的豪言壮语。不料焦某却悄声说，我借吴捷之钱未还，如遇险请将此表给他，权抵债款。尽管如此，好友亦为之感动。此次抢险，焦某并未遇难，手表被深藏箱底，准备随时抵债。此后，每日清晨，焦某总要数次叫醒同室的排长："排长，几点了？"以致吵醒全室战友。

十六

焦某常丢三落四，人称马大哈。每逢雨天，人拾到雨伞，均疑焦某丢失而送还，最多达六七人次，而焦某从不打伞。焦某说，君不见马大哈因祸得福，众人关心，能丢失东西么？

十七

干校时间越长，"五七战士"越不安心。一日劳动结束，焦某赶牛车下班。报载我国与美洲某国建交，众人与焦某开玩笑，说连长将任命他为驻某国大使。焦某极为高兴，说"大小都弄个师长旅长当当"，立即委任周围战友谁为参赞、武官，谁为一、二、三秘，谁为炊事员、理发员。焦某鉴于自己不擅计算，特任命"五七小学"某成绩优秀之学生为"算数顾问"。众人无一不想早离干校，这种任命类似"精神会餐"，皆大欢喜。为保持"五七干校"艰苦朴素的作风，焦某宣布：大使馆一律不用汽车，调大牯子、小牯子、豁鼻子几条壮牛，拉车备用。

十八

人笑焦某剃光头难看，岂知他剃光头是为促使头发长得更好；人笑焦某尽挑有虫眼之瓜，岂知他说虫咬之瓜味最甜价最贱；人为生活增添笑料逗焦某玩儿，岂知他游戏人生逗众人乐？

十九

"文革"期间，政治报告内容荒诞，焦某一听就瞌睡。干校撤销回北京，直属系统组织在音乐厅听报告，焦某却去友人处帮忙搬家，后又喝酒闲聊，极为开心。事后检查未去原因，焦某说准时至音乐堂，数千座位，空无一人，以为错记日期，怅然离去。领导说，音乐厅和音乐堂虽一字之差，乃两不同之地，一东一西；焦某在京多年居然分不清音乐厅和音乐堂，真是迷糊之至。

二十

粉碎"四人帮"，焦某精神大振。十一届三中全会后，焦某努力工作，业余创作，数获大奖，又得高级职称，住房改善。所在单位破例为其分得五个进京指标，老婆娃娃均入首善之区。全家学习的学习，工作的工作，生活水平大大提高。若问焦某现有哪几件珍宝？西服、领带、呢外套，冰箱、彩电和电脑。

二十一

欲知后事如何？焦某现已退休，正欢度晚年。风度翩翩，唯头发依旧稀少；从谏如流，接受友人建议，戴前进帽矣。

1999年9月9日

许光的遭遇

　　1964年，我调到中央机关一家杂志社工作。

　　第一次到办公室，总编辑为我介绍先我调来的几位同事。其中一位男同志，个头与我差不多，比我年长一些、胖一些，穿一身蓝布中山服。总编辑说："这位叫许光，负责美术工作。"

　　我开玩笑说："这名字好记。许光，等你发光。"

　　不久我担任了总编辑，与许光的接触很多。许光整天埋头工作，不爱讲话。杂志是月刊，每期的封面封底封二封三，版面设计题头插画尾花，他全包了。他毕业于中央美术学院，素描功夫好，画什么像什么。不足的是总体布局不理想，堆得多挤得满。我看稿后常请他删去一些枝蔓。我说："有时空白就是艺术。"他笑笑，就去删改。他从不讲不同的意见，领导怎样说就怎样改，反正到发稿前完成所有任务。

　　许光参加革命时间在20世纪40年代初期，比我早几年，行政级别和我一样是社内最高的，我觉得对他的使用可以更放手。我把这个想法向领导反映过，记不清领导怎样回答，大概是说只能如此，我意识到可能有点什么问题，但不便深问。

　　时间稍久，大家熟悉了。抗日战争期间，许光曾在儿童剧团工作，能歌善舞，前不久还为我们表演过踢踏舞。偶尔也讲笑话。有一次到工厂校对，他说："人离不开金钱与美女。"看见周围的人很吃惊，他才解释："金钱就是工资，美女就是老婆嘛。"在"以阶级斗争为纲"的年代，不适宜开这样的玩笑，我暗地替他捏一把汗。但他无所谓，要了一份甲菜——红烧肉，津津有味地开始吃午饭。

不久爆发"文革"，好端端的一个机关被康生、江青一伙搞得乱七八糟。书记处的主要负责人被揪出来示众，成千上万的红卫兵在大院里横冲直撞，杀气腾腾。我这么一个普通杂志的总编辑，也被定为当权派、靠边站、写检查、受批判、扫厕所。许光与我的行政级别一样，工作担子没有我重，因他不当权，身为革命群众，无忧无虑，实在令我羡慕。

在"三结合"的高潮之时，许光突然出来主持全杂志社的群众会议。杂志社有几个战斗组，许光虽非部处长，但参加革命较早，可列入老干部的范围，便被一个战斗组结合了进去。许光爱给大家念文件和"两报一刊"的社论，但常念别字。有一次他把伟大领袖毛主席谆谆教导我们，念成"亨亨教导"，以至"亨亨教导"成为机关一时的"流行"语。

革命群众无限崇拜伟大领袖毛主席，为表忠心，决定在机关大院门口竖一大幅领袖画像。许光参与画像的工作，发扬"不怕疲劳，连续作战"的精神，按期完成任务。大家称赞毛主席像画得好，许多人一到像前就鞠躬，然后伫立仰望，像有许多"知心话儿"要对他老人家讲。许光目睹这些动人情景，颇为飘飘然。

我长期被孤立，不了解革命群众之间的事，进"牛棚"以后更是与外隔绝。大概是1968年末，突然发现许光也进了南院——机关"牛棚"所在地——北边的平房，至少成了"候补牛鬼"。他很可能是"清理阶级队伍"中的牺牲品。看见他低着头懊丧地去食堂打饭，我不禁对他充满同情。

在干校，许光努力劳动，很少言语，思想上背了很重的包袱。当时干校领导要学员自找苦吃，劳动量很大，晚上还要学习，我顾不上关心许光。说实在的是不敢关心他。连长经常训话，要革命群众提高警惕，注意"阶级斗争的新动向"，我又何必去惹麻烦？

刚到干校，我们全排几十人一度住在一个真正的牛棚里。有一天我生病躺在床上，另一边正在开会。一位当权派在检查自己不敢负责任的活思想。他说在"牛棚"时，革命群众要几个"牛鬼"抄写毛主席语录，许光跑来问他，语录中提到蒋介石的地方该不该打叉？他当然认为不该打叉，但又怕人说他包庇蒋介石，便对许光说，你看看《毛选》，上面打了叉你就打，没有打你就不打。我觉得这位当权派的检查很像讲笑话，但不知许光当时为什么会提出这个问题。

经过"九九八十一难"，我终于在1969年底获得解放。"解放"这个词在1949年意味着翻身做主，而现在意味着什么？我是有二十年党龄的共产党员，难道现在变成国民党反动派，是解放战争时的王耀武或杜聿明？尽管我思想上接受不了，但不理解的也要执行。我是本连最后一个被解放的当权派，而许光却仍被"挂"在那儿。

1970年春，许光的问题弄清楚了。许光在抗日战争时参加过一个儿童剧团宣传抗日，后入党。剧团团长为使剧团生存下去，替所有成员报名参加三青团。党组织知道这件事，许光也并未干过坏事。可是就因这个不是问题的问题，解放后许光得不到应有的重视，"清理阶级队伍"时又被揪出来。冤枉！

解放许光的时候，决定由一个三人小组听他检查并对他进行帮助。我被定为小组成员之一，自然奉命参加。许光开初不知会议意图，以为又要追问他批判他，显得十分紧张。一待召集人说明他的问题查得差不多了，只要认识好即可解放时，他埋着头，伤心地哭出声来。听见这哭声，我颇受震动。何必这样斗来斗去？大家只好等他哭完再说。可是许光哭了一会儿，又转为发笑。然后哭笑交替，没完没了，会无法再开下去。

——许光精神失常了！

早上洗脸，许光一见班长就要立正报告。班长叫他吃饭、回寝室吃药，他绝对服从。众人参加劳动，或开会学习，许光就一个人留在寝室。他大多数时间比较安静，但每天总有一个时候又哭又笑。如有小孩去偷看他，他就要发脾气。

　　"七一"党的生日，校部举行新党员宣誓仪式。连里一大批人列队前去参加。许光不告而别，一个人到校部去了。排长找不到人去追他回来，临时把"重任"交给我。许光跑得很快，我拼命追，好一阵才追上。我笑着递一支名为"黄金叶"的香烟给他，他点燃火抽上了，一听我说排长叫他回连部，他一下转身对我说："你是当权派，你写份检查，限你四十八小时内交给我！"说完又转身往前跑，我又跟着追。为避免冲突，我和许光保持一定距离。可能是许光察觉了我的意图，回转身来抓我，我只得往回跑。如此反复几次，我决定干脆一直往回跑，引虎归山。许光就这样把我追回队部，我得以完成任务。

　　经过这次事件，我尽量避免与许光见面。不久许光被送回北京治疗，再也没来干校。1973年我调回四川工作，更不知许光的消息。粉碎"四人帮"以后，听说许光的病已好，另行分配了工作。

　　我偶尔也梦见许光，仍在干校的大堤上，我追他，他追我，两人都跑得很累，上气不接下气。最近听说许光两三年前已逝世。大概在除夕，全家外出吃完饭，路过长安街，许光心脏病突发，猝死在天安门附近。不知这细节是否属实。

1999年年末

世上还是好人多

　　既然写了"文革"中的一些事件，必然涉及一些人，特别是当年我所在的团中央《辅导员》杂志和少年儿童部的同事。

　　在当时的历史条件下，绝大多数同事响应号召，审查我批判我，并无个人恩怨，他们也是"个人崇拜"的受害者。我抨击的是那场所谓的"革命"，而不是个人。杂志社的绝大多数同事，在"五七干校"，或在"文革"结束后，都先后成为我的朋友。

　　又想起一些难忘的人和事。

　　我被关在"牛棚"时，有一次斗争会很激烈[1]，当我在"打倒李致"的口号声中离开批判会会场，在办公室等待"勒令"时，杂志社的白均倩进入办公室，逗留了一段时间。在"文革"中，团中央有两位书记（惠庶昌和张超）跳楼自杀身亡，小白怕我发生意外，以倒开水为由来观察我。这是刘素文后来告诉我的。小白当时是杂志社的临时工，能有这样的同情心，使我感到她的善良。去年5月，我们《辅导员》杂志同事聚会，她的丈夫知道我在"文革"时的表现，写了一幅横幅送我。我收下了，心里充满感激之情。当年小白家境困难，如今儿子成家立业，生活条件大为改善，正安度晚年。祝他们全家幸福！

----

　　① 详见本书《"牛棚"散记》（九则）之《你打你的，我打我的》。

在"牛棚",我和胡耀邦同志的几位秘书——李彦、戴云和高勇同志,从难友成为挚友。戴云英年早逝,我有专文缅怀。在"五七干校",一天早上,我被人叫醒,原来是高勇。他钓了几条鱼,由夫人红烧,装在饭盒里端来送给我吃。天下着大雨,他身上的雨衣不断地滴水。在那以"阶级斗争为纲"的年代,这种友爱令我感动。近年来,高勇常把自己的诗作寄我,赠我精神食粮。

在干校时,我们的排长,少年儿童部的杨爽,是一个正直的好人。他出身农家,身强力壮,干起活来是一把好手。我们住在同一个寝室,他对我逐渐有所了解和信任。即使在我被"解放"前,排里的某些工作部署,包括首先"解放"哪个当权派,私下他都会先征求我的意见。我是连里最后一个被"解放"的当权派。"解放"我的前一天,他给我打招呼:无论某人(即那个自动与"母蚊子"对号的)怎样攻击你,你一定要心平气和,以免被"抓态度",揪住不放。

班长方丽华,是位热心肠的人,对每一个战士都关心,包括对我。在紧张劳动之后,吃饭时她也在帮别人的忙,常常端着一碗饭跑来跑去,有一次忙昏了头,竟端着饭误入了厕所。一位精神失常

李致与向洛新(左一)、杨爽(中)合影

1905年夏，李致去北京，与《辅导员》杂志的同事相聚。前排中为李淑铮

的同志，不听任何人的话，只服从方班长一人的指挥。方班长离开干校回北京时，我赶着牛车送她去校部，在凹凸不平的路上，牛车走得很慢，我和她有说不完的话，彼此依依不舍。至今我们还叫她"方班长"。

李淑铮同志也在我们排参加劳动。在共青团九大前，她是国际联络部副部长，九大后当选为团中央书记处候补书记兼少年儿童部部长，主管少年部和《辅导员》杂志。1965年，她曾带领我和一部分同志去辽宁省锦县参加"四清"运动。她的思想水平高、有责任心、工作能力强，与群众关系好，许多同志直呼她"淑铮"。"文革"初，因参加了中央派驻北京市中学的工作组，淑铮受到很大的冲击，许多人都同情她。一位想取而代之当部长的人，也就是部长中第一个贴大字报《揭关东店黑会》①的人，落井下石，给淑铮贴了

---

① 《揭关东店黑会》这张大字报，是少年部的副部长揭发胡耀邦同志的。耀邦同志当时住在关东店，即富强胡同，在中央改组团中央。

许多大字报，全面揭发她的"罪行"。其中之一是淑铮在"四清"工作总结会上表扬了我几句（她同时还表扬了不少的人），诬蔑淑铮重用我这个"地地道道的地主阶级的'孝子贤孙'"。1968年4月，淑铮被关"牛棚"达十一个月。刚被放出来，她的爱人钱大卫（团中央原国际联络部部长）作为先遣人员就去了"五七"干校。干校期间，她与爱人各在一个连队，相隔甚远。不久，钱大卫在劳动时突发心脏病，找不到急救药，待淑铮赶去时他已身亡。这不仅是他们个人的不幸，更是一个时代的悲剧！淑铮处理完后事，回到连队第二天即参加劳动。我为此很难过，怕她伤心，又不敢安慰她，甚至不敢多看她一眼。……我敬佩淑铮，一直把她当成榜样，特别是学习她那种坚强的精神。

胡启立同志是我的老朋友。1956年，我们一起去捷克首都布拉格，参加第四届世界学生代表大会。他是代表团团长，我是团委成员。共青团九大后，他被选为团中央书记处候补书记。"文革"一开始，他作为团中央最大的走资派"三胡一王"中的一"胡"，备受冲击和批判。从"牛棚"出来后，我们都在干校的二八连。他劳动积极，对人友好。因一次所谓的"水獭皮事件"，他受到全连大会不公正的批判。我虽不了解事件的细节，但我认为他不是贪小便宜的人，心中为他不平。后来我被"结合"当了代理班长，因过于认真，未准许某个想偷懒的人请病假。而此人正是那个在政治上打不倒我，又在生活上给我造谣的人。我向连长、班长公开指出了她的本性。不料军代表知道后，认为这是阶级斗争的"新动向"，指令在连里"当权派"范围内批判我。批判会上，胡启立发言低调。在他离开干校那天，明确向我表示此事对我不公平。

作为家属到二八连的，还有作家金近、外语教师奚宝芬和"米老太"（米芝敏），我们相处得很好。我多次和金近一起值夜班，虽不敢深谈，仍能感到他是一个朴实、有童心的好人。

不久，我从二八连调到四连司机班。当时号召学习马列的原著，我和《中国青年报》记者丁望一起，辅导司机同志学习。第一本书是列宁的《国家与革命》，要帮助他们读懂并不容易。我长期做少年儿童工作，利用这个优势，尽量深入浅出地讲解书中的理论，他们也有兴趣。司机同志们把我当成老师，常要我解答一些国际问题。夜晚在一起乘凉时，"精神会餐"，关系融洽。多年不见，老高师傅、大李师傅、小李师傅、胖王师傅，你们可好？

在四连，我也找到了老师——钱李仁同志，早年曾任团中央国际联络部部长，后调国务院外事办公室工作，是国际问题专家。他夫人郑韵在四连劳动，他来干校探亲。我有空的时候（包括端着碗在食堂外吃饭时），常与他讨论国际问题，受益匪浅。

……

仔细想起来，即使是在那个动乱的年代，真正绞尽脑汁、不择手段整人的，也就是那么两三个人。

世间，还是好人多于坏人，这对我是个安慰和希望。

2006年12月27日

"五七佬"的劳动和生活

1969年4月，共青团中央机关被"一锅端"到"五七"干校。

团中央的"五七"干校在河南省潢川县，一个叫黄湖的地方。这里本来是湖，是自然调剂淮河水流生态的洼地。淮河水涨，流进黄湖，可以避免淹没沿河的农田或村庄。"大跃进"时，围湖造田改成农场，后沦为荒地。毛主席号召走"五七"道路，军代表东选西选，选定黄湖为团中央的"五七干校"。有同志怀疑这地方是否合适，军代表说怕什么？改天换地嘛！连这点勇气都没有？

团中央所有干部，在天安门前庄严宣誓，决心走"五七"道路，便敲锣打鼓，先乘汽车后乘火车，去了黄湖干校。

在干校，我大多数时间在大田劳动。农忙时锄地、下种、收割，担抬背赶（赶牛车）。农闲时打土坯、修房子，放过牛群、鸭群，守过防洪水的幸福闸。洪水季节抗洪筑堤，不但挡不住洪水，还把周围生产队的农田也淹了；洪水退了洗谷穗，秋收时割下没有谷粒的光秆。第二年参加了犁地突击队，赶着牛用双轮双铧犁犁地。最后是种瓜、育苗，这些技能我基本学会了。

正常的劳动是有益于身心的。为响应"在风口浪尖锻炼"的号召，军代表提出要"自找苦吃"。本来可用牛车拉的，不！得用肩挑；可以两天干的，不！要发扬"不怕疲劳，连续作战"的精神，挑灯夜战。军代表的革命精神为什么这样高昂？因为他们想在中直

天安门广场前，高举红旗和毛主席像的共青团中央干部，举旗人前面的是李致

机关的干校中争当老二。为啥不争当老大呢？谁都知道老大是"中办"（即中央办公厅）的干校。中办是汪东兴（"无产阶级司令部"的成员）领导的，你敢与他争么？他当老大，我当老二，也无限光荣。何况，干活的是"五七"战士，军代表是来改造知识分子的，他们不必身先士卒，只需战前动员，战后表扬，何乐不为？这些，都是我听"革命群众"讲的。好几次，干部辛苦劳动，军代表背着猎枪游逛，不知是为了时刻备战，还是为了改善生活？这是我亲眼看见的。遗憾的是，一位军人打兔子，误伤了生产队的毛驴。似乎不见缝插针多练枪法也不行；否则，真打起仗来，怎么办？

从脑力劳动到体力劳动，从没有干过农活到干好农活，确有一个艰苦的过程。一是体力，时值壮年，可以锻炼。二是技能，我愿意学习。简单的劳动容易学，如肩挑，主要是把扁担放好，两头重量平衡；又如装车，切勿前重后轻或后重前轻。不久，既可拉车赶

车，还能左右换肩挑。犁地，是农活高手杨爽教的，依样画葫芦，多次失败，逐步学会。以后去公社帮助整党，社员见我下田犁地，肩挑百斤以上，好生惊奇。

夏收夏种、秋收秋种等农忙时节，劳动强度最大。

大约四时半起床，天没亮就去大田抢收麦子或谷子。天亮后送饭来，一般是馒头和稀粥加咸菜，在地头吃过饭又接着干。十二时回连队午餐，休息一小时多，再到大田干活。长时间弯腰，腰酸背痛，但必须坚持，我也愿意坚持。直到干完活，吃过晚饭，躺在床上，一动也不想再动了。

突然，伴着口哨声，又是紧急集合！

连长讲话，按校部军代表指示，割完的麦子在晒坝上，如果下雨怎么办？为保卫胜利果实，决定今晚挑灯夜战，用脱粒机把麦粒脱完。他翻开《毛主席语录》一百五十六页，大声地带领大家念：

发扬勇敢战斗、不怕牺牲、不怕疲劳和连续作战（即在短期内不休息地接连打几仗）的作风……

最高指示必须无条件服从。排长分工，谁运送麦秆，谁把麦秆喂进脱粒机，谁把麦粒装进麻袋，谁扫空壳碎末儿。各就各位，开始战斗。

灯光把晒场照得像白天。一些身强力壮的积极分子高声叫喊口号鼓舞革命干劲，气氛似乎十分热烈。我虽然很累，也不愿示弱，咬着牙坚持劳动。我是"当权派"，负责清扫空壳碎末儿，一分钟也不能停，否则会影响整个工作。我头顶草帽，眼戴防风镜，那些小碎渣儿仍然钻入我的眼睛，以致我后来大害一场眼病。

突然，脱粒机停止转动了。

"机器出故障了，大家先休息一会儿。"

我靠在一个麦草堆旁，立刻睡着了。

李致与周偶强（中）、萧祖石（左一）合影

"吃夜餐，吃夜餐！"有人在叫，还用手推我。我毫不理会，只想睡。直到被人拉起来，才知道机器坏了，无法继续脱粒。回到寝室看表，已是深夜二时半；不，应该说是第二天凌晨二时半。

以后听说，这次脱粒机"遇难"是人为的。这样长时间的强劳动，许多"革命群众"也受不住了，一次放进几倍的麦秆，机器被堵住，转不动了。修机器的人也说当晚无法修好，于是收工回去睡觉，皆大欢喜。这就印证了马克思在《共产党宣言》一书中所说，工人的原始反抗是破坏机器。真是生动的一课。

许多劳动是无效的。如下大雨时，水已淹过田坎，还要去大田撒化肥，让化肥白白顺水流走。淋着大雨犁地，犁出的土又会翻回。大水退后去洗被水淹过的谷穗，收成时只有谷壳没有米粒，等等。反正钱是国家的，谁也不心疼，无非是"交学费"，这是当时掩盖失误的常用语。如提意见，还会被批评为"只算经济账，不算政治账", 这顶帽子颇为吓人。

干校四周的公社社员, 如何看待这批"五七"战士呢? 突然从北京来了这么多干部, 令他们好生奇怪。没想到这些人还能种田盖房子, 效率高。当时的社员吃大锅饭, 出工懒散。干校的牛很健壮, 放牛娃纷纷牵母牛来配种。当地产甲鱼, 不少学员去买, 可为社员增加点收入。只是干校沿河筑高堤坝, 洪水来了先淹生产队的田地。社员缺柴烧进湖来割草, 或赶场路过干校, 连队的狗要咬, 不大方便。无论种田或盖房, 还是女同志下河游泳, 常有社员围观。久了, 就有一首民谣: "五七佬, 五七佬, 穿得烂, 吃得好, 一人一块大手表。"

关于"吃得好", 主要是指后两年。刚去干校的时候, 除粮食有保证外, 肉类、蔬菜和其他副食品很少, 相当艰苦。后来, 干校养猪养鸭养鱼, 生活大为改善。我所在的二八连, 几乎每天有肉, 一顿饭发过三个鸭蛋, 也常吃鱼。以至于军代表在总结工作时, 用"人胖、猪肥、牛长膘"来形容干校的"大好形势"。按林副主席的观点, 这种说法太不"突出政治"了, 但谁也不敢反对。当地农

1973年, 李致回北京探亲

李致与《辅导员》杂志的同事

民生活贫困，在他们看来能吃米面已经是"吃得好"了。有个笑话：1973年"五一"节打牙祭，我和徐葵（原联络部副部长）费了九牛二虎之力，把一条一百公斤以上的大肥猪赶到食堂，很多人把肥猪抬上木板，由于没捅到要害，杀了以后还砍了一刀，才流出血来。此事传到信阳、北京，被调侃为徐部长和李总编在干校杀猪，因猪太肥，两人用锯子才把猪头锯下。

劳动任务虽重，一有空隙上面就安排学习。不过后来的学习有点"异化"，实际成为一种休息。"当权派"逐渐获得"解放"，群众的"派仗"减少，人们对"斗来斗去"有所厌倦。劳动结束后，或跳进跃进河洗澡，或吃个香瓜（当地著名的"王海瓜"），躺在床上休息。针对社员的民谣，在干校流传了另一民谣："五七佬，五七佬，干完活，洗个澡，躺在床上看'参考'。"如不太累，洗澡后就游泳。有一次，我和江明、向洛新三人举行横渡跃进河（约三十米）比赛，我荣获季军。

忘记过去意味着背叛。军代表把阶级教育抓得很紧，常组织干部吃"忆苦饭"。我不知"忆苦饭"是用什么材料做成的，难以下咽。紧张劳动一天，晚上只吃忆苦饭，这无异是摧残。我不知军代表及其部下是否也一起吃忆苦饭，只知道每逢节假日，一有返北京的机会，他们总要通过干校驻信阳办事处，采购大量鸡、鸭、鱼、肉、蛋、甲鱼带回他们的家去。这种行为，远甚于"大批判"时所揭发的胡耀邦特殊化的"罪行"，令人瞠目结舌。

"文化大革命"要打倒刘、邓"旧政权"，强迫干部走"五七"路，是对干部的摧残。但是共产党员岂有怕劳动之理？何况当时正是壮年。关"牛棚"之前，红卫兵"大串联"时，我被派到中央团校做厕所的清洁，已经不怕脏；造反派"内战"时，一周得用四五百斤糨糊贴大字报，我学会蹬平板三轮车去买糨糊。在干校，多数学员学会了农活，锻炼了意志，增强了体质，我也是其中之一。

当然，也留下不少后遗症。

2007年1月3日

干校三事

20世纪60年代初，我在共青团中央工作。闹"文化大革命"之时，先靠边继被夺权，进"牛棚"后又去"五七干校"劳动改造。团中央的"五七干校"设在河南省潢川县。我已写的一些文章，曾涉及干校的生活。最近又想起几件事，尽快补记，以免遗忘。

牛与犁地突击队

1969年刚去干校不久，我就与牛打交道。

当时，我还没"解放"。"革命群众"开会，往往让我去看牛，看一头大公牛。当地的农工说，这事很简单，用绳子把牛拴住，绳子很长，让牛吃周围的青草就行了。我守了一个多小时，果然如此。我去寝室加开水，仅几分钟时间，回来一看，牛突然不见了。找遍四周，亦不见踪影。我怕背"破坏生产"的罪名，十分着急。一位农工领着我走了好几里，才发现这头公牛在与母牛调情。农工说，这家伙发情了，见母牛走过，挣脱绳子就追。我想，这是动物的生理现象，只要牛没失踪，就随它去吧。

1970年初，校部决定种水稻，我们排成立了犁地突击队。排长出身于农家，犁地是把好手，他领下这一光荣任务。我们班所有成员全都成了突击队员，我自然也在内。但真会犁地的人，只有排长杨爽和焦某。我和其他人一点不会，决心从头学起。当时，无论做什么事，一定是大批判开路。有位女同志在开展大批判时，连古代造字的仓颉也批判了。她慷慨激昂地说："男字，上面是田，下面是力，难道只有男的才能犁地么？"我听了佩服得五体投地。

我们连一共有六头牛，名为大牯子、小牯子、豁鼻子、小豁鼻子，其他两条的名字不记得了。牯子者，公牛也。而豁鼻子，则是断了鼻梁之牛。大小牯子，体壮力大，由杨爽和焦某使用，他俩是犁地的主力。其余的牛，无固定人使用。而我却固定使用大豁鼻子，因为它年老体弱，理当分给原来的"当权派"。

牛很温驯，任何时候去牵它，它很快就站起来，犁地时也很努力。但牛并不愚笨：无论上下午，上班的时候牛走得较慢，犁地人得举举鞭子；下班的时候，却走得很快，犁地人要小跑才能跟上。特别是几头牛在田或地里同时劳动时，若要休息最好同时休息。如有一头牛先休息，其他的牛必定要怠工。它知道争取平等待遇。牛休息的时候，一般要在地旁吃青草。这时总有不少蝇子趁机在牛背上叮它，牛尽力用尾巴去赶蝇子，但无济于事。这使我想起某个别有用心的人，人家在劳动在学习在工作，但她就是要缠着叮着，你甩也甩不掉。就这一点，我十分同情这些牛。

在杨爽和焦某的带领下，全班同志较快学会了犁地的技术。大家最喜欢一起犁一块宽大一点的地，杨爽带头，其余的按牛体力大小依次跟在后面。这种方法，人和牛都有兴趣，干得很欢，往往提前完成任务。有一次，犁地的时候，突然下大雨，当时大家热情很高，一定要坚持犁完地，又喊又唱："下定决心，不怕牺牲，排除万难去争取胜利！"所有队员全身淋湿，甚至哆嗦，仍精神百倍。犁完地以后，全班人员集合在一起。连长出来讲话，赞扬我们敢"在风口浪尖锻炼自己"，说明我们走"'五七'道路的态度很坚决"，是"忠于毛主席革命路线的好战士"，等等。大家很快地换了衣服，然后集中在寝室吃中午饭。杨爽找出一瓶酒，叫每人都喝一两口以驱寒气。我也喝了两口。因为长期没喝酒，这两口酒竟使我大醉，又哭又笑，还说了些胡话。杨爽是个好人，让我多睡了几小时，下午没叫我上班。我怕酒后失言，问过焦某，他说我讲的全是"豪言壮语"，这才让我放心。不过，他又说下雨时犁的地，起不到松土的作用，完全是形式主义。

林彪、江青以劳动改造迫害干部，这是他们的罪行。但劳动毕竟是愉快的，只有那位平常调门最高的"造反派"害怕劳动，经常借病不出工。每天，大家赶着牛去犁地，一路有说有笑，有的还骑在牛背上。春风扑面，身心爽快。有一次，焦某骑在牛背上，神气十足，有人与焦某开玩笑，在牛背上狠抽了一鞭。牛一跑，焦某摔在地上，作痛苦状。杨爽让他回去休息，他却回连部写文章，吃病号饭。这个农村长大的焦某，早看穿"文化大革命"的实质，经常用各种办法消极对抗。不过，焦某的确很能干。有一次，他与我一起犁一块地，你追我赶，速度很快，中间休息，两头牛累得原地不动。看着两头累了的牛，我感到歉意。干部缺乏养牛经验：天天让小豁鼻子劳动，却不知它身怀有孕；一天早上，突然发现它生了一

在"五七"干校劳动。后排左三为胡启立、后排右一为李致

李致文存·我的人生（上）

头小牛，这才给它放产假，让它休息几天。

犁冬水田却很艰苦。天没亮就得赶牛下田。当地的老乡多次告诫，要天亮太阳出来，水不冰人，才能赶牛下水田。可是有关领导听不进去，仍发扬"一不怕苦，二不怕死"的革命精神，勇往直前。我每早下水田，两脚抽筋，要痛得麻木了才能开始劳动。次年探亲回成都，一位骨科医生就预言要得后遗症。果然，年逾古稀，风湿加退行性变化，举步维艰。此系后话。

总的来讲，我们连队的牛饲养得不错。饲料足，农忙时还加点豆浆。附近生产队的农民很羡慕干校的牛，常把母牛拉来配种。当我们放牛时，他们把母牛牵来。干校的两头壮公牛一见生产队的母牛，便迫不及待地与之合作。我们本着支援贫下中农，也不收费，人、牛皆大欢喜。为了牛圈的清洁卫生，一位女同志建议，每到午夜要依次给牛把尿，行之有效。这样，每到夜深人静，全连皆可听见"尿，尿，尿尿尿……"的声音，抑扬顿挫，宛如牧歌。

干校的土地是"大跃进"时围湖造田的产物。尽管大家努力犁地，育秧、薅秧，加强各种田间管理，但水稻刚扬花，一场大雨，白露河水泛滥，淹了水田，谷穗上有许多脏泥。男女同志穿着短裤下田洗谷穗。这样一洗，秋收时颗粒无收。大家感到这种无效劳动，实在是浪费人力物力。军代表一贯提倡学员"自找苦吃"，面对这些损失，说："应算政治账，不能算经济账，无非是交点'学费'罢了。"

犁地突击队就此结束，我们班改育苗圃。

一天，从校部归来，发现众人围观什么。原来在阉割大牯子和小牯子的睾丸。与牛打了很久交道，实不忍心，快步离去。

学会犁地，也是本事。第三年去参加农村整党，农民见我能犁地，另眼相看。而我，通过当犁地突击队员，才知鲁迅所说"孺子牛"的精神。我童年时过分调皮，人称"五横牛"。以后，有个笔名叫司马横牛。现在，愿丢掉"横"字，甘当孺子牛矣！

当了半天"阿姨"

这是一个小插曲。

1969年底，根据"副统帅"的一号令，所有家属（无论老小）都"一锅端"到干校。除了有"五七"中小学校让学生读书外，还在校部办了一个幼儿园。幼儿园的老师由一些不适宜在大田劳动的女同志担任。

开初，大家不知道"五七"干校是中央文革小组迫害干部的产物，劳动热情很高，乐于自觉改造。女同志也如此。妇女是"半边天"的理论，"凡是男的能办到的事，女的也能办到"之类的口号，十分流行。无论什么劳动，一些体强力壮的女同志都要参加。我们二八连的犁地突击队，就有三位女同志。

随着时间的推移，劳动改造了一两年，"革命群众"对"五七"干校这种做法开始有意见，劳动热情显然不如初期了。开玩笑时常说，某某人病了，医生开了一剂药，叫"离湖散"。干校在潢川县的黄湖，离湖散即要调出干校。这些话，"革命群众"可以说，因为矛头"只能向上，不能向下"。我们是"文革"前的"当权派"，装作没听见。

有一天，排里通知我：幼儿园的老师休息时间少，意见很大，校部决定定期给她们放假，派男同志去顶班。我们连得去一人。许多男同志不愿意去，连部决定派我去担此重任。我一贯喜欢孩子，又做过少先队工作，没等排长说服，就毫不犹豫地承担了这个任务。

第二天，我在八时半前赶到幼儿园。其他连队也各派了一人来，但几乎一来就声明自己"不会带孩子"。我说："没关系，我来牵头。"颇有佘太君"我不挂帅谁挂帅"的气概。"杨家将"的故事是伟大领袖一再肯定的，我不必担心将来为此会在"灵魂深处闹革命"。其他几位同志也乐于我牵头，没人像"一月风暴"那样想夺我的权。

到了九点，一共来了二十几个孩子。因为一个阿姨都没来，孩子们有点莫名其妙。

"小朋友，阿姨平常太累，今天让她们休息。"我说，"今天，我们的功课很简单，做游戏。你们愿不愿意？"

小朋友高兴地齐声回答："愿意！"

我立即指挥："愿意翻跟斗的在这儿排队！"所有小孩儿，不分男女，全排队了。他们依次来到我身边，我把他们一个个地抱起来翻跟斗。他们笑了，显然很快乐。

接着又玩老鹰抓小鸡和过去我玩过的一些集体游戏。可能是平常管得比较严，一旦做游戏，小朋友都有兴趣。没有人捣乱，没有发生纠纷，而且不断地发表意见或提出建议。只是老叫我们为"阿姨！"

"我们是男的，还是女的？"我问他们，"我们的头发是长的吗？看见我们嘴边的胡子没有？要叫叔叔，叫老师。"

大家都笑了。

玩儿得起劲，时间过得很快。十点，小朋友坐在自己的座位上吃点心和水果，有的还喝了水。这些事，由其他几位男同志办了，我休息。他们也高兴，感到人人都为孩子做了贡献。

"阿姨，吃了点心又玩儿什么？"

我问："谁是阿姨？连是男的还是女的都分不出？"大家又笑了。我请一个小女孩儿来摸我的下巴，她摸了以后宣告："有胡子！"

吃了点心，孩子们要求我讲故事。我知道的故事，几乎全与"封资修"有关，不敢讲。听见他们爱大声喊叫，我临时编了一个童话。大意是说，乌鸦和喜鹊的声音本来是一样的，都好听。但参加一次音乐比赛，喜鹊的嗓子保护得好，没有变哑，比赛得胜；乌鸦一天到晚大声喊叫，嗓子就变哑了，比赛失败。我问："小朋友，你们愿意当喜鹊还是当乌鸦？"

"当喜鹊！"

“很好！不愿当乌鸦，就不要大喊大叫。”

到十一点半，家长来接孩子回去。临别时，有几个孩子依依不舍地问："阿姨，你们明天还来吗？"我答："我们几个叔叔得听校部的命令。"放学后，我漫步回队部。排长问："任务完成得如何？"我答："女同志能做到的事，男同志也能做到。"这是对"半边天"理论的补充。

与孩子们一起生活，我感到十分愉快。孩子们单纯，不必担心有谁背后戳你一刀。可是仅此一次，再没有派人去支持幼儿园的工作了。听说，幼儿园的老师嫌我们去打乱了她们建立的秩序，好几天都难于恢复。我想，我们冲破一下死板的气氛，可能在无意中做了一点"教学改革"。

有一次去干校小卖部买东西，听见一声熟悉的叫声："阿姨！"

原来是幼儿园的孩子。我向他瞪眼，摸摸自己的下巴，表示有胡子。他望着我笑了，笑得那么天真那么甜，可爱极了！

翻脸不认狗

潢川县产狗，品种不错。县里卖狗皮褥子，质量很好。我们所在那个连队，有一只狗叫黑犬。它是原农场喂的，有粮食定量，长得身强力壮，颇像猎犬。那时，生产落后，人的粮食不够吃。附近生产队有不少小狗因没吃的，常主动跑到干校来。也有些小狗是战士在路上发现，把它们带回来的。

初到"五七"干校，很多人一时不能适应过重的劳动，加上没有文娱活动，生活很枯燥。这些小狗，给大家增添了不少欢乐。

每到吃饭的时候，连队的五六只小狗分别围着大家。除了少数怕狗的女战士外，人们总是一边吃饭，一边逗小狗玩。这些小狗，一般静坐在人身旁，等候人给它们东西吃，并不吵闹。但如果久不给吃的，它们会用爪子拨弄人的腿，提醒人不要忘记它们的存在和要求。有的人故意高举吃食，让小狗直立，或教小狗作揖。食堂中，小黑、小胖的叫声不断……

我那时刚从"牛棚"放出不久，尚未"解放"。"革命群众"为划清界限，一般不与我说话。我也习惯这种孤独。但小狗不知人世险恶，总要和我亲近，特别是那只名叫小黑的。一见我就从老远跑来，在我前面摇头摆尾，像一个滚动的圆球，既亲切又好玩。我也在自己的定量内给它多剩点吃的。当我被分去看防洪的"幸福闸"水闸时，特意把小黑带上。看闸需要两人，但"革命群众"常被连部叫回开会。幸福闸离连队约十里，四周渺无人烟，我虽胆大，一个人也免不了有些担心。幸好有小黑陪伴，形影不离；不是同类，胜似同类。

当然，我对小黑也倾注了感情。

刚去看闸的那天，为小黑准备狗食。时已黄昏，却忘了点马灯。记不清砍什么东西，一刀下去，砍在我左手的中指头上，大半个指甲盖被砍掉，鲜血长流。我赶快用手绢缠着指头，举着左手跑回连部医务室。小黑似乎感到我为它受伤，紧跟我跑，无法把它赶走；后又跟着我一起回到水闸。

看闸期间，有较多的时候和小黑在一起，我似乎回到童年，尽情逗它玩儿。我不禁想起鲁迅在《狗的驳诘》中"狗"的一段话："我终于还不知道分别铜和银；还不知道分别布和绸；还不知道分别官和民；还不知道分别主和奴……"狗，就是这样的动物。

干校有六七个连队，每个连队都有自己的狗。说也奇怪，所有连队的狗，都不咬北京来的干部，而一见农民就叫。一次校部开会，附近生产队的干部就此提出意见。校部认为，这严重影响了干校与贫下中农的关系，下令一个连队只准养一两只狗，多的一律捕杀。只是我当时不知道这个可怕的命令。

看完闸以后，我又回大田劳动。

一天上午，我回连队取工具。队部旁边有条跃进渠，还有片小树林。一群人向小树林跑来跑去，好像在执行某种政治任务。又看见几位战士悄悄把一只狗藏在寝室里。我不由自主地跑去小树林，看见一只花狗被吊死在树枝上。很显然，一场对狗的屠杀开始了。

　　小黑呢？我找不到它，也不敢叫它，怕给它引来横祸。

　　我去大田劳动，心却平静不下来。吃午饭时听说一共吊死了六只狗，包括企图藏下来的那只花狗，统统埋在小树林。只有黑犬安然无恙。那顿饭，食之无味，特别沉闷。一想起小黑平常总坐在我身边，用腿来拨弄我，心里颇为难过。

　　小树林，几乎每天都得过几次。一看埋狗的坟堆，我仿佛听到那些可爱的小狗在喊冤："人啊，平常我们这样亲近，你怎么一下就变脸了？"我怕听这声音，再不去小树林。

　　粉碎"四人帮"后，读到巴金《随想录》中的《小狗包弟》。其中讲到一个艺术家与狗的故事。这位艺术家与邻居的狗相处很好。"文化大革命"期间，艺术家被打得头破血流，一条腿也给打断了。认识的人看见他都掉开头去，只有小狗仍对他十分亲热，用脚爪在他身上抚摸，别人打它都没有用。最后专政队用大棒打断小狗的后腿。艺术家被关了几年又被放出来，他买了几斤肉去看望小狗，而小狗早在被打伤以后，哀叫三天就死了。巴老就此写了他的叫包弟的小狗，为在"文化大革命"中没保护好它而自责，并向包弟表示歉意。

　　巴老的文章促使我想起狗的这场灾难。

　　狗是人类忠实的朋友，自古以来有许多义犬的故事。而那疯狂的年代，在极左思潮的影响下，却发生那样一场对狗的屠杀。当然，那时人都自身难保，何况狗乎！

　　人是最难理解的。狗啊！你也得警惕。

2002年2月至8月

终于盼到这一天

1976年10月10日，这似乎是极平常的一天。

醒得较早，望着总理的遗像，先想到1月8日那天的情景。早上儿子跑步回来，隔着门大声说："总理逝世了！"我一下坐起来，目瞪口呆，大串眼泪往下流。上班不久，领导机关传达不许开追悼会的指示。群众不理这一套，我所在的出版社举行了追悼大会，众多人放声大哭。那几天无论看报、交谈、看电视，一涉及总理，总要流泪。我一生从没为任何一个人流过这么多眼泪。可是不久中央竟把北京广大群众在天安门悼念总理的活动，定为"反革命事件"。小平同志再次被打倒，又开展批"右倾翻案风"。

接着想到9月9日毛主席逝世。毛主席在中国革命中做出过重要贡献，我曾对他个人迷信，无限崇拜。但他发动的"文化大革命"，给党和国家以及人民造成巨大灾害，林彪和江青之类先后横行，许多对革命有巨大贡献的人被打倒，群众分裂内乱四起，经济已到崩溃边缘。对他的逝世，我没有眼泪，只在守灵时不断拿出手绢儿擦眼角。由于江青为实现她的"女皇梦"正四处活动，我更担心的是中国的未来怎么办？

天气很阴暗，政治气候也如此。

到了办公室，省文化局副局长、出版社"革委会"主任江明与我谈到社内的事。"造反派"在文化系统的头头，搞了一个"帮助

351

小组"，企图掌握整个系统的运动方向。其中在出版社的头头，鉴于他在社内的力量孤单，竭力要把外单位的力量拉进来。可是失道寡助，在前两天召开的支委会上，经反复讨论，一致决定不让外单位的人介入出版社的学习和运动。江明说，那个人不会甘心，他一定在考虑下一步怎么进攻。

这时，传达室的张大爷在下面高声叫喊："李致，有人会！"

我快步下楼，传达室外站着一个身材魁伟的人，原来是邓域才。他是我的好友丁磐石的中学同学和朋友，现在西南交通大学教书。他说："我刚从北京回来，磐石要我来看你。"我把他请进寝室。

他问："这里说话方便吗？"

当时是形势紧张，隔墙有耳，说话应当小心。我说，问题不大，都上班了。我以为邓域才要谈点小道消息，便把门窗都关上，洗耳恭听。出乎意料，他抛出一个"原子弹"：

李致保存着周总理逝世当天的日历，把它贴在纸稿上，并抄录了诗人张志民的诗句

"江青、张春桥、姚文元、王洪文被抓起来了！"

这样重大的好消息，来得这样突然，我几乎不能相信。

他接着说："这件事在北京已传得很宽。这次行动是叶帅亲自指挥，八三四一部队抓的。华国锋、汪东兴都感到，再不抓他们，江青一伙就要动手了。李先念和老帅们都支持。一枪未发，也没流血，这四个人就束手就擒。大家都很高兴。这个'四人帮'是毛主席生前定的，过去毛主席在，暂时不便动手。"

我生怕不是真的，又问："不是民间传说吧？"

他说："绝对不是，磐石是听他们机关同事讲的。这位同事是市委书记的女儿，她是听她父亲讲的。还说胡耀邦同志知道后，非常兴奋。目前知道的人奔走相告：'逮住了四只螃蟹，三只公的，一只母的。'过几天就可能公布，磐石要我先告诉你们。"

我说："感谢磐石和你带来这个好消息，终于盼到这一天了！"

送走邓域才，我立即回到办公室。我和江明在一个办公室，我们曾在共青团中央一起工作：他原任《中国青年》杂志总编辑，是发配到四川来的；我原任《辅导员》杂志总编辑，是主动要求回四川的。我们在出版社同舟共济两年多，彼此了解和信任。我关上门，对他说："有极重大的消息告诉你。你先回寝室，我马上来。"

他问："什么事？"

我说："这里不是说话的地方，快回去。"

我和江明到了他的寝室。从单元门到他住房，一共有三道门，我一一把它们关好。然后开门见山，第一句话就是：

"江青、张春桥、姚文元、王洪文被抓起来了！"

与我一样，江明非常高兴，但也觉得太突然。他要求知道消息来源，可靠程度。我把邓域才告诉我的，向他和盘托出。

"逮住了四只螃蟹，三只公的，一只母的。"江明高兴地说，"终于盼到这一天了！"

353

经过交谈，我俩都认为四川情况复杂，在中央没正式公布粉碎"四人帮"前，暂不对外讲，否则"造反派"会大做文章。我几次经过办公楼室外的空地，草棚上所贴"批邓"的大字报，稀稀拉拉，有的纸角被风吹起，颇为凄凉。那位"造反派"头头迎面而过，他身披一件中山服上装，扬扬得意，作大首长状，尚不知已是"秋后蚂蚱，跳不到两天了"。

挚友王竹正从重庆来成都，我马上把他请来，与我共享这天大的快乐。[1]

我想起刚从重庆到成都的王竹。王竹是我青年时期结识的好友，已有三十年的深厚友情。他在重庆工作，为人正直，爱打抱不平。"文革"前就因向中央反映四川的真实情况挨整，"文革"初被斗，被关进地下室，折腾了很久才"解放"。每当他出差来成都，我们都有许多话说不完。主要是对"文革"不满，对江、张、姚、王不满。有一次，我们一起看了一份《周总理遗嘱》，他泣不成声。后来知道这份"遗嘱"不是真的，但它的内容反映了人民群众的某些心愿。这种"大快人心"的事，我当然急于告诉他。下午在电话上找到他，叫他马上来我家，有要事相告。他问什么事？我表示电话上说不清。他说有别的事，明天来。我说："你不来会后悔的。"

王竹准时来到我的寝室，迫不及待地问："什么事？"

我说："你老兄心直口快，这个消息非常重大，但目前不能告诉任何人。你先得同意这一点。"

他立即表态："哪个龟儿子乱说！"

事情太重大了，仅这个表态不能使我放心。最后达成协议：他愿意跪在地上发誓，我也让步——只要他跪在床上发誓。他真跪在床上发了誓，我才告诉他。他也问消息来源渠道和可靠程度，经我

李致文存·我的人生（上）

---

[1]　与王竹见面的细节，详见本书《再见，三哥》一文。

反复说明后，他由衷地感到喜悦，眼里含着泪花，激动地说：

"终于盼到这一天了！"

只是王竹太兴奋了，违背了他的誓言，当天就告诉了他认为可靠的朋友。回重庆后也如此，包括告诉了我在重庆大学读书的女儿。这都是事后知道的。

我非常乐意把这令人愉快的消息让家人分享。妻子对"文革"的看法与我完全一致。经过十年内乱，女儿对批"右倾翻案风"极为不满，与她一位表哥一样，想出去"打游击"，我一再叮嘱他们千万不能乱讲。儿子年纪不大，对总理逝世他表示了极大的悲痛，那时他没有工作，参与了我们出版社悼念总理的一切活动。现在，妻子出差在外，女儿在重庆念书。我急于把粉碎"四人帮"的消息告诉儿子。当时他在成都市电台工作，好不容易等到他回家吃晚饭。

我问："你知不知道发生了重大事情？"

他说："知道，逮住了四只螃蟹……"

我说："你小子既然知道，为什么不告诉我？"

他说是一位同事（她丈夫在部队一个报纸任总编辑）今天才告诉他的。这又从另一个渠道证实了这个重大消息。于是我们交换了彼此所知情况，尽管事实和细节差不多，但都乐于再重复一遍。

整整一天，我一刻也平静不下来，破例地喝了点酒，连一贯雷打不动的午睡也取消了。我想欢呼，把这一惊天动地的消息，尽快告诉可靠的朋友和亲人。然而不行，得暂时控制自己的感情，装得若无其事。这是一种愉快的矛盾和压抑。多灾多难的祖国和同胞，十年了，我们总算熬出了头，获得新生！小平同志，人民从心底拥戴你，你必将第三次复出，继承周总理的遗志，领导全国人民实现"四个现代化"。老领导耀邦，你毫无私心，一身正气骨头硬，你又可以大声疾呼，奋力实干，为国家为人民大展宏图了。亲人巴老，你受尽张春桥、姚文元的折磨，这下即将彻底翻身，我们通信和见面可从"地下活动"变为光明正大，你一定会重新提笔，倾吐你对祖国对人民的炽热的感情。患难与共的妻子，十年来你为我吃苦最多，还得照顾子女和安慰母亲，今后你可以不再为我的安危担心，除了认真工作，也要注意自己的身体。可爱的女儿和外甥，你们不必去"打游击"了，安心学习和准备建设祖国吧。当然，前进的路途上还会充满斗争，但大势所趋，那些爪牙们能挽回已"失去的天堂"么？

　　这不是平常的一天！

　　这是最不平常的一天！

　　终于盼到这一天了！

2001年4月4日

改革春风

李致文存·我的人生（上）

LIZHIWENCUN

我心中的洪湖水

20世纪60年代初上映的《洪湖赤卫队》是一部很好的电影，它不仅歌颂了洪湖人民的革命斗争，还有许多动人的抒情歌曲，深受人们的欢迎。

其中最流行的一首歌是《洪湖水，浪打浪》。歌唱家经常演唱，群众中许多人爱唱。连我这个"左嗓子"不时也要哼几句。

听说周总理喜欢这首歌，曾号召要多创作出像《洪湖水，浪打浪》这样好的抒情歌曲。不久，我到北京出席全国少先队工作会议，在一次舞会上，歌唱家王玉珍演唱了这首歌。我亲眼看见周总理神情专注地站着听，还用手轻轻打着节拍。这反映了总理与文艺工作者的亲密关系。

"文化大革命"一爆发，许多好歌曲都被打成"封资修"了。那时候，一天到晚听到的歌曲，或是"凡是反动的东西，你不打它就不倒"，或是"拿起笔做刀枪，集中火力打黑帮"，或是"无产阶级'文化大革命'就是好，就是好来就是好"。不仅使人恐怖，而且枯燥无味。哪还能有优美动听的《洪湖水，浪打浪》？

黑暗的日子终于结束，但在短时期内"两个凡是"束缚着人们的思维。人民群众期盼拨乱反正。一天中午，偶然听见收音机在播《洪湖水，浪打浪》这首歌，我的心像点燃了火，热血沸腾。我开大了收音机的音量，把所有的窗户打开，向四周的邻居高呼："电

旅行团告别前的聚会

台在播《洪湖水，浪打浪》了！"我欢乐的声音像是在宣告美好世界的到来。

从此我又经常听到《洪湖水，浪打浪》。

1992年，我和老伴去美国探亲，参加了一个国际学生旅行团到加利福尼亚州旅游。其中有美国、中国、俄罗斯、中美洲和东南亚的学生和家长。一周的时间使大家产生了友谊，分别前举行联欢会，主持人要求每一个国家的人唱一首本国的歌曲。我们八九个中国人聚在一起商量唱什么，各自提出一些建议。只是有的歌太政治化，有的歌虽不涉及政治，但又不会唱。我灵机一动，提出唱《洪湖水，浪打浪》，一下就得到所有人赞同。

我们兴致勃勃地合唱：

> 洪湖水，浪呀嘛浪打浪，
> 洪湖岸边是呀嘛是家乡。

清早船儿去呀去撒网，

晚上回来鱼满舱。

那是一个黄昏，人们聚集在草坪上。空气新鲜，且夹着主人准备的烤牛肉的香味。这首充满民族特色的抒情歌曲，吸引住了十多个国家的朋友，赢得了他们热烈的掌声，我们也感到自豪。

啊！洪湖水，你将永远在我心中激起浪花。

1997年末

特殊的纪念日

在以"阶级斗争为纲"的年代，我有自己特殊的纪念日，它分别为9月22日和4月22日。这两天我都被抄家。

1955年下半年，我因"胡风问题"被审查。当时很坦然，能做到"相信群众、相信党"，积极提供自己的情况。但在9月22日那天，公安部门突然来搜查我的家。我本无所谓的问题，因此搜查也不会有"收获"，无非拿走了我的信件、照片和一切有文字的本子与纸片。审查结束前，"上纲上线"地批判了我几次，虽然很快恢复工作，但我的思想已被搞乱。

第二次抄家在"文化大革命"中，那是1968年4月22日。"造反派"对我进行突然袭击，宣布我是"胡风反革命集团"的"小爬虫"，开声讨大会，接着抄家。"革命"本来"不是请客吃饭"，我的家被抄得一塌糊涂。除拿走照片和一些书籍，别无所获。然后就把我作为"专政对象"，押进"牛棚"。

两次抄家对我产生了很坏的影响。从学生时代唱"解放区的天是明朗的天，解放区的人民好喜欢"，到以后唱"五星红旗迎风飘扬"，我们的生活本来应该多么幸福啊！但按"斗争哲学"的理论，斗来斗去，我不仅毫无"其乐无穷"之感，反而如临深渊、如履薄冰，像林黛玉进贾府，"不敢多说一句话，不敢走错一步路"。

从第一次被抄家起，我放弃了文学创作，不记日记，不保存文字资料。写信只谈生活不谈政治，就是谈生活，也绝不能有"小资产阶级情调"，更不能有可能被抓住的任何"把柄"。我养成了凡信件和别的文字东西看过即扯掉的习惯，而且每到被抄家的"纪念日"，便主动搜查自己的屋子，把所有我认为不必保留的东西统统毁掉。20世纪80年代读巴金的《随想录》，他谈到"文化大革命"初期，为避免某些人断章取义，造谣生事，把心一横，用火烧掉保存几十年的他的大哥给他写的一百几十封信。在这一点上，我似乎比巴老"觉悟"得早一点。

然而，这样做也留给我许多遗憾和痛苦。

我最爱我的母亲。我1964年初调北京工作后，她每周都要给我写一封信。尽管谈的全是生活琐事，但充满了慈母之情。我经常翻阅这些信，就像听她安详地对我说话，舍不得立即撕掉，但一到抄家"纪念日"，我什么都不考虑，几下连信封一起撕掉，只保留了她抄写的毛主席诗词。我母亲已逝世十八年，我经常想念她，如果这些信还在，那有多好。我一想到这些信就感到心痛。

我和女儿发生过一次大冲突。我很爱我的女儿，她也很爱我。"文化大革命"中我去河南的"五七"干校，她到了北大荒农场。除了劳动外，她每晚要学习文化科学知识。这本是好事，但却受到误解和批评。她来信告诉我她的苦闷，我经常在晚上点着马灯给她回信，鼓励她上进。尽管我讲的都是正确的意见，用的也是革命的语汇，但欲加之罪何患无辞，难道不能歪曲成打着"红旗"反红旗？我总叮嘱她不要保存这些信，可是她舍不得撕毁。当她从北大荒回到成都时，我的上百封信她保存得好好的。我说服不了她，只好趁她不在家时把信全部烧掉。以后她发现了，大哭大闹一场。当时"文化大革命"尚未结束，我无法向她说清人世的险恶。

一直到党的十一届三中全会以后，情况才开始变化。全党全国以经济建设为中心，不搞政治运动。强调实事求是，人们的精神获得很大的解放。从那时到现在，我记了十四年的日记，保存了大量的资料和信件。我重新开始创作，以"往事随笔"为总题，写了不少散文和杂文，出版了散文集。由于我有资料，回顾往事有根据，受到文学界一些朋友的肯定。那些战战兢兢的日子已经结束，那种不敢讲真话的环境已有改变。我写出这些变化，以纪念十一届三中全会召开二十周年。

1998年6月20日

草堂杂文（十三则）

按　党的十一届三中全会以后，形势很好，特别是党中央提出振兴中华的号召，对我的震动很大。当时，我在四川人民出版社工作，除了努力多出好书外，我有很多话想说。1981年，因为生病，住进草堂寺疗养院，闲暇期间，我写了一些文章。《我的胖舅舅》《永远不能忘记的四句话》和《带来光和热的人》等文，即往事随笔，均写于此时。此外，还写了一些小杂文，刊于《成都晚报》，距今已有四分之一世纪。其中《挂牌子与说真话》和《有感于齐人妻妾》两篇，被选入曾彦修主编的《全国杂文大系》。这些小杂文多涉及文明行为和社会风气，在社会上也有点影响。《看电影的苦恼》被成都的一两家电影院抄下来贴在门口。还有一家工厂来人找我，说有一女工看了《不要叹息而死》后，打消了自杀的念头。出疗养院以后，又写了几篇，免于另立名目，故包含在内，统谓"草堂杂文"。

2008年1月20日，天空飘着小雪

之一：挂牌子与说真话

看见一家饮食店门前，挂着一个"毕"字的牌子，这使我想起1978年底在北京和作家秦牧的一次谈话。秦牧是广东人，抗日战争时期在四川住过。他很关心四川的情况，不仅了解了这几年的巨大变化，还询问了不少风土人情。他甚至问我：四川的饭馆，饭菜卖完以后，是不是还挂一个牌子，上面写一个"毕"字？答：早就没有这种牌子了。现在挂什么牌子呢？他又问。回答说：一般挂"学习时间"。他感到茫然了。我立即解释：十几年来就这样，饭店只要没有营业，大多是挂一个"学习时间"的牌子。当然，实际情况往往并非如此。只要往店内一看，或是打整清洁，或是摆龙门阵，或是关门大吉，很少看见真正在学习。所以，挂个牌子，一概称为"学习时间"，给人一种说假话的感觉。但也无可奈何。十年动乱期间，所谓政治学习是可以冲击一切的，谁还敢表示异议呢？然而很早以前就有这样的笑话：问哪个单位最重视学习，答××饭店；究其原因，曰：只要不卖饭菜，就在店门口挂个牌子，宣布为"学习时间"。

秦牧听着忍不住笑了。

我一直没有忘记这一次谈话。以后，我注意到由于形势好转，物资充足，饮食店营业的时间长了。东西卖完以后，挂"学习时间"的牌子逐渐减少，挂"毕"字的开始增多。挂什么牌子这类小事，不也反映社会风气的变化么？我不禁为此感到高兴。

1981年6月21日

之二：对"等于是"的异议

我很喜欢自己家乡的语言——四川话，因为它丰富、朴实、幽默。比如，传统川戏《画梅花》和四川方言剧《抓壮丁》等，就以它特有的语言魅力，赢得了很大的荣誉。《画梅花》中不学无术的黄天监冒充斯文，被弄得丑态百出，最后急得放声大哭——却因此得以脱身时，他破涕为笑，对观众说："怪不得读书人把眼泪叫'泪珠'。这东西用得恰到好处，硬是比珍珠还值钱。"这是多么生动的语言啊!

我曾在外地工作,先后在北京以及辽宁、河南等省的农村住过,也注意学习当地语言。然而,可能是我偏爱,我仍然最喜欢四川话。十年后我调回四川,一听到家乡话就感到亲切;但出乎意料,到处听到"等于是"的口头禅。开口、闭口说"等于是"的人之多,无法统计。小孩不足怪,大人也如此;学生尚可原谅,教师亦未能例外。我们真像生活在"等于是"的世界上了。

外地人问路,回答:"等于是往右走。"这究竟往哪儿走呢?问路人茫然不知所云。

在医院听见一个人打电话,语气是悲伤的。一开口就说:"方厂长,等于是我的妈死了。"究竟是他妈死了,还是他岳母死了,或是养母死了呢?

有人介绍保姆的情况,说:"等于是她丈夫是司机。"听者吃惊,忙问:"究竟谁是司机?"回答说:"她丈夫。"在旁的人提醒:"丈夫只有一个,万不能等于是丈夫啊!"说者、听者都笑起来。

我经常对"等于是"提出异议。有人不以为然,说"这算什么,就像有些人爱说'这个''这个'一样,"等于是"就是"这个"。我说,语言是表达思想感情的工具,首先得讲准确性。"等于是"这三个字有它自身的含义。事物之间,有的可以等于,有的则不能等于。如果不管三七二十一,随便等于过去、等于过来,这既不准确,又不优美。

我期望能保持四川话的优点,去掉"等于是"这类不必要的口头禅。

1981年7月20日

之三：谈"挣表现"

近几年来流行一种说法："挣表现"。分析起来，似乎有三种情况：

第一种是乔装打扮，表里不一。例如，有人从不按时上班，突然一下要提前到办公室了。邻居深感奇怪，他却理直气壮地说："要调工资了，难道不挣点表现么？"又如：孩子想入团，但不愿参加学雷锋的活动。母亲骂他："你硬是个瓜娃子，要入团却不挣点表现！"于是，孩子只得拿起扫帚，到学校"挣表现"去了。诸如此类，不胜枚举。什么样的人有什么样的表现，这是本来面目，完全无须去"挣"。表现而要"挣"者，是为达到某种目的而乔装打扮也；只要目的一达到（或达不到），很快就会恢复原状。虚假，无论对大人或小孩，都不光彩。怎么能不以为非，反以为常呢？

第二种是攻击别人进步。有些人看见别人争取入党、入团，努力改正缺点，总觉得不舒服，于是便讽刺说："又去挣表现了！"真心要求进步，真正改正缺点，这是好事情，不能与第一种情况等同看待。为此发出嘲笑或攻击的人，如果不是认识不清，便是以己之心，度人之腹，把世界上所有的人，都看成和自己一样罢了。

第三种则是含有表扬之意。我有一个朋友，星期天爱去钓鱼。为了减轻他夫人的家务劳动，便提前在星期六下班以后洗衣服，做清洁，买东西。他夫人常愉快地对人说，"我老公又在挣表现了。"这里没有虚假的成分，反而使人感到幸福的生活情趣。

看来，诚实与虚假，积极与消极，表里如一或不一，是辨别"挣表现"这个说法是什么含义的标准。"十年动乱"期间，林彪、江青一伙一天到晚讲假话，对社会风气产生了极其恶劣的影响。我认为，不恰当地使用"挣表现"这个说法，如前述两种情况，是与此有关的；尽管说话的人并不一定意识到这一点。目前，整个社会风气不断发生好的变化。与之相适应，语言上也该有某些调整（当然更重要的是事物的本质）。使用"挣表现"这个说法时，慎重一些不更好么？

1981年8月20日

之四：看电影的苦恼

看电影本来是愉快的事，但有时却很苦恼。

首先是在开演后相当长的一段时间，不能得到安宁，总是有不少迟到的人不断从前面走过，以致阻碍视线，让人错过一些重要镜头。如果座位靠近走道，往往会被那些在黑暗中的"探索者"摸到身上来。吃惊之余，还得被迫回答自己坐的是第几排和第几号。

好不容易观众到齐了，四周又出现了新的干扰：主要是不顾别人的大声讲话。一是场内的"谈心者"。女孩子在讲百货公司在卖什么"的确良"，小伙子则说哪家的啤酒不好喝，好像根本不是来看电影的。二是"天才的先知者"。只要电影中的人物一出现，他就说这个是好人，那个是坏人；一碰到紧张的情节，就说这个人没有死，那个人跑脱了，使人看下去索然无味。三是"低劣的评论家"。看《燕归来》时，他说："看他们把原配夫人怎么办？"在《刑场上的婚礼》中陈铁军宣布他们结婚时，他甚至说："怎么结婚都不撒点糖呢？"简直令人不能容忍。此外，还有一些热爱"合唱"的人，影片中的人唱什么，他就跟着唱什么，似乎别人买了票是来听他演唱的。

电影快要结束的时候，不仅需要知道故事的最后结局，有时还有很好的音乐要听。但这时往往有不少匆忙的"先驱者"早站起来走动了，使得多数人无法再看下去。如果这些"先驱者"上班工作时能有这样的劲头，倒是十分令人佩服的。

369

早有人对这些现象作过批评，可惜收效不大。鲁迅在《两地书》序言中对许广平谈到一次演出，他说："那天的看客，什么也不懂而胡闹的很多，都应该用大批的蚊烟，将它们熏出去的。"上述提到的一些现象，大多要从提高文化教养来解决，但对那些嘲笑革命者的看客，我真想用蚊烟把他熏出影院去。

1981年11月15日

之五：赞"喜鹊姐姐"

国外报刊对我们午睡的习惯时有非议，这当然可以讨论。我的午睡习惯是解放前在教会学校养成的。几十年来，"江山易改，午睡难移"。从实际效果来看，哪怕只休息十几分钟，打个盹，在下午和晚上都感到精力充沛。

但这片刻的安宁却很难得到。

往往躺在床上，刚要入睡，楼上的同志却敲打起东西来。"不要管它吧"，我安慰自己。接着是几个小孩，像雷阵雨似的从楼上跑下来；院子里又有人为省事，不肯上楼，站在下面对着楼上的人喊叫着一些大可不必公之于世的生活琐事。我不禁暗自叹息了："这些人不知要到什么时候才会想到别人？"几经波折，再入睡已很困难。这时，大街上有一家的录音机打开了。于是，我被迫听那些流行歌曲："虽然已经是百花开，路边的野花，你不要采！"

今天中午又是这样。在无可奈何之际，我翻开小外孙丢在床上的《爱唱歌的喜鹊》。这是一本活动画册，描述一只住在树上的喜鹊姐姐，很爱唱歌，大家都喜欢她。有一天她唱得正高兴，忽然下面传来一声："请别唱了！"喜鹊姐姐赶忙跳下去，从猫头鹰、百灵鸟、啄木鸟、松鼠，一直问到猴子，才发现树下的兔妈妈带着六只小兔在睡觉。于是喜鹊姐姐轻轻地说："乖乖地睡吧，兔宝宝，等你们长大一点，我再来教你们唱歌。"多么可爱的喜鹊姐姐啊！

这引起了我一些联想。"十年动乱"造成的恶果之一，是使不少人心里只想到自己，不关心别人，连一些起码的公共道德和文明行为都不知道。这难道不需要补课么？既要补文化科学知识之课，又要补文明礼貌之课。本着这一点，我向那些不懂得在集体生活中应该注意什么的人建议：请读读这本《爱唱歌的喜鹊》吧。

1982年2月28日

之六：有感于齐人妻妾

坚决打击经济罪犯，大快人心！

从报纸刊登的材料来看，这些罪犯的家属大致有三种态度：一是不关心自己丈夫或子女，不了解情况；二是支持或包庇，把丈夫或子女贪污盗窃、投机倒把的行为，看成是有能耐，甚至感到光荣；三是同伙，原广州市电信局局长及其老婆，就是一个例证。

我不禁想起孟子的《齐人有一妻一妾》。

齐人和他的妻、妾住在一起。他每次外出都饱食酒肉而归，并吹嘘和他一起吃喝的都是高贵的人。可是，他妻子从来没有见过达官贵人到家里来，大为怀疑，决心亲自调查一番。一天早起，她悄悄跟在丈夫后面，看他往哪儿走，做什么。她注意到在城里没有一个人与她丈夫交谈。她看到丈夫到城东郊区的坟堆中，向那些祭祀亡者的人乞讨酒食；没有吃饱，又向别的祭祀者乞讨。原来这就是齐人饱食酒肉的办法。妻子回家以后，对齐人的妾说："丈夫是我们终身所仰望的人，没有想到竟是这个样子！"她们鄙视自己的丈夫，并在中庭相对哭泣。

孟子离开我们已经两千多年了，但他描述的齐人一妻一妾，给人留下了深刻的印象。齐人的妻妾，有明确的是非观念，对丈夫乞

371

食、说谎感到羞耻。特别是齐人的妻子，她有头脑，不仅敢于怀疑丈夫的行为，还能跟踪外出，作调查研究。对比之下，那些明知自己的丈夫和子女贪污盗窃，还醉心于非法得来的电视机、录音机的人，难道不感到脸红么？恕我直言：我认为这些人远不如齐人的妻妾。至于同伙犯罪，自然是另一个性质的问题了。

我们的社会有许许多多好的家庭：夫妻之间和父母与子女之间，互相关心帮助，严格要求，共同为实现"四化"而奋斗；如有成员犯罪，或送子归案，或大义灭亲。这是社会主义精神文明的一种表现，远非那两个只是"相对哭泣"的齐人妻妾可比。我们应该向这些社会主义新人学习。

1982年3月18日

之七：不要叹息而死

现在有一种人，无论谈什么，从国家大事、社会生活到本单位的工作，总是叹息不已，说一声："没有希望！"

鲁迅在1919年写过一篇名叫《恨恨而死》的杂感，讽刺那些所谓"怀才不遇"的人，对他们一连提了很多问题，以启发其认识自暴自弃的行为，并说："他们如果细细的想，慢慢的悔了，这便很有些希望。万一越发不平，越发愤怒，那便'爱莫能助。'——于是他们终于恨恨而死了。"

我也学鲁迅的办法，向这些终日叹息的人提一些问题：诸公！您认为"四人帮"横行的时候好，还是粉碎"四人帮"以后的形势好？您认真学习过党的十一届三中全会和六中全会的决议没有？您是否把拨乱反正看得过于简单，以为轻而易举就能把问题全部解决？您到农村去看过吗，那儿有什么巨大变化？您和周围的人，心情是否比过去舒畅，生活是否比过去有所改善？您在学校的子女是否可以不学张铁生交白卷，而敢认真读书了？您是否按时上班、积极工作、为实现"四化"作过努力？您遇到不正之风，是奉行"只栽花、不栽刺"的原则，还是敢于出来斗争？"团结起来，振兴中华"的口号，难道在您心中不能泛起一点涟漪？……

他们如果细细地想，慢慢地悔了，这便很有些希望。天下兴亡，匹夫有责。要认清形势的主流，为之欢欣鼓舞；也要看到发展过程中的曲折，与困难做斗争。有一分热，发一分光。哀莫大于心死。终日叹息，无非是逃避自己的责任并使人泄气而已。这有什么用呢？

我希望他们逐渐振作起来，不要叹息而死。

1982年4月5日

之八：请放轻脚步

在文明礼貌月活动中，我不禁想起了脚步声。

正当集中精力办公或学习的时候，"噔噔噔"的脚步声，使人不得不放下工作或书本来；

大家聚精会神地在听报告或开大会，"噔噔噔"的脚步声响了，与会者回过头去寻找哪儿发出的声音，讲话人也不得不"暂停"；

刚好入睡，"噔噔噔"的脚步声把人吵醒了！

脚步声响起，总是一些穿高跟鞋的姑娘，或是穿硬底皮鞋的小伙子，神气十足地走过来。在公共场所，常常有人用惊奇和遗憾的眼光望着他们，但他们满不在乎，似乎在接受别人的"注目礼"。

也有人为此提出批评。

他们推口说楼板上没有地毯，商店里只有硬底皮鞋，而且鞋底质量不好，一穿就磨损，害得一只鞋钉了五颗钉子。……

难道自己就不可以注意一下么？

不论做什么事，影响别人工作、学习和休息，总是不好的。在可能影响别人的时候，至少可以踮起脚走路，或者放轻脚步嘛！

脚步声也能反映出一个人的文化修养。

1982年2月18日

之九：集体婚礼与集体结婚

一字之差，常常会成笑话。

新年前后，为了移风易俗，不少单位举办了集体婚礼。这本是一件大好事。然而，我却听见不少人把这叫作"集体结婚"。

集体婚礼和集体结婚完全是两回事。集体婚礼只是一种仪式，集体结婚却是一种婚姻制度。千万要注意这两个词儿的差别。老说集体结婚，难道要把我们倒退到原始社会的"群婚制"去么？

没有想到，最近有的报纸和电视节目，也把集体婚礼说成集体结婚。为此，我写了这篇小杂感。

1982年3月11日

之十：乘车有感

我爱在公共汽车上观察。

有几次看见这样的情况：两三个人争着买票，那种热情的友谊，委实令人感动。在你抢我夺之中，常常有一个说："没关系，我可以报销。"这句话似乎比什么命令都有效，其余的人立即"礼让"起来。

乘车买票，这是起码的常识和公德。报销车票，只能因公出差，这也是人所共知的规定。既然不是因公出差，而要报销车票，甚至替他人报销车票，无非是假公济私、慷国家之慨罢了。

有人编了一句顺口溜："一心一意向钱看，联合起来整公家。"给这类人的思想作了概括。

但愿这种风气能逐步改变。

1982年3月28日

之十一：使人尴尬的广告

开展文化活动需要企业支持，企业的某些广告进入文化场所。这已逐渐被人接受。

但有些问题也得注意。

前些日子，去听一个大型的音乐会。演出的目的是为了资助某项教育事业。参加演出的是香港著名歌星，有一定水平。场内四周挂满各种广告牌，因为太多无法细看。但我座位对面的广告牌，字体十分醒目：阴茎倍增×。我之所以用了一个×，不用全名，是我不愿为它做广告。

听音乐是一种艺术享受。面对这个广告牌，我感到很不舒服。我不敢说听众中没有阳痿病患者，更不敢担保没有阴茎短小需要"倍增"的人。但这些患者可以去看医生，或到医疗器械商店去买有关用品。大可不必一边听音乐，一边想倍增。

我期望音乐会尽快开始。只要场内灯灭，我好忘掉这劳什子广告。可惜我忘了这类音乐会的"特色"。演员出场，与观众聊天得占一定时间。稍有掌声就立即感谢"广大观众的厚爱和鼓励"。刚唱几句就得下台与观众握手。随便拉一个小孩来陪唱几句，以示歌手之歌广为流行。诸如此类，难以列举。身旁一位观众说："这类水分可能占音乐会三分之一的时间。"我没有答话，我的注意力不在这里。我只注意到场内灯光时暗时明，追光跟着演员转动。只要一有灯光，

"阴茎倍增×"几个字特别明显。这种干扰一直到终场。

这是多么可悲的艺术享受啊！

也许只是我倒霉——现在时兴讲运气——不该坐在这个什么倍增的广告牌的对面。那些坐得远远的追星族，还在兴高采烈地鼓掌哩。

但这毕竟说服不了自己。

这类音乐会的组织者，你们在寻求资助时，无论拿回扣或不拿回扣，对文化场所的广告，难道不能有一些选择么？

1993年6月8日

之十二：乘电梯所遇

日前到一大机关办事，正遇上班高峰。

近二十人等在电梯门前。两个电梯：一个运行，一个开着门不动。

都以为开着门的电梯是在维修。

"何必在上班高峰时维修。"不少人说。

一位女工作人员在空电梯前站着。

我走过去，发现她手里并无工具，颇感奇怪。忍不住问："维修好了吗？"

"不是维修，是等候外宾。"她回答。

这个回答立即引起议论。在改革开放年代，外宾来访是很平常的事。不论什么时候来，如果电梯在运行，外宾亦可稍候一下。完全没有必要空着电梯恭候外宾，不让本机关和外来的中国人进去。

管理电梯的女同志显然不是决策者，但她不能违背领导的指示。而大家又找不到决策人提意见。

好不容易等另一电梯上了十五层，又从十五层下来，把人运走了一半。我有幸进了电梯。

"我出访过十几个国家，从没有遇到外国人采取这种做法等我们。"一位头发花白的老同志说。

也有人批评："崇洋媚外。"

我抓紧时间办事。大约十几分钟后，乘电梯回到底层。那边的电梯仍然空着在等待。我想，外事活动应该守时，便问："你不是说外宾八点半来吗？"

"还没有到齐！"她回答。

我把听到的批评和自己的意见，心平气和地告诉了她。她没有反对。我只好说："请把这些意见向你们的领导反映一下。"

她微笑着，没有表态。

1997年8月21日

之十三：也谈讲真话

没想到讲真话居然会引起争论。

讲真话，无非是诚实的表现，为人必需的道德。人与人之交，绝大多数都愿意听真话。难道有人愿意听假话？当然不能说没有。安徒生童话《皇帝的新衣》里的皇帝，就是极为典型的爱听假话的人物。

作家、杂文家应该讲真话。

鲁迅是伟大的思想家。他的第一篇小说，通过《狂人日记》提出，翻开历史一查，才从字缝里看出来，满本都写着"吃人"两个字，并大声疾呼："救救孩子！"鲁迅一生讲真话，直到他停止呼吸。正因为这样，鲁迅赢得了广大人民的尊敬和热爱。

巴金和许多作家，也是讲真话的。早在五十年前，巴金就勉励他的下辈："说话要说真话，做人得做好人。"由于历史的曲折和灾难，许多人被迫说违心之言——也就是假话。十年浩劫作了反面教员，擦亮了人们的眼睛。巴金在否定史无前例的那场"文革"时，极力主张讲真话，并对自己作了认真的剖析。

巴金说："我提倡讲真话，并非自我吹嘘在传播真理。正相反，我想说明过去我也讲过假话欺骗读者。我讲的只是自己相信的，我要是发现错误，可以改正。我不坚持错误，骗人骗己。"

读者理解巴金。他们喜欢巴金的作品，同时尊重巴金的人品。

真话不等于真理。这是持不同看法的主要论点。单就这一句话来说，我举双手赞同。如果我没有理解错误：真理是客观事物发展的规律，真话是对事物的认识（或见解）所持的态度。这是两个不同范畴的东西，怎么能画等号呢？

讲真话是针对讲假话而言的，这是两种截然不同的态度。讲真话如果符合客观规律当然最好，如果有错误或有片面性，只要抱着诚恳的态度（即实事求是的态度），完全可以修正错误或克服片面性，最终能接近和逐步认识真理。至于持不老实的态度，讲假话，根本没有接近或认识真理的可能性。这是卖假药，属于打假办公室的任务了。

两面讲到，可能符合实际一些，否则至少带有片面性。

早在1980年通过的《共产党内政治生活的若干准则》中的第五条，明确规定共产党要讲真话。作为党员作家或评论家，会牢记《准则》的规定。

1993年5月3日

"我会为你们说话！"

——怀念任白戈

20世纪50年代初，任白戈同志是中共重庆市委宣传部部长。

我多次听过白戈同志做报告。他讲话声音洪亮，逻辑性强，深入浅出，有文学性，很受欢迎。当时就听说，他在20世纪30年代就是左翼作家，曾逃亡日本，颇带传奇色彩。1955年，我在共青团重庆市委少年儿童部工作，多次请他参加全市的少年儿童活动，他从没推辞，也没架子。

1957年是多事之秋。先学习了一个重要讲话，《讲话》强调了"百花齐放，百家争鸣"的方针，正确处理人民内部矛盾，很鼓舞人。可是当人们的思想刚一活跃，想帮助党整风，最高当局又紧张起来了。在这个过程中，大学生的动向颇受人注意，各方对此的议论也不少。在市委领导下，派了工作组去重庆大学对学生的思想情况做调查。我当时在共青团市委大学部工作，因而也参加了调查组。

工作组调查结束后向市委常委会汇报，指定我为汇报人。初生牛犊不怕虎，我没推辞。会议由当时已任市委书记的白戈同志主持。在会上我以一个班的分类排队情况，说明学生思想情况的主流是好的，绝大多数学生热爱党、拥护社会主义、努力学习，只有个别学生对土改、肃反有点意见。我记得，白戈同志和其他常委都肯定了我们的调查结果。

当我谈到有些学校思想工作简单粗暴的时候，举例说某中等专业学校的一个女生，叫李启源，因喜欢文学受到批判，一气之下跑到附近一个庙子里去了，学校正准备处分她。我们去该校时，与李启源作了谈话，告诉她喜欢文学没有错，但同时要学好专业。李启源明白这个道理后，态度有了转变。

"这算什么问题！"白戈同志插话说，"当年，艾芜为了自食其力和逃避封建婚姻，一个人徒步南行，先到云南，后去缅甸，到处打工，阅历丰富，写了著名的《南行记》，成了大作家。"

我本是思想活跃的人，但若干年来的政治运动和各种鉴定，弄得谨小慎微，一天到晚"夹起尾巴做人"。听白戈同志这一席话，才知道并非所有领导都讲一样的话，还是有人独立思考，并敢于讲出自己的见解。

不久，大鸣大放，接着便大举反右。有人说我们上次在重庆大学的调查思想右倾，我不免胆战心惊。幸好市委未加追究。吃一堑长一智，"尾巴"也"夹"得更紧了。

任白戈（左）在成都观看上海昆剧演出后，会见昆剧演员，右为严永洁

"文革"时，白戈同志在中共中央西南局，我在共青团中央工作。一天，偶然看见一篇文章的注释中，点了白戈同志的名，说他早年拥护"国防文学"的口号等。不用说，他即将面临一场难以逃避的灾难，我为他担心。

"文革"结束前，我从共青团中央调回四川，在四川人民出版社工作。"文革"后不久，白戈同志恢复名誉，从北京回到四川，担任省政协主席。从此，我又与白戈同志有了接触。四川人民出版社在十一届三中全会的指引下，解放思想，带头采取"立足本省，面向全国"的方针，吸引了全国许多作家，出了很多好书。在这方面，白戈同志给了我们很多支持。

当时，大的形势很好，但极左思潮的影响难以一下消除。有些人习惯过去的政治运动，动辄上纲上线。别的不说，就是出版巴老的书，也有某些阻力和困难。例如，指责巴老赞同赵丹的遗言，以及巴老"在具体问题上，文艺不要管得太死"的观点；指责巴老几次谈"小骗子"，揭露了"阴暗面"；指责巴老主张讲真话；等等。我就此请教过白戈同志。

白戈同志讲："巴金是国内外有影响的作家，他的某些见解，有人一时不理解。但巴金送来的书稿，出版社一定要出版。如有人反对，我会出来为你们说话！"

白戈同志这一段话，解除了我的某些顾虑，使我增强了信心和力量。我一生见过不少领导，有的唯上，有的骑墙，有的暧昧，其目的都在保乌纱帽，不敢承担责任。看到白戈同志坚定而平和的态度，我感到他的形象更加高大了。

有一次去胡耀邦同志家，耀邦同志告诉我：白戈同志恢复名誉后，没有给他安排实职，主要原因是希望白戈同志把他一生丰富的经历写下来。当几年官，别人很容易把你忘了，留下一部回忆录比当几年官更有意义。我十分赞同耀邦同志的观点，为促使白戈同志尽早提笔，每年都给他送稿纸。白戈同志也打算尽早开始写，但因

任白戈逝世后李致看望任白戈夫人（右）

他老人家很随和，好说话，省里有大事要听他的意见，请他参加会议的人很多，私人找他帮忙的也不少，他总是有求必应。这样，写作之事就拖了下来。

　　1982年底，我调省委宣传部后，又得到白戈同志许多指教，特别是在振兴川剧的工作上。1986年夏，我出差西北回来，突然听说白戈同志逝世了。我几乎不敢相信这是真的，赶去白戈同志家，看见灵堂上白戈同志的遗像，才相信了这个消息。我向遗像鞠躬，然后与白戈同志的夫人华逸同志坐在一起。白戈同志，你的《回忆录》还没动笔，怎么就这样匆匆地走了？以后我的工作遇到困难，到哪儿去向你请教？谁出来支持我们？但许多话堵在嗓门，无法说出来。事后得到一张照片，原来我那时正在不断流泪。

　　这种感情不倾诉出来，我不得安宁。

2003年6月8日

迟献的一朵小花

——怀念杜心源

　　1949年12月，杜心源同志随解放大军到四川，任中共川西区党委宣传部部长。我1950年去重庆工作，1957年底又调到共青团四川省委。当时已合省，我在团省委学校部工作，有机会接触省委宣传部部长心源同志。

　　开初，主要是在召开高等学校团委书记会议时，去请心源同志做报告。当时团省委在多子巷，对门就是省委宣传部，没有武警站岗。几步路，就闯进心源同志办公室。心源同志身材高瘦，浓眉大眼，很慈祥，没有官架子。我很愿意接近他。

　　20世纪60年代初期，由于"左"的思潮的影响，学校政治思想工作相当简单粗暴。是非界限不清，常常抓住小事无限上纲。对某领导有意见可能被认为是"反党"，对生活上有不满可能被认为是"诬蔑'三面红旗'"。不是自己检讨，就是开会批判。学校政治思想沉闷，个别学生自杀。基层同志不敢反映真实情况，学校领导亦不能解决问题。

　　时任共青团中央第一书记的胡耀邦，深入群众，了解不少情况。他认为作为党的助手，共青团的干部应深入基层深入群众，把真实情况及时反映给各级党的领导，以利及时解决问题。耀邦同志倡导各省、市团委办一个叫《情况反映》的内部刊物，刊名用黑字

杜心源夫妇

印刷，以区别于正式的"红头文件"。团省委也办了这样一个《情况反映》。

当时，学校政治思想工作问题多，团省委学校部反映了不少这方面的问题。心源同志和省委宣传部副部长兼副省长康乃尔同志很重视这些情况。例如，某所大学有一名学生自杀，团省委反映了情况，校长竟不知道。康乃尔说："《红楼梦》里，金钏儿跳井自杀，贾政气得顿脚，说贾府居然发生了这类事件！这个封建家长尚能如此，社会主义的大学校长居然不了解情况。这样行吗？"心源同志拿着我们的《情况反映》，把事件发生及过程讲得清清楚楚，强调要关心学生，思想工作要深入细致，教育和帮助学生健康成长。因此，心源同志多次表扬了团省委学校部。现在回想，在充满"左"的思潮中，心源同志的这种爱护青年学生和实事求是的态度，是很难得的。

1966年闹"文革"，我在共青团中央被"揪"出来。由于我到团中央工作时间短，"罪行"材料不多，个别有用心的人，煽动

李致文存·我的人生（上）

384

造反派到四川了解我的"历史罪行"。她亲自和另一男同志到团省委，似乎带了一堆"原子弹"回京。开批判大会时故弄玄虚，把"原子弹"拿在我头上晃来晃去，以势吓人。好在我并不认为自己有罪，心态颇好，吓不倒。她终于气急败坏地抛出一颗"原子弹"！原来据她了解，团省委搞的"黑材料"，多数是我出点子、修改和定稿的。四川的"最大的走资派"之一的杜心源对这些"黑材料"极为欣赏，用来推行他的"资本主义路线"。她咬牙切齿地问："你自己交代，你是不是杜心源的黑爪牙？"我这才知道，我和心源同志还有这层"黑"关系。

在一定条件下，事物往往向它的反方向发展。我并没有在思想上与心源同志"划清界限"，反而感到与心源同志很亲近。我被"解放"后，1971年回成都探亲，听说心源同志已"解放"，住在商业街五十号，便和四姐李国莹一起去看望他。不巧，冯喆同志的夫人、川剧演员张光茹正在心源同志那儿诉苦——冯喆是著名的电影演员，"文革"中被迫害致死——心源同志充满同情地听她倾诉。我们旁听一个多小时，插不上嘴，只得告辞。从五十号出来，我并无遗憾，心源同志身体健康，仍然保持着老干部老领导的工作作风，我从心底里感到高兴。

1973年秋，我调回四川，在四川人民出版社任革委会副主任。那个时候，"四人帮"在台上，根本谈不上工作，只算是混日子。小平同志出来工作，大家都很高兴，似乎看到了希望和前途。可是不久又搞什么"反击右倾翻案风"。因为离开团中央时，耀邦同志曾告诫我，遇事要独立思考，未弄清楚情况以前，不要吹喇叭抬轿子。加上经过多次反复，许多人都不满江青一伙人，因此我对所谓"批邓"，只不过是应付了事。

有一次，忘了为一件什么事，我到书记院去找心源同志。谈完之后，他突然问我："出版社的运动搞得怎样？群众对'批邓'有什么反应？"

我对心源同志并无顾忌，但长期的政治运动，使人不能不有所警惕。记得北京一同志来看我们，曾担心所住宾馆有窃听器。我向心源同志报告，说机关的群众有两种态度：一种是响应号召，认为邓小平否定毛主席亲自发动的"文革"，如不批深批透，"封资修"就要复辟；另一种是认为小平同志出来工作这一年多，扭转了许多混乱局面，工作成绩显著，群众十分拥护，再"批邓"又得乱下去，后果不堪设想。虽是客观叙述，但重点放在后者，听话听音，心源同志自会明白。

　　心源同志说："有后一种观点的人不少。"

　　我也明白心源同志的意思。于是就交流了群众的看法，我们谈了一大堆群众不赞成和消极抵制"批邓"的情况。这次谈话，把我们的心紧紧地连在了一起。

　　1976年10月，万恶的"四人帮"被粉碎。

　　一个偶然的机会碰见心源同志，大家都因粉碎"四人帮"感到由衷的高兴。闲聊中，心源同志谈到出版社的一个造反派头头，在"反击右倾翻案风"时，把我们与克实的聚会当作"黑会"上告。为了要与"右倾翻案风"扯在一起，他把我们1974年的聚会改为1975年，从胡克实联系到胡耀邦，又从胡耀邦联系到邓小平。心源同志笑了笑说："你们聚会的这些人，我都认识。老同志见见面，这是很正常的事。我没有理会他的告状。"

　　欲加之罪，何患无辞？我再一次感到"四人帮"的追随者之卑劣。同时，也感到心源同志一身正气，对我与其他老同志的关怀和保护。

　　粉碎"四人帮"，使人们爆发了极大的工作热情。出版社的广大职工，在解决"书荒"，为老作家恢复名誉，按时供应教科书以及其他工作上，做出了自己的努力。身为主管文教工作的书记，心源同志非常关心出版工作，每次我送样书去，他都要问长问短。有一次他专门要我去，询问四川为什么没有出版周克芹的长篇小说

《许茂和他的女儿们》。1979年初，中央一个部门准备调我去工作，组织部部长安法孝同志写信给我，说与心源同志研究，心源同志"坚决不同意把你调走"。我四姐与心源同志有接触，对老领导说话比较随便。有一次她开玩笑问心源同志："你为什么老表扬李致？"心源同志听后，慈祥地笑了。他那关心和爱护同志的笑容，以及上述诸多往事，均使我难以忘怀。

心源同志逝世十周年时，他女儿秀文曾希望我写篇短文。当时虽未赶写出来，但在我的记忆中，这些往事总在闪光。现将这些闪光的往事，编织成一朵小花，献给心源同志。

2001年4月12日

培根同志侧记①

20世纪50年代，我在共青团重庆市委工作。1957年底调共青团四川省委《红领巾》杂志社任职。离开重庆时，尽管我婉拒，仍有多人至火车站相送。乘火车抵达成都，无一人来接，来到机关宿舍也没人帮忙，颇感冷落。我叫刚满四岁的小女儿站在门口看守行李，自己忙着搬运。不一会儿，一位男同志牵着我女儿的手上楼，他说："你女儿站在门口哭，我把她牵上来了。"他便是共青团四川省委书记李培根同志，听说我来了，特意来看我，我的心顿觉温暖。

我在团省委工作六年。前三年在红领巾杂志社，后三年调任学校部兼任少年部部长。培根同志没有直接分管这几个部门，我与他的接触不太多。当然，同在一个机关，也有一些了解。

培根同志是老革命，1938年入党，长期从事地下斗争，新中国成立后在共青团系统工作。他一贯作风民主，平易近人，没有架子。大家都叫他"培根同志"，没有人叫他"李书记"。工作上有不同意见，可以对他畅所欲言；我在请他签发文件时，就与他有过争论；只要有道理，他都能接受。在团省委常委会上，我曾听他讲，共青团中央第一书记胡耀邦同志的作风很民主，喜欢争论和听

① 本文系《李培根诗词续集》代前言。

李培根（左）会见台湾作家琼瑶（中）

取不同意见。有一次，耀邦同志出差到辽宁，随行人员就一个问题与他发生激烈争论。中共辽宁省委有同志很奇怪，怎么能随便与耀邦同志争论呢？培根同志说，耀邦同志喜欢这样，不喜欢只会迎合上级，唯唯诺诺，不敢发表意见的干部。当时，我就感到培根同志在这方面受了耀邦同志的影响。

20世纪50年代后期，反右斗争以后，"三面红旗"对国民经济造成极大的破坏，接着又是反右倾机会主义，以阶级斗争为纲，"年年讲、月月讲、天天讲"。当时的中共四川省委的主要领导，以更"左"的态度来执行上面的指示。在这种大形势下，培根同志不能不照办，但他不整人害人，不添油加醋。反右期间，培根同志在中央党校学习，回来后得知团省委机关共有十六个人被划为右派和反党分子，深感惋惜，叹着气对人说："已经报上去，晚了。"把团省委副书记贺惠君错划为右派分子，是省委"一把手"做出决定并坚持的。后来批判右倾机会主义，正如金成林（共青团四川省委常委）事后所说，培根同志照章办事，"磨磨蹭蹭，火力不足"，团省委没有定一个右倾机会主义分子。总的说来，处理这类问题，培根同志比较通情达理和实事求是。特别是平反冤假错案，他积极认真，赔礼道歉，落实政策。遇到阻力时，还到外地去说服当地党组织的领导人。此系后话。

我个人就有这种感受。1955年肃清"胡风反革命集团"时，我在重庆受到隔离审查。我态度端正，最后结论也无问题。我到《红领巾》杂志社时，杂志社的前几位主要领导刚被打成反党集团或右派分子，人心涣散。这可能也就是我到来时无人相接的原因吧。刊物半月一期，是硬任务。我把主要精力放在出好每期杂志上，让分管政工的副总编辑负责机关内部工作。就凭这一点，某同志向团省委领导反映，说我对"肃反"有不满情绪。培根同志找我谈话，劝导我消除不满情绪。我除了说明实际情况，还强调说"肃反"结束后，共青团重庆市委把我从少年儿童部部长调任大学部部长，1956年又派我作为中国学生代表团成员，赴捷克首都布拉格参加第四届世界学生代表大会。不管从哪方面来说，我都没有不满情绪。我言之有理有据，培根同志完全相信。1958年，我又作为中国青少年报刊工作者代表团成员访问了苏联。

在团省委领导下，《红领巾》着重宣传好人好事。1959年，我们采访了少年英雄刘文学的事迹。培根同志为刊物写了《让刘文学永远活在我们心里》。发行一百二十万份，是平常发行量的十七倍，团省委发出文件，号召全省少年儿童"学习刘文学，做毛主席的好孩子"，得到全国各地的响应。胡耀邦同志为刘文学的墓碑题了词。培根同志很高兴，半开玩笑地说："好倒好！就是这一期的《红领巾》，把团省委（包括《四川青年报》）一年分配的纸张，全都用完了！"当时各机关的用纸量是按计划分配的。

培根同志十分健谈，他学识渊博，记忆力强。有人形容他"上知天文，下知地理"，开玩笑说他是"李半天"，一讲话就讲半天。只要他到北京开会，或出差外地回来，无论中央精神，沿途见闻，名胜古迹，楹联匾对，新鲜事物或古怪传奇，总是讲得津津乐

李培根、戴克宇夫妇

道，听者也很感兴趣。1962年，因外事活动，我和培根同志一起爬峨眉山，前后三天，听他讲了许多趣闻，减少了我爬山的疲劳并提高了游兴。当然，培根同志讲话常有刹不住车的时候。如果上午开团省委常委会开到下午一时还不散会，大家便怂恿我去找培根的夫人戴克宇大姐，戴大姐"体恤民情"，立马（这是培根同志常用的词语）到会议室外呼叫："李培根！你不吃饭，人家要吃饭嘛！"会议立马"胜利"结束，皆大欢喜。

　　培根同志爱讲话，但十分谨慎。他曾说："有人说自己犯错误，是讲话多了。这不对！关键是讲话的内容。看你讲的是社会主义，还是资本主义。"培根同志也很幽默。"大跃进"大炼钢铁时，他到农村发现男劳力都被调去炼钢，丰收的稻谷全由妇女收割。他引用群众的话说：现在不是人民公社，是人民"母"社。据说"文革"时，有人以此揭发培根同志攻击"三面红旗"，冤哉枉也！

1964年，我调共青团中央工作，去了北京。1966年爆发"文革"。1973年，我调回成都。培根同志先去了涪陵地委，后又到省体委和省委统战部工作。有一次，培根同志去了新加坡，我去听他讲见闻。他详细地讲述了新加坡如何解决老百姓住房问题，给我留下深刻的印象。

培根同志后在省政治协商会议任常务副主席。1988年，我当选省政协六届秘书长，又在培根同志领导下工作。时间不长，我发现了培根同志的诸多优点，如平易近人、学识渊博、健谈、有人情味等，很适宜做统战工作。无论国内国外，各党各派，各行各业，三教九流，培根同志都能与对方找到共同语言，使之兴趣盎然，为之折服。我多次陪同他接待台湾朋友，有与鲁迅论战过的文人胡秋原（已逝世），有写言情小说的女作家琼瑶，只要不搞"台独"，培根同志都热情接待，与其建立友好关系。

川剧是我国优秀传统文化的瑰宝，培根同志十分重视振兴川剧的工作。台湾川剧团来成都演出，他会见了代表团全体成员并与之合影。鉴于全国政协有京剧室、昆曲室，在培根同志的倡导下，省政协成立了川剧室，吸收了省市知名的川剧人参加。那一段时间，每到政协委员活动日，总能听见川剧锣鼓声和演唱声。

机关有同志埋怨政协的会太多，培根同志调侃说："我们机关叫政治协商'会议'，没有哪个机关叫'会议'吧？我们是靠'会议'协商来解决问题的，会议自然多一些。"

在政协工作期间，我向培根同志学到了很多东西。

培根同志一贯顾全大局、廉洁奉公、勤勤恳恳、不计名利、不讲排场、不请客送礼，这是大家公认的。离休以后，他做了很多关心下一代的工作，并把志趣放在写诗填词上。我以前不知道培根同志有此雅兴。十多年前，我得到戴大姐寄给我的培根同志填写的诗词。培根同志八十华诞后，又收到《李培根诗词集》。由于我喜欢阅读，戴大姐不断把培根同志的新作寄给我。其中有四首是写给我的，内容都是鼓励我写作，我很感激。

转眼就是培根同志的九十华诞，戴大姐拟出版《李培根诗词续集》，希望我为《续集》写篇短文。我感到为难。我从小喜欢"五四"新文学，对古诗词知之甚少，只能说喜欢阅读，不敢妄加评论。我本与金成林谈妥，由他著文，因为《李培根诗词集》是他写的《编辑前言》。不幸他于几天前驾鹤西去，这个"重担"必然落在我的头上。好在金成林写的《编辑前言》谈了很好的见解，我没有其他高见。我只想说，诗言志，培根同志的诗词，是他的心声，反映了他广阔的视野和丰富的情感，更反映了他这位老革命宽广的心怀。

培根同志开始向百岁进军，期待能不断拜读到他的新作。

2011年7月4日

393

纯真的友谊

——我与钟恕

钟恕是我的同志和好友，也是我的长姊。

一

20世纪50年代，我在共青团系统几度从事少年儿童工作，经常阅读团中央主办的《中国少年报》和《新少年报》，还为《新少年报》写过给低年级学生阅读的短文。1958年，我在团四川省委主办的《红领巾》杂志社任总编辑，就更关注团中央的两份儿童报纸，学习它们怎样适合少年儿童特点，办好我们的刊物。

团中央不时召开全国少年儿童工作会议，吸收少年儿童报刊负责人参加。会议期间，报刊负责人往往单独开会，交流情况。这样，我就认识了时任《中国少年报》的总编辑钟恕，这以前她曾担任新少年报的总编辑。

钟恕，很文雅，说话细声细气，对人热情，有一种亲和力。她热爱少年儿童和少年儿童工作，自己也写儿童文学。她写了不少儿歌和童话，所写童话《森林之王》被翻译成四种外文出版。我说她是"同志"，不是一般所泛指的称谓，而是指热爱少年儿童、少年儿童工作和儿童文学，我们有着共同理念和情感。

二

1958年夏天，团中央组织中国青少年报刊工作者代表团访问苏联。

代表团有十几个人，其中有两位少年报刊代表：一是钟恕，一是我。在访苏期间，除参加代表团统一的活动外，我们两人还有一些单独的活动。主要是采访苏联的《少先队真理报》，该报总编辑介绍的情况，对打开我们的眼界起了不小的作用。我俩还应邀接受苏联莫斯科电视台的采访：钟恕介绍《中国少年报》，我介绍《红领巾》杂志。当期杂志的封面刊登的是赫鲁晓夫访问中国和毛泽东的合影。

这段时期，我和钟恕接触很多，自然成了朋友。

三

钟恕比我大十岁，像大姐姐一样关心我。

我凡到北京，必去看钟恕。除了谈心，她总要请我吃饭。

如果错过吃饭时间，钟恕就让我在她宿舍一人吃。她坐在旁边神情专注地望着我，不时搛菜放在我的碗里，生怕我没有吃好吃饱。我吃好了，她才满意，才高兴，才放心。

这种关爱，只有我母亲和大姐对我有过。

四

1960年下半年，我的工作有了变动，改做大学团的工作。不久，钟恕调离中国少年报社，到中央人民广播电台主持少年儿童节目。1964年，我调到团中央《辅导员》杂志工作，重返少年儿童工作岗位。

因为新单位工作任务重，继又去辽宁参加"四清"，我和钟恕同在北京，接触反而不多。1966年，史无前例的"文革"爆发，我突然在团中央的一次群众大会上看见钟恕。原来钟恕被《中国少年报》的造反派揪回原单位批斗。至于我，早被造反派揪出，被夺权、被批斗、被监督劳动了。

2001年和2002年，钟恕两次在信中提到，"文革"期间，有一次我路过她住处，她正"奉命劳动改造"。"我怕连累你，故意不抬头，假装看不见，你却坦然说，'不要这样，你是好人，你没有问题！'我一听，热泪盈眶，怕你看见，赶快回到屋里。我是被你感动了啊！"

我和钟恕的友谊是经受得住考验的。

五

粉碎"四人帮"以后，我与钟恕恢复联系。

这时，我已回四川工作，钟恕已离休，与她先生的妹妹王跃英一家人住在一起。

以前，我知道钟恕的先生早年去世，后来逐渐知道钟恕的童年很艰辛，父母双亡，由姑妈养大。年轻时读了巴金的小说《家》，开始追求进步，1938年入党。她的先生叫王涵钟，认识恋爱后两年结婚。地下党领导人陈一鸣鼓励他们办一份叫《海沫》的杂志，宣传进步思想，还鼓励钟恕写小说。杂志办好了，影响逐步扩大，国民党上海市党部下令查封。王涵钟和钟恕处境危险，陈一鸣决定他两人撤退去解放区。当时，钟恕怀孕五月，无法同行，只得让王涵钟先走。两人分别时，王涵钟对钟恕说："孩子生下来以后，你千万要来找我啊！"可是，孩子难产，落地就夭折。不久又听到王涵钟在途中生病，以至逝世的消息！钟恕得知这一噩耗，三天三夜不吃不喝，昏昏沉沉地躺在床上。一位领导和朋友天天安慰她，但有一次严肃地对她说："你要挺住！站起来！继承王涵钟的未竟之志！"

钟恕被这位领导和朋友的话惊醒，又重新振作起来。

六

无论我在四川的出版社或在四川省委宣传部工作，凡出差北京，我尽可能抽时间去看望钟恕。我老伴丁秀涓也去看望过她。

1991年夏，我从宣传部领导岗位上退下来，第二年我和老伴去美国探亲。1993年，我老伴生病，我以照顾老伴为主，坚持了十七年，极少去北京。偶尔去北京开会，待一两天即赶回成都。2003年5月4日，我与钟恕通话，她当时已八十五岁半。她开玩笑说，她愿意跪在地上，祈求我活到一百岁；我说我愿意跪在地上，祈求她活到一百二十岁。不然，我到一百岁，她已不在了。仅在同年10月18日，由我姨妹丁梅陪我去看过钟恕一次。

钟恕长期患哮喘病，发病时许多天晚上只能靠着床睡觉，不敢躺下。这次看见她，身体大有好转，哮喘病基本上治愈，令人高兴。我给她留下什么印象，自己不知道。第二年七月，钟恕在信上说："记得你那年来北京看我，我吓了一大跳。你一头白发，走路蹒跚。临走，你拥抱我一下，我说你下次再来呵，你说争取吧！看见你毫无信心的样子，我心痛至极。回到屋里，大哭一场，以为以后再也见不到你了！"

信上还说："不几天，我生平最难得的，像你一样的好友之一的周以漠来找我，说他在一张报纸上看到，你回成都后，比在北京更能发挥作用，活动更多。我听到这个消息，开心得像孩子一样跳起来了。你看，我这不是白哭一场吗？不过，反正老太婆多的是眼泪。""我不迷信，但我希望真有菩萨，好保佑你们全家。"

这十多年，我写了一些往事随笔。凡出书，必寄钟恕一本，她总要写信鼓励。她说："读你的文章，凡你难受处，我也难受；凡你流泪处，我也流泪。"钟恕知道我喜欢"当官不为民做主，不如回家卖红薯"的七品芝麻官，特意买了一个瓷做的芝麻官工艺品送我。1997年，王跃英因心脏病逝世，给钟恕带来很大的痛苦。王跃英是钟恕丈夫的妹妹，钟恕长期和她住在一起。幸好王跃英的儿子程小列，像对亲妈妈那样关爱钟恕。

每到新年，我都会打电话向钟恕问好。有一年元旦，我打电话给她，没几天她来信说："很久很久没有见面了，你好吗？十分十分惦记你和秀涓。前天来电，你对我说'没有什么事，只是想听听你的声音。'我说'对了，我也想听听你的声音。'"她还说程小列想陪她来四川看我。我知道她这个愿望不能实现，彼此能听到声音已经很不错了，至少知道对方还健康。她在2001年给我的贺年卡上问："你和夫人身体好吗？十分想念，但你只字不提，太不像话。"可是这几年，我多次打电话向钟恕问好，她逐渐听不清了，交谈困难，甚至不能接电话了。不过，我知道她会思念我，因为她早就说过："好像一百年没有通信了，别说见面。"

时代变化很大。人与人的交往，不时遇到夹有某些功利成分。我遇到过这类人，以至如今有人突然对我 "十分"友好，我免不了要观察一下是否有别的意图。像钟恕和我这种纯真的友谊不多了，我十分珍惜，应该把我们之间的友情记下来。

九十二岁高龄的钟恕，远隔千里的我，祝愿你健康长寿！

2011年6月7日

附 记

　　我的好友奉孝芬（20世纪80年代曾任四川省电视台副台长）读了该文，曾来信说："读了你《纯真的友谊》非常感动。有的地方都让我热泪盈眶了。比如她几次为了你大哭！多么好的朋友啊！她还健在吗？如果在，我以为你能否找机会去看一看她，她已年届九十，可以说是风烛残年了，看一看如果还能有点交流，那会让你和她都会感到安慰的。如果不见，万一她走了，会是一个很大的遗憾！你以为我说的有点道理吗？纯真质朴的友谊可以一生温暖我们的心，值得一生思念。不过这样的朋友，在当今的社会里是很难再找到了，只有在我们那个时代才会有的！对吗？"

　　我非常想去看钟恕，但目前我远行确有困难。为此才写了这篇随笔。我一直惦记着钟恕。几次打电话向小列问询，小列总说她健在，只是头脑有时清楚，有时不清楚。新年之际，我又打电话给小列。小列才说钟妈已在2012年1月31日逝世。我问为什么不通知我，他说怕你们悲痛，你们的年纪都大了。对老人，只说钟妈妈进疗养院了。我不能责备小列，但很痛苦，愿钟恕在"疗养院"安宁，知道我一直惦记她。

2013年1月5日

龙人侠先生记忆

　　由于工作关系，我结交了不少文艺界的朋友，包括作家、诗人、画家、歌唱家以及演员。这些艺术家，大多是我从书报、舞台或银屏先看见他们的作品，继之认识本人的。可是，认识龙人侠先生这位诗人却不是这样，我既未读过他的诗，也不认识这个人。而是先认识他热情、能干的小姨妹以及他那聪明、乖巧的小外甥女；再认识他那健康、朴实的妻子；最后认识他本人，最近才读到他的诗。

　　龙人侠先生的小姨妹是我原来任总编辑那个出版社的文艺编辑。当时她的丈夫出差在外，她又要下乡参加农村的中心工作。小女儿才一岁多，没人管，只好把在老家的一位堂姐请来照看孩子。这位编辑对我说过，她堂姐的丈夫已去世，堂姐不识几个字，没有子女，是个可怜的孤人。编辑走前孩子正生病，怕堂姐给孩子吃错药、打错针，就把"监护"工作交给了我这个总编。时候一到，我便去提醒她："大姐，该给青青吃药了！"或是："该抱青青打针了！"老大姐不喊我的名字，而跟着她的小外甥女叫我"李伯伯"。她的小外甥女呢，喊的却是"好李伯伯""好好李伯伯""好好好……李伯伯"，直到那"好"字无法再增加为止。小姑娘一边喊一边叫，把她红润的小脸蛋贴过来亲我。

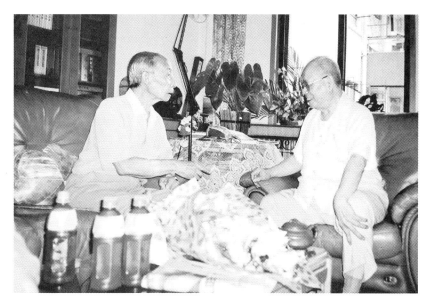

马识途与龙人侠（左）

　　这样，我和这个家庭结下了深厚的友谊。

　　龙人侠先生是堂姐的丈夫。在这以后的第八个年头，即1988年，家人认为早已去世了的他，居然从海峡那边飞回大陆来了。龙人侠先生当年为抗击日本侵略者，脱下学生服，穿上军装，1949年随国民党军队到了台湾，到退伍时一直是个兵。我被邀请参加了他们欢迎龙先生的家宴，分享他们夫妻重逢、亲友团聚的欢乐。当我知道龙人侠先生和他妻子分离将近半个世纪，一个未娶、一个未嫁的千古佳话时，我为他们珍贵的爱情而感动。龙人侠先生回大陆时已经七十多岁，可是精神矍铄。从他身上我深深地感到：一个爱国者对国家、对民族的爱和对妻子的爱是那么的一致，坚贞不屈，浓烈胜酒。以后十年，我们虽有多次交往，但我并不知道龙人侠先生是个诗人，而且古诗词写得那么好！

　　现在龙人侠先生的诗集《净庐余韵》摆在我面前，这是他一生所写诗歌的"仅此部分"，其他的都因战争遗失了。我不在这里谈他诗歌的艺术性、思想性，仅引用并改动他的一首词来安慰这位饱经世纪沧桑的老诗人。

龙人侠先生的《西江月》是1988年回大陆飞行途中写的：

> 离了海洋浩瀚，冲开漠漠云天，此生此世这些年，南北东西已遍。
>
> 目下知音不见，高山流水怎弹？一声孤啸激心弦，划破微尘界线。

我把它改动几句："离了海洋浩瀚，冲开漠漠云天，此生此世这些年，南北东西已遍。目下知音觅见，高山流水续弹，声声呼啸激心弦，划破微尘界线。"

我想：我，广大读者，大陆的众多同胞都会是龙人侠先生的知音；我又想：什么时候龙人侠先生能再回大陆，到时候我与他再叙友情，并向他请教有关古诗词的问题。

2002年8月16日

附　记

上文是十七年前为龙人侠同志的《净庐余韵》诗集写的序。当时，龙人侠同志没回大陆定居，不便公开他的身份。龙人侠同志是四川屏山县人，1915年生，1943年加入中国共产党。1949年经组织安排在台湾工作，曾策反国民党的三架B—25轰炸机飞回大陆。不久，党在台湾的地下组织遭受破坏，龙人侠同志因单线联系得以保存，但无法再与组织联系。龙人侠长期坚持自己的信仰，忠于党、忠于爱情，于1988年回到大陆，1989年恢复组织关系。1996

年，邓小平接见龙人侠，听取了龙人侠对若干重大问题的意见。龙人侠同志于2006年回大陆定居。2010年逝世，享年九十五岁。中华人民共和国国家安全部所发《龙人侠生平》中说："龙人侠同志参加革命几十年，为党做了大量工作，取得较大的成绩。党组织对他的历史功绩给予了充分的肯定和较高的评价。"我与龙人侠多有交往，借此对他表示缅怀和敬意！

2017年12月24日

写在读《战争和人》后

——记王火

王火的《战争和人》于去年由人民文学出版社出齐问世，在文学界和读者中引起了强烈反响。去年9月在北京举行《战争和人》研讨会时，我因在美国未能出席，深以为憾，但蕴藏在心里一些感受，总想一吐为快。

我早在青年时期就喜欢文学，是"五四"时代的新文艺把我引上正路的。现在尽管年过花甲，每当我读到好的文学作品时，仍会激动不已。巴金说："人为什么需要文学？需要它来扫除我们心灵中的垃圾，需要它给我们带来力量。"我经常从好的文学作品中受到启示，获取营养，得到净化，想做一个好人，为社会做一些有益的事；受到误解和打击时，我也从文学作品中获得勇气和希望。

我读《战争和人》，同样有这些感受。

在拜金主义冲击我们文学事业之际，我们需要高品位的精品。王火说："我摒弃把作品降低格调，写得肮脏，也反对渲染、玩味中国文化中最陈腐的东西。我愿意作品使人崇高、美丽、体会到人生的价值、得到人生的启迪。"我赞同王火的观点，而且认为他的这种观点已经体现在《战争和人》这部巨著之中。

《战争和人》问世时间不长，却受到了评论界极大的重视。迄今为止，据不完全统计，全国各种报刊已发表评论、专访、报道等

王火（右）和李致

八十多篇次。很多著名的评论家，对它给予很高的评价。萧乾说："作者紧紧抓住了历史的脉搏，生动地再现了昨天，同时，我们也可以借助这面明亮的镜子，检视一下今天。"荒煤说："史诗品格，风采独特。"冯牧说："书有可读性，格调高尚，引人入胜，有生活魅力、艺术魅力和情节魅力。"这些评论，王火是受之无愧的。

　　我和王火认识的时间不算太长，从他1983年调到成都到今年刚十年。但许多共同的观点，使得我们的思想感情十分接近。他为救一个小孩撞伤头部，严重影响一只眼睛的视力。我也曾因长期眼病，一只眼睛失去视力，只靠一只眼睛学习和工作。我能理解他的艰难和苦处。但王火在这种情况下，坚忍不拔，坚持写完这一百六十万字的巨著，实在令人钦佩。前几年，王火每出一部书就送我一部，但我工作负担过重，没有及时阅读，今年工作有所减轻，我终于接连把《战争和人》认真读完。有时白天忙工作，晚上就读到深夜一两点。我的一只好眼睛，现在又开始出现白内障，读到眼花的时候，休息一会儿又接着读。读到第三卷后半部时，有一位好心的朋友怕我从繁重的工作岗位退下来不习惯，打电话问我有没有"失落感"，我说："现在还没有，但过几天可能有。"他大为奇怪，我赶忙解释："我正在读一本好书，感到很充实，可惜快读完了，到时很可能有失落感。"读完以后，有几天我的确感到"空虚"。我满腔热情把这本书推荐给我的女儿、两个姐姐读。她们都喜欢这部书。至于我的老伴，她比我先读。对这部书的赞扬，我最先是从她那儿听到的。

《战争和人》能引起读者的兴趣和共鸣，正如许多评论家指出的：它是抗日战争时期的"社会人性的百变图"，史诗性的高品位的艺术精品，一百六十万字的巨著，如果没有充实的内容和艺术魅力是抓不住读者的。我套用戏剧界的一句话：如要人迷戏，除非戏迷人。我只读了一遍，不敢提笔写评论文章。但从我的感受来说，我认为《战争和人》将成为我国的文学名著长期流传下去；我们的后代，也将从这部作品中受到启迪和吸取力量。

1993年10月13日

附　记

《战争和人》于1997年获第四届茅盾文学奖，后来又获第二届国家图书奖。

老友高缨①

一

我是在1942年春认识高缨的。

当时，我们同在成都航空委员会子弟校读书，校址在五世同堂街。学校的老师和同学大多数是"下江"人，逃难来四川的。学校抗日的气氛很浓。每周星期一全校大会，都安排高年级同学轮流报告时事。我们班（高小第四期）的级任老师叫吕渭渔，经常鼓励同学努力学习，不当"东亚病夫"，把日本帝国主义打出中国去。我有次去他的寝室玩，看见他把鲁迅的《阿Q正传》翻译成英文。美术老师穆义清则是进步的中华剧艺社的舞台美术设计。代理音乐老师教我们唱《打回东北去》。音乐老师叫杨霜泉，也教我们唱抗日歌曲，她年轻漂亮，教学生正确发音，引起学生对音乐课的兴趣。

为了丰富学生生活，进一步引起学生对音乐的兴趣，学校举办了音乐比赛。男生独唱，我们班推举石家忠当代表，他得了第二名。得第一名的叫高洪仪，是高小第三班的代表。他的声音圆润，富有感情，形象可爱，唱了一首反映中国人民苦难的歌曲《流浪》。就这一次比赛，高洪仪成了全校的"知名人士"，大家都认识了他。

---

① 本文为陈朝红著《高缨评传》的序。

这个高洪仪便是日后的作家高缨。

二

高小毕业后大家各自东西，1950年初夏我才与高缨重逢。

那时抗日战争早已胜利，接着又推翻了国民党反动派的统治，成立了新中国。我在青年团重庆市工委突然看见一个同志，很像高洪仪。彼此都从少年长成了青年，变化很大，但那个昂着头唱歌的少年形象，一再从我眼前闪过。我大胆地叫了一声："高洪仪！"

他回过头来，微笑地看着我，似乎显得很意外。

"我是成都航小的，比你高一班。你当年独唱得第一名，对吗？"

果然是他，我们紧握着手，无比高兴。

高缨在团市工委青工部，我在学校部。工作部门不同，见面时

1961年，高缨（右）和李致在四川省人民医院合影

间不多。但从交谈中知道，我俩都出生于1929年12月，我比他大几天。航小毕业后，我留成都，他去重庆。他进了人民教育家陶行知办的育才学校，我上了民主力量较强的华西协合高级中学。我们都投入民主运动，在四十年代中期入了党。这些相似的经历，使我们有了共同语言。

<h2 style="text-align:center">三</h2>

歌颂丁佑君，使我和高缨在感情上大大地靠近了。

1950年9月，我从《西南青年》月刊上读到丁佑君的事迹。这个年纪不满十九岁的姑娘，成都市女中的学生，瞒着家庭考上西康革命大学，随解放大军进入西康省。当时匪患猖獗，在征粮的过程中，丁佑君不幸被俘。她面对敌人，忍受严刑拷打和人身侮辱，毫不屈服，最终为革命事业献出生命。我为她高贵的品质流了不少的眼泪。

那时我在青年团沙磁区工委做学校和少年儿童工作。寒假，树人中学的少先队员开展活动，请我去讲故事。我把在报刊上看到的有关丁佑君的材料汇集在一起，加上自己的理解和感受，给孩子们做了一个报告。丁佑君的事迹使孩子们极为感动，他们一边用心听，一边放声大哭，高呼口号。这事一传开，从中学到大学，从沙磁区到其他区，许多团、队组织都邀请我去讲《党和人民的好女儿——丁佑君》。

丁佑君的英雄事迹，深深打动了高缨的心。他的长诗《丁佑君之歌》于1951年春发表在重庆的文学期刊《大众文艺》上。他满腔热情地歌颂丁佑君，在读者中引起很大共鸣。

高缨和我在群众中传播丁佑君的事迹。我做的丁佑君的报告依据的是报刊上的报道，尽管真人真事很感人，但有它的局限性。例如丁佑君被关在敌人的碉楼里，她想些什么，我不能编造。作为文学作品，诗人高缨则可以根据真实情况加以艺术想象。下面这几节诗①便是高缨所写的丁佑君被关在碉楼里的思想感情：

> 我决不屈服啊决不投降，
> 青年团员的心在胸中跳荡，
> 这颗心不会辱没你啊——
> 我的父亲，我的党！

> 碉楼里越黑暗你的光越明，
> 苦难越深你的声音越响亮，
> 我知道怎样去死啊——
> 我的父亲，我的党！

> 红旗下我举手宣过誓，
> 崇高的泪花在我眼里闪着光，
> 从那天起我就属于你啊——
> 我的父亲，我的党！

> 我已经死定了，
> 但我不怕也不悲伤，
> 因为你永远跟我在一起啊——
> 我的父亲，我的党！

　　我非常喜欢《丁佑君之歌》，特别是这四小节。每讲到丁佑君被敌人关进碉楼时，我就充满激情地朗诵高缨的这几节诗。高缨

---

① 　高缨在20世纪60年代重写了《丁佑君之歌》，没有这几小节诗。为尊重历史，仍照原稿实录。

的诗充实了我的报告，并使它更具感情色彩。听众被高缨的诗感动了，对英雄充满崇敬，对敌人更加仇恨。

高缨这首长诗获得了西南文学奖。

四

1953年，由于工作需要，高缨被调到中共重庆市委文艺处工作。不久，他又成为市作家协会的专业作家。高缨每出一本书都要送我，我则是他的忠实读者。

我十分喜欢高缨的短篇小说《达吉和她的父亲》。

说来有趣。一天中午，我随意翻开小说中的一页，一下被达吉在离开她彝族父亲时所讲的那些充满了父女深情的话打动了，流出了眼泪。我是倒着章节把它看完的，然后再从头至尾读了一遍。我一向有雷打不动的午睡习惯，这篇小说竟使我激动得睡不着午觉。

《达吉和她的父亲》受到读者欢迎，后被长春电影制片厂和峨眉电影制片厂合拍成电影。以后听说有人批判小说和电影有资产阶级人性论，作为读者，我不同意。艺术作品必须打动人，为什么怕人流眼泪呢？我曾对高缨说："不管那一套，我支持你！"这次争论很激烈，还出了一本讨论集。好在周恩来总理在一次讲话中谈到这个问题，肯定了《达吉和她的父亲》，周总理说："小说和电影我都看了，这是一部好作品。""小说上写到汉族老人找到女儿要回女儿，便说这是'人性论'，父女相会哭出来就是'人性论'。""一切都套上'人性论'，不好！"周总理是文艺界的知心朋友，总是在关键时刻引导作家往正确方向前进。回想起来，很长一段时期老批人性论。不要人性，难道要兽性？"文革"中某些人就是兽性大发作！这个教训真值得牢记。

我不是评论家。我喜欢以情动人的艺术作品。我认为，以情动人，是高缨作品的重要特色之一。

五

高缨长期坚持深入生活，不断有好作品问世。源于生活，紧跟时代，贴近人民，是高缨众多作品的共同点。

粉碎"四人帮"时，我正在四川人民出版社工作。为配合给作家沙汀、艾芜、马识途等人恢复名誉，四川出版了《四川十人短篇小说选》，其中选有高缨的短篇小说《大河涨水》《小米》《鱼鹰来归》。以后又出版了高缨的长诗《丁佑君》和中篇小说《兰》。能出版高缨的作品，我和文艺编辑室的同事都感到高兴。

我们这一代作家和作者，道路是曲折坎坷的，既有阳光雨露，又有寒风霜雪，好在坚持过来了。粉碎"四人帮"后，高缨陆续出版了几部小说散文和诗集。收到高缨一本一本的新作，作为老友，我心里充满喜悦。我从1945年开始学习写作，1955年闹"胡风问题"时被审查，思想被搞乱，不再提笔。三十多年来，高缨一有机会，总是鼓励我不要丢掉写作，但我仍不敢再触文学这个"雷区"。直到党的十一届三中全会前后，思想解放，才重新提笔。20世纪90年代初，我的第一本散文集《往事》出版后，高缨又著文鼓励。我不会忘记高缨对我的鞭策。

高缨是有成就有影响的作家，今年七十有二，还在峨眉山市深入生活，笔耕不止。评论家陈朝红（曾任《当代文坛》副主编）长期研究四川作家，在省内外报刊上发表过许多研究当代文学的评论文章。这次又写了《高缨评传》。本书经过较长时间的积累和酝酿，资料翔实丰富，对高缨的创作道路、创作方法及风格，都做了认真细致的分析，具有独到的见解，对当代作家的研究颇有裨益。朝红的工作很有价值，并卓有成效。我借此回顾了与高缨的友谊，也对朝红表示敬意。我们需要高缨这样的作家，也需要朝红这样的评论家。时间将会证明这一点。

2001年8月30日

祝福字心

掰起指头一算，我和字心已有三十五年的交情。

1973年，我从共青团中央调到四川人民出版社工作。我和字心一起度过了"文革"的后期，又一起为川版书的崛起共同奋斗。

我初到出版社任"革委会"副主任，分管文艺编辑室和美术编辑室。字心当时在文艺编辑室主管小说组的工作。"革委会"主任江明曾简单地向我介绍：字心是转业干部，为人正直，有业务能力。可是在那十年浩劫的日子，"革命"才是头等大事，一会儿"批林批孔"，一会儿"反击右倾翻案风"，根本不可能抓业务工作。

不久，"最高指示"要抓文艺创作。省委宣传部开会布置，中心是要写"走资派"还在"走"。我内心并不赞成这样的选题，但不能硬顶。我们下到地区，组织工农兵作者创作。本着对"革命"负责的精神，对每一篇作品都认真讨论，不断修改；又认真讨论，再不断修改。字心曾在一篇文章中调侃说我很会走"群众路线"，又能"弯弯绕"和"曲线救国"，说穿了就是"磨洋工"，直到粉碎"四人帮"为止，这类书一本也未能出版。我们两人并没有（也不敢）私下议论，但做起来却很默契。没有字心的配合，这个"洋工"是磨不起来的。也就是说，这个"磨"是我们一起推的，心照不宣。

1976年粉碎"四人帮"后，出版社全力投入出版工作。字心是出版社的重要骨干。他思想解放，政治敏感性强。早在为彭德怀"平反"之前，他就支持部队作家丁隆炎，记录和整理了彭德怀警卫参谋景希珍的谈话，即反映彭德怀在庐山会议前后的《在彭总身边》。此书出版后好评如潮，时任党中央秘书长兼中宣部部长的胡耀邦大加称赞，为川版书的崛起打响了重要的一炮。

　　面对十年浩劫，作家被打倒造成的严重书荒，字心和有关同志积极组织老作家的"近作丛书"以及"现代作家选集"和"当代作家自选集"丛书。这不仅积累了文化，满足了广大读者的需要，而且为一批作家和作品平了反。曾任国家出版局副局长的刘杲说："其作用绝不亚于组织部的'红头文件'。"这几套丛书，多次参加全国或国际书展，在团结新老作家上也起了积极作用，许多作家都乐意把作品交四川出版。

　　出版社有个书稿"三审制"的程序，即责任编辑初审，编室主任二审，总编辑终审。我是总编辑，当然要参与策划、制定选题和组织书稿的工作，常常忙不过来，只能有选择地终审。我完全信任字心的水平和能力，书稿一到手，字心的二审实际是终审，经他审过的书稿，拿来我就签字，从没出过问题。字心很注意发挥小说组所有编辑的积极性。许多编辑不仅把他看成领导，同时把他作为朋友。一位年轻编辑有些粗心，把作家茅盾写成矛盾，沙汀写为沙丁。沙汀一贯幽默，他说："这位编辑害得我滴水不沾。"字心耐心帮助这位年轻编辑，常让他坐在身边，说这说那。大家私下开玩笑说：字心对这位年轻编辑，就像父亲教儿子一样。

打倒"四人帮"之后，四川出版事业发展较快，提出了"立足本省，面向全国"的方针。这对出版社领导和所有编辑以及出版各个环节都提出了更高的要求。编辑在第一线是龙头，荒废十年的出版能否开创新局面，他们的关系很大，责任很重，必须尽心尽力，要有"甘为他人做嫁妆"的奉献精神。字心正是具有这种精神，与众多作家交朋友，多方面为他们服务。突出的事例是对作家周克芹。字心和责任编辑曹礼尧把周克芹从公社借到出版社创作，发现他在农村负债累累，便利用各种补贴帮助他把借债还清。获首届茅盾文学奖的长篇小说《许茂和他的女儿们》，本是出版社与周克芹事先约定的（当时还没有签合同的制度），中途也有书信来往，解决写作中的困难。但完稿后却被人拦截，给了别的出版社。出版社不少人，包括我在内，对此愤愤不平，字心却说："反正出了个作家，这是好事。"不久，周克芹也为此感到内疚，字心和曹礼尧不计前嫌，在其写作陷入低谷之际，为他出版了《中短篇小说选》。周克芹英年早逝，曹礼尧提出在四川文艺出版社出版《许茂和他的女儿们》的另一个版本，字心还为该书写了一篇声情并茂的前言。这充分反映了字心等人的博大胸怀。

出版工作也会遇到曲折和压力。继《在彭总身边》以后，丁隆炎又写了催人泪下的反映彭总的《最后的年月》一书。可是该书刚发行两三天即被责令停售，当时主管意识形态的最高官员批示要开除作者的党籍。出版社的领导把责任揽在自己身上，保护了作者。在服从组织的前提下，停售《最后的年月》。同时，向耀邦、王任重以及党中央书记处申诉，坚决不同意停售该书。这份申诉书，义正词严地驳斥了对丁隆炎的不实指责。而起草申诉书的人主要是宇心。我最近找到这份申诉书，并公之于世。从这封信里，可以看出宇心高度的责任感和难得的勇气。

以后，四川人民出版社先后分成九家出版社，宇心曾任四川文艺出版社总编辑。他不愧是一位优秀的编辑家，同时又是一位优秀的作家。

从20世纪50年代末，宇心就开始文学创作。他发表的小说、散文有三百多万字。

宇心的著作能得到读者的喜爱和专家的好评与他作品的特色分不开。什么是他作品的特色？有人说，宇心作品的特色是：时代的鼓点，人性的回归。

我赞同这个观点和评价。

任何有价值的文学作品都不能脱离时代，至少应是时代的某种缩影和折射。宇心经历了剿匪平叛、高举"三面红旗"、"以阶级斗争为纲"的各种运动，以及"文革"、粉碎"四人帮"、改革开放等重要阶段，这些时代的风云或节点，都从不同的侧面反映在他的作品之中。粉碎"四人帮"以后，宇心在他的多篇散文中赞颂周恩来和彭德怀等老一辈革命家的高尚品质，并为在"浩劫"中蒙受冤屈的人鸣不平。农村经济体制改革初期，宇心借出差的机会去农村跑了一段时间，他敏锐的感受在其作品中有不同层面、不同角度的反映。当时不少领导成员，把包产到户当成走资本主义道路，明知有利于生产又怕犯错误。宇心创作的短篇小说《赴宴》，在调侃中再现了农村基层干部的心路历程。小说写农村一个公社开党委会，会议的起因是一个私自包产到户的生产队，完成了公粮，又吃上了饱饭，发出请柬，邀公社领导去吃"九大碗"，共庆丰收。党委成员左推右脱，谁也不去，而谁都有不去的理由。作品行文轻松，人物表现可笑。但轻松和可笑背后，却埋藏着严肃和阵痛：什么是资本主义，什么是社会主义？由来已久的紧箍咒将他们箍死了，箍迷糊了，箍得笑也不是哭也不是了。这篇小说只有短短的五千字，透视的却是一个长久的大问题。表现手法高明，颇有独到之处。

文学，说到底是人学。字心的作品常出现人性回归的火焰。无论呼唤生存的权利或是婚恋的自由，在其独特的叙事和人物的塑造中，往往闪烁着一种牧歌式的凄美，令人不由自主地发出思辨和自审的询问：人生不就是由一段一段的生活铺陈和连接起来的么？组成生活的"生"和"活"究竟应该如何理解、剖析，然后去谋生存之道呢？短篇小说《远山的呼唤》就是这样一篇佳作。饱经忧患的一位文化人读了它写信给字心，说"百感交集，欲哭无泪"。

长篇小说《风流古镇》是字心的力作。在"作者自白"中，字心写道："我写的是我的乡梓我的前辈。月是故乡明，写故乡我心明如月，不抹半点云翳。写前辈我芒刺在背——他们贪婪逞强，纵欲寡廉，不乏精明于是尔虞我诈，也有刚烈乃至你砍我杀，情仇交织，了无终结。在古镇泼洒水墨，勾勒风景，留下的居然是当世风流。"字心由此演化而成的文字，由于在他心底沉淀发酵已久，虽然"蹉跎了众多岁月"，但终于有机会冲决"林林总总的禁忌"，留下这部真正的文学艺术品。无论是曲折的故事情节还是独特的人物性格，均引人入胜。娴熟的四川话也是其显著的特点。它显示了字心的创作功力。

值得一提的，字心称他这部作品没有主题。但有评论家认为："一个山乡古镇，就是一个大世界。字心让这些形形色色的人物上演了一出人生戏剧，叫读者动容、感慨、叹惋，去体味人世间的艰辛、荒唐、苍凉与无奈。"作品没有主题，但有主旨，字心的主旨，隐藏在他的创作倾向里了。细细品味，在《风流古镇》中生发出多少人生的百味，鸣响着多少人性的呼唤……其实即便是在荒唐的岁月里，作恶者挖掘的血泊也掩盖不住真诚和善意的潜流，尤其在几个底层人物如打更匠和张么嫂身上闪耀着的人性光华，给苍凉的人世抹上了一片温暖的亮色。这不正是他创作的追求么？这位评论家还说，这部作品"绝不会短命……写一本书能有这样的命运，就是作家的福气"。字心在创作中甘苦备尝，想来这应是最大的慰藉。

字心能有众多的优秀作品，来源于他的生活。他出身于一个封建家庭，在学校开始喜欢文艺，学习写作和主办墙报。川南解放不久，字心主动参军。既在连队做过文化教员，又在武工队当过队员和队长，参加过剿匪和平叛的战斗，先后立过二等功和一等功。他在艰苦的凉山待了十五个年头，其间在全国唯一的一个彝族团里工作了五六年。他对大凉山有一种特殊的情愫，对生存在那片大山区的彝族兄弟和老阿妈、小阿妹至今难以割舍，这在他的作品尤其在很多篇散文里，注入的情思热得烫人。这也难怪，因为与大山朝夕相处的十五年，是他人生最美好的年华，他的创作就是在这里起步的，他的第一篇散文和第一篇小说都是记述大凉山上的风霜雨雪的。字心20世纪70年代初转业从事文字工作，后又在出版社任编辑、编室副主任和总编辑。他广交朋友，包括三教九流，诚挚真切，能得人心，这也是他重要的生活来源。有了生活的广度和深度，还得有作家的细心观察。字心的作品中许多细节饶有趣味，有益于塑造各种人物。我有准时的习惯，开会什么时候开、什么时候结束，每项议题占多长时间，事先都有所设定。唯有字心参加的会例外：他无论讲作者的经历或讲组稿的过程，娓娓道来，都有许多生动的细节，与会者听得津津有味，我也不忍让他中断，以至于会议时间"失控"。

写作是艰苦的劳动。字心不是专业作家。除由解放军文艺社调他到北京写作三次（近两年），他一般都是在业余时间写作，直到从社长职位上退下来为止。字心在职时工作繁重，他又很敬业，不少业余时间都用于工作了。他的战友任斌武笑话他"出差就是他最佳的创作假"，有时"走在路上，坐在车上，睡在枕上，蹲在厕所都在酝酿人物，构思故事"。有一次，字心突患心脏早搏，医生诊断后立即收治住院，并下病危通知。经过一段时间治疗，一旦早搏现象有所好转，他又以床为桌开始写作了。由于构思成熟，许多散文和短篇小说往往一气呵成，似乎显得很"轻松"。其实，正如戏剧演员所说，这是"台上几分钟，台下十年功"的体现。他不求闻达，不凑热闹，能耐寂寞。三百万字的作品，字心为此付出了多少辛劳啊！

　　人如其文，文如其人。字心无论是作为编辑家或是作为作家，都有许多共同点：正直诚恳，思想敏锐，敢说真话；独立思考，不唯上，不随波逐流；为人宽厚平和，记情不记仇；做事认真细致，从不马虎。抓住这些环节，可以帮助我们进一步理解字心其人和他的作品。

　　我为有字心这位挚友而庆幸！

　　祝福字心！

2010年1月17日完稿

419

不忘社会责任

——记卢子贵

　　卢子贵同志和我多年一起在宣传、文艺系统工作，又同是文友，我习惯直呼他为子贵，似乎不这样叫就不亲热。

　　我不记得认识子贵的准确时间了。

　　有一次交谈的印象却很鲜明。那是1982年底，当时子贵正要从省委宣传部调到省广播电视厅任副厅长兼四川电视台台长，而我正要从出版社调省委宣传部工作。我一贯喜欢干实际工作，十分羡慕子贵能调到省电视台。我坦率地向子贵表明了我的看法，希望他到电视台干一番事业。

　　子贵到四川电视台以后的确取得了辉煌的成绩。四川台为中央台提供的新闻采用数，有三年居省市台首位。早在省上提出冲破"盆地意识"之前，四川电视台就到过长江的源头各拉丹冬（为当时国内电视工作者攀登过的国内最高的地方），去过路最远的南极。将我省现当代著名作家巴金、李劼人、沙汀、艾芜、罗淑、罗广斌和杨益言等人的名著改编并拍摄为电视剧。儿童电视剧多次获奖。为振兴川剧做出过贡献。这些业绩，当然是电视台全体同志努力工作的成果，但与子贵的领导密不可分。前两年，子贵被评为全国百佳老电视艺术工作者，则充分证明了这一点。20世纪80年代中期，淫秽录像风行，子贵和我对这些戕害青少年的毒品义愤填膺，

李致和卢子贵（左）

协同有关部门严加打击和取缔，全面抵制这方面的精神污染。

随着年龄的增长，我和子贵先后从原部门的领导岗位退下来。我们有幸又一起在四川省文学艺术界联合会工作。子贵长期担任省文联副主席、省电视艺术家协会主席，后又被选为全国电视艺术家协会副主席。经济转型期间，拜金主义难免对文学艺术产生影响。子贵和我以及其他几位主席，常为端正文艺思想大声疾呼。我们反对媚俗，曾和马老（马识途）、王火、吴野等老同志一起，呼吁报刊增加文艺副刊的分量。在这些方面，我们思想上有高度的共鸣。

十几年前，子贵和志向相同的文友筹建了四川省散文学会，子贵被推举为会长。学会是我省散文家自己的群众组织，没有向政府要编制和经费。凭着他们的执着和智慧，经常组织散文家深入生活，讨论散文家的作品，从不定期到定期出版季刊《散文潮》，特别是先后出版《当代四川散文大观》四集（约两百多万字），工作十分活跃。学会这样兴盛，引起众多人的瞩目和赞誉。在省文联的全委会上，我多次建议文联所属各协会学习散文学会的经验，充分发挥群众组织的作用，克服"官办"协会的某些弊病。

十几年来，子贵勤于笔耕，写了不少散文、杂文、随笔和评论，字数上百万，出版了《卢子贵散文选》等六七本著作，多次获奖。子贵平常认真读书，又有很多在国内外出差的机会。读万卷书行万里路，使子贵视野宽广、思想深邃，无疑对他的创作起了很好的作用。为了鼓励新人或老友共勉，子贵为众多文友的散文集或写序或作跋。子贵的作品受到读者欢迎，专家早有评论。我想强调的是：子贵有高度的责任感，无论什么题材什么文体，他写作时总记起鲁迅的心态，那就是鲁迅写作时忘不了年轻人掏出带体温的钱买他的书。有些文学家回避社会责任，其实作为社会人，人人都应有社会责任感。十几年前，我的小外孙去吃肥肠粉，吃到第四碗时，老板就坚决不卖给他了，说吃多了对他的肠胃不好。这也是社会责任感。一个卖肥肠粉的老板尚且如此，文艺家能没有社会责任感吗？所谓社会责任感，也就是作家的良心。正是这一点，我尊重子贵，并视他为挚友。

愿这些往事杂谈，有助于读者了解子贵，了解他的书。

2005年5月17日

缅怀沈绍初

以下，是我为绍初（笔名沈重）的书《危楼旧梦》而动笔、却没有写完的前言：

沈重发来《危楼旧梦》全文的电子版，以便我能在电脑上放大字体后阅读。他希望我能写上几句话，作为序，放在这本随笔集的前面。

我与沈重相识近二十年。1995年，我的第一本集子《往事》出版，使资深编审沈重"注意"到我。在一次会议上，沈重希望我送他一本《往事》，我遵命奉送；不久，在另一次会议上，沈重说他喜欢读我的随笔，并开玩笑说他本想写篇读后感，但又怕"玷污"了我的文章，所以不敢写。旁边的几位朋友（我只记得有陈之光）抓住话柄，一定要他写，而且非写不可。沈重"自投罗网"，为我写了《真诚·质朴·幽默》一文。1997年，我的第二本集子《回顾》出版，这次没有任何"威吓"，沈重主动为我写了《白发的芬芳》。

沈重的这两篇文章，给了我很大的鼓励。我从1943年开始学习写作，到1948年底，将近写了近百篇习作。不幸的是这些文章，使我在1955年肃清"胡风反革命集团"的运动中被隔离审查达半年之久。最后的结论，我当然不是什么"集团"的分

李致与沈绍初（左）

子，但我的思想却被搞乱了：生怕我这个"小资产阶级"一定要"顽强地表现自己"，从此再也不敢提笔。"文革"中被抄家关"牛棚"后，更发誓永不写任何作品。重新提笔是在党的十一届三中全会以后，我的思想得到解放。但对自己的作品能否再次得到读者的认可，并无把握。沈重理解我为什么长期停笔。他说："中国的情况有点复杂，作家有时就是不能写，农民有时就是不能种地。不是主观不想，而是客观不允许。"他也相信我："年近古稀而重新提笔，一不为名，二不为利，无所为而为，更重要的是，他为读者提供了许多珍贵的东西。"特别是沈重认为我的文章，"在当代市场般喧闹的文学界也许并不引人注目，更无'轰动效应'，但却默默地起着精神支柱的作用。"这些鼓励，使得我坚持不懈地写下去，我不愿意、也不能辜负沈重的这番好心和期望。

从此我与沈重成为好友。正如他所说："就像在社交场中应酬之后，身心俱疲地走过繁华闹市，在郊外一处清静所在，突然碰到一位阔别多年的老友，坐在水边一块草地上，执手相对，静听他倾谈别后的种种经历和感受。"我们见面不多，电话却不少。我打电话找沈重，沈重的夫人王凤能听出我的声音，她总是亲切地呼喊"老头子"，把沈重叫来。于是，我和沈重的对话便开始了。

沈重是著名的诗人。1999年，他出版了《沈重诗选》，众多的诗人和评论家为此举行了研讨会。我因照顾老伴生病没有参加，但我知道大家发言的要点：公认沈重是"在艺术上早熟又经久不衰的长青诗人"。由于诗人的真诚和深情，"凝重而精致，典雅而素净"，许多诗句让人过目不忘，留在心间。诗人几十年从事写作，遇到难以避免的历史周折。沈重自己在《后记》中说："人生中应该开花的黄金季节，终于不可挽回地错过了。我不知道是我误花期，还是花期误我？"沈重的诗是"这个时代的投影"。正如评论家吴野所说，沈重"40年代的诗里跳荡着激情，燃烧着愤怒。80年代以后的诗作，呈现出来的意境便显得深厚沉稳，精气内敛，平和悠远。今天是昨天的延续，昨天更是印证着未来，深沉的历史沧桑感与鲜活感纠结在一起"，处处浸润着诗人和他的人生感悟。

此时，在我电脑的桌面上，显示的正是沈重的人生感悟——随笔集《危楼旧梦》。

《危楼旧梦》，主要是沈重的往事回忆。有些回忆录，确有一定的史料价值；但总有点八股味，比较枯燥，缺乏吸引力。沈重用随笔形式写回忆，包括用随笔形式写评论，感情真挚，文笔流畅，文字优美。不少语句就是诗句，不少篇章就是散文诗。这种具有诗情的随笔，与沈重的诗人气质，是分不开的。

前言没有写完，为什么？不是我不愿意写，而是我不擅长写文学评论。我曾经为高缨、字心、龙实的书，为李培根的诗集写过前言或代序，但主要是写他们的为人以及与我的交往，并没有评论他们的作品，所以我写完了和绍初的交往，就写不下去了。绍初开初要我写好序，和他的书一并交出版社，我推说让他先交稿我后交序。以后要开印了，我还是写不出"评"绍初散文的"论"。我多次读他的文章，甚至查出沙汀对绍初一篇散文的评价："重读《四川文学》七月号……沈重那篇，最突出的是作者有相当好的文学修养。"（沙汀日记189页，1962年7月22号）。写不出来怎么办？我对绍初说，你的诗本身很好，不一定要序；书出来以后，我争取写一篇读后感。绍初拿我没有办法，只好不要序了，等我写读后感。绍初多次催促我，说："革命尚未成功，同志仍须努力！"我只好"耍赖"，答："不成功，则成仁！"绍初除了为我的《往事》和《回顾》写过文章，还为《巴金的内心世界——巴金致李致的200封信》写过评论。我却连一篇前言都没有为他写成，想来实在愧疚。

这之前，我帮助绍初在天地出版社出版了《沈重诗选》，不过是举手之劳，绍初却写信感谢："这些东西本来不值得出版，所以搁置五年，虽觉寂寞，也还平静。不过总有一些朋友鼓励我出书，自己也觉得一件心事未了；但出版太难，我也不抱奢望：有机会就出，没有机会就算了。如果不是偶然涉及此事后，得到你如此热情的帮助和关怀，这本书在本世纪内恐怕是很难问世的，下个世纪如何，就更难预料了。这段经历我本想在《后记》中谈得更详细一点，但仔细一想，涉及的问题一时也难于解决，而且也非《后记》所能胜任，只好暂时不说了。现在这个《后记》，我只是和其他朋友一样简单地提了一下你的名字，远远没有表达出我对你的真诚感激之情。由此我想到巴金老人和你的白发，确实是有遗传的。巴老的发丝中有许多是为扶植作家而白的，你的发丝中有许多也是为扶植作家而白的，其中至少有几根是为我这本微不足道的《诗选》而白的，能不使我感动吗？直到昨天，段英还告诉我："李部长对你

李致文存·我的人生（上）

那本书的封面很关心。"我听了真不知道该向你说什么好。哪个作家碰到巴老和你这样的作家兼出版家，都是一种幸运。可惜现在这样的作家兼出版家凤毛麟角，大都是出版商和出版官。当然，我也体谅他们的难处。"

2009年我八十岁生日，绍初参加文友们为我贺寿的聚会，并赠诗《一头牛的速写》：

> 曾经是一头天真的横牛
> 凭一对血性的犄角
> 敢向黑夜挑战，绝不回头
>
> 浩劫当头，牛性不改
> 不说假话，宁做闷牛
> 黑白谁能混淆？心中自有美丑
>
> 即便套上枷锁，风骨依旧
> 实话实说，竟成黑色幽默
> 一语刺中嗜血的母蚊子咽喉
>
> 牛眼里有风有雨有爱有忧
> 独自走过上海长街的寒秋
> 谁能分清是雨在淋，是泪在流
>
> 终于盼到这一天！重新抖擞
> 在阳光下耕耘，在草野间奔走
> 好一头质朴亲切的孺子牛
> 八十载风雨兼程，往事如酒
> 白发下覆盖着真诚、幽默和忠厚

浩荡春风里，健步前行着不老的老牛

沈重　敬贺

2008年12月大雪前日

绍初用"牛"作诗，是他知道我小时被称为"五横牛"；我重新提笔后，也用过"司马横牛"为笔名。

2016年，应《四川文学》之约我写了一篇《我与〈四川文学〉的不了情》。其中有一段，我写到沈重，感谢他为我的《往事》和《回顾》写的两篇评论，并表示不会辜负《四川文学》和沈重的期望，说真话，坚持写作。沈重曾经是《四川文学》的资深编审，尽管当时他已在巴金文学院工作。

绍初看见这篇文章以后，打电话给我，说他很感动。还说：他当了很多年的编辑，作者这样感谢他，我是第一个。其实，我对绍初的感激，早在那篇没写完的前言里表示过，只是没有写完，他没有看见。

这些年来，我和绍初见面，多是在作协的一些会议上。会前，我们会电话相约。我几次表示愿意去绍初家看望，老嫂子也在电话里表示欢迎，但绍初因我上楼梯困难，一再婉拒。绍初曾单独来过我家，也和廖全京、李智惠夫妇一起光临过寒舍。

绍初关心我的"小打小闹"。有一篇文章我写自己在"五七"干校的经历，题目叫《我过了劳动关》，绍初认为"文不对题"；后来该文收入文集时，我把题目改为《"五七佬"的劳动和生活》。另有一篇文章叫《纯真的友谊》，记述我和《中国少年报》原总编辑钟恕的友谊，我担心读者会感觉平淡；绍初读后说"很感人"，我才放心。前年，我写当年三下农村的感受，为了简洁明了地说明什么是"实事求是"，我用了农民的语言为题，即《鸡就是鸡，鸭就是鸭》，绍初就这个题目和我讨论。有这样一位好友，经常关注着我的写作，是我的幸福；也使我下笔更加慎重，不敢"乱说乱动"。

绍初的眼睛患白内障，手术的效果不好。我曾陪他去复查，但也无法改变现状。这，大大妨碍了他的阅读和写作，也影响了他的情绪。他在一封信里对我说："你的'小打小闹'没有中断过，是我学习的榜样。……心中也有一些写作打算。总是提不起精神来，奈何!"我曾建议他想好诗句，请老嫂子笔录，他说缺乏心情。

到了老年，绍初有肺气肿。每到冬天，总得住医院治疗。今年，感冒转为肺炎，进了重病监护室。这期间，我每天打电话向老嫂子询问绍初的病情，并几次向省作协领导通报。不幸医治无效，绍初于2018年1月30日离开了人世，他的亲人和朋友们无限悲痛。作为好友，他为我付出很多，我回报得太少，我会永远牢记他的友谊。现在，我含着泪水对绍初说一声：对不起，我没有完成你给我的任务!

2018年4月25日

情系文艺

李致文存·我的人生（上）

LI ZHI WEN CUN

文艺界的领导和朋友
——怀念李亚群

　　李亚群同志是革命家、诗人、文艺界的好领导，人们尊称他亚公。

　　早年我在共青团四川省委工作时，与亚公接触并不多。1972年，我从干校回北京探亲后，悄悄绕道去上海看望尚未"解放"的巴老。我问巴老过去与党有无接触。巴老说，抗日战争时，在桂林沦陷前，周恩来曾派李亚群询问他是否需要帮助撤退。我这才知道亚公是老革命，当年受周恩来同志直接领导。正因为如此，"文化大革命"一开始，亚公即在四川被打成"三反"分子、周扬"黑线"上的人。

　　1973年，我调回成都，在四川人民出版社工作。由于我和沙汀、艾芜、马识途几位老人很熟，从他们那儿也得知亚公的一些情况。粉碎"四人帮"以后，在周总理逝世一周年之际，我们出版的诗集《人民的怀念》中收入了亚公怀念总理的诗。以后又出版了《李亚群诗词选》。

　　由于我在出版社分管文艺编室，以后又调省委宣传部主管文艺工作，接触到我省很多文化人，包括作家、诗人、川剧界人士，听到他们对亚公的许多赞誉，并感受到他们对亚公的深厚感情。很多生动的事例和真诚的情愫，都收入本书的文集中，我不再重复。令

李亚群同志摄于1995年秋

我不能忘记的是，在向亚公遗体告别仪式上，许多人痛哭失声。站在我前面的是作家陈之光，后面是几位川剧演员，他们一直放声痛哭。之光对我说了一句话："他为文艺界受了好多气啊！"真挚的哭声震撼人心，证明亚公活在人们的心里！他对我省文艺界的影响绝不会消失！

亚公之所以受到我省文化人的爱戴，是因为亚公深知文化工作的重要，真诚地关爱文化人，并有渊博的知识和深入细致的工作作风。在文化人面前，亚公不是"官"，而是知心朋友。这既是亚公的人品和综合素质的展示，也是亚公曾在周总理身边工作、学习并继承了总理的人品和工作作风的体现。

20世纪80年代，我在省的宣传工作会上，多次提出我们宣传部的同志、文联和各协会的同志，要学习亚公和马老（马识途）的人品和作风，与文艺工作者广交朋友，了解他们，爱护他们，支持和帮助他们，绝不要高高在上，当文艺"官"。在去年和今年文艺处的老同志聚会时，我又重申了这个观点。

在亚公百年诞辰之际，出版《难以忘却的怀念——李亚群百年诞辰纪念文集》是对亚公的缅怀。缅怀的目的在于继承，希望有更多的文化人了解亚公。亚公活在我们心里，将不断鼓舞我们前进！

感谢文辛同志为文集的出版付出的很多努力。

2007年初夏

廉洁奉公的黄启璪

黄启璪

黄启璪同志原在中共四川省委任秘书长，后调全国妇联任副主席。她一贯勤恳工作，廉洁奉公。

1993年，我老伴正在生病，启璪出差到四川，提了两只乌龟来我家。她说是别人送她的，她拿来慰问生病的丁大姐。

我会杀鸡剖鱼，却从未杀过乌龟，只得去请教食堂的小陈师傅。小陈师傅说："这很简单，拿支筷子去拨弄乌龟，等乌龟伸出头咬住筷子，一刀把头切掉就行了。"他一边杀乌龟，一边和我聊天。

我告诉小陈师傅这个乌龟的来历。

"黄启璪秘书长就是好！"小陈师傅说，"我接触过许多领导，秘书长在这方面表现最突出！"为了证实他的说法，他又说，"市、地、州委一些同志给秘书长送东西，她首先坚决不要，如果推不掉她就给钱。要是别人悄悄把东西放下，她事后发现，就把东西分送给食堂或幼儿园。"

启璪平易近人、关心人，得到许多人的尊重。送少量土特产表

李致与黄启璪（左）

表心意，谈不上是贿赂，但启璪对此的态度是鲜明和坚决的，因而得到食堂员工和小陈师傅的赞扬。

我又告诉小陈师傅一件事：

秘书长原住在商业街与多子巷之间的部长楼。当时，除书记住的大院，这栋楼的条件是最好的。在去全国妇联工作前，启璪与丈夫李越商定，把她住的部长楼退给公家，李越搬到一般的两室一厅的旧房子居住。以后，李越到全国政协工作时，又把两室一厅的房子退还了。

我知道一些领导同志调离四川后不退房子的事例，但没有讲。

小陈师傅说："我们国家就需要秘书长这种领导干部！"

老百姓心中有杆秤，此话一点不假。

2011年3月31日

缅怀许川

——写在许川逝世二十周年

我和许川同志在一起工作了七年半，从1983—1991年上半年。

一

1983年初，我和许川一起调到中共四川省委宣传部工作。这之前，许川在四川日报社任副社长（实际上是总编辑），我在四川省出版局任副局长兼四川人民出版社总编辑。当时，全省（包括重庆）只有一家出版社。据说，宣传部这一次是调了几位"内行"去担任领导。

许川是省委常委、宣传部部长，管全面工作。我任副部长，主管文艺和新闻出版。开初半年多，另一位常委黄启璪分管文艺工作，以后黄启璪工作变动，文艺工作就由许川直接负责。

许川曾经说过，文艺和理论是宣传部最难管的两项工作。"文革"前的许多政治运动，都是从文艺界开刀，"文革"后也有几次不是运动的"运动"。许多人不愿接触文艺这个"雷区"。有个笑话：亚公（李亚群）在"文革"前主管文艺工作，吃尽苦头；当马老（马识途）接替亚公主管文艺工作时，亚公向马老又鞠躬又作揖，说他找到"替身"了。当我主管文艺工作后，马老也对我说他

李致与许川（左）

找到"替身"了，只是没有对我又鞠躬又作揖。

我大概是初生牛犊不怕虎，居然也就干了。记得我和许川第一次讨论到文艺工作时，达成一个共识：以表扬为主，遇到问题，重在总结经验教训，不搞神经紧张，不"整"人。我和许川长期合作得很好，这是我们之间极其重要的思想基础。

曾经经历两次不是运动的"运动"，文艺界颇有些紧张气氛。许川及时告诉我：省委常委讨论，认为我们省里尚未发现资产阶级自由化的代表人物，认真搞好学习就行了。这对稳定四川文艺界起了很好的作用。后来在一次会上，有同志不指名地批评许川和我，说运动没开始就这样表态，实际是在"包庇"搞"自由化"的人。事隔二十多年，是非自明，不用多说。

那些年，宣传部的确保护了一些作家和艺术家，无一不是得到许川的支持。

二

许川是部长，"一把手"，但他从不搞"一把手"说了算。他既有高超的领导艺术，作风又很民主：重大问题，一律由部务会讨论决定；尊重副部长的分工，有关业务放手交副部长处理。如有关厅局负责人向他请示工作，只要涉及文艺或新闻出版的，他一般都请我参与，并先听取我的意见，他再表态。他从不绕开分管部长直接向下面布置工作。

有一次，文艺处要任命一名副处长。我建议任命的人选刚满二十九岁。当时还习惯于论资排辈，人事处有些为难。我表示，只要在岗位上能够胜任，就该安排应有的职位。经过多次讨论，许川同志说："李致同志分管文艺工作，我们就尊重他的意见吧！"部务会通过了这项任命。事实证明，这个任命并没有错。

正因为如此，宣传部的领导班子很团结，一心扑在工作上。对宣传部分管的各厅局协会，许川一直不用"领导"二字。凡听见说"在宣传部领导下"，他总是说："只能说在省委领导下。宣传部是省委的职能部门，起'联系'的作用。"

许川平易近人，没有架子。工作中有问题，他总是心平气和地与大家讨论，我没看见过他发脾气、训斥过任何人。在他的任期内，每到阴历除夕，他都邀我和他一起到宣传部宿舍，每家每户去拜年。春节后第一天上班，他总是约我和他到每一个办公室去走走，问问大家年过得好不好。哪怕时间不长，握握手，寒暄几句，都使同志们感到很亲切。正是这样，多数人都愿意接近他，敞开心扉和他谈话。

我曾住在出版局桂花巷宿舍六楼。许川为了与我交换意见，多次登上六楼，累得不断喘气。我的老伴则以香茗或咖啡款待他。

三

省委和省政府在1982年发出振兴川剧的号召。

宣传部作为职能部门坚决执行，做了许多工作。我们都知道老一辈革命家周总理、邓小平、贺龙和陈毅等对川剧的关怀，也懂得如果川剧枯萎了，我们这一代人上愧祖宗，下负子孙。许川曾在一次会议上讲："作为各级党委的宣传部长，如果不看川剧，能不能算合格的宣传部长？答案显然是否定的。"许川是江苏人，长期从事新闻工作，到宣传部以前很少看川剧。从参与领导振兴川剧工作起，他认真看川剧，并动员他的夫人周天相和子女一起去看。他说："慢慢就看出味道了。"他是身体力行的人。

振兴川剧的方针是抢救、继承、改革、发展。在抢救、继承的同时，必须改革、发展。改革没有现成的模式，必须探索。探索可能成功，也可能失败，议论纷纷是必然的现象。魏明伦的川剧《潘金莲》，改革步子迈得很大，引起了激烈的争论。振兴川剧领导小组和文化厅把《潘金莲》调成都演出，有同志反对。许川支持调成都演出，表示"可以争论，但要允许探索"。有人想把"自由化"的帽子扣在剧作家魏明伦的头上，许川是坚决保护魏明伦的。

许川积极参与振兴川剧的活动，我有专文描述。我多次开玩笑地对他说："你这个江苏人，把名字取好了：许川许川，你真是许配给四川了！"

四

我和许川互相信任，建立了深厚的友谊。

1983年至1984年，部务会常开到晚十一时或十一时半。为节约用车，减少对司机同志的麻烦，许川邀我坐他的车，"亲自"把我送到盐道街出版社宿舍后，他再回家。

1991年，李致夫妇（左）与许川夫妇合影。时年，李致、许川均步入花甲

　　省委曾考虑调动我的工作。1985年，许川告诉我，拟调我到另一个部门去做负责人。我一直喜爱文艺工作，表示不愿因为"进步"而离开宣传部。许川支持了我的想法。

　　我曾受到诬告。一位外籍华人送陈书舫（川剧表演艺术家）和我各一个条形的液晶屏电子钟。此事被告到有关部门，说我们收了金条。我向许川说明情况，并分析说川剧出国演出有很多困难，是我们求别人，别人绝不会因为求川剧出国演出，用金条来"贿赂"我。如果真有此事，我一定很高兴，这说明川剧在国外很有市场了。许川信任我，要我写四个字：绝无此事！我按许川的意见办了。

　　1988年，省委组织部拟推举我为省政协第六届秘书长候选人。我仍不愿离开宣传部。许川为此先向省委书记杨汝岱反映，我也直接向汝岱同志表明态度。几经反复，汝岱同志同意我身兼两职。许川和我得知这个消息，十分高兴。我万万没有想到：一贯举止有度

的许川，竟高兴得把我抱起来转了一圈。

我大许川半岁。我俩满六十岁那年，我和老伴去许川家，与许川和夫人周天相合影留念。

五

谁知就在1991年，许川竟英年早逝，留给我无尽的思念。如果他健在，他还会做很多有益的事。这是无法弥补的遗憾。

2011年9月27日

443

不出川也能看到高水平的演出①

在贯彻党的十三届四中全会精神，我省正在开展整顿书刊、音像市场，进行"扫黄"的时候，召开全省演出工作会议是必要的。

宣传、文化的各级领导都要重视演出工作，抓好演出质量，不断满足人民群众文化生活的新需求。演出质量的高低，直接影响着人民群众文化素质的高低，客观上起着导向的作用。不是说我们四川比较"封闭"吗？我们搞演出工作的同志，要千方百计地引进好的剧团演出好的剧目，让四川人民不出川、不到北京、上海也能看到高水平的、高质量的演出。同时，不要迎合少数观众的低级趣味，对不健康的演出要进行有力的抵制。去年，全国单列市演出工作会议提议对违反规定的"走穴"演出，要联合抵制，这就很好。我是赞同的。

总的来说：我省演出市场，高档的演出有，群众欢迎，但少了。多数是质量不高的、一般性的演出。其中流行歌舞演出多了。质量低劣的演出，观众不满意时就高声大骂："这么孬的演出还拿来哄票子！"要是老让观众看这类演出，观众的文化素质就会降低。说不定将来观众连古今中外的作家、戏剧家、音乐家、舞蹈家

① 本文系在全省演出工作会议上的讲话。原载中共四川省委宣传部1989年10月20日《宣传工作》（增刊第八十三期）。

都不知道了，只知道什么"王子"、什么"摇滚歌星"。如果真是这样，还像什么社会主义文化，那将是一场悲剧。从这次清理文化市场的情况来看，书刊、音像市场的问题更严重些。尽管如此，对演出市场存在的问题也不能忽视。

之所以出现上述问题，主要是这几年"二为"的方向淡漠了。头脑想的不是要为人民群众提供好的精神食粮，加强精神文明建设，而是"一切向钱看"的思想在起不好的作用。认真学习四中全会的精神，端正"二为"方向，把社会效益放在首位，对搞好我们的演出工作有极其重要的意义。只有这样，才会对多创作催人上进的剧（节）目，起积极推动的作用。有健康向上、丰富多彩的文艺节目，我们舞台演出才能丰富。但演出工作组织得好，又会促进剧作家多创作好的剧目。这是一个辩证关系。两者要互相合作和促进，而不要互相指责或埋怨。

文艺演出要归口管理，不经文化主管部门同意，自己组建班子演出，我认为是不行的。《四川省营业性演出管理暂行条例》写了要经文化主管部门批准才能演出这一条，我支持你们。各级宣传、文化主管部门不仅要关心文艺演出，还要审看一下演出节目。"文化大革命"期间，横加干涉，限制很多，这条路不要走；这一段时间，借口"搞活"，什么格调低下、夹杂色情的都可以演，同样是不对的。不能走两个极端。各地对外来剧团的演出也要组织审看。彩排时或演第一场时都可以去看，有意见可以商量。那种以"少介入，少干预"为由，反对必要的审看，是不对的。

搞好、搞活演出市场，得靠我们搞演出工作的同志下大力气。要选择好的剧（节）目，这就需要我们关心全省和全国演出的情况，择优邀请。过去往往是"隔口袋买猫"，请来再说，这怎么行？要先派有水平的人去看一看，好的才邀请来。一定要认真做好宣传工作和组织观众的工作。《白蛇传》在日本演出时，半年前就开始宣传，很有成效，以致场场爆满。单是有组织的学生观众就有

445

一万五千人，他们为此发了六千多封信。不要简单登个广告、挂个牌子，采取"你爱来就来，不来拉倒"的态度。现在个体户都不是这样做生意的。在目前情况下，有些好的演出上座率并不高（当然这与宣传工作差有关），有些上座率高的并不完全是上乘之作。但只要内容健康——不违背四项基本原则，不搞格调低下的东西——群众欢迎，就可以组织上演。我并不反对流行歌舞，健康的流行歌舞仍然可以上演。这样就可以以盈补亏。没有利润，不能进一步发展演出事业，也不可能改善职工生活。但不能用"一切向钱看"的思想来支配我们的工作。

希望大家在这次会上，根据小平同志重要讲话精神，冷静地思考过去、思考未来，反对资产阶级自由化，坚持社会效益第一，建立健全演出市场管理法规，做好组织、宣传、服务群众的工作，为我省各级演出市场的健康发展，大显身手，艰苦努力，做出新的成绩。

电影《焦裕禄》审片前后

众所周知,《焦裕禄》是一部优秀的电影。

早在1966年,穆青写的报告文学《焦裕禄》就感动了千千万万的读者,焦裕禄成了广大干部学习的榜样。1990年,峨眉电影制片厂,由王冀邢导演,拍摄了电影《焦裕禄》。

峨眉电影制片厂一年要拍摄十部影片。在送广播电视部电影局审查以前,先得四川省委宣传部初审。我时任宣传部副部长,分管文艺工作,因此初审的任务便落在文艺处和我身上。

审片的任务并不轻松。既不能让坏影片出笼,又不能扼杀好的影片。所以,我们看了电影以后,一般不当场表态,总是回宣传部讨论以后,第二天再签署意见。

焦裕禄的事迹很好,但拍电影的效果如何,尚难预料。出乎意外,影片非常感人。在看片的过程中,我多次掉下热泪,不能自已。影片放完之后,我看见文艺处的几位同志的眼眶都是湿的,大家都同声称赞影片很好。

我问:"今天签署意见吧?"文艺处的同志都赞成。

峨影厂的同志拿来审片意见表。我靠在汽车头上写下:"这是一部很好的影片,值得向广大党员和干部推荐。"难得有这样一部好影片,我建议峨影厂连放几场,以便请省上"四大"班子所有的领导都来看。

李致在汽车头上签署意见

　　峨影厂厂长吴宝文接受这个建议，连续放了几场电影。我和文艺处的同志，积极协助邀请"四大"班子的领导，在他们方便的时间来看。这些领导同志看后，一致肯定这部影片，包括原省委副书记聂荣贵同志。

　　唯一否定这部影片的是省委书记同志。

　　书记同志看完以后，表情严肃，没有说一句肯定的话，只提了几点意见，其中最要害的是：影片里群众在大雪中逃荒的一场戏不好，台湾正在收集这方面的材料，不能授人以柄，要删掉。

　　导演王冀邢听了书记同志的意见，感到茫然，不知如何应答。

　　平心而论，书记同志是关心文艺工作的：早年他支持成立四川文学院；在几次不是运动的运动中，他没有伤害过文艺界的朋友；他有功于振兴川剧。但我不赞成他对电影《焦裕禄》的意见。他说完意见后离开了放映厅，没有机会讨论。怎么办？好在宣传部只是初审，终审在电影局。我建议峨影厂把所有意见无保留地向电影局汇报，供电影局审定。事后，我把审片情况向宣传部长许川报告，他表示赞同我的意见和处理办法。

我一直关心电影局的审定。不久，传来消息：电影局对《焦裕禄》的评价很高，认为它是一部难得的好电影。我这才完全放心。

鉴于过去四川有些好作品，往往自己不宣传，要北京、上海肯定以后才跟上去。像有同志形容的：墙内开花墙外香。我与许川同志商量，请《四川日报》开个电影《焦裕禄》座谈会，邀文艺界人士发表意见。川报这样做了，在1991年2月11日用大半版篇幅刊登了文艺界人士的意见，效果很好。

对电影《焦裕禄》的好评广为流传，形成"全国争说焦裕禄"之势。中宣部副部长聂大江称它为"精神原子弹"。文化部一位女同志来成都，她说去看《焦裕禄》时，被感动得流了很多眼泪。因为没带手绢，便用围巾擦泪水，以致害了几天眼病。由于中宣部的肯定，专家和群众的赞扬，电影《焦裕禄》共发行五百六十七个拷贝，高居新中国成立后发行量的首位。这证明：时代在呼唤焦裕禄！人民群众在期待焦裕禄！电影完美地再现了焦裕禄！

不久，电影《焦裕禄》获1991年第十四届《大众电影》"百花奖"最佳故事片奖、1991年中国电影金鸡奖最佳故事片奖、1991年广电部1989—1990年优秀故事片奖。

省委宣传部认为应该表彰峨影厂和《焦裕禄》剧组。我们把这个建议向书记同志汇报，他倾听了宣传部的意见，同意表彰峨影厂和《焦裕禄》剧组。2月21日，在省委常委办公室召开了表彰电影《焦裕禄》的大会。厂长吴宝文、导演王冀邢、扮演焦裕禄的演员李雪健和演职人员代表，兴高采烈地欢聚一堂。省委书记在大会上充分肯定了电影《焦裕禄》，并分别和主要演员合影留念。

拍摄电影《焦裕禄》已经十八年了。各种不同时期，都有焦裕禄式的干部出现，我期待再有《焦裕禄》这样催人奋发的好电影出现。

2008年2月17日

一篇杂文的背景

1987年秋，《当代杂文》有一篇以"孟方"为笔名发表的《推诚相信》的短文。全文如下：

《三国演义》八十五回，有这样两段：

章武二年夏六月，东吴陆逊大破蜀兵于猇亭彝陵之地；先主奔回白帝城，赵云引兵据守。……人报冯习、张南、傅彤、程畿、沙摩柯等皆殁于王事，先主伤感不已。又近臣奏称："黄权引江北之兵，降魏去了。陛下可将彼之家属交有司问罪。"先主曰："黄权被吴兵隔断在江北岸，欲归无路，不得已而降魏；是朕负权，非权负朕也。何必罪其家属？"仍给禄米以养之。

却说黄权降魏，诸将引见曹丕。……丕大喜，遂拜黄权为镇南将军。权坚辞不受。忽近臣奏曰："有细作从蜀中来，说蜀主将黄权之家属尽皆诛戮。"权曰："吾与蜀主，推诚相信，知臣本心，必不肯杀臣之家小也。"

每读到这里，我都很感动。

人际关系，无论过去的君臣之间，或现在的领导与被领导之间，同志之间或朋友之间，相互的信任是十分必要的。彭德怀大将军说过一句话："同志之间的了解、信任，胜过最高奖赏。"

（竖排）李致文存·我的人生（上）

450

然而，这何其难得！

我参加工作四十多年，地下工作时期和50年代初期，同志之间的关系是良好的。以后，由于以"阶级斗争为纲"，一个接一个政治运动，每一次都有一个百分之几"蒙难"，人际关系受到很大破坏。无论是谁，只要列为"被审查"对象，所有的人都得站稳立场，划清界限。谁要对这种做法或处理有所怀疑，起码得扣"右倾"的帽子。如果敢于说一两句公道话，不是包庇，就是"集团"的成员。在史无前例的"十年浩劫"的日子里，这些恶例，达到登峰造极的地步。现在想起，真像一场噩梦！

党的十一届三中全会，确立以经济建设为中心，停止政治运动，人际关系有很大改善。这是大环境，具体到某一个地方某一个单位，却有不尽如人意之处。我的一个朋友，工作实干，早在70年代初期即冲破"盆地意识"，做出在国内有影响的事。因为他坚持原则，不免有个别人不满，诬告他在一次外事活动中收礼品不交公。这些类似"近臣"或"细作"的做法，本不奇怪，可悲的是身居高位的领导，不做任何调查，弄清是否真有其事，即批示："教育其退回。"我的朋友对此十分恼火，他说："这个基本信任都没有，今后怎么工作呢？"这位身居高位的领导，根本不知他的批示是怎样刺伤人的心。

大难来的时候，人与人的关系显示得最清楚。刘备大败猇亭，损兵折将，黄权降魏。近臣主张把黄权的家属送有关部门"问罪"，刘备说"是朕负权，非权负朕"，不同意罪其家属，仍给禄米以养之。细作谎称刘备把黄权的家属"属尽皆诛戮"，黄权却说："吾与蜀主，推诚相信，知臣本心，必不肯杀臣之家小也。"这个"推诚相信"，是刘备与黄权关系的核心，它的基础则是彼此的了解，相互知其"本心"。

以书为鉴，我希望人际关系大有改进！

451

实际情况，"孟方"是我的笔名。文中提到的"一位朋友"是我。1987年我率省川剧院去日本演出，有人诬告我带回六箱礼物不交公。位居高位的"一把手"，不调查是否属实，即批示"教育李致同志退回"。后经组织查明，纯系诬告。在日本演出的时间较长，我是团长，西服带得较多。日本朋友送的文字和图片资料，演员大多扔掉了；我得带回，否则影响不好。至于一些小礼品，回国即分送给与振兴川剧有关的同志，我准备装台拆台用的工作服，加洗的几十张彩色照片，全都付了钱。副书记顾金池对秘书长黄启璪说，难得李致这样清廉。当时，我对这个"批示"很不满，为此写了以上短文。三十年后，马识途老人赠诗给我，其中一句是"一生清贫双手洁"。知我者，马老也！不过，现在想来，我还得感谢"一把手"，他毕竟没有立即给我处分，仅是"教育"我"退回"而已。

2016年9月8日

崇高的"打杂工"

——周巍峙侧记

刚过冬至，气温骤降。穿上羊皮背心写作，十分暖和。这件背心是周巍峙周老送给我的。

周老是著名的音乐家，早在20世纪30年代，就为抗日战争的歌作曲。1951年，唱遍全国的《志愿军战歌》，也是周老作的曲。新中国成立十五周年，大型音乐舞蹈史诗《东方红》，周老是总导演之一。1996年，全国文联第六次代表大会上，周老当选为主席，我才认识他。

那次文代会会前，主席曹禺突然逝世，大家都关心谁来担任文联主席，也有人为争取自己当选而活动。最终提名周老为候选人。记得介绍周老的情况时，除了讲他在艺术上的成就以外，特别强调周老朴实忠厚，能团结各种不同的人。这样的人品，作为文联主席，十分重要。众望所归，周老获高票当选。许多代表，包括我在内，都非常高兴。

一次偶然的机会，我与周老同车。谈到文联的工作，我们都认为文联和各协会是艺术家的群众组织，各种工作和活动都应遵照文联和协会的章程办事，要充分发挥主席团和艺术家的作用，党组不要违反章程或包办一切；文联的主席、党组成员和工作人员，要与艺术家交朋友，不要当"文艺官"；文联不要机关化，要成为艺术

李致与周巍峙（左）

家之家；等等。这些共识拉近了我和周老的距离。

这以后，周老多次来成都。

2002年6月，周老专程来成都参加四川省第五次文学艺术家代表大会。

当时，正值振兴川剧二十周年。我把刚出版的拙作《我与川剧》送给周老。第二天早上，周老说，他昨晚先看了《我与川剧》附录中魏明伦写的《我心中的李致》。当天下午，我和川剧研究院杜建华去周老住地看望他，做了较长的交谈。①周老认为，振兴戏曲是一个系统工程，并强调了剧本的重要性。他欣赏魏明伦，说魏明伦很有才气，改革开放以来写了十个戏，《四姑娘》写得很好。领导要爱才，有些人看不惯有才气的人。周老对我说："你在保护人才。"周老又说，魏明伦有些事找他，他也很支持。

周老强调领导要尊重艺术规律。他说有些领导对文艺"热心"过度，管得太具体。陈毅陈老总过去说过，有时要有为而治，有时

① 详见《李致文存》之《我与川剧》中《周巍峙、李致谈话录》文。

要无为而治。周老举周恩来总理为例：曹禺写《王昭君》，总理要周老去看曹禺，嘱咐周老不要催曹禺，只问曹禺身体怎样。总理说，你不催曹禺，曹禺自己也会说。周老说，关于艺术创作，他讲过三十二个字："文学艺术，质量第一，重在建设，贵在积累，切忌浮躁，更忌浮夸，种豆得豆，种瓜得瓜。"文艺界要有不同声音，一潭死水不好，都是一个声音也不正常，不要搞得过于紧张。精品不是号召出来的，是培养出来的。现在有些地方，搞创作和演出，以获奖为纲，获奖不能成为目的。

关于与作家艺术家的关系，周老说："共产党员必须讲原则，更必须讲感情。战争年代，共产党人与人民生死与共，情同骨肉。如果只有工作关系，没有感情，是打不败敌人的。要与作家艺术家交朋友，朋友关系没有压力。有的同志说真话，即使有错误批评一下就行了。怎么能随意说是反党反社会主义呢？中国知识分子叫'士为知己者死'，应该考虑到这个问题。"

周老的这次谈话，给了我很多启发。

周老和夫人王昆（歌唱家）都非常尊敬巴金老人。在巴老百年华诞时，四川人民出版社出版了《巴金选集》（收藏本）。我请儿子和女婿，代我把这套选集送给周老和王昆。以后，我儿子选编了《巴金祖上诗文汇存》（上、下卷），请周老题签，周老慨然允诺。

2002年12月，周老再次来到成都。12日，我的日记记有："周老为我所敬，乐意去看望他。我去得较早，为了让周老休息，未去打扰，而周老却主动来找我。畅谈约一小时。"14日，我再去宾馆看望周老。送周老一本四川出版的巴金的《讲真话的书》。周老说他刚读了我在上海《文学报》上的文章（即《巴金教我学会理解》），写得"有感情，很动人"。席间谈话，周老还谈到王昆曾在病房为巴老一个人演唱的事。周老特意对我说："王昆的眼光很高，佩服的人不多，她佩服巴老讲真话。"

那是在1998年11月的一天，王昆同志与周老一起去上海华东医院看望巴老。王昆感到任何礼物都无法表达她对巴老的心意，只有为老人唱几首他爱听的歌，才能表达内心的敬仰。那天巴老坐在矮椅上，王昆蹲下来，贴着巴老的耳朵，轻轻地唱起了歌剧《白毛女》选段《北风吹》，还唱了《南泥湾》。王昆对巴老说："我再用你家乡的四川话，唱你家乡的民歌《槐花几时开》，您看像不像？"巴老听完兴奋地用力吐出两个字："好！像！"王昆一生中只为两个人开过"专场音乐会"。另一次是20世纪70年代，为一个头部受重伤的战士。两次都是只为一个观众演唱，这是中国文坛的佳话。

2002年12月17日，四川省文联通讯员送来周老为我写的两幅字。一幅是"读李致近作有感　特录清张问陶诗句以颂　敢为常语谈何易　百炼工纯始自然　周巍峙壬午冬"。另一幅是"李致老友雅嘱　两鬓多年作雪　寸心至死如丹　录陆游名诗　周巍峙　壬午冬于锦城"。拿着周老的两幅字，我深知周老鼓励我要这样作文和做人。我打电话向周老表示感谢。

几年前，我曾在《随笔》杂志上，读到一篇关于周老介绍著名戏剧家吴祖光入党和拒绝劝其退党的文章。吴祖光思想进步，很有才华，1957年被错划为右派。1980年由周老介绍入党。1987年在一次不是运动的运动中，当时主管意识形态的最高官员要周老劝这位戏剧家退党，周老拒绝了。周老认为，这位戏剧家在新中国成立前就听周总理的话，是共产党的朋友，敢讲真话，错划为右派后还写了不少好文章，虽有缺点但不反党。周老不后悔当年介绍他入党，也不后悔拒绝去劝他退党。我佩服周老这种是非分明和坚持原则的精神。

2011年4月11日，一位女同志来电话，说周巍峙周老第二天上午来成都，准备下午来看我。我立刻说不敢当，该我去看周老。对方说，原来也是安排我去，但周老执意要来看我。我既高兴又感到不安。

第二天下午三时半，周老准时到，我们极为热烈地拥抱。周老说，这次只准备看马老（马识途）和我的两位朋友，可惜马老不在成都，到北京去了。谈到"文革"时，周老说"文革"从宣传、文化部门开刀，他自然不能幸免于难。他被打成文艺黑线的总头目、法国特务；王昆被打成现行反革命、香港特务；大儿子被打成叛国分子；一家人被隔离审查，以后他和王昆又下放到"五七"干校接受审查批判。好在周恩来总理很关心周老和王昆，说："周巍峙有多大问题？王昆从小参加革命，更没有什么问题。"周老对周总理充满感激之情。

周老非常平易近人。他当过文化部副部长、代部长，但不喜欢别人叫他部长或主席；他喜欢人叫他老周，他说如果表示尊敬，叫周老也行。在周老八十寿辰时，同事和朋友为他出了一本书，名叫《众人说老周》。周老对我说，他接触的人很多，但对朋友他是"有选择的"。

五时，周老一行告别。我把他们送到楼下。周老再一次和我拥抱。上了汽车，周老不断地向我挥手，我目送到汽车转弯，直至看不见。

最近一次看见周老，是今年4月12日，离上次见面刚好一年。前一天，随他来成都的田敏，打电话告诉我周老来到成都，住文翰宾馆。我12日上午十时到达宾馆时，周老正在看电视。

周老热情地接待我。与去年相比，周老的精神稍差一些。室内有一部轮椅，田敏说为减轻周老腿部的负担，用轮椅推周老外出。

我们相互谈了自己的近况。

周老说，他现在活动不多，全国文联的事很少。受中宣部之托，他在审定《民族志》。有些老朋友请他为其著作写序，他乐意执笔。还回顾了他去年去过的几个地方。

我谈到自己继续在写"往事随笔"。

我带了相机，请田敏为我和周老拍照。我说以前几次拍照，效果不理想。周老说他遇闪光老是闭眼。这次合影，照片拍得蛮好。

　　周老原说留我和他一起吃午饭。交谈一个小时之后，我想到周老毕竟九十七岁了，应让他老人家休息，便起身告辞。周老请田敏拿出一件宁夏出产的羔羊毛背心送我，说这是他去年在银川买的，穿上很暖和，买了几件准备送朋友。这次带了一件送我，让我冬天穿着便于写作。

　　周老让田敏用轮椅推着他，送我到宾馆大门。

　　周老曾写过一首自嘲诗："来自贫寒户，混迹文苑中，奔忙六十载，一个打杂工。"望着挥手告别的周老，想起这首诗，我心里充满对周老的尊敬和感激之情。

　　　　　　　　　　　　　　　　　　　　　　　　2012年末

不惑之年的期望

——祝四川省文联成立四十周年

四川省文联成立四十周年，这的确是值得庆贺的大事。四十年来，省文联的工作取得很大的成绩，也有过艰难的曲折。为纪念省文联成立四十周年，聂荣贵同志写了专文，沙汀、艾芜、常苏民同志留下了珍贵的回忆和遗嘱，马识途、李少言和各协会的同志作了总结和展望。这些都有利于在原有的基础上，进一步做好省文联的工作。

党的十四大，为繁荣社会主义文艺，开辟了广阔的前景。我们要坚持"二为"方向、贯彻"双百"方针，警惕右，但主要防"左"；进一步解放思想，把文艺的娱乐、审美、认识、教育的功能摆端正；深入生活，努力创作内容健康向上和讴歌改革开放、现代化建设并具有艺术魅力的优秀作品，为人民提供更多更好的精神食粮。面临新的形势，既要大胆探索文艺产品如何走向市场经济的新路子，又不能完全为市场所左右。精神产品不同于物质产品，要把社会效益放在第一位，努力实现社会效益和经济效益的统一。要信赖我们的文艺队伍，尽自己的力量为文艺家提供一个团结、和谐的创作环境。在探索的过程中，要允许犯错误，与人为善地帮助有错误的人改正错误。我省绝大多数文艺家正满怀信心迎接已经来临的新时代。

文联的根本任务在发展文艺生产力，繁荣社会主义文艺创作，简括为"出作品、出人才"。四十年来，省文联之所以取得显著成绩，正是把握了这个任务；反之，凡执行了"阶级斗争为纲"或热衷于内耗，必然受到破坏或干扰。在新的形势下，我们要认真解决文联如何在社会主义市场经济体制下生存和发展的问题，不能故步自封、墨守成规。与此同时，仍然要牢牢把握住文联的根本任务。文联如果不把主要精力放在抓"出作品、出人才"上，等于工厂不抓产品，农村不抓种田，艺术团体不抓演出，制片厂不抓影片，出版社不抓出书，就会失去自己的特点和存在的价值。如果丢掉文联的根本任务，弃文经商，我们就不是文联，而是工商联（我不是轻视工商联，只是文联和工商联具有不同的性质和职责）了。有四十年的正反两方面经验，省文联在抓根本任务上，一定会做得更好。

文联是艺术家自愿结合起来的群众团体，应该是各个门类艺术家之"家"。要竭诚为艺术家服务，不能"机关化"，更不能"衙门化"。文联和各协会的领导，是艺术家选出来的，是艺术家的朋友，而不是"官"。要团结一切可以团结的人。使文联成为党和政府团结艺术家的纽带。团结存，文艺兴；内耗多，文艺衰。省文联要重点抓一些创作、演出和展览，要充分注意各协会涌现出来的优秀作品，并及时组织评论，大力向社会推荐。文联主要靠组织各种活动来工作，所有活动都要精心策划，注重质量，使艺术家乐意到文联来，乐意参加文联组织的活动，乐意与文联一起繁荣社会主义文艺。这是四十年来积累的好经验，今后应该坚持下去。

四十而不惑。省文联今后必将继续在省委、省政府领导下，与我省广大艺术家一起，大踏步地前进！

坚守文学阵地，工作到最后一息①

——纪念沙汀、艾芜诞生一百周年

著名作家沙汀、艾芜诞生一百周年，我们在这里举行纪念座谈会，是一件很有意义的事。

我在青年时候就是二老的读者。1947年，我因参加学生运动，被学校变相"开除"。我去重庆在文化生活出版社住过一段时候，阅读了艾芜的《南行记》和沙汀

李致与沙汀（左）、艾芜（中）

的《淘金记》，受到很多启迪。"文革"后我曾从事出版工作，二老又是我的作者，四川人民出版社先后出版了《沙汀选集》和《艾芜文集》。在省委宣传部工作时，有关文艺工作问题，我常向二老

请教。长期交往，二老既是我的长辈，又是我的忘年之交。我对二老有很深的感情。我写过散文《忆沙老》和《忆艾老》，最近翻阅这两篇文章，重温了二老所给我的启示，和我与二老的友情。我不准备在这里重复讲已写过的语言。

面对我省的作家，我感到纪念二老诞生一百周年，我们要学习"二老坚持文学阵地，工作到生命最后一息"的精神。二老诞生在旧中国，无论在政治上或生活上都受了很多磨难。艾老在南行中用颈项吊着墨水瓶写作，沙老为躲避白色恐怖在睢水农村写作十年，令我至今难忘。新中国成立以后，一些政治运动也干扰了二老的写作，特别是史无前例的、摧毁文化的"文化大革命"，把二老投入监狱。但只要他们能提笔，他们一定坚守文学阵地，用笔来歌颂真善美，抨击假丑恶。记得艾老在"文革"中研究《诗经》，沙老在监狱时构思名叫《没有裤腰带的人》的小说——因看守人员怕他们自杀，把裤腰带也搜走了。

什么叫文学？文学的功能是什么？各个时期有不同的解释。我不想在这里探讨理论，但我相信文学是要使人变得更好。我们要学习二老，关心人民群众，特别是关心在底层的劳苦大众，写出他们的心声，把高品位的作品奉献给人民。决不搞低级媚俗的东西，也不会谁出钱就听谁指挥。

我省许多作家受过二老的教育和影响，不会背离文学的正确方向。但面临发表难和出书难的现实，创作积极性也会受影响。社会上的拜金主义和一些思潮，使人浮躁，坐不下来安心创作。我们要学习二老"甘守清贫，甘耐寂寞"的精神，为文学事业工作一辈子。同时，要学习二老，提高文化修养，贴近人民群众，创作出为群众所喜爱的作品。

报刊和出版单位，当然要面向市场经济，但市场经济也要把社会效益放在首位。鲁迅、邹韬奋、巴金办出版社或书店就是榜样。一些报刊和书籍为了赚钱，搞品位低下的东西，热衷各种"明星"

的绯闻，左右群众的情绪。有的甚至宣扬色情暴力，这是犯罪。我注意到《人民日报》和中央电视台的《焦点访谈》，最近对这些不良现象做出批评。这是很可喜的。我们需要从各方面创造有利于发展文学事业的环境。

"有些人活着，他已经死了；有的人死了，他还活着。"这是诗人臧克家纪念鲁迅所写的诗句。沙汀、艾芜二老也是这样的人，他们学习鲁迅精神，吃的是草，挤出的是奶，使我们感到二老永在身边。学习和继承二老"坚守文学阵地，工作到最后一息"的精神，是我们纪念二老诞生一百周年的目的。

2004年12月15日

含着歉意告别

——怀念王永梭

就在这个月21日下午，接到王永梭夫人江润媛的电话，说永梭装上心脏起搏器以后情况良好，很快可以出院，他感谢我对他的关心，说出院后即来看我。我听了很高兴，请江润媛同志转告永梭，出院后先好好休息，千万不要急着看朋友。可是，在22日一早，却接到省曲艺家协会电话，说永梭因大面积脑梗于今晨去世。

两个电话相距不到二十四小时，令人难以置信。

永梭是谐剧的创始人和表演艺术家。我最先看他的演出大约在1948年，一次在重庆大学礼堂，一次在一个空坝。他演出了《卖膏药》《巡官》《小偷》等。不仅形式新，一个人表演，道具简单，十分诙谐，而且内容针对现实，反映了劳动人民的痛苦生活和对黑暗统治的无情讽刺。我从此爱上了谐剧，并认识了永梭同志。

人世沧桑，一过就是三十年。这三十年，永梭遇到许多坎坷，还经历了史无前例的"十年浩劫"。粉碎"四人帮"以后，永梭再次活跃在舞台上，同时教了许多学生，谐剧的影响更加扩大，受到了人民群众的喜爱。1979年我在四川人民出版社工作，与文艺编辑室的同志一起，出版了《王永梭谐剧选》。我从此和永梭有了接触。出版他的书本是我们的责任，但永梭每次见到我都要表示感谢。

我到中共四川省委宣传部工作以后，与永梭的接触就更多了。

不仅看他的表演，读他的新作，同时也建立了友谊。有一次听说出版社又出版了他的谐剧，我感到高兴，他却告诉我出版社要他包销三千册。这位会"卖膏药"的谐剧大师，拿着这三千册实在为难。请人帮忙推销，有的卖出去收不到钱，或卖不出去又收不回书，弄得他十分为难。我给有关同志打了招呼，但并没有解决问题。

有一段时间，我经常在商业后街散步，不时遇见永梭。他告诉我，落实政策后，因安排儿子的工作，自己被"顶替"下来，没有评职称，没有参加工资改革，虽然享受国务院政府特殊津贴，现在工资却很低。我理解他的困难，建议他给有关部门写报告。他写好报告以后到我家里，我们又一起修改——写这类报告我可能比他"内行"。他交了报告，我及时向有关领导反映。有关领导也关心，但据说"难度太大"。主管部门的一位领导表示将"争取作为一个特殊情况来解决"，我一直在等待。

可贵的是永梭为艺术献身的精神。他仍在创作、演出、教学生和写回忆录。因为他的艺术青春常驻，我总觉得他并不老。有一天在商业后街相遇，偶然问到他高寿，他说已满八十。我大吃一惊，敬佩之情油然而起，长时间握着他的手没有松开。

大约在11日，永梭同志打电话给我，说他心脏有病要住医院，我在电话上安慰了他。不久唐思敏来我家，谈到永梭装了起搏器。我一时不能去医院，只好请思敏代我向永梭致意。以后再就是接到师母的电话……

我参加了永梭同志的遗体告别仪式。挂在墙壁上的永梭彩色遗像，充满了活力，好像在表演，又像有话说。然而，这位谐剧大师毕竟和我们永别了。望着遗体，我深为永梭的奉献精神所感动，同时又觉得对不起他，没有帮助他解决问题。

我只有含着歉意向他告别。

1998年5月31日

愿终身做谐剧的 "吹鼓手" ①

——纪念谐剧诞生六十五周年

我爱好谐剧，是它的忠实观众。

我第一次看谐剧，是20世纪40年代，在重庆大学。王永梭先生的《卖膏药》《变色龙》《小偷》等反映下层社会的剧目，给我留下深刻印象。"卖钱不卖钱，圈子要扯圆。"至今我眼里还闪烁着王永梭先生所创造的各种人物形象。

由于谐剧自身的特点，它一开始就受到群众的喜爱和欢迎。

王永梭创立谐剧，为它奋斗一生，功不可没。

王永梭先生的众多弟子，在半个世纪内继承和发展谐剧，做出很大贡献。在我印象里，有沈伐、包德宾，还有一些我叫不出名字的朋友。观众不会忘记他们。

开这个座谈会的目的，应该是为了继承和发展谐剧。

要继承和发展谐剧，得靠我们自己。胡耀邦有句名言：不怕别人看不起自己，最怕自己看不起自己。这首先得有一批坚守阵地的积极分子。没有这些献身于谐剧的、"死不悔改"的人是不行的。

要有一批像王永梭、包德宾这样的剧作家。谐剧有一个鲜明的特点：贴近现实，取于针砭。既要敢于歌颂美好的事物，像鲁迅歌颂狂人和傻子一样，歌颂当今的正直的、有理想的人物；又要敢于

① 本文系在纪念谐剧诞生六十五周年座谈会上的发言。

李致文存·我的人生（上）

批判丑恶的现象，这类现象在转型期间是很多的，不用我来列举。谐剧表现的应是人们关心的，要表达出人们的心声。在表现手法上要诙谐，也就是体现四川人的幽默。幽默，是揭露事物内在的东西与它的矛盾。我不喜欢为搞笑而搞笑。

优秀的演员和表演艺术家同样是不可缺少的，再好的本子得靠他们去体现。谐剧是独角戏，演员担负的任务不只是演好一个角色，往往要根据剧情同时表演各种不同的人物，或通过一个角色体现没出场的角色。这个要求很高，高于一般的演员。谐剧演员有更多的阅历、更高的文化、更全面的技巧。特别是掌握"谐"的分寸上要适度，要高品位，不要沦于庸俗。这一点，说起来容易，做起来很难。

剧作家与演员的合作极为重要。合则存，离则败。我非常高兴沈伐与包德宾，在经历一段曲折后又重新合作。副厅长胡继先同志在这方面做了有益的工作。这里，既要有思想的一致，双方又得有合理的经济收益。可以根据过去的经验制定必要的政策和规定。

谐剧除了舞台演出外，要与时俱进，充分运用现代化的媒体。王永梭的音带、沈伐的DVD、涂太忠的音带，我至今爱听爱看。许多优秀节目要录制，搞得好完全可以取得双效益。

要采取必要措施，培养新生力量。作家和演员都不能断代。这是十分迫切需要解决的问题

谐剧是四川特有的剧种，但它的影响不仅在省内。我始终相信：只有地方的才有全国的，只有民族的才有世界的。无论文化、建筑、餐饮和其他方面都如此。没有特色，难于保存，世界也将会十分单调。

高明的领导和媒体必然会重视谐剧，给以各种支持。至于我，愿意终身做一个谐剧的"吹鼓手"，死不改悔

祝这次座谈会成功，祝谐剧得以继承和创新。

今天是艳阳天，愿它预示谐剧的未来！

467

歌《三套集成》 颂"无名英雄"

　　《民间文学三套集成》是一件有重大意义的工作，它积累和弘扬了民族民间的传统优秀文化，功德无量。《集成》工作量大，历时二十年，民间文学艺术家前赴后继，有始有终。我祝贺和歌颂这个成就。

　　从四川来讲，感谢几届省委、省政府、宣传部、文化厅、民委、财政厅和省文联的领导对《集成》的重视，特别是经济上的支持。这是公益性的事业，没有钱，不可能搞好《集成》。当然不只是钱，许多领导还给予热情指导。以冯元蔚同志为例：他在大学执教时就以专家身份作为省民间艺术家协会代表参加了全国第四次文代会；《集成》开始时，他时任省委副书记，有关《集成》的工作有求必应；后又任全国民间艺术家协会主席。他为《集成》付出许多心血。

　　当今，急功近利，金钱至上，人心浮躁，影响一部分文艺工作者。不少人安不下心来从事这种默默无闻的工作。所以，我特别感谢省文联、省民委和全省文联系统（各级地方文联）从事这项工作的同志。你们卓有胆识，不求富贵，心平气和，甘守寂寞，长期奋斗，埋头苦干。在这一批同志中，我印象深的有萧崇素、洪钟、黎本初、侯光等，还有很多同志我叫不出名字，正如元蔚同志所说的无名英雄。我向所有从事这项工作的同志致敬。

我从事出版工作时，我们出版了《格萨尔王传》；在宣传部工作时，理应为文联、民协服务；在省文联，是一家人了，更不敢偷懒。至于主编，盛名难副。我多次提出主编由负责实际工作的专家担任，可惜这个建议未被接受。几年前我因支持《集成》曾获得荣誉奖状，今天大家又写信对我鼓励，实不敢当。当然，能为《集成》当一名啦啦队员，我也感到荣幸和高兴。

完成《三套集成》会载入省文联的史册，今天的会亦将列入省文联大事记。不过，正如大家所说：

任重道远，这不是终点，它将是新的起点。

2005年4月27日

艺术家的社会责任①

　　大家反映，这次全委会开得比较好。钟历国同志刚才做了小结，我不再重复。我在小结后发言，表示会议已画句号，我的发言，姑妄言之，无足轻重。

　　在上次主席团会上，取得共识：全委会总结和布置工作，要研究文艺形势，也就是研究文艺现状，文艺家的思想动向，肯定成绩，找出问题和解决问题的办法，不要只就事论事。同时，会议时间短，既然已有书面材料，就不再照念，报告人可丢开稿子，谈些情况和问题。历国同志这样做了，大家反映不错。

　　为了帮助大家思考文艺现状，会议印发了马识途马老的《文学三问》，马老今年九二高龄，是老革命、老作家，我们省文联的名誉主席。马老谈了他的一喜、一忧、一愁、一惧，提出三问：谁来守望我们的人文终极关怀的文学家园？谁来保卫我们文学的美学边疆？谁来坚持我们在马克思主义光照下的社会主义主流意识？这篇讲话，《四川文艺报》在去年上半年首发，头版头条套红，传至北京，引起重视。新华社摘要发了通稿，《人民日报》记者又为此采访马老，刊登在该报上。《人民日报》（海外版）也两次刊登《文学三问》摘要。

---

① 本文系在四川省文联五届五次全委会上的发言。

联系到我省的文学艺术家和省文联，我的感想颇多。

今天中午，我偶然翻到十三年前为省文联成立四十周年写的一篇短文《不惑之年的期望》。其中谈到："文联的根本任务是发展文艺生产力，繁荣社会主义文艺创作，简括为'出作品，出人才'。"现在，有时提"出精品，出人才"。出精品，谈何容易？没有广大群众认可，没有较长时间的检验，轻言精品，难以成立。无非是电视广告，动辄"驰名全国"的产品，人们却闻所未闻。有了作品，再"千锤百炼，精益求精"，更合乎实际。

要坚持"出作品，出人才"，会受到许多干扰。

新中国成立后，出了许多优秀的文艺家和受群众欢迎的作品。但各种政治运动伤害了许多文艺工作者。阶级斗争为纲，极左思潮发展，最终导致史无前例的"文革"：所有文艺作品均被打成"封、资、修"，全国只有八个"样板戏"。

党的十一届三中全会以后，思想解放，实事求是，创作环境逐步宽松，文艺创作又开始繁荣起来。记得20世纪80年代，省委宣传部看文艺创作或演出，只要不违背宪法，不搞格调低下的东西，都允许存在。当然，这是底线，目标是多出能鼓舞人前进的优秀作品。

改革开放为文艺事业的发展带来新的机遇。我在那篇短文里曾说："面临新的形势，既要大胆探索文艺产品如何走向市场经济的新路子，又不能完全为市场所左右。"原因很明确，精神产品既有商品的属性，又有意识形态的属性。小平同志一贯主张要把社会效益放在首位，努力实现社会效益和经济效益的统一。正是这样，马老为文艺创作中出现的某些低俗化的倾向，感到忧心。很多人有这种忧心，马老讲出了大家想说的话。这些低俗化的倾向，也出现在某些面向市民的大报上。它们实际上在影响市民的价值观和趣味性的取向。

这几天，中央一台在播放电视剧《乔家大院》。剧中的晋商提出的经营方针是"义、信、利"。主人公乔致庸提出谁为他的字号赢得"诚信"就奖励谁，而不单看利润多少。这是很可贵的职业道德，体现了"君子爱财，取之有道"。现在有些人，只追求钱，为了钱做假广告，卖假药卖假酒，坑害人民。可惜没有在报刊上看到这方面的评论，反而看到有些记者问女主角蒋勤勤是否与男主角因演戏"撞出火花"，进而相恋？蒋勤勤回答："有些媒体很无聊。"这个批评实在中肯。

前不久，我为卢子贵同志的散文集作序，赞扬他的社会责任感，其中举了一个旧例：十几年前，我的小外孙去吃肥肠粉，吃到第四碗时，老板就坚决不卖给他了，说吃多了对他肠胃不好。这也是社会责任感。一个卖肥肠粉的老板尚且如此，文艺家能没有社会责任感吗？

有些人回避社会责任感。任何人都不能离开社会生活，人们的文艺创作，只要他公之于众，他就要考虑自己对社会的责任。这也是文艺家应有的良心。当年有人买鲁迅的书，鲁迅接过这位青年拿出带有他体温的钱，深受感动。以后鲁迅提笔写作时，总要想起这件事，深感责任重大，不敢轻易下笔。在这方面，鲁迅是最好的榜样。

文艺的目的是为了使人变得更好。我们是各个门类的艺术家，作为艺术家，既要有一定的艺术成就，更要坚持"二为"方向，努力创作能鼓舞人前进的作品，两者不可缺一。我们需要不断加深理解。不能空讲"二为"方向，空讲"代表先进文化的前进方向"，不联系实际。今天中午，看见一条消息：若干全国著名曲艺家，包括刘兰芳和姜昆等，联合签名不创作和演出媚俗作品。我相信四川的文艺家也有这种良心。

马老的三问：谁来守望我们的人文终极关怀的文学家园？谁来保卫我们文学的美学边疆？谁来坚持我们在马克思主义光照下的社会主义主流意识？这个问题涉及的面很广。作为文艺工作者，我答该全国的文艺家来守望、来保卫、来坚持，我们四川的文艺家更该义不容辞。

以上，也是我读马老《文学三问》的部分感受。

2006年2月28日

外行谈音乐，不中就拉倒①

世界充满矛盾：我喜欢唱歌，但不懂音乐。

我不敢班门弄斧，在音乐艺术家面前讲音乐的意义和作用，但可以讲自己的感受。现在时髦讲"情结"，这个"情结"那个"情结"，我可以说说自己的"音乐情结"。

我开始学唱歌，是在小学时期。时值抗日战争，我学会许多抗战歌曲。当时，为前方战士捐寒衣，小学生也卷入这个运动。每天早上，上学的第一件事就是捐寒衣。全班同学站起来合唱："秋风起，秋风凉，民族战士上战场。我们在后方，多做几件棉衣裳，帮助他们打胜仗，打胜仗，打胜仗，收复失地保家乡！"在这歌声的感染下，大家便拿出仅有的一两个铜圆，轮流丢进一个瓦制的攒钱罐。其实，丢进的不只是钱，而是孩子们热爱祖国的赤子之心。解放战争中，我参加学生运动，被学校开除，也曾被国民党宪兵逮捕，但我们向往"山那边呀好地方"，唱着"跌倒算什么，我们骨头硬，爬起来再前进！"和"团结就是力量"，又奋起斗争。抗美援朝，我在青年团工作，在"雄赳赳，气昂昂，跨过鸭绿江"歌声的鼓舞下，动员了很多青年学生参军。"文革"中，我被夺权、关牛棚、进干校劳动改造，每当我一个人在干校广阔的大田或草原上

① 本文系在四川省音协第五次代表大会上的讲话。

劳动时，我就放声大唱："戴镣长街行，告别众乡亲，砍头不要紧，只要主义真！"当然，我也喜欢抒情歌曲，如《夜半歌声》《可爱的一朵玫瑰花》《洪湖水浪打浪》之类。1992年，我在美国参加一个国际学生旅行团，临别会上，我们几个中国人合唱了《洪湖水浪打浪》，引起了国际朋友的赞誉。至于我个人，爱唱不会唱。每首歌唱一百遍，每一遍都不一样。说得好是善于自由发挥，其实是不识谱不记谱。本想求名师指导，但罗丽珉不愿当我的老师，说怕破坏了我的"独特风格"；李存琏则"月亮下耍刀——明砍"，说我"五音不全"。难怪有人调侃，说我在过去历次政治运动中都是右的，唯有唱歌是"左"的。

讲这些"情结"，我的目的，是为了呼吁在新时期，我们的音乐艺术家，能与时俱进，振奋精神，贴近人民，贴近生活，创作出有时代气息、民族化、大众化，受广大群众欢迎的、能广为流传的歌曲。时代不同了，在构建和谐社会，实现全面小康的总的目标下，我们音乐家是大有可为的。可表达人民群众的愿望，歌颂建设者的热情和成就，反映老百姓丰富愉快的生活以及亲情、爱情和友情，等等。对一些不良和腐败现象也可抨击或讽刺，犹如《古怪歌》在当年所起的作用。

音乐事业既是公益性的，可在各种纪念或庆祝会上的演唱，包括"春熙放歌"，作用很大。也是能进入市场的，如歌手在宾馆或歌厅演唱，供群众休闲娱乐；群众在包间唱卡拉OK自娱。不可能要求每时每刻都唱革命歌曲，可以多元化，但内容要健康，不要庸俗或低俗，更不要受"钱"指挥，喊唱什么就唱什么，不管内容是否健康。协会要帮助文化主管部门，用多种办法，帮助歌手坚持"二为"方向，端正台风，提高音乐水平。我这人，既不保守又保守。说不保守，早年对通俗唱法有争论时，我对邱仲彭说不应反对通俗唱法；说保守，我实在不敢恭维某些歌手的台风。他们，或近于疯狂，乱吼怪叫，或极度哀伤，痛不欲生，我很想为他们准备一副担架，以防不测。美声歌唱家李存琏以及我熟悉的周维民、王存惠、罗丽珉、德西美朵等的台风就很好，值得推广，我注意到，协会已在这方面做了不少的工作。

群众的日常生活很丰富。学校要有校歌。我中学的校歌就很好，有民主自由的学术空气。小学生放学要唱放学歌。早年的《夕歌》是一种放学歌，歌词是："光阴似流水，不一会儿，课毕放学归。我们仔细想一想，今天功课明白未？老师讲的话，可曾有违背？父母盼儿回，我们一路未徘徊。将来治国平天下，全靠吾辈。大家努力呀，同学们，明天再会。"我也记得我小学的《放学歌》："按时工作按时休息，休息好了再来做。这种生活多么快乐，快乐生活岂不多。"生日、结婚要庆祝歌曲，送葬要有哀乐，总不能全用外国的。《祝你生日快乐》这个歌很好，大家都会唱。希望音乐家能创作出与群众生活有密切关系的优秀歌曲，体现自己的民族特色。著名音乐家赵季平创作了《龙凤呈祥》的中国结婚进行曲，免费下载，是一个极好的尝试，值得学习。音乐家要关心少年儿童。儿童歌曲很少，女孩子跳橡皮筋，可唱的也不多。若干年前，我外孙还在幼儿园时，一天早上，他起床就唱："你来到我身边，带来微笑，也带来烦恼。我的心中，早已有个他，啊！他比你先到。"这歌词并不坏，知道"先来后到"，由孩子唱出却使我啼笑皆非。这些愿望，大约在二十年前，我在一次音协会上建议过，现在再重申一次。

外行妄谈音乐，请大家不要见笑。用一句河南话："不中就拉倒！"东北话："拉倒吧！"极有音乐的韵味儿，很好听。

2006年7月7日晨

以充实的内容吸引观众①

　　马老讲得很好，我非常赞同，不再重复。

　　我是李劼老的读者。20世纪80年代曾主持出版《李劼人选集》。我与李劼老没有直接接触，但我知道巴金对李劼老十分尊重。巴老说："劼人不仅是一位热血侠肠的好人，他还是绘声绘影的小说家，也可以说是成都的历史家，他的小说岂是成都的风俗志……"1979年，巴老从法国访问回北京，巴老亲自告诉我：法国朋友问他中国有哪些小说家？巴老首先提到的就是李劼人。巴老十分佩服比他年长十三岁的李劼老重写《大波》的决心和毅力，表示愿学习李劼老，做一个"'写到死，改到死'的作家"。巴老十分珍惜他和李劼老的友情，称李劼老为他的良师益友。李劼老逝世时，巴老非常悲痛。1987年巴老回故乡，特意来菱窠，写下令人感动的留言："1987年10月13日，巴金看望劼人老兄，我来迟了！"

　　把李劼人故居扩建成李劼人故居博物馆是件好事。我在20世纪50年代去过苏联，以后又去过欧洲的一些国家，他们把自己杰出的作家、艺术家的故居保存得很好，以展示自己民族的优秀文化。我在苏联参观过柴可夫斯基故居，规模比较大，陈列了这位音乐大师的成就和历程。参观完，还请我们点播柴可夫斯基的乐曲，送

---

　　① 本文系在李劼人故居博物馆的讲话。

每个成员一张光碟。当时我们没有密纹唱机，若干年后一放，才知道是《天鹅湖》中"四个小天鹅"那一段舞曲。李劼人故居成立许多年，有它的影响，值得称道。也有过曲折，可以总结经验。关键是要充实内容，以内容吸引观众。要通过展品，让观众知道李劼人和他的作品，让人能买到李劼人的主要著作（可以专印若干册）和纪念品。现在，既有《死水微澜》的电视剧（著名演员张国立和邓婕是该剧的主角），也有川剧《死水微澜》，是否可以播放并卖光盘？"四老"（张秀熟、巴金、沙汀、马识途——艾芜因病没到）来参观菱窠也可设一展室，展示李劼老的友人。（马老插话：巴老的题字可以刻出来。）等等。还可轮换展出李劼老收藏的书画。当然，要做到这些，必须加大投入。党的十七大报告强调要加大公益性文化事业的投入。李劼人故居博物馆是公益性文化事业，不是盈利的文化产业。如果政府不投入，单靠招商引资，其结果就会像"慧园"①，成为餐饮和打麻将的地方。我相信区政府会重视这个问题。

在李劼人故居博物馆的工作人员，要热爱自己的工作。有条件的，要成为研究李劼人的专家。对他们的努力，我相信政府、文联和作协、新闻和出版部门，都会支持。

2007年12月11日

---

① 慧园：位于成都百花潭公园内，建于20世纪80年代。其景观和布局多以巴金作品《家》中李家花园及部分建筑为蓝本，辟有陈列室，陈列有巴金的手稿、书籍及照片等。

三件在全国改革开放有影响的事
——纪念改革开放三十周年^①

在党的十一届三中全会的指引下，改革开放三十年来，四川文艺事业取得很大的成绩。大家讲了很多，不再重复。

我只讲我省三件在全国有影响的事：

第一件：四川出版提出和实践了"立足本省，面向全国"的方针。长期以来，地方出版社受"三化"（即地方化、群众化、通俗化）方针的束缚，只能配合中心工作，出版字大、图多、本薄、价廉的小册子，连本省马老的《清江壮歌》，罗广斌、杨益言的《红岩》等名著都得送北京出版。经历"十年浩劫"，全国面临书荒，这个方针完全不能适应形势的需要。四川出版提出的"立足本省，面向全国"的方针，虽曾受到争论和责难，但终于得到肯定。在改革开放二十周年时，这被认为是全国出版改革开放的一个标志。前不久北京的《出版商务周报》采访了我，以两版篇幅刊登我对四川出版的回顾。

第二件：省作协成立了四川文学院（后改名为巴金文学院），在全国也有影响。新中国成立以后，学苏联的办法，各省都有一批专业作家，在当时起到应有的作用。"十年浩劫"中，有的作家被

———————
① 本文系在四川省文联纪念改革开放三十周年座谈会上的讲话。

迫害致死或致残，"文革"结束后，有的作家年老体衰，有的写几本书后难以为继。面临这种情况，及时成立四川文学院，为我省业余作家提供了有利条件。马老说得对，作家不是靠谁培养出来的，而是要为他们服务。省委书记杨汝岱赞同这种办法，给了两三个编制和少许经费。马识途和李少言同志在全国人大会上介绍了四川文学院，《光明日报》也作了报道。文学院的作家努力创作，出版了大批作品，获得了各种奖励，其中四位获得茅盾文学奖。我不轻言这些著作都是精品，精品需要专家和群众认可，一定的时间考验；但我不赞同不是精品就是废品的说法。

第三件：振兴川剧的号召和行动，带动了全国戏剧的振兴。"文革"中，各种戏曲均遭扼杀。1978年春，小平同志来四川视察工作，特意看了老艺人演出的川剧折子戏。经新华社发出消息，全国戏曲得以新生。正是在这个基础上，省委、省政府发出"振兴川剧"的号召。振兴川剧第一次晋京演出时，曹禺主持了座谈会，并著文称赞振兴川剧的号召是"空谷足音"，值得各剧种学习。1985年，川剧参加西柏林"地平线艺术节"，继到荷兰、瑞士、联邦德国演出，后又两次去日本演出，盛况空前。前不久，《中国艺术报》记者还就此采访了我。

三十年来，四川文艺事业还存在一些问题。不谈问题，就成了阿Q的"先前阔"。但没有时间了，以后再说。

2008年12月8日

附　记

当时会上只讲只谈了成绩，没有时间讲问题。现在记得至少有两个问题。

一是出版原是一条龙：出版（即出版社）、印刷、发行（即书店），出版社是"龙头"，统归出版局领导。后根据某高级领导的指示，发行（即书店）兼并了出版社，即书店领导出版社。这种变化把经济效益放在首位，降低了书籍在精神文明建设上的作用；同时把书店的一些管理方法用来管理出版社，也引起了不少问题。最近，"两会"决定机构改革，把出版划归党委宣传部领导，非常正确，我完全拥护。

二是由于省上领导人的变化，没有坚持振兴川剧，振兴川剧领导小组形同虚设。目前，川剧在全国的影响已较前降低。

2018年3月28日

千万别做文艺官①

　　我平常讲话较多，有不少见诸文字。没新内容可讲，只简单说几句。

　　省文联工作的成绩显著，《工作报告》上讲了，代表也讨论和认可了，不用我画蛇添足。能取得这样的成绩，首先是有党的十一届三中全会以后所形成的好的政治环境，党中央制定的文艺方针和省委的直接领导。同时，也是我省全体文艺工作者和各个协会、各级文联辛勤耕耘的结果。在省文联机关，主要归功于驻会的主席和所有工作人员。

　　我前后担任三届省文联主席，与三届主席团成员、六位党组书记共事，从总体上讲合作很好。实事求是地说，我为省文联做的工作不多，也很不够，特别是后期。尽管如此，我得真心地感谢全省文艺工作者和三届主席团成员、所有党组书记和成员，以及文联机关同志对我的信任和支持。

　　我很高兴这次代表大会选出了新的领导班子。长江后浪推前浪，我省的文艺事业和文联工作必将有新的跨越。我从事文艺工作这么多年，深知作家和文艺家喜欢能交心的朋友，而不喜欢摆架子的文艺官员。我年届八十，是这次大会代表中年龄最大的，体力和

　　① 本文系在四川省文联会上的讲话。

精力大不如以前，这是自然规律，大家早对我多有照顾。开幕式那天，我站着致辞就感到困难，幸好四肢无力中气尚足。我平常很准时，昨天下午开会，虽提前做好准备，但因记错开会时间，迟到了十多分钟，我感到很抱歉。这都是事例。现在，我不担任省文联主席，仍然是中国作家协会会员。我会在作家这个岗位上力所能及地从事写作，关心和支持省文联的工作。

祝这次大会胜利闭幕！

祝所有代表和全省文艺工作者身体健康、创作丰收！

2009年2月27日

人间重晚晴

——我与"晚霞"报刊的情缘

之一："活"不是花哨和猎奇①

每到月初我就有一种期待。

我期待一本杂志。它是"言老人事、表老人志、抒老人情、解老人难"的《晚霞》。一得到它我就感到愉快。一般先看目录，把最感兴趣的篇章读了，然后到晚间再从头到尾通翻一遍。有时从不同的渠道多收得一两本，便尽快送给亲友。

在报刊总量增加很多的情况下，《晚霞》的读者能不断增多，发行量进一步扩大，这是很不容易的。我既是《晚霞》的读者，也是《晚霞》的作者。每当我在《晚霞》发表文章以后，碰见熟人时常听说他读到我的那篇文章。从这一点亲身感受，也证明《晚霞》拥有众多的读者。我为此感到高兴，分享了《晚霞》的喜悦。

《晚霞》为什么会受到欢迎？我认为最主要的原因是贯彻了"言老人事、表老人志、抒老人情、解老人难"的原则，老人的"志"和"情"是多方面的，可以作各种理解，但总应该是健康和向上的，能给人希望和力量。

记得在一次座谈会上，不少老年朋友在充分肯定《晚霞》成绩

---

① 此为贺《晚霞》杂志创办百期撰写。

正在阅读《晚霞》杂志的李致

的前提下，希望办得更"活"一点。我赞成这个意见。怎样才能算"活"？我以为不是指把杂志弄得花哨或猎奇，写些类似格调不高的社会新闻，而是保持自己的特色和品位，进一步在"言老人事、表老人志、抒老人情、解老人难"上下功夫。我相信编辑同志会继续与老年人交朋友，更深入地调查研究，弄清和弄准老年人有些什么事、什么志、什么情、什么难，更有针对性地组织好文章。

1998年5月14日

之二：继续在四句话上下功夫①

十年前，我就描绘过这种心情。我说，每月初我有一种期待。

---

① 此为贺《晚霞》杂志创刊二十周年撰写。

我期待一本杂志，它就是《晚霞》。一得到它，我就感到喜悦。不仅自己认真阅读，还要把它推荐给有关的老人或亲友，也愿意把自己写的文章寄给《晚霞》杂志，与老友交流。

十多年来，我几乎参加了《晚霞》杂志每年在成都举行的作者座谈会，谈自己的感受和建议。记得十年前，《晚霞》创办百期之际，我曾说过这样一段话：《晚霞》杂志为什么受到欢迎？我认为最主要的是它贯彻了"言老人事、表老人志、抒老人情、解老人难"的方针（或说是意愿）。

为什么会强调这个问题？这是因为在市场经济的冲击下，社会上不少报刊为了追求经济效益，采取了媚俗的态度，用一些格调低下的东西来迎合某些读者。所以，当讨论如何把《晚霞》杂志办得更"活"一点的时候，我仍期望杂志社进一步贯彻这一既定的方针，并继续在四句话上下功夫，更有针对性地组织好文章。

第二个十年又过去了。在省委组织部、老干局和西南各省的组织部、老干局的领导下，经杂志社众多同志的长期奋斗，《晚霞》杂志不负众望，办得越来越好。加大了版面，增加了刊期，丰富了内容，迎来更多的读者，取得了社会效益和经济效益的双丰收。想说的话很多，但时间有限。干部都"能上能下"，讲话当然可长可短。未尽之言，以后有机会再表。

2008年3月30日

之三：而立之年的《晚霞报》①

《晚霞报》创办三十周年，进入而立之年。

1985年，我在中共四川省委宣传部工作，分管新闻和出版处。

① 此为贺《晚霞报》创办三十周年庆祝会上代表作者的发言。

当时，我国老年人增多，我和时任部长的许川同志，都意识到老年工作的重要性。《四川日报》原副总编辑伍陵同志退下来以后，申请办《晚霞报》，得到我们的支持。以后，全国两次布置压缩报纸，我和许川明确表示：我们经常强调要重视老年人的工作，不能成为口号；《晚霞报》是全省唯一的老年人的报纸，一定要把《晚霞报》保留下来。

1991年，我年满六十一岁，从宣传部退下来，成为老龄队伍中的一员、《晚霞报》的读者，以后又成为《晚霞报》的作者。

老年人从工作岗位上退下来，既是一个终点，也是一个起点，可以做自己喜欢的事情。从1993年起，我以"往事随笔"为总题，写自己难忘的人生经历。《晚霞报》曾为我刊登过《"往事随笔"总序》。去年，天地出版社出版了我的"往事随笔"三卷本，即《四爸巴金》《铭记在心》和《昔日足迹》，共七十多万字，《晚霞报》又做了详细的介绍。这是对我也是对老年人的支持和鼓励，我很感激。

《晚霞报》约我写文章，我力求照办。2013年重阳节，我为《晚霞报》写了《重阳敬马老》，介绍了百岁老人马识途的乐观精神和"长寿三字诀"，希望人们可以从中汲取有益的营养，马老则说："知我者，致公也。"年末最后一天，辞旧迎新之际，又为副刊《回望》写了《快快活活过好每一天》，从多方面谈了我的一些感悟。听说有的老人把文章复印下来，送给自己的朋友。

《晚霞报》为我们老人传递信息和友情。我常从《晚霞报》报上看见文友写的文章，就此在电话上交换意见。老友陆原写的诗《酬老友李致电话拜年》，我也是从《晚霞报》上读到的。

年龄越大，越喜欢《晚霞报》。我家报纸不少，有些对开大报，版面太多，有时多达五六十版以上，广告和新闻夹在一起，一大沓，老年人翻起来很吃力，有兴趣的内容也不多。《晚霞报》一般四开八版，翻起来轻松，适合老人阅读。

《晚霞报》白手起家，从租房办公到两次买办公楼，到现在发行十万份以上，受到川渝老人的欢迎，实属不易。人说"三十而立"，《晚霞报》已经立起来了。我向为《晚霞报》工作的所有同志，过去的和现在的，表示诚挚的感谢和祝贺！

　　期待读者和作者给予《晚霞报》更多的支持。

　　希望主管和有关部门给予《晚霞报》更多的支持。

2015年5月4日

辞旧迎春的祝福

按 近几年来每到年底，《晚霞报》总是约我写一篇辞旧迎新的短文，其盛情难却。但我也有难处，对老年朋友的期望，无非把健康摆在首位，要有精神寄托，勇于接受新鲜事物，正确处理与子女的关系，等等。每年都讲，难免重复。一东同志宽大为怀，每年11月初就向我约稿，让我有时间思考。这几年，我只好从不同的切入点，反复强调，以完成"任务"。

之一：2013年新年的期望

在新的一年里，老年朋友都有自己的期望。

每个人的状况不一样，难以概括所有的期望。有一个期望则相同：把健康放在首位。有健康才可拥有自己的期望，丧失健康则丧失一切。

要做到身体健康，心情开朗最为重要。年老是人生的自然规律，需要坦然面对，不必担心过一年就少一年。从工作岗位上退下来，不要有失落感，起码还有二三十年可以做自己愿意做的事。身体好的，发挥余热，量力做点工作。即使不再工作，锻炼身体，与朋友谈心，游山玩水，养花喂鸟，含饴弄孙，也有意义和趣味，不必把自己关闭在屋里。要自得其乐，不用与人攀比。有人调侃说：

李致（右二）在《晚霞》杂志作家座谈会上

　　"好好活，慢慢拖，一月还有一千多。不要嫌钱少，就怕'走'得早。"老人或多或少有疾病，要正确对待。马识途老人高龄，十几年前患癌症，割掉一个肾，还有高血压和痛风等病。他在《顺口溜·自叙》中写道：

　　　　老汉今年九十八，近瞎渐聋唯未傻。
　　　　阎王有请我不去，小鬼来缠我不怕。
　　　　人生难得几回搏，栽个筋斗又算啥？
　　　　愁云阴霾已散尽，国泰民安乐无涯。

　　正因为有这种心态，马老至今思路清晰，语言清楚，火花不断，笔耕不止，不久即将百岁大庆。
　　以上，愿与老年朋友共勉。

2012年12月26日

之二：快快活活过好每一天

快快活活过好每一天，关键是心态要开朗。

刚从工作岗位上退下来，闲居在家，可能不适应。我们已经工作几十年，尽了对社会的责任；以后的日子，做自己喜欢做的事情，是终点也是起点。我的朋友中，有的喜欢读书，有的喜欢绘画，有的喜欢旅游，有的喜欢收藏，有的喜欢打麻将，有的喜欢含饴弄孙，各得其所。我愿意写作，以"往事随笔"为总题，记下那些打动过我的人和事；还喜欢川剧，愿为振兴川剧鼓与呼。

一定要把身体健康放在第一位。有了健康才可能拥有其他，丧失健康则丧失一切。进入老年，身体必然会出现一些问题，发现病痛，不必惊慌失措，认真治疗保养，但精神不能垮。据说，有些癌症患者，是被"吓"死的。马识途老人曾患肾癌，他乐观对待，现已活到百岁。我介绍过马老的"长寿三字诀"，许多老年朋友都说很受启发。我已进入八十五岁，再订一个"五年计划"，争取活到九十岁。

处理好与子女的关系，也很重要。我的子女都在国外，我身居"空巢"，有时不免感到遗憾。但往开处想，他们事业有成，硬把他们拉回身边来照顾自己，我会过意不去，反而成为自己的思想负担。两代人之间总有代沟。我从没打过孩子，与子女关系亲密；可以交心、可以辩论，求同存异、不强加于人。我每天晚上把自己的日记，用电子邮箱发给女儿、儿子、外孙和孙女，第二天早上总会得到女儿和儿子的回复，没有正事就"贫嘴"；需要对某件事作"决策"时，外孙和孙女也会发言。女儿和儿子几乎每天都和我通电话，外孙和孙女不定期通话。有朋友说，他们和子女住在同一个城市，也不一定每天说得上几句话。我知足矣！

广交朋友，有助心态开朗。离休以后，原来因为工作关系接触的人，不再来往，这很自然，我没有感到失落。我有各种朋友：

年长如亦师亦友的百岁马识途，年幼如活泼可爱的少先队员熊语时；新中国成立前一起参加学生运动的战友，新中国成立后不同时期一起工作的同事，有不少至今保持着联系；近几年还交了一批与我女儿同龄的文友。不同的朋友有不同的话题，我可以学到不同的东西。尊重别人，别人会尊重你；关心帮助别人，别人会关心帮助你；向别人交心，别人也会向你交心。这是我的交友之道。

老年人要勇于接受新鲜事物。在马老的启发和女儿、外孙的帮助下，1998年我学会使用电脑。不仅便于我写作，而且使我眼界大开。每天早上，我先读邮件、再看新闻，有时还"百度一下"查询资料。不少朋友担心用电脑影响视力，我的感觉恰好相反：在电脑上写作和阅读，可以把字体放得很大，比看书报清楚多了。当然要控制时间，长时间坐在电脑旁，对眼睛和身体都不好。老年人初学电脑很困难，不是智商低，而是记忆力差、反应慢。我不会拼音和五笔字型，使用汉王笔，一个字一个字地"写"入电脑，至今有"脑"龄十五年。与时俱进，今年我儿子帮助我用苹果的iPad和朋友互通"微信"。外孙教我用微软的Surface，Skype视频我一岁多的重外孙女，看她玩耍，听她叫我"祖祖"，不过她看见我家"狗狗"时，显然更加激动。

淡泊名利，知足常乐。只要衣食无忧，家人平安，就可以满足了。我喜欢林黛玉《葬花词》中的"质本洁来还洁去"。名利皆身外之物，与人攀比，只会自寻烦恼。每天我都能找到令自己高兴的事情："神舟"飞船上天，"嫦娥玉兔"登月，我感到自豪；对比一些战乱的国家，我庆幸国泰民安；马识途和周巍峙两位百岁老人健康永存，我为他们祝福；众多川剧人出版人对我亲切，我感到温暖；与新交的文友探讨写作，有助于我了解年轻一代；读者来信谈感想，我觉得自己的生活更有意义；读一本好书或看一部好电视剧，我更想做一个好人；等等。

"生活是一面镜子，你对着它哭它就哭，你对着它笑它就笑。"让我们对着镜子笑吧！无论今后剩下多少岁月、多少日子，保持心态开朗，快快活活地过好每一天。

2013年12月17日

之三：健康是老人最大的财富

2016年到了，向老年朋友送出我的祝福。

冥思苦想，还是一句老话：健康第一！对老年朋友来说，这是最重要、最关键的话，也可以说是老生常谈。健康，是老人最大的财富。有了健康，才可能拥有其他，丧失健康则失去一切。

有些老年朋友身体比较健康，因此容易麻痹大意，问题常出在这里：如过度运动引起身体不适，各种因素造成摔跤骨折。进入老年，要服老。我的腿不好，已经挂了十多年的手杖，避免摔跤。我的感悟是，老年人的心态要保持永远年轻，但在体力上不要任意去超越自己，不要再唱"跌倒算什么，我们骨头硬"，要唱"马儿啊，你慢些走，让我把这迷人的景色看个够"。我一生三次失去自由，深知健康和自由一样，只有失去它时，才知道它的可贵。

有些老年朋友一旦发现有病，容易有思想负担，甚至悲观失望。其实人到老年，身体各部位逐渐老化，总有这样那样、或多或少的病痛，这是自然规律。我有一位朋友，身体一向比较健康，一次查出老年病，由于没有思想准备，接受不了，差点患了抑郁症。现在患癌症的人不少，其中有些人是被吓死的。老年人要正确对待疾病，不怕疾病，敢于与疾病做斗争。马识途老人得过肾癌，他说"阎王有请我不去"，现已健康活到一百零一岁，是我们的榜样！另一位朋友，八年期间得过两次癌症，一次乳腺癌一次卵巢癌，动过两次大手术，做过多次化疗，她在癌症面前毫不示弱，认真治疗，还经常关心他人。

如何保持健康，大家各有不同的感悟和措施。其中的共同点是：心情开朗，淡泊名利，做自己乐意做的事，快快活活地过好每一天；有病认真治疗，按时服药；生活有规律，坚持午休，适当运动，管得住嘴，杜绝抽烟、酗酒、长时间打麻将等不好的生活习惯；处理好与子女的关系，关心他人，勇于接受新事物；等等。

以上，愿与老年朋友共勉。

之四：辞旧迎新话马老

今年的最后一天，2016年12月31号（农历丙申年十一月初三），恰好是马识途老人的生日，他满一百零二岁，步入一百零三岁。

马老是我的老师，又是我的挚友。我们交往七十年。近几年来，我每十天半月去看望他一次。我们坐得很近，是真正的"促膝"谈心。马老思路敏捷、语言清楚，有不少真知灼见，我受益良多。

马老早年因心脏不适，安装了起搏器。2001年，因患肾癌割掉了一个肾。在这种情况下，他能跨越百岁实属不易。迄今为止，马老除了视力和听力有所减退外，总体上健康。马老总结自己有五得：吃得，睡得，走得，写得和（承）受得。

吃得：我和马老多次一起吃饭，他的食量比我大。马老从不挑食，除了遵医嘱因痛风不能吃海鲜和豆类外其他菜肴他都吃。主食米饭、面食（面条、抄手、饺子）、窝头等。天天喝牛奶，还喜欢吃点甜食和东坡肘子。马老的女儿万梅很注意为马老变换花样，使马老保持好胃口。

睡得：马老每晚一般能睡七八小时，长期坚持午休。马老睡眠很香，我有亲身感受。一次在北京开会，我和马老同住一室。我先向马老表示歉意，说自己打呼噜，会影响他睡觉。马老说，不怕，我也打呼噜。那几夜，我不时听到马老洪亮的呼噜声，自愧不如。

走得：马老比我能走，我在十多年前就用手杖了。有时我们一同外出参观，我坐轮椅，马老步行。今年，马老两度腿脚不太好，走路困难。目前有所恢复，每天散步，一次又能走一百多步了。

写得：马老与巴金老人一样，认为不工作生活就没意义。《马识途文集》已出十二卷十三册，现正在续编，将增加六七卷。马老说，他每天上午写两三个小时，他的子女说他下午往往还写一两个小时。马老似乎是四川第一个用电脑写文章的作家，如今因为看不清楚汉字输入选择，他又开始手写了。我看过马老的文稿，每页三百字，字迹清楚，每个字都不出格。马老还坚持用毛笔书写以隶书为主的单条和对联，最近他为作家字心的新作《我在我思》，题写了书名。

受得：指承受得住各种压力。马老在从事地下工作时"九死一生"；后曾多次受打压，"文革"中最先被抛出来，以后又因讲真话受到一些少数人的攻击。马老宁折不弯，真是"历经斧斤不老松"。对待疾病，马老是"阎王有请我不去，小鬼来缠我不怕。"

我刚进入八十八岁，比马老小十五岁。不过，我也经常提醒马老要"悠着点"，不要太劳累。2001年医生叮嘱马老要"悠着点"，马老手书"悠着点"贴在墙上。我每次去看望马老，时间不超过一小时，以免他疲劳。

健康是老年人最大的财富。我愿意重复介绍马老的"长寿三字诀"：不言老，要服老。多达观，少烦恼。勤用脑，多思考。勿孤僻，有知交。能知足，品自高。常吃素，七分饱。戒烟癖，酒饮少。多运动，散步好。知天命，乐逍遥。此之谓，寿之道。

最近一次谈到长寿，马老说："我稀里糊涂忙了一百零二年，进入一百零三岁。一百一十二岁的周有光说恐怕'上帝'打瞌睡，把他忘了。可能'上帝'没有醒，也把我忘了。"马老又说："我说过多次，要长寿，就要快乐、达观。不要把得失放不下，心里没有负担就长寿了。千方百计找医生、吃补药、找偏方，不一定长寿。不把岁数当回事，反而长寿。想长寿而不得，不特意刻求反而长寿。"马老要我通过《晚霞报》转告老年朋友，期望大家尽可能做到快乐、达观。

作家王火也是马老的挚友。他为马老进入一百零三岁写了一副对联。上联是"寿高期颐赤胆忠诚老革命"，下联是"光耀文坛铁肩道义名作家"。王火兄说他曾看到过一篇《成功的十条要诀》，内容是"努力，坚忍，克制，诚恳，正直，谦逊，智慧，勇敢，进取，利人"。王火兄说，这十条，马老完全具备。王火兄还对我说："你写过一篇《历经斧斤不老松》的文章谈马识途，与'历经斧斤不老松'一句相呼应，马老又是'开放红花万年青'。"

马老另一位挚友章玉钧，几年前就说唯"马首是瞻"。

我们都愿意向马老学习。

我们衷心为马老祝福，并祝马老生日快乐！

2016年12月22日

之五：我的心里话

2017年底，我满八十八岁，步入八十九岁，可谓"望九翁了"。

身体健康，是老年人首要的问题。性格开朗，是我能"望九"的重要因素。大约十五年前，华西和省五医院会诊，把我定为高危病人。我没有背包袱，认真服药，生活有规律，基本上能管住嘴——也有个别时候经受不住"诱惑"。目前，"三高"、缺血等症状，控制在正常指标范围内。我性情平和，大小事情，能坦然处之；情绪稳定，上床很快就能入睡。人是高等动物，心态和情绪对健康的影响很大，忧虑和激动，会伤害身体，不能忽视。

精神有寄托，不无所事事。老年人的身体、喜爱、经历和处境不相同，各有自己的寄托。我的寄托在写作。我一生经历几个时期，有不少难忘的人和事，我大约写了百万字长短不一的文章，以此回顾我的一生，倾诉情感，分析和解剖自己。写作使我收获快乐，还交了不少文友。

千万不封闭自己。关心国内外大事，乐于看见国家的发展和成就。我起床较早，每天先看电视的《朝闻天下》，再上网看有关新闻。就及时来说，报纸已经"落后"了。广交朋友也很有必要。前若干年，老朋友有各种聚会，随着年龄增长，外出不便，聚会大为减少，但可以用电话和微信保持联系。我和王火、沈绍初、杨字心等友好经常通话。王火兄是名作家，又曾是名记者，我们通话常有标题，如"想念电话""通报电话"或"咨询电话"，先说标题再讲内容，颇为有趣。我记下不少朋友的生日，一年一度电话祝贺，也很愉快。偶有聚会，友人说见一次少一次。我说，想开一点，见一次不是多一次吗？老朋友不常见面，可以和邻居交往，我在《晚霞报》上发表过《邻居熊燕》和《难舍近邻》两文，不再重复。只要身体允许，有人陪同，不妨外出旅游。最近，我和儿子去了重庆，看见祖国的变化和成就，圆了我的高铁梦。

努力接受新鲜事物。我在1998年学会使用电脑，先用以写文章，后学会发邮件、查资料、视频、调看电影和电视剧。继后，又学会发微信，比打电话发邮件更方便。魏明伦、徐菜等好友，均在我微信的"朋友圈"内。最近，打算学习网上购物，原来住金杏苑，靠一位热心的邻居帮我网购，以后准备自力更生了。老年人学电脑，玩手机，用iPad（苹果平板电脑），确有困难，主要是忘性大。我是在关怀和"责难"中学会的。我的外孙帮我安装，教我使用，随时"救命"；但对我转身就忘，常感到"愤怒"。关键在于坚持，不怕"责难"，不怕失败，熟能生巧，逐渐就会了。

马识途老人是我学习的榜样。马老明年满一百零四岁，进入一百零四高寿。马老既是我的老师，又是挚友。我不时去看望马老，他头脑清晰，语言清楚，正在为出版《马识途文集》做有关工作。马老多次对我说，一个人不工作，活着没有意义。今年我问马老向老年朋友说什么，他说："老人莫叹桑榆晚，应喜晚霞犹满天。"

朋友鼓励我学习马老，向百岁进军。我说到了九十再订计划，否则不现实。好在我有积极向上的心态，会快快乐乐地过好每一天。

新年即到，我用自己的感受，向老年朋友拜年了！

2017年末

附　记

《晚霞报》编辑何一东曾就每年约我撰写辞旧迎新的短文发表文章写道："最近几年，每到岁末辞旧迎新之际，因四川省文联名誉主席、巴金文学院顾问李致德高望重，长期阅读、关心《晚霞报》之故，我总会请李致老给广大读者写一篇文章，送上新年祝福！为人谦和的李老，不会如有的所谓名人那样端架子，拒人于千里之外。而总是抽空完成'任务'。且每次写好文章后，不论长短，反复推敲。即便改动一二个字，也要亲自打电话说明，令我非常感动……'智慧是宝石，如果以谦虚镶边，就会更加灿烂夺目'；'为人第一谦虚好，学问茫茫无尽期'。李致老为人为文，诚如斯言也！"

国家兴，杂文兴①

只说几句开场白，以便有更多同志讲话。

有同志概括新中国成立以来的杂文史，用了两句话："国家兴，杂文兴；国家乱，杂文亡。"这是很有道理的。张黎群同志来参加我们的会。20世纪60年代，他在四川写了一些有影响的杂文，"十年浩劫"之际，首先被"抛"出来。在座不少同志也有相同遭遇。粉碎"四人帮"以后，在全国范围内杂文又有所复兴，不仅作者队伍扩大，而且硕果累累。今天我们四川这批杂文作者相聚在一起，将成立四川杂文学会。这是党的十一届三中全会以来所形成的大好形势的产物，是"国家兴，杂文兴"的表现。

学会章程（草稿）提出，以党的十三大精神为指导，继承和发扬鲁迅精神，为把我国建设为富强、民主、文明的社会主义现代化国家而奋斗。这是我们共同的愿望。鲁迅先生是我国新文化的旗手。以鲁迅为杰出代表的革命杂文先驱，把杂文当成投枪和匕首，在反帝、反封建的斗争中，立下了不可磨灭的功勋。我们现在所处的时代，与鲁迅先生所处的时代大不相同了，但绝不是说，我们的时代不需要杂文，也不是说杂文的战斗性可以消失了。在社会主义初级阶段，美与丑、先进与落后、光明与黑暗的斗争是不可避免

---

① 本文系在四川省杂文学会成立大会上的讲话。

的。我们既要热情歌颂、扶植、保护一切有利于社会主义事业的新生事物，同时要揭露、批评、抨击一切有害于社会主义事业的腐朽东西。歌颂与暴露，有它的辩证关系：批评不好的，是为了建设好的；赞美好的，是为了消除不好的。不应该把两者完全对立起来。

杂文既是战斗性很强的武器，我们杂文作家对自己要有更高的要求。鲁迅早就说过："根本的问题是作者可是一个'革命人'。"可能有些人对"革命人"一类名词不感兴趣了，但我今天提到它仍感到十分亲切，并认为这是至关重要的问题。要做"革命人"，必须学习马克思主义，用马克思主义的立场观点观察分析事物。轻视学习马克思主义是不对的，早在几十年前，鲁迅就纠正他只相信进化论的偏颇。作家要敢于面对现实，坚持真理，讲真话，不要害怕某些神经过敏或心里有鬼的人去"对号入座"。我们大多数人在"十年浩劫"中，既经受了很多痛苦的折磨，又悟出了许多过去根本不敢想的东西。岂能因心有余悸而置身事外，写些不痛不痒或无病呻吟的文章！何况时代已经变了。我们省委根据中央精神，从实际出发分析文艺界的情况，认为主流是好的，充分相信这支队伍，不跟风，不搞"左"的东西，为作家提供了良好的创作环境，这是大家公认的。退一步讲，即使局部出现点什么问题，也没有什么了不起。谁要想再干"一言致人死命"的蠢事，到头来将证明那不过搬起石头砸自己的脚。

李致的杂文学会会员证

近几年来，我省杂文创作取得相当大的发展。老杂文家如卢杨村等同志的杂文受到杂文界的公认和好评，新写杂文的如叶延滨等同志发表了有分量的作品。报刊编辑也做了大量的工作。今天，我们作为一批"志愿军"结合在这里。学会的主要任务是"组织和发展杂文创作、研究队伍，繁荣杂文创作，提高杂文研究和教学水平"。我们希望学会成立后切实开展工作，不要开过会就了事，徒具形式。学会将选一些同志担任有关职务，为大家服务，这是必要的。巴金同志说，作家要靠自己的作品与自己的读者见面，而不是靠开会、坐主席台、签名题字来生活。正是这样，我们不会把主要精力放在各种选举事务上。

杂文界的一些老前辈和战友来参加我们的会，这是对我们的支持和鼓励。我们表示欢迎和感谢。

1988年3月3日

从崔桦的《人在网中》说起

今天我们三家——省杂文学会、省文联创作理论研究室、武侯祠博物馆一起在这里举办崔桦的杂文集《人在网中》作品研讨会。到会的人都是杂文界、评论界和新闻出版界有影响的同志，也是崔桦的好朋友。我没有对各位冠以"著名"二字，因为真正著名的人并不需要戴这顶帽子，不知名的戴上这顶桂冠人家还是不知道。会议由我和子贵联合主持：我因有病人要照顾，打个开场锣鼓；子贵坚持到底，唱压台戏。当然主要是请大家发表高见，希望通过讨论《人在网中》这本杂文集，对我省杂文事业的发展有所促进。

我常称崔桦为老兄，其实他比我的年龄小。新中国成立时是工人，没有进正规大学。以后自学成才，读完大学中文系课程。由工人到干部、到记者、到领导、到作家，既写小说，又写杂文。粉碎"四人帮"以后，他的小说集《紫红的蔷薇》由四川人民出版社出版，是我把第一本样书送到他手上的。这是我的荣幸，也是我们友情的体现。

《人在网中》收集了崔桦近年来所写的杂文和随笔共73篇（包括附录和后记）。去年四季度书店开始发行。不久，我就在报纸上发现《人在网中》被列入畅销书之列。在"当前而今眼目下"（女人的乳房、大腿、隐私、情杀、裸尸等充满一些书籍报纸时），杂文被列入畅销书，是很不容易的。这与崔桦注意了《杂文要吸引青年》（附录一）分不开。至今为止，有关报刊发表了八篇评论文章，给《人在网中》很高的评价。正因为如此，我们今天专门举行这本书的作品研讨会。

有关杂文的会议开过不少，我也说过一些意见。从内容上讲，杂文一定要贴近生活，与人民群众同呼吸共命运，敢于讲真话，针砭时弊，且具有它特有的讽刺和幽默的功能。好的评论有的也是好的杂文，但杂文绝不等于一般评论。杂文是用自己的特色来执行"为人民服务、为社会主义服务"的"二为"方向的。改革开放给我们带来丰硕的成果和美好的前景，有利于改革开放的我们要歌颂，妨碍改革开放的我们要抨击——当然，抨击绝不是板起面孔训人。现在仍有一些人怕杂文，或是误解，或是心中有冷病。我希望这些同志学习朱镕基总理对《焦点访谈》积极支持的态度。至于杂文作者，则需要努力实现思想性和艺术性的统一。杂文一定要姓"文"，有思想深度又有幽默感，题材也要多样化。先不说百读不厌，起码要吸引读者看了还愿再看。崔桦的《人在网中》，正好在这些方面取得突出的成果，值得我学习。

我是出版战线的老兵。《人在网中》的封面、内文设计、纸张、印刷，均属上乘。崔桦，人是漂漂亮亮的，书也是漂漂亮亮的，头像漫画也有趣，显示了崔桦的气质。有镜架，看不见眼睛。眼睛到哪儿去了？这是智力测验。我说到他夫人温琼如心里去了。因为温琼如对崔桦写作和出版《人在网中》，是很支持的，"军功章"理应有她的一半。

开场锣鼓就打到这儿，现在请专家唱戏。

1999年1月23日

徒具虚名非我所愿

——一封辞职信

杂文学会各位会长并全体文友：

省杂文学会是热爱杂文的朋友所组成的"志愿军"。十几年来，坚持正确方向，积极开展活动，多次被社科联评为先进学会。这是全体文友努力的成果。

我是杂文爱好者。学会成立当时，我正在宣传部分工联系文艺工作。鉴于当时文艺界的情况与杂文容易惹麻烦，所以文友推我做会长，我答应下来。原因很简单，即我说过的，如有麻烦我先承担。

现在文艺有一个比较宽松的环境，文友们坚持正确的文艺方针，我的担心已无必要。加以我家有病人，自己的身体不太好，实在无力担任会长的实际工作。徒具虚名非我所愿，比我有能力任会长的文友不在少数。因此我决心辞去会长职务，请予批准。

今后我仍愿以作者身份与文友们一起，为繁荣我省杂文创作，尽自己的力量。

即颂

秋安！

李致

2000年8月15日

附　记:

此信发出后，我辞职的请求一直没有被接受。直到2007年，我推荐时任省文联党组书记黄启国为学会会长，才同意我辞职。

2018年7月26日

清晰的记忆

◎ 邵建华[①]

　　杂文学会走过了二十年的漫漫行程。许许多多的人和事从记忆深处浮上脑海。其中，马识途同志、李致同志的身影，恰像特写镜头似的定格在眼前。随着一声"杂文家是文艺战线上的战士，永远应该用战士的心志和姿态投入创作"的呼唤，我不禁热血沸腾起来。

　　记得1987年一个秋风瑟瑟的日子，我为争取尽快成立省杂文学会而四处奔走。经学友引荐，我专程拜访了省委一位负责文化教育工作的副书记。当他听完我的来意后，习惯性地作出指示：成立省杂文学会嘛，不要急躁。既然全国杂文学会尚未成立，既然西南地区还没有一个省级杂文学会，我们何必要赶在前头呢？杂文嘛，惹是生非，容易闯祸。我看还是等到全国都成立了杂文学会，我们再乘个末班车，也不迟嘛！你说是不是？

　　副书记边说边拍着我的肩头，似乎表示"关切"。我却为他的高论惊诧，为他甘居下游以求"自保"而不屑。官做大了，"心态"与"视野"却如此狭隘，不禁引人唏嘘。这难道不是"盆地意识"作怪么？抑或是有更深沉的"顾忌"存焉？

　　第二天，我又拜访了省社联的一位负责同志。他的回答就比那位副书记巧妙得多！他说：成立省杂文学会，好哇！不过你们应先争取被批准成立。然后，我们再接纳你们为"团体会员"，好不好？

---

　　① 邵建华：原西南民族学院副教授。四川省杂文学会发起人，历任学会副会长兼秘书长。

好不好？我能说不好吗？这明明是顺水推舟的托词，说了等于没说。就在我一筹莫展之际，学会筹备组有同志给我传来一个好消息：省作协主席马识途同志同意承担省杂文学会名誉会长的职务，并要我到省宣传部去请李致同志（时任省委宣传部主管文艺工作的副部长）担任学会会长，然后将正式申请报告递交省作协审批就可以了。

此时此刻，我真按捺不住心头的激动，赶紧遵嘱——照办。

在宣传部李致同志的办公室，当他听完我的来意后，不觉笑了。他说：你们推举马老做学会名誉会长，这是众望所归，非他莫属。至于我呢，因工作太忙，不能为学会干什么实事，挂虚名做啥？

我赶紧回答：学会的具体工作，有秘书组努力去干，请你放心，现在是请你答应"挂帅"就好。

李致同志思索片刻，坦诚直言：我知道你们的难处所在。写杂文嘛，要针砭时弊，难免有人"对号入座"，麻烦和是非在所难免。不过杂文作者的动机和用心是好的，忧国忧民，是社会责任感的表现。好嘛，我答应为你们担当力所能及的责任，为发展四川省的杂文创作与研究事业做出努力。

听听，真叫"明知山有虎，偏向虎山行"，这确是良知和正义的表现。

果然，省作协的正式批文很快下达了。

在省杂文学会的成立大会上，我由衷地说了一句肺腑之言：首先，我要感谢名誉会长马识途同志和会长李致同志，他们"铁肩担道义"，为学会的成立扛起了大旗，四川省的杂文创作及其研究才有望迅速发展，从散兵游勇变成团队力量！

这段清晰的记忆，我将永志不忘。

实话实说

——《当代四川散文大观》序

　　四川散文学会是我省散文家自己的群众组织。它成立十多年来，没有伸手向政府要编制和经费，凭着散文家的执着，学会组织者之智慧，活跃在我省的文艺战线，引起众多人的瞩目和赞誉。

　　创作的泉源是生活。除了个人的经历和积累，学会经常组织会员，或深入到艰苦的生产基地，或云游于蜀地的名川大山，散文家从群众中和大自然中汲取营养，歌颂真善美，抨击假丑恶，写出许多优秀作品。这样，必然得到社会、企业或地方的支持，真乃聪明之举。

　　什么是散文和如何写好散文，是学会和散文家面临的重大课题。坚持"为人民服务、为社会主义服务"的方向，是大家共同的心愿。至于写什么和如何写，三百多位会员有不同的年龄和经历，有不同的感受和表述方法，不需要整齐划一。学会除举办作品探讨会外，在《当代四川散文大观》第三集中，发动了一百多名作者，在自己的文章前谈自己的散文观，体现了"百花齐放，百家争鸣"的方针。鲁迅说过，"比较是最好的鉴别方法"。我们从这各式各样的散文和散文观中受到启迪，提高自己的写作水平。

　　出人出作品是学会的主要目的。十多年来，我省散文成果收获颇丰。厚厚的《当代四川散文大观》已出版三集，第四集即将付梓。它说明我省的散文作家，笔耕不辍，笔下生花。老百姓常说："牛皮不是吹的，汽车不是推的。"果然如此。

既然每集《当代四川散文大观》都有百名以上作者，作品必然参差不齐。君不见，我国乒乓球能称冠世界，基础在于众多的群众参加。目前报刊散文阵地减少，我们不断呼吁增加，尚未见效。三年出一本《当代四川散文大观》，让我省散文作家有个阵地，相互学习，增强信心，若干年后必会出现更多的大手笔。学会的功德无量。

我不会写序。会长卢子贵"下令"以后，我像个小学生，一早想起考试将至，晚上又觉欠债未还，忐忑不安，拖了半年以上。几次决心打退堂鼓，都被子贵兄耐心规劝，难以脱手。东想西想，说点感受，并无新意，实话实说而已。

2002年7月21日

老骥伏枥　坚持到底①

　　有关四川散文学会的评价，刚才我们的巨才文友讲了，我在以前的多次会上，一次一次地提到了，所以今天就不重复。我今天非常高兴，参加这么一个隆重的颁奖会和首发式。子贵同志说过，马老、马识途在他身体允许的情况下，我每一次都跟随马老来参加我们的年会。大家都知道，马老今年已经满了九十九，进入一百岁了。今天早晨，我特别为这个会跟马老通了一次电话，马老非常高兴，他虽然不能出席今天的会，他一定要我代表他向大家表示祝贺！十二期《四川文学》，据主编高虹说，在青年作家创作会上引起了一点小小的轰动，为什么引起这个轰动呢？就是上面有马识途老人新写的文章，有王火——茅盾文学奖获奖者作家新写的文章，也有一篇我的小文章。我不说这三篇文章有好大的作用，写得怎么样，关键是马老一百岁了，这是他新写的。王火九十岁了，也是他新写的。我八十五岁了，当然我也是新写的。我说这个问题的意思在哪里呢？我不知道今天在座的，我的年龄是不是最大，没有调查研究。跟在座的文友相比，如果以马老的年龄来计算，每个人还有好多年，来日方长。刚才，开四同志讲得很好，天大地大不如散文天地大，千好万好祝大家把散文写好。

---

① 本文系在首届四川散文奖颁奖仪式上2013年12月的讲话。

李致文存

Lizhi Wencun

第二卷

我的人生（下）

四川人民出版社

图书在版编目（CIP）数据

我的人生：全2册.第二卷/李致著.— 成都：
四川人民出版社，2019.6
（李致文存）
ISBN 978-7-220-11022-1

Ⅰ.①我…　Ⅱ.①李…　Ⅲ.①回忆录—中国—当代
Ⅳ.①I251

中国版本图书馆CIP数据核字（2018）第257242号

WO DE RENSHENG

我的人生（上下）
李致文存（第二卷）

出 品 人	黄立新
项目统筹	谢 雪
责任编辑	江 澄　董 玲
封面设计	张 妮
版式设计	戴雨虹
特约校对	蓝 海
责任印制	李 剑
出版发行	四川人民出版社（成都槐树街2号）
网 址	http://www.scpph.com
E-mail	scrmcbs@sina.com
新浪微博	@四川人民出版社
微信公众号	四川人民出版社
发行部业务电话	（028）86259624　86259453
防盗版举报电话	（028）86259624
照 排	四川胜翔数码印务设计有限公司
印 刷	成都东江印务有限公司
成品尺寸	160mm×238mm
印 张	60.5
字 数	790千
版 次	2019年6月第1版
印 次	2019年6月第1次印刷
书 号	ISBN 978-7-220-11022-1
定 价	278.00元（上下）

在四川省政协迎春茶话会上

李 ｜ 致 ｜ 文 ｜ 存

我 的 人 生 （ 下 ）

目　录

海 外 印 象

金 杏 时 光

海外印象

中岛君

按： "海外印象"收录了我于20世纪80年代末90年代初访问日本、美国的九篇随笔。其中的平凡小事反映了各国在文化观念、价值取向上的诸多不同。

日本的山梨县是四川省的友好县。1987年我随四川省川剧院到日本演出，在去富士山参观时，山梨县知事望月幸明和夫人，曾在途中设宴招待我们。1990年我又随芙蓉花川剧团去日本，头两场演出就从山梨县开始。

我们在山梨县受到很热情的接待，主人请我们参观了县美术馆、文学馆及其他一些文化设施。陪同我们参观的日本朋友，有一位叫中岛幼八，他的中国话说得不错，曾到过四川。他说"久仰"我的"大名"，因为有一次他随山梨县友好代表团访蓉时，我曾与该团有关人员商谈省

李致与中岛幼八。摄于日本山梨县甲府市

歌舞剧团去日本访问演出的事宜。

中岛君文质彬彬，热情友好。途中在车上主动给我们介绍山梨县的一些基本情况。其中谈到该县盛产葡萄，味道好，产量大。为了说明问题，他引用了一些数字。我这个人从小数学不好，但那天忽然发现他谈的年产量前后有些矛盾。我怕自己弄错，不敢明确质疑，但反复问了两次。中岛君显然感到了我的疑问。

我们在山梨县的活动安排紧凑。演出为主，参观为辅，还有两次宴会。山梨县的葡萄产量无疑早被我丢到爪哇国去了。接着去东京。一天夜场演出结束，我收到中岛君的来信，是用中文写的，不用找翻译。信不长，除了一些友好的话外，重点在这一段：

> 我必须向您纠正一点：山梨县的葡萄产量每年为"七千吨"左右，此为误，应为八万一千四百吨（昭和六十二年的统计），现在可能更多些。请向有关人员订正，并表示歉意。

中岛君这种负责的态度，令人感动。改革开放以来，我参加了不少的外事活动。有时不同的人在介绍四川的情况时，所谈及的数字各有不同。有人介绍我们省叫"四川"，随意地说是因为有四条大江。在一次宴会上，谈到意大利的马可·波罗是从什么地方出发的。我说是从威尼斯，而另一位主人坚持说是突尼斯。虽然都有一个"尼斯"，但前者在欧洲（意大利），后者却在非洲。一个人的知识有深浅不同，难免有差错，但是否有中岛君的这种负责精神，有错必纠呢？

勇于纠正自己错误的人是值得尊敬的。

1998年7月1日

一次不寻常的早餐

朋友保尔·宫知道我和老伴到了美国，便邀请我们到他居住了三十多年的城市布法罗（又称水牛城）去。我们在布法罗受到保尔和他妻子伯蒂的款待，陪我们去参观了世界有名的尼亚加拉大瀑布。临别那天早晨，保尔和伯蒂坚持要再请我们出去吃一顿早饭。

由伯蒂开车，保尔和他们的女儿南希，我和老伴，一起到了一家叫丹尼斯的饭馆。当时餐馆的人不多，还有许多空位。我们安静地站在入口。这里有一个牌子用英文写着：请等候安排座位。

来了一位女服务员，她问了"早安"以后，把我们带到座位上去。我一眼发现：桌上放着一个液晶显示的小钟。

我拿着小钟观看。液晶显示出三个零，用手触动开关，便开始变化：每秒钟显示一个新数字。我忍不住问：

"这是做什么用的？"

保尔原籍河南，抗日战争时逃难到四川，年轻时候吃了很多苦。三十八年前到美国学习，以后加入美国国籍。他把四川称为他的"第二故乡"，关心四川的一草一木。这几天，他陪我们参观，主动向我们介绍有关美国的情况。听到我们的询问，他回答说：

"计算顾客从叫饭菜到拿到饭菜的时间。"

我联想到昨天在一家台湾同胞开的中国餐馆吃饭的情况。也是我们五个人，叫了菜以后，足足等了五十分钟菜饭才到。服务员向我们解释："顾客太多，一下忙不过来。"但我总觉得餐馆的管理工作有问题。现在这个餐馆，居然拿一个钟来放在桌上，让顾客计算时间，实在太有意思了。

年轻的女服务员来了。我们各自要了自己的早餐，三杯咖啡、两杯冰水，一人一份菜饭。我和老伴要的是面包、香肠、炒鸡蛋、炒土豆丝。保尔·宫夫妇和女儿要的大同小异，我说不出具体的名称。

女服务员一走，我按了小钟的开关，开始计时。

保尔见我这样有兴趣，便说："为了节省顾客的时间，餐馆里规定有些菜必须十分钟做出，否则顾客不给钱。"他又指着女儿说："南希叫的菜，就是十分钟内必须做出的。"

我们一边等候，一边聊天。我说，人们称"时间就是金钱"，应该体现在各个方面，不值得为等饭浪费时间。我还说，一般人都爱惜生命，但有些人不知道生命是由时间组成的，浪费时间就是浪费生命。与此同时，我注视着小钟的液晶显示的变化。

伯蒂重新看了菜单。她是一个有教养的美国妇女，与保尔结婚三十多年，白头偕老，相敬如宾，受到朋友们的尊敬。看完菜单以后，伯蒂把结果告诉保尔，保尔又给我们翻译。原来我们五人叫的菜饭，都是属于该在十分钟内做出的。

我期待能准时得到饭菜，但液晶显示的数字很快就过了十分钟。我不免感到遗憾。

保尔向服务员招手，服务员把小钟拿走了。

我想："总要起一个催促的作用吧。"

果然，起了"催促"的作用，五份菜饭都送来了。至于咖啡和冰水，早就送上桌的。我们为节约时间感到高兴。我对保尔说："应该向昨晚我们去的餐厅，推广这种做法。"

说实在的，我并没注意是否不收费。到我们吃完以后，女服务员送账单来时，我错以为要收费，也没有感到奇怪。因为"宣言"

和实际不一致，我看得太多了。

"我们本来应付十九元六角六分，现在我们只需付咖啡的价钱三元六角六分，其余五分饭菜十六元就不付款了。"保尔是一个乐观主义者，经常开玩笑。他说："我是真心实意请你们吃饭的。小钟上的开关，是李致按的，与我无关。"

大家高兴地笑了。

保尔去付了款。然后，按照十九元六角六分的百分之十五的标准付了小费。他认为只有这样才"合情合理"，因为服务员的工作"并没有差错"。整个过程，没有发生任何争吵，一切按规定办理，十分正常。

唯一不平静的是我的心。

在归途中，保尔不停地向我解释。他说，有些菜太复杂，时间可以超过十分钟；还说，六人以上的顾客，人多了，也不在这个规定范围内；等等。我理解这些规定，但即使如此，我仍认为这种做法显示了一种精神，即为顾客服务、爱惜时间和敢于竞争的精神。这种精神如果在各个领域推广，将是一件了不起的事情。回想起我们离开餐馆时，不但已经没有空位，门外还站了不少等候安排座位的人。这是兴旺的表现，它体现了这种精神的力量。

1992年8月22日于波特兰

"黑森林"见闻

我儿子住在美国大都会波特兰的卫星城奥斯维哥湖市。波特兰市约有五十万人，是俄勒冈州的主要城市。

美国大陆有三个州在太平洋海岸线上。中为俄勒冈州，北为华盛顿州，南为加利福尼亚。俄勒冈州是公认的居家胜地。

我在这儿住了八个多月。

一

我们住在"黑森林"村，离波特兰市中区十二英里，汽车二十分钟可到。初听"黑森林"，似乎有点恐怖，好像有孙二娘卖人肉包子。其实，这是一个新建住宅区，住着十四家人，每家一幢两层的楼房，车库可放两辆汽车。屋前屋后有草坪，种有鲜花。有三个公共区域，共有三十多棵高大的松树，既壮观又遮阳。

美国人喜欢养狗、养猫，称为宠物。狗一般关在家里，猫可以自由出入。邻居的猫只要招呼一下，它就在地上打滚。这两种动物已经"异化"，狗不看门，猫不抓老鼠。经常能看见的还有松鼠，在树枝上跑来跑去，或者停下来，摆动着毛茸茸的尾巴，十分可爱。

人们忙于自己的工作，假日又多出去旅游，所以很难看见闲人。当然，看得见成人开车上下班，看得见小孩骑自行车或滑旱冰玩。邻居家的一个一岁多的男孩，自己掌握方向盘，开一种简易的电动车。看起来不免提心吊胆，但他却很自如。

二

美国这类住宅，一般没有院墙，只用木板拦住与邻居交界的地方，以示区分。大门面临人行道，后门是落地玻璃门，但没有一家装防盗门。有些家庭常打开车库门晒太阳，车库里大多摆有工具，没有听说丢失什么东西。

有两三次，我和老伴出去散步，途中想起没有锁大门，急忙赶回。所幸安然无恙。

村里有一个信箱，分为十几个专柜。一个专柜是寄信用的，十分方便。一家有一个专柜，用钥匙打开取信件。但这个专柜体积不大，只能装一般信件和少量报刊。大一点的东西（如包裹），邮递员就把它送到住宅大门前。我朋友寄来的盒装饼干、几十张彩色大照片，都是我打开门发现放在地上的。当时，我总想："丢了怎么办？"

我常看见一家私营的包裹公司（即UPS）开车送包裹。一般是按一下门铃，把包裹放在门前就走。

让人有路不拾遗、夜不闭户的感觉。

三

在美国，人们尽可能减少家务劳动的时间。

厨房的设备齐全。一个大冰箱，可容一周的食品。电炉有四个炉盘，可以同时使用。微波炉既可以加热食品，又可以做菜。大烤箱，可以烤鸭、烤鸡、烤蛋糕。吃米饭用电饭煲，炖鸡鸭用

Sowpot。有一个洗碗机，一次可洗很多碗和盘子。

除了洗衣机外，还有烘干机。一般一两天换一次衣服，一周洗一次。洗和烘干大约一小时，但主妇同时可以做别的事。由于可以烘干，室内室外都看不见挂晒衣服的"万国旗"。

由于环境污染少，室内灰尘很少，用不着每天擦桌椅。地板铺地毯，一周用吸尘器吸一次即可。

草坪一般用定时浇水器，到时即自动浇水。割草用割草机，前后草坪半小时就可割完。

以上所有机器使用方便，一学即会。

四

一般家里自己有一个垃圾桶。桶里铺一个大塑袋。收垃圾的车一周来一次或两次。在垃圾车来的早上，各家各户把垃圾桶推到马路边。如有报纸、酒瓶之类可以回收的东西，则需捆好或装在废纸箱里，一并收去。运垃圾要收费：一个容量二十加仑的垃圾桶，每月收十三点五美元；超过容量要加收费用。这对中国人来讲，也许不理解，但它保证了马路的清洁，并养成了不乱丢东西的习惯。

五

散步是我们坚持的一项运动。只要天气好，就每天散步一小时。附近能走到的地方，大多去过。

路上行人不多。偶尔可碰见老年夫妇散步，中年人跑步或遛狗。美国人喜欢弄庭园，散步时可以看到男人在割草或剪枝。只要相遇，不论是否相识，都会互相微笑问好，说声："Hi（嗨）！"

这里虽是郊区，但汽车不少，没有交通警察。重要路口有红绿灯。一般路口仅有一个写着 Stop（停）的圆牌。任何汽车到这里一定停住，看清有没有障碍再继续前进。如果对面也有车停住，往往彼此谦让。要是前面、两旁都没有车，是否也要停呢？我观察了很多次，没有发现一辆车违反规定。

我常和儿媳一起去银行或邮局。

银行和邮局办公的地方不大，去的人也不多，但秩序井然。一般在离柜台一米远的地方开始排队。一定要等前面的人办完事，后一个人才上去。有几次，银行里没有人站队，我儿媳仍站在一米远处排队的地方。当然，她立即受到办事员的邀请。

秩序建立在人们的自觉上。

六

我多次去奥斯维哥湖市图书馆。

我们常在机关、学校下班的时候去，但这正是图书馆服务的时间——一般在晚九时才闭馆。图书馆的面积比中国的县图书馆大，分图书、音像和儿童读物三个部分。一眼可见，没有营业性的录像室、台球、舞厅或小吃店。工作人员的服务态度很好，正正经经地在搞文化事业。

凡居住在这个市的人，均可申请办借书证。图书馆实行电脑管理，借阅图书（或音像）的手续极为简单。用不着填表，只需把所借图书和音像抱到办手续的柜台，拿出磁卡借书证。工作人员用一个类似小电筒大小的激光扫描器在借书证上一晃，记下借书人的姓名，再在图书或录像带的背脊上一晃，记下图书或录像带的名称。一两分钟即可办好。

借书不限量，借录像带每次不超过三盒。时间都不超过两周。到时如果没有人借阅，可打电话续借。逾期不还，每本书每天罚三十美分。还书的手续也很简便：开馆的时候把书放在一个固定的地方，闭馆的时候把书丢进馆外一个专用的还书箱。

七

邻居之间乐于互相帮助。

我儿子刚搬去的时候，不会割草——过去住在学校公寓，邻居曾帮助他们割草。

有一天下大雪，恰巧儿子没有自己开车，公共汽车停开，受阻在城里。到晚上附近的电线被风吹断，家里一片漆黑，连蜡烛也找不到。儿媳打电话给邻居Gail，几分钟后Gail带着蜡烛和火柴来，我们才有了光明。稍后，他又主动表示愿意陪我儿媳开车到附近一个小镇（公共汽车已可通到小镇）把我儿子接回来。

圣诞前几天，村里各家都布置得很漂亮。除夕，Bill和Cindy邀请我们和Gail一家聚会。餐桌上摆了一些酒和自做的点心，由客人自取。客厅的沙发不多，有的便随意坐在地毯上，堆一种很有趣的积木。其余的人聊天，开玩笑。我拍了一些照片做纪念。室内有暖气，放着声音很小的交响乐，使人感到友情的温馨。

附　记

"黑森林"及奥斯维哥湖市的大多数居民，经济状况属中产阶层以上。市财政的税收较高，所以教育、治安和公共设施较好。美国很大，千奇百怪的事（暴力、枪杀、强奸、吸毒）都有，不能以点代面，以为全美国都如此。但我在"黑森林"的见闻，是真实的。

1993年3月2日

航班·商店·签证

航　班

我们在美国阿拉斯加的某市入境，然后飞往西雅图候机，再飞往目的地俄勒冈州的波特兰。

在西雅图换了飞机。因不是国际航班，换成了可乘几十人的小飞机。按时上了飞机，乘客很少，只有五六个人。眼看起飞的时间快到了，仍没有乘客上来。以往在国内乘飞机如乘客少，可随意找个理由（或天气不好，或飞机有某种障碍），推迟起飞时间或取消航班。我习惯性地担心，如果今天推迟起飞时间或取消航班，都会带来很多麻烦。因为儿子一家都在波特兰机场等候，又无法通知他们。

我把这个担心告诉老伴，她也有同感。

离起飞的时间并不长，因为有所担心，就感到时间漫长了。到了起飞的时间，乘客并没增加，我的担心更加重了。

正在这个时候，我听见了飞机启动的声音。

我为正点起飞感到愉快。因为乘客少，机上的空姐对我们的服务特别周到。我们用一些简单的英语交谈。下飞机时，他们都欢迎我们有机会再乘他们的飞机。

商　店

波特兰的气温突然高达一百华氏度，相当于四十摄氏度，与重庆的夏天差不多了。我感到了威胁。

儿子和媳妇到一家叫Kmart的百货商店，为我们买了一台落地电扇，价格是十四点九九美元。珊珊得意地向我报告：Made in China！

这一年，波特兰的气温三次高达一百华氏度，中国制造的电扇帮助我们度过了盛夏。电扇可以上下移动，也可以左右摆动。夏天过了，却出现一点毛病：只能低头转动，再也不能把头抬起来。这说明，尽管中国有不少产品进入美国市场，但某些产品的质量还没有完全过关。

美国一般的商店都可以退换商品，甚至设置退货的专柜。但这台电扇已用了两个多月，谁好意思去退货呢？

"是不是送去修理一下，可能就是一个螺丝钉的问题。"我提出建议。

到了Kmart百货商店，我儿媳向售货员讲明情况。售货员看了发票，毫不犹豫地说："可以换一台。"因为过了季节，货架上没有货，售货员又到库房去找。不久，她回来说："对不起，今年太热，电扇卖光了。按原价退给你，明年来买新的。"

这里没有挂什么"信得过商店"的牌子，但它赢得了顾客的心。中国产品只有提高质量，才能在美国站稳脚跟。

签　证

我们在布法罗（即水牛城）旅游的时候，儿子打电话来，希望我们在加拿大领事馆办签证，下周去加拿大玩几天。

有关填表格的材料，儿子早准备好了。我的照片大小不同的各有两张，而我老伴的照片只有一大一小。按国内平常办类似手续的习惯，照片尺寸不一样，是难以通过的。我把这个顾虑告诉朋友保尔·宫，并问他附近有没有翻拍照片的地方。

"你们去申请签证，领馆人员主要看是不是本人的照片。"保尔很不理解我的顾虑，又说，"他不需要拿起尺子去量照片的大小。"

彼此说不通，只好去试一试再说。

第二天，保尔陪我们去加拿大驻布法罗领馆。一位白发的工作人员，主动帮我们填好申请签证的表格，没有收费。我们在深圳出境前，帮我们填报关表的人是收了费的。

申请的人较多，我们等了一会儿。轮到和我们谈话的时候是一位中年妇女，挺有礼貌，没有几分钟就给了签证。我们担心的照片尺寸问题，谁也没有提及。

保尔在商业中心小吃部请吃中午饭，他一边吃炸鱼，一边笑着说："这下相信了吧，谁会用尺子去量照片的大小？"

1992年11月12日

第一次住在陌生的美国人家里

　　1992年夏天，我和老伴在美国参加一个国际大学生旅行团，从波特兰到加利福尼亚州旅游。第一天在旧金山参观"中国城"（即唐人街）。从日程表上，我们得知当晚将住在美国人家里。

　　我读中学在成都上教会学校，早在十几岁时就与外国人有接触。后来多次出国，也参观过一般家庭，但从来没有在外国人家里住过。为此不免有些好奇，且有点忐忑不安。

四位中国客人在埃贝夫妇住宅前

我们在"中国城"玩了大半天。下午四时在靠太平洋海岸指定的地点集合，乘一辆大旅行车到郊外一个村。旅行团负责人先下车与人商洽。同时，看见有不少小轿车向这里开来。

旅行团负责人宣布："今晚大家分别住在一些朋友家里。他们已经来接我们了，我会给大家介绍。明天早上八时在这里集合，我们去洛杉矶。"

我和老伴，还有中国留学生小姜和她母亲，被介绍给一位叫埃贝的美国老人。他身材高大，衣着随便，立即表示欢迎。我当时在患肩周炎，全靠我老伴提行李。西方有尊重妇女的习惯，埃贝先生赶忙帮助我老伴把行李装进汽车的行李箱。我颇不好意思，无法用英语解释。主人已请我们上车，开始行驶了。

女主人埃贝太太在家门口欢迎我们。她穿一身连衣裙，体型富态，但很匀称，十分热情。不知什么原因，她使我想起20世纪50年代在苏联见过的一些妇女。

第一件事是安排住处，请我们先休息，洗一洗。我和老伴的住房，有一张很好的床，屋子的许多地方放满了玩具和儿童杂志。仅这一点就引起我的兴趣。这可能是主人女儿原来的住房，现在用来欢迎孙子们住的。我为这屋子拍了几张照片，可惜后来换胶卷时曝光了。

一小时以后，主人来请我们吃晚饭。

埃贝先生殷勤地说："因为天热，我们在凉棚下吃饭，会舒适一些。"他先请我们参观凉棚外的花园。花园不大，但修整得很好。草是绿的——草当然是绿的，但加州缺水，我们沿途看见的许多草都是黄的。花园除了花以外，还种了葡萄。在美国，夫妇在家里分工：女的负责烹调，男的管理庭院。埃贝先生不停地解说，显示了他对自己劳动的喜悦。

晚餐的时候的确令人愉快。不热，且有阵阵凉风。菜不多，远不像国内招待外宾，剩下许多吃不完。有面包、点心，还有米饭。

527

一大碗鸡肉拌黄瓜和番茄，略有一点辣味，很可口。我们夫妇是四川人，小姜和她母亲来自上海，都一致称赞。埃贝太太看见我们吃得津津有味，表明我们的称赞不是客套，十分高兴。只是我有些不安，因为我不知道该参加什么劳动。看见小姜把盘子端进厨房，我立即仿效，但被主人劝阻。

主人兴致勃勃地欢迎我们参观他们的住宅。按美国人的习惯，没有主人邀请，客人是不能随意到卧室去的。我们跟随主人进了卧室。最引人注目的是床头的墙壁上挂有六张他们子女的照片：四男两女。埃贝太太开朗活泼，一再说现在的美国家庭已不时兴养这么多孩子了，但她乐意，并以能把他们养大成人为荣。我们还到了一间十几平方米的屋子，一台彩电，两边陈列了一些精装书，对面是一张双人沙发。平常，老两口就在这儿读书或看电视。

参观完毕，主人又陪我们聊天。

埃贝夫妇已在这里居住了四十五年。埃贝先生曾参加第二次世界大战，战后在钢铁厂工作，已退休多年。他们喜欢收藏艺术品。

在埃贝夫妇家里

客厅挂着一幅中国单条，有花有鸟，作者是滕英琼。我把作者的名字念给他们听。埃贝先生拿出一个小纸盒，打开一看，竟是袖珍的《清明上河图》。我作了一些说明，他们听得也有兴趣。高兴之余，埃贝太太又拿出一个竹编的三层花篮，她指着两个中国字问是什么意思？原来是"杏花"。他们对中国艺术品的热爱，使我们有了共同语言，感情上得以亲近。主人说他们每年都要接待一些外国朋友，这也给他们增添了欢乐。当他们知道我们夫妇月底要去纽约旅游，表示很担心，说："纽约那地方，社会秩序不好，你们一定要小心！"很自然，小姜充当了聊天的翻译。

十时后回到卧室，在安静的环境中舒舒服服地睡了一觉。第二天六时半被闹钟叫醒。收拾行李时，发现带有一盒四川的茉莉花茶。我老伴把它作为小礼物送给埃贝太太。

按昨晚约定的时间，七时四十分在餐厅早餐。除牛奶、鸡蛋外，还有女主人做的甜点。今天是星期日，主人要去教堂，衣着整齐，埃贝先生还系上领带。经我提议，我们分别合影。埃贝太太先去教堂，埃贝先生开车送我们到集合地点。分别时我们都依依不舍地说"再见！"但我知道这种机会很难再有。

旅行车准时出发去洛杉矶。

1992年6月13日，我们第一次住在陌生的美国人家里，并没有感到拘束。按过去所知美国人的习惯，即使父母在子女家吃饭也要付钱，不知我们四人在这家住了一夜，吃了两顿饭，还乘他家的汽车，旅行团该付多少钱？我向旅游团一个负责人提出这个问题。

"他们都不收费，他们喜欢和外国人交朋友。"旅游团负责人回答说，"你们吃那些东西并不贵，对他们不是负担。"

我把这个答案告诉老伴，我们都感到出乎意料。仔细一想，这些主人有条件，住房宽，有汽车，按美国人的收入，吃的东西不贵。这些条件中国人目前暂不具备。将来我们有了条件，是否也可能这样做呢？"有朋自远方来，不亦乐乎！"这是我们民族的优良

529

传统，但必须抵制"拜金主义"思潮的影响。

当年圣诞节前，我们与埃贝夫妇互致贺年卡。他们在贺年卡上感谢我们夏天到他们家做客，并称赞我们送的茶叶是他们喝过的茶叶中"最好的茶叶"。看过贺年卡，联想到上次旅行的归途中我们住在另一户美国人家里所受到的同样热情的接待，我有些激动。我情不自禁地在贺年卡上写了一句话：善良的美国人民！

1996年初根据日记整理

难忘的小事

　　在美国旅游期间，应朋友宫新民（即保尔·宫）的邀请，我和老伴到了纽约州北部的布法罗市（即水牛城）。宫新民夫妇到机场迎接我们。宫新民的夫人伯蒂，有文化教养，一见面便给我们好感。

　　伯蒂开车，路不远，很快到了他们家。

　　他们家在郊区，安宁静谧，室外有草坪。住房是20世纪50年代修建的，原是平房，后来又加了一层。旁边是车库，屋后有树林。室内整齐清洁，让人感到女主人很能干。

在保尔·宫的住宅前

保尔·宫夫妇为李致夫妇准备的客房

我们被安排住在楼上的一间屋子。室内铺有红色地毯，房门左边有一些柜子，放着书和一些别的东西。老宫是美籍华人，在美国住了三十多年。他客气地问："你们就住在这屋子，行不行？"

我和老伴几乎同时说："很满意了。"

老宫请我们休息，随即告退。我们的行李不多，几下就安放好了。过了一会儿，响起敲门声，我立即回答："请进。"

老宫应声而入。我以为他有什么安排和叮嘱，他却抱歉地说："伯蒂要进来取一样东西，可以吗？"我们当然没有任何意见。伯蒂进来取走东西，还对她的"打扰"表示歉意。

我们住在主人家里，主人进我们住的房间取东西，先要征得我们同意。这类事我在国内没有遇见过。相反，有的客人不征求意见，即可随便"参观"我的每一间屋子。甚至一天早上，我们还没有起床，一位同志来谈工作。我的小外孙开了大门，他竟闯入了卧室，弄得十分尴尬。两相对比，我似乎汲取到了一点什么东西……

1997年4月30日

珊珊的学校

今天是孙女珊珊的生日，我一早想起她，也想起她的学校。

美国的学校，从小学到中学实行义务教育。按照法律，如果到了年龄不上学，家长要受传讯或处罚。但在我儿子住的那个社区，这类事没有发生过。谁会不愿孩子上学呢？

珊珊，她的英文名字叫Susan。1992年我在美国探亲那八个月，她正上小学一年级下期和二年级上期。我每天早晨送她上学，下午去接她回来。按美国法律规定，十二岁以下的孩子，无论在家里或别的地方，必须有成人监护，否则家长或监护人也得受处罚。我曾在报纸上看见一个报道：芝加哥的一对年轻父母，丢下两个未成年的孩子，到南方佛罗里达州去玩。他们把食品放在冰箱里，每餐吃什么也写在纸上，靠大的孩子管。他们是悄悄走的，邻居不知道。但有一天孩子不小心，把警报器弄响了，警察赶来，发现这个情况。当这对年轻父母从佛罗里达归来，一下飞机即被拘留。

我一般在早上七时叫醒珊珊。督促她赶快起来，穿好衣服，洗脸刷牙，吃完早饭，背起头晚放在靠大门的书包，便去上学。离学校很近，一般家长开车送孩子上学，我和珊珊则步行。无论早晚，空气都很新鲜，沿途有树、有草、有花，令人感到十分舒适。住在附近的大孩子，有的步行，有的骑自行车，有的用旱冰鞋，有的玩滑板，一片生气蓬勃的景象。

认识珊珊的同学不少，沿途常听见有人叫：

"Hi！Susan."

珊珊也招呼："Hi！Whitney（威特尼）."　"Hi！Adine（阿丁）."

在两个主要路口，各有两个高年级学生执勤。他们身穿黄色背心，手执有黄旗的木棍。当同学过马路，凡有汽车来，他们便把带有黄旗的木棍横起。这时，所有汽车都停下来，让学生安全通过，等执勤的学生把木棍竖起，再开动汽车。

学校没有围墙，我把珊珊送到办公楼前。如果没有带午饭，她就在学校购买，交一点二美元。午饭有汉堡包、牛奶、水果、生菜和别的一些东西，珊珊吃不完。我问她剩下的怎么办？她说倒掉，其他同学也这样。我觉得浪费，可惜。下午去接她。下课铃响，老师站在教室门口，学生依次出来，一般说声"再见"，女生往往要和老师拥抱。我则藏在一个地方，突然出现，让珊珊感到惊喜。

放学回家，不必赶路。我和珊珊边走边玩，十分愉快。每到周末，珊珊的书包里总要装一些在学校里做的工艺品，如绘画、剪纸、编织等。国内小学生上什么奥林匹克学校之类，一般要交费，我禁不住问她："每周用这么多材料，要交多少钱？"

珊珊不太理解我的意思，摇摇头说："不交。"

为了证实珊珊的话，回家再问我的儿媳。儿媳说，中小学是义务教育，不收学费，也不收什么杂费。不仅手工材料不收费，甚至书籍也不收费。教科书由学校供给，学期结束把书退还学校，给下一年级同学用。我在美国八个月期间，的确没有发现学校巧立名目收费。圣诞节前，学校希望同学帮助推销一点包装纸。珊珊年龄小，不会推销，社区的一位高年级大姐姐主动帮忙，也只卖出一卷。我陪珊珊去学校交卖包装纸的钱，退还没卖出的包装纸。经手人说了感谢的话，丝毫没有摊派和强迫之意。

有一天归家途中，珊珊有点不高兴，她说老师请她妈妈晚上去学校谈话。以后才知道是珊珊上课有时不专心。我以为老师要家长责备她，其实不然。他们分析了珊珊不专心的原因，主要是珊珊在家里学了不少算数，自己极爱阅读，觉得学校这两门课程浅了一些。怎么办？老师决定：珊珊上数学五年级的课，阅读增加相当于四年级的内容。

从此在上下学途中，常有五年级的大姐姐招呼珊珊：

"Hi！Susan."

学校也有"政治"活动。当时正值美国总统大选，竞选人有共和党的布什、民主党的克林顿和独立候选人佩洛。老师给学生介绍了这三人的情况，要学生用剪纸（驴或象）来表示愿意选谁。珊珊剪的是驴，愿意选克林顿，因为她的爸爸吃晚饭时老称赞克林顿。我问他们班老师的态度。她说："两个老师，一个愿意选克林顿，一个愿意选佩洛。"

珊珊爱在学校玩梭梭板

珊珊的同学几乎全是白人小孩，仅发现有两个黑孩子，每次相遇，我们都招呼致意。有一个女孩，黑头发，漂亮，像东方人那样文静。与她交谈，她名叫吉娜（Gina），妈妈是台湾人，我顿时对她产生亲切感。后来遇见她姑妈，她告诉我吉娜的父亲是美国人，遇车祸身亡，母亲留在旧金山，吉娜跟姑妈住在一起。我本想多知道一些情况，但按照美国人的习惯，别人不讲的，不能"打破砂锅问到底"。我很同情吉娜，每次见面都要主动和她交谈。在这所学校，我没有发现种族歧视。

我参观过珊珊的教室。靠墙三边放着方桌，四方有椅子。教室中间有一大块空地，便于学生活动。学校有室内和室外的体育场，许多男学生在这里打球。还有低年级的游乐场。夏天吃过晚饭，我们全家散步。只要走到学校，珊珊就要去玩梭梭板。

看得出来，珊珊喜欢她的学校。珊珊是学校的佼佼者，她为中国人争了光，我们也为她骄傲。

1993年11月21日

附　记

这是五年前写的，最近偶然发现，今天把它改出来。目前我儿子搬了家，珊珊已离开这所学校。因成绩优秀，她跳了两级，去年夏天升入高中一年级。

1998年11月21日

费克斯先生

1985年夏天，我儿子去美国攻读博士研究生，每月由世界银行贷款资助三百六十美元；仅房租每月即需一百三十美元，由此可见留学生的艰苦。经过几年奋斗，儿子取得博士学位，1990年应聘在波特兰大学教书。他们省吃俭用，略有储蓄，加上有固定收入，在银行贷款买了一幢房子。1992年我年过花甲，有机会和老伴一起去美国探亲。

儿子的房子不错，大约二百三十平方米以上，屋前屋后还有草坪。只是刚买了房子，一时还没有买家具。客厅是空的。偌大一个起居室，只有两张长沙发，一张小饭桌。儿媳说："这两张长沙发是费克斯（Fix）先生借给我们的。"

我开玩笑说："没关系！面包会有的，沙发会有的，家具也会有的。"

费克斯，这是我们到儿子家第一天，听到的第一个美国人的名字。不久，儿媳领我们到波特兰市中区参观，途经一个公寓，看见一户中国学生在搬家。她告诉我："费克斯先生又在帮忙了。"我回头一看，一个瘦高的老人，正帮助把家具搬上一辆卡车上。儿媳热情地叫了一声："Hi！Mr.Fix。"虽然我只看见费克斯先生的背影，却引起了我的兴趣。

儿媳见我有兴趣，便给我介绍费克斯先生的情况。费克斯先生曾任全美田径教练协会会长，积极从事社会活动。主要活动之一是帮助外国留学生，特别是帮助中国留学生。美国人有个习惯，爱迁新居，爱换家具，旧的家具或用品，或低价出售，或捐赠别人。费克斯先生经常与教会和朋友联系，收集旧家具和日常用品，稍加整修，并储存起来。外国学生初来美国留学时，一般会遇到许多困难。费克斯先生通过教会和朋友了解到谁有困难，就帮助谁。儿子刚到波特兰时，费克斯先生便主动借给他们两张长沙发，这是雪中送炭。当这些学生度过困难时期，自己买了家具，就把旧家具送还给费克斯先生，以便他再借给别人。儿子他们也是这样，此为后话。

说着话，就看见费克斯先生开着装满家具的卡车驶过。

大约在半年以后，儿子家的客厅逐渐布置就绪。有一套大沙发和茶桌，一个大餐桌和八个椅子，还摆了一些有民族特色的工艺品，挂了吴一峰先生送的山水画。他们准备分别请一些客人，其中

费克斯（左一）与李致的儿子

当然有费克斯先生和夫人。我老伴会做菜，为他们做了凉拌鸡丝、啤酒烤鸭、肉粽子和蛋炒饭等。我们边吃饭边聊天。儿子感谢费克斯夫妇一贯坚持帮助中国学生。

"用不着表示感谢，朋友们接受我的帮助，充实了我的生活，给了我很大的乐趣。"费克斯先生说，"我有一个感觉，我帮助别的国家学生，往往一两个人就结束了。唯有中国学生越来越多。这证明中国学生彼此关心互助，我和中国学生的联系面大，感情也深。"

费克斯先生已八十高寿，我感到十分惊讶。他说前不久，家里的铁窗漏雨，他还上屋顶去修理和换下水管。这与他一贯爱好体育有关。八十高寿的老人能有这样好的精神和体力，我对他更充满敬意了。

每年11月最后一周的星期四，是美国的感恩节。一周前，得到费克斯夫妇的邀约，请我们全家到他们家共度节日。届时，儿子和儿媳，我和老伴，孙女珊珊和梅梅，在下午五时到达费克斯先生的家，受到他们热情的接待。主人的宠物，一条白色又有黑斑点的狗，亲切地靠近我们，用摆尾表示欢迎。

费克斯先生首先让我们参观了他珍藏的西安兵马俑的图片。美国朋友喜欢我们的国宝，自然令我们高兴。客厅很漂亮，墙上挂了许多风景画，充满文化气氛。最大的一张画，是绿色的山和草，中间有一匹雄壮的白马正在吃草。右角有一架钢琴，钢琴上的花瓶插满了黄色的花朵。凭我的直觉，费克斯先生大概很喜欢马。

晚餐是节日的高潮。费克斯先生和夫人分别坐在主人的座位上。桌上有标签，标明客人的座位。费克斯夫妇的儿子、儿媳、孙儿、孙女坐在我们的对面。只有梅梅刚出生不久，正在酣睡，无法入座。感恩节显然也是美国家庭团聚的节日。

费克斯先生用聊天的形式，给我们讲了感恩节的来历。大意是，1620年12月1日，一批英国清教徒横渡大西洋，到达现属马萨诸塞州的普利茅斯。饥寒交迫再加疾病，夺去了许多人的生命。到

费克斯的儿子与他的宠物狗

第二年春天，一百多人中只有一半幸存。困难之际，有一位名叫斯夸诺的好心的印第安人，教他们在荒野上狩猎、捕鱼和种玉米，他们才活下来。1621年10月秋收之后一天，幸存者欢聚在一起，饱食了野火鸡和其他食品，唱歌跳舞，感谢上帝的恩赐。两年后又遇大旱，人们禁食祈祷一天，突然天降甘霖，祈祷日变成感恩日。后来这种群众自发性的活动逐渐扩展到各地。1864年，林肯总统才正式指定一个日子为感恩节。其实，我早从书上知道感恩节的来历，当天中午在一次国际学生的聚会上又听了主人的介绍。看见费克斯先生那样诚恳的态度，我又认真地听了一遍，由儿子担任翻译。

我不免联想，感恩节是否类似我们的"忆苦思甜"？美国现在很繁华，但两百多年前移民者是很艰苦的。繁华是艰苦奋斗得来的，应该告诉子孙后代。除了感谢"上帝"，还应该感谢那个叫斯夸诺的印第安人。现在国内有些青年，一听讲过去的艰苦，总爱讽刺地说："又来忆苦思甜了。"我仍然相信"忘记过去就是背叛"这句名言。我也想起"文化大革命"时在"五七"干校，军代表经常要大家吃"忆苦饭"。在长期重体力劳动之后，去吃那些难以入口的东西，完全是折磨人；而并不参加劳动的军代表，却在吃米面鱼肉。可惜我没有魏明伦的才华，否则也可以写一部"荒诞戏"。

晚餐的主菜是火鸡。这种"忆苦思甜"，比吃"忆苦饭"高明多了。美国人爱吃火鸡。费克斯先生的孙儿孙女，各用手拿一只鸡腿在啃，津津有味。我这个"外国人"不习惯吃火鸡，尝一尝算是"调查研究"了。晚餐结束时，我问是否可以把座位标签带走作为纪念？因为那上面有一个火鸡图形，主人欣然赞同。

饭后小坐，我们表示感谢和告辞。费克斯一家也感谢我们和他们一起愉快地度过感恩节。在归途中，我感到带走的不仅是一个有火鸡图形的座位标签，而是费克斯的那颗善良的心，那种助人为乐的精神，那样高寿而又年轻的心态。

"呀！"珊珊望着路旁一个气温显示器说，"零下一度。"

我也看见气温显示器，看见雪花纷飞；但我不感到寒冷，我心里充满温暖。

1998年11月末根据1992年旅美日记整理

541

一位美国演员的心里话

　　"千万里，我追寻着你……"

　　午睡醒来，打开电视机，一下就听见刘欢在《北京人在纽约》中唱的片头曲。

　　我是在1993年首看这部电视剧的。1992年，我去美国探亲，在美国住了八个多月，曾去纽约旅游。我记得华尔街的高楼，也看见黑人在街上敲乐器。毫无疑问，我有兴趣看完这部电视剧，同时也喜欢刘欢唱的这首歌。

　　我无法全面评论这部电视剧，因为我对美国的国情了解太少，更不了解众多华人在美国打工的情况。当我和一些朋友交谈时，对剧中一个情节颇为反感。即毛衣厂厂长大卫，明知女工郭燕有丈夫，竟公开追求郭燕，要郭燕转告她丈夫王起明，说他"要和他（指王起明）竞争，并一定要打赢"。我弄不清这是个别的现象，还是美国的"文化"，因为中国人认为这样的第三者是不道德的。

　　大约在1995年，四川省对外友好协会组织了一次活动，我是被邀参加人员之一。友协会长陈麟章主持这次见面会。对方是美国人，似乎面熟，原来是《北京人在纽约》中扮演毛衣厂厂长大卫的演员。他本名为Robert Daly，中文名为戴博。戴博是爱尔兰人的后裔，1962年生于美国纽约市，可以说是个地地道道的纽约人。戴博曾于1989年至1991年在美国驻华使馆文化处工作，为中美两国在文化领域的交流做出了贡献。来华之前，他曾用了五年的时间潜心学习汉语。使馆工作结束回国后，由于对中国文化和历史过于倾心，戴博辞去了外交官这个令人羡慕的工作。之后，他一边在美国大学讲授中国文化课，一边从事和中美文化交流有关的自由职业。剧中的厂长大卫留有胡须，而戴博的脸上并无胡须，显得很年轻。

戴博有可能知道中国观众对《北京人在纽约》的反映，也可能有朋友在交谈中提到对上述那段恋情的意见，他认真地表示：他是一个演员，不是编剧，也不是导演，他是严格遵照导演的意图表演的。他并不赞同争夺有夫之妇，这也不是美国人的道德标准，众多的美国人是看重家庭的。

为了强调他听导演指挥，他说，剧中有一个开车的镜头，超过美国规定的时速。"我说不能开这么快，但导演坚持，我也没有别的办法。"

交流是心灵的沟通，增加彼此的了解。分别时我们相互拥抱。参加这次见面会的人不多，我只记得有表演艺术家庞家声。幸好留下了几张值得保存的照片。

中为大卫的扮演者戴博

事过十几年，我一直觉得有责任把这位美国演员的话公开出来，以便增加了解，避免误会。当然，作为一个成熟的演员，可以对剧本提出修改意见，也可以拒演。当时我并没说出这个意见，因为就这个问题来说，主要责任应在中方的编剧和导演身上。

2009年5月4日

金杏时光

李致文存·我的人生（下）

LI ZHI WEN CUN

坚决制止校园 "大欺小"

按　小娃娃中的 "大欺小" 现象，因事关祖国未来，引起了各级领导的高度关注。4月中旬，省关心下一代工作委员会副主任李致专门就此致信原省委老领导张力行①。张力行收信后即致书省市各有关领导，就如何治理这一不良现象提出了中肯的意见。省市领导对此极为重视，中共四川省委副书记秦玉琴还专门作了批示，要求有关部门就加强学校德育教育及对此进行综合治理提出意见。

李致的信

力行同志并省关心下一代工作委员会：

看到《家教博览》杂志社收集的信件，触目惊心，现呈上请您和有关同志一阅。

小学生遭受这样的欺负和骚扰，对他们身心的成长将起很不好的影响。需要政府有关部门和学校、家长都引起重视，采取有效措施来解决。

为此我建议：一、通过新闻媒介（主要是报纸）适当披露一些事件，引起有关部门的重视。二、请主管教育的副省长（或副市

---

① 张力行：曾为中共四川省委常委，后为四川省关心下一代工作委员会副主任。

李致与张力行（右）

长）组织教育、公安、新闻、共青团、妇联等有关方面的负责人和
教师家长代表，研究综合治理办法，并加以宣传。三、有关信件均
来自成都市，可请成都市率先做起。

　　当否，请指示。

　　此致

敬礼！

李致

1996年4月17日

张力行的信

省市领导：

　　现送上李致同志（省关工委副主任）的来信及其附件（群众来信），请一阅。

　　信中所述问题很值得重视，所提的建议我认为也是可行的。对待这类问题主要还在于加强学校德育教育，因为问题的双方都是未成年人，大多数是在校学生，因而各校老师（当然欺人一方的家长也有责任）就应经常向学生进行团结、友爱、互助和遵纪守法的良好道德风尚教育，并不断地发现表彰这方面的好人好事；坚决制止个别人以大欺小，以男欺女，以多（三五一伙）欺少，拦路索要钱物，对方不给就打人、搜身、脱衣服等违法行为，一有发现则应批评教育或视情况给有关学生予以必要纪律处分。同时也请政法部门同志注意：在这些无知孩子的背后是否还有人支使，如有发现应依法严加惩处，以保障社会安定，让孩子们的家长放心！

　　以上意见如无不当，请批转有关部门认真抓一抓为盼。

　　此致
敬礼！

张力行

1996年4月20日

关于教师节送礼有感①

　　明天就是教师节了，我正打算给外孙的老师送点礼物，以表达尊师重教的心意。在树德中学上学的外孙给我带回一封该中学给家长的信。其言殷殷、其情切切、其心真真，让人感动。

　　信的全文如下：

　　家长同志：

　　　　忠诚党的教育事业是我校教职员工的神圣职责，我们将全心全意为教育教学服务，为学生服务，努力做好各自的本职工作，全面提高教育质量，把学生培养成为德智体全面发展的跨世纪的建设人才。

　　　　教师节到来之际，我们得知，不少家长将自发地给老师们送礼品慰问，以表达尊师谢意之情，令人感动，完全理解。家长的心意我们全领了，礼物却万万不能收。家长若一定要表达尊师重教之意，请把它化作甘露滋润那渴望雨露的"希望工程"吧。

---

　　① 李致时任四川省关心下一代工作委员会副主任，《成都商报》曾对此事作了报道。

       致以

崇高的敬礼！

成都树德中学

    一年一度的教师节来临，出于对教师的尊重，家长、学生买点礼物送给教师本无可厚非，但正如当下媒体所言"教师节送礼风越吹越烈"，并形成学生、家长相互攀比的风气，这样就不好了。树德中学给家长的一封信的确让人感动，如果我们每个学校都能这样做，每位学生、家长都能"把它化作甘露滋润那渴望雨露的'希望工程'"，就让人欣慰和温馨了……

    在此，作为家长，谢谢树德中学的老师们。

一寸光阴一寸金

——谈准时

我有一个习惯：准时。

凡通知我参加的会，或与朋友相聚，我一定准时。如时间紧迫，可以放弃吃饭，快走甚至跑步。要是正有人和我作马拉松似的谈话，我就告罪事先有安排，暂停听取"长篇小说"。时间一久，多数同事和朋友也就习惯和谅解了。

如果我主持会议，得提前十分钟左右到会。我怕早来参加会的同志一看人少或没有人，又去办别的事。主持人早一点到，可以"稳定人心"。准时开会，先表扬准时到会的人，同时宣布议程和预计散会时间，张贴"安民布告"。无特殊情况一定准时结束。对迟到的人，在适当时间逐个"慰问"，了解他们的困难。这样，一般人都能准时参加会议。我向领导汇报工作或拜访别人，一般先联系，说明只需要十分钟或二十分钟。准时到，把手表拿出来，准时结束。如有人打岔或领导发表意见，我就申明这不算在我预计的时间之内。长话短叙，说完就走。因为时间短，对方大多愿意会见我。当然如朋友要留我玩，那就另当别论了。

不准时的会议或活动时有发生，有的因主要领导未到，或因电视台记者还在路上，等等。魏明伦有出戏叫《易胆大》，写旧社会艺人生活。他们演出，只要舵把子"麻五爷"未到，就不敢开场。

我不愿当"麻五爷"，当年到市、地看演出，宁可暂不吃饭，也要准时到场。我也不喜欢大大小小的"麻五爷"，只顾自己，目中无人。如果某位"麻五爷"和我比较好，我就断章取义地赠送他一条语录："伟大人物往往是迟到的。"以期他改正。

由于改革开放，与外国人接触多了，知道外国人比较准时。这本是好事，但为了准时接待外国人，常要同胞提前半小时恭候，似乎中国人的时间不值钱。有一次，一个外事单位约我向某国外宾介绍出版情况。我提前到达，外宾迟迟不来。等了半小时以上，我很不高兴，最后坚决地走了。此事幸蒙宽大，未被追究。

准时，常常也把自己搞得比较紧张。离休以后，觉得可以松懈一点，不幸又被一个群众团体选为主席。主席者，专司主持开会的人也。江山易改，本性难移。我又旧病复发，强调准时。某次年终前的会议，我把一个闹钟放在桌上，准时开会，掌握一人发言不超过几分钟，到预定时间结束。四川电视台一位记者十分敏感，认为这种会风值得提倡，顺手拍了一个几分钟的专题片《李致的小闹钟》，并予播放。

区区小片，并未引人注意，但对我却是很大的压力。我既怕辜负了拍片人的好意，又怕名不副实，被打成"伪劣"或"冒牌"产品，凡有会议更不敢迟到。有两三位好友专抓我是否准时，颇似"打假"小组。呜呼！真是人怕出名猪怕壮。

有朋友问我为什么能准时？小时候常听大人讲："一寸光阴一寸金，寸金难买寸光阴。"话记住了，但并不懂它的含义。上小学读过一篇课文，其大意是讲：汉代张良为一老人穿鞋，老人很欣赏张良，约他第二天一早相会。张良迟到两次，老人很不高兴。第三天张良早到，老人赐以"兵书"，对张良一生起了很大的作用。我并不想争夺江山，也不知"兵书"是什么玩意儿，但却留下了相约要准时的印象。长大后参加地下工作，单线联系，如果不准时，弄不好会失掉组织关系，千万不可大意。这是从实践中体会到的，印

553

象很深。新中国成立后，会议很多，有的会议或不准时，或过长，浪费了很多时间。这也是"大锅饭"和形式主义的必然产物。彭德怀同志说过，有些人很爱生命，经常吃补药，但却浪费时间。生命是由时间组成的。他们不知道浪费时间就是消耗生命，这真说到问题的关键了。

1998年12月29日

学唱歌

我从小爱唱歌。这是受几个姐姐的影响，她们能唱许多歌，对我潜移默化。还得感谢小学的杨霜泉老师，她反对大喊大叫——当时我们一唱便大喊大叫——对我们作了一点美声训练，使我懂得怎样用胸音和鼻音。

一首好的歌曲，常把人们引入过去的时代，激发起各种不同的感情。唱抗日战争的歌曲，常想起节约一个铜板，给前方战士捐寒衣。唱《跌倒算什么》和《团结就是力量》，仿佛在街上游行示威，高呼口号："反对内战!"唱《志愿军战歌》，似乎在重庆大学团结广场，欢送青年学生参加军干校。不用说，一听到"语录歌"和"样板戏"，就想起那最黑暗的年代，感到暴力和恐惧。不过，当时我也有自己的歌声。每当在"五七"干校放牛或放鸭的时候，四周无人，百灵鸟在高空飞翔，我放声高歌："戴镣长街行，告别众乡亲。砍头不要紧，只要主义真!"我唱歌一般都动感情，也有人喜爱听。如我年轻时学蔡绍序唱歌，每首歌只唱我最喜欢的一两句，居然成了老朋友间的"保留节目"。省音协副秘书长金桂娟在一次联欢会上听了我唱歌，称赞我"感情之投入"，以至找不到形容词，只能用手比画。

喜欢唱，不等于会唱。这一点我有自知之明。我分管文艺工作近十年，绝不"利用职权"，挤进任何表演团体去唱歌或拉什么乐器。"出风头"非我所欲。偶尔参加机关组织的大合唱，我的座右铭是："口张大，声音小，头尾轻。"绝不突出个人，以免损害集体荣誉。我唱歌纯系自娱，最多被迫在联欢会上表演。如躲不过，一定先自嘲一番："我唱歌，说得好是有创造性，临场自由发挥；说得不好是自由主义，怕受曲谱的约束。一首歌，我唱一百遍，会有一百个唱法，很难找到两次是完全一样的。不过，唱得好不好是水平问题，唱不唱是态度问题。"这一讲，全场活跃，唱几句就"蒙混过关"。

我一度想学唱歌，但受到"打击"。那是1990年和1991年两次随团到香港新界演出，上台演唱的都是我省著名歌唱家：第一次是德西美朵、王存惠，第二次是李存琏、罗丽珉。但台下联欢的时候总要出我的"洋相"，第一次我唱了《槐花几时开》，第二次唱了《可爱的一朵玫瑰花》，都引起"轰动效应"。美朵和王存惠说，把她们的"肚子都笑痛了"。掌声的确诱惑人，我似乎有点飘飘然，想在原有的基础上提高一步，即领导经常号召的"再上一个新台阶"。找罗丽珉当老师，罗丽珉委婉地说："不行，我当你的老师，会破坏你的风格!"碰了软钉子还不觉悟，又请求李存琏收我为徒。李存琏"月亮下耍刀——明砍"："你五音不全! 声音是左 (走调) 的。"过去各种政治运动，我常被批评为右，唯有唱歌是"左"。无可奈何，学阿Q安慰自己：呜呼! 无名师教诲，只有走"自学成才"之路矣。

实际上，我既没有自学，更没有成才。不过我仍然喜欢音乐，听动情的歌唱。一有机会自己也要唱一段，以抒发积压在心底的情感。

1997年6月4日参加大合唱以后

附　记

　　该文发在《成都日报》上，王火兄读后，在报纸上写下批语："写得挺好！读来有趣，写散文一个'趣'字并不容易，向您学习！"

　　这是对我的鼓励，特此感谢。

大雪纷飞

——生日杂忆

生日是人的脚印，它记载着自己的经历。

我出生在1929年的二十四个节气中"大雪"那天。故乡成都在祖国西南，冬天不很冷，少见雪花。不过从有记忆的时候起，我就喜欢生日。每逢生日，母亲一早就给我吃一个放在饭锅里煮熟的"米锅蛋"。蛋拿在手上，有些烫手，慢慢剥去蛋壳，心里乐滋滋的。母亲还会说一些祝福的话，多给我一两个铜圆，似乎有求必应。但我若提出不上学，在家玩一天，母亲绝不同意。有一次叔祖母为我说情："哎呀！一天不上学，将来就考不起状元了？"母亲不敢当面顶撞她老人家，但我生日那天仍坚持要我提着书包，按时上学。

我的童年时值抗日战争。八岁生日时，四姑妈送了我一个石头做的小骆驼，非常好看，我爱不释手。有人说它是日货，这还了得！我不假思索地把它摔坏了。由此可见抗日和抵制日货深入人心。

1946年我的十七岁生日是一个转折点。我在中学参加"反内战"的学生运动，成为积极分子。地下党员贾唯英在我生日后几天约我谈话，送了我一件小礼物，并提出要介绍我入党。我在第三天递交了申请书。我是为实现理想入党的，尽管以后的道路漫长曲折，我没有违背誓言，没有为自己牟取私利。

在学校读书的那些年头，我们主要是参加"反内战"的学生运动。因为办报纸，认识了革命前辈杨伯恺。他支持我们办《破晓半月刊》，在我被学校变相开除后，又支持我考上西南学院，充分体现了对青年人的爱护。1949年12月，国民党反动派撤离成都前夕，在十二桥屠杀了一批共产党员和民主人士，杨伯恺不幸遇难。后来知道，杨伯恺和这一批烈士牺牲那天，恰好是我生日，大雪节气。从此每到大雪，我便会想起这位我尊敬的革命前辈和烈士。

我喜欢文学艺术，新中国成立时分配工作，我提出当演员。地下党领导人王宇光说，现正缺干部，你到青年团去吧。这样我一直在共青团工作十七年，直到史无前例的"文化大革命"爆发。20世纪50年代，把十四岁到二十五岁划为青年。我二十五岁生日那天，去一个中等专业学校做报告，返回机关时在车站等公共汽车，思绪万端，写了一首短诗：

很早以前就想到今天
我原以为到了今天就不再是青年

到了今天我才明白
青年并不能单按年龄计算

我要更加努力学习和锻炼
永远保持青年的热情和勇敢

1955年开展肃清"胡风反革命集团"运动，我被隔离审查近半年。二十六岁生日那天，几乎没有一个人与我说话。当时思想很单纯，相信组织会调查清楚，做出正确结论。受到不公正的批判时，也认为"在打仗时，难免误伤自己人"。但从此思想被搞乱，如履薄冰，夹着尾巴做人。

我爱读鲁迅的书。1947年前，我已收集到全部鲁迅的小说和

559

杂文，但1950年又被一个朋友捐赠给图书馆。而立之年，我在一家儿童刊物工作。生日前，母亲拿出她的钱，为我买了一部《鲁迅全集》。这部书不仅帮我净化心灵，还帮我度过一生最困难的时期——"文化大革命"时期关在"牛棚"的日子。

六十年代开始在农村开展"四清"。1963年我被派到简阳县的绛溪公社工作。生日那天，我收到妻子、女儿和儿子的贺信。九岁的女儿在信上画了一个圆圈，旁边注明是蛋糕，耀华食品店生产。1965年我又被派到辽宁锦县大业公社工作。生日那天，我同样收到妻子、女儿和儿子的贺信。儿子当时七岁，信由他口述，他母亲笔录。除向我拜生外，特别问我："你们那里下雪了吗？大极了吧？"啊！东北的雪像鹅毛一样，千里冰封，万里雪飘，让我这个南方人大开眼界。

1966年开始闹"文化大革命"，横扫一切"牛鬼蛇神"，"革那些'革过命的人的命'"。我被揪出来，靠边站，被夺权。第二年造反派"打内战"，把我放在一边。三十九岁生日那天，我女儿从学校归来，为我打回一扁瓶绍兴酒。我两口把它喝完，醉醺醺地倒在床上，暂时忘了那震耳欲聋的口号："凡是反动的东西，你不打它就不倒。"

孔老先生说，四十而不惑。我四十却大为困惑。在"牛棚"里写不完的交代和检查，受不完的批判和辱骂，连大小便都得先请示报告。我看不见国家的前途，也看不见自己的前途。生日那天早上，我儿子送来妻子为我织的毛衣。妻子的患难与共之情，温暖了我的心，鼓励我无论遇到什么困难或灾难，都决心坚持下去。

在"五七"干校第一年，即1969年底，我获得"解放"，恢复了党组织生活。第二年，军代表为了表示执行干部政策，让我有一官半职：当了代班长和党小组副组长。当年大雪，我接到在黑龙江北大荒劳动的女儿发来的电报，全文是"共产党员是用特殊材料做成的"。这是年轻人以特有的方式祝贺我的生日。可是"领导"找我谈话，指出我不应该为当代班长而骄傲，弄得我啼笑皆非。更使我沮丧的是，虽已"解放"，并无通信自由，仍属"另册"。

粉碎"四人帮"，大快人心事。这时我正在四川人民出版社工作，奋力解决"书荒"问题。1977年12月20日，巴老来信说："本月六日我寄了一包书给你，想已收到。以后每年你过生，我总会送你几本书。当然平时我想起来，也会寄点书给你。"那年我四十八岁。书，是我最喜欢的生日礼物。我每年生日，几个姐姐都爱送我书。我十九岁生日那年，大姐送我的《白雪公主》保存至今。

20世纪80年代我多次去上海看望巴老。鉴于六十岁要从领导岗位上退下来，巴老几次对我说，他六十八岁才进"五七"干校，可干的事还多。我知道他意在鼓励我不要为此中断自己的工作。我平常有准时的习惯，喜欢钟，常把钟放在不同的位置，以提醒自己不要迟到。1989年，我的女儿和儿子为了祝贺我六十岁生日，提前各送我一个钟。我知道民间有不给老人送钟的习惯，因为"钟"与"终"的发音相同，怕老人不高兴"送终"这个词儿。我从不迷信，很乐意接受了他们送的钟。

1989年我六十岁生日那天上午，是在上海与巴老一起度过的，我们坐在客室外走廊的藤椅上，沐浴着冬日的阳光，做了长时间的交谈。巴老向我重申了他的看法："要有信仰，人类社会一定会进步，好人也会为此而奋斗！"他对四川的出版工作仍充满感情，并为我离开出版社感到遗憾。这是我唯一和巴老在一起过的生日，我永远不会忘记。

邓小平倡导改革开放。我儿子去美国读研究生并获博士学位，后在波特兰大学任教。女儿则以访问学者身份去加拿大进修。1992年，我和老伴去美国探亲，住了半年多时间，能有机会看一看另一个社会。生日那天早上被老伴叫醒。原来昨晚下了大雪，窗外所有松树全部银装素裹，真像童话世界。孙女珊珊的学校因雪大放假，我们冒着大雪在室外拍照，堆雪人，打雪仗，玩得很高兴。晚餐吃

561

了鸡、鱼、虾，喝了啤酒和香槟。这种变化，过去做梦也想不到。若干年来，做梦也多是阶级斗争。

我一生在共青团工作时间最长，共十七年（未计"文化大革命"时间）。1999年我七十岁生日时，原在四川工作过的一些老团干部联合送我一张贺卡。下面是诗人杜谷代表大家写的一首诗：

> 峥嵘岁月七十年，于今头白身未闲。
> 夜读三更人神健，日书千言力尚键。
> 往事梦萦情脉脉，故交魂牵意绵绵。
> 升沉不忘青春侣，翰墨相亲因凤缘。

我离耄耋之年尚有八载，但早在七年前就从马识途老人那儿预支了礼物。马老是我们地下工作时期的老领导，又是我们的老师。他是作家，又是书法家。他长于把隶书和篆字结合起来并加上自己的创新。1994年巴老九十华诞之际，马老写了一副对联赠送巴老。几次试笔，其中之一写的是"福如东海寿比南山"。马老觉得有点"落套"没有采用，但我觉得字写得很好，非常喜爱。我请马老将此联赐我以作纪念，马老题款时写下"预为致公八十寿"，在场友人不禁失笑。而今年年加岁，如无意外能争取活到八十岁，取得"阶段性"的成果。我没有"欢度晚年"的计划，只想在身体条件允许下，做一点力所能及的事。到了八十岁，我一定将对联高挂墙上，以不负马老的期望。

"大雪呀纷飞呀，为我洗征尘。"我很喜欢《长征组歌》中的这句唱词。由于大雪与我的生日吻合，我似乎也有些豪气。想想我一生所遇的坎坷，似乎大部分时间是在纷飞的大雪中度过，这大雪对我却是寒冷和灾难。好在我未在困难中停止前进，终于迎来春天，真有豪爽之气了。

2001年3月18日

找回名字

若干年来，许多同志以官衔称我。我很想找回自己的名字。

我当然有名字，正名叫李国辉，"辉"字在汉字简化时已被作为异体字归并为"辉"。这是父亲按李家的名序为我取的。曾祖父辈给他们的子孙后代定了辈分名序：道尧国治，家庆泽长，勤修德业，世守书香。我祖父叫李道河，我父亲叫李尧枚，我就叫李国辉。从小到读高中，这个名字用了十七年。

我还有字和号。号叫耀庭，光耀门庭之意。原来的大家庭已衰落，父亲为我取这个号反映了他的愿望。字叫芝荪。芝，是灵芝，瑞草也；荪，亦古书上的香草。大概是希望我成为瑞草、香草，才可能光耀门庭。我很小时父亲就逝世，只有我母亲知道我的字和号。因为没有人使用，似乎与我没有关系。

我小时很淘气，蛮不讲理，人称"五横牛"。

我还有个贱名，曾困扰我一段时期。鲁迅早就说过："中国有许多妖魔鬼怪，专喜欢杀害有出息的人，尤其是孩子；要下贱，他们才放手，安心。"我是否有出息，当时很难说。但母亲生四个女儿，好不容易才生了我这个儿子，物以稀为贵，当然要倍加保护，包括取贱名了。如果像鲁迅的师父那样给他取个法名叫"长庚"，或是像一般百姓家那样取个"狗娃"之类的名字，对我不会有什么影响。但不知是哪一位长辈，异想天开，居然给我取了"五丫头"

这个贱名，害得我遭到小伙伴的嘲笑。要是当时就知道男女平等，妇女是"半边天"的理论，也就无所谓了，但我不知道。我十分反感，坚决抵制这个女孩子的名字：不管谁这样叫我，一律不答应。人世间总有许多事料想不到：有一次成都市检阅童子军，我们学校的队伍排列整齐，举校旗，敲洋鼓，吹洋号，神气十足地在大街上走"齐步"。没想到我被一位爱看热闹的叔祖母发现，她兴高采烈地指着我大喊："五丫头！"同学们莫名其妙，不知是在叫谁。我一看大事不好，强作镇静，挺胸昂头，目中无人，才逃避了这场灾难，没有被同学发现。这时我已经上初中了。

也是上初中的时候，一个同学在课堂上胡乱给我取歪名，引起同学哄堂大笑。我认为这是人身侮辱，绝不能容忍，挥拳示意要"武力解决"，他也表示应战。课间休息，我们来到邻近的空地。同学中不但没有"维和部队"，反而都是像阿Q似的看客，怂恿我们决一雌雄。我俩高矮相差不多，势均力敌；但我拥有维护自己人格的正义，打得非常勇猛，直到上课铃响才住手。我被打出鼻血，他的头上肿起了包。这是我一生中唯一的一次正规"武斗"，至今还记得其中的细节。

我还有一个洋名，叫Peter，是我的四爸巴金给我取的。一般人都没有用这个洋名叫我，只有一个年轻的姑姑，她讲时髦（当时叫摩登），喜欢打扮，走"电影路"（类似时装模特儿的猫步），常在大庭广众之中，用四川话高声大叫："彼得！"但我很少答应。直到半个世纪过去，重读克鲁泡特金的《我的自传》，发现克鲁泡特金的名字叫Peter，才意识到巴老给我取这个名字的含意，他希望我长大以后能成关心劳苦大众的革命者。

由正名还派生出另一个谐名，叫"李国飞"。我十二岁时四爸回成都，住在家中，他目睹我每天放学之后，总在外面玩，不肯回家，便说："我给你取个名字，干脆叫李国飞吧！"我在一篇散文中回忆过，当时我不知道四爸这是在批评我，反而认为如果真的飞起来，那才好玩哩！

以上，都是长辈给我取的名字，不算少吧。

十五岁起我开始学习写作，在成都、重庆、自贡等地的报刊上发表。我信手拈来，为自己取了不少笔名。诸如屈依、横牛、下迹、夏吸、柏西、李河、冯钦之类，有十几二十个吧。这些随意取的笔名，没有给我带来什么好处，却害得我在"胡风问题"和"文革"中交代不清。我十分后悔不该附庸风雅，模仿文人学士，自投罗网。然而悔之晚矣。

读中学期间我开始接受进步思想，不满国民党的黑暗统治，1945年参加了地下党领导的学生组织破晓社。正如社歌里的两句话："我们从梦想走向实践，又在实践中学习。"当时我们的梦想可多了！我们向往着一个"光明世界"，没有剥削和压迫，所有的人亲如一家。因为崇拜屈原，破晓社成员一律姓屈，我取名屈依（后改为屈致）。这体现了我们当时的纯真，在后来的实际斗争中，破晓社绝大部分成员先后加入地下社和地下党，至今没有一个人堕落或变质。目前所有成员都已离退休，经常互相鼓励保持晚节，注意身体健康。

1946年底，我因为参加抗议美军暴行的运动，被国民党特务注意，又被学校变相开除。客观条件迫使我改名。另取一个什么名字呢？经过反思，我感到自己经常感情用事，不懂斗争策略，脱离群众，需要理智，于是，用其谐音，改名为李致。我喜欢这个名字，它将伴我终身。

1949年初，老张（实为地下党成都市委书记洪德铭）在重庆市沙坪坝找到我，指定我为川康特委川西派遣组沙磁区工作组成员。为避免敌人破坏，实行易名单线联系，党内称我为小陈。

新中国成立后到"文革"前，我一直在共青团系统工作。在耀邦同志的影响下，共青团保持一个好传统：同志之间不用官称，一律直呼其名。如表尊重，便在名字后加"同志"二字。粉碎"四人帮"以后我在出版社工作，称呼也比较随意。我和出版社同事的一批孩子的关系很好。有一天他们自办学校玩，有学生有老师，但没有校长。正好我路过，他们一致"拥戴"我当"校长"，而且不管我是否接受，就叫我校长；甚至一些父母也跟着孩子叫校长。不少人感到奇怪，问我究竟是哪一个学校的校长。我觉得很亲切也很有趣。可是以后到了政府部门，便被官称了，我常常反应不过来，不知道是在叫我。但政府部门允许官称，我也没有办法。再以后到了党委部门。中央早发过通知：党内一律称同志，不以职务官称。我为此感到高兴。可是除了我主管的处室以外，仍不能摆脱官称。我不断做出解释，别人却以为我在谦虚，还有人误以为我对他有意见。打电话也遇到困难。我自报名字，对方常不认识。有一次有急事要与一位书记通话，说名字总机不转。无可奈何之际，只好自报官衔，才把事办成。这时一身发热，我相信一定从脸红到脚心。收信也常出差错，李致被写为李智、李治、李贽、李志、李直等，既当过唐朝皇帝，又做过古代文人。究其原因，皆为平常被官称所致。年过花甲，从领导岗位上退下来，被一个群众团体选为主席。我想，这一下可以彻底摆脱官称了。谁知仍有人官称，位高竟至主席。局长、部长也就算了，主席是能随便当的么？显然忘掉"文革"的惨痛教训了。这些同志对我出自尊敬，我也尊敬他们，但希望他们能理解我的感情。

　　都是常人，直呼其名最好。

1998年10月16日

附 记

　　我七十岁时，不少人称我为李老。比我大十五岁的马识途老人，认为我这个在他心目中的"手舞足蹈"的少年，不能被称李老。他说："叫你'李老'恐不够格，直呼'李致'，似又不恭。过去人际交往，常以'公'相称，如在重庆时，人称周公、夏公之类，故以此称你为'致公'我看倒是合适。致公者，求天下为公也。"从此，马老和文艺界一些朋友，称我为致公。

　　我离休后，曾居住在金杏苑小区。邻居对我的称谓五花八门：知道我过去职务的，冠以官称或称李老师；保安叫我老革命；婆婆们和打工的叫我李爷爷；清洁工"三朵金花"称我为老太爷；有些幼儿起初叫我爷爷，我宣布已有重孙后，他们又改叫祖祖。我认为，作为普通公民，叫个大爷，就很好了！

2017年6月28日

上当受骗以后

　　不久前我上当受骗一次。

　　在商业街遇一男一女推着平板车卖香蕉。我买了一串。付款时，擦口红、戴戒指的女贩发现我有几张百元的钞票，恳求用零钱来换。她说："我们要去昆明进货，带小钞去不方便，帮个忙嘛。"

　　我想给人方便，未尝不可，便给了她两张一百元的钞票。她塞了若干十元一张的钞票给我，我一数发现多出一两张，便立即告诉她。男贩说："我再数一下。"等他数完以后，我匆匆去办别的事。不到半小时再买东西，才发现少了五十元。

　　这事怪我没有重数，否则不会上当。但我更不满这两个骗子：想钱可以，靠自己的劳动嘛，为什么要骗人呢？

　　"报上早登过这种事了，你天天看报，没有看见？"在我家打工的小李带着安慰的口气对我说。

　　的确，我一天到晚很忙，眼睛有白内障。报纸又多，除重大新闻外，只爱看好人好事，对一般的社会新闻往往顾不上。我从此开始看看社会新闻，仅几天就看见这种骗人的方法在另一地方出现。新闻还提醒人们，说这种骗子作一次案便转移一个地方。

　　我得了教训：以后少管闲事，免得上当。

　　昨天，在街上碰见一位中年妇女，衣着整齐。她先尊称我为"大爷"，然后问："往九眼桥该怎么走？"

我仔细地告诉她如何走法，似乎又觉得没有讲清楚，便说："其实，你先搭四路公共汽车到盐市口，再搭……"

　　她说："我没有钱，走路。"一听到"没有钱"，我马上警惕。但她没有提出任何要求，独自往前走了。

　　看着她走了一段，我突然觉得应该资助她到九眼桥的车费。我不知道她的姓名，无法叫她。去追她不行，我的心肌缺血，稍走快就累，只有看着她的背影消失。

　　这时，我一下感到，不能因为曾上当受骗便不相信一切人。整整一天，一有空就想起那张朴实的脸和穿着花格子上衣的背影，有一种比上当受骗还沉重的失落感。

1998年8月1日

喜见麻雀

清晨,用计算机写作,听见叽叽喳喳的叫声。抬头一看,窗外飞过四五只麻雀,还在窗檐上停留了一两秒钟。难怪声音这样熟悉。

这声音,岂止熟悉,而且亲切。

它使我想起外婆家的天井,经常能看见麻雀,听见它的叫声。也使我想起抗日战争的小学校,我常从教室窗户看麻雀在草房顶上打架,叫声不停。还使我想起在简阳县农村,刚吃完饭,麻雀就来抢吃地上的饭粒。

这小精灵一直与人和睦相处。

直到20世纪"大跃进"年代,麻雀突然被定为"四害"之一。伟大领袖一声令下,全国必须"人人共灭之"。当时的政治运动,谁一旦定为重点对象,根本没有申辩权利。人且如此,何况小小麻雀。

谁说中国人没有发明?在消灭麻雀的运动中,不知是谁发明了全城"全天候"地哄赶麻雀,让它无处可停,直到飞得累死。我当时在一家儿童杂志社当总编辑,几次被指定在楼房的最高处,拿一破盆和长竹竿,凡看见麻雀,或虽没看见麻雀,也得十几分钟一次,把破盆敲得咚咚响,且大声吆喝,让那些被戴上"四害"帽子的麻雀无处藏身。

其实,哪只是哄赶麻雀,是哄赶所有的鸟类。

对鸟类，既不能发"红头文件"，又无法召开大会，向其宣布"区别对待"的政策：这次只赶麻雀，不赶其他雀鸟。在哄赶声中，城市所有鸟儿，统统地累死或逃亡了。谁还敢与你这"万物之灵"的人类生活在一起？

原来早晚可见的大群飞过的乌鸦，没有了。再听不见孩子们叫"乌鸦，乌鸦上学！"或"乌鸦，乌鸦放学！"

叫得人高兴的喜鹊，也没有了。再听不见老人讲"喜鹊报喜"，孩子说"喜鹊叫，客人到"。

黄昏时，常一排排地站在电线上的燕子，也没有了。过去有幅漫画，成群的燕子站在电线上，像五线谱的音符。如今，电线上光秃秃的，有线无音符。

惹不起，躲得起！大批鸟儿远离城市，向市民"拜拜"。

城市变得沉寂，人类显得孤独。

农村的虫害增加，粮食减产。一些勇敢的科学家不怕被扣上"划不清界限"的帽子，为麻雀说话了：麻雀主要吃害虫，不能消灭。伟大领袖终于给麻雀恢复名誉，说应对它进行三七开（也许是四六开），准予生存，以观后效。除"四害"的口号不能丢。让臭虫来顶麻雀的空额，以免"四害"缺一。当然，过去的决定是正确的，现在的改变也是正确的。虫害增加，粮食减产，只当交了"学费"，这是当年极为"正常"的思维。

在"以阶级斗争为纲"的年代，许多城市的人也被赶到农村。闹"文化大革命"时，干部下放到"五七"干校，不仅要在干校"脱胎换骨，重新做人"，而且要"长期安家，扎根农村"。初到干校，劳动过重，营养不足，生活单调，我们班曾发生吃麻雀的事件。

一天下雪，麻雀找不到吃食，便飞进牛棚（是关牛的牛棚，不是关人的"牛棚"）饱餐。我们犁地回来，发现牛棚内有成群的麻雀。麻雀见人来，便飞向亮处逃亡。牛棚的窗户装了玻璃，麻雀撞上玻璃，又得回头飞向别的窗户。众人赶快把门关上，急急追赶。

麻雀一撞再撞，被撞得昏头昏脑，说不定撞成了脑震荡。我们一手可抓到两三只。由于事前没准备工具，抓住的麻雀只好往中山服的口袋里塞。小口袋装两只，大口袋装四五只。麻雀一旦醒来，也会挣扎着飞出去。这次算大"丰收"，一共抓了二十几只，立即拔毛红烧，其味鲜美无比。当时，精神空虚，腹中饥饿，哪儿顾得上保护鸟类。现在想来，实在是罪过罪过。

一度大量被消灭，继又因误吃农药污染的食物而死亡的麻雀，有的品种被宣布为"稀有鸟类"。

人类在进步，中国也在进步。人们开始觉悟到应该保护生态环境，一些城市开展了爱鸟活动。麻雀现又开始出现，它们回到城市，回到我的窗前。

麻雀，你叫吧！听见你的叫声，我感到喜悦。

2003年7月22日

权当"追思会"

2009年，我满八十岁。

我的女儿和儿子在国外，他们问我有什么愿望，我表示希望他们同时回家，与我一起度过生日，别无其他。

没想到我生日的前一天，省作家协会的朋友打来电话，说他们十几位作家、诗人和编辑要为我做生。我说明女儿和儿子都回来了，不麻烦他们了。他们说连女儿和儿子一起请，他们没用公款，是自愿凑份子的钱。这样，我只好带着女儿、儿子，一行赴宴了。

在餐厅的一个大房间里，摆了两张圆桌。

朋友们让我坐在中间，陈之光、徐康、沈重、文辛、方赫、杨字心、丁隆炎、胡笳和金桂娟、包川，加上原省委宣传部文艺处的邢秀田、严福昌、张仲炎等十多位友人，围坐在四周。这种形式，类似几十年前各种政治运动的批判会。而这一次不是批判，他们一个一个地站起来表扬我，多数人还朗诵了为我写的诗歌。

我坐在那里，既高兴，又尴尬。

过去的批判会，不仅不符合事实，还无限上纲上线，多数时候我这只耳朵进，那只耳朵出，脸上毫无表情。这一次是朋友们在说我的好话，如果我满面春风，让人以为我表示赞同，不好。当然，更不能像在批判会上那样无动于衷，辜负朋友们的一片心意。

合影，聚餐，大家都高兴。

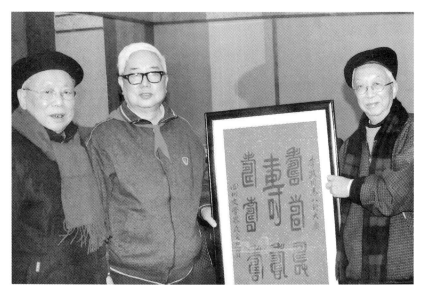

陈之光（左）、文辛（右）贺李致八十寿诞

事后一想，过去往往是在开批判会的时候，采取这样围坐的方式；也只有在人逝世后发讣告，才全是颂扬，还说什么"这是我党我界的重大损失"。这几年时兴的"追思会"，也全是说好话。可惜，在天之人已无法听见。

其实，不妨在人们在世时，互相多鼓励。

我似乎得到一些安慰。这次的生日聚会，可以算是一次"追思会"，好在我都听见了。我自信不会头脑发热，以至像阿Q那样飘飘然；我会好好做人，不辜负朋友的期望。

以下，是在这次聚会上及没有参加聚会的朋友们送我的诗。还有前后几年我生日时，几位朋友为我写的诗或散文，一并收入。

2015年12月7日

致公八十寿志庆

"难得糊涂 吃亏是福",此乃板桥名句,读之悚然。板桥一生沉浮,终得此八字真言,字字含泪,句句茹辛。能彻悟者是不糊涂,是真福气;能大糊涂者是大聪明,会小聪明者终是大糊涂。大智若愚,大巧若拙,小聪明误大事,此之谓乎。吃亏本是祸,到头偏得福,古往今来,所见多矣。吃亏是造福之本,苟得乃蹈祸之源。祈福得祸,因祸得福,此中道理,惟板桥得之,惜世人多不悟耳。

1987年作于成都

2008年9月复书 九四叟 马识途

贺李致同志八旬华诞

天降圣贤双眼井 部长原本是书生
一篇慈母千人泪 十卷诗书赤子心

不恋高官爱黎民 文心如许记真情
赢得文坛皆知己 千杯起舞祝寿星

拔剑高歌出蓉城 帅领千万红领巾
笑看祖国花开遍 应领军衔上将军

陈之光[①] 拜

---

① 陈之光:作家,曾任四川省作协党组副书记。

贺致公八十华诞

岁月之霜

抹亮你满头银发

发如秋苇

枝枝叶叶尽沾人生劳累

如秋苇就如秋苇吧

自自然然才是成熟之美

眼里还有火

掌心还有雷

刨开胸膛让人看

还有片片青翠

胡笳　金桂娟① 　敬贺

2008年12月3日

恭祝致公八十华诞

华西坝上斗龙虎，锦南案头编图书。

牛棚压顶铸壮志，干校含辛练傲骨。

敢向强权掷匕首，愿为弱辈割肌肤。

峥嵘李公是斗士，和善致兄乃大儒。

① 胡笳，诗人；金桂娟，曾任四川省音协秘书长。

风雨八十堪回味，华彩百岁又招呼。

方赫^①　敬贺

2008年12月3日

贺李致同志八十大寿

（一）

礼贤下士素谦逊，广交文友受推崇。
身虽离位心未退，孜孜不倦笔耕勤。

（二）

出书一本又一本，美轮美奂受欢迎。
小故事显大时代，娓娓道来最动人。

（三）

一向重视传帮带，常为他人作序文。
鼓励同辈奖后进，万紫千红才是春。

（四）

《素描》描述前半生，我学马老续后文。
致公欣逢八十寿，众友祝贺万年青！

戊子冬　仿马老《致公素描》

文辛^②　敬贺　2008年11月

---

① 方赫：诗人。
② 文辛：戏剧家，曾任四川省戏剧家协会秘书长。

577

致公，永远不老的长寿翁——八十喜寿贺诗

致公，致公

您曾为新生的共和国

为建国初期的共青团

献出您青春的热血，年轻的梦

您是耀邦的好学生

继承了

爱国为民的好传统

朴实无华的好作风

容不得半点虚伪

容不得一丝一毫的假大空

致公，致公

文艺界的功臣

出版界的元戎

振兴川剧功不可没

盛世梨园春色浓

支持巴金文学院

殷殷关爱，谆谆教导

文苑新林硕果红

致公，致公

您的回忆录

记录了历史的脚踪

《回顾》《昔日》《往事》

一生反"左"，正直做人

字字铿锵，句句警钟

《终于盼到这一天》

大地春回擒"四凶"

"讲真话"的勇气

《随想录》的文风

篇篇真实

似金石铮铮

句句朴实

如清泉淙淙

致公，致公

继承了巴老的好家风

忠厚长者

仁爱而又宽容

豁达的智者

开阔的心胸

儒雅的学者

虚怀若谷君子风

您是老年人的朋友

青年人的良师

中年人的长兄

您又是

妻子的好丈夫

儿女们的好父亲

孙子们的好爷爷、好家公

致公，致公

乐呵呵的"不倒翁"

八十犹如十八

耄耋而不龙钟

"休将白发唱黄鸡"

桑榆未晚夕阳红

老骥伏枥志千里

满目青山绿葱葱

您仍是青年团员

团徽闪闪映笑容

您仍是少先队辅导员

岁月如歌领巾红

致公，致公

愿您神爽、体健

愿您目明、耳聪

家和日子旺

儿孙绕膝，笑语春风

愿您：

坐如钟

站如松

行如风

福如东海

寿比南山松

愿您做一个

永远不老的长寿翁！

徐康① 敬贺

2008年12月5日于省作协

---

① 徐康：作家，曾任四川省作协副主席。

李致与杜天文

贺诗

致公理文勤笔耕，卷卷书香照丹心。
文坛老将实可敬，寿比南山松柏青。

杜天文①

戊子年贺李致同志八十华诞

贺致公八十大寿

难得两头真，一生不整人。
敢于说真话，八旬仍年轻。

---

① 杜天文：音乐家，曾任四川省文化厅厅长、四川省文联副主席。

文章亮肺腑，晚霞照人品。

我师亦我友，诚期百寿星。

朱炳宣①

2008年12月26日于成都敬贺

贺李致大兄八秩

君是海儿否？书魂传子孙。

几分觉慧胆，十足明轩情。

菊圃灌园叟，花田写扇人。

八旬李老伯，一位德先生！②

魏明伦③

戊子冬按平仄写五律贺李致大兄八秩

为李致同志祝寿

巴金有胞侄，其名曰李致。品格效四爸，耳濡目染之。

蜚声出版界，总编创时势。立足驻四川，胸怀天下志。

---

① 朱炳宣：戏剧家，曾任四川省文联党组书记。

② 诗中的海儿、觉慧、明轩（即觉新）均系巴金小说《家》中的人物；花田写扇
人，指李致曾因张爱萍将军来蓉，与陈书舫演过川剧《花田写扇》中的一小段。

③ 魏明伦：戏剧家，杂文家，辞赋家。

面向全中国，好书能济世。心中有太极，五内纳世事。
从官慎其行，立身仰青史。岂随流俗转，忧乐在民智。
川剧当振兴，尽瘁乐于斯。出国播文化，千红映万紫。
散文聚名篇，杂文亦多姿。一支生花笔，浮香荡文思。
谦谦主文联，礼遇精英士。交贤方汲汲，友情每偲偲。
同声自相应，知己贵相知。宅居芳草地，愿睹傲霜枝。
凌风翠萱花，浥露香灵芝。老骥壮千里，云鹤翔高姿。
白发虽苍苍，青春日迟迟。何以祝高寿，人生一首诗。

王火① 2004年冬大雪节气之前

2006年贺生诗

丙戌大雪即届凑句，格律不修谨表衷忱。

大雪时节倍思君　同心同志同龄人
蜀山蜀水旧游处　津沽津门故人心
心香一片祝君寿　微露满天长精神
保得心头夕阳美　桑榆岁岁清景新

弟　献廷② 谨拜

---

① 王火：作家，茅盾文学奖获得者。
② 献廷：马献廷（1929—2018），作家、评论家，笔名黑瑛、弋兵，曾任中共天津市委宣传部副部长，《文学自由谈》主编，天津市文联副主席、天津市作家协会副主席。

西江月·读李致《昔日》后

昔日风华正茂，征途历经沧桑， 真情走笔写文章，妙语连珠顺畅。 描绘身边故事，晶莹剔透周详， 风流格调志轩昂，荡气回肠遗响。

李培根①

致李致

文章叙事复抒情，岁暮才华更纵横。
犹忆沙坪驰骋日，口词能动少年魂。
暴风初起曾闻讯，再晤已消五十春。
文坛不负书香后，政坛能保藕香清。

张恒②

小诗赠李老

我不会把您说成卑微的小草
也不会把您看作参天的大树
因为，真诚的友谊圣洁高尚
虚假的言辞会将它玷污

---

① 李培根：曾任四川省政协副主席、共青团四川省委书记。
② 张恒：中国人民大学教授，20世纪50年代初，曾与李致一起在重庆沙坪坝做青年工作。

我觉得，您是一枚矿石

既有生活的内涵又有硬度

在生活的熔炉中锤炼、淬火

铸成你那质朴坚韧的风骨

噢，即使那些许的残渣

也可给人类铺路，造福

啊！美丽的灵魂无须任何修饰

您令人由衷赞叹、欣然佩服

2011年12月1日

杨泽明① 于清水河畔，幽草居

远山葱茏

我心中有一座山，它苍茫，翠微。我曾经喝过它涧中的水，吃过它林中的蜜。它宽宏、坦荡而又厚实。我曾经踏着它的石级跋涉过，攀登过，也曾经在它的山岩上摔过跤，但我又爬了起来，在它那崎岖的山路上继续前行——哪怕我淌着大汗，喘着粗气。它虽没给我鲜花和掌声，却给了我平实和丰沛……

我还是一个梳着两条小辫的黄毛丫头时，啊，远山，你派我单枪匹马去远地组稿。由于脸上没有皱纹，受人藐视，问我几岁了。有了你的信任，我战胜了腼腆和陌生。

有了第一次，就有了第二次和第三次……

我慢慢成熟和练达了起来。

---

① 杨泽明：军旅诗人，作家。

当"十年浩劫"结束，文学艺术的萧条风逝，我，一个年轻编辑提出编一套作家近作丛书以满足读者十年没书读的饥渴时，你拍案定板，并立即把我们派向了四方。随着作家近作丛书走向大江南北，千家万户，我们又提出编辑四川作家丛书，继而编辑"现代作家选集"丛书时，均获得了你的首肯、支持以及调动全部的力量以促其大成。彭德怀还没有平反，你支持编辑出版了《在彭总身边》；徐懋庸这三个字还遭人冷落的时候，你批准了《徐懋庸选集》的编辑出版；丁玲还没有平反，你叫我们这些小萝卜头儿去北京寻找她，为她出版了散文集《到前线去》。这是中国杰出的女作家被打入深渊，沉没十多年之后的第一本书啊！丁玲在书的前言中激动地写道："天啊！编辑同志！我真感谢你让我回到我仅有的，为时不多的一段日子里。"并说她是"为一位热情而能干的编辑同志编辑这本小集"。她对编辑的称赞，毋宁说是对你的赞美。因为编辑只是你山中的一棵小草、一粒小石，没有你的胆识、卓见，哪能使小草常青、小石发光？

这些在全国叫得响、影响很大的书籍的出版，虽然凝聚着小草、小石的心血，但书上并没有他们的名字。因为你规定，凡有作者提到编辑名字的地方通通涂掉！哪里还允许像如今的个别人，不是自己编的书也通通冠上"××主编"的现象产生呢？你虚怀若谷，你淡泊名利，你兢兢业业，你以繁荣社会主义文学事业为己任！

呵，远山，你在我们心目中，虽远却近，永远葱茏！

曹礼尧[1]　贺

---

[1]　曹礼尧：四川文艺出版社副编审。

李老，您好！
——贺李致老八十二诞辰

李老，您好！
请允许我以一个文友的名义，
向您问好！
和我们在一起的时候，
您总是谦称是"文友"，
一个书生气十足的称呼，
把官员与平民的距离，
缩短为零。

李老，您好！
请允许我以一个读者的名义，
向您问好！
一本《铭记在心的人》，
让我走进你的内心。
鲜活的人物形象，
细微的身边小事，
让我一次次潜然动情。
真实地再现历史，
深刻地思考社会，
让我看到您的赤子之心

李老，您好！
请允许我以一个共青团员的名义，

向您问好！
十五岁的我加入共青团。
那火红的团旗下，
有您在奋勇前行。
我亦启航人生小舟，
跟随前进！

李老，您好！
请允许我以一个少先队员的名义，
向您问好！
九岁的我捧读的《红领巾》，
是您的辛勤耕耘。
《红领巾》啊，
描画着我梦想的乐园，
书写出我纯真的童年！

李老，您好！
请允许我以一个晚辈的名义，
向您问好！
您和我的父亲，
都是中共地下党员，
这让我感到格外的亲！
同样澎湃的热血，
同样崇高的理想，
使您和我的父亲，
成为一条战壕的战友。
死，为了真理！
活，为了正义！

李老，您好！

在您已经迈入耄耋之年的今天，

请允许我以一颗虔敬的心，

祝福您，

福寿康宁！

刘小革^①

心如雪花
——致李致

在大雪节令来临时，

成都平原依旧葱绿一片。

可我意念中的大雪纷纷扬扬，

蓉城在漫天飞雪中披上银装。

一朵雪花

那是你啊，

在"大雪"的日子里飞扬。

从此你的晶莹，

让心路变得坦坦荡荡。

雪花飞舞着，在天空飘洒，

找寻着自己的方向。

巴金老人一句"要讲真话"，

成为生命的原色，

---

① 刘小革：四川散文学会会员，曾任核工业西南物理研究院党委宣传部部长。

589

演绎着悲凉与旷达。
雪花飞舞着，在天空飘洒，
你那灼热的心，
随着大地的脉动而跳荡。
你用真情书写人世间的真实与善良，
还有美丽与丑恶在笔下流淌。

读你的书，
犹如走入时光隧道，
那逝去的岁月，
绽放出迷人的光芒。
读你的经历，
犹如追赶一条小溪，
触摸过的风景，
让人心生景仰。

雪花飞舞着，飘飘洒洒，
融入高山阔水，
化为水滴在歌唱。

那字字句句饱蘸深情的文字，
是献给大地最美的诗行。

袁瑞珍[1]

2011年12月7日

---

[1] 袁瑞珍：四川散文学会会员，曾任中国核动院党委宣传部部长。

一生跟着旗帜走

旗帜就在你面前燃烧

你跟着旗帜

一起走向阳光

"讲真话"

是旗帜的尊严

你把尊严铭刻在心上

尊严化作火焰

燃烧着你的胸膛

你用火的炽热

锻炼文字　锻炼胸膛

高举着旗帜

一路走向阳光

走过了八十多个春秋

八十多个春秋啊

虽然走得坎坷

但是无比坚强

如今，岁月已凝成一头华发

一脸风霜

但，抖一抖衣袖

你

依然是旗帜下的一员战将

江铭记[①]

2011年12月5日

附 记

这是十年前的事了，今年我是"望九"翁。当年为我赠诗的杜天文、文辛、陈之光和沈重诸兄，先后仙逝。

我在这里感谢和怀念他们。

2018年7月21日

新书柜引起的遐想

最近搬入新居。我女儿和女婿闹了一场"革命"，废除了原有书柜和书架，为我做了十八个书柜。新书柜每个八层，充分利用了空间；柜门两边的副盖很紧，不易进灰。用时髦的语言说，看起来也是几条独有的"风景线"。

我从上中学起喜欢"五四"以来的新文学，开始藏书。当时主要是买旧书。我的一位表叔在一家进步的出版社工作，也送我一些书。其中有鲁迅的小说和杂文的单行本，巴金的小说，曹禺的话剧，艾青、田间和何其芳的诗，还有一些翻译小说，满满地装了一

李致老伴在最早的书架前留影

个竹箱。可惜新中国成立初期，我这一竹箱的书被一位朋友（我的书寄放在他那儿）捐给图书馆了。

20世纪50年代中期，生活稍微安定，从零开始，我重新藏书。巴金老人送了我不少好书，包括《巴金文集》。我不抽烟喝酒，零用钱大多用来买书。在我三十岁生日时，母亲送了我一套精装的《鲁迅全集》。我的确在藏书上"先富起来"。

"文化大革命"时我在共青团中央工作，被抄了家，书也有所损失。以后到了"五七"干校，先过劳动关，谈不上读书，且无书可读。要读只能读"毛选"，而《毛泽东选集》我在"牛棚"时已通读了四遍，就活学活用"语录"算了。1969年秋，"副统帅"发布第一号紧急动员令，把老帅和许多干部赶出京城；连我正在读小学的儿子也被送到干校。随他而来的有三口简易木箱，全装的书。我不敢声张，只敢悄悄把《列宁选集》拿出来。心想许多人宣称自己是马列主义者，读点原著有利于辨别真假。我刚通读完第一卷，时逢年终鉴定，"革命群众"在提"希望"时，第一条就是希望我学习时要联系实际，多学毛主席著作。我不知为什么怕人学马列的原著。

五岁的外孙齐齐，爱坐在书架底看《讽刺与幽默》

凡藏书的人都爱护书，我当然不例外。

在干校的时候，突然传来"最高指示"，提倡读《红楼梦》。执行"最高指示"是讲雷厉风行的。我立即把书找出来，津津有味地阅读，仿佛跳出了枯燥沉闷的世界。福兮祸所伏，由此不少人知道我有书，纷纷来借。当时我已被"解放"，恢复了党组织生活，他们不用怕划不清界限。凡被戴上"藏书家"这顶高帽子之时，按照"欲将取之必先予之"的原则，我知道借出去的书可能遭受磨难了。因为借出的书，或被弄脏，或被折皱，或背陷胸凸，惨不忍睹。不过"最高指示"只提到《红楼梦》这一部书，豁出去了；其他书均属"封资修"，一律保密。有一位我信得过的同志，向我借车尔尼雪夫斯基的小说《怎么办》，半年后归还时，不仅书的封底被扯掉，书内也加上了许多批注，真使得我不知"怎么办"，后悔也迟了。

偶然读到明朝著名文学家宋濂的《送东阳马生序》，其中有这样一段：

> 余幼时即嗜学，家贫无从致书以观，每假借于藏书之家，

一岁半的孙女姗姗也向齐哥学样

手自笔录，计日以还。天大寒，砚冰坚，手指不可屈伸，弗之怠。录毕，送走之，不敢稍逾约。以是人多以书假余，余因得遍观群书。

这段话对我颇有启发。它只不过强调了借书要按时还，即"不敢稍逾约"，很多人便愿意借书给他，因此他能"遍观群书"。凡事都有一个如何调动对方积极性的问题。要借书，怎样才能使对方愿意借给你呢？我的经验一是爱护书，发现坏的地方把它补好，折角或有皱折的地方尽可能把它理平；二是按时还，如需延期，要先征得同意；三是绝不转借。如此，"人多以书假余"矣。我经常宣传宋濂和我的经验，也取得一定效果。

尽管如此，我的书借出后仍常遭损坏。我有一位至亲好友，有学问、爱读书，常把我的书抓走一本，卷起来塞进裤袋，然后"出恭"去了。等他完成任务回来，书已面目全非。我向他"抗议"，他竟"照会"说我是书的"奴隶"。至于我尚未过门的儿媳，有一次借书去看，不久悄悄把书放回原处。如此小心引起我警惕，经我检查，原来书上多了一大块蓝墨水印。按照区别对待的政策，吊销了她的"借书证"三个月，以观后效。

"书荒"时期，借书的人更多。鲁迅一般不借书给别人，不然宁肯买一本送人，但我的经济条件办不到。以后积累了一些办法：初次借书的人先借一般的书，看他对书的态度，再决定我的对策；少数既好又流行的书，买两本，一本收藏，一本借阅；凡借书要登记，以免大家忘记。1975年春我生眼病住院，巴老寄给我大字本的《镜花缘》。其中有一段多九公对黑齿国风俗的描述，十分有趣：

多九公举步道："老夫才去问问风俗，原来此地读书人虽多，书籍甚少。历年天朝虽有人贩卖，无如刚到君子、大人境内，就被二国买去。此地之书，大约都从彼二国以重价买的。至于古书，往往出了重价，亦不可得，惟访亲友家，如有此书，方能借来抄写。要求一书，真是种种费事。并且无论男妇，都是绝顶聪明，日读万言的不计其数，因此那书更不够他读了。本地向无盗贼，从不偷窃，就是遗金在地，也并无拾取之人。他们见了不义之财，叫作'临财毋苟得'。就只有个毛病：若见得书籍，登时就把'毋苟得'三字撇到九霄云外，不是借去不还，就是设法偷骗，那做贼的心肠也由不得自己了。所以此地把窃物之人叫作'偷儿'，把偷书之人却叫作'窃儿'，借物不还的叫作'拐儿'，借书不还的叫作'骗儿'。那藏书之家，见着这些窃儿、骗儿，莫不害怕，都将书籍深藏内室，非至亲好友，不能借观。家家如此。"

我这才明白，原来借书不还，古已有之，连文化很高、"日读万言"的黑齿国人也难免。我的思想似乎通顺一点。同时也从"将书籍深藏内室，非至亲好友，不能借观"中受到启发，我也可以采

李致的六个大书柜

用。何况"至亲好友"对书的态度，先还要经过我观察测试。

各种政治运动，对藏书者也是威胁。破"四旧"是大扫荡，这不用说了。一会儿评法批儒，一会儿批"水浒"，无论当代现代还是古代书籍，均难免灭顶之灾。为保存某些书籍，我刻了一个图章："内部资料，供大批判"。现在看见盖有这几个字的书，不免好笑。然而这反映了历史，使人千万不要忘记那史无前例的毁灭文化的"文化大革命"。

我的工作经常变动，从重庆到成都，从成都到北京，再从北京回成都。日积月累，书逐渐多起来。装书的用具，也相应从竹箱到木箱，从书架到书柜。记得20世纪60年代初，我的姨妹帮我买了一个书柜，我感到十分神气。

以后我和老伴再加朋友帮助，在北京抢购八个书架，也十分有趣。当时已是林彪事件后，过去他讲话最爱说突出一个什么字，引人反感。我们开玩笑地用他的语言来总结买书架的经验：等的时候要突出一个"忍"字，来货的时候要突出一个"抢"字，拉走的时候要突出一个"快"字。调回成都工作后，藏书大大增加。我老伴和我一样，喜欢读书。我为书包好封皮后，她就在背脊处写作者姓名和书名。有一次她出差北京，发现一种漂亮的有五格（一格可放两层书）的书柜，立即买了六个，并押运到火车站托运。这六个书柜真使我的屋子"蓬荜生辉"。可是尽管书柜书架并举，仍装不完书和期刊。只好让没住处的书随遇而安，或阳台，或窗边，或地上。几处工作过的地方（出版总社、省政协、省委宣传部）都有不少书。大书柜一格放两层书，找起来很不方便。这便是这次搬家爆发"革命"的原因。

当十八个书柜搬来的时候，工厂老板惊奇地说："我还以为是哪一个机关做的，原来是你们家。"搬了新居，各家都在装饰，既是读书人，家有藏书不算穷，就突出书吧。经过整理，初步分了类。在文学类，许多作家签名赠书给我，有茅盾、叶圣陶、夏衍、

与表弟濮存昕在新书柜前

阳翰笙、冯至、艾青、沙汀、艾芜、曹禺、陈白尘、邹狄帆、刘绍棠等等，可惜他们已经仙逝。其中曹禺的十几本剧本，是他1985年春在金牛宾馆跪在地毯上签的名。五本《沈从文选集》是沈先生半瘫痪后，他夫人张兆和把他扶起来签的字。他们的友情，令我刻骨铭心。看见《巴金全集》，想起巴老在1988年3月2日给我的信上说："'全集'你将来会有的，不用急。即使我突然去世，也会睁开眼喘着气吩咐送你一部'全集'。"我的眼睛一下就润湿了。望着新书柜，我既高兴，又惆怅。现在书房的条件改善了，但我年近古稀，左眼几乎无视力，右眼又开始有白内障。不过沮丧也没有用，在保护眼睛的前提下，抓紧时间，本着巴老在六十年前的教导——"读书的时候用功读书"，多读几本书吧。

1998年11月15日

电脑开阔了我的眼界

　　我在1998年秋开始学电脑，至今有六年"脑"龄。

　　我学电脑的初衷是为了打字。我每天写日记，偶尔写散文和随笔，加上通信，都要写字。由于长期当编辑，我喜欢书面整齐干净，一个字一个标点都不能错，可惜我的字写得不好，难以做到。我老伴的字写得好，过去我的文章或信件，总请她帮我抄写；后来老伴生病，只得请人打字。在纸上写字或打字，修改后得重抄或重打。用电脑写文章，无论是增减字、调动段落，还是变字体，改动起来十分方便。1985年我在日本参观电脑排版，就留下了深刻印象。老作家马识途率先用电脑写文章，更使我羡慕不已。靠人帮助也不是个办法，还得自力更生，因此我渴望自己能用电脑写文章。

　　用电脑写文章，首先就要学会用键盘输入文字。输入中文，一般用拼音或五笔字型；我们这一代人没学过拼音，五笔字型得靠记忆。当时我已年近古稀，重新学习拼音或五笔字型，显然不现实。不解决汉字输入的问题，即使有电脑也只是一件摆设。1998年秋，友人刘多成向我介绍使用光笔（即汉王笔）书写中文输入电脑。我女儿陪我去多成家观看，认为这个办法对我很实用，并立即为我买来光笔。外孙也及时为我配置电脑的硬件和软件。在他们的现场指导下，短短几天，我就"长足"进步：能用电脑写文章了。1998年9月2日，我用光笔写成第一篇文章《再说几句心里话·忆竞华》，还

李致在女儿指导下学习电脑操作

开始用光笔写日记。好景不长，女儿和外孙刚离开成都，我就首次遇难：刚写完的一篇两千多字的文章，突然蒸发，再也找不到了。打长途电话问女儿，她开玩笑说："不吃一点苦头，是学不会电脑的。"懊恼之余，只得重写。以后这类错误逐渐减少，用电脑写日记或写文章，成了我每天的必修课。目前，我的电脑里存有我六年的日记、几十篇我的散文和随笔。

学习上网发电子邮件颇有戏剧性。我原本耐心等着女儿1999年暑假回来教我，一场"战争"提前了这个进程。那年寒假，我外孙从北京回来过春节。在我们热情拥抱后的第二天，却因一件小事发生了冲突。我想和外孙谈心解决问题，他却说："我已经给妈妈发了电子邮件，等她回了邮件再说。"我想给女儿去信，但信件单程得七天，来回近半月。这是一场信息之战！我不禁想起一百年前的中法战争：清王朝本已取得胜利，只因信息不灵（法国有电报，中国靠驿站送信），反而割地赔款。可见信息是何等重要！我不能忘记这个教训，立刻请外甥媳妇教我发电子邮件，将"冲突"事情经过，用电脑高速传递给女儿。女儿收到我和外孙的两封邮件，兼听则明，很快调解了这次"冲突"。电子邮件使我突然进入信息时代，我的儿女、孙女在国外，我与他们亲密无间，经常交流思想和谈笑聊天。过去写封信往返约半月，国际长途电话只能挑重要的事情说，远不能满足我们的需要。现在用电子邮件，几秒钟即可把信发到西半球，并收到回信。几年来，我每天都和儿子女儿孙女通邮件。由于东西两半球时差的关系，接收邮件成为我早起的第一件事。高潮时一天收到几十封（一般几句话即一封），他们说是陪我"聊天"玩。遇上他们外出旅游或开会，我得寂寞好几天。有时有很多邮件，打开后发现不少是垃圾广告，让我空欢喜一场。去年，外孙帮我申请了ADSL提高上网速度，教会我对着话筒用MSN和他们音频通话，声音像打电话一样清楚，完全免费。我的电脑上还装有摄像头，聊天时能看见对方。相距千里，近在咫尺，大快我心。我家的小狗"多多"的形象，就是通过摄像头向全家人发布的，引起全家特别是小孙女的兴趣。除了写邮件通话，他们还经常发来一些图片和资料。有价值的我便储存下来，方便以后随意调看。

学会在网上看新闻，早上花几分钟，可从海内外中文网站得知最新消息。最近，儿子又教会我在网上搜索资料。许多资料能从网上查出。有一次，我用自己的名字检索，查出几十条有关消息和报道。电脑有这样多的功能，极大地扩张了我的视野。电脑还装有游戏之类设置，我用得不多，偶尔翻翻扑克牌，听听相声，权作休息。

有朋友担心用电脑会影响眼睛。我的视力不好，又有老年性的白内障和玻璃体混浊，自然得十分小心。在电脑上，我一般用三号字阅读。用光笔书写的汉字，一般有拳头大小，不会使眼睛太累。当然，每次使用电脑的时间也不能过长。

老年人学电脑，一般不是智商问题，而是记忆力的问题。一动电脑，会碰上这样和那样的操作程序。操作不当，或死机，或把刚写好的文字丢失。初期缺少知识，遇到问题，我绝不"乱说乱动"，总是请人救急。朋友刘多成，三个外甥，一个外甥媳妇，一个外侄孙，两位同事，常伸出援助之手：或现场教授，或电话指导，诲我不倦。他们是我电脑医院的"120"。我女儿和外孙，从零开始为我扫盲，指导得最多最具体。女儿是学电脑的，外孙是电子游戏高手，而我一无所知，连鼠标都不会用，他们教学时难免着急。我的近期记性差，自己刚用笔写下的操作程序，转眼就完全忘了，女儿觉得"简直不可思议"。外孙说话特别快，像机关枪似的速度，加上我不懂的电脑术语，往往讲完一大段话，我连他的第一句话都没听清楚，以致他"怒不可遏"。我常开玩笑，说自己学电脑是在关怀与"训斥"声中成长的。直到前两年，我稍有些底子了，外孙才认为我是"可以教育好"的外公：外公"可教也"。呜呼！老人学电脑，如行古之蜀道，难矣！

好在我毕竟学会了用电脑，它丰富了我的老年生活。

所有帮助过我的亲友，谢谢你们！

2005年1月16日

603

大放光明

我一生受眼病的折磨。

记得在抗日战争时期，我上小学的时候，就爱生眼病。两眼（主要是左眼）红肿、流泪、怕光，病程长，很难受。服中药，点西药，用偏方，母亲为我尽了她的全力。

当时叫生"火眼"，以后才知道是角膜炎。

角膜炎严重的时候，会出现溃疡。炎症消失后，有或轻或重的白斑。西医当时没办法，尚不知角膜可以移植。服中药，得几十服，其苦不堪。外婆按照古医书《验方新编》，用象牙混水磨成粉剂为我滴眼，但未见效。母亲听说有个道士可以化"瘾子"（即白斑），每天早晨带我乘人力车去一家草药铺。道士口中念念有词，用手不断在我眼前比画，持续了很多天，白白浪费时间和钱财。我唯一有兴趣的治疗方法，是用鸡肝蒸金银花（或杭菊），先用来"熏"眼睛，然后吃鸡肝喝汤。疗效如何，我不知道，但嫩嫩的鸡肝很好吃。

1947年，报考大学前夕，我突发眼病，无法应试。陕西街的存仁医院没为我治好。一位友人给我介绍了一位留学日本归来（现在称为"海归"）的医生。这位"海归"姓郝，口气很大，宣称包给我医好，一周去一次，一次一块大洋。当时家庭经济情况不好，靠亲友资助才能去治病。"海归"医生除了滴药水，还得打针，却无疗效。他打针前，不用水煮针头消毒，只用棉花酒精擦针头。我母亲有点卫生知识，对此颇为不满。果然，由于不认真消毒，我的右臂红肿化脓，只得在平安桥教堂一个法国医院动手术，挖掉不少腐肉。这位法国医生人叫他为班医生，对病人很慈祥，虽不通语言，但感到亲切。他看见我老戴一副墨镜，也可能看见我的眼睛充血，主动摘下我的墨镜，要我查血，后又在眼结膜（白眼球）上打针。我害怕在眼结膜上打针，他要我不怕，说打针前要滴麻药。我当时已参加学生运动，心想如果被特务抓住施刑，也得挺住，便坦然接受。打完针，班医生很高兴，向我竖起大指头，说了一句法语。修女翻译说："班医生称赞你勇敢。"班医生给我留下很深的印象，似乎不像后来所说，这种医院统统是帝国主义"文化侵略"的工具，他并没要我加入天主教，更没有谈西方的政治。不久，我眼睛的炎症消失，再没去找"海归"医生。听说"海归"医生很失望，因为他早把一周收一元的大洋，列入他的"固定"收入。我怀疑他是否认真在日本学过医眼病。

我的眼病有点像"牛鬼蛇神"，过几年就"跳"出来。幸好从1960年起到20世纪80年代初，我与四川省人民医院眼科的医护人员的关系很好，从罗文彬主任到闵鹄秋和诸多的医生、护士长廖茂芳和所有护士，对我都很关心。他们医术好，医德高，成了我眼睛的"保护神"。

"文化大革命"期间，我在共青团中央，从"牛棚"被释放出来，到了"五七"干校。在干校劳动强度大，特别是收麦子的时候，白天劳动已使人精疲力竭，晚上学了"发扬不怕疲劳连续作战的精神"的语录以后，再挑灯夜战，在晒场上用脱粒机脱粒。"革命群众"主要是运送割下来的麦子和把麦秆送进脱粒机口。我是"当权派"，负责清除从脱粒机口吐出的碾碎了的麦秆。我头顶草帽，眼戴防风镜，也难敌碎麦秆的侵袭。我的眼病牛鬼蛇神又"跳"出来了，我先后到信阳、武汉治疗，为时半年以上。最后回到成都，在省医院治愈。所谓治愈，只是消除炎症，左眼只剩光感，失去视力。

三十多年来，我实际是"孤眼"作战，凭右眼生活和工作。

近几年，出现一些"怪"现象。看书，觉得字的油墨淡了；看照片，发现彩照褪色；看电视，认为背投电视机的质量没过关；外出，老感到雾太大；等等，不一而足。以致戴五百度花镜，再加外孙从美国带给我的放大镜，也看不清报刊上的字。二十几个书柜的藏书，原准备离休后阅读的，只能望之兴叹。找到看专家门诊的医生，说是白内障，但因为我左眼无视力，动手术得十分慎重。

很快，右眼的视力降到零点二。经过再三的考虑，趁女儿秋天从国外回家，我决定动白内障手术。我的亲友有不少人动过这种手术，效果均好。我考虑了三个医院：一是成都市的某医院，过去它请上海、北京、广州的医生来主刀，现在不能请外地医生了；二是省某大医院，医生不错，但医院人太多，门诊部如集镇赶场，十分麻烦；三是省五医院，眼科罗俊主任，专攻白内障手术，有很多实践经验。我最后选定在五医院做白内障手术。

今年9月7日，我在省五医院做白内障手术。时值热天刚过，动手术的人不多，上午只有我一人。手术顺利，时间约二十分钟，毫无痛苦。罗俊主任开玩笑说："今上午是你的'专场'，做手术像完成一个艺术品。"做完手术，右眼盖上纱布，因左眼早无视力，我暂成"瞎子"。

女儿女婿把我护送回家，下午在闲聊中度过。晚上睡得踏实，没有胡思乱想。女儿怕意外，守我一夜。次晨，我醒得很早，扯下纱布，大放光明：墙上挂的彩色照片，并没褪色；电视播的节目，色彩分明，不用再另买电视机；桌上的报纸，没戴老花镜就看清大标题，油墨不浅；打开窗帘，我家住高楼十四层，能见楼底花园美景：各种树木和花草，老人在打太极拳，小孩在玩滑板，彩色的坐凳红绿蓝黄四色分明，磨石地上刻有小方格，水池里的红色、黑色的鱼儿游来游去。我忙把这好消息告诉家人，皆大欢喜。九时半去医院，我在车上沿途念两旁房屋上所能见的文字，女婿笑我像刚识字的小学生一样。我最高兴的是，以后可以有节制地读书看报和写点短文了。

在医院先查视力，升到零点八。罗俊主任说，一切情况正常，无充血、肿胀、怕光、流泪任何症状。近三个月来，我很兴奋，逢人便讲。若干朋友听了我的经历，去省五医院检查和做白内障手术。为怕人误会，只得一再申明：是衷心感谢医院和医生，让更多人分享"大放光明"的幸福，绝非"医托"，更没有拿一文"回扣"。

2006年12月1日

在搏斗中奉献

——读张珍健同志的《砚边随笔》

读完张珍健同志的《砚边随笔》，心潮难平。

我在1991年认识珍健同志。一天下午，珍健同志第一次到我家里来。当时"巴金国际学术讨论会"刚在成都举行。为迎接这次盛会，珍健同志为巴老作品的书名刻了五十六方印章，并由艾芜老人题签。珍健同志说他年轻时就喜读巴老的著作，所以花了半年时间刻成这些印章。我看见印谱上精美的印章，立即产生了共鸣。

珍健同志的个子不高，但很结实。看见他挂着双拐，我抱歉地说："对不起，我不知道你走路不便，不然我会去看你。"珍健同志却若无其事。后来我送他下楼，他坐上机动车，打开油门，精神抖擞地挥手而去。这时，一种钦佩之情在我心中油然而生。

1993年访美回国后，我在《读书人》杂志上看见珍健同志的文章《巴金访问记》。原来珍健同志已在1992年秋到上海看望巴老。他亲手把《巴金书名印谱》送给巴老，表示对巴老的崇敬。巴老既高兴，又谦虚地说："你不值得花这么多时间和功夫，我过去那些书都是乱写的，没有多大意思。"为了表示感谢，巴老送珍健同志一部《激流三部曲》并题词签名，最后还把珍健同志送到大门口。珍健同志为这次会见十分激动，我也为珍健同志能见到巴老感到高兴。

后来，珍健同志送了一本《珍健书画》给我。我这才知道珍健同志不仅是篆刻家，同时还是画家和书法家，正如此书"作者介绍"中所说："张先生擅长写意花鸟和山水画，亦精于书法和金石。他在继承和发扬中国传统绘画和民间艺术的基础上，经过不断的努力，取得了非凡的成就，形成了自己独特的风格。他的作品布局开朗，笔墨洗练，形象生动，意境高雅。特别是他画的鱼、虾、鸭、鹰、梅、竹和其他花鸟，既忠实于形象，又富有笔墨情趣，实现了形式与内容的高度统一。"这个评价十分中肯。我对这本书画爱不释手，凡遇到喜欢书画的朋友，总是主动介绍和推荐。

　　我不断从报纸和期刊上读到珍健同志的文章，既有他对往事的回忆，也有围绕他广泛的兴趣爱好和自己特长的感受或独特见解。他擅长金石、书画，当然有这方面的内容。他喜欢音乐，弹一手好钢琴。贝多芬的交响乐《命运》无数次震撼他的心灵。他不但喜欢集邮，还对这"方寸天地"有不少研究成果。文如其人，集近百篇短文而成的《砚边随笔》，短小精练，情真意切，朴实无华；不玩弄辞藻，不尚空谈，更不装腔作势，读起来亲切感人。

　　珍健同志和我年龄接近，同时经历了新旧社会的变迁，又在"十年浩劫"中遭受冲击。我们有相同的兴趣爱好，如20世纪40年代都曾在暑袜街教堂听过蔡绍序的独唱会。我们爱好集邮，可惜都遭不幸：大量好邮票被盗窃。甚至还有一些共同的朋友，只是以前不知道。不用说，我读珍健同志的随笔倍感亲切。

　　当然，我最尊重的是珍健同志敢于和命运搏斗的毅力和赤诚奉献的精神。人们常互相祝愿"一帆风顺"或"万事如意"。这是良好的愿望。但世上很少有"一帆风顺"，更不会有"万事如意"。在人生的旅途上，困难多得很！不如意的事情多得很！问题是怎样对待这些风浪和困难。珍健同志遇到的最大困难是他幼时患骨结核双腿致残，一生拄着双拐。如果稍有退缩，说不定一事无成。但他以顽强的意志"扼住命运的咽喉"。在学校他是优秀的学生，走上教育战线又成为优秀的教师和中学校长，退休后又很快成为卓有成就的艺术家。尽管在"十年浩劫"中受到猛烈的冲击，但无论在教育战线还是艺术战线，珍健同志总是赤诚地向青少年、向人民奉献出自己的一切。

对珍健同志有进一步认识以后，不难理解他为什么那样崇敬巴老。巴老热爱祖国和人民，一生在"激流"中搏斗，重奉献轻索取。珍健同志具有这种品质，当然能接受巴老的作品和人品；反过来也可以看出巴老的作品和人品对他的影响。难怪五年前珍健同志去上海看望巴老时，八十岁高龄且举步维艰的巴老坚持把珍健同志送到大门外，对他说："你不远千里专程来访，我送送你是应该的。"

1996年3月30日

割不断的文化情结

——迎香港回归

我上小学的时候，正遇抗日战争时期。学校的教师对我们进行了很多爱国主义教育，从鸦片战争英帝国主义强占香港讲起，因而我痛恨帝国主义对中国的侵略，崇拜林则徐和关天培等民族英雄。

1964年我在共青团中央工作，作为领队陪同日本民主青年代表团，参观了我国的一些主要城市。10月下旬，我把他们送到了深圳罗湖桥。当时，深圳既小而又破旧。我们站在罗湖桥这边，通过工作人员把十几个日本朋友的护照送给香港海关。当年去香港的人很少，办十几个过境签证极为简单。但不知是什么原因，半小时以后才送过来两三个护照，如此类推，让我们等了很久。直到离日本朋友该在香港上飞机前半小时，还有四五个护照没有拿过来。日本朋友着急了，我们接待人员也着急了，多次走到桥中间去催促。而那个身着制服的英国官员趾高气扬，不屑一顾，硬是刁难够了，才把最后几个护照拿过来。这几位日本朋友拿着护照就跑，连惜别的话都顾不上说。这件事给我留下极为深刻的印象，恨不得我国政府立即把香港收回来！

若干年后，我到广东虎门炮台参观。对所有为反抗英军而牺牲的先烈，我肃然起敬。如果不是清王朝的腐败，几炮打沉英帝国的军舰，何至香港被占领？

611

随着历史车轮的前进，小平同志创造性地提出"一国两制"的设想，中英双方达成协议，决定香港在1997年7月1日回归祖国。我由衷地感到高兴，并在此前后开始与香港同胞有了接触。

20世纪80年代初期，四川人民出版社接待了一个大型的香港出版代表团。作为总编辑，我陪同香港同胞参观了所陈列的川版书，并给他们作了详细的介绍。香港同胞看见郭沫若、茅盾、巴金、老舍、曹禺、何其芳等许多著名作家在四川出的书，赞不绝口。说实在话，除了纸张和印刷条件比香港差以外，书的质量和装帧设计毫不逊色，而且售价很低。许多香港朋友当时就挑选了不少的书，把川版书带回香港。

我单独会见过香港《广角镜》杂志社总编辑李国强先生，给他介绍四川人民出版社的情况。他后来在一篇文章中谈道：

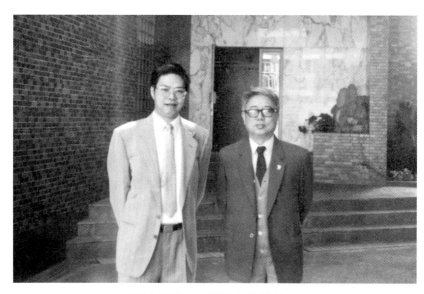

李致与香港《广角镜》总编辑李国强

> 李致是有名的出版家。他的出名，并不是因为他是巴金的侄儿，而是在于他切切实实地干出了不凡的成就。他们有眼光、有魄力、有经营头脑，也讲究质量，因此全国最好的作者，都愿意把他们的著作交给四川出版。四川确实出版了很多有价值的作品，从而在中国大陆，以至香港和海外都享有盛誉。

20世纪80年代，由于我调到省委宣传部，又曾兼任省政协秘书长和四川省对外文化交流协会副会长，和香港同胞有了更多的接触机会。但最令人难忘的是我两次率团去香港演出。一次是1990年率四川省杂技艺术团参加新界区"区局节"活动，另一次是1991年作为四川省歌舞艺术团的顾问参加新界区庆祝中华人民共和国成立四十二周年活动。

当时大陆的一些青年观众沉醉于某些并不高明的港台歌星的演出，对优秀的民族传统文化艺术缺乏兴趣。没有想到新界的同胞对巴蜀歌舞和杂技的反应极为热烈。两次共演出9场，场场客满。演出前，观众自动排队入场，显示了他们的文化教养。演出过程中，巴蜀歌舞和杂技艺术吸引了广大观众。优美的歌舞使他们如痴如醉，惊险的杂技使他们不断发出"哇"的叫声。鉴于新界同胞对祖国文化的热情，我还和区政局议会主席张枝繁先生商定，川剧《九美狐仙》第二年到新界演出。

香港的新闻媒介对四川的歌舞杂技艺术作了大量介绍。《文汇报》作了全面报道，《香港电视》杂志发表了余琦琦的文章《神乎其技》，《电视日报》发表了黄晓穗的文章《四川杂耍要得》。最有趣的是电视《香港早晨》节目的主持人对我们进行现场采访和直播。主持人很年轻，机灵多变，喜欢临时提问。

"四川杂技有多少年历史？"他问。

我答："从出土文物来看，西汉时候就有杂技表演。"

"四川的杂技有什么特点？"

"它表现了四川人的勤劳、勇敢、聪明和风趣（或者说是幽默）。"

主持人结束提问，接着转播了两个节目的片断：重庆的杂技《平衡造型》和宜宾的滑稽小品《镜中人》。《香港早晨》在电视的黄金时间播出，收视率很高。当天就有几个多年不见的朋友，因为看见电视，打电话来找我。

这些年，我还结识了一些香港文学界的朋友。

儿童文学作家何紫先生，不仅创作了许多少年儿童喜爱的作品，还创办了儿童刊物《阳光之家》。我们在成都愉快地会面，十分亲切。他在《阳光之家》上发表了我的散文《永远不能忘记的四句话》，把巴金1942年给我的题词"读书的时候用功读书，玩耍的时候放心玩耍，说话要说真话，做人得做好人"介绍给香港的小朋友，还为此写了《说真话与做好人》刊在同一版面上。我原期待与何紫先生再次会面，但不幸他患重病与世长辞。

文学界的前辈曾敏之先生到成都访问，他与巴金是朋友。我陪同他参观了根据巴金小说《家》修建的"慧园"。在参观图片时，他十分高兴地在一张刊有抗日战争宣言的照片上找到他和巴金的名字。可惜我忘了当场为他拍一张照片。以后他在香港接待了四川作家代表团。

余思牧先生，既是企业家又是文学家。他长期从事巴金研究，20世纪60年代即出版《作家巴金》。他托人把这本书送我，我从中得到不少启迪。我们在深圳或香港见面，谈话的主题总是巴老的创作和为人。他热爱和尊重巴老，与我同为福建泉州黎明大学巴金研究所的顾问。我们除了写信，还通过读彼此的文章加深理解。

去年我又结识了香港诗人王一桃先生，他热情奔放，充满活力，使我感到一见如故。他连续送给我六七本他的诗集和散文集。他的书充满对祖国的热爱，让人听到一颗赤诚的心在跳动。前不久接到他一封信，他正在为庆祝香港回归出版诗集《香港火凤凰》。

香港被英帝国侵占一百多年，但英帝国割不断香港同胞与祖国的联系。在各种联系的纽带中，中华民族的文化是重要的情结。我记述的这些事实，仅仅是我所接触到的，而且还没有写完。写它，是为了迎接香港回归这个伟大节日，为了与我的香港朋友共享这期待已久的欢乐。

1997年5月4日，香港回归倒计时五十八天

一生追寻鲁迅

杨邦杰先生把鲁迅作品介绍给我

大概是1943年，我在成都市私立高琦初中读书。杨邦杰先生是我们的国文教员。他不善言辞，但喜爱学生，曾和我们一起短足旅行。有一天，我和一位同学到他的寝室玩儿，他很高兴，顺手从书架上取出一本叫《新青年》的杂志，同时说："我读一篇文章给你们听。"

他读的是鲁迅的《狂人日记》。从头读到尾，充满了感情。我恍然大悟，原来几千年的历史，都歪歪斜斜地写着"吃人"二字。结尾的"救救孩子！"的呼声，使我热血沸腾，知道了自己的"历史"责任。

以前，我并非不知道鲁迅的名字。前任国文教员曾在课堂上讲过阿Q。阿Q挨了打，说是"儿子打老子"。阿Q摸了小尼姑的头，说"和尚动得，我动不得？"我和同学们一样，听得哈哈大笑。

两种不同的介绍有天壤之别。

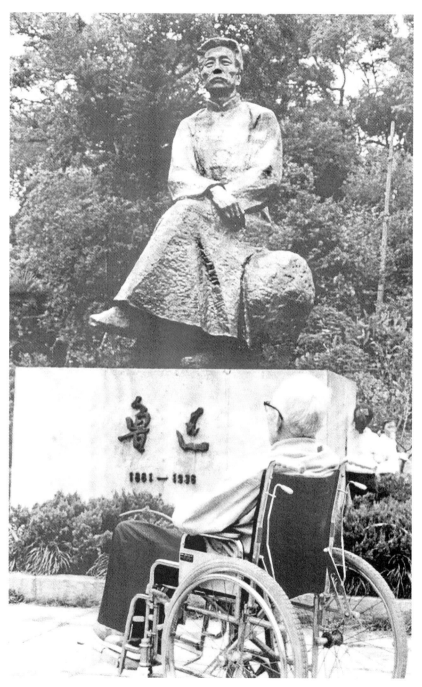

巴金在鲁迅像前

逐渐加深对鲁迅的理解

我从此收集鲁迅的著作。没有钱买新书，就在旧书摊上找。鲁迅的著作不厚不贵，经历两三年时间，终于把鲁迅著作的单行本收齐。

当时，我年仅十五六岁，不能完全读懂鲁迅著作。我的办法是经常翻阅，能读几篇算几篇，能理解多深算多深。随着年龄增长，阅历加深，对鲁迅的理解逐渐加深。

我上私立华西协合高中读书时，参加了一个社团，叫破晓社。多数成员喜欢读鲁迅的书。我们至少开过两次纪念鲁迅的晚会。一次是请语文教师陈翔鹤先生给我们讲鲁迅精神，陈翔鹤原为沉钟社社员，曾被鲁迅赞许；一次是演出鲁迅的《过客》，我扮演其中的老人。凡开这类会，还会在会场上挂一个破晓社自做的鲁迅头像。

鲁迅反对吃人的旧社会，揭露国民的劣根性，鼓励人们做反帝反封建的战士，用匕首、投枪对准敌人，韧性战斗，至死不妥协。这是我当时所能理解的鲁迅。

有一个刚从法国留学回来的教师，以唯美派的观点，在报上写了一篇叫《文艺家与萧伯纳》的文章，指责鲁迅"尖酸刻薄"。我大为不满，立即写了篇短文加以反驳。该文刊在成都的《华西日报》上，自认为理所应当捍卫鲁迅。

母亲送我《鲁迅全集》

我是受"五四"新文学的影响成长的。我最喜欢读鲁迅、巴金、曹禺、何其芳、艾青、田间等人的作品。为倾诉自己的感情，近百篇习作，在成都、重庆、自贡的报纸上发表。按现行标准，可以被批准加入省作家协会当个会员。

这些习作，并没有给我增添光彩，反而给我带来灾难。

1955年，全国开展肃清"胡风反革命集团"运动，我也被"网"进去了，隔离审查半年以上。我读过胡风的文章，但读不懂。新中国成立前与罗洛、方然有过接触。新中国成立后，经常在群众大会上朗诵一首歌颂战士在火线争取入党的诗《入党表》（这首诗鼓舞了很多青年人)，其作者胡征正被审查。我陈述自己喜爱新文学的经历，被批为"搽脂抹粉"。这才是老人家说的"攻其一点不及其余"！最后，一位领导义正词严地宣布：经审查，李致虽在组织上与"胡风反革命集团"没有关系，但政治上、思想上与"胡风反革命集团"差不多了。冤哉枉矣！

从此，我的思想被搞乱。自认为小资产阶级思想严重，夹着那并不存在的"尾巴"做人，生怕"强烈表现自己"，再不敢写作。幸好我仍常读鲁迅的著作。

知子莫如母。在我三十岁生日时，母亲送了我一套精装的《鲁迅全集》。我认真读了《全集》，把不认识的字查出来，一一写在书的天头上。这套《全集》，已保存了近半个世纪。

精神支柱

"文革"时，我又被"革命"群众冠以"胡风反革命集团"的"小爬虫"的"桂冠"，在1968年被关进"牛棚"，长达十一个月之久。

"牛棚"的生活很痛苦，我写有《寻找精神支柱》一文①，此不再重述。

这里，仅摘一节：

为了多汲取一些精神力量，我以检查自己的文艺思想为理

---

① 详见本卷《"牛棚"散记》（七则）。

由，要求学习《鲁迅全集》。专政小组的人同意了。从此儿子给我送东西时，可以带一本鲁迅的著作来，看完再换。我"天天读"鲁迅的书，真是莫大的幸福。……

我早在十几岁时，就读过《知识即罪恶》这篇杂文，还写过一篇读后感。鲁迅先生写道："于是我跑到北京，拜老师，求知识，知道地球是圆的。元质有七十多种。X＋Y＝Z。"他曾梦见自己死去，被夜叉拱进"油豆滑跌小地狱"，接连摔了十二跤。其中一人对他说："这是罚知识的，因为知识是罪恶，赃物……我们这是轻的呢。你在阳间的时候，怎么不昏一点？""我"说："现在昏起来吧"。那人说："迟了。"半个世纪前鲁迅先生的噩梦，怎么会在"文革"中重演呢？ 我也后悔过去写那些劳什子文章，主编什么报刊，为什么不昏一点，然而已经"迟了"。

读《阿Q正传》时，差一点笑出声来。阿Q在被枪毙以前先游街，"他不知道这是在游街，在示众。但即使知道也一样，他不过以为人生天地间，大约本来有时也未免要游街要示众罢了。"这一点我实在不如阿Q，以致在进"牛棚"前，一看到老同志被游街示众，心里便愤愤不平。

鲁迅在一篇杂文里说："乡下人被捉进知县衙门去，打完屁股之后，磕一个头道：'谢大老爷！'这情形是特异的中国民族所特有的。"回想过去在一些批判或斗争会上，我明明不同意"革命"群众的观点，最后表态时还要"感谢'革命'群众的帮助"。我与鲁迅所批判的态度，不一样可笑么？

关于"忘却"，鲁迅有不少议论。在一篇杂文里，鲁迅说："记性不佳是有益于己而有害于子孙的。人们因为能忘却，所以自己能渐渐地脱离了受过的苦痛，也因为能忘却，所以往往照样地再犯前人的错误。"阿Q挨过假洋鬼子的打，这是他"生平第二件的屈辱"，鲁迅描写说："幸而啪啪的响了之后，于他倒似乎完结了一件事，反而觉得轻松些，而且'忘却'这一件祖传的宝贝也发生了效力，他慢慢的走，将到酒店门口，早已有些高兴了。"这些议论震撼了我的心。我不愿向阿Q学习，决心丢掉"忘却"这一"祖传的宝贝"。

我靠读鲁迅的书，度过一生中最困难的时期。

反思和学习

我一直注意有选择地念鲁迅著作给女儿听。1969年秋，年仅十四岁的女儿，被分配到黑龙江北大荒劳动。1971年，她来河南团中央干校探亲，我答应送她一套精装的《鲁迅全集》，由她自己在北京旧书店购买到。

"文革"开始不久，巴金即被打倒。我们有六年不通音信。我常想起鲁迅说"巴金是一个有热情有进步思想的作家，在屈指可数的好作家之列的作家"，坚信巴金是好人。1972年，我设法与巴老恢复通信，第二年趁探亲假的回程，悄悄绕道上海去看望巴老。当火车在轨道上驰骋时，我也在反思自己。在一篇随笔中有这样的记录：联想到自己，我过去自称是鲁迅的"信徒"，但我并没有学到鲁迅的"硬骨头"精神，明知有些事是错的，也不敢讲真话。从在"牛棚"里读《鲁迅全集》时起，我就决定不再称自己是鲁迅的"信徒"，因为我不够格。

"文革"后期，我调到四川人民出版社工作。鉴于鲁迅对自己的影响，我愿意把鲁迅的思想传播给下一代。我组织了破晓社成员的六七个孩子学习鲁迅著作，沿用杨邦杰先生的办法，我挑选鲁迅的作品，一篇篇地念给他们听，并回答他们的问题。每周一次，坚持了一年多。当时，他们听得用心，现在还曾提到这次学习。

我常向巴老要书，要了《鲁迅日记》。我知道巴老一贯敬重鲁迅，便从鲁迅的日记中寻找巴金与鲁迅的会面和接触：一、1934年10月6日，鲁迅给巴金饯行"于南京饭店，与保宗同在，全席八人"；二、1935年9月25日，"清河来，并交《狱中记》及《俄社会革命史话》（一）各一本"，记明为巴金所赠；三、1936年2月4日，记明得巴金的信"并《死魂灵百图》校稿"；四、同月8日，记有得巴金信"并校稿"；五、1934年4月26日，记有巴金"赠《短篇小说集》二本"。我在1967年写信给巴老，得到他的证实。

当我知道"四人帮"被粉碎的消息时，兴奋不已。因为不知上海的情况，我只好借谈鲁迅告诉巴老：这批人把党和国家弄得不成样子。鲁迅批判过的坏蛋变成所谓"左"派，鲁迅赞扬过的好人却受打击。但历史不容颠倒，他们逃不脱历史的审判。还说，我最恨这帮人歪曲鲁迅。我再一次集中读鲁迅的书，就是为了识破他们。

传递火种

粉碎"四人帮"不久，针对十年禁锢，四川出版了不少好书。

根据巴老的建议，出版了"现代作家选集"丛书。其中的《鲁迅选集》（上下册），请曾彦修（人民出版社前总编辑）和戴文葆（资深编审）选编和注释。两位大手笔的指导思想，是清除长期存在的"左"的思想影响，还鲁迅的本来面貌。《鲁迅选集》出版后受到出版界和读者的欢迎。后来又再版了鲁迅为瞿秋白编的《海上述林》（上下册）。

1981年，我因病疗养了几个月。我写了一篇随笔，叫《永远不能忘记的四句话》。这四句话，是指巴金在1942年回成都为我所写的"读书的时候用功读书，玩耍的时候放心玩耍，说话要说真话，做人得做好人"。把这四句中肯和普通的话介绍给小朋友，是有意义的事。但此一时非彼一时。如何解释"好人"，让我考虑很长时间。离开了"阶级分析"，能说得清楚吗？联系当年和以后的认识，我做了这样的解释："从我的思想发展来看，我上初中起喜欢读文艺书，鲁迅的作品中，有许多我喜欢的好人。读《狂人日记》，我认为狂人是好人，他第一个看出几千年来都歪歪斜斜地写着'吃人'两个字，呼吁'救救孩子'。读《过客》，我认为过客是好人，尽管他不知道前面是野百合花还是坟，但他勇往直前，绝不回头；因为'回到那里去'，'没有一处没有地主，没有一处没有驱逐和牢笼'。读《聪明人和傻子和奴才》，我认为傻子是好人，他不怕讽刺打击，敢讲真理……"这篇文章，转载的书刊很多，包括香港、台湾和海外华人报刊。

我一生爱孩子，直接间接地做过不少少年儿童工作。我常用鲁迅的论述，提醒人们重视少年儿童工作。1993年，在出席一次"海峡两岸儿童文学交流会"上，我讲了这样一段话："对下一代是否重视，往往是衡量一个国家、民族、地区和家庭兴旺或衰退的标志。早在'五四'运动前后，伟大的思想家鲁迅就对封建统治者毒害少年儿童进行了最猛烈的抨击，并发出了'救救孩子'的呼吁。鲁迅十分重视对少年儿童进行教育。他认为，'动物中除了生子太多——爱不周到的鱼类之外，总是挚爱他的幼子'。他又强调不能'只要生，不管他好不好，只要多，不管他才不才'。他对只生不教的父亲作过严厉的批评，指责他们是'制造孩子的家伙'，甚至还带点'嫖男的气息'。"鲁迅先生的这些话，对大家很有启迪。

1987年，四川省杂文学会成立。在成立大会上，我们强调了要"继承和发扬鲁迅精神"，批评、抨击一切有害于社会主义事业的腐朽东西。对杂文家的要求，我引用了鲁迅早年说过的："根本的问题是作者可是一个'革命人'。"二十年来，四川杂文家没有背离鲁迅精神，学会也多次被评为先进学会。

由《囊萤篇》引发的

20世纪80年代初，四川所出《龙门阵》期刊，在省内外受到欢迎。其中有个栏目叫《囊萤篇》，即用"囊萤映雪"之意来鼓励青年人学习。这使我想起鲁迅在《难行和不信》这篇杂文中说：

> "这些故事，作为闲谈来听听是不算很坏的，但万一有谁相信了，照办了，那就会成为乳臭未干的吉珂德。你想，每天要捉一袋照得见四号铅字的萤火虫，那岂是一件容易事？但这还只是不容易罢了，倘去凿壁，事情就更糟，无论在那里，至少是挨一顿骂以后，立刻由爸爸妈妈赔礼，雇人去修好。"

为此，作为出版社的总编辑，我建议把这个栏目的名称改一下。我和这个栏目的负责人谈得心平气和，并无"分歧"。下一期，该栏目的名称改为《劝学篇》。

大约在十年以后，这位同事在一篇随笔中，就此事对我大加讥讽。大意是说，晚上乘凉，因见萤火虫，给孙子讲了囊萤照读的故事，孙子听了故事并没去捉萤火虫。由此，联系到当年我（他称为"顶头上司"）的建议的"无知"。我不知他看懂鲁迅这篇杂文没有？鲁迅不是说"作为闲谈来听听是不算很坏的"吗？问题是作为"栏目"的名称，的确值得考虑。这位同事在文章的结尾时说，至于那位"顶头上司"，现在已经是"更大更大的官了"。

事隔二十多年，这位同事早已作古，我无意与他争个输赢。我只想说明：我仍相信鲁迅主张的，不要用自己不信的、难行的（甚至根本做不到的）事去教育孩子。这使我联想起"文革"期间，一位造反派头头向我们宣传非洲人民如何热爱毛主席，说有的非洲青年把毛主席像章佩戴在胸前皮肤上。我听了感到很可怕，甚至怕这位头头当场身体力行。幸好他只是说说而已。

电影《鲁迅》

我一直期盼在银幕上看到鲁迅的形象。

赵丹早年想扮演鲁迅，几番努力未成，他为此终身遗憾。

中国话剧百年之际，开拍电影《鲁迅》。我表弟濮存昕扮演鲁迅、张瑜扮演许广平，我很高兴。特别是濮存昕寄来他的造型照，我认为像鲁迅，专为此给他打电话祝贺。

可惜电影《鲁迅》一直没放映。好在濮存昕寄了光盘给我。该片主要展现了晚年在上海的鲁迅。濮存昕用心下了功夫扮演，我被感动，也很喜欢。当问到为什么没上映，存昕答没有单位订货。我大为不解，满头雾水。难道观众只喜欢美国大片或展示女人丰乳肥臀的片子？

去年，电影评论家仲呈祥来成都，谈起此事。呈祥说，《鲁迅》在北京一所大学放映，卖了几千张票。我打电话给存昕，建议看准对象，先在大学校园和知识分子多的地方放映；还可制光

濮存昕扮演鲁迅的造型照

盘发行。最近，我收到正式制作的光盘《鲁迅》，饶有兴趣地又看了一次。

我奇怪为什么不大力宣传电影《鲁迅》？

郭巨埋儿

中央电视台（11月23日）《新闻联播》节目有一条新闻报道，建设南水北调工程时，在河南省安阳县发现一群古墓。其中刻有《郭巨埋儿》的故事，并显示了图案。因为播放很快，记不清对古墓的介绍，但女播音员对《郭巨埋儿》的一句评价却深深地印在我心里：

这是一个"很感人"的故事！

果真"很感人"么？《郭巨埋儿》是《二十四孝图》中的一个故事。年轻人可能不知道《二十四孝图》和《郭巨埋儿》这类故事了。

鲁迅的《朝花夕拾》书中有《二十四孝图》一文。

"《二十四孝》，元代郭居敬编，内容是辑录古代所传二十四个孝子的故事。后来的印本都配上图画，通称《二十四孝图》，是旧时宣传封建孝道的通俗读物。"这是该文中的注释。

郭巨埋儿，简单地说，就是晋代一个叫郭巨的人，家贫不能赡养母亲，准备挖地把自己的儿子埋掉。挖到二尺，得一釜黄金，上面写着："天赐郭巨，官不得取，民不得夺！"这个被播音员誉为"很感人"的故事，正是鲁迅认为使他产生"反感"的两个故事之一。

鲁迅说：

玩着"摇咕咚"的郭巨的儿子，却实在值得同情。他被抱在他母亲的臂膊上，高高兴兴地笑着；他父亲正在挖窟窿，要将他埋掉……

我最初实在替这孩子捏一把汗，待到掘出黄金一釜，这才觉得轻松。然而我已经不但自己不敢再想做孝子，并且怕我父亲去做孝子了。家景正在坏下去，常听见父母愁油盐柴米；祖母又老了，倘使我的父亲竟学了郭巨，那么，该埋的不正是我么？如果一丝不走样，也掘出一釜黄金来，那自然是如天之福，但是，那时我虽然年纪小，似乎也明白天下未必有这样的巧事。

现在想起来，实在很觉得傻气。这是因为现在已经知道了这些老玩意，本来谁也不实行。……不过彼一时，此一时，彼时我委实有点害怕：掘好深坑，不见黄金，连"摇咕咚"一同埋下去，盖上土，踏得实实的，又有什么法子可想呢。我想，事情虽然未必实现，但我从此总怕听见我的父母愁穷，怕看见我的白发的祖母，总觉得她是和我不两立，至少，也是一个和我生命有些妨碍的人。……这大概是送给《二十四孝图》的儒者所万料不到的罢。

鲁迅的批判很深刻，也很幽默。可惜，许多人没有读鲁迅的书，不知道鲁迅的论点。播音员不知道，审片人不知道，以至认为郭巨埋儿"很感人"。有一段时间，书店买不到鲁迅的书。最近，某市中学教科书上甚至删去鲁迅的名著《阿Q正传》。

我只想说一句话：应当读鲁迅的书！

一生追寻

鲁迅不是神，他是伟大的思想家，最坚强的战士。

这些年，尽管有人攻击或否定鲁迅，但我从不怀疑鲁迅。在受拜金主义冲击、不少人丧失崇高理想之际，我感到更需要鲁迅精神。

年届耄耋，拿精装本《鲁迅全集》，我感到吃力了。我又开始收集鲁迅著作的单行本。

2007年7月17日—8月31日写完

补于11月24日

我的文学创作经历①

问：你从小就喜欢作文吗?

答：我上小学的时候不喜欢作文，也不会作文。上初小时，我抄袭过大姐的一篇叫《夏夜》的作文，现在还记得头几句儿歌："夏天好，夏天好；纺织娘，把歌唱；金蛉子，把铃摇。"老师给了满分。下一次作文没有可抄的，写得乱七八糟。老师批文："学业如行舟，不进则退。"

问：你什么时候喜欢作文的?

答：上初中的时候开始喜欢作文，这要归功于国文老师杨邦杰。我当时在成都私立高琦中学读书。有一天，我和一位同学到杨老师的寝室玩，他取下一本《新青年》杂志，对我们讲了鲁迅的《狂人日记》，引起了我对新文学的兴趣。后来，另一位老师命题作文《一年容易又秋风》，因为从小就受到爱国抗日的教育，我设想了一位日本妇女，她的丈夫参加侵略中国的战争，一到秋天她特别期望丈夫回家，从她的视角作了反战的心理描写。老师批示："笔姿婉转，意思深刻，可造之才。"

---

① 常有文友问到我的文学创作，记者也有采访，我没有完全说清楚，现归纳有关问答。

问：这对你有很大的鼓舞吗？

答：当然受到鼓舞。我们家有不少新文学作品，我读了鲁迅的《呐喊》和巴金的《家》，特别喜欢《阿Q正传》。因为爱读书，作文有了进步。高琦初中每年逢校庆，总要出一本校刊。前面是省教育厅厅长的文章，接着是校长、主任和老师的文章，然后选登一篇学生的作文。1943年冬的校庆，校刊选登的学生作文是我的《偷营》。第一次看见自己的作文用铅字印出，十分兴奋，像阿Q一样，有一点飘飘然的感觉。

问：你什么时候开始文学创作？

答：只能说习作。在高琦初中，我与吴敬琏、张忠隶几个同学办的壁报，受到不少同学欢迎。上华西协合高级中学时，和陈先泽同学办壁报，名叫《破晓》。国文老师、巴金的朋友卢剑波（后为四川大学教授）发现了《破晓》，也注意到我。卢剑波老师是位无政府主义者，当时他在《自贡晨报》上办了一个周刊，名叫《今日青年》。在卢剑波老师的鼓励下，我写了几篇散文似的习作，发表在《今日青年》上。

问：这以后呢？

答：抗日战争时期，全国许多话剧名演员集中在重庆和成都两地，演出了许多好戏。我特别喜欢曹禺、夏衍和陈白尘等作家创作的戏。经常买最后一排的最便宜座位的票，然后站在剧场前边把戏看完。这些话剧对我的思想和创作都有影响。1945年"一二·一"反内战运动后，在中共地下党员贾唯英的影响下，我们一批志同道合的同学成立了破晓社。我们的武器是笔，写的文章包括反对内战。破晓社办的壁报被三青团的成员撕掉，我们干脆办了铅印的《破晓半月刊》，共出了六期。我们既是编辑，又是作者。六期刊物，每期都有我的作品，也就是现在称为的小小说。同时，我也在成都的报纸上发表文章。我们学校有一位留学法国归来的老师，她是唯美主义者，公开批评鲁迅。我在《华西日报》发表文章反驳她的观点，分上下两篇刊出。1947年，破晓社的部分成员为成都的《民风日报》协办了名叫《泥土》的副刊，每周一次。我也是作者之一。以后我到了重庆，在《大公报》和《新民报》发表过评论和散文。我高中的一位同学到《自贡晨报》工作，也约我写了一些杂感。1948年底，我写了《散文诗两首》发表在艾芜为《大公报》主编的《半月文艺》上。这是我新中国成立前写的最后一篇文章。这些习作，多是不满现实，揭露旧社会某些黑暗现象的。1949年初，我全力从事地下党工作，为避免暴露身份，停止写作和发表文章。

问：新中国成立后你又开始写作？

答：新中国成立初期，新鲜事物太多，又忙于工作，除了写过几篇通讯，没有文学创作。1954年，我在青年团重庆市委任少年儿童部部长，为儿童写了一篇小小说，刊在《新少年报》上。1955年，开展肃清"胡风反革命集团"运动后，我就再不敢写作了。

问：这是怎么一回事？

答：简单来说，我们破晓社的一位成员，1955年被定为"胡风分子"，其实我们和他早在1946年下半年就分手了；加上新中国成立前我认识所谓的"胡风分子"的方然和绿原，尽管接触很少，我却被隔离审查达半年之久。在审查过程中，要我交代过去所写的所有文章，包括题目和笔名，什么时候发表在什么报刊上。那时候年轻记性好，我大约回忆到近百篇文章。审查结论，我不是"胡风集团"成员，但认为我受胡风"反动"思想影响严重，上纲上线地把我批判一通。我多次声明，对我影响最大的作家是鲁迅和巴金，而不是胡风，但这被批判为美化自己，为自己"搽脂抹粉"，无济于事。从此，我再也不敢创作了。

问：为什么不敢创作了？

答：主要是自己的思想乱了。我认为自己长期在共青团从事学生工作，没有接触工农兵大众，不了解他们生活和斗争，写作难以与火热的时代同步。按所谓的阶级分析，我把自己定位为"小资产阶级"。既然小资产阶级一定要"用各种办法顽强地表现自己"，那么最安全的做法就是"夹起尾巴"做人，再也不动笔。

问：你不是与人合写过《毛主席的孩子刘文学》吗？

答：是的。那是1959年，我在《红领巾》杂志社任总编辑。合川县小学生刘文学为保护集体财产，被地主杀害。共青团四川省委主管《红领巾》杂志的副书记王毓培把我找去，布置我带人去采访并写出报道。我和蓝星、黄韶三人去了合川县刘文学所在的学校，采访了刘文学的老师和同学，访问了刘文学的母亲和邻居，还提审了杀害刘文学的地主，带回一大堆原始记录。我们三人各写一部分，由我最后统稿，所写情节完全真实；写到最后我也被感动，流下了眼泪。这期《红领巾》杂志发行了一百二十万份，《中国少年报》《中国青年报》和《中国青年》杂志全文转载，上海和四川两家出版社出书，曾改编为话剧、京剧、舞剧，影响很大。党的十一届三中全会以后，回头一看，这篇报道或称报告文学，显然受了"阶级斗争为纲"的思想影响，经受不起时间的考验。

问："文革"期间，你又受到冲击？

答：当然。我是所谓"当权派"，靠边站，被夺权。众多同事响应号召审查我，我并无怨言，以后还成为朋友。只有一两人出于个人目的，竭力置我于死地。抓不到我的问题，居然用"胡风反革命集团"的"小爬虫"的罪名，把我关进"牛棚"，长达十一个月。在那黑暗的日子里，我发誓再也不写任何文字了。在"牛棚"中，我重读了《鲁迅全集》，它成了我的精神支柱，使我度过了一生最困难的时期。

问：为什么以后你又重新提笔？

答：粉碎了"四人帮"，特别是党的十一届三中全会前后，我的思想得到解放。回想自己几十年人生，时代几度变迁。许多难以忘怀的人和事，我曾为之喜悦或痛苦。这些人和事，也可以说是时代的某些缩影或折射，也许有一些"史料"价值；我有感情需要倾诉，也想借此回顾自己走过的道路，剖析自己的一生。鲁迅反对"忘却"，他说："记性不佳是有益于己而有害于子孙的。人们因为能忘却，所以自己能渐渐地脱离了受过的苦痛，也因为能忘却，所以往往照样地再犯前人的错误。"我感到写出一生的经历，是我应尽的社会责任，哪怕有的文章发表时被删节，有的书不能公开出版。

问：这是你的回忆录吗？

答：可以说是回忆录，但我不是从出生写起，每年每月报流水账，一直写到现在。我采取随笔的形式，从最能打动我的人和事写起，独立成篇。我称它为"往事随笔"，并写了总序。这种写法，好处在于比较灵活，缺点是因为独立成篇，某些细节难免重复或交叉。无论写人或写事，我力求真实，绝不加一点虚构。我写的是第一手资料，因此有自己的特点和可能保留的价值。学者王地山在论及我作品的艺术特色时说："这种秉笔直书的写法，即是《春秋》《左传》《史记》《汉书》等历史散文的纪实手法。它既是严谨的文学作品，也具有史料和史学价值，令读者感到真实可信，并符合老年读者的兴味。"我远没有达到这么高的水平，但王地山的评论给了我启发，使我注意学习史家的笔法。

问：好像20世纪80年代你写得不多？

答：对。1981年，我住疗养院，写过几篇。巴金老人建议我六十岁以后开始写。六十岁前，身任公职，不便畅所欲言。从1993年下半年起，我写作的时间就比较多了。不过，这以后的十七年，我老伴生病，我多数时间以照顾她为主。

问：请谈谈你出书的情况。

答：提到出书，必然会想起安法孝同志。他曾为省委常委、宣传部代部长，后任组织部部长，一贯关心同志。20世纪90年代的一天，我在商业街碰见他。他说看见我写的文章，建议我出一本散文集。在他的鼓励和好友杨宇心的支持下，出版了《往事》。前十年，按写作时间，先后出版了《往事》《回顾》和《昔日》，本来已经编好《足迹》，但没出版。因为写的篇章多了，觉得按某个主题来出书，似乎更好。在巴老百岁华诞时，生活·读书·新知三联书店，为我出版了《我的四爸巴金》，印数两万册；五年后，中国华侨出版社又为该书出版了增订本。粉碎"四人帮"三十周年，我编印了《终于盼到这一天》，作为我个人的"文革"博物馆，分送友人，收获二十多篇评论。2010年，我把写过的五十五位人物的怀念文章，编成一本《铭记在心的人》的集子，由四川文艺出版社出版。评论家廖全京说："李致一直把理解别人，尤其是理解自己的亲人，作为通往人格理想的一条重要的路径，努力想在理解别人的过程中获得内心的纯洁、光明、温暖。"全京说得对，我是这样想的：我写他们的人品，对自己是一种教育，我愿意向他们学习，并努力去做。我也写了自己的一些重要经历。1999年，四川教育出版社在我的"往事随笔"中，选编和出版了适合少年阅读的《书，戏和故事》，列入"小橘灯丛书"。2006年，我编选了《巴金的内心世界——给李致的200封信》，由四川人民出版社出版。2010年，我编选了《曹禺致李致书信》，由四川教育出版社出版。今年，天地出版社出版"往事随笔"《四爸巴金》《铭记在心》《昔日足迹》三卷本，收录一百六十多篇文章，七十多万字，算是二十多年所写的一个总结。这不是封笔，我还会继续写。

问：你的文章被报刊退过稿吗？

答：作者的文章被退稿的原因很多：稿件质量不高，不合编辑的要求，或编辑误判。十几年前，一家报纸向我约稿，我写了《两个"最后一息"》，即巴金要工作和学习到生命最后一息，被该报编辑退回，此稿后被《人民文学》杂志刊登。另一篇是《我所知道的张爱萍》，被一家杂志的编辑退回，后被《四川文学》刊登，获中共四川省委宣传部建党八十周年征文一等奖。我这样回答，是说文章遭遇退稿时，不要泄气。如文章质量不高，努力改正；如编辑误判，也不必灰心失望。

问：你在作品中对自己做了哪些剖析？

答：借写作"回顾自己走过的道路，剖析自己的过去"。这不是空话。回顾在成都参与学生运动时，我只顾少数人往前冲，脱离中间群众，往往使自己陷入孤立。新中国成立初期，对曾经帮助过我们（包括帮助过我）的加拿大友人云从龙的指责，是"左"倾幼稚病的表现。反右派斗争后，对错定为右派分子的贺惠君，只满足于自己没有乱揭发；当知道余文正主动帮助贺惠君的子女时，觉悟到"余是巨人，我是矮子"。"文革"初期，我给胡耀邦同志贴了一张胡乱上纲的大字报，这"既是我思想混乱的表现，也是我人品污点的暴露"。在"牛棚"中读《鲁迅全集》，感到自己并没有学到鲁迅的"硬骨头"精神，不敢讲真话；过去自称为鲁迅的"信徒"，实际并不够格；反省了自己如何从独立思考到个人迷信，变成"驯服工具"，等等。

问：你的书有什么影响？

答：难说。与我同时代、能引起共鸣的人，现在越来越少，健在的多数视力减退，阅读有困难。有些年轻人读后，虽有兴趣，但对书中不少名词（如"封资修""早请示晚汇报""忠字舞"等）都不懂。文艺界的朋友给了一些好评，主要说我的随笔说真话，语言朴实、真情和幽默，这是对我的鼓励。读者也有反馈，一位江苏常州的读者汪一方写信给我说："读《往事》，就如'从山阴道上行，山川自相映发，使人应接不暇'，沏一杯淡茶，书卷在手，时有豁然开朗的好心情。常见皇皇巨著，正襟危坐，高山仰止，总感有些惶惶然。读您的作品，则顿觉心清神爽，不亦快哉。"人需要鼓励，鼓励既使我增加信心，更使我怕辜负他们的期望，提笔更加谨慎。我的往事随笔反映某些时代的变迁，可能有一定的"史料"价值，四川《当代史资料》多有刊登。2013年获四川文艺终身成就奖，颁奖词指出：李致继承巴金的说真话的精神，"为历史留下一份珍贵的记忆"。

问：你追求怎样的文风？

答：作者各有自己的文风，无须统一。我喜欢真诚、朴实、动情、幽默的散文。不无病呻吟，不追求华丽，不故弄玄虚，不作秀，不煽情，不搞笑。我将继续在这方面探索。

问：有人称赞你的文字简练，你怎样看？

答：鲁迅主张文字简练，大意是中篇不要拉成长篇，短篇不要拉成中篇。我赞同鲁迅的主张，努力这样做。我长期在机关工作，起草文件或写情况，被称为"笔杆子"，我深知写长了，领导没时间看；用词含糊、重点不突出，难以理解和执行。这使我注意文字准确和简练。"文革"初期，写不完的交代、检讨和思想汇报，为避免一两个要"置我于死地的人"抓辫子，我更注意文字简练。为此，她说我很"狡猾"，"连一个标点符号的错误都抓不到"。坏事变好事，这对我的创作也有影响。当然，文学创作与机关的文件、个人的坦白交代不同，文学要注意写细节，把感情化为文字。

问：你还为儿童写作吗？

答：没有。不是我不愿为儿童写作，也不是没有童心，而是生活中与儿童接触少；我的童心是我童年时的童心，与现在孩子的童心差之甚远。我们家有一只叫多多的小狗，因为喂养它的阿姨春节回家过年，很忧郁。我为此写了一篇《多多的日记》。这是九年前写的，一直没有发表，今年才收入集子。几位文友看了还有兴趣，我无法猜测孩子看后会有什么感觉。

问：听说你不赞成称你为著名作家？

答：不赞成。我不是为当作家而写作的。我写了几本书，是中国作家协会会员，算是个业余作家。至于著名作家，我听到这个称谓，一下就想起电视广告：一种并不为人知的商品，突然被冠以驰名商标，显然是炒作。我们省有不少作家的文学成就比我高或高得很多，我有自知之明，头脑没有发昏。他们有的逝世，有的因病没有写作，有的改做学问，我只是这二十年一直坚持写作而已。马（识途）老一百岁，王火兄九十岁，著作等身，影响很大，仍坚持写作，我向他们学习。不过，我也面临困难，主要是记忆力减退。有些重要的往事，无论大背景或细节，已经模糊，又无资料可查。有些很熟悉的字，突然想不起怎样写，即使写对了又觉得不像。《汉语大字典》太重，不方便翻阅；《新华字典》虽轻，但字小看不清楚；只得花三角钱打电话问朋友怎样写。

问：听说你不喜欢媒体称你为巴金的侄儿？

答：我是巴金的侄儿，这是客观事实，不可否认。巴老对我极

637

好，他的作品和人品影响我一生。我只是不喜欢把巴金的侄儿作为一种称谓，像"光环"似的戴在我头上；何况，巴金的侄儿可能有几十位。

问：你的作品得过奖吗？

答：得过几次奖，感谢这些肯定和鼓励。2009年，我与本省十三位作家获得中国作家协会颁发的"从事文学创作六十年的荣誉证章和证书"。其实我哪里连续从事文学创作六十年？诗人沈重曾说："作家就是要写。此说天经地义，就像农民就是要种地一样。不过，中国的情况有点复杂，作家有时就是不能写，农民有时就是不能种地。不是主观不想，而是客观不允许。有些作家和诗人就是这样被时间残酷地湮没了的，令人扼腕痛心。"这种解释对不少作家都适合。沈重在十几年前，说我是"差点被时间湮没的作家"，十几年后，王火说我是"没有被时间湮没的作家"。话说回来，我对得奖并无奢望。我最大的期望，是我那些讲真话的文章不被删改，更不会整篇被抽掉。

问：你对我省青少年作家有什么期望？

答：我参加了省青少年作家协会成立大会，被聘为顾问团成员。如有机会，我愿意和他们交流感受：作家应该说真话，把心交给读者；读一些中外名著，提高文化素质，不要满足于只看那些"文化快餐"；留心观察生活，注意能打动自己的人和事；用自己的语言把感情化为文字，不模仿不抄袭；作品不是试卷，可以不断修改；等等。

2014年12月8日

我与《四川文学》的不了情

《四川文学》创刊六十周年，值得庆贺！

前三十年，我十年在重庆，十年在北京和河南，即使在成都，与《四川文学》也没有往来。要说接触，是从1982年底我调到省委宣传部主管文艺工作时开始。1985年，《四川文学》的主编曾来宣传部，要求把名字改为《现代作家》。我内心觉得没有必要，但也没有反对。我只是说，名称是次要的，关键在内容；王麻子剪刀，陈麻婆豆腐，名字不好听，但质量好，全国有名。1987年，刊物又改回叫《四川文学》。

我与《四川文学》的感情，应从我成为作者讲起。

党的十一届三中全会前后，我的思想得到解放。回想自己人生几十年，时代几度变迁。许多难以忘怀的人和事，我曾为之喜悦或痛苦。这些人和事，是时代的某些缩影或折射，写下来既是自己人生的回顾，也许还有一些"史料"价值。于是，我再次提笔，以"往事随笔"为总题目，开始写文章。

遵从马识途老人的意见，我把《我淋着雨，流着泪，离开上海》一文，寄给《四川文学》。该文讲述"文革"中，我悄悄去上海，看望当时还戴着"反革命"帽子的四爸巴金；叔侄见面，千言万语，竟不敢深谈。这是我在《四川文学》发表的第一篇文章，刊登在1995年第5期。不久，《四川文学》发表了李累的评论文章，他说："这个侧面，这个片段，反映了'文化大革命'中的中华民族的悲剧。这场大悲剧，竟被李致叙述得那样委婉与平静，就更加令人难受了。断肠无泪。形式与内容的极不和谐，产生了最深沉的、隐藏在大海底层的、动人感情的效果。"李累这话过奖，但不能不说这是《四川文学》和读者对我的鼓励。这以后，我在《四川文学》发表了《寻找童年的足迹——记巴金重访文殊院》《带来光和热的人》和《永恒的手足情》等文章。

　　1995年，我出版了第一本随笔《往事》；1997年，又出版了第二本随笔《回顾》。这两本集子受到了《四川文学》的关注，《四川文学》先后刊登了三篇评论文章。前两篇是诗人沈重写的《真诚·朴实·幽默》和《白发的芬芳》，第三篇是马献廷的《写好一个"真"字》。马献廷是天津的作家和评论家；而沈重（即沈绍初）曾是《四川文学》的资深编审，尽管当时他已在巴金文学院工作。沈重理解我为什么长期停笔，"中国的情况有点复杂，作家有时就是不能写，农民有时就是不能种地。不是主观不想，而是客观不允许。"他相信我"年近古稀而重新提笔，一不为名，二不为利，无所为而为，更重要的是，他为读者提供了许多珍贵的东西"。沈重认为这些作品"在当代市场般喧闹的文学界也许并不引人注目，更无'轰动效应'，但却默默地起着精神支柱的作用"。这些鼓励，是我坚持写作的动力。我不能辜负沈重和《四川文学》的期望。

　　2001年，中国共产党成立八十周年，省委宣传部组织征文比赛。事后我知道，《四川文学》推荐了我的《缅怀两章》，一章是《心留巴金家》，一章是《我所知道的张爱萍》。我的《缅怀两章》获文学类一等奖。我想说明，《我所知道的张爱萍》一文先寄给另一杂志社，被编辑退回，《四川文学》不仅刊登，而且推荐参加比赛。有趣的是，宣传部决定，奖金由原发表文章的单位再发一次稿费。《四川文学》重发了稿费，让《四川文学》破费了，实在抱歉。

"文革"时期，我在共青团中央的"五七"干校劳动了五年，这是一段不可缺少的经历，我曾写过有关干校一些文章。2002年我又想起三件既有意义又有趣的事：一是牛和犁地突击队，二是在幼儿园当了半天"阿姨"，三是翻脸不认狗。我以《干校三事》为题写文发表在《四川文学》。不久，在一次会上，马老与我邻坐，说看了我的《干校三事》。他写了几个字："自然的幽默和乐观作风，很好。"怕我不懂，又指着前面几句话，写了"文风"二字。王火也打电话给我，表示他喜欢这篇文章。

2003年一天早上，我听见麻雀的叫声。这令我想起当年除"四害"消灭麻雀的运动。我和许多人一样，坐在机关最高的屋顶上敲着破盆，用竹竿驱赶麻雀。对鸟类既不能发"红头文件"，又无法召开大会，向其宣布"区别对待"的政策：这次只赶麻雀，不赶其他雀鸟。在哄赶声中，城市所有鸟儿，麻雀和非麻雀，统统累死或逃亡了。谁敢与你这"万物之灵"的人类生活在一起？为此我写了《喜见麻雀》，做了反思，强调保护生态环境，刊在《四川文学》上。马老看见这篇散文，说写得"深刻和幽默"。

马识途是老革命、老作家，德高望重，但在新中国成立初的十七年间，他受到很多不公平的对待。2006年，《四川文学》刊登了我写的《历经斧斤不老松——记马识途》，文章用了十三个章节，记述我所知道的马老。《当代史资料》总第四十二期转载了此文。该刊编委李锡炎在一篇评述中说："这篇历史回忆，就是以事叙史，以事实表达真情的范文。读起来，不仅感到真实真切，而且令人赏心悦目，心灵受到震撼。"马老现已步入一百零二岁，身体健康，头脑清醒，笔耕不止，无论是人品还是作品，更加受到尊敬。

2007年，《四川文学》发表了我的《一生追寻鲁迅》，这对我十分重要。我一生受鲁迅的影响，但在过去的"胡风案"和"文革"中，总是批判我受胡风的影响极深。我多次说明，影响最大的是鲁迅，又被批判为"美化自己，为自己搽脂抹粉"。尽管这些不实之词后来得到改正，但我的这篇文章，比较系统地、用细节描述了我对鲁迅的追寻。此文同时刊登在上海的《鲁迅研究·秋》上。

四川人民出版社出版了丁隆炎记录彭德怀元帅在"文革"中的《最后的年月》。这本催人泪下的好书，在发行的第二天即被叫停，作者也受到牵连。原因是某写作小组向上面告了状。出版社党委向中宣部和党中央书记处写了报告，为作者和他的书申辩。一年后上面准予该书内部发行。事隔三十年，我找到了当年的报告，写了《三十年前的一桩"公案"》。《四川文学》2013年第四期，在"特别推荐"栏目刊登了该文。时任名誉主编的马识途眉批："读完此稿，感慨不已。往事历历在目，至今犹觉悚然。'前事不忘，后事之师也'。"

近几年来，《四川文学》发表了我的几篇缅怀故友的文章以及《我第一次出远门》。

2014年，天地出版社以"往事随笔"为总题，分别出版了我的《四爸巴金》《铭记在心》和《昔日足迹》三卷本，共七十多万字。这三本书再次受到《四川文学》的关注。前年，《四川文学》发表了朱丹枫关于"往事随笔"的评论文章《笔尖纸头方寸地 赤子痴心真性情》。去年《四川文学》（第9期）又发表了向荣的评论文章《〈往事随笔〉的心灵启示》。

作家或作者，写文章既需要发表，也需要评论。尽管《人民文学》和上海的《文学报》多次刊登我的往事随笔，但《四川文学》是刊登我的文章和评论、我的文章最多的刊物之一，我把它当作自己耕种的园地，与读者沟通的桥梁。《四川文学》的评论给了我很多鼓励，有些评论可能过高一些。我有自知之明，没有头脑发热。我把它理解为期望，并为之奋斗。

在《四川文学》成立六十周年之际，我向《四川文学》，向历届编辑、主编和副主编，表示衷心的感谢。

2016年春节完稿

643

多多的日记

——写给妈妈、涂阿姨、老爷爷、老奶奶、梅梅

2005年

    我是一只小狗，名叫多多，一岁零几个月。我的妈妈叫乐乐，她很爱我，还带我去北京玩过，后来她去美国了。妈妈走之前，把我托付给外婆，我称老奶奶。老爷爷偶尔和我玩，为我挠痒痒。平时管我吃饭、散步和洗澡的是涂阿姨，她在老奶奶家里打工，我和她睡在一间屋子里，和她最亲。曾阿姨是临时到老奶奶家打工的。我不是作家，不会写"前记"，但总得把家里这几个人和我的关系交代清楚。

多多和小猫一起玩

2月14日

今天发生的事，我很难理解。

一

平常，天亮了，老爷爷叫几次，涂阿姨还要和我玩一会儿才起来。今天，天还没亮，老爷爷还没过来，涂阿姨就起床了。

涂阿姨带我下楼去方便，这和平常一样。但是没有跑步，这和平常不一样。

很快，涂阿姨背了大包又提了小包，向我挥挥手，说了几句什么，我没听清楚，她就进电梯走了。以往，她外出时不带包，买菜回来才大包小包的。今天为什么出去就大包小包呢？

我躺在卧室里等涂阿姨回来。

不久，门铃响了，是陌生人。我立刻站到门边大叫。老爷爷向我摇摇手，说是曾阿姨。谁是曾阿姨？我等的是涂阿姨。

进来一位妇女，果然不认识，我冲上去接着叫。老爷爷把我拦住。我是狗，守门是我的职责。这个什么曾阿姨，进门就打开鞋柜，把涂阿姨的拖鞋取下来穿上，我不能让别人穿涂阿姨的鞋！

过去有陌生人进来，老爷爷总是让我进到我的卧室去玩，还把门关上，不让我影响他们谈话。今天，他不赶我进卧室，倒让那个曾阿姨进了卧室。这是怎么回事？这个曾阿姨，一进卧室便把她的手提包丢在涂阿姨床上，还蹲下来打开床底抽屉放东西。怎么能这样？

真像电影上的"鬼子进村了"，我拼命阻拦。

老爷爷毫不警惕，把那个曾阿姨带进客厅。我紧跟在后面，不停地叫。

"I love you！嘻嘻嘻嘻嘻……"

李家猴是妈妈留下的玩具。它见人就讨好，用英文说："我爱 **645**

你！嘻嘻……"我最不喜欢的就是它。

二

他们坐在客厅里谈话，我瞪大眼睛，在走道上监视。

曾阿姨像涂阿姨一样地做事，但我不放心。

她进卫生间，我站在门外。我想挡着她，老爷爷不让。

曾阿姨为我盛了饭，能随便吃陌生人给的东西么？我没动。直到老爷爷叫我，我才过去。一闻就知道，饭是涂阿姨做的。我放心了，把饭吃完，还把碗底也舔得干干净净。

老爷爷表扬我，说我"好乖！好乖！"

午睡的时候，曾阿姨一进卧室就关上门。涂阿姨午睡从不关门，我大叫不已，老爷爷过来说了几句，曾阿姨才打开门。以往休息，我总靠在涂阿姨床边睡，今天我进了妈妈给我买的小屋。

涂阿姨为什么还不回来?

坐在涂阿姨的腿上真的舒服

三

妈妈走了，一去不回。涂阿姨也走了，现在也没有回来。

平常，只要涂阿姨做完事，就把我抱在腿上。她看电视，我睡觉。老爷爷常批评涂阿姨："多多的任务是守门，你抱着多多，它能守门吗？"涂阿姨不听老爷爷的，还夸我聪明。涂阿姨的腿，又柔软又暖和。

老爷爷今天很关心我，好几次过来拍我。当然，只要摸了我，他马上就去洗手。大明星濮存昕还和艾滋病病人握手哩，老爷爷真差劲。他宣称自己爱狗，写过什么文章《哇——我只要小花》。看人不仅要看宣言，更要看行动，老爷爷应该向大明星濮存昕学习。

吃过晚饭，我要下楼方便。那个曾阿姨用绳子来套我。绝对不行，谁知道她要带我到哪儿去？外面到处有拐骗犯。老爷爷赶快来安抚我，为我套上绳子。还说曾阿姨是带我去方便，要我不害怕。老爷爷眼睛老花，又没戴眼镜，老是套不好，把我的毛都扯痛了，你这个老爷爷！

看在老爷爷的面子上，我下楼完成"任务"。

晚上，我还是不肯睡在曾阿姨旁边，钻进自己的窝。妈妈今年暑假回来吗？涂阿姨呢，她什么时候回来？东想西想，翻来覆去，老是睡不着。真想找老爷爷要两片安眠药。客厅里很安静，但只要稍有动静，就听见李家猴在那里叫：

"I love you！嘻嘻嘻嘻嘻……"

有什么值得你高兴？涂阿姨不回来你也高兴？讨厌，烦人！

2月15日

昨晚没睡好。

早上急于下楼方便。这是涂阿姨教我养成的好习惯，我要保持。曾阿姨为我套绳子，我没反对，给她一点面子。

647

花园的空气真好，草也有香味。我很快完成了"任务"。

许多狗朋友也在花园，其中有欢欢、莫卡、花花。他们看见曾阿姨牵我，觉得很奇怪。我还不愿意呢！但我跟他们说不清楚。

平常，我完成"任务"后，涂阿姨要锻炼身体，在花园里跑几圈。我最喜欢跟着涂阿姨狂奔，把欢欢他们都甩在后面。有时不过瘾，回到家里，还要在客厅里跑几圈。老奶奶常常很奇怪，不知道我为什么这样高兴；老爷爷则爱夸我："好乖！好乖！"

曾阿姨不跑步，一看我完成"任务"，便要带我上楼。你不运动，难道我也不锻炼？我当然不愿意。曾阿姨使劲拉我脖子上的套绳，我就是不动，拼命顶住。脖子真痛！毕竟她的劲大，我被拖上电梯，回家。

一进家门，就听见老爷爷在叫："多多！多多！"

这是亲人的呼唤，我立即跑进他的电脑房。

到了老爷爷身边，我躺下翻过身来，露出肚皮，翘起前脚，要老爷爷"挠痒痒"。平常，老爷爷会说我的这个姿态不够文雅，但今天老爷爷却说我乖，弯下腰为我"挠痒痒"。想到刚才硬被拖上楼，脖子生痛，我心里极不高兴，干脆躺在那里不动。老爷爷觉得很奇怪，用手摸我的鼻子，我仍然一动不动。他好像担心我突发心肌梗死，显得很困惑。曾阿姨要给我洗澡，老爷爷连说先别动，以防万一。看来，还是老爷爷有经验，姜还是老的辣。

趁老爷爷去看老奶奶，我悄悄回到自己的小屋。

整天闷闷不乐。我想妈妈，也想涂阿姨。除了吃饭，我哪儿也不去。保安在门外巡逻，客人进门来，平时我很凶，拼命大叫，今天一切都不管了。谁叫亲人都离开多多了？

孤零零的多多。

人可以无情无义，多多不能。

眼泪流下来了……

2月16日

醒来，还是没有闻到涂阿姨的味道。

曾阿姨叫我出来，我没理她。老爷爷叫我，我也没理他。谁叫他把涂阿姨放走？昨晚脖子上的套绳没取掉，老爷爷趁机拉我，我岿然不动。没想到老爷爷把我的小屋子倒提起来，我一下就掉出来了。

本想坚持，但憋不住了，只好跟曾阿姨下楼。

完成"任务"以后，我不想回家。没有妈妈和涂阿姨的家，算什么家？曾阿姨又拉我，我一头钻进灌木丛里去，看她怎么办？她用力拉，不想绳套滑脱，我自由了。她用手来拉，我瞪着她"汪汪"，把她吓住了。

曾阿姨没有办法，只好上楼去把老爷爷找来。

老爷爷看着我，温柔地叫多多，向我招手。我装作没看见，也没听见。一遍又一遍，我就是不出去。后来老爷爷从上面把小灌木丛分开，用手抚摸我。我还是不高兴，谁让你刚才把我从小屋里倒提出来？老爷爷趁我不注意，来了个突然袭击：一手抓住我的左前腿往上提，一手把我的头往右掰。他抱住我以后，一边说"多多乖"，一边把我抱回家。从此，我知道这个"乖"，有时是称赞，有时是欺骗。

我的小屋子被放在门外阳台上了，我只好睡在屋内的一个竹篮里。

昨天方便不当心，清理得不够干净。曾阿姨和老爷爷都说屋里有一股味。老爷爷提起我两只前腿，曾阿姨用水给我洗。我不耐烦，又开始叫，他们不敢再洗，也不敢用吹风机吹干。可是我吃亏了：后臀凉了很久。

开始吃早饭。平常，他们吃鸡蛋，涂阿姨会掰一大块蛋白给我吃。老爷爷很吝啬，只给我一点点。谁对我好，这是试金石，泾渭分明。今天，老爷爷居然给了我一个全蛋白，不知有什么企图？不

649

过，我还是吃了，不吃白不吃，老爷爷不会害我。

全天，除了吃饭，哪儿也不去。饭可以吃，那是涂阿姨为我做的。下午来了四批客人，我一律不问。亲人走了，守门有什么意义？

身上扎了一些小灌木枝，一碰就痛。老爷爷坐在小凳上，一边为我挠痒痒，一边把小枝枝摘下来。老爷爷不停地说："好乖！好乖！"这一次没有丝毫"恶意"。

每隔一会儿，老爷爷就过来看我。老奶奶也不时地问：怎么多多没有动静？老爷爷还用轮椅把老奶奶推过来看我是不是还有动静。爸爸妈妈把我托付给老奶奶，老奶奶很尽职。老奶奶过去从没养过狗，不知道狗的特性，有一次她问老爷爷："夜里灯都关掉了，多多看不见怎么办？"老爷爷开玩笑说："只好给多多买一个手电筒了。"

无论怎样，我还是高兴不起来。

2月17日

反正要方便，我跟曾阿姨下楼。外面下着雨，完成"任务"就回家。没发生冲突。

下午，吃了半碗饭。涂阿姨走后，大人吃饭，我不再去餐桌边，这么一直待在竹篮里。常常听见老奶奶问多多吃饭没有？有一次还问多多"死"了没有？我知道老奶奶是担心我。

我向老爷爷摆过几次尾巴。他很高兴，用手摸我。我用舌头舔了他的手，他竟没拒绝，难得！

晚上，老爷爷要我下楼。开始我不愿意，老爷爷又把篮子掀翻。其实，我也憋不住了，就跟曾阿姨下楼。老爷爷做清洁，把我储存的十几根骨头全扔了。这既是浪费，也是侵犯我的私有财产。

妈妈，你知道多多想你吗？

涂阿姨，你什么时候才回来？

2月18日

憋着不舒服，下楼就下楼。

回家我就坐在竹篮里，哪儿也不去。有三个陌生人来找老爷爷，我坐在篮子里叫了几声，算是尽了自己的职责。曾阿姨端来的饭，我吃完了。反正我一步也不离开我的竹篮。

四时半，老爷爷亲自带我下楼。在电梯上绳套松了，老爷爷让我自由地在草地上跑了一小会儿，后来趁我靠近他，又把套绳套上。天冷，他带我上楼，我钻进小屋。老奶奶不放心，让老爷爷推她到我和涂阿姨的房间来，她叫多多，我伸头出去看了她。

七时半，曾阿姨带我下楼，我没反抗。曾阿姨亲近我，我摆了几下尾巴，她也高兴。但这只能说明曾阿姨不是坏人，绝不是我忘了妈妈和涂阿姨。

2月19日

曾阿姨带我下楼，今早特别冷。

天空飞着很多小白花，我从没见过。曾阿姨说，下雪了。雪是什么东西？我不知道。有一片掉在我的鼻尖上，冰凉。我主动往回跑。

我仍旧躺在过道上，不想动。要是这会儿躺在涂阿姨身上，那才暖和呢。可是涂阿姨走了，几天不见了。现在，我好像有点明白了老爷爷爱背的古诗："月有阴晴圆缺，人有悲欢离合，此事古难全。"

呜呜，呜呜……

下午，老爷爷过来拿起我的棉垫，对我说：多多，过道太冷，到屋里去。我跟着他走进老奶奶的卧室，这里有空调，好暖和啊！大家都称赞：

"多多好乖，好乖！"

我在屋里跑来跑去。老爷爷扔一个花布套，我就跑过去咬回来交给他，接连多次。我高兴地摇着尾巴，老奶奶也不担心我病了。

我好像找回一点感觉。

2月20日

仍然打不起精神。上楼后不让曾阿姨取套绳，就那么趴在竹篮里。

老爷爷叫我，我不动；他过来解套绳，我正在郁闷，想也没想，回头就在老爷爷的大拇指上咬了一口。把老爷爷咬痛了，他对老奶奶说，手被咬出了一点血。

老爷爷外出，去打预防狂犬病的疫苗，十一时才回来。我有点内疚。吃午饭时，我走到餐桌旁，老爷爷好像没有生我的气，还请我吃了几根油菜薹儿。

我太忧郁了……

大概是我咬伤了老爷爷，他每天都去打针，不为我写日记了。好在没过几天涂阿姨就回来了，那天她还没走出电梯，我就闻到了，立即欢呼跳跃，在屋子里狂奔。我想告诉涂阿姨，我无意地咬了老爷爷一口，犯了大错误。其实，老爷爷一直是很爱我的。老爷爷，对不起，请你原谅！

附　记

多多是我们家养的狗。春节，带多多的小涂回家了，多多很不习惯，表现抑郁。我为它写了日记。

山盟海誓，始终如一
——我与秀涓的夫妻情

这里叙述的，是我和老伴丁秀涓的故事。记述出来，既是为了倾诉自己的感情，也可给亲朋好友留作纪念。

飘然而至的大家闺秀

1947年2月22日，重庆，我第一次见到丁秀涓。

那时，我因在成都参加学生运动，被学校勒令转学（变相开除）。考上了重庆的西南学院；到了学院所在地重庆南温泉白鹤林，叔父嫌学校

青年时期的秀涓

太红，不给钱交学费，无法上学；联系去解放区的当天，《新华日报》被国民党宪兵查封。我只好去了文化生活出版社重庆办事处，我大姐李国煜在这里工作。

这天下午，我在楼下阅读老舍的长篇小说《四世同堂》。一位

653

姑娘飘然而至，落落大方，颇有大家闺秀之风。她问："你是李国煜的弟弟吗？"我点头称是，意识到她是丁秀涓。大姐说过，丁秀涓是她的好朋友，下午要来看她。丁秀涓上二楼去了，我继续阅读。

这一天，成为我们终身的纪念日。

她当了我的数学教员

大姐要我复习功课，报考燕京大学或复旦大学。我喜爱文学，但拿起数学书就头昏脑涨。对考上燕京、复旦，毫无信心。大姐常上三楼来，检查我自学的情况，每次都发现我在写那些充满战斗激情、追求自由解放的新诗。

出于多种考虑，大姐让我搬到位于磁器口的四川省立教育学院，由我的挚友王竹（破晓社成员）解决住处。她又请在重庆大学先修班读书的丁秀涓为我补习数学。王竹因参加抗击日本侵略者的远征军，耽误了学业，也愿意参加补习。这样，我和王竹一周两次去重庆大学，听丁秀涓老师讲课。

大家都是年轻人，很快成为朋友。秀涓出身于一个大家庭，父亲一支早已破落，幼年又失去母亲，生活艰难。冬天，她的奶奶带着她和妹妹睡觉，合盖一床棉被，铺的是草席。秀涓学习努力，成绩优秀，参加成都市中学生数学比赛获第一名。她的四伯父、银行家丁次鹤认为她有出息，把她接到自己家里住，供她读书，表面上过着比较优裕的生活。秀涓的志愿是考上清华大学，学化学，当居里夫人。她对人热情，常穿一件阴丹蓝布的旗袍，显示出苗条而丰满的体型，我很喜欢她。

补习的地点在重庆大学工学院旁的土堆上，每次讲一个多小时。王竹似乎听懂了，我却经常"坐飞机"，还不敢多问。回去做不出习题，还会受到以"助教"自居的王竹的申斥。通常，补习完后三人就聊天。我已入党，在成都常参加学生运动，讲起时事、革命、理想、个性解放，我头头是道。不久，我和王竹介绍秀涓参加了破晓社重庆分社。以后秀涓对我说："我从没接触过像你们这样有理想的人，特别是你，既热情又活泼。"

1947年6月1日，国民党反动派实行大逮捕，我被抓去关了四天半。秀涓和王竹协助大姐营救我。被释放以后，我和王竹去看秀涓，她问这问那，显得很心疼，并送我去学校男生浴室洗澡。想到国民党的黑暗统治，我更无心学数学了。那年传说高考将在成都举行，我和王竹到位于长江小岛上的珊瑚坝机场，乘飞机回成都。大姐和秀涓去机场送行。

实际的高考场地仍在重庆。我回成都后生眼病，未能参加高考。秀涓在重庆参加高考后回到成都，第二天就来看我。我戴着墨镜，坐在小床上，情绪低落。秀涓一见我，就问我在重庆上飞机前，为什么不回头看她一眼？我无法回答。当屋里只剩我们两人时，她在我右脸上亲了一下。几十年来，这件事一直没有争论清楚：我说这是她爱我的表示；她说是把我当成弟弟才亲我的。天知道！

秀涓高考的成绩很好。北洋大学和重庆大学都录取了她。遗憾的是没能考上清华大学：尽管数学考得很好，交了头卷，但英语差了一点。她上清华的梦，是几十年后，由她的外孙齐齐替她实现的。

精诚所至，金石为开

秀涓亲我的那一下，点燃了我心中爱情的火花。

马上面临一个关键问题：秀涓究竟上北洋大学，还是重庆大学。如上北洋，她将去天津，两地分离，一切泡汤。第二次见面，我开门见山地向秀涓表示我喜欢她，期盼发展更深的感情，希望她留在重庆。女孩子毕竟慎重多了，经过反复讨论，她只同意选择重庆大学，对我和她的关系，则没有明确表示。暑假结束，她又回重庆了。

我不断地给秀涓写信。信上不便直接讨论我俩的关系，怕她关门。我想到一个办法：每封信都落款"居·李致"。不言而喻，她想当居里夫人，我就当居里。我毫无化学知识，哪有资格当居里？项庄舞剑，意在沛公。她很聪明，当然明白我的用心；我则机动灵活，可攻可守。

1947年12月，我的眼病刚好，立即去了重庆。王竹已去四川大学读书。我在重庆大学体育场上找到秀涓，她身穿运动服，正在打排球。

秀涓的顾虑有三：一是她比我大两岁；二是她喜理科我好文科；三是我有四位姐姐，担心不容易处好关系。我戏称这是压在我头上的"三座大山"。显然，她并不在乎我是个"考不上大学的穷学生"！不知经历了多长的时间，也不知在体育场（即现在的团结广场）来回走了多少路，我们无法达成共识。我的态度是：立场坚定、求同存异、不断讨论、决不放弃。人说"精诚所至，金石可开"，我终于在"持久战"中取得胜利，推倒了"三座大山"。1948年，我写过一首诗，《给秀涓》，很幼稚，但反映了我当年的情感：

清晨/大地弥漫着雾/扬子江咆哮地奔流着/我到原上/第一个等待的/不是日出/而是你/亲爱的小丁

不是把你交付给我/也不是把我交付给你/是呵！是我们把自己交付给革命//在战斗中我们是同志/在学习中我们是朋友/在生活中/我们才能是伴侣

忠实于理想的/才能忠实于爱情//离别算得什么/你的心在我心底

像天下恋人一样，我们有过许多山盟海誓。

投身革命，放弃做居里夫人的愿望

1948年，人民解放军在战场上不断取得重大胜利。

根据以往在成都搞学生运动的经验，我和秀涓组织了一个"大家读书会"，成员有来自重庆大学、四川省立教育学院、南开中学等几个学校的十五六个追求进步的学生。每周一次聚会，阅读《观察》《世界知识》等刊物、唱进步歌曲、讨论时局，关注中国之命运。这时，秀涓已是我组织活动的主要助手。

这些活动引起了特务的注意。我们住在重庆大学刘家坟（校门右辅食部旁边）的一间小屋里。这是秀涓的一位远亲学长留下的房子。一天上午，重庆大学训导长侯枫（1950年被镇压），突然带领几个人，说是来回收学校的家具。实际是搜查，若发现问题还可能抓人。幸好我已有一些警惕，头天晚上刚把所有进步书籍藏到了竹篾片编织的顶棚上。侯枫一无所获，仅搬走一张桌子和几把椅子。搜查的时候，秀涓在上课，只有我和她的妹妹在家。秀涓回家后，我们商量，读书会的地点和活动方式要有所改变。

1949年1月，地下党成都市委书记洪德铭到刘家坟找到我，任命我为川西地下党派遣组沙磁区（实际包括北碚和小龙坎）工作组成员。他讲清了当前的形势，教了我许多斗争策略和方法。他还批评了我的服装和发式（他戏称为"俄国囚犯式"），说我这个样子，人家一看就知道是共产党员或进步青年。我汇报了大家读书会成员的情况，洪德铭决定分别吸收他们加入地下社"民青"（民主青年联合会）。他还决定吸收秀涓入党，由工作组组长刘康办理组织手续。

秀涓入党后，归刘康领导，负责重庆大学的"民青"工作。开初她有些紧张，有一次我独自去北碚开展工作，她很担心，还流了眼泪，但很快她就敢于大胆工作了。1949年春，爆发了有名的"四二一"学生运动。这次运动很成功，由"尊师""争温饱"到

657

"反迫害"，团结了百分之九十以上的学生参加，既显示了力量，又避免了伤亡。运动取得了胜利，我和秀涓却有所暴露。组织上决定我、秀涓和康大钧同志，撤退到成都开展工作。

秀涓的暴露，还有另一个印证。秀涓的四伯父丁次鹤身为银行家，与国民党上层张群等、地方势力刘文辉等都有交往，也保护过地下党员和进步人士。一天，国民党军统大特务徐远举（小说《红岩》中的徐鹏飞的原型）到四伯父家打牌，让四伯父把秀涓叫出来，当着四伯父的面，对秀涓说："我是照顾你家老人的情面，才来提醒你；你绝不能再与你们学校里的那些坏学生混在一起；不然……"秀涓问："徐伯伯，请你告诉我，哪些人是坏学生，我才好同他们断绝往来呀。"徐远举说："你真狡猾，要在我这里摸底！"徐远举警告丁秀涓，是因查获了一位叫梅世蓉的同学给秀涓的信。梅世蓉在信中谈了较多不满现实的话。这说明，秀涓已上黑名单，但她并不害怕。

回成都后，我们积极开展活动，秀涓负责大学方面的"民青"工作。解放前夕，四川大学的学生会主席孙淑云、新生院学生会的副主席何文波，都是秀涓联系的地下党员。1949年9月，我和秀涓到重庆汇报工作，秀涓冒着危险，把毛泽东《论人民民主专政》一文带回成都。她还学会了刻蜡版，油印必要的文件和宣传品。新中国成立初期，原地下党川康特委委员王宇光同志，要她刻了一张地下党员的登记表，地下党在成都登记的同志的档案中，应该还保留着秀涓的笔迹。

为了革命，秀涓放弃了做居里夫人的愿望。

为了家人，她总是牺牲自己

1948年8月，我和秀涓结婚。1953年有了女儿，1958年有了儿子。我们有一个幸福的小家庭。秀涓生这一儿一女，是对我们家的贡献。

新中国成立后，我和秀涓都分配在青年团工作。1950年，秀涓在中央团校学习，毕业后任团重庆沙磁区工委宣传部部长。1952年，中央号召学理工科的干部归队，秀涓被调到重庆特殊钢厂中心实验室，任党支部书记、副主任。以后，我每隔几年调一次工作：从团沙磁区工委、团重庆市委、团四川省委，到共青团中央。一般说，我上调是因有了一定的工作成绩，被委以更

老年的秀涓

多的责任；秀涓的调动，则是"照顾夫妻关系"，新单位并不了解她。等她做出成绩，组织上准备对她另作安排时，她又因"照顾夫妻关系"随我调动了。秀涓既懂业务，又有工作能力，这种调动埋没了她的才干。特别是两次的调动，套级别和工资时都不是就高，而是就低；而当时调动的原则是就高不就低。这对她是一种"伤害"。而我们这类知识分子出身的干部，又不愿向组织上开口要求待遇。她很委屈，但为了家庭，只好"认"了。

我们注重对孩子的教育。主要是身教言教，不采用"打"的办法。据我的记忆，也是秀涓告诉我的：有一次，八九岁的女儿带着三四岁的弟弟，没有对家里的人讲，跑到宿舍对门团成都市委机关打乒乓球。秀涓下班回来找不到人，很着急；找到以后，秀涓违反了"胁从不问"的原则，打了一下儿子的屁股。当时是冬天，儿子穿着厚棉裤，可能并不痛。我们家的一个重要原则是：孩子不可能不犯错误，犯错误不要紧，但一定要诚实；只要讲真话，可减轻或

免于处分。执行这个原则的事例颇多，以至我的外孙简化为"诚实了就不挨打"。我和秀涓在学科上均有偏好。为让孩子全面发展，我们分工：秀涓着重培养孩子对数理化的兴趣，我着重引导孩子喜欢文史地。从两个孩子的成长来看，这个目标是实现了。可惜我不爱运动，对孩子有不好的影响。

"文革"时我们家一度分居四地。1969年女儿不满十六岁，去黑龙江的北大荒生产建设兵团。女儿白天积极劳动，晚上自己学习。此事竟受到批评，说她"不想扎根边疆"，以致影响她入团。我和秀涓都支持女儿学习。秀涓认为：无论社会怎样变化，都需要文化科学知识。1971年春女儿探亲，回程在车站等候火车的一个多小时，秀涓竟为女儿讲完了一本高一数学课本。1973年秋，在胡耀邦和戴云的帮助下，秀涓一人去北大荒把女儿接回北京，再让女儿回四川农村插队。女儿在农村表现很好，被推荐上大学，但体检的照片却把女儿的感冒误当成结核。当时，我因眼病住院，秀涓正患着神经官能症，思维和语言均不清楚，她"背"下我教她说的每一句话，带病去内江专区有关部门说明情况。我在医院提心吊胆，等她回来。女儿从重庆大学毕业后，无论是到上海学英语、去加拿大作访问学者、以后再次出国，都把外孙齐齐托付给秀涓。秀涓对齐齐的照顾十分周到：管学习，管生活，许多事亲自调查，连一个"歪"同学欺负齐齐，她也要去学校讲理。秀涓不喜欢小动物。齐齐有一只名叫多多的小狗，他出国前请外婆收留多多。秀涓勉强答应、逐步喜欢，进而主动关心。秀涓不了解动物习性，担心晚上关了灯，多多看不见走路。我开玩笑说，只有请外祖祖给多多配一个手电。齐齐现已在美国取得博士学位，他最爱外婆。

在秀涓的影响下，儿子的数学也不错。北京景山学校一年级举办算术百题赛，他获得优胜奖。儿子在四川大学拿到硕士学位后，秀涓积极支持他出国读博士。儿媳有身孕，秀涓照顾她生孩子；儿媳去美国伴读，秀涓又为他们照顾孙女，不满两岁的孙女，宣称

"最爱"奶奶。1992年我们去美国探亲，秀涓每天教孙女算术。

我们小家有一个传统，从1964年到北京开始，常爱坐在一起"清谈"：交流思想、议论时政，戏称过"组织生活"。那时的住房狭小，没有客厅，四人就坐在大床上"开会"。以后只要团聚，就要过"组织生活"：谈近况，讲见闻，发表观点，还要就家庭的若干"历史"问题做出"决议"。通常是各抒己见，求同存异，不强求一致。有个话题，讨论了十几年尚无共识，每次表决结果都是二比二，但大家仍有兴趣继续议论。秀涓总是为大家准备一点吃的，然后参与辩论。

秀涓对我的关心是多方面的，难以说清。

最重要的是患难与共

秀涓比我能干，对我各方面的照顾很周到。

我年轻时很活跃，也大胆，喜欢登台朗诵诗歌，模仿著名话剧演员表演台词，随心所欲地歌唱，青年学生比较喜欢我，但也引起了个别领导的不快。一有机会（如年终鉴定、各种运动），这位领导就动员有关同志借着某些小事，上纲上线地批评我。若干年后，有几位早年参与批判的同志，为此向我道歉。秀涓当时就意识到了这个问题，她不许我在公众场合朗诵、表演和唱歌。推而广之，20世纪50年代我两次出国，感受很多，秀涓一再提醒我不要到处对别人讲；工作稍有成绩，她就叮嘱我"夹起尾巴做人"。这类告诫，实际上保护了我。

当然，更重要的是，秀涓能与我患难与共。

1955年，全国开展肃清"胡风反革命集团"的运动。这是一个大冤案，不幸我也被卷进去了。秀涓对我没有任何怀疑，她鼓励我正确对待。我被隔离，也不许秀涓回家；要我交代、写检查、接受批判，达半年之久。公安局抄家，连同秀涓在工厂的宿舍也被搜

李致与秀涓

查。这对秀涓是很大的压力。工作之余，她学着为我织毛衣。幸好她所在工厂的党委书记李原和厂长刘培礼是从老区来的干部，经历过20世纪40年代延安的"抢救"运动，他们没有歧视秀涓，还安慰秀涓"运动后期会得出正确结论"，叫她不要背包袱。

更大的灾难，是史无前例的"文化大革命"。

1965年，秀涓在学部（即现在的中国社会科学院）经济研究所工作。"文革"一开始，造反派围攻所领导，秀涓了解这位同志，站出来讲了几句公道话，立即被打成"保皇派"，孤立起来。她每天下班回家，都会经过我家楼前的一条小巷。我从公用厨房的窗户，可以看见这条小巷的起点和尽头。傍晚，我站在窗前等她，只要一看她的脸色，就知道她这一天过得是否顺利。

1966年5月，我刚从辽宁参加"四清"回来，仍主持《辅导员》杂志的工作。一两个别有用心的人趁机公报私仇，大肆揭发我的"罪行"。少年部副部长孙德胜先给我戴上一顶"地地道道的地主阶级的孝子贤孙"的帽子，再让我靠边站，写检讨，做脏活（打扫厕所）、累活（推装有四百斤糨糊的三轮车）。尽管秀涓为我不平，仍开导我说：这次是"审查干部"的运动，要相信群众相信党。我表示不怕劳动，但如给我挂牌子，戴高帽子，侮辱我人格，我决不会接受。她又反复劝我：要能屈能伸，不要与群众对立，因小失大。在所谓"一月风暴"中，我被夺权。那是些充满恐怖的日子，我只能从秀涓那里得到安慰和鼓励。

造反派打内战、"大联合"；1968年清理阶级队伍。我被冠以"胡风反革命集团"的"小爬虫"的帽子，关进"牛棚"，长达十一个月。好在我有思想准备，在进"牛棚"的前一夜，我要秀涓不要担心，我会经受住这次考验。我做出三条承诺：第一，绝不会自杀，就是人家诬蔑我自杀，她也不要相信；第二，不是我的问题，不管多大的压力或诱惑，决不承认；第三，更不会为了自己去诬陷别人，绝不卖友求荣。秀涓一再嘱咐我要坚强，准备承受各种可能出现的局面。她说："我不担心你自杀，自杀不仅说不清问题，还会背上'叛徒'的罪名。""我一定照顾好孩子，按月给你母亲写信寄生活费。不管最后是什么结论，我一辈子和你在一起。"她的每一句话，都给我增加了力量，使我免除后顾之忧；无论将会遇什么坎坷或深渊，我毫无畏惧！第二天，我果然失去自由，被关进"牛棚"；我高喊口号，抗议造反派的粗暴行为。以后，我写过一组《"牛棚"散记》，描述其中生活，不再重复。"牛棚"离我家很近，抬头就能看见灯光；也离我家很远，我和亲人如隔天涯。我挂念着秀涓的安危，每天晚上抬头看她住房的灯光。灯亮了，说明她回家了，这一天平安度过，我的心落下。小屋的灯光，牵动着我对秀涓和两个孩子的无限思念。

那个与"母蚊子"自动对号的人，两次在所有"牛鬼"都放假回家时，单独关我一个人，不让我回家。我曾为此感到非常沮丧和痛苦。但我突然意识到："母蚊子"的目的，就是想用各种办法把我整垮，我怎么能配合她来打倒自己呢？何况我还有年迈的母亲、患难与共的妻子、两个可爱的孩子！母亲远在四川，孩子还小，秀涓在我一生最困难的时候，这样坚定地支持我，我要坚持！我对秀涓充满感激，终生难忘。

秀涓乐于助人。"文革"中，重庆武斗，三位老朋友避难逃到北京，生活困难。秀涓主动去看望他们，拿出多年来好不容易攒下的全国粮票一百斤，还有现金，以表支援。

粉碎"四人帮"以后，我们四人在成都，度过了一段愉快的时光。由于过去无视健康，我出现高血压、高血脂、心脏供血不足等现象。这又成了秀涓最担心的问题。她注意调整我的饮食，支持我去疗养，每年陪我在医院输液，每晚陪我一起散步，督促我按时吃药。1985年，我率川剧团到西欧四国演出，历时四十多天，秀涓把每天早中晚应吃之药，分成一百五十多个小包，便于我按时吃药，无所遗漏。

十七年的苦难

1993年春，我们从美国探亲回来不久，秀涓病了。

秀涓患抑郁症：失眠，情绪低落，厌食等。其实，早在1958年、1965年她就有过类似症状，但被诊断为神经官能症。20世纪80年代也有过类似症状，又认为是更年期综合征。这一次很明显，她拒食，甚至有轻生行为。

华西医学院刘协和教授，决定让秀涓住院治疗。初期，她几乎每天都感到恐惧。像发生"文革"似的，感到有人要抄家抓人，要我到门外挡住来探视的女儿，千万不要她进来。

抑郁症的原因，大约有两个方面：先天因素，与遗传、人的神经系统的构造有关；后天因素，与人成长的环境和经历有关。就秀涓而言，两个方面都存在。童年时期寄人篱下，没有亲生父母的关爱；新中国成立后历经政治运动的恐吓；后来对物价一度迅速上涨的担忧。这些使她的一生缺乏安全感。

就秀涓的思维方式，我长期感到有三个问题：一是万事求全，不能容忍缺陷；二是看问题缺乏一分为二，往往只看到问题的一面；三是一旦遇到困难，就把它看死，认为无法克服。

在我们共同生活的六十年，我无数次和她交换意见，她承认自己的缺点；我能感到她不断地在与自己、与外部环境抗争；我和家人也都竭尽所能地支持她、援助她。不幸的是，她仍然没能逃离抑郁症的苦难。

秀涓在医院住了两个月。一个单间病房，两张床。秀涓睡一张床，护工睡一张床。我既担心夜间护工睡不好，影响白天的工作；又怕护工睡死了，秀涓有情况时她不知道。每天晚上，我坐在病房门边的一张木椅上睡觉，提高警惕，以防意外。这件事令秀涓很感动，以后无论因为什么"批评"我，她也要先肯定我这一次的"表现"。

秀涓的病情逐渐好转。她先可以看电视连续剧，如《四世同堂》《咱爹咱妈》《儿女情长》等，以后又可以看书，特别喜欢看有关周恩来总理和粉碎"四人帮"的书。她说，我能看书，就证明刘教授把我治好了。一些好朋友（如王宇光、罗玉清、郑韵等）来看秀涓时，她情绪很好，交谈正常。王宇光和罗玉清都说过："你们说丁秀涓病得很厉害，根本不像。"

不幸，秀涓不慎把股骨摔断了，接得不理想；后脊椎又发生压缩性骨折，从此她坐上了轮椅，一坐就是十多年。她的世界与活动范围变得很狭窄，智力和记忆力也逐步衰退。我很注意她的冷热，随时添减衣物，使她有十多年没感冒。

秀涓的病情出现反复时，经常在上午无理取闹，找出各种小事责备我。我很苦恼，认为自己的晚年很不幸。但到晚上她又检讨，认为错怪了我。我想，在我最困难的时候，秀涓能与我共患难；现在她病了，是她最困难的时候，只是她遇到的困难与我遇到的困难不同，我也要与她共患难：这才是相濡以沫。我的四爸巴金了解这些情况后，明确表示他支持我对秀涓的态度。

这些年，秀涓很不愿意我外出，因为我在家她才有安全感。早上醒来，她问我的第一句话往往是："你今天出不出去？"我力求多待在家里。宣传部离休支部组织的各种参观或游玩的活动，无论市区、省内或省外，我一次也没参加。即使必须参加的会议或活

晚年时期的秀涓

动,我大多提前退席,同志们也谅解。她怕孤独,我真心愿意多陪陪她。

秀涓经常说我们一家本来很好,是她拖累了我,拖累了全家。有一次,秀涓说:"我想早一点死了,免得拖累你。"我问她:"我们两人的感情那么好,你愿意先离开我?"她的脸上充满歉意,马上说:"不!不!我说错了!"

秀涓无力关心我了。但她正常时,仍会问我吃药没有,发现我走路朝前倾斜,就要我站直;晚饭后散步,她嘱咐我要带手杖、走慢点。她能做的也就如此了,我十分珍惜。

十多年前,机关党委曾表扬我为"模范丈夫",奖金一百元。我表示不能接受这个称号,用中学生的语言,这太"恐怖"了,我把奖金全交了党费。亲友们称赞我尽心照顾秀涓,我说,道理很简单,谈恋爱时的山盟海誓应该兑现。负责到底,始终如一。

就这样,坚持了十七年。

尚未走出痛苦的阴影

二○○九年五月十一日上午八时,秀涓猝然离世。

20世纪50年代初,在沙坪坝搞工厂民主改革时,因经常熬夜,秀涓开始抽烟,继患肺结核。20世纪70年代和80年代,多次患间质性肺炎。六十岁生日那天,因为肺炎,没能看成赵燕侠在成都的演出。秀涓是京戏迷,这才痛下决心彻底戒烟,但肺部早已留下隐患。近十多年虽没感冒,但左下肺常有啰音。去年因啰音扩大,曾住院治疗。今年4月下旬，又因啰音扩大，先服抗生素，继去医院输液，啰音减少减轻后，才回家继续服药。她患抑郁症，长期服药引起便秘，再长期服通便药。5月10日晚服通便药，入睡前因为咳嗽，她把药吐了出来，药是黑色的。夜里，她不时咳嗽，痰液带着黑色，我以为是通便药的颜色。我基本是清醒的，只要她一咳嗽，我就用纸巾为她擦拭干净，以防痰液被吸入气管。那一夜，我大约迷糊了一个多小时。

11日晨7时，秀涓醒来，我对她说：今天上午去医院灌肠通便。七时半，在我们家打工十年的小涂，正帮助秀涓穿衣起床，秀涓的嘴角又流出黑液，而且突然没有呼吸了。我马上打电话"120"，随即赶来的医生发现秀涓的瞳孔已扩散，心脏停止跳动。医生说，抢救已无实际意义了。

我大胆问："是否死亡了？"

医生答："是。"估计是在八时左右。还说，流出的黑色的液体可能是血，不是通便药的残余。

我头脑发晕，全身无力，几乎不能站立。

秀涓离世远行了！

我用手把秀涓的眼睛合上、身体放平，最后一次亲吻了她。小涂为秀涓穿上她平日喜欢的衣着；还为我和秀涓，留下了最后一次合影。

我强忍悲痛，向秀涓所在单位科技厅老干处报告，商定丧事办理一律从简；通知秀涓的妹妹和我的四姐，让她们能再见上秀涓一面；与女儿儿子通国际长途，告知噩耗。

当晚，好心的邻居熊燕，上楼来陪我坐了一个多小时。

女婿在山东，正准备登泰山，连夜赶回。儿子在美国，第三天下午到家。

5月15日，由科技厅老干处主持遗体火化。子女没让我参加与遗体告别的仪式。

我处于极其痛苦、矛盾的状态。理智上，我知道生死是自然规律，无法避免；秀涓走得突然，没有经受更多的痛苦；秀涓一直希望"走"在我前面，她的"愿望"实现了。我照顾了秀涓十七年，包括最后一夜，无怨无悔，无愧于心。但情感上，我实在接受不了秀涓一下就"永远离我而去"。六十年的风雨，最后这十七年的朝夕相伴，我能否做得更好、更周到，能挽留住她？

　　她好像并没有离去。早上我轻手轻脚地起床，怕把她惊醒；八时，想去叫她起来，怕她睡过头。上午我在客厅时，总看见小涂推她从卧室出来，她向我招手；我在计算机房写作时，隔一会儿就想去客厅看看，怕她仰头打瞌睡脖子会疼，为她垫一个小枕头；经常想去厨房拿茶杯，让她多喝水。下午想提醒她按时喝牛奶、吃香蕉。晚上看电视剧时，想为她解释剧情。夜里从噩梦醒来，我又会听见她问："你今天出不出去？"

　　秀涓无时不与我同在，但我身边又找不到她！

　　女儿、儿子都梦见过他们的妈妈。昨天，小涂说她梦见老奶奶叫她换尿不湿，我一听就泪水长流。秀涓，十几天了，为什么我一次都没有梦见你？难道你怕我拉着你，不放你走？

　　我心疼、空虚、失落、坐立不安，不知该做什么。

　　我的眼泪无时不流。女儿劝我干脆大哭一场，我无法放开，因为大哭也唤不回秀涓。

　　我实在不甘心：秀涓怎会这样匆匆地离开我和全家亲人？

2009年5月25日至28日

附 记

秀涓远行，未敢告诉八十九岁的大姐。大姐的陪伴对她说，秀涓到美国玩儿去了。今天大姐问我："秀涓去美国，什么时候回？"又说："你一个人在家，可能很不好过。"我无言以对。

同月30日

像一朵白色花

——思念我的姐姐

"我睡地板，你睡床！"

这是我姐姐弥留时，对我说的最后一句话。

一

我的姐姐李国煜

我姐姐叫李国煜，1920年出生在成都。

当年的除夕，我的曾祖父李镛逝世。全家举哀之际，我母亲即将分娩。封建礼教认为，产妇必须搬出城外，否则死者会遭遇"血光之灾"。在这种压力下，母亲离家搬到城外去住。这个情节，四爸巴金写到小说《家》里。小说中的高觉新，以巴金的大哥李尧枚为原型。觉新的妻子瑞珏要生孩子，正值祖父高老太爷逝世，为避"血光之灾"，瑞珏住到城外荒郊待产，因难产而死去，不久婴儿也离世。现实生活中，我母亲平安，阴历二月十五日生下一个女孩，她就是我的姐姐。

二

我有四个姐姐。我们叫大姐为姐姐，其余叫二姐、三姐和四姐。

长辈们对我们五姐弟都有"戏"称：姐姐为"大小气"，我为"五横牛"。我看见过姐姐流泪，大多是在谈到我父亲的时候。我父亲是一个受到"五四"新文化运动影响的人，正直善良，热心帮助亲友，后因家庭破产而自杀身亡。父亲去世时，我才一岁零三个月，二姐、三姐、四姐尚不懂事，只有十一岁的姐姐极度悲伤。半个世纪以后，姐姐才告诉我：父亲很爱她。当年她和父亲同睡一张大床。父亲喜欢读新书报，还给她订了《小朋友》和《儿童世界》。至今她还记得父亲深夜读书时的背影。父亲经常带她出去玩，买糖果招待她的小朋友。1929年秋，父亲从上海回家。当天正是中秋节，姐姐在大门外玩，父亲一下轿子就用手摸她的头。父亲去世那天早上，姐姐哭喊着叫爹爹，用手去扳爹爹的眼睛，期望爹爹能醒过来。以后很长一段时间，姐姐思念爹爹，她用写日记的方式，倾诉对父亲的情感。大家看见姐姐流泪，以为她"小气"，其实并不理解她对父亲的眷念深情。

姐姐比二姐大五岁，比我大十岁。我认为姐姐是大人，不像其他三个姐姐那样和我一起玩。姐姐爱给我讲故事，她讲过的一个故事，影响了我的一生。故事发生在波兰，当时的波兰是弱小民族。当祖国遭受侵略的时候，一位牧羊少年，为了保护城里的居民，牺牲了自己。这个故事使我知道：除了爱母亲爱姐姐，还得爱同胞爱祖国！我上小学时，就积极参加了为前线抗日战士捐寒衣的活动。

三

我小的时候，姐姐在四川省立女子职业专科学校读书，她有一批好朋友，常来我们家玩。我们家的经济条件不好，但我母亲总是热情地接待她们。她们爱逗我玩，叫我跳舞给她们看。其中一位叫萧荀，我不认识"荀"字，把荀写成"苟"，她们开玩笑说萧姐是我的苟姐。

抗日战争初期，我母亲带着我们五姐弟，回到外婆家里住。外婆家有一个丫鬟，叫花珍。我外婆很慈祥，待花珍很好，但花珍不愿被收上房做小老婆。姐姐和她的朋友帮助花珍逃离外婆家。花珍改名秦志修，以后到重庆当了工人，正式结婚。这无疑是一次反封建的革命行为。1948年，我在重庆沙坪坝见到秦志修，她对我姐姐充满感激之情。

大约在1941年，我的八表叔把马克思的《资本论》借给姐姐看。当时姐姐读不懂《资本论》，但读《资本论》这件事受到我的一位叔父严厉的指责，以至姐姐的精神出现异常。她的朋友萧姐和刘姐等很关心她，帮助她换环境休养，她较快恢复了健康。我不知道姐姐生病。有天晚饭时间，我贪玩回家晚了一点，姐姐问我为什么老在外面"蹓来蹓去"？我误以为"蹓"是流氓的"流"，顶撞了姐姐一句，姐姐立即哭起来。我以为是我把姐姐惹病的，十分不安。姐姐病好回家，我不敢去见她，偷偷地站在屋外的凳子上，从窗缝往里看她在做什么。姐姐发现了我，亲切地对我招手："小五，来吃广柑！"我立刻跑到她身边，接过广柑，如释重负。

也就是那一年，四爸回成都治牙，在我们家住了三个月。姐姐已从职业专科学校毕业。四爸与我父亲的感情深厚，他目睹姐姐生病的过程，决定把姐姐带到文化生活出版社重庆办事处（以下简称文生社）去，在自己身边工作。姐姐在文生社担任会计，认真负责，得到四爸的赞许。我们家：父亲在，他管全家；父亲去世，三爸按月寄钱回家供养全家；三爸去世，四爸给全家提供生活费用。姐姐省吃俭用，每个月把自己微薄的工资，大部分寄回家，供母亲和弟妹们零用。1945年，抗日战争胜利，四爸返回上海，要带姐姐同去，但姐姐不愿远离母亲和弟妹，选择留在重庆。萧姐当时在重庆读书正好毕业，跟着四爸去了上海，以后成了四爸和四婶的好朋友。

四

姐姐去重庆后，我一直和她保持通信联系。

我上初中时，喜读新文学。1943年冬，我的一篇作文在校刊铅印发表，我很兴奋，寄了一份校刊给姐姐。姐姐看后很高兴，又让她的同事看。姐姐写信鼓励我，还给我提了一条意见，说我的每一段文字，无论句子长短，中间全是逗号，仅在结尾有一个句号。姐姐很会写作文。我读过她的一篇《夏夜》，至今记得开始的几句："夏天好，夏天好；纺织娘，把歌唱；金铃子，把铃摇。"我上小学时，有一次作文，居然把姐姐的《夏夜》全部照抄上交，得到老师的好评。下一次作文，没有姐姐的可抄，写得乱七八糟，老师批语："作文如行舟，不进则退。"以后知道，二姐和四姐也抄过姐姐的《夏夜》。

1944年夏季，我考上华西协合高级中学。我爱上写作，习作曾在成都的几个报刊上发表。同时，我好友陈先泽的四姐，介绍先泽和我参加了以中共地下党员贾唯英为核心的、以大学生为主体的未名团契；在贾唯英直接领导下，我与先泽等志同道合的中学生朋友组织成立了破晓社，反对国民党的独裁专制。这两年半，我积极学习《新民主主义论》等著作，与破晓社成员合办刊物，订阅《新华日报》，在学校代销《延安一月》一书，多次参加学生运动。1946年底，我被吸收为地下党员。后学校变相把我开除。我考上重庆的西南学院。1947年2月，我没有告诉姐姐，突然去了重庆。

1947年，姐姐和破晓社成员陈先泽（后排左一）、詹大风（前排左一）、王竹（前排右一）合影

到重庆的当天下午，我乘小木船横渡长江，惊涛骇浪。第二天去看姐姐，我乘坐的公共汽车被军车撞翻，当场死了四人，我没受伤。姐姐听我讲述时，我看出她慈母般的心疼。

从我上中学起，四爸供给我的学费，由小幺叔转发。小幺叔知道西南学院是中国民主同盟办的，认为学院太"红"了，怕我出问题，不给我学费，要我先自修，暑期报考燕京大学或复旦大学。不能上西南学院，我打算去解放区，但因红岩村和《新华日报》驻地突然被宪兵包围，无法实现，只得搬到民国路文生社三楼自修。我是凭政治和作文的成绩考上西南学院的，数学很差，根本考不上燕京和复旦。自修期间，姐姐不放心，不时上楼来检查；而我却在学诗人田间，写一些充满激情的新诗。我为姐姐写了一首抒情诗，其中有"像一朵白色花，你默默地开放在人间"诗句，可惜只记得这两句，其余全忘了。

姐姐感到我这样的自修无济于事。她与我的朋友王竹联系，在王竹就读的四川省立教育学院，为我找了一个床位；又请她在重庆大学先修班读书的朋友丁秀涓，每周两次为我补习数学。有了这些

安排，姐姐多少放心些。大约半月一次，我进城看姐姐。姐姐非常爱干净，不让我坐她的床，晚上让我在她床边睡地铺。姐姐和她的好友王淑蓉常带我去吃小吃，我最喜欢吃熨斗糕。偶尔也带我去西餐馆，喝一碗奶油鸡茸汤，花钱不多。

6月1日凌晨，国民党宪兵在国统区实行大逮捕。我不是省立教育学院的学生，加以匆忙中把两本进步书籍扔到窗外，我被逮捕了。王竹马上进城通知姐姐。那一次全市逮捕了两百多人，社会各界对国民党施加压力，呼吁释放被捕人士。姐姐想了各种办法营救我，最后通过四爸的好友、教育家吴先忧，在第五天中午，把我保释出来。吴伯伯对我说："你赶快去见你姐姐，她为你急死了！"

我让姐姐操了多少心呵！

五

我被释放后不久，临近高考。当时误传是在成都考试。姐姐为我和王竹买到两张回成都的飞机票，她和丁秀涓一起，把我和王竹送到重庆珊瑚坝飞机场。我和王竹都是第一次乘飞机，十分新奇，可能在上飞机前，没有特别向姐姐和秀涓告别。秀涓高考后回成都，说姐姐和她都对我们"没有回头看她们一眼"有点"意见"。

高考地点其实是在重庆，王竹很快返回重庆。我先害痢疾，后生眼病，不能回重庆参加高考。姐姐为我失去高考的机会感到遗憾。我却无所谓，甚至有点庆幸：原本我就考不上这类知名大学。

这个暑假，破晓社成员陈先泽、詹大风、方信嘉和蔡尔雄等都去了重庆。姐姐热情接待我的这些朋友；他们也喜欢她，都跟着我叫她姐姐。姐姐曾与他们合影留念。

经过大半年的接触，秀涓认为我有理想，会写作，头脑灵，又活泼，比较喜欢我。我则认为秀涓是大家闺秀，功课好，会办事，开始爱上她。当年12月，我眼病初愈，又去重庆。王竹因为参加过抗日的远征军，被四川大学录取。三所大学录取了秀涓，她因为我选择了重庆大学。姐姐请秀涓在重庆大学为我找床位，继续为我补习数学。1948年高考，我没被录取。这本在意料之中，但我觉得实在对不住爱我的姐姐。

国内形势不断变化，解放军取得"三大战役"的胜利，我有了新的打算。我是地下党员，原来想上大学，是为了能有一个"阵地"。既然考不上知名大学，我也不想再考，得开展群众"工作"了。重庆地下党受到破坏，我的组织关系转不过来。当时，我借住在重庆大学校外的一间半破房子里，沿用在成都搞学生运动的老办法，我组织了"大家读书会"，秀涓是我的主要助手。有十几位大学生参加读书会，我们读《世界知识》和《观察》杂志，定期讨论时事，唱进步歌曲，在地图上标注解放战争的进展。这些活动引起了重庆大学校方的注意，训导长侯枫，以清理学校家具为由，亲自带领几个壮汉，对我的住地进行了搜查。幸好头一天晚上，我把所有的进步书籍，都藏到了竹篾片做的天花板上，没有被发现。我怕姐姐担心，不敢告诉她这些情况。我那时仍在写作，文章分别发表在《大公报》和《新民晚报》上，姐姐多次给我鼓励。一位大戏剧家有部电影《艳阳天》，我有些不同意见，写了一篇短文叫《论〈艳阳天〉》；姐说只能叫《谈〈艳阳天〉》，教我懂得谦逊。

1948夏，在征得四爸同意后，姐姐离开了文生社。她先在一个税务报关行干了三个月，后到重庆黄山的一所慈善学校工作。我和秀涓去黄山看过姐姐，但交通不便，不可能经常去见她。

同年底，我在沙坪坝偶遇王宇光，他是我入党介绍人贾唯英的丈夫。王宇光在了解我这两年的情况后，委托一位化名老张的同志为我接上了组织关系。老张本名洪德铭，是地下党成都市委最后一任书记，这是我在解放后才知道的。我被任命为地下党川康特委川西派遣组沙磁区工作组成员，主要负责重庆大学先修班和沙磁区中学的工作。秀涓被吸收入党，大家读书会部分成员加入地下社"民青"。1949年4月，"争温饱争生存"运动后，我和秀涓有所暴露，撤退回成都工作。

姐姐也在10月回到成都，后去简阳县教书。这段时间，姐姐对我有些冷淡，我误以为是因为我和秀涓结婚，她感到失落，这在母亲和长姐是可能发生的。以后得知，姐姐在税务报关行工作时，看见社会上许多阴暗面，对环境极为不满，急于和我沟通，她连着给我写了三封信，都没有收到回信，对我产生了误会。实际情况是，当时我们已经受到特务监视，我的来信多被特务扣下；特务还检查到一位要求进步的同学写给秀涓的信，秀涓为此受到了"警告"。这也是我们从重庆撤回成都的原因之一。姐姐不知道我根本没有收到她的信。

我对姐姐的爱，从来没有减轻。

六

1950年秋，姐姐去重庆与查坤培结婚，在《西南工人日报》工作，1951年11月姐姐入党。

姐姐在文生社工作时，曾在附近一所英语夜校学习，一周两三次。查坤培是美孚石油公司的职员，姐姐的夜校同学。美孚石油公司也在民国路，与文生社隔街相对。1948年，我认识了查坤培，在他自办的小刊物上发表过文章。姐姐离开文生社的前后，我多次在查坤培那儿住过。1949年，我介绍查坤培加入了地下党。

1949年底，我和秀涓在成都迎接解放，1950年春又调回重庆，我先后在青年团重庆系统工作。1953年，姐姐生了个儿子，叫查晓；我也有了个女儿。那时大家工作都很忙，接触不太多。我保留了两张照片：一张是母亲来重庆时，母亲与我、姐姐、坤培、查晓的合影，我抱着查晓；另一张是查晓、我女儿和王竹的儿子的合影，三个孩子在团市委院子里唱歌。我住在两路口，去姐姐家得坐缆车，我为女儿编了儿歌："坐缆车，下坡坡；看大孃，看表哥。"

1957年底，我调团四川省委工作，离开重庆，回到成都。查坤培原在全国总工会西南办事处工作，1954年西南行政区撤销，调成都的四川总工会工作。1958年，因照顾夫妻关系，姐姐也回到成都，在四川省科委工作。无论在《西南工人日报》或省科委，姐姐都像大姐姐似的，关心和爱护身边的同志，受到大家的尊敬。《西南工人日报》一些同志，一直尊称姐姐为"李国老"，常在"三八节"去看望她，直到姐姐的晚年。1963年春，我调团中央工作，去了北京。1966年，爆发史无前例的"文化大革命"，我和成都亲人的联系中断，只有秀涓每月定期给我母亲写信、寄生活费。我在河南团中央"五七"干校劳动了五年，曾两次回成都探亲，姐姐都在四川省的米易"五七"干校劳动，我们没能见面。不过，我对姐姐的思念，无时不在。

七

1973年，我调回成都，在四川人民出版社工作。

当时，我女儿在北大荒生产建设兵团。我们把女儿接回成都，准备让她去四川农村插队。不是组织上统一的安排，女儿自己去插队，得花一笔数目不小的安置费。姐姐主动表示，要把她的"私房钱"给我一百元，一百元超过那时她一个月的工资。我没有同意，但深感姐姐对我的爱。我女儿也把大孃的关心牢记在心间。

人们早已对"文革"，对无止境的斗来斗去，感到不满和厌倦，但又不敢轻易直言。我和姐姐之间没有任何顾虑，交换对时局的看法，无话不谈。当我听到从北京传来粉碎"四人帮"的消息，赶快去告诉姐姐。因为是非正式渠道，我要姐姐保密，不要告诉任何人，包括姐夫查坤培，她遵守了"协议"。

四川人民出版社较快结束了清理"帮派"的工作，面对空前的"书荒"，我们立足本省，面向全国，陆续出版了不少好书。姐姐长期在文生社工作，理解出版工作的意义和重要性，为此感到高兴。当她看见我们出版的曹禺新著剧本《王昭君》后，专门给我写了一封信，称赞该书的封面、内文设计和插图好，出版周期短，祝贺我们所取得的成绩。

姐姐受我父亲影响，从小爱读书；以后，在文生社结识了作家曹禺、丽尼，受他们的影响，读了不少名著。1980年姐姐退休后，有更多的时间涉览群书。我爱买书藏书，四爸也送了我许多书，我家有三十多个书柜，自然成了姐姐的图书馆。姐姐定期请她的保姆来借书还书，她是我们家读书最多的人。姐姐夸我爱护书，说我的许多藏书"很多年后，仍然像新书"，要查晓向我学习。至今我还保存了1947年姐姐送我的英文版《白雪公主》，我的女儿读过，孙女读过，以后重孙女还会阅读。

1980年4月16日晚，我母亲因突发脑溢血住院，昏迷不醒，命在旦夕。二姐把我和四姐叫去，配合医生处理，我和外甥李舒彻夜守护在母亲身边。天下大雨，是否马上禀报姐姐，我十分犹豫：既懂得姐姐对母亲的情感，又担心姐姐的身体，最后决定推迟通知。第二天早上姐姐赶来，她理解这是为她着想，没有责备我。母亲去世，我们极为痛苦，躲在一位邻居家，几天没有与外界接触。

1981年，我因工作紧张引发高血压，在草堂寺疗养院住了半年多。我每周六下午回家，姐姐总要在周六下午，把我和二姐、四姐叫到她家，促膝谈心，吃碗抄手。这是快乐的聚会。三姐一家在福建省，我们也思念三姐。

姐姐从没有离开过四川，只是在1982年去上海看望过四爸。四爸很高兴，请女儿李小林到火车站去接姐姐，又抽时间多次和姐姐交谈。弟妹们开玩笑说，姐姐去上海，受到四爸"高规格"的接待。

姐姐喜欢读我的"往事随笔"，说文章语言朴实简洁，能动人 *679*

情感，鼓励我继续写下去。

八

2003年元宵节，姐夫查坤培逝世。

我们都为姐姐担心，不知道怎样安慰她。幸好姐姐的儿子查晓，从此把母亲接到自己家一起住。坤培兄对姐姐很好，但他照顾姐姐的方法不完全妥善。他担心姐姐摔跤，主张姐姐少走动；他怕姐姐感冒，不要姐姐下楼散步；他让姐姐吃各种的药品，包括大剂量的安眠药。查晓在肿瘤医院工作，既爱母亲，又具备医药知识。他为姐姐调整了药物，减少了安眠药的数量；鼓励姐姐适当运动。他们住在六楼，姐姐可以下楼，在院子里散步。查晓不但早中晚在家，工间操时还回来和母亲说几句话。保姆小敬也不错，除买菜做饭之外，多数时候都坐在姐姐身边，陪姐姐说话。姐姐喜欢京剧，早年秀涓教过姐姐唱《贵妃醉酒》和《凤还巢》的片段。姐姐爱看中央电视台戏曲频道。

二姐多病，行动不便。我和四姐不时去看望姐姐，姐姐很高兴。我在团中央河南"五七"干校劳动时，因冬季凌晨下水田犁田，腿脚留下后遗症。查晓家没有电梯，上下六楼对我很困难。我送了姐姐一张十寸的大头像，塑胶板做的，放在她的茶桌上。我对姐姐说："这样，我就能天天陪着你！"姐姐很喜欢这张照片，几乎每天都要指着照片对家人说："这是小五，他天天陪着我。"对客人也这样说。在她最后一年，语言出现障碍，也要用颤抖的手指着照片，向他人示意，直到她最后住进医院。

姐姐挂念二姐。她提议凡我们几人的生日和节假日，就在二姐家聚会。老年的姐姐喜欢红色，二姐、四姐和我经常买红色衣帽送给她。我爱和姐姐开玩笑，"挖苦"她当年有洁癖，让我睡地板，以致我现在身上疼，姐姐则说："以后我睡地板，你睡床！"我说她是老姐子，还是该我睡地板，为此争论不休。姐姐爱唱歌，我女儿在成都时，一定带上歌本，和大嬢一起，把会唱的歌都唱一遍。我的声音是"左"的，无法与姐姐合唱。但我会模仿姐姐年轻时唱的京韵大鼓："二八的小佳人，懒梳妆！"姐姐笑眯眯地看我表演，高兴极了。

十年来，我们几姐弟就是这样地相聚。每次，我都坐在姐姐身边，拉着姐姐的手。姐姐去世后，只要看见姐姐常坐的那张椅子，想起我们手拉手坐在一起，就会流泪。我女儿怕想起大嬢，甚至不敢去二嬢家。

姐姐天天盼着生日和节假日到来。没有聚会时我们每天通电话。姐姐喜欢我幽默，乐意与我通话。头些年说不完的话，通话时间较长，渐渐地她就只有三句话了：第一句："你的照片，天天陪着我的。"第二句："我爱我的小弟弟。"第三句："我睡地板，你睡床！"姐姐的深情，给了我温暖；她的语言退化，又让我难受。这三句话，天天讲月月讲，一字一句，刻在我的心上。

2009年5月，秀涓因病逝世，我没有立即告诉姐姐。以后姐姐知道了，不知多少次地念叨："小五一个人咋个办？叫他赶快续弦嘛！"姐姐担心无人照顾我的生活。

查晓的确很孝顺。头几年是他扶着姐姐，上下六楼参加聚会；后来是他背着姐姐，上下六楼去二姐家。2006年，姐姐开始出现某些老年认知障碍现象，并且吞咽困难。每吃一口饭，查晓都要检查她，是否把饭吞了下去，不厌其烦。2010年，姐姐患乳腺癌，查晓没有告诉姐姐，但对姐姐百般细心照顾。

2011年底，姐姐的乳腺溃烂化脓，查晓隔天为姐姐换药；8月29日，姐姐肺部大面积感染；9月1日10点07分，姐姐逝世，享年九十二岁。

在姐姐弥留期间，她不停地叫查医生，还说"我睡地板，你睡床！"

姐姐叫查医生，是呼唤她的好儿子查晓。

姐姐说"我睡地板，你睡床！"是惦记我，她心爱的小弟弟。

九

姐姐是一个平凡的人：她没有当过"官"，只做过会计、小学教师和公务员，没有做过惊天动地的事。

姐姐是一个崇高的人：她正直善良，年轻时就追求进步；她内心充满对新世界、新文化的憧憬；她为了母亲和弟弟妹妹，牺牲自己的利益；她工作认真负责，勤勤恳恳为人民服务；她爱读书唱歌；她乐于关心和帮助别人。

她就是一朵白色花，一片真情，默默地开放在人间。

2014年7月7日

姨　妈

　　我说的姨妈，是一位同事的姨妈，也是我们的姨妈。

　　20世纪50年代初，我的女儿诞生了。当时我在共青团重庆市沙磁区委工作，妻子在重庆第二钢铁厂工作，成天忙到晚，没有时间带孩子，也不懂怎样带孩子。好在是供给制，有孩子就有保姆费。我们不知在哪儿找保姆，一位好心的同事把她的姨妈推荐给了我们。

　　姨妈是封建婚姻的受害者。她是一位普通的农村妇女，一字不识。丈夫是大学体育系的学生，两人捏不到一块儿，没有儿女。拖下去不是办法，她终于与丈夫分手，自己离家找工作。第一次工作就是到我们家带孩子。

　　姨妈衣着整洁大方。我们出外办事或游玩，别人都以为我们是一家人。女儿从开始说话起就叫姨妈为婆婆。不久我母亲从成都来看

1972年，姨妈（右）和孩子们在一起

望我们，我女儿理所应当叫她为婆婆，但又怎样称呼姨妈呢？正考虑如何加以区别，女儿突然叫我母亲为亲婆，仍叫姨妈为婆婆。这个两全其美的叫法解决了这一难题。我问女儿是谁教你的，她说是婆婆告诉她的，从成都来的才是她的亲婆婆。

朝夕相处，姨妈对我们有了基本的了解和信任。1955年搞所谓肃清"胡风反革命集团"时，我已到共青团重庆市委工作，是被审查对象。许多人迫于压力和我划清界限，连话也不说。姨妈和平时一样带孩子，并关心我的生活。她知道我不喜欢吃早饭，每天早上煮好牛奶鸡蛋一定要我吃了才去办公室。后来知道，当时有人多次动员她揭发我。她说："过去的事我不知道，现在的事我不能昧良心乱说。"

我女儿非常喜爱她的婆婆，只要婆婆不在，女儿就找，找不到就哭。1957年底，我调共青团四川省委工作，姨妈和我们一起到成都。有一次姨妈必须回重庆，我们怕女儿不放她走，提前把女儿带到人民公园玩儿。可是女儿回家发现婆婆走了，放声大哭，脖子上的筋涨得又粗又大。幸好姨妈惦记着我女儿，两三天就回来了。不久我们的儿子出生，姨妈就带两个孩子。当时"大跃进"，晚上无事要加班，白天得上楼顶去赶麻雀，半夜常被叫去参加土法炼钢，星期天还必须去人民公园挖池塘。如果没有姨妈，真不知拿两个孩子怎么办。

生活中难免有笑料。有一天吃午饭，姨妈突然提出要我帮她写首诗，说街道办事处布置的，她写不出。我不赞成"全民写诗"，没有同意。她再三恳求，我便开玩笑地胡诌了四句："大跃进呀真正好，一人一诗少不了；作不出诗怎么办，赶快去把干部找。"

"大跃进"造成的三年困难时期，影响到各家各户。不少家庭因粮食问题发生矛盾，保姆吃孩子的口粮和食品的事屡见不鲜。我们家没有这些问题，却发现姨妈两腿略有水肿，原来是她把自己的饭菜让了一些给孩子吃。我和妻子极为感动，坚决反对她这样做。

为了保证姨妈吃够自己的定量，我们实行了平均分配菜饭，一人一份的吃法。当时机关食堂的馒头只供应干部，不供应家属。卖馒头的同志边卖边叫："干部才买！干部才买！"一天，姨妈告诉我们，年仅两岁多的儿子说他长大了要当干部，好给婆婆买馒头。姨妈讲话时露出笑容，看得出她从中得到了安慰。

供应不足使我骨瘦如柴，在1960年病了一场，住了三个月医院才回家。我长期有午睡习惯，最怕人打扰。姨妈坚决维护我的午睡。我母亲说，有一次她中午上楼找我，姨妈挡住她，说我在午睡。母亲开始有点反感，后来又想到姨妈是为我好，便听从了她的意见。我既感谢姨妈忠于职守，又感谢我母亲能理解这一点。

姨妈是我们家不可缺少的成员。她单身一人，与我们的关系又这样密切，妻子和我有一个共同心愿：以后孩子大了，姨妈就帮我们做点事；将来她老了，就在我们家养老。妻子把这个心愿告诉姨妈，她十分乐于接受。

1964年春节，我奉命调共青团中央工作。组织上要事先了解家庭情况，我如实做了汇报。幸蒙照顾，我和妻子、儿女、姨妈一起进入北京。可是大机关是非多，不久我就深感姨妈留在北京会引起麻烦，因为她丈夫家里大概是小地主，最好让她回重庆暂住。这个办法虽好，但又怕姨妈接受不了。山雨欲来风满楼，"左"的思潮越来越泛滥，许多机关都在"清理阶级队伍"，我更感到担心。正在山西参加"四清"的妻子来信，建议我开诚布公地与姨妈商量。没想到姨妈通情达理，极为爽快地同意回重庆暂住。

姨妈离开北京的晚上，我和女儿把她送到火车站。姨妈牵着女儿的手，两人眼里都充满泪水。姨妈在我们家工作了十一年。从重庆沙坪坝区到重庆市中心区，从重庆到成都，从成都到北京，但现在必须分手了。尽管我们一定遵守诺言，不会做昧良心的事，但一种负疚感压得我胸闷。那时我们家经济困难，只能为姨妈买一张硬座票。与姨妈同坐的妇女看见我们难舍难分，好心地问我女儿，为什么不给婆婆买张卧铺票？我听了感到无地自容。

姨妈走后我们很不习惯，特别是两个孩子。但在"文革"期间，我才庆幸姨妈暂时离开了我们。如果姨妈在机关，亲眼看见我被斗争、抄家、关"牛棚"，亲眼看见两个孩子没人管，她会非常难受的。一个自称为"老干部"的造反派揭发我的"罪行"，就我们和姨妈的关系进行恶毒的诬蔑，说我像黄世仁一样，"吃了饭就睡午觉"。这并不奇怪，她怎么懂得人间真情。端午节是姨妈的生日。每到端午，全家人都想念她，年年如此。1970年初，我带女儿和儿子回成都探亲，专门去重庆找到姨妈。五年不见，姨妈头上有了白发。姨妈看见两个孩子长大了，显得格外高兴。我趁机向姨妈表示，我们一定要争取调回成都。1971年我们回成都探亲，又把姨妈接到成都玩了一周。

我们家在1973年全部回到成都。妻子每次出差到重庆都会去看望姨妈，姨妈住在街边一幢楼房五楼上的一间阴暗的小屋，白天做活都要开电灯。我们为姨妈的困境担忧。不久女儿上了重庆大学，经常与婆婆见面，婆婆仍像过去那样关心和照顾她，给她做裙子、缝棉袄。女儿和婆婆相约，等她大学毕业，一起回成都。粉碎"四人帮"后有了团聚的可能。1978年秋，姨妈带着一个小孩来我们家住了十天。当时说定：半年后等这孩子上了幼儿园，按过去的承诺，姨妈就来我们家长住，再也不分开。

谁知姨妈回重庆不久就病倒在床，最后查出是肝癌。1979年，我女婿代表全家到重庆看望姨妈，她已经不行了，一周后病逝。天下最痛苦的事，莫非一个美好的愿望，等了很久刚要实现，突然又破灭了。我想姨妈一定是带着很大的遗憾离开人世的！

我们虽在人世，这遗憾也将伴随终身！

1999年冬

我和女儿的小故事

邻居兼友人熊燕很重视对孩子的教育。作为闲谈，我讲了三个小故事。这些事，距今已有四五十年之久了。

不拿别人一针一线

我的女儿，那时可能只有五岁多。有一天，我和妻子带女儿到她姨婆家去玩儿。大人聊天，孩子一般没有兴趣。她姨婆拿了一个小瓶子给她玩儿，我们才不被干扰，得以继续聊下去。

吃过中饭，告辞回家。

下午，我发现女儿仍在玩那个小瓶子。

我问："这是姨婆送你的？"她答不是。又问："你拿走时告诉姨婆没有？"答没有。

女儿很小，没有"偷"的概念，不能上纲上线；但绝不能允许孩子随便拿别人的东西，哪怕一针一线。我认真地给她讲道理，让她知道只有父

女儿李芹

母送她的，包括经父母同意接受别人送的，她才有权处理。随便拿别人的东西是不对的行为，一定要改正。女儿接受了我讲的道理。

我说："我要带你把小瓶子还给姨婆，你要向姨婆道歉。"

为了把事情处理好，我得先与她姨婆通气。当时，没有电话，我骑自行车到她姨婆家。我向她说明缘由，她姨婆果然认为小题大做。她说："一个小瓶子算什么嘛！"我只得又向她讲明孩子得从小养成好习惯，请她配合。然后，我才带着女儿到她姨婆家。

女儿把小瓶子还给姨婆，检讨说："我不该没得到允许，把小瓶拿回去了。"姨婆说："知道这个道理就对了。"

从此，我女儿再没有随便拿过别人的东西。

从小得诚实，说真话

我十二岁时，四爸就教我"说话要说真话"，我也注意以此教育孩子。小娃娃什么错误都可能犯，犯了就改，但绝不能说谎，不诚实。

我一直喜欢工艺品，生怕弄坏一点。1958年我访问苏联，带回一个小的人造卫星模型。它有一个类似八音钟的设置，只要上了发条，就会响起一段乐曲。我十分喜欢它，把它作为一个珍藏的纪念品。

一天晚上，我和妻子回家，发现女儿胆怯地站在房门外。我问："为什么没睡？"她答："我把人造卫星模型弄坏了。"

我心里极不高兴，本想责骂她，但她诚实认错，应该免予处分，也就平静下来。我说："你明明知道我喜欢它，不许你一人玩它，现在你一人玩它，又把它弄坏了。你说该怎么办？"

她说："我错了。"

我说："本来要处分你，但你今天很诚实，不给你处分了。"

帮助她克服困难

女儿在学校一贯表现优秀，从来都是按时完成作业。

一次放寒假，因为她平常能按时完成作业，我也放松了检查。特别是春节前后，许多亲戚朋友来玩儿，她也玩得高兴，更忽略了做作业之事。

临到开学前一天上午，谈到第二天报到，我女儿才说："糟了，我忘了做寒假作业。"

这是一件大事。我问："怎么办？"她说，马上做。她拿出笔墨纸砚，开始做作业。我没有批评她，只叫她抓紧时间，能做多少就做多少。

估计她难以完成全部作业，我到学校去向级任老师报告实情，并从家长角度做了自我批评。老师说："我知道该怎样处理。"

女儿一直在做作业，除了吃饭，没有休息一分钟。我和妻子也不打扰她，以便她集中精力。吃了晚饭，她又立即做作业。我坐在她身边，帮助她磨墨。到了晚九时，平时该睡的时候了，女儿的作业还没做完，但她并无睡意，仍坚持做作业。我一直陪着她，当她的"秘书"，为她做些磨墨、送纸之类的事。当她完成全部作业，座钟正指着十二时，我俩都松了一口气。

第二天早上，女儿去学校报到，老师见她情绪正常。检查她的寒假作业，全做了，感到奇怪。事后我把情况告诉老师。我说，我既指出女儿没坚持做寒假作业的缺点，又肯定了她当天的"奋斗"精神。

2008年秋末

家庭文件

按：外孙琪琪结婚，我致了祝辞，双方的家长均表示赞同。为强调其重要性，琪琪的姨婆戏称为"一号文件"。后来，他们将为人父母，我又写了一封信，即"二号文件"。

"一号文件"——在琪琪、莉莉婚礼上的祝福

我是琪琪的外公。名叫李致，木子李，向大家致意的致。琪琪从小跟我们长大，所以琪琪和他父亲、母亲推举我来表示祝福。

几十年前，子女婚姻一般由长辈做主，所以长辈往往先于子女相识。现在，子女自由恋爱，婚姻自主，亲家是子女决定的。但有意思的是，琪琪的妈妈和莉莉的父亲是小学同班同学。莉莉奶奶的好友是我的好友，这位好友对我的人生产生过很大的影响，犹如我的亲姐姐。莉莉的四姨公和琪琪的七姨公又是同学。莉莉的四姨公是有名的眼科医生，四十年前他就为我治过病。那天我去拜望莉莉的爷爷奶奶时，就说："世界很大，同时也很小。这叫有缘。"

结婚是人生的大事，是非常严肃的事。按中国的传统，夫妻要白头偕老。尽管时代和人的观念变化很大，我们仍希望新郎新娘能终生相伴。现在，有些青年人不喜欢本民族的传统，时兴西化。我在美国参加过婚礼。当牧师问新郎新娘：无论是富贵贫穷，还是生

李致文存·我的人生（下）

690

老病死，你都愿意和他/她终身相伴吗？"新人回答：我愿意！这种承诺，也是白头偕老之意。汪家李家的祖辈，也就是新郎新娘的爷爷奶奶和外公外婆，都到了耄耋或近耄耋之年，身体健康。新郎新娘也应继承长寿基因，人生的道路很长。社会是丰富多彩的，但也是变化难测的。人生是幸福的，但也常有坎坷。夫妇要相互理解，相互帮助，用爱来温暖和鼓励对方。双方都要宽容，多付出一点，不要斤斤计较，抓住小事上纲。求同存异，不仅适用于国与国，也适用于家庭。祝新郎新娘万事如意，用心是好的，但不现实。生活中一定有矛盾有困难，要学会用正确的态度来对待困难、解决矛盾。婚姻，是爱情加责任。爱情，包括理解和宽容。责任，就是纵有千斤担，各挑五百斤，这样一加一就会大于二。要做到白头偕老，正如鲁迅所说："爱情必须时时更新，生长，创造。"

许多长辈、亲友和同学光临婚礼，带来亲情友情，为婚礼增添光彩和欢乐。我代表琪琪的爷爷、奶奶、外婆、父亲和母亲，感谢大家的盛情。

2004年7月10日

"二号文件"——寄语将为人父母的琪琪、莉莉

琪琪和莉莉：

得知莉莉已有身孕，我非常高兴。

今年你们将成为父母。这是你们人生中的一件大事。全家为你们祝福，也提点希望。

我相信你们会爱孩子。正如鲁迅所说："动物界除了生子数目太多，——爱不周到的如鱼类之外，总是挚爱他的幼子。"我曾在农村亲眼看见有人戕害了小乌鸦，乌鸦爸爸和妈妈连续不断地向他发动攻击。鲁迅强调的是："不能只管生，不管他好不好……不管

他才不才。"

问题就在这里。如何才能使孩子好（或成才）呢？

孩子没出生前，在母亲的肚子里。母亲的情绪直接影响孩子的身心健康。因此，母亲保持良好的心态极为重要。对你们来说，目前一定要和平共处，避免争吵。要让家里时时充满着一种欢愉的气氛！

孩子出生后，他接触的世界，首先是父母。都说父母是孩子的第一老师，这话千真万确。老师对学生，即父母对孩子，既要言教更要身教。婴儿太小无法言教，主要是身教。孩子将模仿你们的行为，塑造自己的性格。在和谐的家庭里，婴儿会快乐健康地成长。如果父母脾气暴躁，或经常吵闹，对婴儿来说，那就是"世界大战"。想想战火纷飞下可怜的巴勒斯坦的孩子，能够加深我们的理解。

生孩子，母亲承担的责任和痛苦比父亲多。孩子的父亲要多多关怀孩子的母亲。孩子出生后，会增加许多烦琐的家务事。父母双方要彼此关怀、理解和体谅。否则，孩子出生带来的快乐，很快就会变成烦恼，甚至是痛苦。

期待你们努力，生养一个健康、聪明的宝宝。

外公

2012年2月1日

难忘的良师益友

——怀念汪道涵同志

汪道涵同志逝世，我心里很不平静。往事在脑海里浮现，难于忘怀。

我和道涵同志有亲戚关系，但这不是主要的；是他的高瞻远瞩，学识渊博，为人谦和，也就是他的人格魅力，深深地吸引了我。

早在胡耀邦同志任中宣部部长时，曾分别邀请在政府各部门担任领导工作的同志，来中宣部介绍情况。道涵同志时任对外经济联络部副部长，应邀前来作报告，耀邦同志对他的评价很高，说他头脑清晰，不但掌握全面情况，而且分析准确到位，很有水平。这是当时参加会议的同志转述的，也是我对道涵同志的第一印象。

20世纪80年代初，道涵同志任上海市市长，他对巴金老人十分关心。作为巴老的亲属，礼尚往来，我去看望他，表示感谢。谈话的时间不长，涉及面较宽，彼此都很投入，大有一见如故之感。他问了我的年龄，说他比我大十五岁。以后每次见面，他都要说："我比你大十五岁。"

不久，四川少儿出版社出版了一套"未来军官学校"丛书，在上海举行首发式。川少社邀我出席。没想到上海方面出席的竟是道涵同志。道涵同志赞扬了川版图书，肯定了"未来军官学校"丛书的选题。他邀我去他家聊天。这一次主要是谈书。原来，道涵同志

汪道涵与李致

汪道涵致李致的书信

很喜欢读书，阅读范围广泛。他了解川版书，对"现代作家丛书"和"走向未来丛书"等都充分给予肯定。我这才明白为什么上海发行部门会邀请他来出席首发式。这时道涵同志刚退居二线，也有了些时间。若干年后，道涵同志来四川旅游，我专门陪他参观了四川人民出版社、巴蜀书社等几家出版社。

1992年，我在美国探亲时认识了一位美籍华人陈达孚先生。他是从大陆到台湾，再去美国的。他曾在老布什政府中任职；曾为共和党的代表大会起草有关对华政策的纲领。我邀请陈先生来四川旅游。陈先生希望能会见大陆的高层领导，愿意为统一祖国尽些微薄之力。当时，道涵同志已任海协会会长。1993年初，我回国后即与道涵同志联系，他欣然同意会见陈达孚，听取陈先生的意见。

同年秋，我陪陈先生去上海。道涵同志会见了陈先生，认真听取了他对台湾情况的分析和意见。时间久远，我已不记得谈话的全部内容。印象深的，是陈先生明确地指出：李登辉也是搞"台独"的；过去台湾推广"国语"（即普通话），现在李登辉搞所谓的本地方言，也是企图搞"台独"的表现。鉴于台湾很注意拉拢美国某些议员，陈先生建议中国通过各方面来加强对美国国会的工作。陈先生在北京曾向某高级官员提出同样建议，但当场被轻易地否定了。道涵同志态度诚恳，认真与陈先生讨论，陈先生感到非常满意。会见后大家一起吃饭，双方都喜欢喝川酒五粮液。道涵同志特意演示了怎样鉴别酒的真假，他摇动着酒瓶，很是"行家里手"的样子。

通过这次接触，陈先生十分敬佩道涵会长。以后，道涵同志访美，在旧金山约见了陈先生；陈先生再次访华，又在深圳拜望了道涵会长。陈先生为建在大陆的陈家祠堂立碑，特请道涵会长题字；还把题字的原件，裱起来挂在美国住宅的客厅里。

进入21世纪，我连续四年去上海。每次去上海，我都会去看望道涵同志，他也乐意与我会面。因为我的腿不好，总是有人作陪，或是我的女儿女婿，或是文化交流中心的同事。每次去，我都会提出几个问题向他请教，主要是台湾问题、美国问题以及国内经济转型期间所出现的问题。有意思的是，道涵同志总要反过来先听我的意见，或先听陪我前往的年轻人的意见。无论是谁说话，道涵同志总是凝视着对方，头微偏，双手抱握胸前，专心致志地倾听。他的专注，使人乐于畅所欲言。从这个细节，我感到他很尊重人。正因如此，他能听到各种不同的意见，充实和丰富自己。这使我联想到，过去我与某些领导交谈时，有的心不在焉，有的一心二用，似乎示意"赶快结束"。真是两种迥然不同的文化素质。

在谈话中，我感到道涵同志博览群书，知识渊博，记忆力强。因为不想多占用他的时间，常常言犹未尽就该告辞了。这时，道涵同志往往要给我介绍几本书，他还给我寄过几本买不到的书籍。

2002年秋，我去上海看望巴老，兼治腿疾，在上海多待了几天。我两次去看望道涵同志，彼此总觉得话没谈完，有所歉然。第一次见面，他主要谈了现在是转型期，问题多而复杂。目前正面临着中国向何处去。工人、农民和多数知识分子说不起话，说得起话的带长的官员和企业家，一个有权一个有钱。靠谁解决问题主流应是党和知识分子的精英。告辞时，道涵同志约我第二天与他一起散步。我答腿不行，他说找个轮椅给我坐，他推我走，边走边谈。怎么能让这位德高望重、大我十五岁的长者推我散步呢？当然不行，我断然婉拒。但他的提议使我非常感动。两天后再去，他主要讲了除要肯定主流，还得看到问题。他认为一要总结苏共亡党的教训，二要总结东欧的教训，三要研究美国为什么强大，四要总结社会民主党在欧洲的影响，五要总结我们自己的教训。赠我两本书。临别时他说，面对这些问题，"我很郁闷"。……

道涵同志关心我的创作。我说在写自己一生的感受。总题目叫"往事随笔"，已出版三册，即《往事》《回顾》《昔日》，下一本将是《足迹》。我知道道涵同志翻过我的书，且仰慕他的书法，趁此请他为我题写《足迹》的书名。道涵同志答应了，并在我离开上海前夕，派人送来两张题字，让我挑选。信上还说如不满意，他可再写。我对两张题字都很满意，立即打电话向他表示感谢。

2003年11月，我去上海，道涵同志在住院。一天晚上，一位同事陪我去医院看望他。他很高兴，表示可以交谈一小时。我们谈到社会上存在的一些矛盾，如上学难、看病难、下岗工人生活问题、贪污腐败等，他询问了四川汉源农民群众围占县委事件。问我们看电视剧《中国式离婚》没有，说该片反映出知识分子中存在不少的问题。可惜护士只同意交谈半小时。尽管我们还有许多话要说，为了道涵同志的健康，不能不告辞。当然，也十分遗憾。

2005年，台湾海基会董事长辜振甫逝世，报刊上发表了道涵同志的唁电，文笔极佳，我把它作为学习范本，存入电脑。同年，台湾国民党主席连战、亲民党主席宋楚瑜先后访问大陆，都去医院拜望了汪老，感谢他对两岸和平统一事业所做出的重大贡献。我在电视上看见道涵同志，似乎身体还可以，由衷感到欣慰。

汪道涵为李致的文集《足迹》题写的书名

同年10月15日，因巴老病危，我赶去上海。这时，才得知道涵同志的情况也不好。巴老逝世后，22日早上，我和女婿去医院看道涵同志。他躺在病床上不能起来。我说来看望他，他对我说了一句话："要好好学习巴老的《随想录》。"因为道涵同志的六弟从外地赶来看他，医院又限制时间，我只得离去。没想到这次见面竟成为诀别……

12月24日，我从网上看见道涵同志在晨七时十二分逝世的消息。失去这位良师益友，我感到痛苦。他那凝视对方，头向左微偏，双手抱握胸前，专心倾听的形象，像一幅油画，定格在眼前。我想对他说：道涵同志，我真愿腿疾消失，我能用轮椅推着您散步，继续交谈那似乎永远谈不完的话题。我更不会忘记您对我说的最后一句话，认真阅读巴老的《随想录》。

2006年7月3日写完

颂百岁马老（四则）

按　我和马识途老人交往，已有七十多年。十年前，我写下《历经斧斤不老松》一文，记叙我所知道的马老。最近马老提出，将此文作为新版《马识途文集》的序。近几年我又写了几篇有关马老的短文，现集中在一起，以颂百岁马老。《辞旧迎新话马老》一文收入《辞旧迎新的祝福》一组文章内，请参阅。

之一：重阳敬马老

重阳敬老节到了，我必然想起马识途老人。

马老是老革命、老作家。他诞生于1915年，明年1月，他将满九十九周岁，进入一百岁了。作为世纪老人，他见证了沧桑岁月的百年变迁。

在旧中国，马老参加过"一二·九"运动，领导过"一二·一"运动。他1937年加入中国共产党，在长期的地下斗争中，多次受到敌特追捕，九死一生。他的第一位夫人刘惠馨牺牲在狱中，留下不满周岁的女儿被一位老工人收养。"相信胜利，准备牺牲"这个信念，支持马老从黑夜战斗到黎明。

新中国成立后，马老积极投身于社会主义建设。但极左思潮使他多次受到打击，"文革"中又被首先抛出，历经苦难。但他"宁

699

死不屈、宁折不弯"，是一个有良知、硬骨头的知识分子，真正的共产党员。苦难也是良药，困惑之后，马老重新找回了他当年参加革命的信念。

革命的经历加上满腔的激情，几十年来马老笔耕不息。他创作的各种文体，总字数超过五百万字。革命文学鼓舞了至少两代青年。由于长时间担任各种行政工作，他实际上只是个"业余作家"。马老敬仰巴金老人，他多次表示："我要努力说真话，不管为此我要付出什么代价。"

在疾病面前，马老也是强者。2001年初，马老得了肾癌，许多人为之担心。手术成功以后，马老恢复了健康，这才有了去年写的打油诗《顺口溜·自叙》："阎王有请我不去，小鬼来缠我不怕。"马老的现状，也如打油诗所说："老朽今年九十八，近瞎渐聋唯未傻。"最近一两年，我每次去看望马老，时间均控制在一小时，但这期间百分九十的时间，都是马老在高谈阔论。他思维敏捷，言语清楚，声音洪亮，不少真知灼见。前不久，我去看望马老，他穿着一件背心，站立挥毫半小时以上，为"马识途百岁书法展"做准备。书法作品义卖之款，将全部捐赠贫困学生。

马老有他的"长寿三字诀"："不言老，要服老。多达观，少烦恼。勤用脑，多思考。勿孤僻，有知交。能知足，品自高。常吃素，七分饱。戒烟癖，酒饮少。多运动，散步好。知天命，乐逍遥。此之谓，寿之道。"

好友章玉钧送我一个斗方，上书："马首是瞻，康乐遐龄。"鼓励我不仅思想跟上马老，还要学马老向百岁进军。小友杜建华凑热闹，和《顺口溜·自叙》："几人能有九十八？何况体健智尤佳。一身正气神鬼惧，领路还须识途马。"

我们都愿向马老学习。

2013年10月7日深夜

之二：百岁老人的创意

德高望重的马识途老人，今年整一百岁，步入一百零一岁。

马老历来不为自己过生日，百岁大庆也是如此。仅在2014年举办了马识途百岁书法展，展出二百多幅作品；四川大学用义卖的收入，设立了马识途文学奖。马老还应生活·读书·新知三联书店之约，撰写了二十六万字的《百岁拾忆》一书。尽管三联书店怕马老劳累，建议由马老口述，他人笔录。但马老坚持自己动手，完成了全部书稿。

一些老朋友自愿凑份子聚餐，为百岁马老贺生。马老不愿朋友请他，坚持"打平伙"，否则他不出席。"打平伙"，即当今之时髦语言AA制。恭敬不如从命。那一次马老共出了三份钱：自己一份，女公子兼"秘书长"马万梅一份，司机小胡一份。

李致（右一）与章玉钧（左一）、王火（左二）同贺马识途百岁寿诞

今年马老生日，几位朋友和家人按既定方针，再"打平伙"相聚。上午九时半，马老乘坐小胡开的私家车来接我，一起去聚会所在地。马老本想先到，不料途中堵车，我们抵达时，马老的家人、王火兄和他的女公子王凌、章玉钧兄和夫人邹瑞芬都已准时到达。

室内有四把大椅子。马老坐在中间。遵照马老的指示，按年龄大小，王火居右，我居左，玉钧坐在王火旁边。

马老拿出一页文字（老友酿饮会诗四首，2015年元月22日）分送给我们：

七律　新年感怀

2015年元月

稀里糊涂逾百岁，近聋渐瞎腿突踔，

几经锻炼身犹健，反复磨砺脑未呆。

国运兴隆成定论，世风颓败却萦怀。

江山代有雄才出，待领风骚"双百"开。

七绝　寿王火越九十岁

2015年元月

淡水之交数十春，潭深千尺比汪伦。

同舟共渡风雷夕，相见无言胜有声。

七律　寿致公满八五岁

2015年元月

致公八五登高寿，三五知交酿隐庐。

一世称贫双手洁，平生夸富满楼书。

为人作嫁心甘愿，操笔委婉气意舒。

漫道韶华如逝水，寿登百域意何如？

七律　贺章公望八十岁

2015年元月

章公八十未衰翁，眼亮心明耳尚聪。

曾历沧桑存浩气，今耽逸史正迷蒙。

回头自省无愧怍，剩勇宜当展雄风。

有骨文章须直写，敢驱文采上毫锋。

　　章玉钧同志乃至友也，近始知行年已近八十，因急就七律诗一首以表贺忱。

　　醵者，凑钱喝酒之意也。四首诗：一首七律《新年感怀》，是马老为自己写的。另三首，分赠王火、玉钧和我。

　　马老指着为我写的诗，对我说，"你的藏书多，'平生夸富满楼书'；'操笔委婉气象舒'，是说你一直坚持写作。"

　　王火送了生日蛋糕给马老，补送了获茅盾文学奖的长篇小说《战争和人》给玉钧。玉钧制作了书法贺卡，分赠给马老、王火和我。我的字登不了大雅之堂，不敢班门弄斧，各赠特色镇纸一方，祝三人的书法艺术再创辉煌。

　　灯光熄灭，推出生日蛋糕。蛋糕上点着四支蜡烛，插着塑料数字355。众人诧异，不知何故。"秘书长"马万梅发布信息：355是我们四位年龄的总和，是按马老的旨意安排的。

　　原来，马老把为他祝贺生日一百零一岁，变为我们四人一道，欢度355岁的生日。

　　请马老吹蜡烛，马老坚持我们四人一起吹。再次从命，我数一、二、三，一起把蜡烛吹熄。在场的亲友拍手，唱响："祝你生日快乐！祝你生日快乐！"

　　我突然想起20世纪40年代的一部电影《一江春水向东流》，有这样两句歌词："一个人唱歌多寂寞，一群人唱歌多快乐！"套用

703

这两句，我感到："一个人过生多寂寞，一群人过生多快乐！"

围坐圆桌，总得有个开场白。我请万梅讲几句。万梅说："年年都是你讲的，今天也该你讲。"无法推辞，我只好站起来，代表大家致贺寿感言。

我说，人活到一百岁不容易，健康地活到一百岁更不容易。这两条马老都做到了，实在值得庆贺。马老有他的"长寿三字诀"，关键是乐观从容，也就是马老诗所写"秉性达观"。无论大事小事，马老一贯注意创新。去年，马老为《华西都市报》的市井类栏目"宽窄巷"题字，"宽"字写得很宽，最后一笔延长在窄字下面；"窄"字写得很窄，夹在宽巷两个字之间，宽窄之意跃然纸上。仅就这次相聚，马老写的诗以及蛋糕上插的数字三百五十五，足见一百零一岁的马老不但身体健康，思路敏捷，其创意蕴含深远，非常人之所能及。

王火兄对我说，他看见马老赠诗第一句"君子之交淡如水"，直感第二句很难写，不料第二句却是"潭深千尺比汪伦"，真是神来之笔。王火对古诗词有很高的造诣。

玉钧兄曾任四川郭沫若研究会会长，又是巴蜀文化通史主编之一。他说，没想到马老这样有创意，令人惊喜和佩服。早在去年，他就说，"马首是瞻，康乐遐龄。"希望我们向马老学习。

著名学者周有光，一百一十岁，身体健康，尚能读书看报。最后，大家举杯，祝马老再接再厉，超过周有光老人！

探望马识途老人

马识途老人即满一百零一岁，步入一百零二岁。

我大约十天半月去看望马老一次，每次不超过一小时。我对马老说："我要目睹你的健康情况。"马老每天都在思考问题，我去看马老，绝大部分时间都是他在讲话，思维敏捷，语言清楚。

11月11号下午，我去看望马老。几天前，习近平在新加坡会见了马英九。我刚坐下，马老就和我谈到习马会，说他为此写了一首《七绝》，还写了一首《顺口溜》。听了一遍记不住，我请马老把这两首诗写给我。马老提笔写下：

七绝　习马会

打断骨头还连筋，血浓于水弟兄情。
任他南海风波恶，我自肖然自在行。

顺口溜　民谣

习马握手新加坡，两岸儿女笑呵呵。
九二共识定海针，刺进空心菜窝窝。
风云突变只自叹：人心所向莫奈何。
莫奈何？不忙说，背后强人有两个。
阳谋阴算诡计恶，习主席，点子多。
这一壶，够他喝，看他几爷子咋个说。

　　我一边看，马老一边向我解释。"空心菜"，指台湾民进党的蔡英文，她对两岸政策一贯拿不出具体政策。"背后强人有两个"，指众人皆知的两个国家。马老这样关心国家大事，还及时写诗，令我敬佩。我对这两首诗很有兴趣，表示要拿去发表，马老没有反对。

　　大家都关心马老的健康，毕竟满了一百岁，劝他做事悠着点。马老不太在乎，还想多做一点事，多留一些作品。十年前，四川文艺出版社出版了《马识途文集》（共十二卷十三册，四百多万字）。近十年，马老又写了不少文章，并出了几本单行本，加上上次没收入文集的文章，出版社拟重新出版《马识途文集》。初步计划出版十八集，争取在明年底或后年上半年出齐。

马老不愿长期关在家里，已于11月29日去北京。他既要去看他的长女吴翠兰，也要会见健在的老朋友。马老的长女为什么姓吴？1940年，马老的夫人在鄂西壮烈牺牲，不满周岁的女儿被一位姓吴的工人收养。直到1959年马老才第一次见到长女，为感谢这位工人，马老让她姓吴。欲知详情，请看马老的长篇小说《清江壮歌》。

2015年12月1日

贺《马识途文集》再版

马老是德高望重的老革命、老作家。

马老以"业余作家"的身份写作，写到一百零四岁。这是我们国家乃至世界所仅有的。再次出版的文集共十八卷，七百多万字，是珍贵的精神财富。读者不仅能够感受马老一生丰富的革命经历，还能从中得到艺术享受。这也给我们健在的作家和作者一个启示：只要身体条件允许，就不能放下自己手中的笔。

马老一贯尊敬鲁迅和巴金。马老多次赞颂鲁迅是中国的脊梁，巴金是中国的良心。马老曾经向巴老表示，并公之于世：我要努力说真话，不管付出任何代价。

人们愿意听真话，喜欢读讲真话的书。

让我们满怀敬意和真挚的情感，阅读《马识途文集》。

感谢省委宣传部的支持，感谢四川新华发行集团和新华文轩、四川文艺出版社，完成再版《马识途文集》这一光荣任务，对振兴四川出版做出的贡献。

向马老致敬！

期待马老向一百一十岁进军！

2018年6月24日

附　记

2017年，马老肺上查出癌变。因高寿不能动手术，也不能化疗放疗。经医生精心治疗，服药半年，癌变消失。服药的不良反应很多，马老强忍不惧。马老对我说：无论是对敌斗争，后受打压，还是对待疾病，马识途的字典里，没有"投降"二字。马老视我为挚友，多次说："知我者，致公也。"最近又赠我斗方，上书："致公心领不来常想念，相见开心扉。灵犀一点通，流水听清音。百零四岁马识途。"

2018年8月7日

团徽在我胸前闪光

虽然步入八十五岁，但我的胸前，不时佩戴着一枚共青团的团徽。

20世纪40年代中期，我投入反对内战的学生运动，后参加了党的地下组织。1949年底成都解放，分配工作时，原地下党领导人王宇光征求我的意见，我表示愿当话剧演员。王宇光笑了一下，说："现在正缺干部，到青年团去。"从此，我在团成都市工委、团重庆市委、团四川省委和团中央，一共工作了十七年。

在共青团工作的干部，到一定的年龄就得转业，我们称为"毕业"。时任共青团中央第一书记的胡耀邦同志，号召团干部把在共青团工作当成一所大学，在这里学习工作，锻炼成长。"文化大革命"开始不久，康生、江青一伙污蔑团中央"修透了"，下令改组团中央书记处。我也被"造反派"视为"修正主义"的"苗子"，先被夺权，继进"牛棚"，后到"五七干校"劳动改造，面临被"扫地出门"的处境。

1973年，我调回四川工作。离开北京前，我到耀邦同志家向他告别。我说："我在共青团工作十七年，在这所'大学'里，受到很多教育。像朝气蓬勃，认真学习，深入实际，联系群众等，都是在共青团工作学到的。"耀邦同志说："这些都是党的好传统。"当时，已出林彪事件，耀邦同志叮嘱我们在路线斗争中要独立思考，不要盲目吹喇叭、抬轿子。我把耀邦同志这次谈话，当成在我的共青团大学"毕业"典礼上校长对学生的期望，一生牢记。

我很珍惜自己的青年时期。20世纪50年代，把十四岁到二十五岁定为青年。我满二十五岁那天，写下一首短诗：

> 很早以前就想到今天
> 原以为到了今天就不再是青年
>
> 到了今天我才明白
> 青年并不单按年龄计算
>
> 我要更加努力学习和锻炼
> 永远保持青年的热情和勇敢

我们在共青团一起工作的同志，彼此有着深厚的感情。在成都，无论是在团成都市委、团四川省委以及团重庆市委现居成都的老同志，每年都分别有聚会。我胸前的团徽是几年前参加团成都市委老同志聚会时团成都市委赠送的。

戴上团徽，不是"装嫩"。团徽提醒我：要努力学习和锻炼，永远保持青年的热情和勇敢。

2014年五四青年节前

邻居三题

之一：熊　燕

参加工作以来，五十多年，我一直住机关宿舍。

2003年，因为年纪大了，腿不好，我搬到了一个有电梯的公寓，金杏苑。

开初，有点不习惯，后来认识了一些邻居，交了一些朋友。这里单说熊燕。

我们同住在第四幢楼，我住十四层，熊燕住十二层。

第一次见到熊燕，是在电梯里。一位年轻的女士热情地和我打招呼，她朝气蓬勃、充满活力。问是运动员吗？答搞过冲浪运动。以后知道，她当过模特儿、演过电视剧；先生是一位能干的企业家，也姓熊；刚生了一个可爱的女儿，叫语时。熊燕在家相夫教子，附带炒股。我一贯喜欢小孩子，与熊燕有共同语言，常常就如何教育孩子交换意见；我喜欢和语时玩，以后还教她写作文。语时从小就喜欢我，有一次我在院子里散步，语时和妈妈一起从外回来，她见着我就哭诉："李爷爷，妈妈不给我买冰糕。唔……唔……"求我为她主持"公道"。

2008年"5·12"汶川特大地震，成都震得很厉害，住在高层感觉更强烈。熊燕非常害怕，吓哭了，祈求"救苦救难"的观世音菩萨"保佑"平安，马上和表妹小静下楼。她在院子里见到了我老

李致与熊艳

伴和保姆，没有看见我，立即返身上楼来找我。这时，我一个人挂着手杖，扶着楼梯把手，正从十四层一梯一梯地往下挪动。我下去，她上来，我们在八层相遇。熊燕牵着我的手，我们一起下楼。事后，她说当时我的手在发抖，我说她的手在发抖。遭遇突发事变，人们不免惊慌。然而面对灾难，伸出自己的手帮助别人，是人性光辉的闪烁。

晚上，熊燕邀请我们与第八层的邻居钱院长两家，去附近熊军的父亲家避难，他家在一层。熊军正在外地出差，十分着急，打电话要熊燕全家马上撤到郊外，以防意外。熊燕为照顾我们，含着眼泪让公公带着语时先走，她自己留下，第二天早上，还为大家准备了早餐。

第二年，我老伴因病逝世。我的子女在国外，无法立即赶回。当晚，我独自在家，情绪极为低落，熊燕上来了。我没有说什么，她说了些什么话，我也不记得。只知道她在我身边，默默地坐着，陪了我一个多小时。这时的无声胜有声，给了我很大的安慰。

平时，熊燕常约我到她家喝工夫茶，共赴茶会的还有钱院长。只要接到邀请电话，几分钟后，我们就到了熊燕的家。一边品茶，一边清谈，天南地北，熊燕说得最多。我和钱院长对她的评价是：善良、能干、活泼、漂亮，共推她为茶会的会长。一次我夸熊燕的衣服好看，她马上表示可以带我去仁和春天买衣服，并很快付诸行动。濮存昕是我的表弟，他两次来成都演话剧，我邀熊燕一起去看。外出时，熊燕总是扶着我。有一次演出结束，一位朋友看见我身边的熊燕，问："这是你的大孙女吗？"我笑笑，未置可否。毕竟我比熊燕大四十四岁，当个"爷爷"也说得过去。

我们为邻十年。两年前，熊燕一家搬走，我感到失落。熊燕人走了，心却没有忘记我。她常带着语时来看我，语时已长大，比我高一点，读初中二年级了，还喜读我的一些"往事随笔"。尽管熊燕经常来电话关心我，但比起同住一幢楼，来往还是少多了。至少刚做好的热气腾腾的包子，再无法立刻端上楼来请我品尝。前不久，她打电话给我，说她前一晚哭醒，因为梦见我重病不起；她先生赶快安慰，说"梦是反的"，才止住悲痛。

这两年上下电梯，一看见液晶显示十二，我便会想起熊燕……

天下没有不散的筵席，幸好友谊地久天长。

2016年5月22日

之二：难舍近邻

我在金杏苑住了十四年。

小区共有两百多家住户，七幢楼房，中间一个大花园。2月玉兰白，3月杜鹃红，8月桂花香。深秋的地上铺满银杏叶，一片金黄……围着花园一圈的林荫道，大人散步，孩子滑旱冰，小鸟蹦跳。

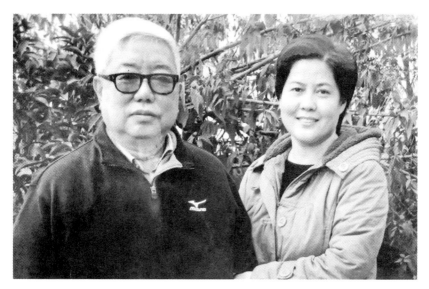

李致与钱君

通过熊燕，认识了钱积惠。他是核动力专家，曾在联合国原子能机构任副总干事，归国后任西南核动力研究院院长、名誉院长。我们两人常应熊燕的邀请去她家喝工夫茶聊天，形成三人茶会。钱院长身强力壮，见多识广。他喜欢唱歌，经常在家举行卡拉OK演唱会，我多次受邀参加，尽管不张嘴，却是"优秀"听众。钱院长退休以后，自己开创科技公司，服务人民。他的夫人杨惠敏喜欢作画，她所作的两幅精美的油画作品挂在自家墙上。她喜欢上网，享受多种乐趣，还多次帮我网购。他们的女儿钱君在美国，是个充满阳光的姑娘，一年一度回家，总要热情地与我拥抱、聊天。前年，杨惠敏的叔父杨恩荣也搬到我们小区。他早年参加远征军，现年九十二岁。2015年被授予抗日战争胜利七十周年纪念章。他与我同时代，在满腔热血的青年时期抗日救国，是我们共同的语言。每次遇见他，我向他行军礼，高呼"向抗战老兵致敬"！

我每天下楼散步两次，结识了众多的邻居。

唐正统是教育工作者，早晨相遇，总要握手。无意中谈到他过去的两位领导，竟是我早年的同事，更加一见如故。他喜爱书法和收藏；曾几次和夫人周兴明一起去英国看望他们的女儿。他夫人周婆婆关心人：我腰疼，她送我膏药和药水；我保姆回老家，她邀我去她家吃饭，尽管我坚持自力更生，心里却很感激。

常和周婆婆一起散步的，有毛婆婆、汤婆婆、李婆婆、王婆婆等。每次散步我只能走两圈，她们走得快，要转很多圈，累了就坐在花园边的长凳上休息、聊天和分享零食。我总说她们："排排坐，吃果果了。"

毛婆婆坚强，努力战胜疾病。汤婆婆随和，和很多人"打得拢堆"。我说她可以当我们的"工会"主席；但又不能"真"选她，因为她忘性太大，办事不"可靠"。李婆婆偶尔生病住院，大家都关心她何时出院。王婆婆的宠物狗丑丑丢了，很伤心，天天盼它回来；十多天没找到，王婆婆失望地把丑丑的衣物和有电热的"住房"都扔了；不久，又找回了它。我们先和她一起惋惜，后来又一起高兴。散步时碰面，几位婆婆常叮嘱我不要摔跤，走累了就休息。每逢中秋和春节，纷纷关心我的子女是否回来，怕我一人在家寂寞。这类事很多，无法一一列举。还有几位年轻些的女士，已经当了奶奶或外婆，彼此也很友好。经过"民主"协商，她们同意当小字辈，这就有了

李致散步累了就在小区这张长凳上坐下休息

小胡、小邓和小赵。

邻居中有位华西医院的教授，大名为阳道品，八十岁，坚持在周末双休日为病人看"专家门诊"。他的夫人黄继强，对人热情随和，常把自家的黄葛兰花摘下送我们。另一对夫妇叫潘大为和王贞清，也喜欢和我交谈。每当遇见潘大为骑自行车经过，我就叫他："大大有为！"

卢珊珊文静大方，与我同住一幢楼。她已到退休年龄，被返聘工作。有一次散文学会送一百本样书给我，珊珊帮我搬上十四楼。我送了一本书给她。几天后，碰见珊珊的丈夫，他说正在看我的书。

见着藏族邻居，我们互道："扎西德勒（吉祥如意）！"

还有一位西班牙妇女，名叫莎拉。她喜欢中国，普通话说得不错。我们相遇，总会聊上几句。我兜里的一张纸条，写着女儿教我的几个西班牙语单词，远远看见莎拉，我先掏出纸条复习一下，然后对她说"欧拉"（你好），再见时说"阿丢斯"，她很高兴，还纠正我的发音。年初，我告诉她成都有直飞马德里的航班了，她说已订了3月回西班牙的票。我打算告诉她我将搬家，但她家里一直没有灯光，显然她还没有回来。

在我们家打工的小涂，在院子里有不少朋友，大多是从农村出来的，她们常在一起玩儿，或一起外出购买价廉物美的衣物。日子久了，我能叫出每一位的名字，这让她们高兴，夸我记性好。她们穿着时髦。特别是濮小容，很讲究配色，我称

李致与小朋友毛殊雅

李致的小朋友张晶然和她母亲杨家佳

她为"时装模特儿"。管理花木的黄成芬，见人就笑，我跟着小涂叫她"花大姐"。三位清洁工，许小梅、郑帮菊、李翠华，我称为"三朵金花"。许小梅活泼，有一次拿我的手杖学我走路。她答应什么，就说"嗯呐"，但她不知道"嗯呐"是东北话。

　　我还有几个小朋友：毛殊雅，张晶然，伍思谨……毛殊雅小时候喜欢养狗和作文，她现在在美国上大学；她家早已搬走，去年暑期她专门带着小狗都都，回到金杏苑来看我。张晶然很乖，学吹黑管，宣称她"第一爱妈妈，第三爱李爷爷"，她早晨上学，老远看见我在散步，就会跑过来与我拥抱。通过晶然，我认识了她的母亲杨家佳。家佳是资深空姐，漂亮能干，多次和晶然一起，来我家取《红领巾》杂志，坐下来谈心。她送了我一张母女俩的合影。有一次在永丰路大街碰见我，她立即扶我过马路，一起回家。20世纪50代末，我是《红领巾》杂志的总编辑，现在是该刊顾问。每月收到的三份《红领巾》，成为我联系小朋友的"桥梁"。有的家长知道我写过几本书，要他们的孩子请我教作文。

　　对我的称谓五花八门：知道我过去职务的，冠以官称，或称李老师；保安叫我老革命；婆婆们和打工的叫我李爷爷；"三朵金花"叫我为老太爷；有些幼儿起初叫我爷爷，我宣布已有重孙后，他们又改叫祖祖。

　　现在机关宿舍有了电梯，我准备搬回去。三年前，邻居们知道我要搬走了，纷纷表示不舍。我不认为是客气话，十几年来，彼此有了感情，我也依依不舍。搬家一拖再拖，终于在今年四月一日完成。有八位邻居说要请我吃饭，我表示该我请他们。三月二十九日，我请这八位邻居吃饭，大家准时到达餐厅。八十岁的李婆婆生病，前一天刚出院，也准时到达。我问她适宜吃点什么，她说刚吃过稀饭。我再问她："你来'陪'我们吃饭？"她两次回答："我吃了饭还来，是因为我尊敬你。"他们没能请我，只好凑份子买纪念品送我。离开金杏苑的那天早上，唐正统还特意上楼来我家，送我两本他抄写的古诗词，线装本，以示留念。

这一切，使我感到快乐，也很感动。

我虽然离开了，却惦记着金杏苑，难舍那些友好的近邻。想到他们，心里充满温暖！

2017年4月7日

附　记

此文发表后几天，华西医院的教授阳道品不幸逝世，我为了悼念，送了花圈。我不知道怎样安慰阳道品的夫人黄继强，只好请唐正统转达：我希望黄继强"继续坚强"。

2017年6月1日

之三：红衣女士

穿着红衣的女士[①]：

对不起，不知你的尊姓大名，只好这样称呼你。

昨天下午，你为交物管费的问题，与保安发生争吵。我不知问题起因，不便表示意见。现仅就你当时的态度谈点感想。

你骂保安是"王八蛋"，显示对人不尊重，有失你贵妇人的身份。

你说："现在是法治社会。先叫人把你打了，再到法庭见！"打人本身就犯法，你如打人该受制裁的是你。打了人再去法庭，说明你根本不懂法制。你可随便叫人打人，你不怕别人怀疑你与黑社会有关系吗？

还听你以后又宣称自己是加拿大人，中国法律管不到你。中国人受外国人欺负的时代早已结束！难道你还想当"假洋鬼子"仗势欺人吗？未免太无知了。或是真怕中国法庭吧？

你既然宣称要打人，就要承担责任。如果你不收回这句话，向保安道歉，在今后若干年内，那位保安要是受到意外伤害，你是无法推卸的嫌疑犯。

我无意和你争吵，只希望你提高素质。

路见不平之人

2011年12月4日

---

① 不知此人姓名，故称红衣女士。又不知她住几单元几号，无法寄出。想贴在告示牌上，又怕她为难保安。只能是我个人的义愤而已。

找到杨洁

——缅怀杨洁并杨伯恺

　　杨伯恺同志是位老革命家。1892年出生在四川省营山县，二十五岁时赴法国，投入周恩来、赵世炎等领导的勤工俭学。1923年加入中国共产党。归国后，参加"五卅"爱国活动。以后回四川工作，重庆"三三一惨案"后再去上海。1946年任成都《民众时报》总经理兼主笔，帮助我们追求进步的青年学生印刷《破晓半月刊》。我因几次参加学生运动，被华西协合高级中学变相开除，报考民主同盟主办在重庆的西南学院。伯恺同志口试我，问："你被学校开除了？"答"是"；再问："你为什么报考新闻系？"答："新闻是武器，用以做斗争。"我等他接着问，他表示口试已经结束。1947年6月1号，特务在国统区实行大逮捕。我在重庆被关了四天半，因无证据，由老校长吴先忧保释出来。杨伯老在成都被捕，在狱中领导对敌斗争，被难友誉为精神堡垒，1949年12月7日，成都解放前夕，在十二桥牺牲。在我的"往事随笔"中，我写过一篇《在十二桥的思念》怀念和感激杨伯老，我一直想把这篇文章寄给杨老的亲人，让他们看见当年那个少年的心。

　　可是，我不知道杨伯老的亲人是谁，在什么地方。

　　我一直喜欢看电视连续剧。杨洁是一位著名导演，她导演的《西游记》赢得了众多观众的喜爱，在中央台连续播放很多次。我喜欢《西游记》，也看过多遍。不过我更喜欢1995年杨洁导演的《司马迁》。这部电视剧充分表现了司马迁崇高的人格和他经历的坎坷。饰司马迁的演员仇永力，演得十分出色。当时，我自己录了像，并推荐给从国外回来的女儿看，她也很喜欢。可惜，后来我不小心把录像抹掉了，心中极为遗憾。在市场上买不到《司马迁》的光盘，我多次托影视界的朋友打听杨洁的通信地址，均无结果。

天下事，无巧不成书。十几年前，在一次老朋友的聚会时，我遇见了萧鸣锵。萧鸣锵是《重庆日报》的资深记者，她的父亲萧华清是杨伯恺的朋友。当我谈到想把《在十二桥前的思念》一文寄给杨伯恺的亲人时，萧鸣锵说她认识杨伯恺的女儿。我忙问杨伯恺的女儿是谁？她回答："大导演杨洁！"并把杨洁的电话号码告诉了我。第二天，我打电话给杨洁，自我介绍是她父亲的学生，想寄一篇缅怀她父亲的文章给她，特别提到杨伯老牺牲的那一天，是我的生日，所以每逢生日，我都会缅怀她的父亲。这样一下就拉近了我们之间的距离。接着我又表示我非常喜欢她导演的《司马迁》，可惜买不到光盘，她马上表示愿意送给我。我俩很快互寄了文章和光盘。以后知道，杨洁自己喜爱《司马迁》胜过《西游记》。就这一点来说，我是杨洁的知音。

这两个愿望同时实现了，我要寻找的杨伯老的亲人，和《司马迁》的导演是一个人：杨洁！

从网上得知，杨洁于4月15日逝世。

缅怀杨洁，缅怀她的父亲！

2017年4月18日

回重庆，圆了我的高铁梦

我一生大部分时间在成都。20世纪四五十年代，在重庆度过了十年。对重庆，我有第二故乡的感情。

第一次去重庆是1947年，我考上重庆的西南学院。学院为成都考生包了两辆长途汽车，两天的旅程，第一晚停内江，第二晚抵重庆。在车上不能走动，途中在路旁遍布灰尘的饭店吃饭，晚上住在散发着霉味的旅馆。殊多不便，颇为辛苦，不赘述。

1952年成渝铁路通车，这是新中国成立后修建的第一条铁路。我曾白天乘硬座从重庆回成都，路经许多小站，大约十多小时旅程。到了成都，八十高龄的外婆对共产党两年就建成成渝铁路大加称赞，说她至今还保留着清朝拟修川汉铁路时所摊派的股票，而川汉铁路从没修成。1957年底开始，我在成都工作，多次出差重庆。一般是头天晚上出发，第二天早晨八九点钟到达，约十二小时。与乘坐两天的长途汽车相比，舒适多了。

我也吃过乘"马拉松"火车的苦头。1956年，我作为中国学生代表团成员，去捷克斯洛伐克首都布拉格参加第四次世界学生代表大会。我们从北京出发，经过九天八夜，到达苏联的莫斯科；休息两天后，又是三天的火车，才到了布拉格。尽管是软卧，带在身边的书刊看完了，漫长的时间，单调的生活，很是乏味。结果一到布拉格，我就生病了。

20世纪80年代，我三次去日本，多次乘坐日本高铁新干线。当年新干线的时速，按路段有所区别，从一百多公里到两百公里不等，车厢舒适，服务周到。以后得知，小平同志对新干线也很赞赏。这引起我很多联想，渴望我国也有高铁，但不知什么时候才能实现。

2008年，我国建成从北京到天津的第一条高铁。近十年，全国已有二万二千公里高铁。里程领先于世界各国，时速也位居前列。我儿子从北京去上海，多次乘高铁，他认为高铁比飞机准时和舒适，高铁站离市区也比飞机场近。但是我年龄大、腿不好，以前一直没有乘坐过我国自己的高铁。

最近，我儿子回成都探亲，我们谈到重庆，谈到高铁，他鼓励我乘高铁去重庆。我欣然同意。11月5日上午九点半，我们乘"和谐号"高铁去重庆，时速二百九十六公里。在重庆，两位老朋友的儿子接待我们。我有二十年没有到过重庆了，重庆的变化很大，可惜我无法细看，只好选择看我熟悉的地方。我们乘汽车"跑马观花"：曾家岩五十号周公馆，前面新有周恩来的全身塑像；上清寺，中共重庆市委机关，我曾在礼堂的晚会上第一次看见周总理；两路口，共青团市委机关，我在这里工作过四年；中山二路，重庆劳动人民文化宫，小平同志当年的题字清晰可见；原国民党杨森的公馆，1947年"六一"大逮捕我被关押在此，1955年我又在这里参与修建少年宫；人民解放纪念碑，1947年这里曾经是精神堡垒，表示不惧日本对重庆的大轰炸，1949年底决定改建为人民解放纪念碑，以前大大高于四周建筑，现在周围大厦矗立，显得很矮；等等。这些地方或原址，对我有着特殊的意义。原想去沙坪坝，我曾在这里搞过学生运动和青年团工作，但没有时间去了。

当天下午五时半，再乘高铁回到成都。单程一小时四十分钟。车站为老人服务，用轮椅把我从车厢送出车站，我感谢他们，向他们鞠一躬。

年近九十，这次回重庆，我见证了祖国可喜的变化和成就，并圆了我的高铁梦。

2017年11月7日

他人评说

情深文自茂

——读李致散文《往事》

◎ 马识途[1]

　　就这样的，摆在我的书桌上，朴素的装帧，小小的开本，薄薄的一册书，但是其中跳跃着一颗赤诚的心——这就是我读了李致最近出版的散文集《往事》后的初步印象。同时也是我和李致相交几十年中，对他的人品和文品观察后的永久印象。

　　李致以很不起眼的题材，摘取了在人生长途中自己的和与人交往的生活小事，用平淡的文字，委婉有致地向读者袒露自己的心事和展示他生活圈子里的几个人物（我主要是指巴金等他的几个亲人）的生活情趣和人格风貌，从中透出他的真诚以至童趣。他所写的没有叱咤风云的英雄人物，没有与之相配的美女娇娃，没有缠绵悱恻的无端纠葛，没有相突兀跌宕的惊险场面，没有隐逸山林的仙风道骨，没有吃饱了撑的闲侃神聊，没有在隐忍中透出无奈，哀婉里透出怨恨，嬉笑中隐含讽喻，因而远不能算是时髦的散文"精品"。他有的只是一杯白开水，但是它透明，清澈，即使有时有点酸涩味，却没有污染，可以解渴，如此而已。

---

　　① 马识途：老革命，老作家。

这样的文字恐怕是李致经过五十年的生活磨炼后所养成的人格、品格和生活情趣有关。我想起了五十年前在中学被开除了的李致，那是一个活泼跳跃，手舞足蹈，颇有点孙大圣天不怕地不怕、心直口快、勇猛向前的少年。我也想起了四十五年前解放初期的青年李致，他用过于正常的、理想的甚至天真的眼光看待他身边的一切事物，因而对一些人、一些事，喷有烦言，惹来麻烦。我找他谈了好几次话，狠说了他一顿。告诉他，不能太单纯、太直率来看待某些人和事，没有他理想的那么清如水，明如镜，直如绳，世人总还有非常的人，非常的事，非常的理，不然还革什么命？我在说他的时候，说实在的，我倒喜欢他的单纯、坦率和正直，只是我并没有告诉他。后来他调到外地工作去了，很少往来。待到二十年后他又回四川工作，我们再见时，我发现他阅历已多，谈吐沉稳，很懂事了，少年时的外露和浮躁形象已经没有了。这大概是他接受了严峻的生活教训吧。但是我们以后交往多了，我更发现，他并没有因此看透了一切，甘与世相沉浮，在内心里并没有泯灭是非之理，熄灭热情之火，还时有天真和童趣的影子。这在那滔滔者天下皆是也的时代里，是难能可贵的。我想起我那时批评他不懂事的时候，实际上也是在作自我批判，我狠批他，实际上也是在狠批自己。他现在已经接受教训，我却还是一直不懂事，到老还常常把自己置于尴尬境地，无可如何。

　　我之所以说这么多文外之言，实在是想说，文如其人，人如其文。李致的《往事》能于平淡中见真情，能见某些天真和童趣，而且是非分明，实在是他的内心里还藏着一份真情，一种天真，一种天理。而这，从他所写有关巴金老人的几篇文章中看出，巴老的人格力量，无疑在他的身上产生了巨大的影响。如果不是这样，要写出这样的文章是困难的。我是相信无情无理不成文的，情深才能文茂。我读李致的《往事》和读有些无情自作多情、无理侃得有理的散文比起来，便不觉是在浪费自己的生命了。

我还在李致的这批文章中发现，他无意而发的一种童趣和某些幽默，是可注意的。这种自然而然流露出来的四川式的幽默和某些故作幽默，流为无聊噱头，插科打诨，显出低级趣味，是不一样的。我以为幽默实在是生活中的盐味，文章中的闪光点。但望李致在生活中更细致地观察，悟得至透至明，以后的创作中写出有自己特别风格的作品来。

真诚·质朴·幽默

——《往事》随感

◎ 沈　重[1]

　　李致先生把他的散文集题名为《往事》，开卷之前，望着封面上那位双手叉腰，站在水边若有所思的作家，觉得此公未免老实了一点。他是当过出版家的，为他人作嫁衣裳时，经他之手出过许多好书，轮到自己出书时，怎么不取一个更富诗意或哲理、更具诱惑力的书名，使之更能招徕读者？然而掩卷之后，终于恍悟：文如其人，真情是无须包装的。

　　这些年来，读多了包装精致、言不由衷的东西，受时风感染，慢慢便头晕鼻塞起来，有点感冒了，有时竟产生一种错觉，以为作文就是舌卷莲花，与心无关。像《往事》这样信守"言为心声"之作，虽未绝迹，已不多见。偶然读到，就像在社交场中应酬之后，身心俱疲地走过繁华闹市，在郊外一处清静所在，突然碰到一位阔别多年的老友，坐在水边一块草地上，执手相对，静听他倾谈别后的种种经历和感受。这种时候的谈话，是真诚的，亲切的，没有矜持虚礼，更不故作深奥，喜怒哀乐，发自肺腑。《往事》给我的感

　　① 沈重（1930—2018）：本名沈绍初。诗人，编审。

觉正是这样。即便是初交，我想也会很快熟识起来，觉得眼前是一位真诚的人、有个性的人；倾听他朴实风趣的谈话，你会情不自禁地随之而开怀大笑，而唏嘘叹息，而握拳愤慨。

其实，李致笔下的往事，也只是些平平常常的生活，一不缠绵悱恻，二不惊心动魄。究其动人之处，全在牵惹着他的那点难以忘怀的情。与精致微妙、花草虫鱼或心灵独白一类的抒情诗文不同，李致所看重的情，全从实实在在的人事中来，看得见，摸得着，绝无虚飘之感。这里有亲情，有友情，有革命同志之情，等等。遗憾的是，偏偏没有恋情和闲情。我想，这大概就叫各有各的情趣吧？他是在抒自己珍重之情，而这情来自他所眷爱敬仰之人，他只能是他，别的情趣难以替代。以质朴之文，抒真诚之情，便成了《往事》的风格。说它真诚，是因为作者难得的坦率，说到自己时，调皮便调皮，气愤便气愤，错了就错了，所思所感，合情合理，绝不扭捏作态，涂脂抹粉。唯其如此，更觉可信可亲。你可以从中窥见作者如何为人，同时也可以看见他所爱之人的风貌品性。许多人物给我留下深刻印象，特别是巴金和大妈。巴金老人是李致的四爸，是世人敬重的文学大师，李致从亲人的角度去写，便更觉其可亲可敬。许多珍贵史料，包括艾芜、沙汀二老的，研究作家生平者不可不读。而《大妈，我的母亲》则使我想起许多既温暖又揪心的往事，未能恪尽人子之责的悔痛。于作者，于读者如我，总有许多往事是刻骨铭心的，从人生路上抹去这些人和事，我就不是我了；若非老年痴呆症，谁都能从这种爱爱憎憎的滋味中咀嚼出一点什么来的吧？

人生不是无拘无束的想象，不管你愿不愿意，都跳不出所处的时代。李致笔下的情，无不浸染着时代风雨的印痕，或深或浅，或间接或直接。也许因为都是从20世纪30年代跋涉而来的，经历虽各不同，《往事》中也无大波大澜的篇章，我，以及更年轻的读者，仍能从那些消逝得或远或近的风雨中感知其冷暖——"一个破

731

碎的家"，节省一顿午餐用两个铜圆为抗日将士捐寒衣，国民党大逮捕，荒唐年月里的荒唐事……是个人和家庭的命运，也是祖国和人民的命运，是时代大潮中的一个小波浪。不知是否有意，把许多篇章合起来看，作者似乎在从头检点自己的脚印。人人都有从时代中走来和正在走去的脚印，看看别人的脚印，有所解剖和校正，是有效益的，对当代青年作用如何，不敢妄测，至少对我是如此。李致小时候，四爸巴金给他亲笔题送了四句话："读书的时候用功读书，玩耍的时候放心玩耍，说话要说真话，做人得做好人。"这是巴老对后辈的殷殷期冀。根据李致的实践经验，"要真正做到这四句话是有斗争的，有时甚至是相当困难的"。但努力去做，总可使脚步稳当一点，心灵纯洁一些，在时代中做一个有益的人。我虽不再是孩子，仍愿把它作为座右铭。

李致说："我不愿在人生的舞台上扮演悲剧角色。"这体现了他对生活的执着和追求。其实，在人生舞台上，"角色"不是任意"扮演"的。你看，面对严峻的人生，有时他愤然大叫："这太不公平！"有时则以幽默处之。两种态度看似矛盾而又统一于一身，作何解释？只能从信念、胸襟、个性中去寻求根源。例子很多，《蹬三轮》可窥其一斑。他已经"靠边站"交代"罪行"，并被强迫劳动了，还在那里对那辆三轮平板车开玩笑，看到此等情景，真想请他的大姐、二姐，像他小时候那样，按住他的手脚，让大妈打他的屁股。不过，还没来得及打，恐怕鼻子早已酸酸的了。这是什么角色，悲剧乎，喜剧乎？我说不清，只有去问那辆曾受委屈的平板三轮车了。

不过，最好还是去问往事自己。

1996年12月20日

白发的芬芳

◎ 沈　重[①]

　　一位文学青年日前来访，见我案头放着李致去年出版的散文集《回顾》，随便翻了翻问我："李致是谁？"我说："一位新发现的值得尊敬的老作家。"又是"新发现"，又是老作家，他听得一脸疑云，显然被我不假思索的回答弄糊涂了，于是不得不把李致的经历和作品向他作了一番简略介绍。他边听边"哦哦"地点头。这回倒使我满心疑云了：当真听明白了吗？我看未必。

　　虽说"不假思索"，其实早在读李致1995年出版的散文集《往事》时，我就有这种感慨了；这回读《回顾》，这种感慨又深了一层。有位青年作家撰文说：作家就是要写。此说天经地义，就像农民就是要种地一样。不过，中国的情况有点复杂，作家有时就是不能写，农民有时就是不能种地。不是主观不想，而是客观不允许。有些作家和诗人就是这样被时间残酷地湮没了的，令人扼腕痛心。现在的青年作家生于盛世，一帆风顺，经历过那些特殊年代的人是十分羡慕的。

　　李致就是这样一位差点被时间湮没了的作家。一个早在1945年

---

① 沈重（1930—2018）：本名沈绍初。诗人，编审。

就开始发表作品的青年作者，竟然消失了近半个世纪才重新出现。如果不是因为他"服从组织分配"，长期地全心全意地去做别的工作；又如果不是"1955年因所谓'胡风问题'被隔离审查，从此停止创作"；更如果没有那场"噩梦"，迫使他"也后悔过去写那些劳什子文章，主编什么报刊"……如果没有这些"如果"，而是继续他的文学创作，我想，以李致的学养和勤奋，总不至于到年近古稀了才被文学界"发现"吧。

当然，李致自己对此从未后悔过，倒是认为从共青团工作，出版工作，主管一个省的文艺领导工作中得到锻炼，学到许多东西。确实，他是全力以赴在做那些工作的。特别是作为出版家，他为当代作家、为出版界的文化积累工作，做了许多开创性的实事和好事，许多老作家对此深有感触。老诗人冯至对他说："你是出版家，不是出版商，也不是出版官。"从《往事》《回顾》两书记述他与文学界前辈、同辈交往的有关篇章中，可以看出，这个出版家确实是一无"商气"，二无"官气"的作家的知心朋友。

李致重新提笔，是因为受到他四爸巴金老人的鼓励；离休后干什么？当然搞写作。这是他在一篇文章中讲到过的。不过我想，他自己恐怕早就按捺不住了。果然，好像为弥补近半个世纪以来创作上的荒废，也为倾诉几十年来胸中的积愫，他写得如此勤奋而认真，全然忘却自己已是个可以含饴弄孙、安度晚年的老人了。年近古稀而重新提笔，一不为名，二不为利，无所为而为，更重要的是，他为读者提供了许多珍贵的东西。这样的老作家，远的不说，近在我周围的就不止一个二个，他们在当代市场般喧闹的文学界也许并不引人注目，更无"轰动效应"，但却默默地起着精神支柱作用。我对那位文学青年说：这样的老作家是值得尊敬的，他们手中的那支笔，是一宗难得的财富。

读读李致的《往事》和《回顾》就知道了。这两本散文集一脉相承地贯串着一种精神，给我印象最深，感受最强烈。那就是：

尽管生活中有时风雨多么凶险而残暴，人间的理想、良知、美德和纯洁的真情是无法摧毁，不会泯灭的。这是个现在不大有人想听的"大道理"，但李致不是在那里说教，没有继续当他的"宣传部长"，而是以一个经历过许多大大小小劫难的老人所看到和感受到的点点滴滴，平凡而闪光的心灵波动，以一种平易真诚，甚至有时面对假丑恶，也以自省和幽默的语调，娓娓地向我们描述和倾诉的。无论微笑，无论含泪，或是含泪的微笑，全都是从他心窝里掏出来的。风雨一场接一场，从人生的清晨到日过中天，终于渐渐远去了，而从风雨中沉淀凝结起来的那种珍贵的精神，却滋养着我们饥渴的灵魂，在人间坚强地生活下去。

读过许多"文革"题材的作品，对于那种离奇古怪的故事，早已见惯不惊了。然而并不惊心动魄的《"牛棚"散记》这组朴实的散文之所以依然能打动我，原因就在于李致的冷静和坦诚，在于正直和宽容，在于穿透冷酷的墙壁温暖心灵的那点珍贵的亲情。这是真实的人生。其中的两个形象，两个灵魂——美的和丑的——给我留下深刻印象，令人深思。"母蚊子"那一声声或凶神恶煞，或咬牙切齿，或阴阳怪气的断喝和训斥，老是在我耳边鼓荡。这个以吸血为能事的别有用心的阴暗灵魂，是一个典型，在生活中似乎随处可以看到她的影子，虽则不一定是"母"的，至今仍躲藏在阳光照不到的某个角落里，窥视着出击的时机，善良人是应该提高警惕的。而那位在黑夜中默默点燃小屋的灯光的平凡的女性——李致的妻子，则让人肃然起敬。她在黑夜的灯下为关进"牛棚"的丈夫一针一线编织毛衣的身影，感人至深。这也是一个典型，一个正直、坚强、善良、纯真的灵魂。她是用自己的灵魂去点燃小屋的灯光的。那灯光其实是人间的希望。

在《往事》和《回顾》中，《我所知道的胡耀邦》以及其他忆念亲人、战友、艺术家的诸多篇章，总是与时代风云紧紧相扣，事情也许都是平凡的，却从平凡中折射出高尚的情操、温暖的人情，加之作者的坦诚，便更觉其可亲。也许因为身在文学界的缘故，当李致引领我们走近老一辈文学家身边，去瞻仰他们的丰仪，聆听他们的教诲，触摸他们伤痕累累的心灵时，一种亲敬之情和伴随而来的悲凉的忧患感便挥之不去，不能不让人陷入深思。巴金、沙汀、艾芜、曹禺、李健吾、冯至、茅盾、叶圣陶……这些人的名字构成了中国新文学史的重要篇章，他们的作品记录了历史前进的步伐，哺育过千万读者的心灵。然而这些人却成了罪人，新文学的优秀传统被"打翻在地，踏上一只脚"了。李致就是在这种时刻，含着泪偷偷去探望四爸巴金，又含着泪悄悄离开老人的。幸而历史终究不是疯子，是金子就不怕被诬为破铜。李致引领我们去探望这些劫后余生的文学老人们，让人庆幸，也让人伤感：他们拖着暮年的伤病之躯，正在为多"掏一把出来"而争分夺秒地工作；他们对祖国和人民的那份挚爱、为人为文的那种高尚的品格，在经历了那场炼狱的煎熬以后，越发显得凝重丰厚、高洁超迈了。这是一份珍贵的史料，一份特殊年代中一代优秀知识分子的心灵纪录，使我们对巴金老人在怀念李健吾时说的一句话，有了更深的理解："黄金般的心是不会从人间消失的。"

李致写过一篇含泪微笑的《白发》。这两个集子讴歌了许多"纯洁和崇高"的白发，他自己的白发也渐渐增多了。我从他朴实真诚的文字中，闻到了阵阵"白发的芬芳"，像素兰，平淡而持久。

李致散文的艺术特色和老年文学的走向

◎ 王地山①

李致先生是著名的文化人，他早年从事共青团工作，后任四川人民出版社总编辑，主管文艺工作的中共四川省委宣传部副部长，被选为四川省文联主席至今。他在离休后，以七十高龄涉足散文创作，已发表作品一百五十余篇，出版了《往事》《回顾》《昔日》《我的四爸巴金》《终于盼到这一天》等多部散文集。他的散文或怀人，或记事，或抒情，都力图写出他所经历的不平凡的时代，反映了中华人民共和国艰难行进的步履，从中能听到历史的脚步声，预示着未来的走向，在老年文学中，当属重量级作品。

一、李致散文的艺术特色

李致散文的一个重要特色是"春秋笔法"即"史笔"。一般文学散文都以描写真人真事为主，却容许合理想象和艺术虚构。李致的散文作品则摒弃合理想象和艺术虚构，力图按生活的本来面貌再现生活，使之接近"第一历史"。这种秉笔直书的写法，即是《春

---

① 王地山：四川省干部函授学院教授。

秋》《左传》《史记》《汉书》等历史散文的纪实手法。它既是严谨的文学作品，也具有史料和史学价值，令读者感到真实可信，并符合老年读者的兴味。如《我所知道的胡耀邦》一文，并非胡耀邦的人物传记，他只写自己二十多年来与胡交往的所见所闻，不援引第二手资料。"文革"中受审查，他与胡同住一室，却不准交谈，他从胡的举止与细节中，展示了胡思想敏锐、心直口快、善于自制而又深思熟虑的品格。1973年作者调回四川，临行前与胡有一次交谈，胡告诫他："在没有认识清楚以前，不能随风倒，盲目地吹喇叭，抬轿子。"这对李致后半生的为人行事有很大影响。这就写出了一个关注国家命运的真实可信的胡耀邦。为做到这一点，不仅要求作家有很好的记忆，还要具有高度的社会责任感和历史使命感，要不厌其烦地核对有关材料，并有厚实的文学底蕴，才能树立起这种诚实严谨一丝不苟的文风。

作家在其漫长生涯中，除了与老一辈革命家，还与许多文化名流及普通人交往，有机会从近距离审视他们的音容笑貌。他与张爱萍、胡克实、杜心源以及巴金、沙汀、艾芜、曹禺、李健吾、冯至等作家，都能做到如见其人，如闻其声，极具亲和力，从而对他们的远见卓识、高风亮节和"虽九死其犹未悔"的献身精神能有所感悟。他笔下的普通人也都性格鲜活，如《许光的遭遇》就从一个侧面揭示了所谓"历史问题"对一位知识分子干部的严重伤害。许光参加革命较早，只因"莫须有"的历史问题，在干校中惨遭批斗，竟至无法自恃，在将临"解放"时，精神失常，又哭又笑，令人扼腕长叹。《焦某"文革"轶事》则是另一种典型：焦某既出身劳动人民又是大学生，根正苗红，劳动是一把好手，头脑也极清醒，却大智若愚，装成马大哈，故意唱错样板戏，经常装病号，出洋相，以游戏人生的态度对待一切。大家拿他逗乐，却被他耍了，直到改革开放，他才一反常态，大展宏图。他的表演酷似司马迁笔下的东方朔。作家对这些形形色色人物的描写，都不是故意"塑造"出来的，而是他们自身所拥有的，这就不难看出作家对人物的深刻洞察力，他善于见微知著，窥一斑而知全豹，也体现了"文学即人学"的底蕴。

李致在众多作品中，着意表现不同年代的社会情态与世道人心。如《特殊的"纪念日"》写他第一次遭抄家后，就放弃文学创作，不写日记，不保存书面材料，阅读来信后随即撕掉，唯恐授人以柄，在那个年代里生活，终日"如临深渊、如履薄冰、夹着尾巴做人""不敢说错一句话，不敢走错一步路"，这就传神地反映出"左"的岁月中知识分子的精神状态，那实在是一个失真的年代，失语的年代，失掉自我的年代。《1969年的春节》写阶级斗争渗透到每个家庭的日常生活，连逢年过节也难以幸免。作家作为审查对象，回家的几天中仍要每日向领袖请罪，向家人全面交代自己的罪行，反省问题，写思想汇报，等等，如今的年轻读者简直觉得不可理解，匪夷所思。《我淋着雨，流着泪，离开上海》写作者在干校请探亲假的返程途中，悄悄绕道上海看望四爸巴金，叔侄睡在一张床上，也难畅所欲言，临行时风雨如晦前途茫茫，那种"相见时难别亦难"的隐痛跃然纸上。《终于盼到这一天》则描写1976年"四人帮"刚被抓捕，传媒尚未公布，民间悄悄传开的特殊场景：每个人都大喜过望，又担心这不是真的，追查起来不得了。这时"文革"已逾十年，弄得民穷财尽，天怒人怨，渴望天明真是人同此心，心同此理。

李致的散文语言平中见奇，质朴中见深邃，含蓄中有风趣。他惯用白描手法，追求干净，不尚浮华，淡淡几笔就勾勒出人物的神态气质，不时有讽刺幽默的神来之笔，对真善美的人性追求与对假恶丑的鞭笞尽在其中，给读者带来会心的微笑或含泪的苦笑，在逆境看到希望的灯火。

二、思想者与老年文学

老年文学是思想者的文学。作家是思想者，应拥有独立的思想，独立的人格，对社会持批判态度，特别是李致这一代老年作家，经历过几次社会转型期：由旧社会到新社会，由市场经济到计划经济，由共和国的黄金岁月到以阶级斗争为纲的严酷年代，由反右到"十年浩劫"，又从计划经济转入市场经济，从封闭禁锢到改革开放，历尽时代风雨雷电的考验，命运起伏跌宕，既受我国传统思想的熏陶，也受西方观念的影响，既有纵向比较，也有横向比较，因此，他们的思想更为成熟，并呈多元趋势。

李致受"五四"运动与巴金的影响，青少年时代就追求进步，1946年参加中共地下组织，为自由民主社会公正而斗争，满腔热情地走进新社会，在"左"的影响下，也曾陷入个人迷途，甘当"驯服工具"，这就失掉了自我，"文革"初期抱着逆来顺受的态度，随着"文革"狂热的升级，他逐渐认识到"文革"根本不是"反修防修"，而是社会的动乱和历史的倒退，他正经历着一场文明与愚昧、正义与邪恶、人性与暴力的冲突。出于共产党人的良知，他决定在任何情况下都不自杀，不胡乱交代，不卖友求荣，同时做了最坏的打算。于是，他对"文革"较为抵制，他大声高呼口号，不断与造反派争辩，"你打你的，我打我的"，并从毛泽东与鲁迅著作吸取精神力量，绝不"在灵魂深处爆发革命"，绝不折磨自己，从而逐渐改变了险恶处境，熬过了漫漫长夜。"文革"结束后，他对"左"的历史进行了深刻反思，进一步认识到，一位马克思主义者，首先应当是人道主义者，自由、平等、博爱、民主、人权等绝非资产阶级的专利，而是人类在历史发展中的普遍诉求，正是这种认识，使他的散文作品更具有思想深度与人文情怀。

如果说儿童文学的特点是天真烂漫、童真童趣，青年文学的旨趣是热情奔放、充满追求，女性文学的特征是细腻婉柔，那么，老年文学的底蕴便是世事洞明、人情练达、思想深刻，更具启示性与哲理性。因此，老年作家的思想不仅要与时俱进，还要站在时代的前沿。

三、大半生积累的结晶

老年文学是包容丰富内涵厚重的文学，它的源泉来自大半生的生活积累、知识积累与感情积累。

人的大脑如一台电脑，拥有丰富的信息储存，写作是一个信息整合、重构、碰撞、发酵与再创造的过程，李致在肃清"胡风反革命集团"运动后停止了文学创作，几十年所接触的人和事，所读过的书报杂志，种种场面与心得体会以及瞬间感觉，仍在大脑中积淀着，及至摆脱公务涉足散文写作的晚年，这些信息便浮出脑际，一发而不可收，儿时的家庭，慈爱的母亲，长期不被理解的父亲，远渡重洋的四爸，隐蔽的地下斗争，声势宏大的示威游行，解放后战友们的不同际遇，"文革"时的惨痛遭遇……一幅幅难忘的历史画面转化为意味隽永的作品，显得出手不凡，厚积薄发，如果作家没有一座生活的富矿，是难以冶炼出这些闪耀的精神产品的。李致的散文很注意反映生活的复杂性、人物的多样性与事物的矛盾性，"人与人不同，花有几样红"。例如，在残酷斗争、无情打击、六亲不认的"文革"岁月，许多平民百姓对主流意识并不认同，他们拥有自己的善恶标准和价值取向，仍固守"贫贱相守，患难相助，疾病相扶"的朴素理念，对受难者怀着真诚的同情，不惜伸出援手，所以，读《妻子的安慰》《小屋的灯光》《小萍的笑容》等篇时，心灵便深为悸动。作者还写到那些在"牛棚"中批斗过他的革命群众，后来到干校都成了相知的朋友，这大概是人的天性使然，也是对列宁的"两种文化论"的最好诠释。

老年作家是时代变革的见证者，也是劫后余生的幸存者。老年文学是他们在几十年中反复咀嚼与过滤的人生经验和结晶，同样一句话、一件事、一个道理，从老年人的口中说出，从他们笔下写出其分量大不相同，因此，老年文学的内涵显得格外坚实厚重。

四、向后看与前瞻性

老年文学是向后看的文学，也是向前看的文学。为了向前看，必须向后看，向后看的目的，归根到底还是为了向前看，这就是它的前瞻性。

上个世纪末，联邦德国召开过一次魏玛笔会，向全世界征文，题目是《从未来解放过去，从过去解放未来》，说的就是过去与未来的统一性。岁月如一条奔腾不息的江河，它总是从昨天流到今天，并继续向明天流去。这个过程永远不会停止，无法分割或断裂。许多历史之谜需要今人破译。许多历史人物和事件需要用当代的观点重新诠释，更需要从未来的视角加以观照。所谓"一切历史都是当代史"，就是这个缘故。我们在现实生活中所直面的许多问题、疑团、弊端往往是历史的遗留或反弹，与过去息息相关；未来的社会演变也是与昨天和今天的潮涨潮落息息相通的。历史学家钱乘旦到中南海讲西洋史，就是为了从欧美九国的现代化过程中寻找经验教训，作为我们的借鉴；中央电视台拍摄《大国崛起》，也是这个思路。

李致写《往事》《回顾》《昔日》，显然不单纯是为了怀旧，他更着眼于未来，"前事不忘，后事之师"。他编辑的散文集《终于盼到这一天》，更是为了给年轻人读的。"文革"结束距今才三十年，已开始被人淡忘，许多年轻人对此茫然无知。尽人皆知，对历史健忘的民族是没有希望的民族，我们的下一代如果对整风、反右、"大跃进"、大饥荒以及"文革"的来龙去脉及其严重的负面影响缺乏认识，那就不可能了解真正的当代史，对增强忧患意识十分不利。正是如此，李致热切支持巴金"关于建立'文革'博物馆"的倡议，并把这个散文集作为个人的"文革"纪念馆，叮嘱年轻人千万不要忘记。

事实表明，对这些学生的记忆，不仅老年读者感同身受，年轻记者也是认同的。有人说："老年文学是老一代人用血泪和生命写成的，具有永恒的价值。"还有人说："不听老人言，吃亏在眼前，我们不能重蹈历史的覆辙。""老一代身处逆境的立身处世之道与展现的人格力量价值值得我们记取。"从这个意义上说，老年文学也是跨越代沟构建代桥的有益尝试。这就要求老年作家不断更新观念，对历史有真诚的反思与倾诉，避免空洞说教，以平等的态度坦诚对话，这样的作品就能较具有前瞻性，得到新一代读者的青睐。

五、说真话的勇气和魅力

老年文学是说真话的文学。文学总是追求真善美的统一，统一的前提和底线是说真话、记真事、抒真情，展现社会人生的真谛。不真实的作品不会有生命力和影响力，脱离真实的善自然是伪善，脱离真实的美也是虚假的美。

文学大师巴金一生提倡说真话，以真诚的态度抒发内心的真实感觉。他控诉旧制度，所写的《家》《春》《秋》《雾》《雨》《电》《灭亡》《新生》《寒夜》都出于至诚。他歌颂新社会，所写的《我们会见了彭德怀司令员》《黄文元同志》《团圆》（后改编为电影《英雄儿女》）《大寨行》等也出于真诚。诚然，他在"左"的压力下，曾屈从于权力话语，说过一些违心的话，他复出后的晚年，在《随想录》中对此做了真诚痛切的忏悔，这正是他过人之处。李致深受巴金的影响，他的散文也坚持说真话，写出历史的真相。例如他写"牛棚"的严酷非常人所能忍受，但避免情绪化，不计个人恩怨，对变着法儿整人的"母蚊子"也是如实记叙，并不任意夸张。他对迫害广大干部的"五七"干校，也作了多侧面的描写，既写到不近人情自找苦吃的超负荷劳动，致使人们不得不弄坏机器；也如实记叙了"人胖猪肥牛长膘"的劳动成果，在干校，作者过了劳动关，也留下不少后遗症，其中也不乏逸闻趣事，这都表现了作家的求真务实、宽容大度，对自己的言行举止进行了深刻反思。如曾写过批判胡耀邦的大字报，"文革"初自己有许多迷惘、质疑、惶恐而无可奈何，为保护自己而三缄其口，他曾自认为是鲁迅的学生，经认真反思，才感到不够格，这些直抒胸臆的文字符合常理常情，自有其强烈的感染力。

有人说："散文是美文。"美是一切文学作品的共同追求，但切不可为追求美而失去真。苏联小说《叶尔绍夫兄弟》讲了一位画家为国王作肖像画的故事，国王是个独眼龙，却要求画家的作品既真实又美观，如达不到要求将予严惩。画家反复构思，绞尽脑汁，画了一幅国王闭着一只眼，很惬意地掏耳朵的作品，掩饰了国王的独眼而受到重赏。这显然不是真善美的统一，而是粉饰生活，以迎合权势者的旨意。其实，一位关注民众福利的领导人，即使形象丑陋，仍会得到百姓的拥戴；一个专横跋扈残害生灵的领导者，即使形象高大伟岸，也要受到举国唾弃。

我们这一代作家，在"左"的压力下，大半生写"革命文学"，甘当驯服工具，粉饰太平，直到改革开放，欣逢治世，才鼓起勇气，写出历史的一些真相。"鸟之将死，其声也哀；人之将死，其言也善"，但有时仍心有余悸，"欲说还休，却道天凉好个秋"。由此可见，说真话是需要勇气和胆识的，老年文学应是勇敢者的文学。

六、老年文学与传世之作

总起来说，老年文学应是经得起岁月淘洗的作品，其中必有传世之作。

每个时期都流传着大量文学作品，其中能经得起时光筛选的是少数，这不是作家的主观愿望所能决定，它要经历时间的考验。

不错，在中外文学史中，有的传世名著是作家年轻时所写，如王勃的《滕王阁序》、肖洛霍夫的《静静的顿河》，在完稿时都还年轻，只有二三十岁。而更多的名著则属大器晚成，如歌德的《浮士德》、爱伦堡的《人·岁月·生活》、帕斯切尔纳克的《日瓦戈医生》，在其暮年才大功告成。这时作家的生活积累十分丰富，艺术上处于巅峰期，自是"水到渠成"。我国当代作家中某些有影响的成功之作，如丁玲的《风雨人生》、韦君宜的《思痛录》、杨绛的《干校六记》《我们仨》、梅志的《胡风传》、戴煌的《九死一生》等，也无不是在人生的秋季或冬季才写的。人们有理由相信：李致的《我所知道的胡耀邦》《我淋着雨，流着泪，离开上海》《终于盼到这一天》和《焦某"文革"轶事》等名篇，会得到未来的认同。

一部作品能否传世，还需要一些外部条件，如被语文课本选入，被权威评价家推荐，或由国家图书馆收藏，而关键是它为优秀之作，得到专家与广大读者的赏识。

我们生活在一个极具辉煌壮丽而又灾难深重的历史转型期，时代赋予作家们以庄严的历史使命，我们应努力提高自己的精神境界，写出无愧于时代并能传世的文学精品。

散文名家李致

◎ 王 火[1]

　　前天，北京《十月》的编辑顾建平来家组稿，我将李致同志新出版的散文集《往事》拿给他看，说："李致同志是一个'富矿'，他的散文寻寻觅觅，情真意切，你该去约他写散文。"小顾说："我是要去约稿的，《十月》前主编苏予已给我写了介绍信。"那么，《十月》也许以后可以拿到李致的新作了！

　　散文集应当漂亮。画家戴卫给《往事》设计了一个漂亮的封面，在一种洋溢着青春的绿色衬底和银色波纹点线上，选用了一张李致的全身彩照，很精彩：群山逶迤在远处，清澈蔚蓝的水波浩瀚幽深，李致独自站在水边的坪上低头沉思，给人一种泱泱大千世界，浩浩历史长河，时光超乎物外，而跋涉者在回忆体味往昔的感觉。当我刚看到书的封面时，就不禁想：我以后也要拍摄一张这样好的照片呢！

　　十多万字的《往事》，捧到手上一天就读完了！其中有一些文章以前读过，重读一遍仍然喜爱。这三十几篇散文，有对母亲、舅舅、三爸，特别是对四爸巴金等亲情的系念，有与茅盾、沙汀、

---

① 王火：作家，茅盾文学奖获得者。

艾芜等亲切交往的回忆，有李致童年生活和青少年时代对光明的追求，有对"文革"荒谬岁月含泪的叙述及出访和暂住国外的见闻感受。为什么我喜欢他的散文？我回答：

因为这些散文朴实无华、庄严凝重，能用真实的感情打动我的心，拨动我的心弦。我知道：李致是一位重情感的人；写作态度是十分严肃认真的。他或在叙事之中饱含对亲友的深切思念之情，或在议论之中富于理性的光辉和积极的人生态度。文章蕴藉深厚。无论感慨或欣慰，无论得失与进退，都有丰富的意象和心境。在这些散文中看不到无病呻吟、故弄玄虚，看不到未加审察的吹嘘和唬人的自我扩张，看不到自以为是的世事洞明与人情练达，有的只是实事求是与深切准确的记述。细致的情感，安详宁静的思绪，对丑恶和畏葸的憎厌，对明朗透彻、自由和谐的心灵的挚爱，令人心仪神往。

因为，这些文章多数是从心灵中唤出来的，他用坚定的信念、充沛的激情，用平易的语气向你吐露他对生活、历史、亲情、友谊、人格的想法和感情，于是，你读这些散文时，仿佛同他谈心，舒畅自如而意趣款款。

《往事》是一本可以慢慢咀嚼的散文集，我读了《永远不能忘记的四句话》后，将巴金老人在李致童年时教导他的四句话："读书的时候用功读书，玩耍的时候放心玩耍，说话要说真话，做人得做好人。"马上教给了我那外孙，他也马上记住了！我读了《巴金的心》一文后，马上把文中提到的王尔德的童话《快乐王子》找来自己重读一遍并拿给外孙读。李致文中说："随着对巴老的了解，我豁然开朗，感到巴老不正是当今的快乐王子吗？他从不过多地索取什么，却无私地向社会向人民奉献自己的一切。"这话深深留在我的心上。我读了《大妈，我的母亲》和《我淋着雨，流着泪，离开上海》以及《我的胖舅舅》，不但动了感情，而且觉得加深了对李致的了解，明白了为什么他这人有亲和力。

举这样的例子，不是我的目的。正如我不想像评论家那样来分析论述李致散文写作技巧上的长长短短一样，我只是觉得从我的感受来说：

当处于粗鄙的氛围中感到压抑时，可以读读这本散文集！

当度假感到空虚无聊时，可以读读这本散文集，其中有些篇章还该给孩子读读！

当不幸看到庸俗低级的地摊文学或电视节目感到恶心时，可以读读这本散文集！

当处于炎热的夏季心情浮躁时，不妨读读这本散文集！……

读完《往事》那天，我打电话告诉李致同志，说："《往事》读完了！我很喜欢，也得益不少！尤其喜欢其中涉及巴老和亲人的那许多有分量的文章。那都是有重要价值的文章，有的是你独有的材料和感受，只有你才能写！研究巴金的人将会作为宝贵资料看待的。"我说这话是表明我欣赏这些散文的独特性，更何况这种独特性，不仅指的是素材，同样指的是一种"精神家园"。

后来我说："你这位散文家可写的东西太多了，有关巴老和李家的事不说，还有许多该写的东西都没有写，希望继续写吧！"

他问："指的什么？"

我说："比如川剧领域，你熟悉这剧种和许多名演员，还为领导振兴川剧出过大力了解很多情况，并没有多多去写！比如编辑出版工作领域，你是出名的编辑出版家，在'文革'后四川出版事业步入辉煌时期你做过大贡献，结识过许多人，有过不少有价值的作为和经历。"

他谦虚地说："那以后我就试着再写写。"

我期待着他这句话。末了又告诉他："除了内容好之外，《往事》的装帧讲究，纸张印刷好，更精彩的是几乎没什么错字。"我读书有个好找差错抓错别字的习惯。《往事》在这点上没有"满足"我的愿望，证明作者这位编辑出版家自己一定仔细看了校样。

前段时间，文坛出现过一些"隐私散文热"，有人利用散文展示自己的婚外恋、性生活之类，引起批评。李致同志则是利用一点空余时间细水长流地在散文园地中耕耘着他的一片绿洲，有自己鲜明的目的、倾向和审美情趣，他已经有《回顾》《"牛棚"散记》《终于盼到了这一天》《巴金教我做人》《我所知道的胡耀邦》《李致与出版》等许多散文集出版，他正辛勤地扩大这片绿洲，让它更生意盎然！

由《往事》想到的往事

◎ 高　缨[1]

老友李致的散文集《往事》出版了，使我欢喜了好一阵子，就像自己又有新作问世似的 。接到赠书，我立刻放下手中的工作，细细阅读，直到灯光涩滞了我的双目。

这是一本内涵丰厚、朴素无华、记叙真事、抒发真情的好书。唯其朴与真，读起来如知己对坐。娓娓谈心。

占了此书大半篇幅的，是一些与巴金老有关的文章。有同志说，这是"亲情散文"，我很赞同。因为李致是巴金的亲侄子，所以这些篇章显得更加亲切感人，且让读者直接地走近巴老，从几个侧面去认识这颗中国人民的良心。

读《永远不能忘记的四句话》一文，我好似聆听到巴老那浓重的四川乡音："读书的时候用功读书，玩耍的时候放心玩耍，说话要说真话，做人得做好人。"这四句话是当年巴金回家时写给少年李致的，至今对我们这一辈和下辈人，仍有很大教益。《巴金的心》《讲真话的作家——巴金》《寻找童年足迹》几篇文章，写了好些巴老旧事，清晰地表现了他"对我们祖国和同胞无限的爱"，

李致文存·我的人生（下）

———————————

[1]　高缨（1929—2019）：作家、诗人。

和他无私奉献的博大情怀。从《带来光和热的人》《永恒的手足情》《大妈，我的母亲》等文章中，读者能够如见其面，如闻其声地看到巴金几位亲人的形象，也能了解一些产生《家》这部巨著的社会环境。《我淋着雨，流着泪，离开上海》一文写得真实、深情。"文革"期间，刚从"牛棚"出来不久的李致，"秘密地" 去上海看望他的四爸，那时巴老正在受难，萧珊已辞世，"家里笼罩一片阴影"，叔侄聚首，何其温存又何其悲凉！李致追记这段往事，让我们看到巴金处变不惊，镇定若素的面影，也看到李致眼中的泪雨……

李致所写到的巴金那巨大的人格力量，我也曾亲身感受。1966年夏，在北京召开亚非作家紧急会议，巴老任中国作家代表团副团长和大会主席团成员。我参加了会议，并数次随巴老接见、宴请外国作家。那时："左"风已肆虐全国。会议刚开始，"文革"也开始了。巴老在和外国作家的交谈中，没有一句"左"的言语，没有一点强加于人的态度，总是雍容平易地与外宾谈着友谊、团结、争取世界和平；外宾也无一不对他真诚尊敬。这时，会外不断传来造反派揪斗某某、打倒某某的消息，有时也能听到红卫兵的呼叫声。我们代表团内部，已浮动着紧张的气氛。我想，当时巴老是不可能不知道险恶的局势和上海的情况的，但他仍集中精力于会议的工作，显得平静如初，坦荡从容，有时还邀我们几个晚辈作家一道散步，鼓励和关心着我们的创作…… 这些事，我是终生不会忘记的。

读《往事》，我还想起其他一些往事。

少年时期，我和李致是小学同学。我印象中，他是一位很用功也很活跃的人，作文很好。毕业后我们各自升学，他入成都华西协中，我进重庆育才学校，也就断了联系。20世纪40年代中期，我们差不多同时参加革命，同时加入地下党，有着相同的经历。解放了，地下党员们和部队党员们会师后，在一次会上，我忽然听到有人唤我的学名，看见李致满面喜气地走过来，久别相遇，我们紧紧地握手了。可巧，我们又同时分配到重庆团市委工作，他担任了沙磁区团委的领导工作。我们常常相聚，自然会谈到文学。他告诉我，新中国成立前他酷爱创作，已在报刊上发表了百余篇诗、小说和散文。我读了他的一些短诗，写得热情澎湃，有诗人田间之风。他还喜欢朗诵诗，记得有一回他向集会的大学生朗诵诗，声调激扬，热烈如火，引起满场喝彩。我当时想，我这位老同学，一定会成为文学家的。

到了1955年，肃清"胡风反革命集团"运动开始。不料当头一棒，狠狠向李致打来，以"莫须有"的罪名，他被列入审查、批判对象，被迫在会上会下检查交代。往日他那英气勃勃的面容，压抑了一片愁云。虽然没有被扣上"帽子"，但从此他再也不提笔创作了；即使如此，"文革"中他仍难免"新账老账一起算"，难免和他的四爸一同异地受难。

浩劫终止，全国欢腾。李致主动申请调回故乡，重逢时，我见他更为成熟了，言谈有些持重了，而那热情洋溢的目光又恢复了。他担任的行政工作虽然很忙，我们仍常常见面和互通电话。我爱重提旧事，鼓动他写些诗文，特别希望他写写巴老，而他却总是默然。我想，也许往日的阴云，还没有从他心上完全消散吧！直到1981年，他终于发表了一篇散文，我立刻打电话向他祝贺。他有些不好意思，说"我写得不好呀，你看我这支笔还行不行？"到他从工作岗位退居二线后，才认真地写了起来。不久前，我接到他新版的《往事》集子，我的无比欢欣，唯老友可知，岁月悠悠，五十年前已发表诗文的李致，而今才出版了他的第一本散文集。在欢欣庆贺之余，我心里浮起一种苍凉之感。若不是各种极左运动，若不是文艺界累累创伤，若不是他两度受打击，才华横溢的李致，该写出多少优秀的诗文！如果巴老能有一个著作等身的侄子，他会多么高兴！

惋惜感叹已无必要，我又为老友感到宽慰。数十年来，李致做了大量于人民有益的工作。他曾在团中央从事少年儿童工作，回到故乡，又先后在四川出版界和中共四川省委宣传部担任领导职务，还被选为四川作协副主席、省政协秘书长，至今还任四川省文联主席。他以旺盛的精力和强烈的责任感，以正派、宽容的作风，团结同志，为四川的出版事业、文艺事业做出很大贡献。这是有目共睹的，我不必多言了。据我所知，巴老对他侄子的工作成绩和人品，也是称道的。

　　可惜乎？可贺乎？　人生如旅，只求不是空空行囊。

　　李致的行囊是充实的。相信他会继续追随巴金的背影。说真话，写下去！

历历在目的《往事》

◎ 洪　钟

　　四川民族出版社出版的李致散文集《往事》，是一本平实之作，它以朴实之笔记述了作者心中深有所感的人和事。读者从这些极其普通的人和事中，可以感觉到一颗博大真诚的心在燃烧，在跳动，在鼓舞着你。

　　第一组散文记述的是作者童年的回忆和他一生中感人至深的人和事。这些散文反映了作者的童心和真心。科甲巷的回忆，抒写了对玩具的美好回忆和儿童爱好玩具的本性。有关祠堂街的回忆，写出了一个追求进步和光明的青年的心声。《捐寒衣》写了抗战宣传在小学生心灵上的震撼和不吃午饭把两个铜板捐给前方战士做寒衣的热情，也记述了日本飞机轰炸后小学教室的断垣残壁和瓦堆中烧焦的尸体，在稚弱的心灵上留下的深深的烙印。特别是关于作者的入党介绍人贾唯英同志的回忆，则是感人肺腑之作。关于回忆贺龙同志一文虽然短小，但思想性的隽永，特别令人深省。这篇短文记的是解放大军入城后贺龙同志和地下青年组织民协、民青等地下社成员会面时，不承认"首长"的称呼，满有风趣地说："什么手掌、脚掌哟！共产党、解放军是为人民服务的，无论担任什么职务、大家都是同志，一律平等。"这是使在旧社会生活了十多年的青年人耳目一新的党课，这种公仆精神是多么值得珍惜！

特别值得重视的是有关大师巴金及其亲人的一组散文。巴老是作者的四爸，亲人的接触更能体察灵魂的真实。20世纪40年代初，巴老两次回老家小住。当时作者是十多岁的小学生。巴老在天真无邪的心灵里留下什么印象呢？拜祖先灵位时与众不同，不叩头，只鞠躬，是"新派"。培养侄儿的集邮兴趣。委婉地批评他贪玩，不回家。特别是给作者纪念册上题的四句话："读书的时候用功读书，玩耍的时候放心玩耍，说话要说真话，做人得做好人。"真是深长隽永，富有生活哲理的闪光箴言。

特别值得注意的是：有的散文还以确凿的事实，说明巴老和人民群众的关系，巴老高尚的人品。巴老是把他的写作当作为人民、为祖国的战斗武器的："我写作不是因为我有才华，而是我有感情，对我们祖国和同胞我有无限的爱，我用作品来表达我的感情。""人为什么需要文学？需要它来扫除我的心灵上的垃圾，需要它给我们带来希望，带来勇气，带来力量。""我写作是为了同敌人战斗。""一切旧传统观念，一切阻止社会进步和人性发展的不合理的制度，一切摧残爱的势力，它们都是我最大的敌人。"巴老七十多年如一日，身体力行地实践了这些文学的真理。

这些散文还点出了巴老为人的精髓。巴老多次提出："你们（读者）买我的书，养活我，是我的衣食父母。""读者是最好的评判员，也可以说没有读者就没有我。"巴老还多次提出"把心交给读者"。这些主张是和邓小平同志提出的"人民是文艺工作者的母亲"的观点是一致的。1956年巴老在《燃烧的心——我从高尔基的短篇中所得到的》一文中说："他本人（指高尔基）并不说教，他让你感染到他强烈的爱和憎恨，他让你看见血淋淋的现实生活，最后他用人格的力量逼着你思考，逼你去正视现实。就像《草原故事》中英雄丹柯一样，高举着自己'燃烧的心'，领导着人们前进。"

这就是巴老为人、为文的灵魂，是巴老文品、人品的高尚之处。鲁迅早年称誉"巴金是一个有热情有进步思想的作家、在屈指可数的好作家之列的作家。"在近七十年的勤奋创作中，巴金为中国人民和世界人民留下了千万字的创作和译著。他的作品先后译成二十个国家的文字，在世界广为流传。

散文还举出了一些鲜为人知的事：巴老是全国唯一的不拿国家工资、只靠稿费收入生活的专业作家。新中国成立前他曾以稿费资助过困境中的青年。近年来他更以巨额稿费资助现代文学馆，支持上海出版基金，支持振兴川剧。但他反对用他的名义成立创作基金，更反对动用国家经费重建故居。他严肃地说："我必须用最后的言行，证明我不是盗名欺世的骗子。"巴老的想法和鲁迅的心是相通的。鲁迅在《花边文学·大小骗》中说："欺世盗名者有之，盗卖名以欺世者又有之，世事也真是五花八门，然而受损者却只是读者。"巴老这种对社会多做奉献，少求索取的精神的确是难能可贵的。

有的散文还如实地记述了巴老一家由"小康而坠入困顿"境遇中的手足之情，相濡以沫之情，作自我牺牲以成全家人之情。以素朴之笔写出了亲人中真挚的感情。

人们常说：往事如烟，往事如梦，意思是说，经过时光的流逝，往事会变模糊了。但在李致素朴淡雅的笔触下，一些往事却历历在目，成为值得人们深思、回味的人和事的形象组合了。

写好一个"真"字

——读李致的散文集《回顾》

◎ 马献廷[1]

读李致的《回顾》，包括他的前一本散文集《往事》，就如同听老朋友谈心，你不必像通常人际交往中那样必须认真调动起全部接受神经，只要静下来，就会感到有一种真挚的感情的热流，慢慢地沁入你的心里，并激起一些共鸣的感情涟漪。

读《往事》已是一两年前的事了，但书中记叙的一些情节，如作者在"文革"中"淋着雨，流着泪"告别四爸巴金的情景，作者在母亲弥留之际与她生死诀别的情景，包括作者对外婆家"胖舅舅"的怀念，都使人留下了深深的印象。作者的这些"往事"，"人皆有之"之事，由于作者道出了其中的"人皆应有"之情，所以读者也能自然地应和着、升华着各自的"往事"。这样，作者的"往事"事实上便已作为一种感情的晶体超越了自己。

这种感受，在读《回顾》中，再次获得了印证。

《回顾》在题材和体裁上，都可以说是《往事》的姐妹篇，只

---

① 马献廷（1929—2018）：作家、评论家，笔名黑瑛、弋兵，曾任中共天津市委宣传部副部长、天津市文联副主席、天津市作家协会副主席。

是艺术的针脚更为缜密，情感的色彩更为深沉了。在《回顾》的一些篇章中，不知为什么我特别喜欢《"牛棚"散记》的一组文章，这组文章记叙了作者在"文革"中的一段劫难，这段劫难显然在作者心灵上曾留下深深的疤痕，但从文字中却难以找到些许激愤、恚怨，作者只是以一种劫波历尽后的超脱心态，娓娓地道出了一个个情景历历的事件。对这些事件，作者不作夸饰，更没有矫情，而是还彼时彼境中的一个真实的自己，这大概也可以说是这种怀旧文字中的"讲真话"精神吧！

当然，讲真话与抒真情并不相互抵牾，相反，只有真话才堪作真情的载体。这一点，作为一种反证，可以为当前一些矫饰的"抒情"之作远离了读者的现象，找到真正的原因。《"牛棚"散记》中的事情，都是在被扭曲了的时代大背景下展开的，如今时过境迁，谁都可以对当时的是非说出个"子丑寅卯"出来，但彼时彼境中的"自己"如何，就可能完全是另一回事了。当然这样说绝非要让许多被"扭曲"的受害者个个作自责或忏悔，但在这类忆旧文字中如何"刻画"自己，确是可以从精神品位上把人们区别开来。作者叙述了自己"牛棚"生活的许多情节，这些情节即使完全从一个"局外人"的角度去看，都无一例外地贯串着一个"真"字。挨过几拳便是挨过几拳，没有写成被"打翻在地"，血肉模糊；挨批斗时喊过一声口号，是为了表示对"造反派"不服气，便不写成当时如何正气薄天，慷慨激昂；"牛棚"中读了四遍毛著"也是为了消磨时间"，便如实说来，并不写成是表达自己如何"忠心"和热爱；对自动与"母蚊子"对号入座的人的斗争，主要是出于对她卑劣人格的鄙视，便绝不将之拔高为政治原则问题。联系到"文革"初期，曾贴过胡耀邦同志一张所谓"反对毛泽东思想"的大字报，作者也如实地"记录在案"，并没有把自己说成是事先的"圣明"和事后的"诸葛"……

难道作者当时就一下子没了对革命的觉悟和感情？当然不是。

事实上，在当时大惑难解的情况下，作者对"最高指示"的逆来顺受，正是体现着这种坚信不渝的觉悟和感情，这一点不用自己特别表白任谁也不会怀疑的。但是，革命者也是人，也有人之常情，对此作些矫情的掩饰，对革命者的形象只能有损而无益，特别是处在那种连"人之常情"也被扭曲了的时代条件下，那"人之常情"的显示便更带有了特殊意义，不仅成为鉴别一个人，也成为鉴别一个真的革命者的一种"试金石"。作者在回顾自己当年的"牛棚"生活时，并未刻意显示自己革命形象的"高大"，甚至毫不掩饰自己在那种特定条件下的常人之情，于是，那种在劫难之中对家和对家人的牵肠挂肚的思念，便成为"牛棚"生活中的一条感情的主线。从预感灾难即将降临前夕对家人的强作欢笑，到被勒令不得回家时为免去家人疑虑而故作镇定；从几天不见（与"牛棚"相距不远）家中小屋灯光时的焦虑重重，到通过索要粮票得知家中平安无事后满怀喜悦；从他们夫妻间为了照顾对方身体而把一条毛毯送来送去，到他在节气大雪那天接到妻子所织毛衣时那潜潜泪水和绵绵思绪……这些感情无一不是"常人"所应具有、也应理解的"常情"。作者在当时需要对这种"常情"做些掩饰时却敢于吐真情，在今天可以对这种"常情"做些修饰时却敢于讲真话，这除了表明作者一片赤子之心始终未泯之外还能是别的什么呢？对比之下，那种随着外界物候变化便不断变化自己的"人情显示"的人，那种通过亵渎、糟蹋"人情"来显示自己什么"精神"和"品格"的人，可以说，这些人不齿于"常人"，更遑论一个革命者！

谈到文学作品表真情与讲真话关系的这个话题，不由想起了崇尚讲真话的巴金。巴金是《回顾》作者的四爸，《回顾》中有一组重要文章正是写巴金的。作者在这组文章中表达了他对四爸和他与四爸间那种如父子般的深挚亲情，特别是《白发》那篇短文，通过"白发"展现了两辈人间的亲情，情思隽永，意味绵长，堪称难得的抒情佳作，但作者对四爸的这种一派真情流露，又无不是建立在对四爸精神品格的无比崇敬之上的。无论是在《往事》还是在《回顾》中，作者通过自身所经所见，多方面多层次地展现了巴金的崇高的精神境界，虽然作者只是"实话实说"式地一件件说来，从未作任何"一唱三叹"式的赞颂，但巴金那种"吃了桑叶就要吐丝"的春蚕精神；那种一生为祖国工作到最后一息、学习到最后一息的"两个最后一息"的精神；那种不同意恢复"故居"、不主张建立个人"基金"、不做盗名欺世的"名人"的精神；那种尊重历史、珍惜旧情、不矫情自欺的精神，那种虽然一生献身"作文"却永远把"做人"看得远重于"作文"的精神，无不跃然于纸上，使读者从那看似淡淡的文字中，真切地感觉到屹立自己面前的不仅是一位"作文"的师表，也是一位"做人"的楷模。特别是巴金那反复倡导、也是一贯躬行的"讲真话"精神，更是贯串于他的对人对事的全部生活实践之中，这与作者的"实话实说"的文风相互映照生辉，也使得作者对四爸巴金的那种一往情深的真情之中，平添了无比深厚的精神蕴含，从而为什么是真正的人间真情这个问题做出了发人深思的注脚。

真情要通过真话才表达得出来，这一点在《回顾》中《我所知道的胡耀邦》一文中也得到了体现。作者"文革"前曾在共青团系统和团中央工作过十多年，可算是耀邦同志的老部下，"文革"当中又同住过"牛棚"，"文革"后包括作者从北京调回四川后，作为老部下，作者不止一次地去看望耀邦同志。面对耀邦同志这样一个特殊的写作对象，从和耀邦同志这样一种特殊的关系背景出发，如果写忆旧式的文章，有的人就可能会写得很"活"。但《回顾》的作者写来，却并不根据"需要"随便糅杂进任何子虚乌有的东西，既是题为《我所知道的胡耀邦》，便一切从耳闻目睹出发，有一说一，一丝不苟。然而正是这种出自一个老部下的实录，一个活脱脱的革命家的形象便自然地凸现出来，使读者眼中的耀邦同志形象既可敬又可信，并且由于可信更感到可敬了。作者在1973年即将调离北京时曾到耀邦同志家中与这位老领导话别，当时亲聆了耀邦同志这样一番话："没有认识清楚以前，不要随风倒，更不要盲目地吹喇叭，抬轿子。"这样的话在当时的情况下，能作为对老部下的临别赠言说出来，无疑是意味深长的，但细审其中奥秘内核，便可以发现那话里所包容着的是一个大写的"真"字。作者大概就是审知了这个真谛才写出了这样一篇动人的文章。

作者在四川出版界和文艺界工作过不短的时间，《回顾》中还有不少篇章是记叙他与一些文化名人的交往的。这些文章无论在观察、叙事的角度上和写作风格上，都与全书其他写人的作品一致，这便是求实、求信，也就是求真。当作者以出版界负责人的身份与这些文化名人交往时，坚持奉行着这样一个信条：要做出版家，不要做出版商或出版官。那么，出版家与出版商、出版官的区别在哪儿呢？作者在他与文化人的交往中已用许多事实做出了回答。从中可以看到主要的有这么几条：第一，要理解其作品，先要理解其人；要理解其人，先要理解其心；要理解其心，先要向他洞敞你的心。第二，不以名诒人，不以利惑人，更不以势威慑人、压人，而是以诚感人，以情动人。第三，要取得效益的厚值，必须要有"真货"；要求得"真货"，必须要有真识；要具备真识，必须要在"识"上下些真功夫。这些，当然不是为怎样做出版家提供备忘录，但其中贯串着一个真实——包括真诚、真情、真识等等，确是从事出版业人们所应强化的"业外功夫"，虽然《回顾》的作者也并非有意以此向同业同人们作个"示范"。

《回顾》全书字数不多，文章篇幅不长，内容也都是记叙旧事，没有什么宏旨大义，语言文字更是明白如话，不讲求雕镂藻饰，但通览全书之后，使人感到作者从体物阅世到立意命题，从布局谋篇到写形取象，无不追求一个"真"字。所谓真，就是说作者叙述的是真话，描写的是真境，抒发的是真情，揭示的是真相，正是作者在作品中发出的这种"真"的呼唤，也必将在读者心灵中和情感上获得"真"的应和。要知道，人们对于"善"和"美"可以做出多种的辩解和体认，但只有将"真"融于"善"和"美"，那"善"和"美"的价值才无容混淆。这一点，也可以说是本书的认识价值所在吧！

当然，本书在艺术上也颇有可称道之处。它的艺术色调清淡但不苍白，它的素材结构短小但不单薄，它的语言平易简练但不平淡，它时有幽默、俏皮之笔但不轻薄，它行文于承转结合之际常出意外之语，言尽而意不穷……从通篇讲，《白发》《小屋的灯光》《照片》等篇，都给人留下了深刻难忘的印象，就不一一赘述了。可以说，它们都是用"心"写出的，写出的也是一个很好的"真"字。

真实的故事　真诚的情感

——读李致的《往事》

◎ 冉　庄[①]

　　最近，喜读四川省文联主席、作家李致的散文集《往事》。我一打开书，就被那娓娓道来的真实的故事和细腻执着的真诚的情感所吸引，我的心随着作者的心波动，我的情感与作者的情感产生了共鸣，使我不忍合卷，一篇接着一篇地把整整十一万字读完。

　　选入《往事》的三十二篇文章，其中《从科甲巷到祠堂街》《我的胖舅舅》《捐寒衣》《失去自由的日子》等篇，是作者对自己幼年和青年时代向往革命、投身革命的记叙。还有几篇是对贺龙、茅盾、严庆树、艾芜、沙汀等前辈的怀念和追忆，以及作者为《探索集》《张鸿奎戏剧人物画册》《好一朵芙蓉花》《川剧艺术管窥》等著作写的序之外，大部分文章是作者抒写他与他的四爸——当代文学大师巴金之间的情感，记述他们家庭的状况、变化，也写了他四爸与他早逝的父亲之间的弟兄手足之情。

　　读完《往事》，我以为作者在苦心追求一个"真"字，如同说真话的巴金，不满足于小感觉、小情绪、小哀乐、小得失；不热衷

---

① 冉庄：作家、诗人，曾任重庆市作家协会副主席。

于风花雪月的咏叹，不躲在个人心幕后面作无聊的呻吟与病态的宣泄。他的作品，在平淡的叙述中见真情。这真情不仅仅属于小我之情，而是作者对祖国和同胞的无限的爱和真挚的情。作者透过对往事的回忆，有对国民党特务和"四人帮"的控诉，有对亡友的哀思和对长辈的赞颂。

这个"真"字，我还以为是来自于巴金对他的勉励和教诲。早在1942年，巴金就给李致写了四句话，其中最主要的就是"说话要说真话，做人得做好人"。几十年来，李致把它铭刻心里，事事都注意说真话、抒真情。

《往事》一书，不但说真话、抒真情，还体现出言真义正的特色。何谓言真义正呢？那就是作者说真话、抒真情是站在正义的道义上讲的，是站在党性的立场和广大人民群众的立场上讲的。比如作者透过不同侧面介绍巴金时，毫不掩饰地讲他出身于"一个封建家庭"。由于封建社会的黑暗和封建家庭的腐败，使他产生了强烈的不满，因受"五四"运动的巨大影响，而投身到了新文化运动之中，成了"五四的产儿"。特别是作者在回忆过去的日子，"十年浩劫"中，竟有人企图通过外调，强迫他证实"自认不讳"的革命战友为"叛变革命"。作者为了坚定不移地坚持一个"真"字，敢于义正词严地硬顶，敢于在那个年头讲："这是敌人的陷害。"如果没有鲜明的立场，没有鲜明的道义感，在当时"四人帮"文化专制的高压时期，恐怕很少人有这样的胆识。

其言真义正，还表现在：作者在写巴金和追忆沈老、艾老、沙老等文学前辈中，丝毫没有借这些文学光环来粉饰自己，或企图索取什么。其目的确确实实是在倾吐自己向这些前辈的高尚品格学习的真情。如作者在写"过继"给巴金一节谈出了自己的心声，认为巴金是作家，他十分尊重和热爱他，他是他的忠实读者，并信仰他的主张"生命的意义在于奉献不是索取"等。

读罢李致的《往事》，透过作品抒发出的作者真诚的情感，我更加体会到了散文是"掏心"的艺术，是作家"心史"的回味，是作家实情、真情、健康之情和高尚之情的情感渗透，也更加领会了散文的审美价值在真诚。

读《回顾》 颂巴金

◎ 白　峡[①]

　　四川人民出版社出版了一本令人仰慕的新书《回顾》。这本书是作家李致所著。此书近三十篇文章，写巴老的七篇，加上相关联的几篇如回忆曹禺、李健吾等占全书一半以上。由于作者是巴老的侄子，写巴老的文章可以观察人写亲人的真情。这种真情使我读后仍有一种温暖的泉水荡漾在心上，而且久久回旋。去年10月17日萧乾对来访作家李辉说："我一生最大的幸福之一，是在20世纪30年代初在北平结识巴金……沈从文教我怎样写文章，巴金教我如何做人。"这是萧乾晚年的肺腑之言。现在翻开《回顾》这本书，通过作者的回忆，可以看到巴老怎样生活，怎样做人，又怎样影响当代人。

　　开卷第一篇《春蚕》。巴老在文章中说："我是春蚕，吃了桑叶就要吐丝。哪怕人在锅里煮，死了丝还不断……"

　　这就是巴老做人的态度，也可以说是他的人生观。巴老进一步说："人各有志，我的愿望绝非'欢度晚年'。我只想把自己的全部感情、全部爱情消耗干净，然后心安理得地离开人间。"他的爱憎消耗干净，就是把它凝成作品献给社会。因此他呼吁："让我

李致文存·我的人生（下）

　　① 白峡：诗人，曾任《星星》诗刊编辑。

安静，我不是社会名流，我不是等待抢救的材料'，我只是一个作家，一个到死也不愿放下笔的作家。"

这话感动人，给当代的作家树立了榜样，作家不是贴金贴银地吹嘘自己，作家就该用作品同读者见面，而且要有讲真话的作品同读者见面。

巴老这篇"做人"的文章不容易写。他是在不断地排除各种干扰，塑造自己。巴老说："我要做一个普通的老实人。"他要跟自己战斗，跟周围的环境战斗，就连四川一家出版社打算出版他的日记单行本，他也进行自我反省和自我约束，来完善自己的人品。巴老的全集（包括日记部分）由人民文学出版社出版。四川的出版社拟仿照《鲁迅全集》的办法，再出版他的日记单行本。巴老起初答应了。事隔一年，1992年9月25日致李致信，信上作了否定，并指责李致："你刚来信谈尊重我的人品，那么你就不该鼓励我出版日记。这日记是我的备忘录，只有把我当成'名人'才肯出这样的东西。我要证明自己不愿做'名人'。现在通知你收回我的诺言。"拳拳之心，谆谆之词，反复陈述，使得李致只好作检讨。李致说："使我深感自己对巴老的理解还很不够。"今天我看真正理解巴老的人不多，有的地方仍然变换手法，总希望巴老以他的名字设立什么奖、什么基金会，实在令人悲哀、感叹。

这本书中还有好文章，其一是《难忘小平对川剧的关怀》，其二是《我所知道的胡耀邦》。小平关怀川剧，作者说"省委重视振兴川剧，是与邓小平同志重视川剧一脉相承的"。小平解放初期任西南局第一书记，提倡"外来干部一律要学四川话，晚会看川剧必须看完"。粉碎"四人帮"以后，小平又继续推动"川剧振兴"，使"文化大革命"中受摧残的川剧喜逢春天。《我知道的胡耀邦》，由于作者在耀邦同志领导下工作过，笔下流出深厚的情谊，文章很感人。作者在"文化大革命"中由于抵不住当时的压力，写过一张给耀邦同志"胡乱上纲的大字报"，作者文章中流露出诚恳的忏悔。作者调离团中央，回四川在人民出版社作总编时，出版了《在彭总身边》和《最后的年月》，一时成为畅销书，可是有关部门却无端指责，并令《最后的年月》立即停止发行。李致便上京向耀邦同志说明处境，并请示办法。耀邦同志当时不好表态，便给李致比手势，李致开始不懂啥意思，原来暗示他自己发行。这一段文字生动形象，具有幽默的风味。

祝这本书畅销，成为读者都喜爱的好书。

时代缩影　真情倾吐

——喜读李致散文集

◎ 郝志诚[1]

时下，散文沉渣泛起，它们以煽情、搞笑、作秀和无病呻吟为时尚；但，这无碍于散文的百花长廊依然一派生机，一批批优秀散文仍将真实人生、真实情感、真实体悟视为生命和基础，沐浴着时代的春光勃然诞生。李致同志的《昔日》就是这样的品作。它敢说真话，倾吐真情，描摹社会和时代的真相，充满着盎然生机与活力。

《昔日》是继《往事》《回顾》之后的散文集。刘勰在《文心雕龙·知音》中说："夫缀文者情动而辞发。"《昔日》正是"情动而辞发"的，有几个明显的特点：

一、真诚、坦荡，仿佛向世人扒开胸膛捧出一颗鲜血淋淋热气腾腾、遒劲搏动的心脏。

七篇童年生活的散文托出一颗鲜活而稚趣盎然的童心。《外婆家的花园》里的玉兰、绿萼梅、海棠、紫荆、金鱼、蟋蟀、蝉子、蚂蚁、叫姑姑……伴着作者蹚过童年的小溪，濡染、浸润着他对大自然的爱恋和同情。"大人说蟋蟀会打架，特别是有一种叫'棺材

---

① 郝志诚：评论家，四川省报告文学学会会员。

头'的。可是我捉住的，它们从不打架，也许是朋友，也许是'和平爱好者'。大人叫我们不要打架，何必要蟋蟀去打呢？我把纸盒打开，让它们回家去。"《过年》时节，欢乐与苦难同样啃噬着他稚嫩的心扉。他脑子里闪现出拉琴卖唱的瞎子老人和女孩，背上插草圈卖身的孩童，问："为什么所有的孩子，不能全都快快乐乐地过年呢？"而《书，戏和故事》记叙和体悟的是他儿时对"乌鸦反哺"，姐弟生死离别，波兰爱国少年英雄的仰慕与崇敬。淳朴、高尚童心颂扬了人性人情的真善美。

十三篇怀念、追忆老一辈革命家、名人、亲人、作家、艺术家、挚友的散文，塑造出一位位历史见证人的形象。昔日，作者曾以自己特殊的出身、职业、职务，与他们过从甚密，结下深厚的亲情与友谊，散文披露的一桩桩、一件件往事，尽是耳濡目染的亲闻亲历，又都是前辈的耳提面命。张爱萍是老一辈革命家，集将军与诗人于一身。作者曾任四川人民出版社总编辑、四川出版总社社长、中共四川省委宣传部副部长等，自"放长线钓'大鱼'"，出版了张老诗集《纪事篇》后，张老对振兴川剧艺术给予亲切关怀，还以长辈兼朋友的身份教诲、关照他与晚辈，昭示了老前辈光辉的人格力量。

我国文坛巨匠巴金是作者的四爸。《往事》《回顾》已对巴老作过详细的描述，现在，《昔日》又用六篇散文，通过点点滴滴的琐事，言简意赅，翔实、真切、生动地再现了叔侄间情浓于血的真情，巴老与萧珊的夫妻深情，巴老同冰心、张老等的笃厚友情，并且画龙点睛，揭示这种真情、深情、友情的真谛："生命的意义在于奉献，而不在于索取。"这些由亲身经历、见证的种种情谊，不仅令作者感佩至极，终生难忘，而且由于得天独厚的唯一性，它必将成为文坛佳话，文献史料，永载史册。

历史见证人"对自己走过的路做出回顾，对自己的过去做出剖析"，从不虚饰、矫情、夸张，对自己生命之旅的过失、不足，也如实袒露，严加批判。散文字里行间跳荡的都是作者心灵律动的真实轨迹。这不正是散文灼人灵魂的缘故吗？

二、敏锐，激情，喷薄而出，恰似积淀已久的地下熔浆，一朝暴发，不可阻遏。

无情地抨击、鞭笞"胡风问题"和"文革"酿成的灾难，是《昔日》的主打内容。全书四十五篇文章，以其为主旨或涉及其事的，即有四十三篇。《1969年的春节》、续〈"牛栅"散记〉》、《终于盼到这一天》、《焦某"文革"轶事》、《特殊的"纪念日"》等散文，满腔愤慨，怒不可遏，力透纸背，是专为揭露"文革"酷烈政治，"四妖"乱国对人性、人情、人格以及时代的戕害罪恶的，而其他篇什，则经常随机对"文革"丑行、丑俗、丑语痛加针砭，入木三分。《过年》中说灶神吃了人间供奉的麻糖（受贿），"其实不是'失节'，他并没有乱打'小报告'，只是嘴被粘住，无法说话，失职而已"。《冬娃儿》里的冬娃是作者童年小伙伴，他"很够哥儿们，从不揭发，更不会'反戈一击'"。《找回名字》借作者名字变换踪迹，呼唤党的光荣传统。"年过花甲，从领导岗位上退下来，被一个群众团体选为主席。我想，这一下可以彻底摆脱官衔了。谁知仍有人用官衔称我，位高至主席。局长、部长也就算了，主席能随便当的么？显然忘掉'文革'的惨痛教训了。"

为什么作者对"文革"灾害如此怒怨、深仇、大恨，愤愤不平、不吐不足以泄其愤懑？难道仅仅缘于作者个人的命运遭际？！个人厄运乃沧海一粟，映现的却是"文革"肆虐神州，对祖国、对民族、对历史、对人类造成的创伤、惨痛、贻害。

三、细小稀微、平中见奇，犹如于无声处听惊雷，振聋发聩，激荡心灵。

《昔日》各篇均是由浅常至极、司空见惯的生活琐事抽象、凝练而成的，并由此而镌刻出作者人生命运的轨迹，演绎社会历史的轮廓和历程。《总司令慈祥地挥手》着笔于1963年春天，朱总司令与共青团四川省四大代表合影，两次挥手凸现他慈祥的形象。《大雪纷飞》由作者几十个生日建构而成，概括和描写作者一生坎坷、奋发的命运。七十生日贺卡诗云：

> 峥嵘岁月七十年，于今头白身未闲。
> 夜读三更人神健，日书千言力尚捷。
> 往事梦萦情脉脉，故交魂牵意绵绵。
> 升沉不忘青春侣，翰墨相亲因凤缘。

七十贺诗不过是生命的典型写照罢了。

一个笑魇、一次会晤、一句话、一首歌曲、一次出访、一次受骗、一本辞书、几次交谊、几帧照片等等，不过是生命大海中几朵寻常的浪花，但在作者笔下，平中出奇铸造起奇妙的审美空间，浪花飞溅，波云谲诡，勾画了生命的绚丽，社会和时代的缩影，漾出作者坦荡的心灵真情，和淳朴多彩的个性特征。

四，调侃幽默，娓娓道来，俨若一位谙悉世态炎凉的行者，茶余饭后，向伴友漫话人生。

《昔日》里尤以《焦某"文革"轶事》一文洋洋洒洒遴选二十一桩"文革"轶事，集调侃、幽默之大成。焦某实为"文革"受迫害诸君之代表。他玩世不恭，大智若愚，游戏人生，极尽冷嘲热讽、嬉笑怒骂之能事，揭"文革"丑恶，演人生悲剧，抒特殊心怀。

调侃，幽默笔触，如珍珠闪烁，光彩熠熠，增添了散文撼人心魄的艺术魅力。《找回名字》说，因为社会中习惯称官衔，所以"收信也常出差错，李致被写为李智、李治、李贽、李志、李直等，既当过皇帝（李治是唐高宗），又做过古代文人（李贽是明代文人）"，幽默中透出的辛辣讽刺，令人捧腹。马识途老人原为巴金老人九十华诞写下"福如东海，寿比南山"一联，因故未用，作者喜欢，请赐作纪念。马老允诺，题款"预为致公八十寿"，在场友人不禁大笑。《大雪纷飞》说："而今年年加岁，如无意外可争取活到八十岁，取得'阶段性'成果"，调侃兴味，烘托作者人生的豁达与乐观。

调侃、幽默是人生力量的再现，智慧的表征。历史证明，只有胸怀崇高信仰的人，才能经得住波涛汹涌的颠沛，笑到最后。读过《昔日》，掩卷深思，人们不得不深信这人生的真理。

此外，值得欣慰的，《昔日》还配发弥足珍贵的六十八帧历史照片。这些照片不仅平添了此书图文并茂的艺术张力，更增强了散文作为文献保存的历史价值。

别集别裁别有天

——李致《终于盼到这一天》补识

◎ 杨 牧[1]

　　李致先生继连续出版《往事》《回顾》《昔日》等往事随笔集之后，近又推出了《终于盼到这一天》。这本书仍属"往事随笔"系列，但不同的是，它非新创，而是从先前的集子中"就一个主题或一定对象"精心选编而成的。这种对自己已有文字加以遴选重组的做法，在古今作家中并不少见，且往往因为这别出心裁、别具匠心，使得这种新编的"别本"也别具天地。李致明确地告诉我们："本书的主题是：勿忘'十年浩劫'。"在这样一个主旨之下，他集结了此前与之有关的大量文字记忆，这更使我等在"十年"中感同身受之辈读后"别有一番滋味在心头"。

　　李致此前的几本书，我都曾读过，也注意到诸多有识者的高度评价。如马（识途）老称道其"跳跃着一颗赤诚的心""文如其人，人如其文"；王火称道"写作态度严谨""言必有据"，不"掺水"，展示出"一种认真的、实实在在的朴实文风"；萧祖石称道"不尚浮华""自然、朴实、亲切、动人"；马献廷称道"叙

---

　　① 杨牧：诗人，曾任四川省作家协会党组书记。

述的是真话，描写的是真境，抒发的是真情，揭示的是真相"，且"时有幽默、俏皮之笔但不轻薄"；廖全京则用一个"爱"字去解读全景，称那"爱"是"一种信仰、信念"，也是"坚持对一种价值和价值观的持守和履践"，因为"李致属于有坚定信仰的一代"。这些见解本已道尽我的认识，但面对这个主题高度集中的选本，又分明感到它凸现出更多的可贵之处。

"十年浩劫"离我们已很遥远了，李致所说的"这一天"（粉碎"四人帮"的日子）似乎已淡化为过往的历史长河中一个和所有日子一样的日子。李致用了二十多年前举国上下尽有的情不自禁之语"终于盼到"来强化那个特定的日子，也不会期待当年那种山鸣谷应般的回响。殊知那个日子的到来，却是经历了剧痛、煎熬和苦待的，且真正到来的那一霎，李致（们）内心虽然腾涌着万丈狂涛却还不敢轻易吱声，别人想知道，还要对方"达成协议，他愿意跪在地上发誓"——后来，"他真跪在床上发了誓，我才告诉他"。现在听来这些已近天方夜谭，但那确是真实的历史！

正是面对这样一种"时过境迁"的疏离语境，李致意识到一个"过来人"的天职。他说："我已七十有八，离'盖棺论定'的日子不会太远，力求说真话。""'十年浩劫'是中国历史上的大事，绝不能忘却，应该从各种角度记录下这场'史无前例'的灾难，以便子孙后代吸取教训。"他甚至在引用了"记性不佳是有益于己而有害于子孙的"鲁迅的话后，铮铮然说："我不愿向阿Q学习，决心丢掉'忘却'这一'祖传的宝贝'。"于是他刻意从自己做起，建立起这样一个"我个人的'文革'博物馆"。这既是一个生年"常怀千岁忧"的老作家的精诚之举，也是一个饱经沧桑的革命者对历史负责的高度使命感的体现。

众所周知，李致是一代文学巨匠和被称为"中国的良心"的巴金的侄儿，也许正是从巴老那里直接继承了"巴金精神"，对"国事家事天下事"总事事求真。巴老曾建议建立"'文革'博物馆"，并且说："只有牢记'文革'的人，才能制止历史的重演。"随着中国二十多年经济改革和民主法制建设的进程，那样的"历史"还会不会"重演"，说概率很大恐怕会是"危言耸听"，但历史的重演从来都不是简单地"克隆"，谁又能担保在新生着的肌体上就永远拒绝了也随之"进步"而变异着的病菌了呢？李致此时再次强调永远记住"那一天"，也与巴老有了一定向度的别异。如果说巴老耿耿于心的是一个"终"字——永远终结那样的噩梦；李致则在耿耿于"终"的起点上更着眼于"始"："正是因为粉碎了'四人帮'，有了党的十一届三中全会，有了经济的巨大发展，国家正在崛起和不断前进"，那决定中国命运的"一天"，也就"成为构建和谐社会的动力"。李致这种"顾后"而更"瞻前"的视角，更体现了一个严肃的未来主义者的胸襟与卓见。

在李致的这个"博物馆"里，陈列着太多永具历史价值的"陈品"：十年中的亲见之事、亲临之境、亲流之泪、亲历之痛……他无意对"十年"作全景式的陈列和展览，"所写的全是自身感受"。也正是在这种"亲感"中，他为我们留下了一桩"镇馆之宝"——亲知之人！许多人。（包括大量弥足珍贵的历史照片）从一身正气的胡耀邦、巴金、胡克实、杜心源、戴云、王竹、高勇，到匪夷所思的戏剧性人物焦某、许光……以至在寒夜中温暖过他的"小黑"们（那是几只比某些人"人味"还足的狗）。对他以大量笔墨充分赞美的志士们的高贵品德自不用多说，他们以其在艰难年代与邪恶势力作坚决斗争的硬骨头精神为我们留下了宝贵的财富。仅是那几只弱小的"义狗"，就令我们深长思之。当"革命群众"为"划清界限"对"黑帮"们唯恐避之不及时，它们却"不知人世险恶"，仍然与他们亲密无间，给他们带来孤寂中的许多快乐。当李致为特别心爱的"小黑"连夜备食而剁去了大半个指甲盖后，它犹感应到主人是为它受了伤的，更心存感激，心有灵犀，默默地陪他走过了渺无人烟的十里荒野，"不是同类，胜似同类"。可那些小狗竟被人视为"严重影响了干校与贫下中农的关系"，最后被吊死在树枝上了。（《干校三事·翻脸不认狗》）这些与人类声息相通反被人类戕害的生命，折射出许多人之为人所必备的东西，诸如良知、感恩、信守等等。而那些"翻脸不认狗"的，反倒像不如狗的人。钱锺书先生曾在一篇杂文中说到"人类与野蛮兽类的区别，就在于有辨别善恶的良心"，并慨叹道："（人）好不容易千辛万苦，从猴子进化到人类，如果还要变回去成人面兽心，真有点对不住达尔文。"难怪饱经"文革"忧患的巴金老人也在一篇《小狗包弟》的随笔中，写到过一条很善良的狗被送到医院解剖室的反思。"文革"之所以酿成浩劫，或许我们可以说出许多的原因，而其中最不可忽略的，就恰恰在于它背离了"人"的基本要义：人性、人道、人权、人格、人伦、人心。可喜的是，在二十年后的文明中国，我们终于看到了人性之门的大启，人们懂得了尊重人、关爱人，尊重和关爱社会最基础的元素与细胞，并由此激发了人的智慧和最深层的原动力，迎来了初步的社会繁荣；而李致"馆藏"的那只狗，也正好成为"以人为本"的全新理念的奠基石之一。

想来，这也该是李致先生推出这本《终于盼到这一天》所展现出的为了国家和民族的伟大复兴，而一再讲述"兴邦端赖人为镜，固本深知水覆舟"的兴衰之道的一片赤心。

2008年3月10日

浩劫一"斑"

——读李致《终于盼到这一天》

◎ 王小遂①

　　收到李致同志惠赠新作《终于盼到这一天》。按照自己先读序跋的读书习惯，首先在他的《后记》中读到"本书的主题是：勿忘'十年浩劫'"。不觉微微一震。因为众所周知，十年"文革"，至今仍与反右等一样，属于写作禁区。但有关"文革"中刘少奇、彭德怀的最后年月，林昭、张志新们的惨遭杀害，老舍、傅雷们的以死抗争，季羡林的《牛棚杂忆》以及更多的历史真相已越来越为更多的人知晓，谁还想"文革"实行"全封闭"已不可能。但每当触及此中情事，有些人总觉得是"不入耳之欢"，依然是能禁则禁，能封则封，能忘记最好。李致却居然以此为本书主题，而且明确无误地声称，"'十年浩劫'是中国历史上的大事，绝不应该忘却，应该从各个不同角度记录下这场史无前例的灾难，以便子孙后代吸取教训，成为构建和谐社会的动力"。

　　须知，作者曾经是相当长期分管意识形态、文化工作的一位领导干部或曰官员，他对这类敏感问题的禁忌和利害，是应知应解

① 王小遂：戏剧评论家，四川省川剧理论研究会原会长。

一清二楚的。"不容青史尽成灰"——也许正是这样一种历史责任感，他才写出了印成了这本文集吧。难能之处，正在于此。

应该说，作者在这场浩劫中所遭遇的磨难，较之那些失去生命，失去亲人，失去健康，失去思想，失去才华的受难者"松活"多了，远不是"顶级"的，但却是相当"普及"的。也是他说的"各种角度"之一吧。我和我的许多朋友，相信还有更多的人，都有过类似的经历。许多遭遇，如批斗、抄家、逼供、外调，种种"触及皮肉"和"触及灵魂"的折磨，……却只是程度上的差异，而无本质上的不同。浩劫之"浩"，于此可见一"斑"。

文集中给我印象尤其深的是《我淋着雨，流着泪，离开上海》，是写他秘密的上海之行，探望身处逆境的叔父巴金的。我没有见过巴金先生，照片上倒是见得不少。印象里先生是一位满头白发慈眉善目的忠厚长者。当人们在"革命不是请客吃饭""不能那样温良恭俭让"等口号蛊惑和煽动下，凶残代替了人性，暴行被说成革命，声望极高的巴金老人成了"文革"第一批受害者。作为老人亲属的李致，自然格外牵肠挂肚地惦记着老人家的处境，因而不顾干校纪律，有了上海之行。

文中刊载了李致与巴金的两封信，李致写道："为了避免不必要的麻烦，前一段时候，我暂时没有给你写信。"巴金的回信中也说："我一直不想给你写信，害怕给你找麻烦。"他们不约而同地顾虑着书信会带来"麻烦"，这担心绝不是多余的。想当年，胡风和他的朋友们不正是被领导者利用他们的书信断章取义无限上纲，罗织成"反革命集团"的吗？历次政治运动都证明，利用书信治罪，才真是"一大发明"！文中还提到，有五十多封巴金给李致的家书被迫上交后，至今没有下落，这对研究巴金该是多么大的损失。

谈到书信，李致在文集内的另一篇《特殊的"纪念日"》里还有具体动情的描述："从第一次抄家起，我放弃了文学创作，不记日记，不保存文字资料。写信只谈生活，不谈政治，就是谈生活，也不能有'小资产阶级情调',更不能有可能被抓住的'把柄'。我养成了凡信件和别的文字东西看过即撕的习惯。"（抄者注：这种习惯何止他一人才有）他还谈到如何忍住悲痛把老母亲的来信连信封一起撕掉；又如何把女儿保存的他给女儿的家书全部烧掉，引起女儿大哭一场。"少年不识愁滋味"啊！

　　李致的上海之行，还有更为难堪的一幕。正如《巴金传》里描写的那样，这次亲如父子的两人见面，"虽同睡一张床铺上也不敢深谈"。原因很简单，因言获罪者比比皆是，"历史的经验值得注意"嘛。这使我想起读过的一篇短文。讲某君在"文革"上学习班，听别人说自己爱说梦话，因而惊恐不已，唯恐说出什么碍语被人举报。于是每天都要熬到别的人全部睡着后才敢入睡；即便如此，都还担心别人起夜时会听到什么，导致长期失眠。无独有偶，著名演员、作家黄宗江也曾害怕因说梦话罹祸，每天睡觉时都用胶布封住嘴巴。这种人人提心吊胆，处处谨言慎行，连空气中都弥漫着恐惧的时代与生活，当今年轻一代是无论如何想象不到也不会相信的。可能了解点历史的老人倒会联想到秦王朝"偶语弃市"的森严。原来，曾经传颂一时的名篇名句"历代都行秦政制"并不是夸大之词，"祖龙虽死秦犹在"也并非诗人的浪漫情怀，而是实实在在活生生的现实。

　　文集中还有一篇不能不提到的另具一格的作品《谁是"母蚊子"》。母蚊子吸人血，原本见诸《十万个为什么？》的一则科学知识，然而在彼时彼地却差点成为"现行反革命罪行"。真叫人啼笑皆非。

　　这是一则笑话，使人想到，"文革"浩劫是一场大悲剧自不消说，但当我们现在回顾那一段包括自己在内的举国若狂的岁月时，就会发现许多悖乎常理、荒诞不经的现象。从这个角度来看，"文革"又何尝不是一场大闹剧。发动者、领导者、参与者、受害者，都各自在这场闹剧中扮演不同的角色。

当年鲁迅先生在谈到讽刺时，曾经举洋服青年撅着屁股拜佛，道学先生皱着眉头生气的例子，觉得十分可笑。其实，"文革"中出现的怪现象、大笑话，都超过上述两例千百倍。早请示、晚汇报、天天读、忠字舞，乃至人们日常打个电话都要先念一段语录。粉碎"四人帮"后，姜昆、李文华合作的相声《如此照相》对此作了深刻的揭露与讽刺。顾客进门先说："兴无灭资。我照个相。"店主回答："破私立公。照几寸？"如此等等。这段相声很快风靡全国，受到广大观众的喜爱。记得有段时间，"文革"笑话的传播，成为民间文学的主要内容。如卫生系统开批判会，主持人要把李时珍揪出来示众；农民学习世界革命支援"亚非拉美"，变成讨论如何"压肥拉煤"。把这些搜集起来，完全可以编一本《新笑林广记》。《谁是"母蚊子"》应当可以入选的。

读完全书，总的感觉是语言朴实，娓娓道来，讲真话，记真事，抒真情，既继承巴老之文风，复具幽默之谐趣。俚语四句，权以作结：

《家》学渊源有秉承，不饰铅华唯写真。

情结难解文与戏，部长原来是书生。

2008年1月9日于成都

今天，我们写什么

——李致《终于盼到这一天》读后

◎ 杨泽明[1]

作为一名文艺工作者，我几乎终日以书为伴，用书香滋养自己的思想，让心灵充满阳光；领略艺术无穷的魅力，探寻创作坎坷的蹊径。最近，我抱着学习和取经的态度，认真拜读了李致老的散文集《终于盼到这一天》，从中深受启发，获益匪浅。冥冥中我的脑子豁然一亮，蓦然明白了：散文是社会大波澜里喷涌出的浪花，是探察心灵的窗口。血管里流出来的自然是血，经过民族血管过滤的才算是真正的好作品。回答了我关于"今天，我们写什么？"——这样一个较长时间困扰我的问题。

是的，在我们这个散文的泱泱大国，自新文学运动以来，散文一直是文坛的主力。其实绩也在小说、诗歌、戏剧之上。据1997年《光明日报》载："有人统计，目下全国各报刊每天平均刊发二十多万字的散文，一年约刊出七千多万字。"由此看来，"今天，我们写什么？"显然是一个老掉牙的话题，尤其是面对新世纪的文坛，提出这样的问题仿佛十分幼稚可笑。其实，当今文坛的许多

---

① 杨泽明：军旅诗人，作家。

作者，并没意识到这是一个值得引起我们重视和亟待解决的问题。如果一个作者，倘终日徘徊于亭子间，凭一点儿肤浅的感觉，便大写些时装口红，美酒咖啡，花儿鸟儿，猫儿狗儿，等长吁短叹、无病呻吟的文字垃圾。除了在"八卦"小报小刊捞点儿散碎银子外，只能对社会生态环境造成污染！不错，大题材的确能够写出大文章（当然，缺乏艺术概括力和表现力的作者例外），而小题材无论怎么"注水"或添加"三聚氰胺"也难免仍然是小。我并非题材决定论者，我是想说选择题材乃是决定作品成败的不可忽视的关键因素之一。我们在读李致《终于盼到这一天》的同时，不妨让我们回顾一下20世纪"散文热"高峰期的盛况，重温巴金的《随想录》、丁玲的《"牛棚"小品》、韦君宜的《思痛录》、杨绛的《干校六记》、白桦的《百年悲情》、金辉的《百年黄河》等等取精用宏、气度不凡的上乘之作，像沉雷、警钟和杜鹃啼血般的呐喊撼动读者心扉，感人肺腑。而正是这样一批思想厚重、立意高远、文笔隽永，颇有卷舒风云之色的文字，让人们触摸时代脉搏的跳动，感受历史灼人的体温，领略人生沉浮的悲欢，唤起人们警醒与反思。直面这批颇具震撼力和渗透力的大著，可见散文选材的重要。

然而，当"散文热"的浪潮渐次消退之后的文坛，厚重沉雄的散文便有如凤毛麟角般难得一见了，大量充斥报刊的是：花前月下的卿卿我我，顾影自怜的无端惆怅，绵软无骨的小情小趣，甜腻腻、酸溜溜的唠叨、自恋等等，无形中引人迷惘，催人衰颓。此类既缺血又缺钙的散文，题材本身就具有先天性局限，连"小摆设"恐怕也未必够格，只能说是空壳散文。究其根源，首要的是物欲膨胀、道德危机，导致不少作者价值观的巨大变化，使散文在文坛低下了高贵与尊严的头颅，日趋世俗化、贵族化；其次是有的作者不适应多元化、众声喧哗、浮躁、真假难辨的生存空间，导致散文失去评判优劣的尺度和部分读者的疏离；再有便是散文理论滞后，不少人仍习惯于把散文置于"小摆设"的边缘地位。理论家们对于在

"伤痕"和"反思"文学中倏然异峰突起的"散文热"的内在因素、外在条件及得失，懒于从理论上进行梳理、从哲学的高度加以阐述。依然轻车熟路沿用"传统"与"古典"的理论对新时期的散文进行解构，显然缺乏理论创新的精神和跨越的勇气。今天，当我们面对新世纪散文堪忧的现状时，我们不得不郑重思考和严肃对待：今天，我们写什么？这是任何一位严肃的作者都无法回避的问题。

还好，困惑中我幸运地拥有李致老的大著《终于盼到这一天》。这本书共三十余篇文章，作者以自己真切的感知与慧悟，从不同层面和不同角度，采用缜密精当的艺术构思、"小"中见大的表现手法、简洁凝练的白描语言，敦厚沉雄的清新格调，营造出开阔的境界、深邃的意蕴，揭示"十年浩劫"所酿成的大灾大难——"四人帮"倒行逆施的滔天大罪。同时，作者还将在"人妖颠倒"的非常年月里，自己被摧残、被凌辱的不屈的灵魂活脱脱地摊放在阳光下，供读者阅读和拷问，并与他共同分享把"四人帮"押上历史审判台的欢乐和喜悦。作者文笔非常老到，看似平静超然，但却十分深沉灵动，展示出作者对于白描语言艺术的运用深厚功底，达到了炉火纯青的境界。作者的朴实无华的文风，让我隐隐感到似乎他与他四爸巴金一脉相承。边读边掩卷沉思，我充分领略了醇文如酒、悲文如泣、怒文如刀的情韵。书中多数篇章都是今天我们写什么和怎么写的范文。

在"文革"那个黑白颠倒、妖魔横行的年月，血腥与恐怖，令人不寒而栗。记不住是哪一位思想者曾说过这样一句话："物质的贫乏暴露社会的黑暗，精神的贫乏显示民族的衰老。""十年浩劫"的日子，我们可说是跟"黑暗"与"衰老"结伴同行。如今，"文革"的灾难随着时间无情的冲刷日渐被人淡忘，甚至集体失忆。特别是当代的青少年，许多人更不知道"文革"为何物。在这样的情形下，我们应当静下心来读读李致老用汗水、泪水和血水浇铸的《终天盼到这一天》——中国"文革"博物馆的一块沉甸甸的基石。当我读着李致老笔下《小屋的灯光》《白发》《我淋着雨，流着泪，离开上海》，以及《"生前友好"戴云》《迟献的一朵小花》等淋漓尽致的倾吐胸中的块垒的篇章，展示出他身处"牛棚"却跟亲人们和友人们患难与共、脉脉相通的情景。读着读着，顿觉心里猛然一热，不知为什么潸然流下了泪水。噢，是作者真诚、炽热、崇高、纯洁的情感如此强烈感染着我，冲击着我，震撼着我！眼前恍然喷涌着深情的大波，迸溅出一束束皎洁浪花，是那样壮丽、奇妙，令人心弦共鸣共振，慨然触摸到那个已经逝去的时代难以平复的伤痕，从而昭示子孙后代：以史为鉴！——"文革"那样的闹剧、悲剧、惨剧，绝不能再次在中国重演！不仅如此，作者还通过对"文革"血泪斑斑往事的回眸与控诉，还让我听到了他对人性、理性和良知回归的大声疾呼，叮嘱人们珍爱今天的生活，让断片的人成为完整的人，构建以人为本的和谐社会。

读罢《终于盼到这一天》，我可以毫不犹豫地说，让我们直面新世纪机遇与挑战并存、甜蜜与苦涩同在、欢乐与哀伤交织的时代，根植于历史转型期的阵痛中既非天堂亦非地狱的现实生活，以国家的兴衰为己任，与芸芸众生同呼吸共命运。那么，今天我们就写：人性的回归、理性的复苏、良知的再生吧！同时，为了新的一轮"散文热"再次在中国文坛大放异彩，我这里用外国的一位史学家房龙的话作为此文的结尾。"真正的艺术家和真正的哲学家一样，是个开拓者。他们离开人们经常走的路，常常一去就是几年，去找一条新路，常常一去不复返。可能在寻找高峰的时候，被洪荒吞噬。……拓荒者在孤独中死去，正好说明艺术家在精神世界里远远走在一般人的前面。"我愿以此与尊敬的李致老共勉！

2008年11月21日初稿

内庄外谐　意深韵长

——李致散文的幽默与启示

◎ 杜建华[①]

　　近日，读到李致先生散文集《终于盼到这一天》，书中汇集了三十多篇文章，主要记叙发生于"十年动乱"中与作者相关的事件和人物，是非分明，情感真挚，文笔简洁生动，描述颇有意趣，字里行间流露出对国家民族历史、前途的关切思考，饱含着对战友、同志、亲朋至爱的真情实感，同时，又充溢着一种特有的幽默与机智。这种独特的叙述方式，既能调动起读者的万千思绪，诱人深思，又有让人会心一笑、释放积郁之功效。

　　作为五十岁上下这一年龄层次的人，是"文革"的经历者，但不是参与者。"文革"开始，我们刚上小学二三年级，既不懂得造反，也不够"保皇"的资格，断断续续上完了十年小学、初中又高中，不幸赶上了上山下乡，又有幸遇上了1977年的恢复高考，同我们的共和国一起，迎来了命运的大转折。在当时兴起的"伤痕文学"影响下，我们曾以"伤痕"的心态去看待"十年动乱"给国家、民族、人民带来的灾难，同时还自以为是地认为，

---

① 杜建华：四川省川剧艺术研究院原院长、研究员。

这就是文学的功能，是文学对社会的干预、民智的启迪作用。回想起来，真是幼稚。

一天，在图书馆偶然读到著名讽刺喜剧大师陈白尘先生的《云梦断忆》，讲述"文革"中在湖北云梦泽"五七"干校劳动锻炼的奇闻逸事。他以幽默讽刺的笔调刻画了发生在那个特殊年代的特殊人物和事件，诸如甲骨文先生等，读来令人忍俊不禁。后来看法国电影《虎口脱险》，二战期间德军占领地，三位有正义感的小人物稀里糊涂卷入营救英国飞行员的行动，由是产生了一系列惊险、刺激、滑稽的喜剧故事，最终和被他们营救的飞行员一起脱离虎口，飞往瑞士。这个拍摄于20世纪60年代的影片，我在20世纪80年代才看到，竟有豁然开朗之感。原来，严肃、残酷、危险的战争场面还可以这样的喜剧方式来展现。

这些文章、影片开启了我的思维方式，对于"文革"这样给国家、民族带来灾难的历史过程，固然需要"伤痕"、揭露、反思似的文学体现，但是，对于发生在荒唐年代中的荒唐事件、出现的一些跳梁小丑似的人物，以喜剧、幽默、反讽的方式去表现，不是可以达到同样的目的进而产生另类的效果吗？当然，这需要作者具有深刻把握时代思想脉络的功力，拥有足够的智慧和技巧，同时还须具备独有的喜剧视角和乐观的生活态度。在我的期待中，《终于盼到这一天》终于出现在我的眼前。

善于洞悉被见惯不惊、细小卑微的事物所掩藏着的深刻本质，以幽默、乐观的态度来观察生活、表现生活，是李致散文的独具韵味之处。在《蹬三轮》《谁是"母蚊子"》《寻找精神支柱》《我大声高呼口号》《焦某"文革"轶事》《干校三事》《许光的遭遇》等篇章中，这种乐观、幽默的情绪显现得尤为充分，或自我解嘲，或风趣调侃，或反讽戏谑，或直言不讳，皆能产生出其不意的效果，令人哑然失笑，玩味咀嚼。《蹬三轮》说的是作者在"文革"初期，由团中央某杂志总编突然变成了管制对象，被责令蹬三轮车拉糨糊，三轮车却不听使唤，进退左右难以控制。面对如此尴尬无奈的情形，作者对三轮车说："人家说我右倾，这不符合事实。你一走就固定向右转，不听指挥。我看，你才真正是一个右倾分子哩！"然后自己又高高兴兴骑上车去，尽情享受那短暂脱离监管的愉快。这种自嘲似调侃，表达了作者对自己处境的不满而又无处申述的无奈心境，别具辛辣意味。"母蚊子"则更有异趣。"牛鬼"们在农场劳动，晚上则聚集在破屋中"天天读"，同时声讨咬人的蚊子，作者想起了"区别对待"的政策，便忍不住发言：公蚊子不咬人，母蚊子产卵需要营养才吸人血。这种传播知识的发言却被一难友告密，引发了一位女造反派的愤怒，由此带来了新的灾难。时过境迁，这样的故事对于今天的读者来说，无论如何也只能产生喜剧之感。因此作者在叙事方式上，并不一味表达冤屈、愤懑之情，而采用了讽刺加自嘲的笔调，先是检查自己不该"得意忘形"，又为自己订下了"一切可说可不说的话坚决不说"的座右铭。"牛棚"中生存的艰辛，跃然纸上。再说一个男同志《当了半天"阿姨"》，这本身就是一个具备了喜剧情节的题材，堂堂五尺须眉却满怀热情地去担当幼儿园"阿姨"的职责，通篇洋溢着成功的喜悦，最后还得出了"女同志能办到的事男同志也能办到"结论，并且上升到这是"对'半边天'理论补充"的高度。如此错位的角色、滑稽的情景、诙谐的语言直接诉诸读者感官，个中兴味，令人发笑而又辛酸。诸如此类的情景和语言，书中运用自如，随处可见，内庄外谐，意味深长。

智慧与愚昧、真理与荒谬是李致散文从内容到形式，无不着力表现的对立统一的审美范畴，同时也是作者所擅长的一种对比式写作方法，以此切入来表现那个非常时期美丑不辨、是非混淆的社会生活，足见作者的审美倾向和智慧风貌。《焦某"文革"轶事》《许光的遭遇》两篇，记述两个同处一样生存环境的"五七战士"，由于决然不同的性格，使他们各自走向悲、喜两种不同的命运。焦某游戏人生，以大智若愚的态度对待荒唐的人和事，活得十分滋润；许光则难以把握自己的命运，谨小慎微，酿成悲剧。作者对焦某言行的描述，采用了调侃、对比、暗喻、幽默的修辞手法，实质上却是正话反说，寓褒于贬，赞赏有加。对许光起伏跌宕的人生际遇，作者虽然保持着一贯的叙事方式，却充满着同情和善意的幽默。对于自动对号入座的"母蚊子"，读者不能不沿着作者的诱导，将其与愚昧和荒谬联系起来。这些看似散淡的回忆，轻盈的笔触，却流露出作者坚定不移的人生取向，表现了一位智者在叙事方式上的圆熟和机智。

幽默是一种文学境界，也是一种人生态度，就生命个体而言，也许可以说是一种与生俱来的思维方式。幽默源于乐观、通达、善意和友爱，《终于盼到这一天》传递给我们的正是这样一种信息和情感。如果我们的国民性中更多一些乐观与幽默，人与人之间更多一些善意和友爱，必将为我们正在建设的和谐社会注入一份新的精神力量和情感色彩。

2007年10月13日

有一种记忆叫刻骨铭心

——读李致《"牛棚"散记》

◎ 余启瑜[1]

> 1969年我开始抄录、背诵但丁的《神曲》，因为我怀疑"牛棚"就是"地狱"。这是我摆脱奴隶哲学的开端。没有向导，一个人在摸索，我咬紧牙关忍受一切折磨，不再是为了赎罪，却是想弄清是非。我一步一步艰难地走着，不怕三头怪兽，不怕黑色魔鬼，不怕蛇发女怪，不怕赤热沙地……我经受了几年的考验，拾回来"丢开"了的"希望"，终于走出了"牛棚"。
>
> 巴金《随想录》

2007年春，我第一次得到李致题字送我的新书《终于盼到这一天》。该书所记录他在"文革"期间被监管经历的《"牛棚"散记》，就收录其中。其实，书中还有《我所知道的胡耀邦》和《小萍的笑容》两篇文章，虽然没有纳入《"牛棚"散记》内，但同样与"牛棚"生活有关。2015年，由四川省散文学会选编出版的名家自选集，李致又在他的《往事随笔》中，再次将这组文章完整地选

① 俞启瑜：《成都日报》原主任编辑。

李致文存·我的人生（下）

编入书。事隔八年，重读《"牛棚"散记》，仍然感到"文革"往事不堪回首，历史悲剧发人深省！李致作品一向以注重事实，文辞简练为特点，《"牛棚"散记》也是最具代表性的一组文章。

李致从事写作几十年，著作丰厚，《"牛棚"散记》以及《我所知道的胡耀邦》和《小萍的笑容》在他的作品中不过是九牛一毛，但是，这十来篇文章在作者心目中的感受却是非同一般。他不仅以自己的亲身经历记叙了一个特定的历史时期，而且在身心备受煎熬和极其单调的日常生活细节中，以不同的内容和角度，像剥茧抽丝一样，为读者再现了那个荒唐年月里的荒唐事件，集中地体现了作者在巨大的政治风浪中对真理的渴求、对正义的呐喊以及对信仰的坚守之后，终于迎来春回大地、阳光普照的心路历程，《终于盼到这一天》和《往事随笔》就是李致在"文革"中的心灵实录，是他重获新生之后面向苍天喷涌而出的一种释放，是面对亲人，从内心深处呼出的一声长叹！

但凡经历过那个荒诞岁月的人，都知道"牛棚"是集中看管、关押"走资本主义当权派"和一切"牛鬼蛇神"的专属居所。李致似乎还是算幸运的，因为他所进入的"牛棚"，就在他所属机关的南院，离家不过一箭之遥，而且，妻子、儿女尚在咫尺，甚至，年幼的儿子还可以定期给他送些东西过去。不过，但凡进了"牛棚"，一切待遇就与家的距离无关了。

"运动来势很猛"的时候，很多"大人物"都是在猝不及防的情况下被关进"牛棚"，瞬间沦为阶下囚的。这个时期，"革命群众"纷纷忙于批判"资产阶级反动路线"，李致这个"小当权派就暂时被搁置下来"，这使他赢得了一个尚可冷静思考的空间。当他感到"风云突变"，"三天内，（单位'牛棚'里）人员不断增多"的时候，这个信号使他准确地判断出，自己被"关进去的可能性大"。有了这个结论，他不失时机地把自己的想法告诉了妻子，希望妻子也要有同样的思想准备，并且，还向妻子慎重承诺："你千万不要担心，我会承受住这个考验。第一，绝不会自杀，就是人家诬我自杀，你也不要相信；第二，不是我的问题，不管给我多大的压力或诱惑，决不承认；第三，更不会去诬陷别人，不卖友求荣。"这看似短短的七十六个字，普普通通的几句话，却句句掷地有声！其内容关乎亲情，关乎信仰、关乎尊严、关乎道德！有了这样的精神准备，李致对于进入"牛棚"就可以说是心怀坦荡，有备无患了。

就在李致向妻子作了交代，并隐藏着内心的不安，与孩子一起压抑着开怀的笑闹声，玩了一场告别式游戏之后，果然不出所料，第二天，即在开了针对他的批斗会后，就被送进了南院的"牛棚"了。

世间十一个月，不过是弹指一挥间，但对于身陷"牛棚"监禁生活的李致来说，却是度日如年，不仅不许自由出入，关在一间屋里的"牛鬼"也不能交谈，以他的切身体会，那就是一种不折不扣的"精神折磨"。然而，此时，他除了接受眼前的现实而外，别无选择。

在当时的特定历史时期，无论背负什么"罪名"而身陷囹圄的人，都会产生最基本的疑问："文革"将会怎样进行下去？自己到底犯了什么错？"牛棚"会住多久？……诸多问题缠绕，却是说不清、道不明，剪不断、理还乱，头脑一片混沌，前景一片茫然，李致也不例外。好在他是有备而来，而且心里装着"妻子的安慰"："不管最后是什么结论，我一辈子和你在一起。"轻轻的一句话，同样是一诺值千金！还有什么能比在一场规模空前的政治运动中，命运、前途未卜的情况下，与你不弃不离，生死相依可贵呢？可以说，妻子的理解和对子女、家庭事务的承担，不仅解除了李致的后顾之忧，给了他生活的力量，也成为他在"牛棚"安营扎寨最强大的精神支柱！

"文革"中，人道已丧失、人权被剥夺、尊严受到公开的践踏，最典型的体现就是游街和批斗。无论罪状有多么可笑，一旦被

"认定"，被批斗就在劫难逃。李致在《我大声高呼口号》一文中记叙了他在批斗会上的真实情景："我坐的是'喷气式'，头被按得很低。尽管我一直在想我爱人再三叮嘱的'要正确对待革命群众'，心里仍然压不住满腔怒火。……我一生（包括在旧社会十九年）没有受过这种人身侮辱。更重要的是，我认为"造反派"这些做法并不符合毛主席的指示。……然而，他们呼的全是最'革命'的口号。我实在控制不住自己，直起身子大声高呼：毛主席革命路线胜利万岁！"

口号，是在"文革"中被运用和发挥到极致的一种表达形式。在一场以绝对压倒优势针对一个人的集会上，口号会被主持者演绎得淋漓尽致，被斗者就是一个被任意践踏的对象。然而，出乎"胜利者"们的意外，李致竟然没有像其他被斗者一样，在批斗会上选择沉默和忍辱负重，反而是进行公然对抗！正是他的这一声高呼，使与会者无不惊愕万分，真是胆大妄为！这无疑激怒了"革命群众"！待众人反应过来，李致遭到的自然是加倍的拳打脚踢。但此时的他，竟是庆幸自己"未被打翻在地"，而且"丝毫不感到痛，只感到痛快"。甚至"高兴自己没有屈服"，而是用大声高呼革命口号以示对诬陷和暴力的不屈和抗议！李致的这一声高呼，让自己挺直了脊梁，呼出了士气！痛，并痛快着！

荒诞的年月，必有荒诞之事。李致笔下的"谁是母蚊子"应该是比较奇葩的一个。

他在文中说，造反派忙于"内战"的时候，南院"牛棚"的各色人等被放逐到西山农场劳动，这无疑使久被监管的"牛鬼"们大喜过望。但是，虽然"暂时丢掉了汇报、检查等各种烦恼"，然而，"郊区蚊子多，一到黄昏，听到蚊子的嗡嗡叫声就使人不寒而栗。二十几条壮汉集中在一间屋子，给蚊子提供了'打牙祭'的最好时机。没有蚊烟，用扇子抵御，防不胜防"。于是，大家一起对蚊子进行声讨。李致发表了一通看法，他说："其实，公蚊子并不咬人，只喝露水。母蚊子要产卵，需要营养，才吸人血。"殊不知，这番议论蚊子的话，竟然成为告密者的一枚子弹，导致一位自称是"老干部"的女造反派勃然大怒，她居然凶神恶煞地质问李致"谁是母蚊子"，一头雾水的李致恍然大悟，"忍不住在心里笑了"——原来"她把自己当作'母蚊子'"了。此时，书本知识使局面峰回路转，李致回答："这是知识问题。你如果不信，可以翻翻少儿出版社出的《十万个为什么？》。"然而，恼羞成怒的"母蚊子"并不善罢甘休，竟强词夺理地要李致"老实交代，认真写份检查"，继而变本加厉，伺机报复。

一次"三秋"劳动前后，所有"牛鬼"都放假一天回家。这一天，对他来说太珍贵了！不仅可以看望妻子、儿女，还可了解母亲的情况，还有太多的话要说……他激动地等待着那个幸福时刻的到来，丝毫没有感觉到，"母蚊子"对他变本加厉的报复已悄然拉开了序幕。李致眼看着上自耀邦同志，下至各种"阶级敌人"都放回去了，他从容地跟在队伍后面，而此时，"母蚊子"却恶意限令李致不准回家！李致无可奈何，只是忧心着，妻儿们看见"牛鬼"们全都回家了，唯独自己被留下，一定会担心自己而无辜地承受压力，因此，他难受极了。但是，在情绪极其低落的状态下，李致突然意识到，家是回不去了，可自己岂能配合"母蚊子"来折磨自己？于是，他调整好思路，想出对策。第二天用平静、从容的姿态洗衣服、在对着自家公用厨房的地方凉晒，他相信，到公用厨房洗菜、做饭的妻子、女儿，一定能看到自己，一定会懂得，他没事。同时，也让在一旁偷窥的"母蚊子"看到，我好着呢！

那时，就像有一个魔鬼，把猜疑和敌意注射到了这位女造反派（包括那位告密者）的血液里，让他们的自私、怯弱、妒忌、虚荣恶性膨胀，心理扭曲，而把人的善良、忠诚、无私、纯洁丧失殆尽，岂料，翻过这页历史，"母蚊子"事件却变成一则"文革"笑柄……

余秋雨先生曾说："灾难，对常人来说也就是灾难而已，但对知识分子来说就不一样了。当灾难初临时，他们比一般人更紧张、更痛苦、更缺少应付的能耐……""文革"期间被关进"牛棚"的知识分子多半就是如此。因此，他们在精神陷入极度空泛无助、人身行动失去自由的时候，就必然会为自己寻找一定的支撑来作为精神自救，读书，自然成为首选。但当时，被允许阅读并用以改造思想、深挖根源的唯一参照读本就是《毛泽东选集》。李致在"牛棚"的十一个月里，给自己下了一味"猛药"——通读了《毛选》（一至四卷）四遍。力图从书中汲取力量，寻找希望，尽管他并不能从中预测"曙光"能在何时出现，还是觉得，"有希望总比绝望好！"后来，多亏他想到"以检查自己的文艺思想为理由，要求学习《鲁迅全集》"，这个要求居然得到"专政小组"的许可，从此，才结束了只读一种书的日子。埋头在鲁迅的书里，心中一直紧绷着的那根弦，总算是松弛了些许，一颗焦虑、疲惫的心也有了一个安放之地。他在《寻找精神支柱》这篇文章里，作了这样的叙述："我'天天读'鲁迅的书，真是莫大的幸福。我发自内心感谢'专政小组'的人，并感到别有用心的人毕竟是个别的。"其实，在当时，就算你把《鲁迅全集》背得滚瓜烂熟，无论把自己的文艺思想批判得如何深刻，都是永远无法达到"专政小组"的要求和目的。灾难和阅读，只是净化了灾难者的灵魂。而值得一提的是，李致在这篇文章里，没有用笔墨去叙述那个把中华文明、经典巨著作为"四旧"而残酷摧毁的现状，却说"发自内心感谢'专政小组'的人"准许他读鲁迅的著作，这不仅是对'专政小组'给予了最温和的嘲讽，同时也折射出那个年代的真实背景。

《"牛棚"散记》中《小屋的灯光》我已读过多遍，感到这是李致《"牛棚"散记》中用情最深，也是给人印象极为深刻的一篇。在这篇文章里，一盏极为寻常的灯，被赋予了异乎寻常的、通报平安的使命，那是一盏心灯！只要阅读这篇文章，都会出于对

"文革"的特殊记忆和惯性思维，而十分自然地想起"文革"中一首非常流行，且最具代表性的歌——《抬头望见北斗星》。可以说，这首歌在当时，几乎就是迷茫、困苦的代言词，被运用得极其广泛。身处"牛棚"的李致，应该是符合这种情怀的吧？可他却偏偏仰望的是他家小屋那盏灯！他怎么没有寻找北斗星呢？

随着时间的推移，阅读李致的作品逐渐增多，与他的交往越来越密切之后，便越发感到，李致行文一贯直抒胸臆，文字真诚、朴实，从不故弄玄虚、不作秀、不煽情，倘若他要是把"小屋的灯光"写成了"仰望北斗"，那就纯粹是粉饰，是矫情了！而且，也决不是李致应有的风格！身陷"牛棚"之中，能够望见自家小屋的灯光，这不能不说是一种幸运。因为"文革"中，随时都有无数家庭被割断亲情，失去信任、夫妻反目、儿女背叛的悲剧在上演。显然，北斗星离他实在是太遥远、太虚无缥缈了，他没有煽情的心绪，而能够在一盏灯所点燃的希望中，鼓足活下去的勇气，远比遥望北斗要管用得多！此时，一个深深相爱并相互信任、理解的妻子，一双可爱的儿女、一个远在故乡的年迈老母，就是他的全部，他的牵挂！而这一切都维系在小屋里的那盏灯上。灯亮着，说明妻儿安在，他心里就"得到某种安宁，感到一些温暖"。就怀着希望，充满信心。小屋的灯光一旦熄灭，恐慌便接踵而至，妻子没在家？她会去哪里？会出什么事？因此，心里"毛焦火辣，什么事也做不成"，不仅茶饭无味，还彻夜难眠。报纸、《毛选》乃至《鲁迅全集》统统读不进去，甚至用《新华字典》来"打卦"，猜测家里出了什么事。这些描写，不仅是最为真实的记述，同时，也还原了"牛棚"生活最私密的真相。最终，略施小计与妻子取得联系，并约定："……一回家，马上把小屋的灯打开，免得我担心。"此时，读者与作者一起松了一口气！

立秋后，天气转凉，"牛棚"搬到有暖气的北屋平房。这一来，身子倒是暖和了，而心却凉了——北屋看不见小屋的灯光，那个悄无声息、唯一心领神会的沟通方式就此中断，新一轮的不安卷土重来。好在天无绝人之路，李致在洗澡间偶遇儿子，三句问话，少不更事的儿子三声回答，终于使他释然！

《小屋的灯光》，以一盏灯，投影了一个时代；以一盏灯，浓缩了一段亲情！

在李致的《终于盼到这一天》和《往事随笔》中，除《"牛棚"散记》外，还有两篇文章是不可忽略的——《小萍的笑容》和《我所知道的胡耀邦》。这两篇文章并没有收入《"牛棚"散记》，却介乎于"牛棚"内外，从另一个侧面和角度记叙和抒发了作者内心一种难以名状的情愫。

李致一向喜欢孩子，加之又是儿童工作者，所以和同楼的孩子相处得很好，也很受孩子们喜爱，尤其是同楼的小萍姐弟。但是，"文革"初期，大字报只许贴在机关大楼内，而揭发《李致有个大阴谋》的大字报却贴在食堂，因此，在大院，李致常被几个稚童追逐着、像唱童谣似的合唱："李致，有个，大阴谋！"这些孩子以前并不认识李致。毫无疑问，此时李致心中是五味杂陈的。然而，更让他没想到的是，在"六一"儿童节到来的时候，他竟与他的小邻居小萍不期而遇。如果没有"文革"的发生，他本可以抱起她来，祝她节日快乐，但是，此刻，他却痛心地感到，一个成年人和一个天真无邪的孩子之间那种亲近、随和已然消失，取而代之的却是一道无形的屏障。就在李致不知所措的时候，小萍却极其自然和友好地给了他一个微笑，而且，这个笑容，跟过去没有任何区别。瞬间，李致分明感到一缕春风拂面，一米阳光穿胸而过，这久违的、纯真的笑容，不仅带给了他"无比的温暖"，而且让他感到"人间的良知和真情是无法摧毁的"。

以后，无论李致走到哪里，无论时间多么漫长，经历有多么痛苦，他却始终没有忘记小萍的笑容。在粉碎"四人帮"后，李致出差到北京时，曾特意去看望小萍一家，只可惜小萍姐弟出去玩了，没见着而万分遗憾。

"牛棚"生活十一个月的苦难，以及一个温暖的瞬间，同样都是刻骨铭心，同样成为永不磨灭的记忆，前者为了不忘历史；后者，为了不忘感恩，哪怕是对一个孩子。

能够和一代伟人胡耀邦进入"牛棚"并同住一屋，不能不说是一种幸运。但是，处在那个残酷的年代，也未见得是好事。在政治、前途失去方向，生命、财产朝不保夕，在丧失人道、人权的政治高压之下，一切职务不仅显得微不足道，而且，职务越高，也必将成为"专政"的最大对象。朝夕相处中，稍有不慎，不仅沦为"同党"，甚至招来杀身之祸。每一天都有充满血腥的悲剧在上演，在这场空前绝后的政治大舞台上，身陷"牛棚"的人又该以一个什么样的角色登场，的确是一个艰难的抉择，也必然使一切有良知的人倍受煎熬。李致在《我所知道的胡耀邦》一文中，就是回顾和描述他与胡耀邦在"文革"前后，以及"牛棚"内外的一段复杂经历，那就是一种煎熬：李致一直崇敬耀邦同志，但迫于压力，于是，在大批判高潮中，给耀邦同志贴了一张大字报，但最终，却为了这张大字报而悔恨不已。

煎熬就是折磨！煎熬没有皮肉之苦，却是心灵之痛！

李致进入"牛棚"之前，目睹"耀邦同志被从窗口揪出来，头被按得很低的。我不忍心看，匆忙走回家，坐在饭桌前，用手蒙住眼睛，眼泪一大串一大串地从指缝中流下来"。

可是后来，竟在"牛棚"与耀邦同志同居一室，朝夕相处。但是，当有人不满耀邦同志早起处理痔疮影响睡眠，破口大骂时，却不敢说一句劝慰的话；同居一室，同为"牛鬼"，竟不敢借一张《北京日报》给耀邦同志看；被分配与耀邦同志单独在一个无法容纳两人一起劳动的空间，靠得那样近，也感到有亲切感，却仍然没勇气与耀邦同志有丝毫交流……

"四人帮"被粉碎后，耀邦同志在中宣部工作期间，李致已到四川人民出版社任职。对于四川出版工作上遇到的困难，却仍然是曾经患难与共的耀邦同志给予了精明的拨点和支持。或许，正是耀邦同志博大的胸怀，更加深了李致对自己的反思和悔恨，因此，他在本文中勇敢地面对自己，清醒地回望过去，对自己进行了大胆、深刻的剖析，把自己真实地袒露在读者的面前，他说："对耀邦同志胡乱上纲的大字报，既是我'思想混乱'的表现，也是我人品污点的暴露。我没有顶住当时的压力，想借此划清界限，保自己。"读到此处，令人唏嘘不已，钦佩之情油然而生！"文革"中，写过大字报的人应该有亿万之众，在"文革"已成为历史的今天，居然有人能为仅仅写了一张大字报而忏悔，这是不多见的、也绝不是虚伪的！

……不管时代曾经陷入怎样的荒唐狂乱，当人们一旦清醒就是向前跨了一大步！

"文革"距今已过去五十年了。但是，在《"牛棚"散记》中重温这段历史，仍然感到心潮难平、百感交集。冯骥才先生曾著文说："20世纪历史将以最沉重的笔墨，记载人类的两大悲剧：法西斯暴行和'文革'浩劫。凡是这两大劫难的亲历者，都在努力忘却它，又无法忘却它。文学家与史学家有各自不同的记载方式：史学家偏重于灾难的史实，文学家偏重于受难者的心灵。"我想，李致的《终于盼到这一天》和《往事随笔》就是他的心灵实录！在此，我仍然愿意借用冯骥才先生的一段话作为本文的结尾：

"无情的岁月表明，'文革'已是一个历史概念。但灾难性的历史从来就有两个含义，即死去的历史和活着的历史。死去的历史徒具残骸而不能复生，活着的历史则贻害犹存。活着的历史属于现实，死去的历史才是一种永远的终结。但终结的方式不是遮掩，不是忘却，不是佯装不知，而是冷静的反省与清明的思辨。只有在灾难的句号化为一片良药时，我们才有权利说'文革'已然终结了。"

2016年6月20日17:10完稿于老叶子书屋

真情无价

——读李致老先生《终于盼到这一天》有感

◎ 袁瑞珍[1]

当我有幸获得李致老先生所著的《终于盼到这一天》这本书时，我是怀着一颗崇敬的心去拜读的。因为对我而言，李致老先生既是四川省文联的主席，又是我国文学泰斗巴金的侄儿，有着这样特殊身份与背景的人，是足以令我这样的无名之辈所景仰的。而当我读完这本书后，这种特殊身份与背景已变得逐渐模糊，一种从心底涌出的对作者本人的敬仰之情油然而生。

这是一本记录"文革"期间作者亲身经历的书。其写作风格朴实而诚挚，其文字平淡如水般纯净，读来宛如是一个历经沧桑的老人在与我面对面地促膝交谈。然平淡朴实之中，却蕴藏着对造化的感恩，对悲苦的豁达，对亲人朋友的深情，对党的事业的忠诚，对丑恶现象的鞭挞，对"十年浩劫"的反思。"文革"这段历史早已离我们远去，这本书却将我尘封的记忆之门打开，随着作者朴实的叙述，我的思想与情感似乎穿越时空，又回到了四十多年前那人妖颠倒，是非混淆的特殊年代。我的心充溢着苦涩、酸楚和感动，不

---

[1] 袁瑞珍：四川散文学会会员，曾任中国核动院党委宣传部部长。

仅为作者在"十年浩劫"中所遭受的精神和肉体折磨而悲愤，更被文章中字里行间透出的真、善、美所深深打动。

真实地再现历史，真切的情感流露，一个"真"字宛如一条红线贯串全书，是我读完这本书后的强烈感受。李致老先生真实地再现了自己在"文革"中所经历的磨难和在特定环境中的真实心态，虽然写的只是自己的遭遇和与之有关联的人和事，但却是当时中国十年内乱的一个缩影，他个人的命运其实是当时中国很多领导人和知识分子的命运。由于作者在团中央工作过很长一段时间，书中所记叙的团中央领导人胡耀邦、戴云、胡克实等重要人物和事件不仅成为珍贵的历史史料，同时也是对"文化大革命给党和人民造成了巨大灾害，国民经济已到崩溃边缘"的一种注释和解读。读后发人深省，并由衷发出"这样的历史绝不能重演，由这惨痛的教训换来的改革开放成果是多么的弥足珍贵，我们党构建和谐社会的目标是多么的顺应民心、顺应历史潮流"的感叹。

真实的历史再现中融入了作者的真实情感，使这本书散发着动人的魅力。那些描写发生在荒诞岁月中的真实情感，读后让我为之动容。在《我所知道的胡耀邦》一文中，作者不仅为我们真实地再现了耀邦同志在担任团中央书记和"文革"期间与作者同住牛棚的点滴往事，在读者心中树起了一个忠诚的无产阶级革命家可亲可敬的形象。更令人感动的是，李致老先生对在大批判的高潮中因顺潮流胡乱上纲，贴了一张揭发耀邦同志1964年给有关报刊总编辑的讲话，说毛主席既搞革命又搞建设，"不可能有时间研究少年儿童工作"是"反对毛泽东思想"的大字报而深感愧疚，并深刻剖析、无情鞭挞自己思想的文字。在那个是非混淆，人性扭曲的年代，胡乱上纲写大字报的事凡经历过那个年代的人也许都认为那是迫不得已而为之，但作者却深感对不起耀邦同志，几十年过去了，内心仍然充满了自责和忏悔，这种暴露自己"思想混乱"、揭露自己"人品污点"，对自己老领导的真诚忏悔，让我震撼，对作者这种严于解剖自己，暴露自己真实思想，还原一个真实的自己产生了深深的敬佩之情，并为作者坦荡的胸怀和高尚的品格所折服。另一篇记叙与四爸巴金真挚情感的文章《我淋着雨，流着泪，离开上海》也给我留下很深的印象。文中讲述的一代文学巨匠巴金在"文革"期间被扣上"最典型的资产阶级精神'贵族'，过着寄生虫、吸血鬼的生活，写的都是反党反社会主义的大毒草"等政治帽子，遭受大批判的特殊环境下亲人之间的相互牵挂；作者煞费苦心秘密绕道上海与巴金见面后的那种浓浓亲情，"深切期望他能摆脱这不幸的处境，但我自己也不知道那黑暗的日子什么时候才能结束"的茫然与无助；虽然与巴金同睡一张床，却欲言又止的心灵感应以及面对深陷困境；前路未知的巴金与自己，从心窝里掏出的"如果你的问题解决得不好，你可以回成都，我能用自己的劳动（'牛棚'中作者学会了踩三轮车）供养你"的那种悲凉、坚强及如同父子般的深挚感情催人泪下。

在苦难中品味美好，展示人性的善良与美丽是这本书的又一显著特点。虽然在那个人性被扭曲的年代，作者身边时时处处都发生着假、丑、恶的东西，但人性的光辉并没被屏蔽，人性的善良与美丽如同甘露滋养着作者干涸的心田，成为作者精神荒漠中的一片绿洲。在《小萍的笑容》一文中，作者记叙了自己与同住楼层的小萍等几个孩子的友谊。当作者被打入牛棚，遭受精神上的巨大折磨，甚至被一帮不谙世事的孩子嘲笑和辱骂，一堵无形的高墙将他与孩子们隔离开来，但小萍和几个孩子的友善却让作者心生感慨。特别是那年的"六一"儿童节，作者扫完大院后，无意间与身穿白衬衫和花裙子，头上扎着蝴蝶结的小萍相遇时，小萍极其自然与友好地对他一笑。这天真无邪的笑容为作者悲苦的心送去了一抹清凉、一束丽光，作者深情地写道："小萍的笑容给了我无比的温暖，我不仅这一天过得十分愉快，而且在'牛棚'，甚至在整个'文革'期间，每当看到人世间的丑恶行径，每当对自己的前途感到绝望之际，那一张有笑容的红脸蛋又在我眼前出现，她似乎在不断地安慰、呼唤和鼓励我，使我感到人间的良知和真情是无法摧毁的。"

真情的力量是巨大的，特别是当人处于逆境时。这在作者所写的《妻子的安慰》和《小屋的灯光》两篇文章中体现得尤为深刻。也许是作者永不能忘怀与妻子共同度过的那些难忘的坎坷岁月，所以这两篇文章才会写得如此情深意长。当作者告诉妻子，自己可能要被关进"牛棚"时，妻子冷静地说："不管最后是什么结论，我一辈子和你在一起。"并请他放心，会按月写信和寄生活费给他的母亲。妻子的话给面临厄运的李致老先生以莫大的安慰，他在文章的末尾写道："唯有妻子的安慰使我放心，给了我力量。"而我也从这位妻子的寥寥数语中读出了一位女性在面对厄运时的坚强和对丈夫深深的爱恋与忠贞。而在《小屋的灯光》一文中，则让我咀嚼出"患难见真情"的韵味。作者虽然被关进了"牛棚"，但对妻子和孩子的思念却有增无减，由于"牛棚"离作者的家很近，于是家中的灯光便成为作者的精神寄托，并由衷地发出"小屋是我的世界和归属，我只有在这里得到真正的理解和永恒的爱"的肺腑之言。其中所描写的看到小屋灯光时内心的安宁与温暖，看不到灯光时内心的焦急与猜测及机智地获取信息都非常传神，而夫妻之间互让毛毯和生日那天在"牛棚"收到妻子亲手编织的咖啡色毛衣时的热泪盈眶及"我确信，万一我成了叫花子，她会跟着我讨口"和"要终身穿这件毛衣，将来离开人世时，愿它裹着我的身子一起火化"的情感宣泄更令人泪飞如雨。

什么叫真情？这就是真情，这苦难中的真情是如此的纯净，亲情是如此的醇厚，怎不叫人感慨万千？

真情无价！我由衷地发出赞叹。

写于2008年7月

读《终于盼到这一天》有感

◎ 梅　红[1]

　　与李致先生相识是缘于《红领巾》杂志，他曾经做过它的总编。我要写一个关于《红领巾》的东西，电话中约好到先生家中采访他。他见到我的第一句话就是：不要脱鞋。坐下来后，他给我说："不要紧张，我以前搞过很久的青年工作。"但是我还是很紧张，毕竟这是位在出版界享有盛誉，很有威望的老出版家、老革命家。他还是一位讲真话的作家。很多的头衔和称谓使我必须仰视面前的这位老者。我知道先生爱书，临别前就把自己的拙著送给先生，请他指教。先生回送我一本书，就是我案头的这本《终于盼到这一天》。回家之后我认真的读完了这本书。掩卷沉思，感慨万千。

　　非常打动我的是作者的历史责任感。这本书是先生的散文集，收藏着先生以前散见于报端的一些文章。其内容主要是"文革"十年中的经历。"我们这一代人有责任告诉后人历史的真相。让他们记住历史"。这是先生出这本书的初衷。他听说现在的年轻人根本不了解那一段历史，甚至于网上还有人认为"文革"是正确的。强

① 梅红：西南交通大学副教授。

李致文存·我的人生（下）

烈的责任感使他提笔疾书，要告诉后人曾经发生在祖国大地上的"十年浩劫"。于是，在写作上，先生严格以写实的手法进行创作。书中的每一个故事，每一个细节都是先生的亲身经历。"最大的误差是我年纪大了，记不清楚具体的日子了，比如把4月说成是5月。"先生非常强调此书的真实性，真实是本书的生命力所在，真实也是本书的看点所在。全书共有六十九张图片，每幅配图都精挑细选，很多是第一次面世的先生的私藏。这些泛黄的老照片让时光倒流，让我看到了一个陌生的社会。先生非常看重这一本书，用他的话说是"自己的'文革'博物馆"。我知道巴老生前一直有一个愿望，就是建立一座"文革"博物馆，先生是不是在用自己的实际行动来实现巴老的遗愿呢？

"十年浩劫"，给中华大地留下了巨大的疮疤。其中的艰辛与沉痛，却并非我们这些生于平稳年代的人所能体会的。李致先生的书给我们呈现了一个没有法治，没有人权，一个倾斜的混乱的社会。"文革"中，先生正在团中央任《辅导员》杂志的总编辑，被打倒后，与胡耀邦同志同被关进"牛棚"。《我所知道的胡耀邦》具有重要的历史价值。通过先生的记述，我们进一步了解了胡耀邦同志在"文革"中的点滴生活。在"文革"中，耀邦同志一天最多被揪斗九次，耸人听闻！而他本可以明哲保身的。在干校时，耀邦同志对广大同志讲："是我不好，我连累了你们，对不起你们。"这种高度负责的精神令人动容。

这本书还使我了解了那个荒诞的时代。母蚊子吸血是小朋友都知道的常识，《谁是母蚊子》一文中描写了一位女干部，从联想到先生是在讽刺她自己的"女"，几乎是"清风不识字，何故乱翻书"的文字狱的现代版，这只自动对号入座的"母蚊子"让我看得哈哈大笑。《不折磨自己》中作者因为吃上了大米而长胖了一些。造反派竟然说"李致这个人不从灵魂深处爆发革命，一天比一天胖"。读到这里，我不禁哑然失笑。如果不是先生一再强调创作的真实性，我想很多人会认为这是黑色幽默。

如果说在此之前，我对先生还是怀着对名人的崇敬的话，那么现在，是从心里钦佩先生，敬重先生。想起先生，就是一张和蔼的面容和不怒自威的仪态。读罢此书我才知道，原来他那苍苍的白发和那爽朗的笑声背后，还曾经有过这样的艰难曲折。这是先生的悲剧，更是那个时代的悲剧。这是一本关于灾难的书，然而作者却没有上演一出悲情戏，没有大把大把地洒眼泪。他以他面对灾难的人格魅力赢得了我对他的敬重。在整本书中昂扬着一种乐观精神，在长期的精神压迫中，我读到的是一颗顽强的心，和对美好生活必将到来的信念。面对灾难，他首先表态："无论什么情况，绝不自杀。"这种积极的人生态度，对生命的珍惜，非常可贵。我是从事教育工作的，对现在的年轻人，动不动就自杀就轻生，承受挫折的能力极差，人生态度非常消极等等现象感到非常痛心。他们所面临的人生境遇，比起老一辈们所遭受的精神创伤和生活困境，简直可以说是九牛一毛。先生这种达观的态度，在《蹬三轮》中写得非常充分："如果我真被定成什么分子，开除公职，怎样生活下去呢？我不会自杀，又不愿卖身投靠，那就蹬三轮吧！我愿意以此为生，以供养年迈的慈母和患难与共的妻子。尽管有人说我修透了，但我坚信自食其力并不可耻。"这一段话，是一个有责任感的人、有勇气的人方能说出的。在艰难困苦中，没有了工作，没有了社会地位，他不是怨天尤人，而是想到了为人子为人夫的责任。先生在书中多次写到亲情，夫妻情、父子（女）情，冒险去探望巴老，这些感人至深的亲情多次让我流泪。先生是一位非常擅于发现美好事物的人。在"文革"中，他被关"牛棚"时对他笑过的小姑娘，在干校时当了半天幼儿园"阿姨"，都记录在他的笔端，充满温情，让人忘记了这是在"文革"时期。我想这也是支撑先生度过那些岁月的精神力量吧。

虽已时过境迁，但是历史和文化的脉络是割不断的，我们每一个人都应当铭记当年的教训。这也是先生此书的题中之义。值此建国六十周年普天同庆的时刻，谈些观感，意在反思辉煌成就的来之不易，时时警醒人们，绝不能再走昔日的老路。

说话要说真话，做人得做好人

——《关注明天》杂志专访

◎ 卢泽明[①]

巴金四句金言关爱下一代

1942年，巴金为李致写下关爱孩子的金玉良言："说话要说真话，做人得做好人。"

今年八十四岁的李致先生仍清楚地记得七十二年前的一段经历。四爸巴金为医治牙齿回到阔别数年的成都，那一年李致刚刚小学毕业，是一名童子军。李致上面有四个姐姐，是家中唯一的儿子，多少被宠爱着，有一些蛮横，被家人唤作"横牛"。平时，巴金带着李致的四个姐姐去看电影，说李致看不懂，拿钱给爱好集邮的李致去买邮票。夜晚，巴金和李致睡在一张大床上。那时，巴金已经很有名气了，许多年轻人拿着纪念册来找巴金签名。李致也学着大家的样子，做了一个签名簿，试着让巴金题字。他心里想：我和其他人对于巴金而言是不一样的吧，或许四爸不会给我写什么的。巴金接过李致的本子，没有丝毫的轻视，他用毛笔写下了四句话："读书的时候用功读书，玩耍的时候放心玩耍，说话要说真

① 卢泽明：《成都晚报》副刊部副主任。

李致文存·我的人生（下）

话，做人得做好人。"这四句话让李致牢记在心，日后，他人生的悲欢离合与之相关。这四句话，让我们看到巴金的秉性，他要求别人做的，他自己当要做到。他最后写作《随想录》绝非源于一时性起，而是他人性中坚守诚实这一高尚品格的自然表现，"说话要说真话，做人得做好人"是理解巴金的钥匙，用它，同样也能开启李致先生的心门。

巴金的四句话让少年李致对人生开始有了一个全新的认识和理解。那时，十分爱他的外婆在他眼里什么都好，就是不断催促他学习这一点让他反感。按照外婆的说法，似乎古代孩子整日都在学习，玩耍的时间是一点也没有的。这是何等的残酷啊！可四爸巴金却说"玩耍的时候放心玩耍"，四爸是真正懂得孩子也理解孩子的。这拉近了李致与巴金的距离。其实巴金写给李致的这四句话，可以赠送给天下所有的孩子。不学习，无以进步；不玩耍，天性尽失。这四句话，如今成都东城根街小学拿来作了校训。可是，现在孩子们背负沉重的书包，面对没完没了的作业、各种各样的补习、兴趣特长学习，几乎全部的玩耍休息时间都被挤占了，就连喘息的时间都快没有了。李致先生为此感到心痛。施加在孩子身上的所谓教育太过沉重，教育制度的设计者、决策者，应当想一想巴金七十二年前的那几句话。巴金是一个有良心的作家，他虽然不是教育家，却深深懂得如何关爱孩子。他的那四句话可以看作是儿童教育的金玉良言。

或许是巴金先生埋下的种子，李致后来的事业中，与孩子结缘的部分最多。他1947年在重庆参加学生运动被关押四天，1950年成为青年团重庆大学委员会书记，1963年到共青团中央工作。他是一个资格的老团干部，在团委系统工作了十七年，直到"文革"被夺权。不过，他的具体工作却大多和孩子们有关。在重庆时，他做过少年儿童工作部部长，参与筹建了重庆市少年宫；在青年团四川省委时是《红领巾》杂志的总编辑；在共青团中央，他是《辅导员》

杂志的总编辑。即便后来离开了团委系统，成为四川人民出版社的总编辑，他也没有忘记孩子们，他筹划组建了四川少儿出版社。从省委宣传部副部长的位置上退休以后，他还担任过四川省关心下一代工作委员会的副主任。在关工委任职期间，步入老年的他不满足于挂个名头，而是要去找出问题、解决问题。当时，他了解到中小学校园里孩子们大欺小的问题很严重，他立即给省关工委写了个报告。关工委主任又把这份报告报给省委，省委高度重视，促进了这个问题的解决落实。

现在，李致先生已离开公众视野许多年了，但《红领巾》杂志还记得他这位半个多世纪前的总编辑，他现在还是《红领巾》杂志的顾问。杂志每一期出刊，总要送给他三份，他居住的小区里，还有几位少先队员和他保持着联系。说到这些，耄耋之年的李致先生充满喜悦。

鲁迅也有感情温厚之作

像大多数经历过职业革命生涯的有文化的老人一样，李致对鲁迅先生十分崇敬。他喜欢鲁迅的文章，喜欢鲁迅的精神。他自己的人生和自己的写作，毫无疑问也受到了鲁迅的影响。现在国内中小学教育有点去鲁迅化的趋势，有些教材把鲁迅的文章去掉了，见诸报纸电视的说法是，鲁迅的文章不好懂，对于孩子们来说过于艰涩。李致先生没有评价这一现象，却表明了他对于鲁迅文章的态度。他特别提到鲁迅文章中关切孩子的那些部分，认为今天读来都是有意义的。

他初次接触鲁迅文章时，还是一个私立中学的中学生。他到学校一位叫杨邦杰的老师的寝室去玩，老师翻开《新青年》杂志，给他们读《狂人日记》。小说《狂人日记》是以狂人的心态来写的，让他们知道了中国历史和"吃人"的社会，最后提出要"救救孩子"。他对此有很深的印象。

鲁迅杂文不全是"战斗檄文"，也有感情温厚之作。李致说鲁迅很幽默，鲁迅就说过"动物界中除了生子数目太多——爱不周到的如鱼类之外，总是挚爱他的幼子，不但绝无利益心情，甚或至于牺牲了自己，让他的将来的生命，去上那发展的长途。"等这一类充满温暖的话。李致因此联想到自己在"五七"干校，亲眼看见两个小孩把小乌鸦给弄走了，大乌鸦不停地追着人想要回小乌鸦的情形。是鲁迅的那个动物"总是挚爱他的幼子"的看法，激发着他的怜悯心。鲁迅说，重要的是让孩子成才，不能成才的话，你就是只能生，不能养。

他还记得鲁迅那篇名为《风筝》的散文。鲁迅看不惯他的弟弟做风筝，把他弟弟做的风筝弄坏了。以后，鲁迅知道玩玩具是儿童的天性，跟弟弟道歉，弟弟却忘了这件事。鲁迅为自己当年的蛮横内疚，他通过这篇文章来表达他的后悔。想想看，一个人一辈子都记得这些别人早已忘记的事，还要写出来，说明他是善良的。他的良心和他过不去。鲁迅喜爱弟弟，希望弟弟能接受道歉，他的心也就安了。李致认为这是鲁迅先生的伟大之处。

他特别注意到了鲁迅先生心慈柔软的一面，虽然少年李致是一个"横牛"，其本性却是善良温和的，这一点最接近于他的四爸巴金。

真话是一切的基础

李致先生解读巴金四句话，说最核心的东西就是要说真话做好人，好人必须说真话，说真话的才是好人。巴金提倡的讲真话，在1942年就提出来了，后来有人不赞成巴金的"讲真话"，说真话不代表真理。但真话与真理是两个范畴，真话针对假话来说，真理是针对事物的发展规律来说。只有说真话的人才可能接触到真理。真话是一切的基础。巴金百岁诞辰时，省长张中伟对李致说："李致同志，我就很赞同说真话。"李致先生提到，20世纪80年代的共产党员守则里面就提到了讲真话。可见经历了"文革"这样灾难性的大事件的中国，"说真话"是一个极具分量和挑战性的词语。

尽管巴金先生提倡讲真话，并且写出一部讲真话的大书《随想录》，但讲真话在今天仍没有成为常识，没有成为普遍的风气。社会上仍流行着官话、假话。作为"可能理解我要多一些"（巴金说李致），与巴金有着独特血缘关系的李致先生，对"讲真话"的现实处境，或许比我们有更深更真切的体会。他记得庆祝巴金百岁生日的时候，搞得很热闹，但巴金本人却很低调。李致先生当时提出，如果有条件，读几本巴金的书，是对巴金最有意义的庆祝。巴金的著作有一千多万字，以小说《家》为代表的早期作品反对封建社会，而《随想录》带有忏悔性质，提倡讲真话，非常真诚地反思一个时代。正因为如此，巴金被誉为中国知识分子的良心。非常令人遗憾的是，《随想录》出版二十余年了，要不要忏悔，要不要道歉，要不要讲真话，仍旧是一个问题。

马识途老先生有句话："我曾经不揣冒昧地说过，鲁迅是中国的脊梁，巴金是中国的良心。"马老的说法，可以引起很多人特别是经历过劫难的知识分子的共鸣。马老是比李致更老的老人，经历了漫长的人生岁月，对社会、对人生不乏智慧之见。他对鲁迅与巴金的评价，李致先生完全赞同。尽管李致先生秉承巴金教诲做人行事，在"文革"中被审查被关"牛棚"，一度失去人身自由，吃尽苦头，但他仍坚信巴金四句赠言的金子般的价值。他青少年时期就开始写作，散文随笔在川内小有名气，但受"胡风事件"影响，被迫搁笔近四十年。离休前后，才重拾文笔，开始写作，其散文的第一篇就是回想巴金先生的那四句话。李致先生仁和温厚，与记者聊天，不疾不徐，一派温文。他早已不是"横牛"了，但他一辈子都记得四爸巴金的那几句话，他身体力行，吃再多苦、受再多

李致文存·我的人生（下）

812

罪，也不改初衷，这分明还是一个"横牛"！只是这"横"的内容完全不同。

喜欢文艺的李致，1949年以后，原本怀着当演员的理想，却被组织上安排到青年团工作，从此将演员梦掩埋，情绪激昂地投身于新的工作。他在担任《红领巾》杂志总编辑期间，与人合作，采访写就的那篇著名的通讯《毛主席的好孩子刘文学》，当时引起巨大轰动。现在，李致先生谈到这篇文章，说是受阶级斗争为纲影响人思想的产物，有缺陷。李致先生受巴金《随想录》影响，从不回避谈自己的过去，他有反思精神，因而更显豁达。

别把娃娃教成小老头

20世纪50年代以来在团委特别是团中央工作，对李致先生也有较大的影响。因为时任团中央第一书记是胡耀邦。胡耀邦的开明、开朗给李致留下了深刻印象，至今他都记得胡耀邦的一次讲话。胡耀邦说，说我们少年儿童是祖国的花朵，花朵虽然好，但是花朵是要经得起风吹雨打的花朵，现在的人都喜欢娃娃听话，把娃娃教成小老头。胡耀邦就说这个不对，小孩子要做小老虎小狮子，不要做弱不禁风的花朵。胡耀邦还问：学校对学生有什么要求。讲台下人回答有什么学生守则，胡耀邦问有好多条，回答说二十一条，胡耀邦又问有哪二十一条，台下就回答不出来了。胡耀邦说：二十一条？袁世凯才有二十一条。对儿童的教育不要抽象，不能烦琐，儿童做不到的事情不要对他们说。当时的环境下，胡耀邦的讲话是很大胆的，也是很中肯的。他的讲话生动有趣，很少空话套话。团中央有一种活泼的气氛，无疑和胡耀邦有关。而关于儿童教育问题，胡耀邦讲话不那么中规中矩，却更有见地。今天，对儿童教育仍有启迪作用。

要小心教条化的所谓国学

时下国学热，二十四孝一类的东西又出现了。李致先生却认为要小心教条化的所谓国学。

头悬梁、锥刺股，精神可以肯定，但完全不必那么做。至于凿壁借光等等，今天已失去了那样的环境。二十四孝中所说的卧冰求鲤的故事，更是脱离实际。比如南方的河水就不结冰，人怎可以去"卧"呢？还要求出鱼来？他说，这样的孝子我不敢当。或许正是讲究顺其自然，不强求、不苛求，李致先生的一双儿女都学有所成。对于国学，李致认为不必盲目学古师古，要取其精华弃其糟粕，去伪存真，适应时代要求。他还引述了鲁迅先生在《二十四孝图》一文中的一段话：

> "人之初，性本善"么？这并非现在要加研究的问题。但我还依稀记得，我幼小时候实未尝蓄意忤逆，对于父母，倒是极愿意孝顺的。不过年幼无知，只用了私见来解释"孝顺"的做法，以为无非是"听话"，"从命"，以及长大之后，给年老的父母好好地吃饭罢了。自从得了这一本孝子的教科书以后，才知道并不然，而且还要难到几十几百倍。其中自然也有可以勉力仿效的，如"子路负米"，"黄香扇枕"之类。"陆绩怀橘"也并不难，只要有阔人请我吃饭。"鲁迅先生作宾客而怀橘乎？"我便跪答云："吾母性之所爱，欲归以遗母。"阔人大佩服，于是孝子就做稳了，也非常省事。"哭竹生笋"就可疑，怕我的精诚未必会这样感动天地。但是哭不出笋来，还不过抛脸而已，一到"卧冰求鲤"，可就有性命之虞了。

素质教育更应是品格教育

以父亲的身份回到家庭教育上来谈孩子的成长，李致先生也有自己的看法。他强调孩子品格的培养，对过错要宽容。他认为，特别是小孩，不可能不犯错误，首先划清界限是不是品质问题，若是说假话乱拿别人东西就是品质问题，若是作业没做完贪玩一类的事，就不是品质问题。品质问题需要认真对待，其他问题则无须小题大做。他讲到克林顿绯闻这个例子。总统感情上出了偏差，照例说在美国算不上大问题，但不承认却是大问题，因为这已经变成了总统是否诚实的问题，这是品格问题！李致还提到自己女儿的一个故事：1958年，李致从苏联访问回来，带了一个小工艺品，是石头上面插着一支蘸水钢笔，他很喜欢这件工艺品，但被女儿弄烂了。女儿告知他，他很不高兴，但是想到女儿说了真话，没有重责女儿，而是原谅了她。其实，全世界好的儿童教育是一致的，那就是将品格培养放在首位。李致先生不但认同这一点，而且很早的时候就在孩子身上加以实践。他似乎有着某种先知先觉，但联想到巴金先生，李致有这样的教育实践就很容易理解了，因为最重要的是"说真话，做好人"。

李致先生多次出国，不但听到，也亲眼看到我国国民出国旅游时的一些遭人诟病的行为。国外对我国国民去旅游，既欢迎又害怕。欢迎是因为我们消费能力大；厌烦是因为我们大声喧哗，不排队，乱丢东西，随地吐痰，吵闹。这些东西严格讲起来都是应该在幼儿园时期解决的。现在，随地吐痰的人还是多得很。李致散步时看到乱扔东西随地吐痰的人多，会说这些人应该回去再上幼儿园。好的习惯、好的素质要从小培养，否则，长大了很难纠正，到国外会遭人白眼。母亲对李致的教育很严厉，她的观点是小树扳正很容易，大了之后就不容易扳正了。其实素质教育更应该归位于品质教育。母亲的严厉，铸就了李致一生诚实、正直的风骨，颇有巴金先生的遗风。离休后，李致先生笔耕不辍，自找苦吃，但他时刻提醒自己，写"往事随笔"，写人、写事要绝对真实，不可随意为之。更不可有意作假，曲笔美化。他写巴金的文章比较多，写巴金说的话，他会查证巴金留给他的三百多封信，凡是涉及，他都会用信上的原话。记忆可能有差错，但李致先生的心诚实无欺。

扭曲的时代，正直、诚实可能使人遭受厄运。但小到一个家庭，大到一个家族，乃至一个民族，一个国家，着眼于长远，美好的品格终会使之受益，使之强大。

作者侧记

李致先生住在成都市高新区某花园顶层的一套公寓房里，他平素少有出门，只是每天会在院子散步三圈，算是与土地有一次亲密的接触，也算是一种锻炼。他虽然已是八十四岁高龄，但精神甚好，记忆出色。崔永元口述历史研究中心已经十三次对他采访，进行"口述实录"，但尚未到收口的时候，可见李致先生是一个"宝"，需要多方面的"挖掘"。原定一到两个小时的采访，不承想超过了三个小时。李致先生自始至终兴致勃勃，毫无倦容。让晚辈后生如我者，心生感佩。采访时，还有比我晚一辈的"九〇后"新人参与，热热闹闹地挤满了李致先生家的客厅。李致先生无一丝厌烦，相反，极表欢迎。采访接近尾声时，他让保姆到街上买回一种台湾品牌的牛肉锅盔，分发给记者，一人一个。热辣的锅盔极好吃，李致先生满面笑容看着我们一一吃完，才继续他的叙说。

《关爱明天》杂志以关心、关爱下一代成长为己任，李致先生的个人经历和见解，让这"关心、关爱"有了超越物质的视角。

2013年12月13日写于成都

守望历史　守望心灵
——读《铭记在心的人》

◎ 朱成蓉[①]

不论于人于己于事，务求真实

从岁末到初春，散文集《铭记在心的人》伴我送别雨雪纷飞，迎来绿杨依依。独特的历史留影、坚定执着的人性美追寻、殚心沥血的自觉人格提升，使本书具有深沉的思想内美。朴实无华的文字，温暖而有张力，将感动直达人内心最柔软隐秘的深处。

作者李致是一位早在20世纪40年代即从事学生运动的老干部。半个多世纪的革命生涯，与共和国的孕生成长同步。在退下领导岗位后，开始总题为"往事随想"的写作。本书即为其中一集。

这是生命沉淀后的迸发，是人性精神与历史秘道信息的交流暗通，在拉开一段时间距离后，回放往事，搜听历史的回声，作者恪守"不论于人于己于事，务求真实"的原则，"不作任何加工"，却能让人从中听到历史情绪的回响，瞥见已被时间暗尘遮蔽的历史片段的本貌原形。

由于工作关系，李致和老一辈无产阶级革命家有较多接触。由衷敬仰与深情缅怀交织发酵，终酿出一缸醇香，便有了书内的第

一、二辑，我们不但由此记住了胡耀邦的实事求是、朱德的慈祥亲民、张爱萍"我那算个什么诗？豆豉、萝卜丝"的幽默风趣；在读到新中国成立初贺龙反对官本位，坚持革命同志一律平等，"文革"后邓小平解放传统戏曲，胡耀邦强调在实践中研究理论问题等故事，更分明触摸到了现实世界那坚固的基石。集内一些回忆与川剧艺术家、文化名人交往的篇什，不仅凸现了作者与他们心灵相通，还从一个侧面透露出当年振兴川剧的概况和具有史料价值的逸闻故事。

川版书的崛起和有关风波

尤应提及的，是散见于书中的许多关于当时四川出版界情况的回顾。其中有两个关键词——一曰"川军崛起"，二曰"两书出版风波"。20世纪70年代80年代初，百废待兴，老作家尚未完全"解冻""出土"，人民群众在历经浩劫后精神食粮匮乏，"书荒"严重。此时，四川出版异军突起，号称"川军"，震动全国文化出版界。时任四川出版业界主要领导的李致与文艺编辑室（现四川文艺出版社前身）的同志们一起，在全国率先推出老作家的"近作丛书""现代作家选集""当代作家自选集"等一大批文化精品，在实际上"为一批作家作品平了反"的同时，积累了文化，满足了人民群众的文化需求，缓解了部分"书荒"问题。曾任国家出版局副局长的刘杲为此惊叹："其作用，绝不亚于组织部的'红头文件'。""孔雀西南飞"（指全国有名作家都来四川出书）文化现象亦随之蔚为一时大观。可见"川军"崛起影响深远。"两书出版风波"指，军队作家丁隆炎继其影响极大的《在彭总身边》面世后，创作了《最后的年月》，该书甫一问世，即引起了很大轰动，却在三天后被停发停售，作者丁隆炎被怀疑指责，差点为此党籍不保。出版社亦承受了巨大压力，相关检查、报告、字数加起来"至少是个小长篇"。后在胡耀邦等人的关怀干预下，事情才得到一定程度解决——《最后的年月》可内部发行。可见"川军"出版的破冰首航之旅何其艰辛。然而，那时的出版"川军"如何高擎猎猎大旗，"立足本省，面向全国""要作出版家，不作出版商"，进行筚路蓝缕开拓，终于谱写辉煌的；那场震动全国的出版风波，又是怎样巧妙平息的，个中详情，不仅当时鲜为人知晓，即使那时已忝为出版"川军"新兵的笔者，也不完全清楚——如剧作家曹禺与四川出版"生死恋"的细节，"孔雀西南飞"文化景观的形成原因及其经过等。物换星移，到了数十年后的今天，人心浮躁，文化的功利色彩日浓，这一切更恍若浮尘飘雾，正慢慢淡出世人视野，被人们渐渐遗忘。但是，我们不应割断历史，历史也不应该被遗忘。因为，作为凝冻的过去的历史，是人在时间舞台上活色生香的演出，是人与岁月摩擦、互耗，最终融合的遗存——我们从哪条路走来，与什么人、又怎样一起走过？这是回望历史的起始原点，更是基于人类精神本质的永恒求索。李致孜孜矻矻打捞于心湖时海，不仅为读者对历史的当代分类观照，提供了一个特定视角——亲历者的"在场"视角，更从其提供的资料"注释""佐证""补白"历史，为历史"立此存照"。其价值与意义，应作如是观。

一颗赤子之心

李致"有一颗赤子之心"。昔日的"怒发直立一少年""扑爬跟斗撺革命""讲真话学巴金"（马识途语），始终用一颗赤诚温暖的心去观照他人和世界。他将笔伸入人、生命、人性的底蕴探寻，沉于心，发于文，用以与他人脉动同律的，是人类最圣洁美丽的情感——细屑里的崇高、磨难中的坚韧、懂得爱与付出、持守纯洁与善良……故此，作者行文，多从与他人交往过程切入，镜头所取，或为一抹划过"文革"阴霾的纯真童稚微笑，或为几许传递牵挂的亲人眼神；有时，仅仅是一束刺破黑暗、散发温馨的"小屋的灯光"，一幅人物偏头凝视、专注倾听的剪形……当那些性格禀赋各异、年龄经历不同的人，带着体温，穿越岁月风尘向我们走来，一声"冬娃儿哥"的呼唤，就将淳朴、正直，拷贝内存于我们记忆荧屏；那个不怕牵连，关爱被打成"右派"的战友的"大哥"，则用言行诠释，何为革命友谊，什么是患难真情……书中，最让人过目难忘，心灵共鸣同振的，一是载沉载浮于"文革"浊浪，终化险为夷的焦某及其轶事，一是名作家刘绍棠折不弯、摧不垮的乐观爽朗言行。怀念焦某，由二十一则速写组成，亦庄亦谐，白描式勾勒，语淡意深。如"干校"学员奉命在瓢泼大雨中撒化肥，一亩一盆，大家苦不堪言，独焦某不但干得快速之极，且"助人快撒"——"于无人处倾倒"两者殊途同归，都是让化肥被大雨冲走，具冷幽默色彩。焦某的机敏与智慧，只能用于如此曲折抗争，让人莞尔中内心大恸。忆刘绍棠，图貌画形有"现场感"，仅"实录""直书"其言和行，人物即跃然纸上。如会议中有人介绍李致"省委宣传部副部长"，他突然插话，"主要是出版家"，快人快语。他中风偏瘫，只有右脑右手可用，仍纵声大笑，"坍我半壁江山，留下有用的右侧，天不灭刘"，壮豪之气逼人。自称其小说为"'刘著'宝书"，实风趣且自负——李致就是这样，善于发现人性美在不同生命境遇、不同生活层面里的不同表现形态，并坚定秉持人类这种最美好高贵的感情回望心灵，在心灵回望中，超拔精神。显然，这种心灵守望，对内而言，是耙梳、整理自己的精神储藏；对外而言，则是对人类精神价值的坚毅持守，对人性美高度的不懈攀登。

李致是我的老领导，是我所认识且有较多接触的"老革命"。许是由于他令人尊敬的革命履历和工作建树，许是因为他对工作的认真严谨和个人气质的理性沉稳，在一段时间里，我对他"高山仰止"，难免尊敬的疏离。后来，大家先后从工作岗位上退下来，来往增多，交谈愈广，彼此便亲近不少。不过，对他有更深入的了解，有直击心灵的真切认识，是在读了《铭记在心的人》之后。

那是怎样的一种心灵震撼啊！朴实的文字托举出一位人性美好家园的矢志守望者，兀立面前，心扉洞开，敞亮真诚，鲜活温暖的心触手可扪。

心灵深处的震撼

如果说，我读李致散文是一场灵魂在书中的探险，经历了由感动到震撼的心路历程；那么，李致写作本书，则是一次自觉的、具有哲学层面"审丑"意识的自我人格提升——回溯岁月之河，点燃人性真诚、善良、勇敢的火把，照彻内心隐秘角落，焚除晦暗胆怯，让精神来一次向上的跃迁，以更加纯净澄明的胸怀去拥抱世界、拥抱他人。故而，他为自己贴过胡耀邦大字报痛心疾首，坦承"这既是我'思想混乱'的表现，也是我人品污点的暴露"；剖析自己在"文革"中"夹着尾巴做人"，以致专程赴上海看望巴金，曾与巴老同卧一床，竟"不敢深谈"；反思在昔日战友蒙冤受屈时，不敢站出来仗义执言，并用以与"大哥"对比，赞其为"巨人"，斥自己是"矮子"；忏悔自己年轻幼稚，竟伤害过国际友人云从龙的感情……文字简约坚实，锋利如刃，切肤、入髓、穿心，刀刀见血。这种严格的自我解剖，是对人格与精神境界的自觉跃迁和提升，上承古圣先贤的"慎独""内省""修身"，更仿佛普罗米修斯，取得神圣天火，却用来煮自己的肉，非具大真诚、大责任、大勇敢、大光明不能为。

目睹了太多的要人、名人、凡人，装修"门面"，粉饰思想，华丽转身，成为"完人"，聆听到从李致心灵深处传出的大吕黄钟，又岂止令人震撼呢？

见贤思齐。平凡如我辈，是应该及时清扫自己的思想后院了。

把别人铭记在心的人是深情的人

——读李致散文集《铭记在心的人》

◎ 江永长[1]

　　说李致同志（以下称致公）是个深情的人，一是和他交往中建立起来的一个基本的认识，二是读他的书和文章的一个鲜明的感觉。

　　我认识致公大约是20世纪80年代后期，那时他当宣传部副部长，来文联和作协开会，并不坐在主席台上发言，而是和文联、作协的领导坐在一起，讨论事情，我感到这个领导有点个性，有点与众不同，听人说，这是李部长，出版家、作家，就认识了他。其实，那以前还是读过他编辑出版的书的，但一个才从学校毕业出来不久的乡下小青年，胆子小，见到领导，只远远地看，不敢上前去打招呼，不敢自我介绍，所以那以后的几年，都是我认识他，他不认识我。

　　我估计，致公认识我大约是在20世纪90年代初期的时候了。他当省文联主席后，特别关心《四川文艺报》，一次，主动来编辑部看望我们，问过了我的名字，我们就算是互相认识了。这以后，再见到我时，他就能叫出"小江"来，声音是缓慢柔和、尾音带一点

①　江永长：曾任《四川文艺报》主编。

轻微鼻音的那种，听着特别慈祥亲切。我也大胆了些，远远地看见了他，就主动过去问候。致公作为出版家，对《四川文艺报》的指导是很专业的，对我们的工作的改进起到了明显的效果，报纸不断刷新面貌，质量也有大的提高。他除了关心编辑部的工作外，还特别关心编辑部年轻人的进步，职称是否评上了？级别是否晋升了？待遇是否解决了？他还在文联领导面前为我们呼吁，真解决了不少问题。

　　和致公交往中印象特别深的有这样几件事：有一年，我陪《中国艺术报》的副社长宁静同志到致公家去拜访，宁静同志是成都人，那次他们聊了许多成都往事和人物，后来，他们发现好像还有一点远亲关系，便有人事沧桑之感，离别时，致公送客至楼下。另一次，武志刚老师和我去商业街的医院看望致公，那时致公的夫人在那家医院看病，他自己在那里检查身体。他和我们聊了一个多小时，双方都非常快乐，但由于是在医院，不能尽兴，致公就约我们以后到他家去聊。后来，他的夫人不幸去世，他很悲痛，我们不好去打扰他。过了些时日，他打电话来邀我们了，我深感致公是个言出必行的人。这一次，致公用了小半天的时间和我们聊天，他还准备了不少资料给我们看，让我们大开眼界，了解了很多的人物和事情，很有收获，也很快活。致公知道我能写一点小东西，便不时鼓励我不要放下笔，不要荒废了时光。去年，我在《四川文艺报》上发了一篇写母亲的小稿子，之后不久就接到了他的电话，谈了他的读后感，认为我的文字感情真诚，但显得过于拘谨，好几处言犹未尽，该说的话没有说出来，建议我以后作文放开一点，致公对我写作的关心让我喜出望外，他的评价完全说到了要害处，我非常敬服，也非常感激他。

　　现在来说说我读致公《铭记在心的人》一书的一些感受。

　　我记得有一次通过网络和致公交流过对他的散文的一个基本印象：真事真情。我感到，读《铭记在心的人》这本书的一个最突出的印象仍然是一个"真"字，真事真情。

先说真事，十年前，致公在《"往事随笔"总序》里说："我写的都是自己的经历，不论于人于己于事，务求真实，不对事实作任何加工。这是我恪守的原则，不越雷池一步。如有误差，一经发现，尽快改正。"《铭记在心的人》一书有将近六十篇文章，全是写的真人，其中，包括党和国家领导人、社会贤达、知名文艺家，以及致公的亲朋旧友等，发生在这些真实人物身上的故事，致公是自己知道多少、能够核实多少就写多少，道听途说的、核实有困难的、拿不准的都不写。致公写真人真事的依据一是他自己的亲身经历，亲眼所见、亲耳所闻、亲身所感，另外，就是靠着他积累的大量资料，包括照片、信件、书籍、电子文件等，我几次到致公家去，哪怕就是聊天，当说到某人时，他也习惯出示照片为证，说到某事，往往要拿书信或者笔记为证，不虚妄，不似是而非，不想当然耳。聊天尚且如此严谨，作文时的求真精神自然可想而知了。

真情，首先是建立在针对真人真事，有感而发、有情要抒的基础之上的。致公在《"往事随笔"总序》里说："回想自己人生几十年，时代几度变迁。许多难以忘怀的人和事，我曾为之喜悦或痛苦。这些人和事，也可以说是时代的某些缩影或折射，也许有一些'史料'的价值；我有感情需要倾诉，也想借此回顾自己走过的道路，剖析自己的过去。"《铭记在心的人》一书表达出来的情感，无疑是致公真感情的倾诉，是他的喜悦和痛苦，这些真感情，甚至大量的直接从文章的标题上就流露出来了，致公的文章标题的浓烈的情感色彩是他的散文的一个显著的特点，我想这与致公的一贯文风和喜欢是分不开的，他说"我喜欢真诚、朴实、动情、幽默的散文。不无病呻吟，不追求华丽，不故弄玄虚，不作秀，不煽情，不搞笑。"出于真诚而表现出来的感情，自然有感动人心的魅力，在追忆儿时伙伴的《冬娃儿》一文的结尾处，有这样的话："人世沧桑，以后的事就难说了。如果没有特殊情况，冬娃儿应该健在。

我真想见到他，叫他一声'冬娃儿哥！'但这愿望能实现吗？"这是这篇文章的最后几句话，也是《铭记在心的人》一书的最后几句话，每当我读到这里时，我总能感到一位老人追忆逝水年华的美好情怀，总能感到青春一去不复返的人世沧桑，想想也是，我才四十多岁，但猛然回首时发现，已经有几个儿时的伙伴、几个同学，甚至还有一个同胞弟弟、一个表哥、一个内弟，皆已去世了。致公比我年长得多，经历也更为丰富，他对人世的认识和理解自然比我练达得多，自然也更加淡定，但我从上面的那段话中却感到了他火热的心，他想念少年时代好伙伴的那份真诚的心让人动容，一位老人想再见到少年时代好伙伴的善良的愿望是那么的单纯、美好，谁又忍心去冒昧地触碰呢？所以，我也想对致公说："是的，我也相信：'如果没有特殊情况，冬娃儿应该健在。'"致公就是这样真诚的表达自己的感情的。其次，致公散文的真情还特别地通过对自己的剖析而表现出来。敢于自我批评和反省的人是真诚的人，是有智慧的人，更是勇敢的人，我觉得，致公的散文中对自己剖析的那些抒情性的话语显得特别有力量，也格外让我受益。在流行自我包装、自我营销的当下，自我剖析，自我反省，无疑是一种日渐稀有的可贵品格了，所以，这些话特别打动我，也特别值得我学习。

　　读致公的散文，就是在阅读一个经常把别人铭记在心的老人的人生阅历和真情实感，就是在听一个真诚的人、一个深情的人讲述。

2011年5月6日

他拥有这样一片心灵空间
——对李致散文的一种解读

◎ 廖全京[1]

这个冬天特别长。眼看着要开春了，冷不丁又刮起一阵寒风，把刚要抖擞起来的精气神儿压了回去。好在案头的这盆兰花不断用它的幽香提醒我：春天毕竟来了。

怀着这样一种心情，读完李致的《往事》《回顾》《昔日》以及《我的四爸巴金》等散文集子，觉得有一些话要说。

他走过了一段很长的路，这几十年里，他渐渐悟出了人生和艺术的真谛。他把自己在这几十年里这一点、那一点的感情，认真记录下来，积累起来，渐渐变成了一篇一篇的文字。这就是李致，平静的、朴素的李致。从这些文字里，我慢慢咀嚼出一种味道，一种既复杂又纯粹的味道，那就是爱。爱是一个漫长的过程，一个需要不断学习、耐心修炼的过程。李致用笔墨记录下的所有感情，都是在学习和修炼爱的过程中的感情。陀思妥耶夫斯基在他的《卡拉玛佐夫兄弟》里，借佐西马长老的嘴说过："用爱去获得世界。"李致也许并不接受作为基督徒的这位俄国作家思想中的宗教情绪和神

① 廖全京：评论家。曾任四川省戏剧家协会主席。

李致文存·我的人生（下）

秘主义成分。但是，我相信，他对这位反对沙皇专制暴政的死牢囚徒关于人类爱的认识，是完全同意的。

我们经历过民族历史上那一段专门培育粗糙的心灵和沙化的情感的年代。自己生活在无边的精神沙漠中，还主动或被动地用所谓"大批判"扩大这片精神沙漠。曾几何时，根据肖洛霍夫同名小说改编的电影《一个人的遭遇》，遭到那样一场毫不讲理又莫名其妙的批判。原因不过是因为那里面写了爱，写了战争与苦难。在战争与苦难中，普通的俄国人所需要的，不正是爱吗？然而，那是一个谈爱色变甚至谈人色变的时代。岂能说爱，岂敢谈爱？李致的散文里，有一部分恰恰写到那个年代，写到他自己的心灵和情感挣扎着反粗糙、反沙化的经历。那个年代带给中国人的苦难，绝不亚于一场战争。也恰恰是在那个年代，充满了灵魂深处对爱的渴望和呼唤。正是这一部分文字，使我更加确信了我对李致散文的整体判断：一个希望用爱心包裹世界的人，和他那朴素与平静中的爱。

在李致的散文里，这种爱往往表现为一种信仰、信念。与他的许多同龄人一样，李致属于有坚定信仰的一代。那一代人的心目中，信仰、信念是源自人类的精神使命的。他们可以为自己的信仰、信念付出血肉之躯，为之耗尽生命。在许多时候，信仰、信念是他们的行动的血书。读《再见！三哥》《大姐，我叫了她半个世纪》《十二桥前的思念》《七星岗》等这几篇文章时，我强烈地感到，与其说这几篇文章是写他做地下工作时的斗争经历和战友情谊，不如说是写他们那一群破晓社成员对信仰、信念的执着与热忱。"半个世纪过去了，我们这一批从十几岁便追求革命的青年，除一个在'文革'中迫害致死外，都挺过来了。"一个"挺"字，蕴含着几多起伏曲折，几多艰苦磨难，几多欢乐酸楚。我相信，信念是一种激情。他使人的一生中的所有阶段都能熊熊燃烧。信仰更是一种对人性和人生的态度。坚持信仰，就是坚持对一种价值和价值观的持守和履践。这一群年轻人选择了破晓社，就是选择了一种人生大爱，同时，选择了一种人格自律。从这个意义上说，爱是一种选择。

在李致的散文里，爱更是一种理解。亘古以来，理解就是人类的一个趋近生命本源的命题，也是一个悬而未决的伦理的和哲学的难题。理解自然，理解社会，理解生命，理解他人，理解自己……一连串的问号和感叹号组成的，是意识之链，也是情感之链。其中，最重要也最困难的一环，当是理解人类自己（包括个体的自己和个体的他人）。据说，雅典达尔菲阿波罗神庙门廊的一块石板上就刻有这样的铭文：认识你自己。在近十几年里，李致一直自觉地把理解别人，尤其是理解自己的亲人，作为通往人格理想的一条重要路径，努力想在理解别人的过程中获得内心的纯净、光明、温暖。真正的理解，首先需要平和、友爱、宽容的心境。对理解的对象，不宜脱离实际的片面苛求，更不能作浅薄的道德谴责。理解，那是心灵与心灵的促膝谈心。在李致所有关于亲情的散文中，我最看重的，是这篇《我终于理解父亲》。我以为，李致的其他散文写的多半是生活的一段或一瞬，而《我终于理解父亲》是写的一生——他的精神的一生。李致的父亲李尧枚，是巴金的大哥，巴金笔下的觉新的人物原型。巴金还专门为他写过一篇散文《做大哥的人》。父亲自杀时，李致只有一岁零五个月。他是好人，是旧社会的受害者。可是，他为什么要采用自杀的办法，把母亲和五个子女留在人间？为什么让母亲独自承担莫大的痛苦和灾难？很长一段时间，李致对父亲是不理解甚至是不满的，觉得父亲不负责任。生活，从来就是无声的伟大教师。经历"文革"浩劫之后，尤其是在四爸巴金那里见到父亲写给四爸的四封信之后，李致对父亲有了深入的理解。在信里，父亲谈到了"对人类的爱"。他对弟弟说："我俩对人类的爱是很坚的"，"我两个没娘没老子的孩子，各秉着他父母给他的一点良心，向前乱碰罢了"。这四封信，给了李致心灵极大的震动。父亲对人尊重、关心，父亲对生活热爱、留恋，他舍不得家人，他深深自责！他的死是对那个伤害个人尊严的社会的反抗！父亲和三爸、四爸一样，都愿意多为别人着想，做出自己的奉献。李致的心灵仿佛从沙漠中返回绿地，返回甘泉："几十年了，经过了一个漫长的过程，我终于理解了父亲。只是这理解来得太迟了。请你原谅，我的父亲！"真挚的情感，透明的心灵。大爱无涯，大爱无言。直面父亲的死，思索父亲的死，将自己在父亲之死上的前后认识用文字公之于众，是需要勇气的。是爱，给了李致这种勇气，而这爱，正是从父辈们那里秉承下来的。反思父亲之死，使李致进一步懂得了爱是一个漫长的过程，也使他更加不能容忍社会对个人尊严的伤害。在对父亲的理解的基础上，他回顾"文革"十年的人生经历和精神险途，写下了以《小屋的灯光》《妻子的安慰》等为代表的一组文章，情感真挚细腻，常常催人泪下。在对父亲的理解的基础上，他回忆与四爸巴金的零距离接触，写下了以《永远不能忘记的四句话》《说真话的作家》《我淋着雨，流着泪，离开上海》等为代表的三十余篇文章，传情传神传心，产生广泛影响。一篇《我终于理解父亲》，乃是一把打开李致散文之门的钥匙。心扉向读者敞开，向生活敞开，向历史敞开。告诉你，他拥有这样一片心灵空间。

李致依然平静，依然朴素。他用朴素与平静中的爱塑造自己的过去、现在和未来。这建立在选择和理解之上，并且由选择和理解体现出来的爱，根源自然在他的四爸巴金那里。还是他在做地下党工作时的老领导马识途说得准确："巴金的人格力量，无疑在他身上产生了巨大的影响，如果不是这样，要写出这样的文章是困难的。"

愿李致以及所有的写作者都像巴金那样，在漫长的过程中学习和修炼爱，并用爱去获得世界。

李致和他的散文

——读《往事》《回顾》《昔日》

◎ 萧祖石[1]

一

一位著名哲学家曾经这样说过：美是自然的，它拒绝矫揉造作。借用这句名言来评价李致和他的散文，是再恰当不过了。李致为人真诚、平实、敦厚；他的文章是情感的自然流露，从不矫情。当然，真实、自然不只是文学家、艺术家追求的境界，也是大多数人的人生追求。然而，真正做到就不那么容易了。

李致是文坛的老兵，新中国成立前就发表过文学作品，新中国成立后因忙于工作和政治上的原因停止了写作。三十年后才又握笔重操旧业，耽误了精力充沛的三十年，不无遗憾。但也是幸事：因为"四人帮"倒台前，极左路线统治下的中国文坛，不论是从事文艺部门的组织工作，还是从事创作，坚持不说假话的李致，怕早就在劫难逃，被打入另册了。三十年后的20世纪80年代，改革开放的历史潮流，逐渐宽松的政治环境，使身处宣传部门的李致以新角度新思维审视了历次的政治运动和走过的风雨人生，感慨良多，思潮

李致文存·我的人生（下）

---

[1]　萧祖石：作家。曾与李致同在共青团中央工作，后为人民美术出版社编审。

如涌，长期积累的感受、感情，以散文的形式，如陈酿的老酒源源不断地流淌出来。

自1995年李致出版散文集《往事》以后，又陆续出版了《回顾》《昔日》，在诸多报刊上还不断有新作问世。这些散文，李致统称它为往事随笔。在《昔日》的后记上，李致说："七十年来，我接触了不少的人，也经历了不少事件，曾为之喜悦和痛苦，难以忘却。这些人和事与时代的变迁分不开，也可以说是它的某些缩影或折射。我需要倾吐自己的感情，并借此对自己走过的路做出回顾，对自己的过去做出剖析，尽管它并不深刻。"这段话是我们了解他为人和作文的钥匙。

二

20世纪名曰"文化大革命"的"十年动乱"，给全国人民带来的灾难和损失，震撼了全世界。经历过"文革"岁月的人，都不会忘记那段不幸的历史。对这场浩劫，一开始李致极不理解，几次为团中央第一书记胡耀邦挨斗而流泪。身为团中央机关小当权派的李致也是受害者，先靠边站，强迫劳动，打扫厕所，蹬三轮车。接着就挨批挨斗。在斗争会上，李致高呼口号反抗。造反派拳脚相加，李致没有屈服，没有求饶，造反派给他扣上态度恶劣、顽固不化，抵制"文革"的帽子，实行专政，关进"牛棚"。李致一度极为痛苦，看不清国家的前途，更不知自己的出路。他从《毛泽东选集》中寻找能安慰自己和对"敌"斗争的语录，从《鲁迅全集》中寻找精神支柱，决心"不配合别有用心的人打倒自己"，以便度过这最黑暗的岁月。同李致一块关进"牛棚"的团中央书记处原书记王照华，曾伸出大拇指称赞李致。不久李致被送去"五七"干校，强制劳动改造，是团中央机关最后一批解放的干部。李致对那些曾经批斗过他的人，没有计较个人的恩怨，后来多数人还成了他的朋友。

对于个别人的陷害，对李致来说像挥之不去的噩梦。李致对"文革"的感受深，感想多，写的也多，而且写得精彩。如《"牛棚"散记》一组文章，从不同角度写"文化大革命"的方方面面，嬉笑怒骂，畅快淋漓地揭露和控诉造反派的种种法西斯罪行，如《我大声高呼口号》《你打你的，我打我的》《不能折磨自己》《1969年的春节》《谁是"母蚊子"》，等等。

《谁是"母蚊子"》写了一个心术不好的人。当时，团中央机关造反派忙于打派仗，无暇批判走资派，专政组把以胡耀邦为首的走资派全赶到了郊区农场监督劳动。他们必须坚持每天晚饭后两小时的"天天读"。时值盛夏，蚊虫叮咬，又没有防蚊避暑的好办法，大家苦不堪言，你一言我一语地声讨血吸虫蚊子。李致根据《十万个为什么》中的记载，说只有母蚊子叮人，因为它要产卵繁殖后代需要营养。专门搞政治陷害的造反派听到后，上纲上线认为李致影射攻击当时红得发紫的"文革"旗手江青，于是审问李致："谁是母蚊子？母蚊子是谁？"问得既愚蠢又无知。李致据理力争并说这是《十万个为什么》书上写的。追问来追问去，没有抓住一句与江青有关的话，最后不了了之。这种陷害无辜，置人于死地而后快的用心，到了丧心病狂的程度。颇具讽刺意义的是："谁是母蚊子""文革"后竟成了人们的笑柄，广泛流传开来。这是一篇具有时代意义的奇文。

"五七"干校是"文革"不可分割的一部分，是迫害广大干部的继续，提起它，人们的心灵里总有抹不掉的阴影。诚然，戴着沉重的政治枷锁从事繁重的体力劳动，苦累和怨言，牢骚和不满是必然的，但它比起搞武斗，打派仗那个时期，却有几分新意。在"五七"干校待了很长时间的李致，以"五七"干校为背景，用凝重、幽默、调侃的笔调，写了《焦某"文革"轶事》《当了半天"阿姨"》《翻脸不认狗》等一些趣闻逸事。这些别具一格的作品，不只是写了劳动中的苦和累，同样写了劳动中有快乐，也有笑，即使快乐是暂时的，笑是苦涩的，是含着眼泪、哭笑不得的笑，但毕竟是笑，有人性美好的一面。这几篇文章的意义，还在于他写"五七"干校的路子与众不同，独树一帜。

三

如果说李致写"文革"是怀着愤怒、憎恶之情控诉了"文化大革命"种种罪行的话，那么，写巴金就完全是怀着敬仰、思念、眷爱之情了。

巴金是李致的亲叔父，曾供养过他，为他付过学费。他永远铭记在心的是他上小学时，巴金写给他的四句话："读书的时候用功读书，玩耍的时候放心玩耍，讲话要讲真话，做人得做好人。"诚然，李致从小接受巴金的教育，读他的书，受他的影响，感情很深。"文革"开始不久，身陷囹圄的李致挨批挨斗，但他设身处地，更为横遭"四人帮"诬蔑陷害的巴金担忧。随着"文革"的凶猛发展，李致对巴金的思念愈来愈深切。患难见真情：1972年政治形势稍一缓和，李致就借着春节后从北京返回河南"五七"干校的机会，冒着政治风险，悄悄绕道上海，探视他日夜思念的四爸。《我淋着雨，流着泪，离开上海》写的就是这一段实情。从1966年到1972年，六年没见面、没通信，两人相见，一种劫后余生的惊喜油然而生，但当时的神州大地像是一个没有围墙的大监狱，人人自危，空气窒息，虽有千言万语只能埋在心里，欲言又止。李致凭着他过去做地下工作的经验：说来上海是看眼病的，为掩人耳目，他果真在医院看了病，只在没人的时候，才对巴金说是专程来看他的。巴金丧失了妻子萧珊，存款被冻结，只能按月从银行取出最低的生活费，所有的书房被封。晚上，巴金与李致同睡在一张床上，李致失眠了，他为四爸的处境担心。临别前一天，李致只能用一些连他自己都不相信的、用滥了的政治套话，来安慰一个曾经教导他

"讲话要讲真话"的老人。这篇用眼泪写成的意象深远的佳作，是中国两代知识分子蒙难的历史见证。是对"四人帮"独裁统治下中国千百万知识分子心灵被践踏、被扭曲的控诉。

　　李致与巴金有分不开的血缘和亲情。李致身上有巴金的影子和相似，不戴面具，不迎合。他们真正的相互了解和一致，源于1972年李致从上海归来，由于相互信任，书信往来更加密切。尤其是20世纪80年代中期，几乎每年都有多次相聚的机会，长时间的交流、谈心，有时甚至深夜长谈不倦。巴金谈及"四人帮"和"十年动乱"给祖国和人民造成巨大损失深恶痛绝，却从没计较个人利益的得失，对人民、对祖国充满了信心和热爱。一次次相聚长谈，李致感到心灵得到了净化，巴金对李致也有了更深的了解，在巴金看来，李致不仅是他的子侄晚辈，更是可以信赖、可以倾吐心声的朋友。两位知识分子的共鸣和良知在交流中得到了升华。李致对巴金的信仰、崇敬更加坚定，日积月累，有许多的情感和感受要倾吐，要发泄。他拿起笔来，把所知道的所感受到的巴金，告诉那些热爱、关心巴金的读者。李致写巴金不是以宣传为目的，也没有刻意要表现的主题，没有计划，没有任何一次为了写作而进行采访式的谈话，行文不拘形式，不拘长短，完全是喷薄而出的感情的自然流淌。如《两个最后的一息》《巴金的心》《不做盗名欺世的骗子》《为他着想》《白发》《春蚕》等二十四篇散文。那是心灵的赞歌，道出了巴金坚守的人生信条：奉献而不是索取。作者把一个虚怀若谷、坦荡无私、平易近人、有血有肉、普通人的巴金，推到了读者面前。没有大话，没有不实之词，完全是活生生的事实。这正是广大读者最想了解，也最感兴趣的。那些渴望了解巴金作品后面的巴金，日常生活中的巴金的读者，不禁惊喜起来：啊！巴金原来是这样子的，进一步拉近了和巴金的距离。这种强烈的反响，这种巨大的社会效果，别的介绍、评论文章是无法达到的。难怪，一位文艺评论家说李致是走入巴金心灵的人。巴金自己也说，李致是理解他比较多的人。这无疑是对李致的为人和他的散文最中肯的评价。李致写巴金的系列散文对研究巴金，是无法代替的可贵资料，极具参考和史料价值。此外，李致还写了不少与巴金交往较多的同辈人如曹禺、沙汀、李健吾、艾芜等著名作家的回忆文章，为研究这些名人作家，为研究中国当代文学、当代文学史提供了一份珍贵的资料。这是李致无意中做出的一份特殊贡献吧！

四

凡是文学作品，都是围绕着一个"情"字做文章的。当然，情有真、假、深、浅。李致的情是真情、深情。这也是他成功的所在。在《昔日》的后记中，李致写道：他写的是自己的经历，"于人于己于事，务求真实，不在事实上作任何加工，不无病呻吟，不作秀，不煽情。"李致从实际生活出发，以真实的事件、真实的思想、真切坦诚的感情、掏心窝的话，赢得读者。如《回顾》集中的《小屋的灯光》就是这样的佳作。

《小屋的灯光》是李致记叙被关进"牛棚"后的一段情感经历。李致和夫人丁秀涓，是新中国成立前一起搞地下学生运动时的战友，情笃义深。身处逆境的李致惦记着孩子，更惦记着同样受到冲击的丁秀涓，怕她身心受到摧残。"牛棚"与李致的家隔墙相望，近在咫尺，从"牛棚"的窗口就能看见自家那一大一小两间卧室窗口的灯光。小窗口那间就是李致和夫人丁秀涓的卧室。每到天黑，看见那两个窗口的灯光，证明孩子和爱人平安到家，便是他最大的宽慰。为了及时地知道爱人是否每天能回家，他要求爱人一到家就亮灯。小屋的灯光，自然就成了他情绪波动的晴雨表。一天，小屋的灯光突然消失了，而且彻夜没亮，李致为爱人揪着心，他想得很多很多。真是天赐良机：次日，在洗澡堂里与上小学的儿子相遇，两人挤在一个木格子里，共用一个喷头淋浴。父子俩十分珍视这短暂的相遇，却不敢大声说话。他们把水龙头开到最大程度。李致从儿子那里知道，爱人没回家，是因为参加单位办的常规学习班，吃住都在单位，心里一块石头才落了地。即使是面对面，有哗哗的流水声作掩护，父子俩也不敢多说话，只能以眼神传递情感。李致以给儿子搓背、洗头来表达对儿子的关爱。《小屋的灯光》里的每个细节都真切得动人心弦，让人想起朱自清的名篇《背影》，潜然泪下。《小屋的灯光》无疑是一篇不可多得的佳作。是李致夫妻情深、父子关爱的真实生活的写照。近十多年来，长期患病的丁秀涓，得到李致无微不至的悉心照顾。除了非参加不可的会议，李致从不轻易离开家，离开丁秀涓。简单地用"相濡以沫"来形容已概括不了他们的深情了。熟悉他们的人，无不交口称赞这对恩爱的老夫妻。《小屋的灯光》绝非是李致随手而来的偶然所得，而是长期感情积累的结晶。

　　特别值得一提的，还有《小萍的笑容》《上当受骗之后》和《姨妈》。干过少年儿童工作，非常热爱儿童的李致，1967年"六一"儿童节那天，偶然看见邻居的小女孩小萍身着花衣，头戴蝴蝶结，蹦蹦跳跳，从"牛棚"旁边走过，对李致亲切一笑。在没有笑容的年代，李致深为小萍那天真无邪的笑颜而欣喜，深感人间的良知和真情是无法摧毁的，又为不能向她祝贺节日而感歉意。《上当受骗之后》是写自己有一次在集贸市场受了骗，他为消极地接受经验教训，没有主动去帮助一个遇到困难的路人而自责，有一种比上当受骗还深重的失落感。《姨妈》写的是一位同事的姨妈，曾是给李致带孩子的保姆。因为家庭出身是小地主，"文革"前为避免麻烦返回原籍。李致无法兑现让姨妈在家里安度晚年，并为她养老送终的承诺而遗憾终生。三篇短文真挚而自然，人情味十足，充满了人间的真情和温馨。作者博大的胸襟，严于律己，勇于自我解剖的精神，从字里行间不经意地散发出来。

五

李致和许多优秀的散文高手一样，艺术上有自己的特色。

特色之一就是文品和人品是不可分割的整体。李致的散文不同于一般的小说、戏剧，作者藏在作品的后面，通过作品中的人物表达作者的思想、感情和感受。李致是既写别人也写自己，而且往往是通过自己来写别人，有时甚至主要写自己。如《永远不能忘的四句话》《不知如何弥补》《心留在巴金家》等，或激越，或深沉，或幽默，或调侃，或娓娓道来，都直接向读者交心，亲切、自然、极富感染力。这样或类似这样的作品的思想深度和艺术境界，就是作家的思想境界，读作品的同时更多的是解读作家的人品，是文如其人最好的注解。

李致根据自己不同的感受和理解，采取不同的艺术手法，记叙、描写不同的人物。如《我所知道的胡耀邦》，采用了长镜头和特写镜头相结合的摄影办法，由远及近，一代杰出的政治家、党的总书记的神采、风貌，在李致笔下跃然纸上；写巴金，则从细微处着笔，如清退稿费，谢绝用国家的钱恢复他的故居，拒绝用他的名字成立基金会（即使是用他的稿费或获得的国际文学奖金办公益事业，也不写他的名字）。写其他人物，就采用实写、大特写镜头。作者借鉴了司马迁史记人物列传的白描手法，抓住人物最富特征的细节，不加修饰地构画出来，如《我所知道的张爱萍》《再见，三哥》就是这样的作品，立体感强有厚度。这是特色之二。

如果说，文思如涌，惜墨如金，是文艺创作的辩证法的话，那么，李致的散文又多了一个特色。李致以敏锐的眼光，常常从最平凡的日常生活中的一些很不起眼的小事，发现闪光的有意义的题材，然后写成洋洋大观的文章，像《大雪纷飞》《过年》《外婆家的小花园》等，有些看来是十分杂乱无章，头绪很多的生活故事，他却能寥寥几笔，交代得清清楚楚。他好像总有写不完的故事，但

837

是真正下笔时又再三挑选切入点，从不多置一词一字，浪费笔墨。如《大妈，我的母亲》，写了一个经历过清末、民国、新中国成立初期、改革开放、四个不同时期的母亲。她中年丧偶，携带着五个失去了父亲的幼子，家庭破产，无依无靠，过着极其艰难困苦，坎坷不平的生活。作者以动情的笔触，描述得细致入微，十分耐读，即使是感情坚强的读者，也会为之动容。这是《往事》集子中篇幅最长的，但也没过万字。《忆贾唯英》《大姐，我叫了她半个世纪》，都没过六千字，却生动地概括了两个早年地下工作者五六十年的革命生涯。作者还有一批短小精练而有声有色的千字文，其中一篇是赞扬一位川剧名角的叫《名丑的遗书》，不到五百字，却让人难忘。一位熟悉李致的人说李致善于抓题材，会写文章。善抓会写固然重要，但更重要的是文如其人。李致的为人不是装出来的，文章不是凭空写出来的，是长期自我修养、自我锻炼的结果，也与他童年接受的教育和成长的环境有着密切关系。这也再次证明了"文章千秋业，非旦夕之功，以修身为先"的古训不无道理。总之，一句话，无论是写景状物，无论是议论、叙事、写人，作者不动声色，不虚张声势，不空泛地抒情，而是紧紧抓住了富有表现力的细节，运用细节刻画人物，显示出特有的成熟。中国文联主席周巍峙，看了李致的近作，借用清代著名学者张问陶"敢为常语谈何易，百练工纯始自然"两句诗来评价李致的散文，不愧是卓有见地之语。

2004年3月22日　于北京

文学的最高境界是无技巧

——评李致"往事随笔"

◎ 李治修[1]

李致是一位有影响的作家，也是一位有胆识的出版家。他一面为劫后文化艺术做抢救、发掘、发现的出版或扶持工作，一面执着地用那支不事雕琢的笔，为我们捧出由天地出版社出版的"往事随笔"；分别为《四爸巴金》《铭记在心》《昔日足迹》的三卷本。在"往事随笔"总序中他说，"我喜欢真诚、朴实、动情、幽默的散文。不无病呻吟，不追求华丽，不故弄玄虚，不作秀，不煽情，不搞笑。我将继续这方面的探索。"这是他在创作路上"向巴老学习，把心交给读者"几十年如一日的坚守；特别是在文化圈浮躁风气日盛中，他始终气定神闲地走自己的路，遵从着四爸巴金的教导"说话要说真话，做人得做好人"的人生信条，真诚地收录、体现在他的"往事随笔"中；既是他个人经历的记录，更是他在执着坚守中的收获。

"往事随笔"跨度长达半个多世纪。对于我们认识大紊乱、大动荡、大变革这一特殊时段，都有反思价值和启迪意义。尤其是

---

① 李治修：评论家。

"往事随笔"中的《四爸巴金》，记录了这位被称作"中国的良心"的知名作家许多往事，以及在"文革"中遭到的不尽磨难和无情迫害。在中国现、当代文学史中，对于研究巴金，更有着重要的史料价值和认识价值。

在阅读这部"往事随笔"之前，笔者已从作者出版的零星单行本中"经历"了好些"往事"。如今翻开三卷本的"往事随笔"，尽管有的文章已经读过，但再读时兴味仍旧不减。举凡有阅读经历的人，都会有这样的感受：有的作品经得初读，经不得再读，更耐不得多读；但李致的随笔却是个例外。这说明他的作品具有直抵读者内心深处的强大穿透力。这种穿透力也佐证了巴金一句名言："文学的最高境界是无技巧"。

当然，巴金对此有明确的阐释："我说过文学的最高境界是无技巧，是文学和人的一致，就是说要言行一致，作家在生活中做的和在作品中写的要一致，要表现自己的人格，不要隐瞒自己的内心。"窃以为巴金这段话，更宜于规范崇尚真情、真话的散文随笔。同时巴金所说的"无技巧"并非否定技巧，而是让技巧达到"最高境界"（真情、真话）：虽有若无，不留斧凿的至境。为技巧而技巧的玩弄技巧，反倒会留下败笔。

作为巴老的侄儿李致，在"往事随笔"中对巴金的"两真"主张，更是恪守不渝，躬身实践，形成了自己的特色和风格。其作品在"人文一致、言行一致"中，不刻意追逐技巧，蕴含着圆熟技巧，因而才具有穿透读者心灵的力量。概括起来，这部《往事随笔》具有三个值得注意的特色：即"朴实自然中的幽默，白描与飞白的兼容，惜墨与泼墨的融合"。现就此谈谈个人的浅见，并以此求证于方家：

朴实自然中的幽默：李致作品素以朴实无华著称，也为读者所公认。有时在阅读中，行文的过分朴实也难免陷入沉闷和单调，个中所长所短易见。李致在写作中力避不足，在竭力节省笔墨，不作浪费的铺叙，不随意添加形容词的同时，也因其个性使然，在作文中自然流露出幽默和风趣，从而也成就了李致作品中的一个突出优势：朴实自然中的幽默。

这样的幽默，以简洁的文笔表达出来，使行文活泼诙谐，既轻松流畅又格调明朗，时不时会令人莞尔一笑。

记得英国诗人、评论家柯勒律治（即塞缪尔·泰勒·柯尔律治）说过，"缺乏幽默感的人不能算是很完善的人"。其实幽默是一种智慧的表现，也是对生活、人生充满自信和情趣的体现。文学作品中不能缺少了幽默，正如生活中不能缺少幽默一样。有了幽默感的作品——无论它表现的内容如何——就有了生活的润滑剂：或消减沉重，添加情味；或在困顿中透过气来，得到自我解脱；或从幽默中悟出人生哲理。

比如《干校三事》中的一节，标题为《翻脸不认狗》，描写"干校"下令"屠狗"，作者以充满幽默的文笔，揭露人的愚蠢、可笑和悲哀。在《找回名字》中，作者以名字为由头，从顽皮童年、学校念书、投稿笔名，同事称呼等往事中，以"名字"贯串全篇，犹如红线穿珠，将许多生活趣事片段，剪接连缀成篇，而且行文朴实，流畅自然，充满幽默感。

单就构思来说，《找回名字》既写得有生活情趣，同时在叙写中又极其自然，更不乏供人思考的寓意，堪称独具李致特色的佳构。在《焦某"文革"轶事》中，更模仿《聊斋》手法，在语言上适当进行"白话"处理，让"幽默"升级。文中刻画出焦某既"玩世不恭"又善于玩出噱头，应付"五七"干校的支差，烘托出一个俏皮的焦某，在笑谑中对所谓的"脱胎换骨"进行嘲弄和反抗。

应该特别指出的是，李致作品中的幽默，不是相声中通过"逗、哏"挤出来的，不是相声中通过"抖包袱"抖出来的。这幽默同上述的"有意为之"大不相同：好像一个与生俱来有幽默天赋的人，纵然那一本正经的言谈举止，在别人眼里都会忍俊不禁。当

"听众""观众"都笑得前仰后合，本人却表现出"无动于衷"的淡然。这是卓别林式的幽默，生活中随处可见。这样的幽默属于"冷幽默"。冷幽默往往产生热效应。李致的幽默就属于这一类。他在行文中，不经意间"幽他一默"。这样自自然然的幽默，比之有意为之的搞笑，更出彩，更增色，更有情味。

白描与飞白的兼容：李致的散文以白描见长，但其白描更有独到之处。这就是"平淡"的飞白同传神的白描融为一体。

飞白原是书法绘画一种表现手法。在书法中系指笔画丝丝露白，润燥相生，笔迹虽断往往由沙笔相连，形成千丝万缕的联系，别有一番韵味和笔意，显现出苍劲浑朴、形神兼备的艺术效果。在绘画中的飞白，故意留下空白，使运墨有致，气韵空灵，飘逸潇洒，平添欣赏情趣。飞白艺术也应用在语言文学之中。作为文学艺术的"飞白"，可分为语音、词语、语法、逻辑、文字等类别。在描绘刻画事、物、人时应用"飞白"手法，能够起到和增加刻画、表达的修辞效果。可见飞白是书、画、文三者的艺术通衢。在论及李致作品时所指的"飞白"，则是相对于"白描"而言；其含义特指以"平淡"（飞白）方式陪衬"白描"，增强文字表达、刻画中的艺术效果。将李致散文特点之一归纳为"白描与飞白的兼容"，旨在分析强调说明李致的"白描"，自有其应用中的独到之处。李致散文看似"平淡"的地方，其实是虚实相生，排兵布阵，主次协调的手法。那"平淡"不是赘笔，更不是败笔，而是巧笔。

有了行文中的平淡（飞白），在白描时更能收到传神、传情效果。这就是白描与飞白兼容所形成的优势。试以"往事随笔"中《一朵白色花》为例：

《一朵白色花》系作者纪念大姐的回忆文章，因为整篇都"平淡"，显然经不得浅薄的眼光扫描。其实这"平淡"类似书画中的"飞白"。书画为了更见艺术效果，采用"飞白"，以虚显实，虚实相生，别有审美意蕴。书画、散文同理：在《一朵白色花》

中，若缺少了这些"平淡"为依托，难以用白描勾勒、凸显出长姐神形——面对父亲的突然自杀，在巨大悲恸中"用手去扳父亲的眼睛"。这一举动在几十年后展示出来，情景历历在目，读来让人心灵震撼。这是个强力刺激镜头，是爆发型的；继后作者又通过长姐记日记，表达对父亲遗恨悠悠的思念。这突发的与漫长的对比情景，含泪泣血地再现了父女深情，也说明作者长于白描与飞白艺术的兼容。那些"平淡"（相当于书画中的飞白）恰好给白描提供了艺术空间，否则成功的白描又从何生根？！再如在"平淡"的叙写中，作者写到童年与长姐的一段往事，那童稚天真、善良心理，通过白描也十分真切动人："……我以为是自己把姐姐气病的，十分不安。姐姐病好回家，我不敢去见她，偷偷地站在屋外的小凳子上，从窗缝里看她在做什么。姐姐发现了我，亲切地对我招手：'小五，快来吃广柑！'我立即跑到她身边，接过广柑，如释重负。"若无此前的"误会交代"，这些"平淡"的叙写，这些传神之笔，动人之处，何以表达出来？！

在《一朵白色花》中，作为"飞白"的那些"平淡"，实则在全篇起到了引渡、铺垫、烘托的不可或缺的作用。因而这篇回忆纪念长姐的文字，读来既显得亲切自然，又具有娓娓道来的从容不迫，而且其中有了起伏跌宕，把握了整篇行文的节奏，更增添了逶迤有致的韵味。

由此可见，若无这样的"平淡"作铺垫，白描如何在"飞白"中"飞"起来？这必要的"平淡"其实在全文中突出了"亮点"，达到感人至深的效果。作文也如一支交响曲，若无平实的铺排，哪来闻之令人神采飞扬的华彩乐？作文也似"看山"，若无丘陵的拱卫环绕，何来雄峙高踞的主峰，让我们看到那无限风光呢？从这里也可见作者借助书画的"飞白"手法，才使得作品中的白描，应用起来更加得手应心，娴熟圆通，也得到了充分的发挥。这，也就是飞白的疏离与凝练的白描之间的辩证统一。

同样在《我所知道的胡耀邦》中，这种白描中的"飞白"，把"直似朱丝绳，清如玉壶冰"的耀邦同志，不为小人所容的真正共产党人气度、形象，浮雕似的再现在我们面前，而且熠熠闪光。

　　胡耀邦曾是我党的总书记，党和国家的领导人，当然是大人物，但作者笔下切入的角度，不是风云跌宕的大事，而是大人物处于顺境和逆境中的小事，以小见大。这样的叙述读起来"水波不兴"，但确乎是"水清见底"。通过作者笔下的"涓涓细流"，让人看到了一个十分真实的胡耀邦。比如耀邦在"蒙难"中，因痔疮得提前起床洗浴，由于小心过度，反让脸盆"哐当"落地，惊醒了同室的同伴，遭到个别人严厉斥责，他却如小孩犯错误般地惶恐窘迫；又如作者在主持出版了《最后的岁月》一书，莫名其妙地发行受阻，只好去求耀邦同志。作者抓住一个具有鲜明特色的亮点，用极其精简利落的白描手法，凸显出耀邦同志独具性格特征的人格魔力：

　　　　我望着耀邦同志。他终于表态了！"你们可以——"同时两只手各向左右摆。但我没有明白他的意思。"自己发嘛！"他说。

　　由此想见耀邦同志当时的神态，不能不对他的"狡黠"中的智慧，面对难题的灵活处理，充满人情味的平易近人，倍感亲切和敬仰。正是有了耀邦同志示意出版社，绕过"正规"发行渠道的高招，才使《最后的岁月》以后得以内部发行。

　　作者以极其精练简洁的文字，活脱脱再现了耀邦同志的机智、风趣，同时也让人看到这位共青团总书记身上始终保持着青春气息和活力！读到这儿怎能不令人解颐一笑？也让人对被党内外一致称赞为"素有仁德之心"，一贯光明磊落的耀邦同志的敬意油然而生。

更值得注意的是，在这一篇幅颇长的文字中，同样可以让人领会到作者借助"飞白"，促使行文中的白描更有了聚焦似的表现力；同时作者有选择地跳跃到往事的几个片段中，把耀邦同志与作者之间的情谊自然灵活地衔接起来，那幽默风趣的文字，也使全篇避免了记"流水账"式的冗长与黏滞。

文章中作者还内疚地写出一段"文革"往事：在当时的政治压力下，不得不违心地贴耀邦的"大字报"以示划清界限。虽然事过几十年，作者也抓住自己不放：仍感到十分歉疚和痛心，忏悔真诚而强烈：

在大批判高潮中，我贴了一张大字报揭发胡耀邦同志"反对毛泽东思想"。这种胡乱上纲的大字报，既是我"思想混乱的表现"，也是我人品污点的暴露。我没有顶住当时的压力，想借此划清界限，保自己。我对不起耀邦同志，尽管多次自责、忏悔、都无济于事。

从这段文字看，作者是一个严于律己、严肃反思的人。在那是非混淆，人人自危，不表态划清界限，就难免会招来无妄之灾的年代，写一张"揭发"大字报，更是应付和无奈。从大字报的提法看，也是应付和敷衍，并未给对方带来实质性的危害。即便如此，几十年后重新回忆"往事"，作者仍然觉得是"人品污点的暴露"，感到"我对不起耀邦同志，尽管多次自责、忏悔、都无济于事"。由此也让人联想到巴金的《随想录》。

以上文字放在全篇，好像是一处闲笔。其实闲笔不闲！让《往事随笔》中的"往事"，在做人、作文中得到一以贯之的体现。

《学唱歌》是一则生活小插曲，但即使是这样的"小文章"，也能看到"大手笔"。

这篇文章以受到几个姐姐影响爱唱歌，而且巧妙地把唱歌纳入了"运动背景"，如在"干校"一人放牛时高唱"砍头不要紧，只要主义真"。在省文联迎春会上唱《可爱的玫瑰花》，得到省音协副秘书长金桂娟的称赞，这儿已"暗藏"着幽默的玄机。接着作者以"有自知之明"导入唱歌活动，轻松揶揄地写出偶尔参与机关组织的大合唱，"自己为自己订立的座右铭是：'张大口，声音小，头尾轻。'绝不突出个人，以免损害集体荣誉"。这些言辞足可录入"幽默段子"。继之，作者写到在联欢会上表演前的一番说辞，更是幽默得令人爆笑。并由此说到"我一度想学唱歌"，到处拜师学艺遭到的"打击"，发出感叹道，"过去各种政治运动，我常被批评为右，唯有唱歌是'左'。无可奈何，学阿Q安慰自己：呜呼！无名师教诲，只有走'自学成才'之路矣。"文字既简洁又精彩，读之令人忍俊不禁。

值得指出的是，这些活泼生动的文字，不是形容词堆砌出来的；而是以白描手法，在"飞白"中，恰到好处地"白描"出来的。因而情景才能如此栩栩地再现，才能在行文中，表现得如此风趣和潇洒。全文不过一千二百字，把各个唱歌情景写得呼之欲出，写得如此精湛简洁，实是难得。

惜墨与泼墨的融合：契诃夫曾经说过："简洁是天才的姊妹。"但简洁也并非只是字数削减，其实也涵盖了结构、叙述、描写等多个层面。单就字数而论，也是当增则增当减则减；从作品的美学原则出发，从表达的需要出发。

李致的文风历来以简洁著称，从不拖泥带水，随意放一个多余的形容词；也从不搞作秀的渲染和铺陈。不过作者也同时注意到了惜墨与泼墨；在惜墨如金的行文中，也能在必要时用墨如泼，把握"惜墨与泼墨"的分寸，因而惜墨与泼墨相辅相成，融汇为一体，取得了传情达意的艺术效果。

在文学作品中，尤其是散文，容易散漫无羁。作家冯骥才关于散文的一段话值得咀嚼。他说"散文，就是写平常生活中那些最值得写下来的东西。不使劲，不刻意，不矫情，不营造，更无须'绞尽脑汁'。散文最终只是写一点感觉、一点情境、一点滋味罢了。

当然这'一点'往往令人深切难忘。……我喜欢这样说散文：它是悟出来的。"其实"悟出来的散文"比"做"出来的散文往往更有感染力。因为更有真意和内涵，才能使散文意蕴隽永、情韵悠长、理趣沛然，耐得咀嚼。

概言之，李致的散文，笔出于心，情出于真，在表述中注重"惜墨"，在必要时不吝"泼墨"，这样也成就了他的独特文风和创作个性。且看《我淋着雨，流着泪，离开上海》一文。作者将惜墨与泼墨应用得恰到好处，也是一篇非常能打动、感染人的佳作。

文章开头以徐开垒《巴金传（续篇）》"患难中见真情"一节为楔子：用"真情"贯串全篇，由小到大，由远而近，由内而外地写出骨肉真情、深情，让人读之含泪动容。

作者从"文革"惶惑重压氛围下读小说《家》切入，读到丫鬟鸣凤跳湖自杀、瑞珏因避"血光之灾"死去，联系到当前处境而悲从中来；继之以"五七"干校夜间看坝坝电影，看到据巴金小说《团圆》改编的电影《英雄儿女》，影片却抹去了原作者巴金的名字！面对这样的荒诞无稽，从而也激起不可名状的难受；继后写到在"牛棚"中对四爸巴金的担心；写到长期不通音耗，给堂妹试探去信，在惴惴不安中好不容易盼来家书。写到最动情处，出于表达的需要，作者更是用墨如泼：详尽录出1972年10月30日与巴金通信的全文；其中隐含的压抑情绪，"欲说还休"的痛楚，读着也令人感到窒息，似乎空气也凝固了！特别是读到"妈妈逝世（指翻译家萧珊去世——笔者），你当然最难受。我本来应当立即写信安慰你。可是，我能向你说什么呢？我实在想不出。就是现在，写到这里，我的眼泪也忍不住往下流。"看到这段回忆文字，真令人不忍卒读！紧接着作者用下一段文字加以对照："1964年夏天，我第一次到上海。这是我解放后第一次看到妈妈，我开始喜欢她。记得那天晚上，大家在屋外乘凉，萧姐也在场。我向你要《收获》复刊第一期，你答应了。妈妈立刻说你'偏心'，说她向你要过几

847

次，你都没有给她。当时，我多么愉快啊！这大概就是一般人所谓的'天伦之乐'吧！然而，这样的聚会，这一生都不会再有了。"此情此景恍若隔世。不仅是强烈对比，更是抚今追昔咏叹，具有浓郁的抒情意蕴。局外人读到这封家书，也会有"家书抵万金"的感觉！这封家书有多少难言之隐，难解之痛含蕴在字里行间！

当作者写到春节一家好容易才有短暂的相聚，却放心不下四爸全家，利用几天宝贵时间秘密同妻子一起策划到上海探望四爸。前后细心的安排和防范，经历的全过程，让人感到作者仿佛又一次回到了当年的"地下斗争"状态。其间插叙到四爸早年信仰过安拉其主义，竟放在几十年后的背景下加以清算，居然成了"无产阶级专政死敌"的"弥天大罪"！接着作者写到在四爸家中目睹的狼藉黯然景象，以及亲人的木然神情，简约中更是画龙点睛：

"家里显得很冷清。造反派封闭了楼上所有的房子，全家被赶到楼下居住……九姑妈和十二嬢也不像过去那样爱说话。没有人来串门。"

通过惜墨简约的"冷处理"，通过亲人性格的变化，遥想到六年来，亲人在无情摧残中，受到了多少折磨和惊吓！即使六年后的相逢，"这次和四爸会面，也不敢深谈"。一句"不敢深谈"，其间隐含了多少"潜台词"。这样的"惜墨如金"，更胜过千言万语！这样的压抑隐忍状态下，令人自然想到南朝宋鲍照在《拟行路难》中的吟叹："心非木石岂无感，吞声踯躅不敢言。"当然，不敢言并不等于不敢想。身处逆境，作为文人，相反会想到很多，想得更透，甚至想得更横！

不过，人总是在希望中活着。作者企盼着四爸得到解脱："我深切地期望他能摆脱这样的处境，但我自己也不知道那黑暗的日子什么时候才能结束。"作者虽然是"吞声踯躅不敢言"，但最后也冲破禁锢，豁出去了：对未来作了最坏的打算。"我和四爸在二楼走道上谈话，我讲了准备要求调回成都的想法。想到可能面临的各种情况，我终于冒出一句心里话：'如果你的问题解决得不好，你可以回成都。我能用自己的劳动供养你。'"这段压抑着极端悲愤的话，使《我淋着雨，流着泪，离开上海》一文，读来不能不令人动情含泪。末尾在作者情感起伏中，又掀起了一波揪心的呼应：

"我在上海只待三天，第四天一大早就得离开。不想离开时惊动四爸，但他和九姑妈几乎和我同时起床，不凑巧，天下着雨……我实在舍不得离开四爸，但我岂敢不按时回到要我'脱胎换骨，重新做人'的'五七'干校？我只得双手提起行李，毅然离开家门，快步赶到公共汽车站。我满脸流着水，是雨水，也是泪水。"

这"相见难时别亦难"的情景，特别是其中"岂敢"二字，又容纳了多么委屈、沉重、复杂的心情！同时也是惜墨如金的高度压缩，读者心弦也不能不为之强烈震颤！文章随即生出强大张力，也让读者在泪眼蒙眬中，看到一个滂沱大雨里挣扎离去的背影……

《我淋着雨，流着泪，离开上海》约七千六百字，在"往事随笔"大多精短的篇幅中更显出相当的分量。像这样凭借泼墨与惜墨的巧妙融合，取得艺术效果的文章，在"往事随笔"中更不乏其例。如《大妈，我的母亲》，"泼墨"与"惜墨"把握有度，母亲的舐犊情深，儿子的娱亲之孝，不仅表现得生动有趣，也让读者心中漾起陶陶之波。

这儿不妨录两段妙趣横生跃然纸上的文字：

我那一段时间处在男娃娃最调皮的阶段，不听话，惹人讨厌，被称为"五横牛"，大妈耐心教育我，我每天晚上"悔过"，第二天又依然故我。胖舅舅挖苦说："我都听厌了。"有一次调皮过分（什么事我忘了），引起公愤，大姐和她的好友萧姐、二姐、三姐总动员：两个按我的手，两个按我的脚，让大妈打我的屁股。我大哭大闹，用当时的流行语言骂："哪个再打我挨炸弹！"当然，到了晚上我又向大妈"忏悔"。

（因为大妈耳聋）我一去，总是先在纸上给大妈写："你好不好？我这几天很忙。李斧来看过你没有？"大妈对我简单的谈话很不满意。有一次，她对我说："你最好刻一个图章。"我不理解大妈的意思，申明我已有图章。她说："你每次来，只有这几句话，不如刻一个图章，来了一盖就行，省得每次都写。"我这才知道大妈在"挖苦"我。大妈还经常告诫我，要多去看她，否则将来她"没"了，我要后悔。又有一次，我听说大妈病了，淋着大雨去看她，她很高兴。我为了"报复"，写了四句话："大雨探母亲，其心何虔诚，还说儿不好，打起灯笼找"，大妈看见纸条，哈哈大笑。

此外，出于工作关系，作者在组稿、约稿中接触到的老作家，如茅盾、叶圣陶、曹禺、李健吾、艾芜、沙汀，新中国成立后成长的刘绍棠，以及接触到的一些川剧艺人、外国人士等等，经作者用一支富于特色的笔，以朴实自然中的幽默，白描与飞白的兼容，惜墨与泼墨的融合，也让人感知领悟到那些作家、艺术家们的风范、品德，更同籍籍乎名利之徒尔虞我诈，互相倾轧，目无尘下形成鲜明对照。

在"往事随笔"中，佳作迭出，有不少写得感情真挚，简洁生动，传神传情之作，叵耐笔者水平有限，难免走眼遗珠，挂一漏万。但统括论述，值得强调的是：李致的创作特色，是一种整合，三者呈现，无法形而上地加以分割，这倒是赏读中值得加以注意的。平心而论，"往事随笔"亦有待精练之处。虽白璧微瑕，但瑕不掩瑜，也许是笔者的过分挑剔吧。

2015年4月24日完稿

2015年7月16日修改

遥远的记忆　永恒的信念

——读李致"往事随笔"中的少儿篇

◎ 李临雅[①]

李致先生八十万字的三卷本"往事随笔"中，有一组写他童年和少年时代的文章，可以说是他作品中的奇葩。那些文章以温馨的记忆，以一个小孩的眼光、观察和感受将距今七八十年前——二十世纪三四十年代成都市井生活的场景和他在自己独特的家庭条件下的成长故事，生动、鲜活地呈现在读者面前，有很强的文学性，且在一定程度上具有史料价值。

在"往事随笔"的总序中，李致先生说："我喜欢真诚、朴实、动情、幽默的散文。"而他自己正是按这样的标准在写散文，具体到这一组文章，有情有趣的文字俯拾皆是，读起来饶有兴味。

从那些篇目中，读者知道了当时成都的好些街道都是集中卖一种商品的，比如华兴街主要卖帽子，半边桥是卖鞋的，而科甲巷则是专门卖儿童玩具的。小孩子玩的游戏有放风筝、吹玉兰花瓣、戴戏脸壳、演灯影儿戏、放鞭炮，小男孩则喜欢用木头做的，涂着银粉的关刀、宝剑……那时候，成都有很多乌鸦，早上黑压压地从天

空飞过，小学生们一起有节奏地欢呼："乌鸦，乌鸦，上学！"黄昏时看到乌鸦从另一个方向飞回来，又一起欢呼"乌鸦，乌鸦，放学！"打死了苍蝇，引来了蚂蚁，孩子们会高兴地唱："蚂蚁儿、蚂蚁儿来来，大哥不来小哥来，吹吹打打一路来。"另外还有过年的习俗、亲戚朋友交往的礼仪等等。

在《外婆家的花园》里，读者看到了玉兰花树、绿萼梅树、紫荆花树、椿芽树、枇杷树、芭蕉树、柚子树各自不同的形态，闻到了牡丹花、兰花的香味，听到了蟋蟀、"叫咕咕"的声音……完整地保存在作者记忆深处的那个昔日的花园在字里行间栩栩如生地复活了。在《冬娃儿》中，和童年伙伴一起放风筝、吃零食、报复不许演抗战街头剧《放下你的鞭子》的校长……有些情节，让人想起鲁迅先生的《闰土》……

可以说"少儿篇"中的每一篇文章都以翔实的记忆，入微的细节，率真的感情让读者心动。比如在《过年》中，路边一个穿着破旧、表情痛苦的老头儿，面前有个四五岁的孩子"蹲在地上用一片小瓦片画着泥玩，背上插着打有圈的谷草"，根本不知道自己就要被卖掉。作者如果没有当初的仔细观察，不会记得这么一个细节。而这个细节，把一个天真无邪，不懂事的孩子的情态活灵活现地表现了出来。别人送给李致的小狗丢失了，他晚上睡不着，想到小狗"有人喂它吃的吗？今晚它睡在哪里？明天会不会回来？我的头转来转去，泪水把枕头打湿一大片……"一个失去心爱之物的孩子的痛苦状就在眼前。

李致先生小时候是很淘气的，家里人都叫他"五横牛"（四川话中的"横"即特别顽皮、倔强），马老（马识途）曾经形容李致先生当年是"一个活泼跳跃，手舞足蹈，颇有点孙大圣天不怕地不怕，心直口快，勇猛向前的少年"。这样一个顽皮的少年郎，同时又感情丰富，内心感受力很强。在他那些文章中，常常有一些朴实真挚的儿童心理的描写，有的让人忍俊不禁，有的让人流泪。

他小时候鼻梁有些右倾，外婆怕他长大娶不到媳妇，经常给他往左扳。有一次，一个同学不当心把他的鼻子打出了血，他正想还击，"但一下意识到他打我鼻梁的方向和外婆扳的方向一致气马上就消了"。四伯妈答应送他一只小狗，很快兑了现，"我向四伯妈鞠躬致谢，心里特别敬佩她。有些大人常常开空头支票哄娃娃，说了不算。四伯妈说话算话，她瘦小的个子，在我眼里高大起来"。小狗丢失了，"我再没有去四伯妈家，我觉得对不起她"。

李老的孩童岁月，尽管世事艰难，家事多忧，但一家人在艰难困苦中相濡以沫，在充盈着深沉浓郁厚重的亲情的环境和氛围中，他得以保持了率真的天性和童心。那种浸润也使他成为崇尚正义、善良和富有同情心的人。

他才一岁多时，父亲就去世了，母亲和四个姐姐对他的爱可想而知，母亲说："我像手上捏了一只麻雀。捏紧了怕捏死，捏松了又怕飞掉。"然而，他在备受呵护的同时又被严格要求。过生日，他想在家玩儿一天，母亲早上给他煮蛋吃，但坚持要他去上学。白天犯了错误，晚上又向母亲"悔过"。母亲孜孜不倦地教育他，"宁可人负我，不可我负人。""生活苦没有关系，只要上进……"而他对母亲也爱得深沉，在路边看到有小孩子被卖，就会想到"万一我像他一样被卖掉，我绝对舍不得离开妈妈和几个姐姐。想到这里，我差一点哭了。"读童话故事，乌鸦妈妈死了，乌鸦的孩子们围着她痛哭，他说："我非常爱自己的妈妈，因此也最怕看见别人的妈妈死去。每当看到这里，我心里很难受……赶快把书合上，好像这样做，乌鸦妈妈就不会死去。"有一次，母亲胃病发作，痛得从床上滚到床下，舅妈叫他跪在观音菩萨像前不断地念"南无阿弥陀佛"，李致先生说："我这个一向坐不下来的娃娃，竟在观音菩萨像前跪了很长的时间。"（《大妈，我的母亲》）所幸母亲看到了儿女们长大成人，孙辈绕膝，八十一岁高寿去世。那时李致先生已经年过半百，他想写一篇纪念文章，但只写了一句

"我已经没有母亲，只有在梦里寻觅"便再也写不下去了。直至十四年之后，才提笔写出了一万六千多字的怀念文章。在和李致先生的交谈中，曾经多次听到年近九十的他说起"我母亲""我大妈"，那种一往情深的口吻和情态很让人感慨。读了他写母亲、写童年的文章，更加理解他的心情。

在《书，戏和故事》中他写道，姐姐给他讲了一个爱国的波兰少年的故事，他说："波兰少年的爱国行为打动了我的心。他让我知道除了妈妈、姐姐和朋友，还有同胞和祖国。"

在《捐寒衣》一文中，学校的先生们对小学生进行爱国教育，给他们讲鸦片战争，讲丧权辱国的不平等条约，教他们唱"要想不做亡国奴，奋起莫迟延！"抗日战争爆发后，学校发起给前方战士募集寒衣的活动，孩子们在"秋风起，秋风凉，民族战士上战场……打胜仗，打胜仗，收复失地保家乡！"的歌声中把自己的零用钱丢进募捐的瓦罐，"凭着孩子最诚挚的感情，把自己整个的心都丢进去了"。小学生李致当时每天的零用钱只有一个铜圆（即两百钱），平日里他基本上都用来"打镖"（一种投镖打字的游戏）了，"但自从捐寒衣开始，我决定不再'打镖'。早上上学路过小摊，昂着头就走过去，甚至都不朝旁边看一下。有的商贩问：'怎么不打镖了？'我理直气壮地回答：'要捐寒衣！'同时，用手把口袋里的铜圆紧紧握住，生怕被人抢去"。有一天中午母亲不能来给他送饭，就多给了他一个铜圆，让他自己买东西吃。但是捐钱的时候，他把两个铜圆都捐了，虽然饿得难受，但心里很高兴。日本飞机轰炸成都后，他亲眼看到过废墟中烧焦的尸体，更增加了对侵略者的仇恨。有一年他过生日，姑妈送他一个透明石头做的骆驼，他误以为日货，立刻把它摔碎！

有一次，李致和他的伙伴冬娃儿看到一个给不起饭钱的人跪在地上，头上顶了一根长板凳受罚，他觉得很难受，回家告诉了一贯乐于行善的"胖舅舅"，舅舅去给了钱，那个人得以取下板凳站起来。过年的时候，他听见门外卖唱的小姑娘的声音，"……像绳子似的牵动着我的心。我突然跑出去，把准备买火花儿的两个大铜圆塞到小女孩手里"。（《过年》）

耳濡目染、潜移默化，很多东西就这样点点滴滴地渗透进了一个孩子的心田。

给予李致先生以重大影响的还有他的四爸巴金老人。他说："我们家有一个传统：父亲在，他管全家；父亲去世，三爸管全家；三爸去世，四爸管全家。""从我上中学起，四爸就供给我学费。""四爸是一个十分珍惜感情和友谊的人，尽管他坚决反对封建社会和旧礼教，但他仇恨的是吃人的社会，而不是否认父母的慈爱和手足的情谊。"1942年，巴金从上海回成都，很多青年学生拿着"纪念册"请他题词，十二岁的李致也自己做了个"纪念册"请四爸给他题词。巴老用毛笔给他写了四句话：读书的时候用功读书，玩耍的时候放心玩耍，说话要说真话，做人得做好人。（《永远不能忘记的四句话》）李致先生说："我小时候对这四句话理解不深，最拥护的是'玩耍的时候放心玩耍'，因为我外婆要我'有空就读书'。随着年龄的增长才加深理解，这四句话影响了我一生，我还用它来教育子女和孙子辈。"（《我心中的巴金》）巴金的思想、著作以及举止言谈、人格魅力，给予李致的巨大影响一直和他的生命相伴。

李致先生说："我是受五四新文学影响，踏上人生旅途的。""是从上初中时开始读课外书籍的，先是读文艺书，后来扩大到社会科学书。"他一直记得国文教员杨邦杰先生，"有新思想，愿意和学生接近。我常到他寝室去玩。有一天，他从书架上取出一本《新青年》的合订本，从头到尾给我读了鲁迅的《狂人日记》。我坐着安静地听，生怕漏掉一个字，但心里却像点燃了火，激动得发抖。……从此，我苛求进步书籍"。从此，自觉地读书，成了一个少年郎生活的重要内容。他读鲁迅、巴金、曹禺、艾

855

青……自己也拿起了笔，开始学习写作。

人到老年，回顾过去，能记住的一定是印象深刻难以忘怀的事情，而正是从这些事情中，能够清晰地看到一个人从小所受的教育、影响和熏陶在他的心灵成长过程中的作用。民间有说法"三岁看大，七岁看老"，从心理学的角度则认为，童年和少年时代的经历是心灵发展的起点。这些经历会随着时间的流逝渐渐淡化，但不会消失，会隐藏到人的潜意识里，并慢慢渗透到性格之中，内化为人生的重要组成部分，融入血液和他一起成长，根深蒂固地刻在生命的底盘上，会影响他以后的人生道路，基本上一生都不会改变。李致先生说："读中学时我开始接受进步思想，不满国民党的黑暗统治，1945年参加了地下党领导的学生组织破晓社。反对国民党的独裁专制，向往一个'光明世界'，没有剥削和压迫，所有的人亲如一家。"那时候他才十四岁。他们六个发起人，创作了"破晓社社歌"："打从'一二·一'走向自由的日子，打从专制的魔窟到民主，誓和法西斯斗争到底，战斗一刻不停歇。……我们从梦想走向实践，又在实践中学习……"1946年，他加入了中国共产党，一辈子都在为自己的信念而努力奋斗。

从《坚持信念》这篇介绍破晓社的文章中我们看到，在当时的社会环境下，那一代天真纯洁和富有激情的热血青年面对黑暗的社会现实，无所畏惧地投身革命，是他们对于自己人生道路自觉、主动的选择。正如著名人文学者钱理群先生在评价他的家族中的几个老共产党员时所说的那样："他们是在国民党统治之下，做出独立的选择，找到了自己的理想之路的，这在当时意味着：要面对国民党政府的残酷镇压，时刻冒着生命的危险，同时也不能获得社会大多数人的理解……"应该说，这一代人追求社会进步、参加革命与他们从小所接受的观念，对真善美和理想社会的追求是一脉相承的。属于人性层面中的好的东西，在任何时代、任何思想体系中都是一致地被肯定和崇尚的，所以，从不谙世事的孩子"捐寒衣"

到有志青年参加革命是顺理成章的事情。而且，信念一旦确立，便成永恒。始终信念坚定，不忘初心。在那些"以阶级斗争为纲"，政治运动不断的岁月里，部分破晓社的成员曾经被打成"胡风分子"、右派，"文革"中，被审查、批斗，蹲"牛棚"……然而，"经历半个多世纪的考验，破晓社的成员没有一个叛徒，没有一个帮派分子，没有一个贪污腐败"。一代有理想，有信念的人的思想品质和人格力量可见一斑。

破晓社成立六十周年时，当年的地下党负责人马识途为他们题写了一副对联："风雨如晦盼天明，鸡鸣不已迎破晓。"马老希望这批人要保持"两头真"，"前头的'真'，是我们早期的理想和信念；后头的'真'是回到人的本性和天真，继续追求民主、自由、平等的人类共同理想。中间一段，被泼脏水，被搞糊涂了。直到近二十年（特别是近十年），才逐渐清醒。做到后一个'真'，才是保持晚节。"这可以说是一代人的共同经历和心路历程。所谓"两头真"也就是将自己当初所信奉和接受的正确的东西理直气壮地发扬光大。李致先生八十大寿时，曾任四川省文联党组书记的戏剧家朱炳宣为他写了一首诗："难得两头真，一生不整人，敢于说真话，八旬仍年轻……"当有人说李致先生历次政治运动都"右倾"时，他开玩笑说，不，我唱歌是"左"的。这所谓的"右"，是不是恰恰说明了他对当时"左"的做法有本能的反抗。说明了他一以贯之地坚持了自己的信念和人生态度。1955年，肃清"胡风反革命集团"运动时，李致被隔离审查达半年之久，审查结束后，还认为他"受胡风反动思想的影响严重"。李致说，要说影响，我受鲁迅的影响最深。"文革"时，他被关押了十一个月，他以"检查自己的文艺思想为理由"要求学习《鲁迅全集》，得以"天天读"鲁迅的书，感到莫大的幸福。一个曾经被认为很"横"的小男生，将他的"横"发挥成了一种执着，一种坚守，坚守了"有骨气""说真话"的做人原则。这种坚守和执着，经历了岁月的考验和人生的磨砺，没有盲目，不再单纯，有的是深思熟虑和经得起检验的底气……

回望一个人渐行渐远的"少儿时代"，必然会有感慨和思考。读李致先生的"少儿篇"，从一个人的经历触摸到受传统文化教育和"五四"以来新思想熏陶、国难催生的一代革命者的人生脉络，收获可谓不小。

很巧的是，李致先生几十年的职业生涯中有相当一段时间从事的工作与少年儿童有关，他自己也是童心不泯，学习不止。年近七十时学会了用电脑写作，七十六岁时，还以他家的小狗多多的口吻写了六千字的《多多的日记》。他在写这篇文章时，会不会想起当年他为之哭泣过的那只名叫小花的小狗呢？

2017年9月1日至14日

一位老共青团员的精神自传

——祝贺李致三卷本"往事随笔"出版

◎ 廖全京[①]

最近，天地出版社将作家李致先生自20世纪90年代至今散见于各文集、报刊上的诸篇随笔汇集起来，编成"往事随笔"（包括《四爸巴金》《铭记在心》《昔日足迹》共三卷）出版。这是一件值得祝贺的事。这三本书，不仅对于李致本人，对于四川乃至中国的文学界，都有不可小觑的意义。

我把这部《往事随笔》视为李致这位受"五四"新文化运动影响而踏上人生旅途的老共青团员的精神自传。

三本书中的压卷之作，被郑重而自豪地题名为《团徽在我胸前闪光》。李致将这篇短文放在这个位置上，实在是有深意存焉。

从20世纪40年代中期开始，李致就将自己的生命交付给了进步学生运动，继而成为地下党员。接着先后进入共青团成都市工委、共青团重庆市委、共青团四川省委、共青团中央……这是一位真正的、真诚的、真切的老共青团员。

在中国，这样的老共青团员实在不多了。

---

① 廖全京：评论家。曾任四川省戏剧家协会主席。

从小接受抗日战争的洗礼，经历过内战，经历过"文化大革命"，又经历了前期的改革开放，回过头来，认真地逐一检点了几十年里的风风雨雨，坎坎坷坷，特别是对自己过去的足迹认真地、反复地进行了反思（不仅仅是一般的思索），李致将回忆和反思的结果，留在了这三卷"往事随笔"里。这不是简单的对过从交往的记叙，这是一页一页鲜活的精神历史，一个普通的、有尊严的灵魂，在其间有力地搏动。

《四爸巴金》里，有这个鲜活的灵魂的精神支撑和性格、情感的源头。巴金远走了，李致的许多亲人都远走了，但四爸巴金及巴金的亲人们给李致留下了一笔丰富的精神遗产。其中，巴金留给李致的四句话成为他的座右铭："读书的时候用功读书，玩耍的时候放心玩耍，说话要说真话，做人得做好人。"他在顺境中牢记四爸的这四句话，在逆境中不忘四爸的这四句话。可以说，过去的几十年里，这四句话是他对人尤其是对己的尺度，是他一生的奋斗目标。《四爸巴金》不仅准确地描述了巴金的精神世界，独到地进入了巴金的心灵深处，为后人留下了关于巴金的宝贵资料，更为自己同时为广大读者竖起了一个关于清洁的精神的思想标杆。从中，我们见到了一个有涵养的老共青团员的精神起点和文化底蕴。

《铭记在心》里，有对这个鲜活的灵魂产生过强烈、深刻的影响的榜样的力量。李致善于学习，不仅向书本学习，向实践学习，还注重向身边的好人学习。从胡耀邦、贺龙、朱德、邓小平、杨尚昆、张爱萍等到马识途、贾唯英、洪德铭、曹禺、沙汀、艾芜、冯至、李健吾、叶圣陶、刘绍棠等，李致在这本《铭记在心》中满怀激情地记下了与上述领导、同辈、朋友、同行的真挚交往，特别是从这些人身上受到的教育，得到的启示。这既是对自己的精神成长过程进行回顾和反思，又是对上述优秀人物的精神面貌和人格魅力的生动记叙和由衷赞叹。这是李致精神自传不可或缺的一部分。

《昔日足迹》里，浸透了这个鲜活灵魂在滚滚红尘中耐人寻味的生动经历和深沉慨叹。对李致来说，这红尘是名副其实的革命红尘。翻阅此卷，最打动人的是关于参加地下斗争和经历"文化大革命"这两部分。破晓社和它的成员们的思想言行，仿佛离我们很远，其实离我们很近；李致喜欢朗诵的那首题名为《入党表》的诗，今天的年轻人也许很难理解，但在当时，那是由衷的激情，那是真诚的信念，没有一丝一毫的矫情。自己曾经为之披肝沥胆，为之不惜抛头颅、洒热血的事业和组织，忽然不承认自己是其中的一员；不仅不被承认，还被视为"走资派""小爬虫""牛鬼蛇神"，被批斗、被关押——在自己参与解放的自由的土地上失去自由，这是一种怎样的历史嘲弄！当事人的那种痛苦，为旁人所无法体会。这是为什么？李致在当时和事后一直在寻求回答。答案也许一时还无法得出或说不清楚。但是，"保持'两头真'"，李致和破晓社的成员们的这一信念，已经足以告慰那些牺牲在前面的老共青团员了。整个《昔日足迹》，就是一部坚持理想和信念，回到人的本性和天真的真实、生动的精神记录。

三本书，就这样前后照应、一以贯之地构成了一部作者的精神自传。

"我要更加努力学习和锻炼，永远保持青年的热情和勇敢"，这是共青团员李致年满二十五岁时写下的诗句中的两行。六十年之后，老共青团员李致以三卷本《往事随笔》实现了自己的诺言。

衷心祝愿老共青团员李致永远保持青年的热情和勇敢！

2014年10月21日

随笔并不随意

——读"往事随笔"有感

◎ 字 心[①]

　　李致是我的领导，离休后又是能在一起说说心里话的朋友。他的"往事随笔"，断断续续读过不少。近期天地出版社集中推出，多至三卷，我又温故而知新，套句老话，感慨良多。浓而缩之，也就是两句：往事并不如烟，随笔并不随意。

　　李致的如烟往事，也是摸得着抓得住的。用一根线串起来，即使不甚衔接，亦可看出就是他的自述历史。应该说，他是得天独厚的。在民族危难、社会动荡还不知多少愁滋味的少年时期，他就接触了一些先知先觉先行的志士仁人，得以投身到争民主、争自由的洪流。随着解放战争的胜利，中共地下党和人民解放军在成都会师之后几天，他在一次大会上担任"司仪"，正要喊出欢迎首长讲话时，"站在不远的大首长"贺龙却对他连连摆手，笑言没有什么"手掌、脚掌"，告诉他"只能称呼同志"，并讲了一番道理，使他进一步认识到共产党领导人民求解放，更为重要的任务，是解放旧的规章、旧的思想的束缚，只有这样才能建立民主、自由、平等

　　① 字心：杨字心。作家，编审，曾任四川文艺出版社总编辑。

李致文存·我的人生（下）

的新社会。

这次的不期而遇，加深了他在学生运动中对争取民主、自由的理解。这段短促然而美好的记忆，深深地植根在李致心头。几年之后的肃清"胡风反革命集团"运动，他遭受委屈，隔离审查达半年之久。这段记忆激励着他，提示着他，使他在痛苦的迷惑中，未能松懈自己，继续走自己认定的路。他一直在共青团工作，调到团中央之后，时为团中央书记胡耀邦的民主作风和光明磊落，在行事与为人上给了他很多启示。早年四爸巴金回到成都，目睹十二三岁的他，顶着一个"五横牛"的诨名，顽皮得太有水平，不惜笔墨写给四句话："读书的时候用心读书，玩耍的时候放心玩耍，说话要说真话，做人得做好人。"这时回想起来，心里更觉明白，什么是好人，好人的标准是什么，他思索过，描摹过，其实在胡耀邦和贺总身上都可看到答案。

这样的答案就是李致的价值观，在随后的"十年动乱"中，他的价值观经受了严酷的检验。

一场革"文化之命"的运动到来了，李致首当其冲。他和胡耀邦等人一同被关进"牛棚"，经历了人世的险恶，看够了人性的扭曲，其累积的素材，可以绰绰有余地编写一部20世纪的"三言二拍"。

在"牛棚"里除了交代自己的"罪恶"，还要不断接待来外调的人员，奉命揭发别人的"罪行"。李致说不来假话，常常无可奉告。这就加重了他的"罪行"，被看管的人视做顽固不化，给了他很多"特别待遇"。什么苦和累他都挺下来了。在离家几个月之后，"牛棚"开恩放假一宿，包括棚里顶级"走资派"胡耀邦，谁都可以回家，对他却是"不准"，只能"留下"——唯独这次的"惩罚"，令他黯然神伤。

后来才知道，一次拍打蚊虫时，无意间说了一句"母蚊子就是吸人血"，一个要置李致于死地而后快的女士居然认定是有意影射她，于是采取了这个报复措施。

这样的"不准"和"留下"，他经受的不止一次。但折磨也是锻炼，他在锻炼里学会了抗争和坚持。

批判他的人，手不离"语录"，批判的武器都来自伟大领袖的著作。但领袖是大家的，他就是"以子之盾，抗子之矛"——活学活用"不为敌之气势汹汹所吓倒，不为尚能忍耐的困难所沮丧"，决意耐心地打一场"黑暗即将过去，曙光即在前头"的持久战。

坚持也来自鲁迅的著作，"牛棚"的管制人员可谓百密一疏，竟然答应李致读鲁迅著作的要求，他在昏暗的"牛棚"里再次通读了《鲁迅全集》，从中吸取了力量，也吸取了抗争的智慧。

支撑他的还有来自小屋的灯光，每当黄昏来临，他都找机会凝望百米外的小屋，那是他和妻子的卧室。小屋的灯光亮了，无言的灯光就会告诉他：妻子平安地回到家了，一对儿女有依靠了。灯光温暖着他的梦，也编织着他的梦，一觉醒来，也许就是曙光迎来的朝阳。

在"牛棚"里，李致想自己少，想亲人多，尤其惦记远在上海的四爸巴金。从公开的报纸上，他已然知悉四爸的处境很不好，日胜一日的黑云压顶，风雨如磐，老人究竟怎么样了。他惊心如焚，好容易出了"牛棚"，到了"五七"干校之后，仍然没有探亲和在通信里讲真话的自由。终于有了春节返回北京的机会，和妻子商量后，缩短了相聚的时间，提前五天悄悄去了上海。虽然设想了暴露后如何应对的方案，与四爸相晤还是提心吊胆，直到告别也是心神不定，却也只得在那个风雨如晦的日子，淋着雨，流着泪，难离难舍地离开了上海。

一路上他老是想着给四爸的许诺：先学会了蹬三轮，在"五七"干校又学会了农活，日后四爸有个短长，他可以用自己劳动供养老人家。皇天在上，他能如愿以偿吗？张眼一望，前路茫茫，还是风雨如晦如磐……

这就是李致的"文革"。他向往和追求的民主、自由以及祥和幸福，统统糟蹋得不成样子了。

我与李致相识并共事，是在"文革"后期，他在四川人民出版社分管文学编室。其时，上海警钟长鸣，文艺方面的主要任务就是反映"走资派还在走"。李致牢记他离开团中央时胡耀邦的嘱咐：在路线斗争中不要盲目吹喇叭抬轿子。我们社组织了一个短篇小说集。讨论书稿时，李致很认真很慎重，光路线就议论了好几天。集子里的每篇作品都有路线，有人就提出毛主席革命路线是不是总路线，又有人提出还有毛主席教育革命路线、文艺革命路线、卫生革命路线等等路线，不一而足，那么这些路线是不是分路线。谁也想不明白，说不明白，绕来绕去，这个题名《号角》的集子，终于沉没在出版社里。

也有不绕的，在批判"右倾翻案风"的巅峰期间，驻川南的某军送来一本反映红军四渡赤水的小说集子，里边的英雄人物，只要姚文元等的棍子一张眼，便可判定是"走资派还在走"。但李致了解情况后接受了，他有地下工作的经验——"长期隐蔽，等待时机"。书稿在编辑部躺了不到半年，"四人帮"一垮台，立即修改推出，首印五十万册，仍然供不应求，这大抵是新时期投向市场的第一本短篇小说集。

此时，身为四川人民出版社总编辑的李致，想到当年耀邦在团中央一次会议上提出版刊物要扔"大石头"的讲话，他与有关同事研究后，便在解除"三化"（地方化、群众化、通俗化）的束缚上下功夫，终于争取到上层同意，实行了"立足本省，面向全国"的出版方针。在具体操作上，坚守"君子爱财，取之有道"，将社会效益放在首位，经营上该赚的赚，该赔的赔，统一核算，以赢补亏，既出了好书，积累了文化，出版社也在发展中壮大了自己，四川人民出版社走上空前的繁荣，创下了长达十年的黄金岁月。其经历与经验，在时至今日的深化改革中亦非过眼云烟，值得作一些剖析和借鉴。

其后李致去了中共四川省委宣传部，在其分管的领域，他主抓川剧的振兴，也抛出一个"大石头"，这就是认真执行"抢救、继承、改革、发展"的八字方针——从而调动了老艺人的积极性，加快了新秀的培养，尤其是狠抓了作者和剧本，古曲新声，百花齐放，走出了夔门，也走出了国门，获得中外赞誉，为民族传统文化扩展了一片新天地。

李致在其笔端记述的如烟往事，之所以并不如烟，就因为他的随笔并不随意。他不无病呻吟，故弄玄虚，而是有实而发，有感而发，所以他的感受不是扁平的，而是来自他的心田、他的经历，来自他的认知和价值观，所以独具李致的特色，这就是他的本色。

他这三卷里有不少缅怀亲友的篇幅，字里行间也可看到李致的本色。无论旧友新朋，他都饱含深情，记挂和念想溢于言表，十分让人感奋，呈现出至为可贵的人文情怀。

我常想巴金给李致的"四句话"，其实极具普适性，可以放之四海。李致守住这"四句话"，影响了他一生。这就是他人生的起跑线，倘若沿着这条线去解读他的"往事随笔"，一定会读出书卷以外的一些意蕴。

2014年10月29日

"往事随笔"的心灵启示

——李致"往事随笔"的一种解读

◎ 向　荣^①

　　"往事随笔"是李致先生在视力日渐衰减的状态下，积二十多年之功倾力写成的随笔体回忆录，包括《四爸巴金》《铭记在心》和《昔日足迹》三卷本。全书七十多万字，时间跨度长达半个多世纪，从民国到"文革"直至当下；纵横空间也有万里之遥，从成都到北京、从东方到西方，恢宏壮阔的时空背景和跌宕起伏的人生经历建构着文本深厚的人文内涵，有着非凡的历史意义。此外，从进步学生到革命青年、从忠诚率直的共青团干部到稳健进取的文化官员、从巴金的侄子到勤奋的作家——李致先生多重的社会身份和丰富的生活实践，不仅使他的个人叙事与社会的历史变迁有机地融为一体，并同他那一代革命者的历史命运血肉相连，从而也使全书获得了典型意义，成为一代革命知识分子坚持理想、不断奋斗的心灵史和成长史。可以说，"往事随笔"以从容淡定的个人书写和真诚质朴的叙事风格，抵达了反思历史的思想深度，彰显了道德人格的精神高度，平实而有力、简约且深刻，是一部有亲和力和感召力、

　　① 　向荣：四川省社科院文学研究所教授、研究员。

融思想和情感为一体的散文力作。

一

新世纪以来，历史书写进入公共视域，获得了全社会的重大关切。历史书写事关社会进步和民族发展，以史为镜可以知兴替明得失，以史为鉴才能拥有伟大的未来。但是，历史书写如果只有教科书式的高头讲章或宏大叙事，历史的丰富性和社会的复杂性将会失之简单，许多真实生动的历史细节和人性变化也会被忽略和遗忘。因其如此，历史的亲历者以个人化方式讲述与之相关的历史事件，呈现历史经验，再现历史情境，既能弥补正史的缺失，亦能还原历史的细节，使消失在时间深处的历史事件和人物回到当下，获得一种在场性的历史感。李致先生曲折丰富的人生经历使他自觉地选择了个人化的历史书写。但他的著述又不只是作为亲历者的个人叙事。更重要的是，他已将个人化的历史书写，作为一种抵抗遗忘的历史使命和还原真实的责任担当。这种历史使命的深刻含义在于：个人化的历史书写不仅要尊重史实，而且要对民族的未来担负责任。所以，"于人于己于事，务求真实，不对事实做任何加工"，便成为李致先生书写历史、追忆往事恪守的基本原则，并认真践行到每篇文章的写作之中，从而在总体上形成一种秉笔直书、言简意赅的质朴文风。在此基础上，李致的往事回忆和历史书写更关注的是人在历史风云中沉浮起落的个体命运，以及人在直面艰难命运时的心灵颤动和人格力量，做到以事写人、以史明志，把历史叙事和道德叙事有机地糅为一体。《我的引路人》和《大姐，我叫了你半个世纪》以一种沉郁悲悯、内敛蕴藉的崇敬情怀讲述了两个女人的革命生涯。一个是他的入党介绍人、一个是破晓社的战友。她们在新中国成立前怀抱理想投身革命，为共和国的成立和建设做出了卓著贡献。却在1957年因为讲了真话、提了意见而蒙受冤屈、打成右派撤了职务。但长达几十年的沉重苦难并没有摧垮她们的革命意志和人生信念，她们不改初衷、坚强地生活，终于等到了改正的那天。后来当她们罹患重病、生命垂危之际，她们仍然保持着不向命运屈服的达观精神和人生信念，令人扼腕而生敬意。而在《往事随笔》一书中，像她们一样直面人生且坚强高尚、历经沧桑又矢志不移的革命者和文艺家，还有洪德铭、杨伯恺、王竹、戴云、刘绍棠、龙实等人，可以说多不胜举。面对他们坎坷的人生命运和崇高的人格境界，李致不无沉重地写道："他们留下很多东西，最重要的是留下了这代人的思想品质和人格力量。"而作为见证人的作者，他的历史记忆和真诚记述也使一代高尚者的形象从此活跃在珍贵的文字中，成为后来者永远的记忆。

在《往事随笔》中，李致先生对"文革"往事的叙述和反思深刻而独到，尤其是对那个动荡年代历史情境的再现和恐惧心理的描述，达到了令人震动的思想深度，成为全书最具特色的亮点之一。"文革"时期极左专制肆虐下的恐惧氛围笼罩中国，波及人身安全、政治前途、个人和家庭的生存发展，还有社群关系的隔绝等现实生活的方方面面。李致当时为团中央《辅导员》杂志的总编辑，与众多领导干部一样经历了被批斗、关"牛棚"然后下放"五七"干校劳动改造的时代悲剧。在此过程中，人生的苦难悲剧导致了个体心灵的巨大创伤，形成了一种难以摆脱的恐惧心理。1969年春节李致被准许回家过节，春节那天他竟自觉地按照干校规定，在家里面朝领袖画像虔诚地早请示晚汇报，并向儿女老老实实地交代自己莫须有的"罪行"。《特殊的纪念日》讲述了被两次抄家后，作者那种近乎自虐的惊恐焦虑。每年一到两次抄家的"纪念日"，他便搜遍家中角落，烧毁所有家信。他不但烧毁母亲多年来寄回的家信（只因其中蕴含有无尽的慈母之情）；还私下烧掉了自己给女儿写的百多封家信，尽管他明白信中并无授人与柄的政治内容。受伤的女儿自然难以理解父亲的"疯狂行为"，却只能以恸哭不已表达自己的悲伤。《我淋着雨，流着泪，离开上海》描述"文革"后期，李致冒着政治风险悄悄去上海看望巴金的经历。其中一个细节是他们叔侄俩在家中有两个晚上同睡一床，却因恐惧而不敢促膝深谈。即便是转达他人对巴老的关切和慰候，李致也不敢说出真实姓名。最终只能淋着雨、含泪离开巴金。

上述那些令人触目心惊的历史细节，真实深刻地反映了"文革"年代极左路线猖獗肆虐的恐怖情景，从施虐到自虐、从肉身到灵魂、从强加的罪名到自觉的原罪，历史的灾难造成了民族心灵的极度扭曲。李致的小叙事于此彰显出他对大历史的深度反思和犀利批判，从中渗透着对法治建设和民主政治的深切期盼。巴金生前在《随想录》中提出建立"文革博物馆"，要让子孙后代牢记历史教训，不让悲剧重演。现在，李致的《往事随笔》已用文字的砖头和话语的钢筋为"博物馆"砌成了一道通向"文革"悲剧的镜像式大门。

二

与恐惧心理一脉相连的还有李致在书中对恐惧心理的深刻反思和自我剖析。在多篇写人记事的文章中，当其主人公在各类运动中罹难蒙冤时，作者真实地坦陈了自己作为战友、同事或朋友，在当时的怯懦行为和自保心态，并在严于剖析、自我反省的基础上多次表达深切的忏悔和真心的自责。《大姐，我叫了你半个世纪》一文中，时任团省委副书记的贺大姐，因向领导提了意见被打成右派后，作为一起加入地下党的李致虽然"不相信她反党"，但"我早已成了'驯服工具'，不敢独立思考"。乃至他与大姐同住一幢宿舍，也"不敢与她往来"。在《我所知道的胡耀邦》一文中，作者目睹时任团中央书记的胡耀邦同志被"文革"造反派每天揪斗，打成"三反分子"的悲痛现象，虽暗自泣泪，却不敢表达不同意见。

反而在大批判的高潮中，为求自保，还贴了一张揭发耀邦同志的大字报。很多年后，他深刻地反省自己、沉痛地自责忏悔，不仅认为此种行径，是自己"人品污点的暴露"。更可贵的是，李致先生还真诚地从思想根源和精神深处审视自己的错误："我入党二十年，从要求'民主、自由'到信仰马列主义，再到迷信伟大领袖，愿做'驯服工具'，已经不敢独立思考了。"李致反复提到"不敢独立思考"的命题，或许他认为"不敢独立思考"正是受害者发生错误的根本原因和思想症结。而"不敢独立思考"就是自动放弃了独立思考。何以如此呢？从膜拜偶像到迷信偶像，因为"迷信"，就把思考的权利捐奉给了大神式的偶像，留给自己的只是做好"驯服工具""不理解的也要执行"。这种放弃思考、出让思考权利的平庸驯服，无疑是理性精神的沦陷、文明社会的倒退，自然也是"十年浩劫"全面发生的一种深刻原因和思想土壤。李致先生将深邃犀利的笔触毫不留情地刺向自己、拷问自我并由此探本溯源，不仅表现出他严于自律、尊重历史的道德良知，而且也凸显了作为一名知识分子对历史悲剧理性反思的思想力度和责任担当。陈凯歌在他的《少年凯歌》中回忆"文革"悲剧时，曾经说过一句名言："无论什么样的社会的或政治的灾难过后，总是有太多原来跪着的人站起来说：我控诉！太少的人跪下去说：我忏悔。"李致先生作为一个"文革"的受害者，他扬弃了控诉而选择了反省，他的锥心忏悔和自我拷问，显示了鲁迅精神和巴金良知对他的影响。他虽然"跪了下来"，却依然是一个捍卫道义的坚强战士。

事实上，李致先生愧疚自责的"人品污点"，在那个集体迷狂的岁月中是一种普遍现象。"文革"时期的暴力恐惧和专制压迫才是"不敢独立思考"的社会原因。当极左思潮的恐惧氛围像瘟疫一样到处蔓延，进而威胁到人身安全、家庭生活以及社群关系等现实生活的根基时，那些不同层面的社会恐惧就会改变人的行为。人的自保本能、寻求安全感和寻找社会归属的愿望会迫使多数人不得不选择服从，放弃思考；更有甚者，当一封信或者一次会面就可以摧毁人的一生时，疯狂烧信和极度慎言便成了别无选择的生存策略。社会心理学描述了这种极度恐惧造成的观念与行为的紧张冲突现象，并将其归纳为"诱导服从范式"。李致的深刻反思和情景再现，使我们形象而深切地体悟到这种"诱导服从范式"在个体心灵中造成的毒害和创伤，以及它对人性扭曲所能抵达的历史深度——当外在的恐惧感浃沦肌髓时，它就可能使人下意识地转换成精神自虐，从虐人深入到虐心。由此可见，"往事随笔"的个体反思也获得了普遍的历史意义，是关于那个荒诞年代社会恐惧心理的高度概括。它将成为一面沉实厚重的历史镜子，直面现时的阳光，照亮人们建设法治中国的坚强信念。

敦厚是散文的重要品质

◎ 刘　火[①]

　　李致先生作为一位资深的出版人（"文革"前是团四川省委《红领巾》杂志社的总编辑和团中央《辅导员》杂志的总编辑，"文革"后是四川人民出版社的总编辑），对新中国的出版事业有独特的贡献。李致作为巴金的亲侄子，对巴金先生的文学成就和人格有别人不能替代的评价。李致作为一位有成就的散文家，在"往事随笔"（共三部《四爸巴金》《铭记在心》《昔日足迹》，天地出版社2014年9月重排增订本）里，则展示出了"亲情散文"的魅力。

　　《四爸巴金》以其亲侄视角，从不同的侧面展示出"与读者交心"的文学巨匠巴金的情怀和巴金的人格力量。《铭记在心》以与作家相关的人物和事件为本，书写无论对伟人还是与同事的美好记忆。《昔日足迹》则大都以作家本人的亲身经历为本，书写作家所经历的时代的艰难和欣喜。作家的写作宗旨和趣味，开门见山，如《往事随笔·总序》所说："我喜欢真诚、朴实、动情、幽默的散文。不作无病呻吟，不追求华丽，不故弄玄虚，不作秀，不煽情，不搞笑。"确实，任挑《往事随笔》一文，都能感到，李老的文章，践行了李老"真诚、朴实"的散文观念和诺言。"李阿姨（曹

---

　　① 刘火：评论家，四川师范大学影视和传媒学院副院长。

禺之妻李玉茹，引者注）送了我一张复印件。巴老的传真充分表达了我和众多人的感情，对李阿姨是莫大的安慰。我再说什么也是多余的。我感谢李阿姨多年来对万叔叔（曹禺，引者注）的照顾，希望她保重。李阿姨把带去的川酒，放在万叔叔的遗像下。我一再仰望万叔叔的遗像，在心里对万叔叔说：'我们何日才能再倾积愫？'"（《怀念曹禺》）像这样饱含真情且文字表达简洁直白的叙事风格，既是李老散文的特征，同时也是李老散文之所以成为具有标签性质的"亲情散文"的缘由。李老的散文，印证了清代学人的"性情不足，未可谓学问也"（章学诚《文史通义·博约》）的文章标准。事实上，李老的这些亲情"往事"，除了真情，我还读到了中国生生不息的古老文化中更为重要的代码——敦厚。

　　"往事随笔"三部七十多万字，绝大多数篇什，无论记事，还是写人，其背景大都是那一段艰难岁月。李老，少年才俊，十三岁为文，内战后期成为我党地下工作者，新中国成立后，长期在共青团省、市委和团中央做青少工作和杂志编辑工作。由于"胡风事件"，李老除工作之外，几乎与作文再不相关，直到党的十一届三中全会后，才重新握笔为文。这一段时间，李老接触到的人和事，无论是直接领导胡耀邦，还是间接的他人和他事，无不与那一段艰难岁月相关，无不与那段让后人唏嘘、伤感、喟叹，以及反思的历史相关。那段历史有太多的眼泪，或者说还有太多的苦难。但是在李老笔下，没有声嘶力竭，没有悲天跄地。特别是没有把个人的恩怨和仇恨当成作文的元素和基调，而是把温情诉诸笔端。写自己："我的眼病有点像'牛鬼蛇神'，过几年就'跳'出来。幸好从1960年起到20世纪80年代初，我与四川省人民医院医护人员的关系很好……他们的医术好、医德高，成了我眼睛的'保护神'。"（《大放光明》）写他人："他希望四川有更多的新人，希望四川有更多在全国有影响的作品。对周克芹的培养和关切，是一个典型的例子。《许茂和他的女儿们》出版后，沙老满怀激情推荐给周扬同志。"(《怀念沙汀》)写四爸巴金：1972年12月"到了四爸家，四爸和九姑妈既感到高兴，又感到意外……我们紧紧地握着手，以此表示相互的信赖和关怀"；(《记"文革"中去上海看巴金》)"'摔跤是我自己不小心，与你无关！'巴老反过来安慰我，'你不要有负担！'我心里热乎乎的，但眼睛却润湿了"；(《春蚕》)"太爷爷（即巴金，引者注）笑着没有回答，太姑国燦问珊珊的妹妹有多高，珊珊用手比了一下，说：'我妹妹很乖！'太爷爷年老有语言障碍，这时却敏捷地说：'你也很乖！'"(《一定要学好中文》)。……我们看到，我们读到，在这些叙事的背后，其实是人生的艰难与辛酸，而且还有对历史的反省和追问。但是，李老的文字却在一种心平气和的状态里，简明、直白而又温婉。

记住历史与反省苦难，是人类得以前行的动力之一，但是，在历史中沉沦、在苦难里消沉，可能会让历史成为虚无，也会让人的力量消失殆尽。再从散文本身来说，真如那样，散文就有可能成为记恨的另一文本。而李致的"往事随笔"，刚好与此相反。李老的"往事随笔"不是苦难的展览馆，更不是自家怨气的发泄池。李老的散文遵循着中国散文的传统，真诚之外，更看重的是"敦厚"。

"敦厚"一语来自"六经"之一《礼记》。《礼记·经解》一开篇就传述孔子的话"入其国，其教可知也。其为人也，温柔敦厚，《诗》教也"。中国自《诗》三百始，奠定了中国诗文的传统。《论语》说："诗三百，一言以蔽之，曰'思无邪'。"孔子此句，治经专家杨伯峻的译文是"诗经三百篇，用一句话来概括它，就是'思想纯正'"。何为"纯正"？就是《礼记》所说的"温柔敦厚"。敦厚，当然不是不明是非，更不是没有感情，而是超越了个人的大情怀。敦厚作为一种人生姿态，同样也作为散文文本的姿态，甚至可以说，美文的主要元素正得益于敦厚。敦厚，这一中国诗文的传统，李老的往事随笔，正是这一姿态的最佳注脚。

为中国知识分子的人品而歌

——"往事随笔"丛书读后①

◎ 张　恒②

致兄如晤：

三部大作，早已读完，感慨颇多，容弟一一道来。

刘绍棠与你闲谈时，你曾说："我是小打小闹，你的大作才是传世之作。"我看你这三本巨作，何尝不是传世之作？

《铭记在心》一书，你写了众多同事、朋友、长辈们的感人事迹。他们都是知识分子，是前后两代知识分子学问、人品的实录。记得司马迁著作中有列传，你的这本书何尝不是当代知识分子的"列传"？当然说"列传"有点不副实，你并非要写每个人的传，但总是他们生平事迹的一部分，而且是最让你铭记的那一部分。你想想中国两代知识分子，前一代以1987年在成都的"五老"聚会为代表，后一代以你和你的众多同事朋友为代表，从20世纪50年代初思想改造运动起直到"四人帮"被打倒，被称为"资产阶级知识

①　该文系张恒2015年7月15日写给李致的信，他在信中写道："我一生从来没有写过这么长的信。"标题为编者所加。

②　张恒：中国人民大学教授。20世纪50年代初，曾与李致一起在重庆沙坪坝从事青年团工作。

分子"，大多数知识分子夹着尾巴做人，成为社会上的二等公民，"文革"中更被诬为"臭老九"，谁还敢颂扬知识分子？而你这本著作，充分地展现了两代知识分子的本质，他们为国为民的赤子之心，他们的奉献精神，他们的高尚情怀，许多情节感人至深。如任伯戈勇于担当，龙实的侠肝义胆，戴云敢做敢为，许川的民主作风。"天不灭刘"，刘绍棠对死神无畏、"雪中送炭"，李健吾的知交情深，他们在年富力强的青壮年时代，经历种种磨难，却无怨无悔，依然忠于职守。这两代知识分子，传承了中华民族的优良传统，是社会的良心和道德的体现者。然而还没有一本集中反映知识分子业绩和人品的书，而你却在无意中承担了这个历史使命。所以你这本书，可以加一个副标题，叫"中国知识分子群英谱"。尽管你写的基本上是文化界的知识分子，但他们完全可以代表整个中国知识分子人群。你的文字，完全可以将曾经泼在知识分子身上的污泥浊水冲洗干净。司马迁为豪侠们的侠义而歌，而你则为中国知识分子的熠熠生辉的人品而歌，你们有异曲同工之妙。

另一部大作《四爸巴金》，翔实地记述了巴老的人品，巴老高尚的情操是一部教人如何做人的教科书。巴老的"四句话"成为你的座右铭，影响了你的一生。巴老的人品在知识分子中也是最突出的，他淡泊名利，不附权贵，在邪恶势力面前宁折不弯，不让修复他的故居，设奖金不愿冠以他的名字，他的人生格言是只求奉献不求索取，宁可人负我不可我负人。他甘愿当春蚕，为祖国和人民奋斗一生。"说话要说真话，做人得做好人"，他教育了你，而他自己更身体力行。他说他绝不做盗名欺世的人。巴老的作品，特别是人品，可称为做人的典范。你的大作在世人面前竖立了一座道德的丰碑。你在上海的那篇讲话《我心中的巴金》，应当列为思想品德教育的参考文件。它全面地介绍了巴老的人品，可以净化人们的心灵。在当今这个权欲熏心、唯利是图的世界，宣传巴金，树立巴金在人们心目中的崇高形象，应该是精神文明建设最有效的举措。

周巍峙对你说过，王昆的眼光很高，她佩服的人很少，但她敬佩巴金，曾专门到巴老病房为他一个人独唱，这说明巴老的人格力量。由于你与巴老的特殊关系，所以你写巴老的文字，读起来倍加感人，更有说服力。

再有一本是《昔日足迹》，是一本自传性的书；虽然写的是个人，却写出了一代知识分子的坎坷经历。他们在暴力统治下的屈辱、隐忍。用"弯弯绕""曲线救国"来抵制逆流。也写出了他们的坚强、正直。无论是被强令蹬三轮去拉糨糊，还是下冬水田赶牛，也摧毁不了知识分子坚强的意志。在写外调材料时，如实书写，多次遭到外调人员的训斥，也不愿投其所好，表明了知识分子的正直和善良。对多数在运动中随大流而"批判"他们的群众能理解和宽容，并最终成为朋友。但知识分子中也有别有用心之徒，即你书中与"母蚊子"对号的人，想在运动中捞取一官半职的人，最终是不会有好下场的。

你的书中，将知识分子的命运与时代同步。当极左路线肆虐时，知识分子倍受折磨，特别是他们中有独立见解的精英。多数人则迷惘盲从，甘做"驯服工具"。个别人则甘做当权者的打手。当我读到写彭老总《最后的年月》的作者，竟要被开除党籍时，我为你的仗义执言、勇敢抗辩感到兴奋和喜悦。只有在极左路线终结，知识分子获得解放时，他们的才能才得以充分发挥。以你为例，打倒"四人帮"以后，川版书畅销全国时，川剧得以振兴、在国内外大受好评时，正是李致兄大展才华之时。当时"孔雀西南飞"，引发《现代作家选集》《当代作家自选集》之出版，胜于红头文件的影响，我为你兴高采烈，我想这应该是李致兄生命的高峰。当然，这些成果是大家努力的结果，但你的贡献一定是最有分量的。

这里特别令人遗憾的是你书有多个"突然"，即某月某日，突然接到电话，得知某人去世了。其中除了少数几人如沙汀、艾芜、李健吾等享有高寿外，多数人是英年早逝。他们是历经坎坷，到了经验丰富、悟性最高，满腔热忱，打算做一番事业的时候，却不幸早逝了，多么令人遗憾。这是国家民族的不幸，他们留下的遗产太少了。他们的早逝，与他们早些年受到的挫折，身心受到的伤害不无关系，也与他们晚年拼命工作，力求多做贡献，因而透支了心身有关。总之，这是一个时代的悲剧。

在你的往事记叙中，最让我震惊的是你和巴金叔侄俩烧信一事。你们在不同的地域，却同样地烧了最亲近的人写的一百多封私人信件。巴老烧了他大哥即你父亲写给他的一百多封信，你则烧了你给女儿写的一百多封信。你们叔侄二人烧信应是同一个历史背景，同一种心情，都是不得已而为之。而我看到这些情节，却久久不能平静。我为当时知识分子受到的压力悲伤得老泪纵横。烧亲人的信是违反人性的，因而引起你女儿的不满，她哪里能理解你的处境，在那战战兢兢、如履薄冰的险恶环境里，任何片言支语，都可以断章取义，无限上纲。什么"不枪毙就是落实政策"的恶语，威胁着人们的生存。在生存面前，父女情兄弟情只能退居次要地位，因此反人情的烧信就成为必然了。你那一段烧信的文字，比一百篇讨"左"的檄文更具有震撼力，有人称之为"穿透力"，的确如此。

记得几年前，我称你为散文家，你很谦虚，不接受。现在我想你该接受这个称呼了。我不会写散文，更不懂文学评论，但我觉得你的文字功力很好，你善于写人物的思想感情，文字朴实，平淡无奇，但感情深厚，故能感人，打动人心。

我这一生从来没写过这么长的信，写完了，我的心情也就轻松了。

张恒

2015年7月15日

风雨忆故人　丹心著信史

——李致"往事随笔"读后

◎ 赵　雷[1]

　　李致老是四川文艺界受人爱戴的老领导。他十几岁开始写作，1949年前就在报刊上发表近百篇习作。新中国成立后，由于一些政治运动的负面影响而搁笔。新时期以来，他先后出版了《往事》《回顾》《昔日》《铭记在心的人》，编印了《终于盼到这一天》等散文随笔集，引起社会的广泛关注和读者的热烈反响。尤其《巴金的内心世界》《我的四爸巴金》等书披露了关于文学大师巴金先生的大量史料，受到研究者的高度重视。近年来，已是耄耋之年的李老依然笔耕不辍，由天地出版社以"往事随笔"为主题结集出版了《四爸巴金》《铭记在心》《昔日足迹》三部增订本七十多万字的厚重之作，可谓其情可感、其事可赞、其业可叹。

　　三部往事随笔实际是回忆录，它秉承了讲真话的书写品格。耄耋之年的李老已在20世纪爱国知识分子典型的人生道路上探索跋涉了八十五个春秋：十五岁参加学生运动，十七岁加入党的地下组织，20世纪50年代投身新中国建设，"文革"中作为"当权派"

　　① 赵雷：《当代文坛》编辑。

被"打倒"，新时期重新走上领导岗位。从革命到建设，无论为人为文，他一直秉持鲁迅"有骨气"的精神和巴金"讲真话"的品格。从"文革"到改革，不管逆境顺境，他始终保有共产党人的崇高追求和中华儿女的爱国情怀。巴金先生"说话要说真话，做人得做好人"的教诲影响了李老的一生。阅读李老的回忆录，头脑中同样时时闪现《随想录》的身影：不尚雕琢却耐人寻味，行文质朴却余韵悠长，平实的叙事中奔涌着直抵人心的力量，朴素的语言下饱含了感人至深的真情。高山仰止，景行行止，浩然之气发诸心而形于外，崇高之美本乎情而感人心。书中对于作者四爸巴金的记述，为我们多方位展现了这位被誉为"世纪良知"的文学大师的生活和情感、经历和思想、家庭和事业，为学者提供了极为珍贵的历史资料，为读者更好理解巴老的作品提供了极为有益的帮助。书中对于"文革"的回忆，记录了那段历史悲剧，回应了巴金先生建立"文革"博物馆的呼吁。李老的三部回忆录，把个人命运与时代变迁相融合，将家族悲欢和民族命运相勾连。这是一部反映中国知识分子的心灵史，浸润了他们的欢乐和苦难，记录了他们的探索与思考；这是一部反映中国共产党人的奋斗史，昭示了他们的理想和信念，刻画了他们的奋斗和奉献。

三部往事随笔同样是口述史，它提供了有价值的珍贵史料。李老曾在从地方到中央的共青团系统工作二十三年，新时期以来先后在四川省出版局、省委宣传部、省政协等部门担任领导职务，离休后连任三届省文联主席，工作中接触了众多的各级领导人和文艺界人士。在他的回忆录里，既有邓小平、贺龙、杨尚昆、胡耀邦、张爱萍等老一辈无产阶级革命家的事迹，又有茅盾、巴金、曹禺、叶圣陶、李健吾、冯至、沙汀、艾芜、马识途、王火、高缨、刘绍棠等文坛大家的逸闻，周企何、周裕祥、陈书舫、竞华、王永梭、许倩云、魏明伦、徐棻等艺苑名宿的风采，还有童年伙伴和孩子保姆的身影。三部回忆录为现当代文学史提供了鲜活的史料、为四川文艺史留下了生动的写真。历史书写绝不仅仅是长篇通史。宏大叙事固然重要，但往往追寻大趋势而遮蔽个体、关注大事件而省略细节、重视客观规律而忽视主观因素。马克思说过："人们自己创造自己的历史，但是他们并不是随心所欲地创造，并不是在他们自己选定的条件下创造，而是在直接碰到的、既定的、从过去承继下来的条件下创造。"过去我们的历史研究往往强调"客观规律"而忽略"人的创造"，实际上无论创造历史还是书写历史，其中既有客观的条件也有主观的因素。叙述历史也是在赋予其意义，探索历史也是在认识自己。因此，我们既需要宏观史也需要微观史，既需要大历史也需要心灵史，这正是"往事随笔"的意义所在。"本朝人写本朝事"固然无法避免客观的条件和限制、主观的认知和情感，但当事人的回忆始终有其独特而重要的价值，因为它包含了在场的诸多信息和无法进入"正史"的细节，由此帮助我们重返历史现场、理解历史人物，从而进入历史的细部、体会历史的温度。当我们把眼光从长时段转向当事人，当我们不仅把历史视为冰冷的数据而是人类的故事，我们就会重新发现被大历史所遮蔽的个体的价值、被大叙事所省略的细节的意义。李老的回忆录就是这样一种有价值的充满细节和温度的微观史、有意义的萦绕人情和人性的心灵史，值得我们阅读和研究。

文章千古事，得失寸心知。从亲历者到回忆者，从历史创造者到历史书写者，李老用厚重的文字完成了上述身份转换，和巴金先生一样"把心交给读者"，恪守"务求真实"、于人于己于事不加任何虚构的原则，为我们留下了一笔宝贵的精神财富。前事不忘、知史明鉴，希望有更多的人特别是年轻人能够认真读一读它们，从而更好地理解中国道路的由来和民族复兴的梦想。老骥伏枥、丹心著史，衷心祝愿李老身体健康，期待他为广大读者奉献更多的著述，为四川文艺和中国文学留下更多的珍贵史料。

重见贵族精神

——读李致"往事随笔"有感

◎ 田海燕[1]

　　四川有道传统名菜叫开水白菜，常在国宴菜单中榜上有名，令外宾赞不绝口。这道菜汤色如同白开水清澈见底，几棵嫩绿的白菜心飘浮其中，不见一星油珠，亦不见其他作料杂物，一清二白，素雅到极致。然而，吃在嘴里却鲜香异常，浓醇得久久在味蕾上缭绕。所谓的"开水"一点也不白，而是将老母鸡、老母鸭、云南宣威火腿上的蹄子、排骨、干贝等鲜货熬至少四小时之上，经过复杂的烹饪制作而成。看李致老的"往事随笔"，就如同品尝开水白菜，没有华丽的辞藻，没有滥情的粉饰，没有堆砌的成语，没有大量的引经据典，文字简洁，行文质朴，叙述严谨，而内涵就像开水白菜中的"开水"丰富深厚，让人受益无穷。

　　"往事随笔"一套三本，《四爸巴金》《铭记在心》《昔日足迹》，从书名可看出，一本是专写巴老的，一本是写生命中值得怀念和铭记的人与事，如上自耀邦同志、小平同志等党和国家最高领导人，下自最普通的平民百姓如出版社临时工小白、姨妈保姆等，

<hr />

　　① 田海燕：原《四川工人日报》记者。

一本是写自己、家人家事的。其实，并非分得这样清楚，三本书的内容多有穿插与重复，正如李致老所说："我没有按时间顺序写，作品独立成篇：好处是写作起来比较灵活，缺点是某些内容难免重复。"也正如腰封所说，这是李致老的"个人化的历史记录"，然而，这样的个人化，在我读来却是折射出中国几十年的阴晴圆缺与沧桑，特别是李氏家族的家族史可以说是中国近几十年来风云变迁的缩影，而以巴老为代表的成都李家几代人的信仰、追求、抗争、寻觅、坚守，则让我看到了宽厚的爱心、悲悯的情怀、独立的精神、担当的勇气、人性的良知，平等的意识，实际上就是一种久违了的贵族精神！

为什么说是久违了呢？因为在中国，秦以前有贵族，秦始皇在统一六国的战争中，却把这些国家的贵族不是杀了就是迁徙或流放。虽然秦始皇本身也是贵族，但他更爱专制，取消了贵族的特权，让他们与平民一样，都是皇帝的奴仆，所以秦朝的专制制度使得贵族这一阶层消亡了，而贵族精神也随之渐渐在中国大地上难见其踪影。何谓贵族精神？虽然有多种版本，但不外乎与这样的定语有关："高贵的""高尚的""伟大的""崇高的""卓越的""辉煌的"；与这样的词有关：教养、尊严、真诚、担当、低调、自由、自省、自制。就像贵族不一定富有，富有之人不一定是贵族一样，贵族精神不是贵族所特有，它与金钱多少、财富厚薄无关。

《永恒的手足情》《带来光和热的人》《终于理解父亲》《一部旧书一片兄弟情》《唱片〈小宝贝〉》《不做盗名欺世的骗子》等几篇文章，给读者勾勒出一幅李氏三兄弟的命运图景和与之相辉映的贵族精神——

巴金的大哥李尧枚，也是李致老的父亲，生得眉清目秀，品行高洁。不但在学校功课第一，还练就一身好剑术；追求新思潮，喜读"五四"以来新书报，帮助三弟李尧林和四弟巴金到南京读书，并支持巴金留学法国；乐于助人，为亲朋操办红白喜事，调解矛盾，"甚至给双方作揖，说是他的不是"；君子行为，"帮亲友做生意，赢了归亲友，亏了他赔钱"……这样一个大大的好人，在大家庭分家、田产收入减少、所开书店亏本关门、银行倒闭而致放在银行里的"养命的根源已经化成水"后，既愧对家人又无法优雅地活下去，为了自尊而赴死——这就是贵族精神里的尊严，看得比生命更重要。

李致老的三爸李尧林自1923年离开成都去南京读书后，就再也没有回过家乡。大哥死后，在南开中学做英文教员的他，取消了自己的人生计划，省吃俭用，自制克己，承担起了成都老家九口人的生活费用，"三爸的汇款，每月按时从天津寄来"，直到抗日战争爆发，天津和四川的联系中断。他不愿意做亡国奴，从天津到上海的租界，靠翻译外国文学为生。最后几年，他书买不起了，旧乐片（唱片）买不起了，音乐会也听不成了，门也不出了，房间里"四处堆满各式各样的西洋书"，而他"陶醉于灵魂的独往独来的天地"（李健吾《挽三哥》）。孤洁的他去世时已四十多岁，仍未婚——这就是贵族精神里的担当与奉献。如巴金说的那样，他的三哥像"一根火柴，给一些人带来光与热，自己却卑微地毁去"。后来，接过养家接力棒的是巴金。再后来，李致老的大姐工作后也承担起部分责任。担当与奉献，是李家的好传统。

在《永恒的手足情》一文中，巴金很怀念他的两个兄长，他和李致谈起此事时，常常动容，有一次失声痛哭："我的两个哥哥对我都很好，对我的帮助很大。他们两人都是因为没有钱死掉的。后来我有钱，也没有用……所以我也不想过好日子。"可见他们情之深厚爱之浓烈。

李氏三亲兄弟中的大哥和三哥的生命过早地凋谢，只有四弟巴金不但活得长寿——一百零一岁的世纪老人，还取得了令世人瞩目的巨大成就，是我国杰出的文学大师和文坛巨匠。然而，光芒万丈的巴老，生前表现出的低调，恕我孤陋寡闻，真难在中国再找出第二人。

在《不做盗名欺世的骗子》一文中，最能看出巴金身上所体现出的贵族精神——低调、平等及奉献。

巴金的故居在成都正通顺街，许多人包括官方，都主张恢复巴金故居，而且提了不止一次，但每次都被巴金婉拒。他不想让国家为此花钱，说"我必须用最后的言行证明我不是盗名欺世的骗子"。

不但如此，他不愿意做"名人"，还反对用他的名字建基金会、设文学奖，他说他的写作是因为他对祖国和人民有无限的爱，"我用作品来表达我的感情"，而不是为了沽名钓誉。他在乎的是奉献而非索取。

《找回名字》，让我们看到了这种贵族精神的延续与传承。李致老从少年起就参加地下党，可谓老革命老资格，可他骨子里的贵族精神——低调、平等意识，并没有随着职务的升迁而减弱。特别是到了政府部门，官称代替了名字，他极不习惯，往往反应不过来是在叫他。他喜欢别人叫他的名字，但这很为难部下，直呼其名确实让人无法开口，他就让叫李致同志。"李致同志"，多质朴的称谓，没有高超的品行，没有贵族精神的定力，怎么会有这样的低调与平常心。人与人之间的关系就在这样的称呼里尽现平等与尊重、随和与亲切。

《讲真话的作家》《永远不能忘记的四句话》，让我们感受到自省和真诚的贵族精神，感受到强大的内心、高贵的灵魂和非凡的人格魅力。说真话，是巴金一贯倡导的。早在1942年，李致老才十三岁时，四爸巴金就对他写下了四句话，其中一句就是"说话要说真话"。李致老一直当成他人生的座右铭，并在历次的厄运中坚守。

巴金对自己曾被迫讲过一些违心的话，感到由衷地痛彻——

"欠下了还不清的债"，这样自省自责的贵族精神，让我们看到他有颗圣洁的心，令人肃然起敬。李致老也自我检验，"讲真话，我基本上这样做了"。在现实面前，做到百分百地讲真话确实很难，但更难的是敢于自省自律，不断地自我剖析。

著名报人储安平在其《英国采风录》中记述了他对英国贵族和贵族社会的观察："英国人以为一个真正的贵族绅士是一个真正高贵的人，正直、不偏私、不畏难，甚至能为了他人而牺牲自己，他不仅仅是一个有荣誉的，而且是一个有良知的人。"

良知，就是讲真话。讲真话就是贵族精神的内核！

读罢"往事随笔"合上书的那一刻，阳光从窗棂照射进来，打在封面上泛起一阵金光。这样的光芒滋润心田，也将享用一生。

致公印象

◎ 卢子贵[①]

　　"致公"，是四川文艺界朋友对李致的昵称。大约是因为他一贯平易近人，从不摆官架事，不大主张别人称他什么长，故有此称呼。人们还以为，若称他李老，但与马识途老相比似嫌"嫩"了；若称老李，又嫌随便了点，表达不出对他的一种情怀。于是，选择老与不老之间的一个称谓——致公，似觉较为贴切。也许还因为20世纪五六十年代，四川省委宣传部分管文艺的副部长李亚群，才华横溢，很关心和爱护作家艺术家，人们称之曰"亚公"。现在李致也是分管文艺的副部长，称他为"致公"，一前一后，也算是一种传承吧。

　　我认识致公，大约是他将要从四川团省委上调团中央工作，当时他来到四川省委与分管宣传文教的书记杜心源告别，他们交谈很亲切。其时我在心源同志身边工作。我看见他一头蓬松黑发，戴一副宽大眼镜，年轻气壮，风度翩翩，说话之间，颇有一些儒雅之风。他离开后，一贯爱惜人才的杜心源对我说："这样有才华又肯实干的人才，四川留不住，实在可惜。"多年以后，致公又从团中

① 卢子贵：作家，四川省散文学会会长。

央调到四川人民出版社工作，在他的策划和组织下，出版了一大批很有影响、很有价值的图书。心源同志面对这一大批图书，不无感慨地说："在北京工作过的人是不一样，视野宽阔，思路灵活，关系又广，把全国知名作家的作品弄到四川来出版，给四川增添了光彩。"

20世纪80年代初，四川省委宣传部发动部内人员提建议，谁来任分管文艺的副部长，我们好几位同人一致推荐李致。不久，名单公布，居然事已成真。一天，我在省委宣传部办公楼附近偶然碰到了致公，他对我说："你要到电视台工作，我祝贺你。在业务部门工作，大有施展才能的天地。"接着，出乎我的意料之外，他对我说："你跟省委领导很熟悉，拜托你向他们说一说，让我不到宣传部，仍在基层工作，如果如愿，我给你磕响头。"他态度诚恳，不是客套。不禁使我大为惊异。因为前不久当时分管宣传文教的书记聂荣贵已找我谈过话，要我留在宣传部任分管报刊宣传的副部长，不料后来又有了变化，我的思想还有些想不通。这真有点像钱锺书在《围城》中所说，有的不想进城，有的不想出城。听了致公这一席话，我当然不会去向领导反映他不愿去宣传部，因为这不仅是组织的决定，也是我们的意愿，但却使我的思想开了窍，决心走出"围城"。以后的事实证明，致公的话，说得很对，在基层确实可以多做些实事。

致公到宣传部分管文艺，广播电视文艺也属于他分管，恰恰成了我的顶头上司。他这位领导很特别，对我们不是实行管卡压、严批评，而是鼓励、支持、理解和帮助。用他的话说："鼓励为主。"印象最深的是当时四川电视台正在播放香港制作的电视连续剧《霍元甲》，我们过去没有播放过这类武打片，因为改革开放才引进了这部片子。播放时收视率很高，可谓万人空巷。不料，突然上面传来消息，要清除精神污染，电视剧《霍元甲》也是被清除之列。因为片中展现了霍元甲娶小老婆，吸鸦片。我们想不通，立即向致公汇报，说明我们的看法。我们认为这部片子主题思想正确，是宣传爱国主义的，霍元甲在比武擂台上一拳击倒骄横跨扈、不可一世的俄罗斯大力士，大大长了中国人民的志气，粉碎了"东亚病夫"的诬蔑。至于娶小老婆和吸鸦片，在那个历史时代不能算作什么大问题。致公很同意我们的看法，他说："任何文艺作品都应由人民群众来检验，如此受群众欢迎的片子，不能简单化处理。我将向领导汇报。"据说这件事还在省委常委会议上议过，随后省委分管宣传文教的书记、宣传部长等一批领导亲自到电视台审查此片。在那种形势和气氛之下，真有些诚惶诚恐，我已作了最坏的打算。殊不知出乎我的意料之外，领导们同意不修改继续播放。这说明致公等一批领导，很懂得实践是检验真理的标准。关于清除精神污染，"其兴也勃焉，其亡也忽焉。"不了了之，再也无人问津。如果当时听到风就是雨，来一番兴师问罪，不仅给我们的工作带来被动和麻烦，而且还会造成群众思想混乱，以为又要搞什么整人的运动了。

　　但是对于原则问题，致公毫不马虎，他认真负责，坚持到底。国门洞开之后，泥沙俱下，鱼龙混杂，在引进先进科学技术和文化的同时，也混进来一批黄色录像片，一时黄毒泛滥。中央指示，对黄色录像片要进行认真清理和审查，分别处理，坚决清扫和打击黄毒。省上由宣传部、广电厅和公安厅组成审查小组，由致公牵头，我和公安厅一位厅长参加。以审查小组的意见，作为各地清查处理黄片的依据。致公不遗余力，一直坚持审查到底。

　　致公的工作作风很有特点。他讲话言简意赅，讲得很实在，从不含糊，模棱两可。他说真话，从不说套话、空话、假话和废话。他很尊重和爱惜别人的时间，在他讲话的桌面上常常放着一个小闹钟，不时看看，是否超过预定的时间。这个小闹钟，就是他不讲长话、不开长会的一个标志。对于此事，我请电视台记者专门拍了一个短片，播放后反响很好，人们从这个小闹钟上得到了启示。

当时，四川电视台准备把四川现代著名作家的著名作品，分批搬上屏幕，这既可以锻炼电视艺术队伍，提高文学底蕴，又可以把四川宣传出去。对此，致公不仅支持，而且给予很多帮助。在拍完十集电视连续剧《红岩》之后，四川台与上海台合作，将巴老的激流三部曲《家》《春》《秋》搬上屏幕，在创作剧本和拍摄过程中，致公不辞辛劳，曾两度带领我们剧组几位同行前往上海，拜访巴老，得到了巴老的亲切教诲，使十九集长篇电视连续剧《家·春·秋》得以顺利完成，在四川、上海和全国播放后，反响很大，评价很高。

对拍摄现代题材的电视剧，致公更是非常支持，多次与编剧、导演交谈，进行鼓励。在拍完《长江第一漂》之后，又准备拍摄《长城向南延伸》。四川台与南极科学考察委员会合作，先派人去南极体验生活，写出剧本，然后组织摄制组随科考船前往南极拍摄。这个剧组出发前，致公亲临指导，并帮助解决困难。拍完回国时，致公又同我们一起前去青岛码头，迎接从南极归来的远征壮士，彩旗招展，锣鼓喧天，致公与他们一一亲昵拥抱，问寒问暖，给剧组同人以巨大的鼓舞。电视剧《长城向南延伸》在北京召开首播新闻发布会，通过致公，请到了时任国防部长的张爱萍参加。张部长十分赞赏地说："四川最近拍摄了三部好电视剧，就是'三长（即《长江第一漂》《"长征号"今夜起飞》和《长城向南延伸》），很有新意和创意，尤其是这部《长城向南延伸》，大大扬了国威，长了中国人民的志气。你们不仅有'三长'，'两短'也不错（指儿童电视剧《小佳佳》和《男子汉虎虎》），希望你们继续努力。"这两部电视儿童剧，也是在致公多次鼓励和关怀下拍摄出来的。

我退下来以后，踱步在散文的天地里。恰巧致公也有此同好，他写的散文随笔不断见诸报刊，可谓风生水起，佳作迭出，并一连出版了好几本散文集。我们四川散文学会许多活动都请他参加，他有请必到，并提出了许多好的建议和鼓励，他还与不少散文作者结交成好朋友。前不久，在成都举办的第二届川渝散文论坛，我们请致公并通过他请马识途老一同参加，他们的精彩讲话，对大家是很大的鼓舞。不少文友说："马老和致公，是四川散文创作的支持者和鼓舞者。"

我和致公住家地址相距很远，只有在开会时才见面，总觉得意犹未尽，无法在一起促膝谈心。于是近几年来相互约定，一个月通一次电话，彼此能通通信息，交换交换看法。每次在电话上交谈都很愉快。因为对文艺的发展态势和今后的走向，彼此的看法，常常有惊人的相似之处。我们为新人新作品的出现而欢欣鼓舞，也曾为一些问题比如有些作品低俗庸俗等问题而感到担忧，但是，我们都一致认为，这些问题会逐步得到解决的，前途光明。长江后浪推前浪，一代更比一代强。朝前看，明天一定会更美好。

2009年4月开头

于成都西郊浣花溪畔曼云斋

李致的普鲁斯特问卷①

◎ 阮长安②

问 您认为最完美的快乐是什么样的？

答 对社会有贡献。

问 您最希望拥有哪一种才华？

答 刚开始的时候想当演员，没成功。现在因为我在用笔，我最希望能够用最朴实的语言表达最真挚的感情。

问 您最恐惧的是什么？

答 最怕人们丧失了道德的底线。

---

① 普鲁斯特问卷：马塞尔·普鲁斯特（Marcel Proust）系《追忆逝水年华》一书作者，他并不是这份问卷的发明者，但这份问卷因为他特别的答案而出名，因此人们将这份问卷命名为"Proust Questionnaire"。问卷的问题包括被提问者的生活、思想、价值观及人生经验等。

阮长安在对李致的采访结束后请他回答了这份问卷。

② 阮长安：时任《华西都市报》首席记者。

问 您目前的心境怎样？

答 还可以。（笑）这个问题其实要你们来回答，你觉得我心境怎么样，是不是还可以嘛？

问 还在世上的人中，你最敬佩的是谁？

答 钦佩的多了。以前我最敬佩的周恩来、胡耀邦、巴金、张爱萍、汪道涵，这些现在都不在世了。目前还在世的这些人，最敬佩的……应该就是马识途马老了。

问 您认为自己最伟大的成就是什么？

答 不是说伟大，这辈子我自己积极参与了三件事情，有一点影响：第一件事情，（20世纪）60年代我与人合著的报告文学《毛主席的好孩子刘文学》，在全国少年儿童中掀起一场学习刘文学的运动，包括当时的苏联、朝鲜、越南、蒙古国，都转载了这篇报告文学。当然，当时这件作品是以阶级斗争为纲的，现在看来，还是产生了一些不好的影响，所以这个事要一分为二。

第二件事情就是20世纪80年代早期，我在四川人民出版社做总编辑，当时整个四川包括重庆在内仅有一家出版社，我们突破地方出版社"地方化、群众化、通俗化"的限制，提出地方出版社要"立足本省，面向全国"，这个方针被国家认可，并迅速在全国各地出版社推行。我们及时出版了一大批好书，特别是我们当时出版的"现代作家丛书""走向未来丛书"等影响很大，得到了全国出版界和广大读者的广泛认可。

还有一个就是振兴川剧，当时让川剧走出国门，在欧洲、日本等地巡回商业演出，这个事是在国际上起了很大的影响。

问 您自己的哪一个特点让您觉得痛恨？

答 我有一个弱点，有时候不太敢很明确地说"不"字，有很多事碍于情面，我不得不做，但本来很多事我可以不做的。

问　您最喜欢的旅行是哪一次？

答　1992年4月到1993年1月，那时我还在美国，去看儿子和孙女。我和老伴从美国西部到东部，最后还到加拿大去了。这趟旅行，我是以一个老百姓的身份去的，体会到旅行的自由和美妙。

问　您最痛恨别人的什么特点？

答　虚伪。包括有一些官员口上说一套，实际做的是另外一套。

问　您最珍惜的财产是什么？

答　书，我的藏书在公务员里面恐怕算是比较多的。我的书大部分都在东城根中街家里，那边起码有三十个书柜，有多少册恐怕我也说不上来。

问　您最奢侈的是什么？

答　想不出来，我好像没有什么特别的。

问　您认为程度最肤浅的痛苦是什么？

答　被别人误解，我本身是对的，被人家误解了，我觉得这个也没什么了不起的，虽然有时候觉得不舒服，但应该是很浅的。

问　您认为哪一种美德是被过高地评估的？

答　（没有回答）

问　您最喜欢的职业是什么？

答　之前是演戏，现在是写作。

问　您对自己的外表哪一点不满意?

答　外表? 我没有想过，我觉得就是这样子。

问　您最后悔的事情是什么?

答　说起来那就是贴胡耀邦大字报的事。"大批判"的高潮中，大概是1966年，我贴了一张大字报揭发胡耀邦同志"反对毛泽东思想"。这种胡乱上纲上线的大字报，既是我当时思想混乱的表现，也是我人品污点的暴露。我没有顶住当时的压力，想借此划清界限，保自己。我对不起耀邦同志，此后虽然我也多次自责、忏悔，但我都不会原谅自己。

问　还在世的人当中，你最鄙视的是谁?

答　这个难以回答。

问　您最喜欢男性身上的哪一种品质?

答　敢于承担责任。

问　您用过的最多的单词，或者哪一个词语，或者哪一个句子是什么?

答　这个说不出来，没有什么喜欢不喜欢的。

问　您最喜欢女性身上的哪一种品质?

答　能够共患难。

问　最让你觉得伤心的事情是什么?

答　当然就是亲人的离世了。我的母亲，还有巴老，还有我的老伴，他们的离世都让我觉得非常伤心。

问　您最看重朋友的什么特点？

答　表里如一。

问　您一生中最爱的人，或者是东西是什么？

答　最爱的人实际上我已经回答了，在我的一本回忆录上，里面写了几十个人，他们都是我一生中难以忘记的人。除了家人以外，我最爱的人是周恩来和胡耀邦。

问　您希望以什么样的方式死去？

答　快速的死亡，越快越好。我不喜欢人受痛苦太多，而中国又不许安乐死嘛，明明已经不行了，还拼命用各种方式。过去我们老一辈就叫"吊命"，最后用各种办法吊着命。我最近有一个亲戚，心脏病突然发了，十五分钟就去世了，我觉得这是最愉快了。

问　何时何地让你感觉最快乐？

答　不一定要何时何地嘛，如果我做了对人家有帮助的事，我就感到快乐。比如我现在这样，我的朋友中间有人来找我，给我倾诉很长时间，各种各样的烦恼之类的，我给他提出一些建议，对疏散他的郁闷有好处啊，这个我会得到快乐。

问　如果你可以改变你的家庭的一件事情，那会是什么？

答　我的家庭，我的子女儿孙分布在各个地方，我很希望能够有团聚的时候。

问　如果你能够选择的话，你希望让什么事情重现？

答　现在我这么大年纪，很难再有选择。如果非要说，政治上呢，我希望胡耀邦他们执政的时候那种风气能够重现，自己的事业上的事嘛，我希望川剧能再次辉煌。

问 你的座右铭是什么?

答 就是这句话（指着客厅墙上的横幅）：人各有志，最重要的是要做人。这是巴老对我讲的，我感悟很深。我把这句话摘录出来，请人写了贴在墙上，每天都能看一看，作为我的座右铭。

力行真实　永葆童心
——李致采访录

◎ 郑涵兮[①]

按　采访末了，李老再三叮嘱：千万不要给我带"巴金的侄儿"这个光环。他说，我是巴金的侄儿，他对我的影响很大，这是客观事实，但我不愿用它作为我的称谓。著名作家我也不愿意要，一看到著名作家，我就想到电视中不为人知的商品被称为"驰名商标"，因为要宣传，不著名才会写"著名"两个字。现在电视台已经规定不能用"驰名商标"了。我笑说，李老师您真幽默。

采访完李老，风云突变，孟夏时节的暴风雨说来就来。刚下楼，站在屋檐下焦灼踌躇，李老的电话就打进来了。"需要雨伞吗？""啊……谢谢，我正愁……"掐断连接，转身回头，李老已经握着雨伞站在电梯门口了。"慢走。"八旬老人又闪进了电梯，细致，利落。院子里的栀子花被雨水冲刷，香味遍地。

一、力求讲真话，把心交给读者

我是受"五四"新文学影响，踏上人生旅途的。

---

① 郑涵兮：时为《作家文汇》报记者。

说起创作生涯的开端，不得不提起我的初中语文老师，杨邦杰。那年我十二岁，有一天我到他寝室去玩，他翻开《新青年》杂志，给我读了一篇鲁迅的《狂人日记》，一边读还一边给我解释一些我不懂的含义。他为我读鲁迅的文章，对我的一生产生了很大的影响。从此，我对新文学有了兴趣。

在众多作家中，除鲁迅、巴金外，我还喜欢曹禺、何其芳、艾青等人的创作。他们的作品启发了我，影响到我的写作，我浸泡在这些作品的海洋汲取营养。1943年冬，我的第一篇作文选入校刊，铅字印出，时年十三岁。我所在的私立高琦中学是一所教会学校，校刊每年出一次。每一期从目录开始往后算，首先是四川省教育厅厅长、接着是校长、主任、老师等大人们的文章，只有最后一篇是学生的作文。那一年选上了我，这对一个少年来讲是很振奋的事情。此后，在1945年到1948年之间，我继续学习写作，共写了百余篇的文章，在成都、自贡、重庆等地的报刊发表，小小说、散文、新诗、评论等文体我都尝试写过。

1948年底，我最后两首散文诗发表在重庆《大公晚报》的《半月文艺》上，艾芜主编。1949年开始，我成为了一名"职业革命者"，全部精力转移到了党的地下工作上。此后，为了迎接解放和新中国成立初期的工作，我没有顾上写作。1955年，在肃清"胡风反革命集团"运动中，因为我认识一两个"胡风分子"，受到审查，隔离达半年之久。审查结果没有问题，但是我自己的思想却被搞乱了。按照当时的文艺政策，作家要深入工农兵的生活，要反映他们的火热斗争，而我长期在共青团从事学生工作，对工农兵的工作没有接触，我的写作就反映不了"主旋律"，不可能和时代同步。按照阶级分析，我把自己定位为"小资产阶级"。既然小资产阶级要"顽强地表现他们自己"，那么最安全的做法就是"夹起尾巴"做人，于是我再也不动笔。

只是在1959年，我"奉命"与人合写过报告文学《刘文学》。

这一年，我正在《红领巾》杂志当总编辑。采访刘文学这个英雄少年后，我们深受感动，赶写出了长篇通讯《毛主席的孩子——刘文学》。那一期《红领巾》杂志发行量一百二十万份，《中国少年报》《中国青年报》和《中国青年》杂志都全文刊登，刘文学的故事又被改编成了话剧、京戏、歌舞等。胡耀邦同志为刘文学题写了"刘文学之墓"……但是用现在的眼光来看，这篇通讯是受阶级斗争为纲思想影响的产物，时间检验它是有些问题的。

1963年，我调到了共青团中央《辅导员》杂志当总编辑，帮助全国少先队员辅导员开展工作。"文革"时期我先靠边站、被夺权，继被关了十一个月"牛棚"，又在"五七"干校劳动改造。

"文革"中，我发誓再也不写任何作品。

再提笔是在党的十一届三中全会以后，思想得到了解放。巴金老人建议我六十岁以后再写。1992年，我已从领导岗位退下来。当时，我老伴生病，我以照顾她生活为主，不敢设计什么"宏伟"计划，只能灵活机动：有时间就写，想到哪里写到哪里，可长可短，这些文章汇成了后来的"往事随笔"。

回想自己人生几十年，我生在民国，时逢抗日战争、解放战争，参加反内战的学生运动，加入党的地下组织，新中国成立后长期做青年工作、经历多次政治运动，"文革"被关过"牛棚"，在"五七"干校劳动改造五年，又逢改革开放，我感受不少。这些感受既是某个时代的折射，有一定的史料价值；也有许多难以忘怀的人和事打动过我，我曾为之喜悦或痛苦。我有感情需要倾诉，也想借此回顾自己走过的道路，剖析自己的过去。自1993年，我开始写"往事随笔"，累计约有六十多万字了。

"往事随笔"先后汇编为《往事》《回顾》《昔日》等书，以后又按专题出版了《我的四爸巴金》《铭记在心的人》，编印了《终于盼到这一天》等书。书里记录的都是我的经历，不论于人于己于事，务求真实，不对事实做任何加工。这是我恪守的原则，不越雷池一步。

我喜欢真诚、朴实、动情、幽默的散文。不无病呻吟，不追求华丽，不故弄玄虚，不作秀，不煽情，不搞笑。向巴老学习，力求讲真话，把心交给读者。我将继续在这方面探索。

二、热爱关心下一代

我长期从事共青团工作，从1950年一直到"文革"。我担任过区、市和省团委的少年儿童部长，也做过《红领巾》和《辅导员》杂志社的总编辑，对少年儿童有特殊的感情。

"文革"后期，我从团中央调到四川人民出版社工作。

"文革"时期，以扫除"封资修"的名义，几乎将所有政治文艺类书籍封杀了。粉碎"四人帮"后，全国面临一个严重的"书荒"。国家出版局在解决"书荒"问题时，特别关注少年儿童读物。

1978年，国家出版局在庐山召开了全国少年儿童读物出版座谈会，我去参加了。那时候全国只有三家少年儿童出版社，北京的少年儿童出版社，上海的中国少年儿童出版社，天津还有一个新蕾出版社。座谈会呼吁每个大区建立一个少年儿童出版社。身为四川人民出版社总编辑，我感到必须抓住时机，会后立即行动。我们四川人民出版社有个"少年儿童编辑室"，团省委有个《红领巾》杂志社，两处加起来有二十多个编辑。我提议把两家的编辑合起来，成立四川少年儿童出版社。省委主管共青团工作的常委张力行同志给予了及时大力的支持，团省委积极赞同，四川少年儿童出版社应运而生。

我为什么很重视少年儿童的工作呢？

我知道，对下一代是否重视，往往是衡量一个国家、民族、地区和家庭是兴旺还是衰退的标志。早在"五四"运动前后，鲁迅就发出了"救救孩子"的呼吁。鲁迅十分重视对少年儿童进行教育。他认为，"动物界中除了生子数目太多——爱不周到的如鱼类之外，总是挚爱他的幼子"。他又强调不能"只要生，不管他好不好，只要多，不管他才不才"。他对只生不教的父亲作过严厉的批评，指责他们是"制造孩子的家伙"，甚至"还带点嫖男的气息"。鲁迅先生这些话，对我很有启迪。

巴金的作品也多次写到教育对儿童的重要性。1942年，我读小学的时候，巴老曾给我写了四句话：

> 读书的时候用功读书，
> 玩耍的时候放心玩耍，
> 说话要说真话，
> 做人得做好人。

1955年，我到北京去参加全国第三次少年儿童工作会。会上，胡耀邦同志讲了几个问题，一个是怎么掌握少先队入队的条件。他说："你们要搞清楚，我们不是把儿童教育好了才组织起来，我们是把儿童组织起来教育。"另外一个，中国的儿童教育观念中，不少家庭和某些社会舆论，总是想让孩子老实听话，耀邦同志讲，不要把孩子培养成弱不禁风的花朵，培养成小老头；要培养小孩子勇敢坚强，成为小狮子、小老虎，要见风雨、经世面。

前不久，我出版了《李致与出版》一书，其中记录了我与四川少年儿童出版社的往事。

三、永葆青春的热忱

1949年底成都解放，原地下党领导王宇光在分配工作时征求我的意见，我表示愿意当话剧演员，他说："现在正缺干部，到青年团去。"自此，我在共青团系统一共工作了十七年。

我很珍惜自己的青年时期。20世纪50年代，把十四岁到二十五岁定为青年。记得我满二十五岁那天，感慨甚多，写下了一首短诗：

很早以前我就想到今天
原以为到了今天就不再是青年
到了今天我才明白
青年并不单以年龄计算
我要更加努力学习和锻炼
永远保持青年的热情和勇敢

我们在共青团一起工作的同志，彼此有深厚的感情。在成都，曾经在共青团成都市委、四川省委以及重庆市委共过事的老同志，每年都分别有聚会。我胸前的团徽，是几年前参加共青团成都市委聚会时，赠给我们这些老团干部的。

也许有人认为戴上团徽是在装"嫩"，不是的。戴上团徽，它提醒我要永远保持青年的热情和勇敢。

1955年以前，我曾写过一篇儿童文学，叫《荡秋千》，刊在《新少年报》。我的《往事》一书出来之后，马识途马老说我不仅有幽默感，还有童心。前几年，我为我的狗写了一篇《多多日记》（我的狗名叫多多），想再试写儿童文学。写完《多多日记》后，我发现我确实有童心，但我的童心已经不是现代儿童的童心了，而是我那个年代的童心。尽管我每到一个地方都有小伙伴，在我现在住的院子里，也有三个少先队员是我的小伙伴，但毕竟对他们了解很少，所以没有再写儿童文学。

省青少年作协的成立大会我去参加了，还被聘为顾问团成员。如有机会，我愿意和青少年作者交流，把自身写作的一些实践提供他们参考。我想对他们说：说真话，做好人；读一些中外作家的名作，不要满足于"文化快餐"；留心观察生活，注意能打动自己的人和事；用自己的语言来抒发感情，创作是有个性的，不要抄袭和模仿；习作不是试卷，可以不断修改。

四、巴金给我取的英文名叫"peter"

李老递给我的名片上，E-mail写着"Peter Li"，我好奇地问，您的英文名是"Peter"？意外得到了这样一个故事……

一开始，我很不喜欢这个名字，用中文念出来很难听，叫"彼得"。当年反美反蒋的时候，我对英文名就很反感。很多年后，我重读巴金翻译的克鲁泡特金的《我的自传》，克鲁泡特金是一名无政府主义者。无政府主义是一个空想的社会主义，是一个愿景。克鲁泡特金的名字叫"Peter"，我问巴金是不是因为这个原因？他说是。我才知道他是希望我从小就学习为劳苦大众服务。

我到美国去的时候，我孙女的美国同学见了我也会说："Hi Peter！""Bye Peter！"特别有意思。

粉碎"四人帮"以后，巴金第一个计划要争取活到九十岁，第二要翻译赫尔岑将近一百字的《往事与随想》，写两部长篇小说，还要写五本随想录，当时大家很佩服他的雄心壮心。我想，他年纪那么大了，这么大的计划他怎么行？我就劝他不要翻译赫尔岑的作品，因为赫尔岑的作品放在那儿不论谁翻译都行（他翻译得好是另外一回事），我说你应把你的精力摆在创作上。他说不行，这件事我是答应了鲁迅的，我这人说了话就得算数。我说，你要根据你的个人情况嘛，《宪法》都可以修订，国家的计划都可以调整，你的计划就不能调整了？他对我说了一句话，我很难说服他。他说，你的意思是我现在光工作就不学习了吗？我的翻译就是一个学习的过程，比如我翻译赫尔岑的书，我就学习他怎么把感情化为文字。

学到老，把感情化为文字，这对我的写作起了很大的作用。

905

最难风雨故人来

——童心之李致

◎ 陈迎宪[1]

　　有这样一位老人，他和我非亲非故，却常常会在年节之时，给我打来问候的电话；他那很标准的四川普通话，听起来，是那样的年轻快乐，让你绝对想不到对方是一位耄耋老人；更让你感受着的，是一位可敬的长者的关心呵护，温暖温馨，让你久久感动……

　　是的，这是李致老。说起来，李致应该离我很远，从地理上说，他在天府之地成都，我在首都北京；从年龄上说，他是八七高龄的耄耋老人，我呢，尚属年轻的"五〇"后退休人员；再从地位说，他曾经是一个大省的宣传部长，而我，则仅是大机关里的小公务员……

　　或许，这就是缘分？

　　那是十多年前，四川省文化厅副厅长张在德同志知道我写了一本有关巴金的小书《泥土深情》，他对我说，你应该送给一个人，我说，谁呢？他说，是巴金的侄儿。噢，我说，好啊，就请他带去了一本。之后，我就把此事忘记了。而在大约一两个月之后吧，突

---

① 陈迎宪：文化人，曾任文化部科技司副巡视员。

然，我接到了一个陌生的电话。那时不像现在诈骗电话那么多，所以就接了。电话那边，一个很诚恳而年轻的声音在自报家门，并很真诚地感谢我写了这本小书，他读了，感到了其中对巴老的尊敬和爱戴……一时间，我很有点惶惑，因为，没有想过会有这样郑重的致谢，也因为，我已经知道他曾经是省委宣传部部长，而我，对这类领导总是敬而远之……或许，他也感觉到了我的惶惑，因此，彼此很客气但也很真诚地互致感谢和问候，就放下了电话。之后，我曾经向四川的好友表述了我的感受，而没有想到的，她恰也是李老的忘年交，富有地下斗争经验的李老，其实早已经掌握了我的方方面面。也由此，我们的话聊开始多起来并逐渐深入，我告诉他，好些年前，我是流着眼泪读完了他的那篇《我淋着雨，流着泪，离开上海》的文章，并珍藏了那张报纸；我敢于很好奇很幼稚地问他："你就是那海儿吗？……"

好像真的是有点缘分。那一年文化部在成都举办一个重要的文化活动，公干结束我就直接返京。上了飞机，我外侧坐着的是一位有绅士风度的中年男士，说他有绅士风度，是因为我几次起身都需要他也起身让开，而他则是非常谦和而主动，丝毫没有厌烦和粗鲁；而同时，我又感觉他十分勤勉，总是俯身在面前的小桌板的电脑上，一直在处理着有关事务；而他电脑的桌面，让我产生了特别的好感，那是一张十分清纯而秀美的少女的黑白照片，是我们这一代人的青春时代才会有的那种黑白照片……这照片唤起我特别美好而又有些苦涩的记忆……我又发现，他手边有着很多的报纸资料，而好像都是关于巴金的……现在想来，我好像是个"侦探"似的，但由此，我们开始了简单而友好的交谈，当他说到他是回国探亲的，我突然心里一动，莫非……原来，这次入川我本来很想借机去看望李老，但被告知，这一段时间，恰他的孩子从国外回来，家事很多，他比较累，以后再找机会吧……我斗胆一问，哈哈，果然，这是李老的公子！真是巧啊，未见李老先见李公子！

这一奇缘，让我对李老感觉更为亲近了。我试图努力地走近他，而我每走近一步，我就会有一种感动……

他哪里仅仅是一位文化官员？这是一位了不起的出版家！

20世纪70年代末80年代初，正处于"文革"十年造成的文化荒漠之时，全国各地"书荒"严重，书店门口经常有读者通宵排队买书，但各地方出版社却由于当时出版"地方化、群众化、通俗化"的政策限制，"这也不敢出，那也不敢出"。这常常让李致感到难过和内疚。为积累文化和解决书荒问题，时任四川人民出版社总编辑的李致老，正值壮年，他率领出版社，"立足本省，面向全国"，大量重印和编选名家名作，并且顶住压力，大胆编选了《周总理诗十七首》，还编选一些刚恢复名誉和尚未恢复名誉的名家之作，如《陈翔鹤选集》《茅盾近作》《霜叶红于二月花》《巴金近作》《曹禺戏剧集》，纪念彭德怀将军的《在彭总身边》和《最后的年月》等，在全国引起了广泛而良好的反响。《周总理诗十七首》，受到读者热烈欢迎，全国发行近百万册，率先突破了出版"地方化"的禁区。郭沫若、茅盾、巴金、丁玲等一批在"文革"中被打倒的老作家的近作的出版，形成了"近作丛书"和"现代作家选集"丛书。曾任国家新闻出版总署副署长的刘杲称赞他们"为作家的平反胜过红头文件"。

这是怎样的一位出版家啊！1978年，曹禺剧作《王昭君》刚刚在《人民文学》上发表，李致就赶去组稿。尽管李致家里与曹禺家是世交，尽管李致很早就结识曹禺，但是并没有成为曹禺选择四川出版的原因。曹禺的著作，大多还是由在北京的出版社出版。但是李致的学识、积极、热情，感动了老先生。李致带了一大包书去拜访曹禺，向他展示四川出版的质量与实力，但曹禺没有因此表态同意把《王昭君》交给四川人民出版社出版。智慧的李致迂回进军，他从小喜欢话剧，能大段大段地背诵曹禺剧作中的台词。这"让曹禺非常吃惊！"迅速拉近了他与李致之间的距离，叔侄俩在会心的笑声中初步敲定了由四川人民出版社出版《王昭君》剧本。但是，曹禺还有新的要求，他"希望在三个月内见书"。对此，李致没有贸然答应，回到住地，他通过电话局（当时没有程控电话）跟远在成都的社长崔之富通了长途电话，次日又马不停蹄地去曹禺家，立下军令状，"三个月见书，只提前不赶后"。而在当时，一般出书的周期通常都要一年的时间，三个月，几乎是天方夜谭！就是因此，感动了曹禺，1978年12月3日曹禺致信李致："你真能追！居然把我追到上海，也不放！真是个了不起的出版家。"为了《王昭君》的出版，四川人民出版社派出了精良的编辑队伍。李致亲自参与内文设计，由陈世伍设计封面，徐恒瑜插图，令曹禺非常满意。出版社非常重视曹禺的意见，几乎是竭尽全力地满足。1979年曹禺给李致的信中写道："《王昭君》新本收到，此书印得十分精致，见到的都一致说'好'。这要感谢组织工作者、印刷师傅、校对、设计、插图艺术家，以及所有的工作者们。这样迅速印出来，足见你社工作效率高，团结、合作好。李致同志，你的话确是算数的。"之后，曹禺又在1980年给李致的一封信中写道："感谢你的深情厚谊'有求必应'，使我想起童年我父亲衙门里后面荒园中的神树，上面悬挂着很多小小的匾和红布，上面一律写着'有求必应'字样。"而由此，曹禺表示，今后自己的剧本还是要先发表在《收获》上，但出书，都会拿到四川出版，与四川人民出版社结成"生死恋"。这样的信件，在四川新华印刷厂的工人中间引起了强烈反响，他们说，印了这么多年的书，只有曹禺一个大作家写信感谢我们。

而曹禺并不知道，此时，很久以来扣在李致头上的"崇拜胡风及其著作……受胡风反动文艺思想影响较深"的结论尚未撤销，而此时这么奔忙着的李致，或许根本没有想到自己的头上还有着这样一顶帽子！实际上，李致最崇拜的是鲁迅和巴金。

正是有着这样的出版家，当年的川版书风行一时，深深影响了一代人，著名诗人、学者、中国作家协会副主席冯至同志为此高度赞誉李致："你是出版家，不是出版商，也不是出版官。"1986年4月，当四川人民出版社在北京举办书展的时候，冯至同志又兴致勃勃地为之题词："为建设精神文明服务，人民感谢你们，我们的子孙后代也感谢你们。"

一位有胆识、敢担当的文化官员

然而，他确确实实是一位文化官员，今年八十七岁的李致，学生时期就加入中国共产党，历任共青团四川省委《红领巾》杂志社、共青团中央《辅导员》杂志总编辑，四川省出版局副局长兼四川人民出版社总编辑，中共四川省委宣传部副部长兼省出版总社社长，省政协秘书长、四川省文联主席等职，在众多的职务当中，最让人津津乐道的，除了前面提及的享誉全国的"出版家"，就是兼任四川省振兴川剧领导小组副组长时的"李老板。"

在四川，老板有多种解释，其中之一是"旧时对著名戏曲演员或组织戏班的戏曲演员的尊称"。李致和以前同样关心支持川剧的李亚群（"文革"前中共四川省委宣传部副部长）、李宗林（成都市原市长），被戏称为川剧的"三个李老板"。川剧人喊得是那样亲切，那样熨帖，真正把领导当成了自己的亲人！

这是一位有胆识、敢担当的文化官员！在魏明伦眼里，李致是有长者之风的"老大哥"，更是他的恩兄，魏明伦认为，自己在改革开放后能够在偏远的自贡本土成才，离不开自贡、成都、北京的五位伯乐和园丁：他们是王德文、马识途、吴祖光、周巍峙和李致。李致继承巴金遗风，爱才惜才。多次抵制极左棍棒，支持和保护魏明伦。他是川剧人的好朋友，更是一位好读者、好观众，"最难得的一条，就是有胆有识，敢于旗帜鲜明地支持和培育跨越雷池探索与创新。如果说李致支持《巴山秀才》无可非议，他支持《潘金莲》就是招惹非议，敢冒风险了。"而同样的情形也发生在著名剧作家徐棻身上。徐棻说，我第一次和李致同志近距离接触，正是我的一个戏被责令停演的时候。那是 1987 年，成都市川剧院联合团演出了徐棻与胡成德创作的新编川剧《大劈棺》，剧作家为这部旧剧改编倾注了半世心血，但在剧名上就忽略了有"犯忌"之嫌。这个剧是新中国成立初期被禁演的，因此引起"禁演"风波。而就是李致，作为一任领导，并没有简单并严肃的按"政策"处理，而是以深入周全耐心细致并智慧的方式，最终，成就了一部堪称"划时代"旧剧新编的川剧《田姐与庄周》。剧作在全国引起了广泛赞誉，连曹禺老都为之点赞，并获得了全国优秀剧本奖，文华新剧目奖。然而，让徐棻感动的还不仅仅于此。之后，李致在为徐棻《探索集》所写的序中，两次提到"徐棻和魏明伦"然而，两次的顺序却是不一样的，这很让徐棻和责任编辑奇怪。而李致却特意对此向徐芬解释说，你们二位都是四川最有影响的剧作家，在全国都很有名气，我在为你写序时故意提到他，是想表示我对你们两个都同样看重，也希望别人能这样对待你们两人。这有利于川剧事业……'寥寥数语，表达了他对两位剧作家的高度评价，更表达出他对川剧艺术的精心呵护……由此，徐棻感慨："李致同志在省上，我在市上；他是领导，我是平民。一般来说，我们之间距离不小。然而在我的感觉中，他却是一个可以说知心话的好兄长，一个可以永远信赖的老朋友。"

这是怎样的一位官员？——是为审戏看戏，不顾长途车程，冒雨赶路甚至因熄火推车的"川剧艺苑好园丁"；是表演艺术家左清飞眼中一位不耻下问，"懂演员"的李部长。她清楚地记得，那时他们刚认识不久，一天，他突然问她"什么叫'穿帮'？"这让她意识到，他这是要"踩深水，是要干一行，懂一行"。而她不仅清楚地记得自己 1984 年顶住各种压力组建承包实验演出队时李致部长给予的肯定和支持，更记住了他特别语重心长的嘱咐："我担心你们逆境团结，以后顺境时还能不能团结？"她体会到李致"用自己热爱川剧的这颗心，极力去改变川剧不尽如人意的现状"。

说来奇怪，李致热爱川剧，却始终没有学会唱一句川剧。他曾经率团出访欧洲，一路上团员们热情地教李部长，李部长认真学唱，当时唱得可好了，声情并茂，可第二天却一句也唱不出，如此周而复始，最后还是不会一句……这也成为川剧界的奇闻。但这位不会唱的川剧迷，确实对川剧有了不得的挚爱：

《迎贤店》是著名表演艺术家周企何的代表剧目，"文革"中被禁演。粉碎"四人帮"后，周企何首演《迎贤店》。戏毕，李致到后台祝贺，然后说："周老师演出中漏了两句台词。"可见，李致背台词的背功有多么精准。

就是靠着这一背功，他居然敢和著名表演艺术家陈书舫一起，为张爱萍将军表演川剧折子戏《花田写扇》片段，这是大戏《花田错》的一折，是陈书舫的拿手戏。陈书舫扮小丫头春莺，李致扮卖字画的落魄书生边吉。李致不会唱，但狡黠的他知道，这段戏书生主要是表演和道白，没有唱腔，而台词，他记得清清楚楚。他"把脸抹下来放在衣袋里，豁出去了"，手拿一把扇子，像模像样，演得极为认真，台词对答如流。还没演到一半，陈书舫忽然笑了场，她离开剧本，对着观众说："我一看到李部长这个样子，就想起周企何，忍不住要笑！"李致知道，这是说自己的矮胖身材而非演技，他已然进入角色，只能"稳起不笑，等书舫接着演下去"，从少年起就梦想当演员而终未当上演员的李致这次足足过了把演出瘾，还被年轻的朋友写上了《成都晚报》，说把聚会"推向高潮"。而今，张爱萍老人和陈书舫都已经辞世，这成为李致老和川剧人中的一段美好而温馨的记忆。

一本二十一万字的《李致和川剧》，收入了他关于川剧的讲话、意见、随笔、日记，和川剧艺术家的交往等等，更表达着他对传统艺术发展的清醒认识与忧思。他说，以前大家的娱乐方式只有看电影、看川剧、泡茶馆，现在休闲方式多了，川剧不是必选。我只能说台上振兴了，台下没振兴，也就是观众不多。

三十年前，我们曾组织五百名大学生看《巴山秀才》。有些学校给大学生发川剧票，学生觉得是老师给的票，只能去看。川剧文学性、幽默感很强，大学生看完后反响强烈。近年来，每次川剧走进校园，都受到大学生的欢迎。当然，要送好戏去，否则败胃口。若要人迷戏，除非戏迷人。人品不好、样子也不漂亮，谁愿意和你谈恋爱？

李致说，我热爱川剧，愿意为振兴川剧奋斗终生，当"吼班儿"没关系，打杂也没关系。"我当年负责振兴川剧领导小组日常工作，了解川剧的一些现状，经常听川剧人讲他们的心愿。为了使川剧这个瑰宝不至消失，我愿为之鼓与呼。我既非在职领导，又非专家学者，只能为振兴川剧当'吼班儿'。我年过八十，四肢无力，但中气尚足。既如此，就这样吼下去吧。"离休之后，他辞去了诸多名誉职务，但是"振兴川剧领导小组的顾问，我永远不会主动辞去！"

童心书痴老少年

十多年中，我对李致，渐渐地在敬畏之中，有了一种风雨故人之感。这不仅是因为在他的书房，挂着马识途老人为他所写的篆书对联：莫放春秋佳日过，最难风雨故人来。更何况，我是晚辈，怎么敢妄称"故人"？但或是因为，他并不以长辈自居，而以他丰富的阅历和深厚的涵养在关心呵护着你，让你不由自主就希望和他交流，向他倾诉……记得那一次，在我最难过的丧父之痛时，他来了电话，听到他的声音，我忍不住失声痛哭，电话的那一头，他就那样沉默地耐心地听我哭泣，他不问为什么，只是最后告诉我，生活中会遇到许许多多……他温蔼的话语，让我平静了许多。

每次相见相谈，我们的话题主要是书，而每次，我都有收获归来。最早，他一笔一画给我题签；之后，他说，手写不了了，就盖个印章吧；再之后，他的力气更小了，而书的包装也更精致了，"你自己拆罢"……

《我的四爸巴金》《巴金的内心世界》《巴金的两个哥哥》《昔日足迹》《往事随笔》《铭记在心》……一本本，捧读之中，感受着的，是一份沉甸甸的历史，一份真挚的情感，一份悠悠的思念，对战友的怀念、对智者尊者的敬重、对亲人的眷恋，对岁月的怀想，对未来的遐思，在他的笔下，娓娓道来……

在他身上，有着一种山高水阔的豁达，有着一种妙在天成的意趣，是巴山蜀水带给他的这种乐天吗？由此，他笔下的人物，没有高低贵贱身份的不同，而有伟岸的身影和高贵的品格——他半个世纪不忘贺龙同志，记住了他"不要叫首长，叫同志"，记住了他"什么手掌，脚掌呵"的神采；他含着眼泪向川剧名丑周裕祥告别，记下他临终遗言："不开追悼会——人都死了，何必再开个会，让人家站着听训话呢？不要收祭幛……现在多数人的工资不高，人死了何必还要敲人家的竹杠？"而此时，他想起了这位从旧社会走过来的老艺术家身着戏装，演《花子骂相》、演《芙奴传》，向台下的观众说出以上针砭时弊的道白，也让我们感到了这位昔日名重一时饮誉剧坛的"时装小生"，戏迷心中的"青春偶像"的老艺术家永远的风华……他送别一代大师、谐剧创始人王永梭，他感喟这位八十高龄的艺术家一生的坎坷与执着，感佩他高深的艺术造诣，也满含着歉意——没有能够帮助他解决应该给予的待遇和荣誉，尽管这不是作为一个离任老人的职责。他珍惜珍藏着每一个美好温馨的瞬间——在晦暗的日子里，那小屋的灯光，变得那么明亮，成为新生活的希望；那半天的"阿姨"生涯，是他在苦涩的干校劳改中的欢乐时光，翻跟头、老鹰捉小鸡、现编的喜鹊与乌鸦的童话让他和孩子们都快乐无比，甚至调侃这是对"半边天"理论的重要补充："女同志能办到的事，男同志也能做到"……他就是这样，即使在苦难中，他依然能够发现美，创造美……而在这美好之中，却又分明让你感到沉重，感到心酸，五味杂陈……他记住并写下了每一个发着光和热的人，也把这光和热带给你。和他在一起，你会忘记他是一位耄耋老人，这是一个智慧而快乐的长者，有时候就是一个老顽童，他会狡黠地和你论长道短，和你狡辩，甚至会和你斤斤计较，很认真而快乐地和你讨价还价，锱铢必较……他总是有意无意提示你，记得，欠账要还哦！

有这样一个瞬间，让我久久难忘：那一年，我终于有机会到李致老府上拜访。他执意要请我们吃饭。记得他斜背一个布挎包，步履蹒跚，远远望去，真好像一个上学路上的淘气顽童。更为奇幻的，是在我们告别之际，他说起在我身上有一种傻乎乎的孩子气，好像很不合时宜的孩子气，而说着说着，他似乎有些不服气起来，说道，我也做过少先队工作，还做得很不错噢，就在这刹那间，他忽然笔直站立，右臂高高斜过头顶，行了一个标准的而神圣的少先队队礼！在这一瞬间，我似乎呼吸停止了，我被震撼了！这一镜头永远定格在我的心里！是的，这是一个永远的少先队员，尽管在他这一生的"布礼"的追寻中，有过坎坷，有过迷茫，有过困惑，但他坚信：光明在前，他将永远吟唱着"准备好了么，时刻准备着……"

写到这里，我翻开百岁老人马识途的《致公素描》，马老是李致的老师和挚友。他们的友谊，保持有大半个世纪。就在猴年新年中，马老还约了李致老一起很时尚地、兴致勃勃地去影院看了最新出产的电影《老炮儿》，感受着最清新的新春和时代气息。马老谈起当年的李致，一脸快意。马老记得，当年的李致，头上长着两个旋，旋边儿头发直立，那是"一个活泼跳跃，手舞足蹈，颇有点孙大圣天不怕地不怕、心直口快、勇猛向前的少年"。

哈哈，今年恰为猴年。在此新春之际，谨以此文遥祝李老——大圣归来，何止于米，相期以茶！

915

八旬李致"往事随笔"
风雨人生的心灵自传

◎ 张　杰①

种种"官衔"之外，他认为
"一介书生"是对自己贴切的称谓

　　李致是巴金的侄子，巴金视李致为己出，叔侄关系亲密，心意相通。这早已被众多读者熟知。不过，李致在散文写作上的造诣，其文学思想上的深刻，却也值得更深入了解。

　　李致少年开始受"五四"新文化思想熏陶，喜爱鲁迅、巴金的作品，很早就表现出相当的文艺才华。早在学生时代，李致就已经开始在报刊上发表杂文、小说等文艺作品。后因客观原因，在文艺创作领域停笔近三十年之后，20世纪八九十年代，李致又重新拿起笔，创作出一批散文佳作。他在散文中擅长白描，文笔简练质朴，情感真诚，思想深刻，备受文艺界同行及读者的喜爱。李致因此也被称为"差点被时间湮灭的作家"。

　　李致长期在共青团系统工作，曾任共青团中央《辅导员》杂志总编辑、四川省出版局副局长兼四川人民出版社总编辑、四川省

　　① 张杰：时任《华西都市报》首席文化记者。

委宣传部副部长等职位。但李致说，种种"官"衔之外，"一介书生"对他是贴切的称谓。在2014年11月25日巴金一百一十周年诞辰纪念日前夕，李致的《四爸巴金》随笔集再版，让读者有更详细深入了解巴金的机会。与《四爸巴金》一起，李致的《铭记在心》《昔日足迹》，也由四川天地出版社以"往事随笔"系列同时出版。李致说，这套"往事随笔"是他新时期以来二十多年内业余从事散文创作成果的汇总，"往事随笔"系列写到我个人在大时代里寻求真理和光明的人生道路，写到对我人生有重大影响的人物，其中有领导人物，也有普通百姓。里面有我的情感、我的思考、我的困惑、我的期待，这套书是个人化的历史记录，也是我本人八十多年风雨人生的'心灵自传'。"

喜欢文学，从读《狂人日记》开始
痴迷话剧能背《雷雨》《日出》大段台词

李致喜欢文学，是从他在成都私立高琦中学读初中开始的。他和同学到国文老师杨邦杰老师的寝室玩，杨老师取下一本《新青年》杂志，给他们念了鲁迅的《狂人日记》，并作讲解，引发了李致对新文学的兴趣。后来，另一位老师出了一个名叫《一年容易又秋风》的作文题。从小就受到爱国抗日教育的李致，设想了一位日本妇女的丈夫参加侵略中国的战争，一到秋天她特别期望丈夫回家，为她作了反战的心理描写。老师给他这篇作文做了这样的批示："笔姿婉转，意思深刻，可造之才。"给李致很大的鼓舞。他开始读自己家中的藏书，尤其是新文学作品，"我读了鲁迅的《呐喊》和巴金的《家》等小说，特别喜欢《阿Q正传》"。直到今天，在李致的家中书房，放在最显眼位置的，仍然是鲁迅的作品，"鲁迅是伟大的思想家！他的文笔锋利、幽默，对人性的剖析和反讽，犀利深刻，我极为佩服！"

因为爱读书，让李致的作文水平有了很大进步。他的作文还被校庆校刊选中发表。之后就读华西协合高级中学，李致和同学陈先泽办壁报《破晓》，被国文老师、巴金的朋友卢剑波发现。在卢剑波的鼓励下，李致在《今日青年》发表了多篇散文。1945年，"一二·一"反内战的运动后，李致与一批志同道合的同学成立了破晓社，办铅印《破晓半月刊》，李致发表了散文和小小说。1948年到重庆以后，李致又开始在《大公报》和《新民报》发表评论和散文。

除了阅读文学作品，青年时代的李致非常热爱文艺，尤其喜欢话剧。抗日战争时期，全国许多话剧名演员，集中在重庆和成都两地，演出了许多好戏。李致特别喜欢曹禺、夏衍和陈白尘等作家创作的戏，经常买最后一排的价格最低的票，然后站在剧场前边把戏看完。李致说，他当时喜欢曹禺的戏，喜欢到了可以背诵大段台词的程度，"《雷雨》《日出》《北京人》的台词，我都能大段大段地背！"新时期，在出版界工作的李致到北京向曹禺约稿，在曹禺面前背起了《日出》里的台词，"让曹禺非常吃惊！"新中国成立后，李致还一度想要去当职业的话剧演员，但最终还是被组织安排在共青团系统工作。

笔耕二十多年　"写出一生经历是我应尽的社会责任"

1949年初，李致全力从事地下党工作，为避免暴露身份，停止写作和发表文章。之后近三十年，李致忙于工作，又在特殊年代遭受误解，就一直没再提笔写文章。提笔再写，已是20世纪党的十一届三中全会以后。李致说："回想自己几十年人生，时代几度变迁，许多难以忘怀的人和事，我曾为之喜悦或痛苦。这些人和事，也可以说是时代的某些缩影或折射，也许有一些'史料'价值；我有感情需要倾诉，也想借此回顾自己走过的道路。剖析自己的一生。鲁迅反对'忘却'，他说，记性不佳是有益于己而有害于子孙的。人们因为能忘却，所以自己能渐渐地脱离了受过的苦痛，也因为能忘却，所以往往照样地再犯前人的错误。我感到，写出一生的经历，是我应尽的社会责任。"

在过去二十多年的散文创作中，李致所涉猎的内容丰富，时间跨度长，从抗日战争、解放战争、新中国成立，一直到当下。在他的笔下，地下工作的同志，国家领导人，文艺工作者，普通劳动者等，都有各自精彩的亮相。比如在《铭记在心》中，李致记录了他生命中重要的人物，其中既包括贺龙、胡耀邦、张爱萍等党和国家高级领导人，革命家兼文学家马识途等对自己重要的影响，还包括他与曹禺、沙汀、艾芜、刘绍棠、王火等文坛名家的深入交流，此外，还有他与音乐家周巍峙（大型音乐舞蹈史诗《东方红》总导演之一，音乐家王昆的爱人）、编辑家范用等人的交往。而在普通小人物的刻画上，李致的笔也是情真意切令人动容。比如他在《胖舅舅》中回忆自己的舅舅对自己的爱，在舅舅去世后，对舅舅的怀念，语言真挚幽默。而在他家做了十多年活儿因而结下终生情感的保姆，也被李致写进《姨妈》一文中，真情流露，让人感动。

因为与巴金有着天然亲近的血缘关系，在李致的笔下，巴金自然是被表现的重头人物。与其他人写巴金的文章都不同，李致笔下的巴金，有其独特的视角：巴金对亲人的情感，对后辈的关爱，晚年的思考、困惑，对时间和亲人的留恋，以及他对自己小说代表作《家》原型人物的深刻理解，等等，都在李致的随笔集《四爸巴金》中有所呈现。《四爸巴金》全书共四十一篇，写作时间跨度近三十年，记录了李致与巴金六十多年交往细节的回忆，所涉内容贯穿巴金的青年、中年和晚年直至生命的最后一刻。

马识途是当年中共地下党川康特委副书记，又是李致所在学校的老师。提到马老，李致总是语气带着发出内心的敬意："他对我是亦师亦友。我们心灵相通。"在《铭记在心》中所收录的一篇长篇随笔《历经斧斤不老松——记马识途》中，李致就用细致真挚的

919

文笔，记述了他与马老超越半个世纪的交往细节，以及他所结识和见证的马老：从20世纪40年代"戴土耳其帽的英文教员"，成都新中国成立前夕"爱护青年的组织部部长"，20世纪70年代马老在"雷区"工作，一直到新时期"优秀的文艺工作领导人"等等。对于马老的文学成就，李致还回忆20世纪60年代，马老写长篇小说《清江壮歌》时的感人细节，以及马老敬佩巴老"说真话"精神等。

纪实手法受业界肯定：有史料价值
李致不赞成别人称自己是著名作家

李致的"往事随笔"系列，字里行间流露出对国家、民族、历史、前途的关切思考，饱含着对战友、同志、亲朋至爱的真情实感。一片赤子之心。学者王地山在论及李致作品的艺术特色时说："这种秉笔直书的写法，即是《春秋》《左传》《史记》《汉书》等历史散文的纪实手法。它既是严谨的文学作品，也具有史料和史学价值。"对于《铭记在心》，评论家廖全京说："李致一直把理解别人，尤其是理解自己的亲人，作为通往人格理想的一条重要的路径，努力想在理解别人的过程中获得内心的纯洁、光明、温暖。"诗人沈重则这样评价李致的作品："诸多篇章，总是与时代风云紧紧相扣，事情也许都是平凡的。却从平凡中折射出高尚的情操，温暖的人情，加之作者的坦诚，便更觉其可亲。"李致说："无论写人或写事，我力求真实，决不加一点虚构。我写的是第一手资料，因此有自己的特点和可能保留的价值。"2012年，李致荣获四川文艺终身成就奖，专门嘉奖李致继承巴金"说真话"的精神，"为历史留下一份珍贵的记忆"。李致的随笔文章，言辞朴实、幽默真诚、行文简练。他说："文字准确和简练。不求技巧花哨，不用华丽辞藻，正是我一直行文追求的境界。我最爱鲁迅的作品。鲁迅主张文字简练，大意是中篇不要拉成长篇，短篇不要拉成中篇。我赞同鲁迅的主张，努力这样做。"

虽然在散文创作上成就斐然，但李致很低调，不赞成别人称他为著名作家。他说："我不是为当作家而写作的。我写了几本书，是中国作家协会会员，算是个业余作家。至于著名作家，我听到这个称谓，一下就想起电视广告：一种并不为人知的商品，突然被冠以驰名商标，显然是炒作。"在四川作家中，李致跟马（识途）老、王火关系很好，来往也多。谈及二位，"马老一百岁，王火兄九十岁，著作等身，影响很大，仍坚持写作。我向他们学习。"

2014年12月13日

有担待的领导，讲真话的老师

◎ 包　川①

　　1980年罗苏夫妇入川，李致老师和我陪同他们参观杜甫草堂。参观草堂之前，我们先去参观了武侯祠。武侯祠还专门派了一个解说员陪同，那是个个子高高的年轻姑娘，可能刚刚高中毕业不久，还十分稚气。她在讲解中难免出现一些失误，我猜想大家也许没太在意。但就在行走途中，李致老师故意落在我们三人之后，悄悄对小姑娘说着什么……看见小姑娘频频点头，我猛然明白了，他是在纠正她的某些失误，又考虑到小姑娘的自尊心，给她留面子，刻意不让其他人听见，多么周到！那时他还是四川人民出版社的总编辑。

　　大约是1983年左右吧，李致老师调到省委宣传部后发生的一件事，给我留下了深刻的印象：那年，全军的部队作家来川参观访问，因宣传部长许川和李致要来和他们座谈，作协就安排我们本省一些人去参加，我也去了。我的同学李云良是海军的，海波是从四川大学出去的，熟人难得见面，所以我们就坐在一起，这样也就认识了乔良和黄其卉。听完两位部长的讲话后，大家开始提问，两位部长也一一作答，气氛十分融洽。突然，有人问道："你们四川

　　① 包川：作家。

（以侧栏竖排）李致文存·我的人生（下）

的反自由化开展得怎么样？"这是个在当时非常敏感的问题，怎么回答呀？我都替两位部长捏了把汗。不料，李致部长随即回答说："我们四川存在的问题，我看，主要还是思想解放的问题……"当时，我们坐在一起的几个人都很感慨，记得是乔良吧，他悄悄跟我说："有这么开明的宣传部长，你们四川作家真幸福！"这就是实事求是的李致部长，讲真心话的李致老师！

开明的宣传部长令我们觉得有幸福感的是1984年，我们《四川文学》准备再办一个大型纪实文学刊物《人世间》，这个刊物能够顺利地在1985年初出版发行，并首发创出六十万册的高纪录，多亏了李致部长的支持。因为，那个头条"十年动乱"还未发表，就已经引起了很多人的异议。但是，李致部长是个事业心很强的人，当过出版社总编辑的他，岂肯让好稿子从自家手中流向他处？所以他让我们把稿子送审，他亲自逐字逐句审完稿后，同意发表。他这是为了保护我们，为我们承担责任啊！果然，一经发表，在全国引起了很大反响，很受大家喜欢；但是，也有那么一些"报告文学作家"的作品，雪片般飞到省委宣传部。我完全能想象，当时李部长承受了多大的压力，弄不好，那是要丢官的……他就是这样一个有担待的事业型的官！难怪，乔良会说"有这么开明的宣传部长，你们四川作家真幸福"。

而开明的宣传部长让我直接感受到幸福的是一件小事。大概是1989年初，之光老师生病住院了，化石老师和我去医院看望。碰巧，李致部长也来了，他见到我就说："小包川，我告诉你一件事，你听了会很感动。有一天我去看沙老，他问我：包川为什么还待在编辑部不下去写东西？是因为没钱吗？要是有困难，我借钱给她，等她今后拿了版税再还我；若是还不起的话，就算了。"他的话音刚落，化石老师马上接嘴道："沙老这话哪是给包川说的，他是说给你听的，说给你听的！"李致部长一愣，恍然明白地"啊"了一声，我敢肯定没停顿三秒钟，立即表态说："好，小包川，你

923

打一个创作计划的报告，直接交到宣传部来，我来处理这件事。"
我想，他知道几年前党组就决定不再设专业作家，而作协的年轻人
都想搞创作，明白我这事党组很为难，他又用自己的肩膀，为党组
把责任承担了。不到一个月，我的创作假就获准了。

　　没错，他是官——是个勇于担待的官，却更是出版家、作家、
跟作家们心灵相通的好朋友！

2013年春

行文中矗立丰碑

——李致先生的怀人散文

◎ 张叹凤[①]

近二三十年四川散文界涌现并活跃着一批老作家，他们比较相近之处都在有着参加革命工作的资深经历，并以风云动荡、坎坷曲折的人生道路、时代见证为题材，书写真实传奇，发抒历史幽思，寄寓丰富饱满感情，字里行间洋溢着浓浓的巴蜀文化气息，行文以质朴、"事核"、生动见长，文学与史料的价值并见，国家意识突出。这批老作家中有代表性的如马识途、王火、李致等，他们的散文成果是当代四川散文乃至全国散文创作园地里不可忽略的重要收获，他们堪称老当益壮的一支文学生力军。李致先生是这其中至今笔耕不辍、颇有代表性的一位。正如评论家廖全京所感受："李致一直把理解别人，尤其是理解自己的亲人，作为通往人格理想的一条重要路径，努力想在理解别人的过程中获得内心的纯洁、光明、温暖。"[②]

李致先生的散文创作尤其以怀人记事见长，题材引人注目。

---

① 张叹凤：原名张放，四川大学中文系教授，中国现当代文学专业博士生导师。

② 李致：《铭记在心的人》，四川文艺出版社2010年版。

这不仅缘自他比较特殊的身世——他是巴金先生长兄的儿子——名义上曾经过继给巴金为子，身经亲历，见证了家族的变迁、衰落潦倒乃至时代翻腾巨变；他更有着传奇般的特殊经历，20世纪40年代中叶即发起并加入学生进步组织继而加入中共地下党组织，冒险犯难，积极活跃，迎接解放，以后多年供职共青团中央以及四川省文化出版宣传部门。李致先生的散文（先后出版散文集有《往事》《回顾》《昔日》《我的四爸巴金》《终于盼到这一天》《铭记在心的人》等）统以"往事随笔"总称形容，这里边他记写巴金先生的散文（包括他与巴老的大量通信），无疑已是研究巴金文学创作的重要参鉴读物。他另一类重要创作题材，即怀念与书写与之有交际甚至患难与共（有的还是生死相托）的时代人物，这里边有领袖，有将军，有同事，有亲属、邻居，也有不知名的所谓芸芸众生中的"熟人"。李致先生的散文特色可借用梁启超"笔端常带感情"加以形容，这尚是广义怀人记事散文所共通常见的特征，他的个性体现于何处呢？细阅其二十余万字结集《铭记在心的人》，最大的感受，一如前述，当代"蜀中四老"比较相近的风貌，如古代扬雄形容司马迁："太史迁，曰实录。"另如方土地理文化洋溢纸面的巴蜀文化气息——包括方言、人情旷达幽默等。而李致先生更能侧重地体现出如传记体散文"子长多爱，爱奇也"这一自太史公以来的生命哲学审美特征元素。这缘于他跌宕起伏、冒险犯难、追求真理的人生经历，也缘于他动乱时代身居政治文化惊涛骇浪的中心区域，行文更能体现地缘关系的人事冲突乃至更具有典型意义的喜怒悲欢。从中颇能展现叙事散文的魅力，尤其是以史为鉴的主题。即如《文心雕龙》"史传"篇所云："文非泛论""信有遗味"。这与刻意追求"精致""华丽""文艺范""风花雪月"的散文路数颇有不同，虽然我们不可偏废从而扬此抑彼，但阅读李致先生的怀人散文，你是确能感受并联想到昔年如杨振声形容朱自清散文的名论："他文如其人，风华从朴素出来，幽默从忠厚出来，腴厚从平淡出来。"①李致先生形貌敦厚，行文采取的是这路朴实厚重散文的路线，他显然更多、更直接地师承巴金散文"讲真话"和痛定思痛、用情深厚的风格，但他没有模仿，行文自然，直言其事、直抒胸臆的散文更多、更能体现时代风云气象，往往能"于细微处见精神"，文中更多出一些"苦恼人的笑"，以及悲剧意味的审思、反省乃至反讽。也许，这正是李致先生散文创作的独到之处，也是他散文整体上表现出来的现代性。

近万言长文《我所知道的胡耀邦》是《铭记在心的人》一书压卷之作。真实、细密、独家述写了"文革"中乃至"文革"前后作者与胡耀邦同志的结识过从与相处，非常生动具体地再现了胡耀邦"文革"期间在团中央受到造反派的非法冲击与迫害，及至回归领导岗位后的大公无私、锐意改革与机智风趣、潇洒担当的伟人风采。作者亲炙其謦欬，体验与观察可称细大不捐，采写笔到之处，往往非同凡响。如写到"文革"关押"牛棚"中的情节：

> 有一天早晨我先醒来，看到耀邦同志起身，轻手轻脚，十分小心。但可能他太紧张了，一不小心把铜盆摔在地上，所有的人都被惊醒。有人破口大骂："胡耀邦，你这个人就是自私自利！你每晚上吃了安眠药倒床就打呼噜。我们好不容易睡了一会儿，你起来就把大家闹醒。光这一点就该斗争你！"
>
> 耀邦同志站在那儿，既委屈又尴尬。

再如写劳动改造：

> 耀邦同志的个子比较矮，我只比他高一点儿。凡排队，我

---

① 杨振声：《朱自清先生与现代散文》，载《朱自清研究资料》，百花文艺出版社、北京师范大学出版社1981年版。

927

们总在最后面。吃饭也常在一桌。因为我过去和耀邦同志少有接触，无嫌疑可避。有一次分配我们两人一起劳动，是在机关浴室附近一间房屋的墙壁上端，打通一个缺口。我记不清站在什么地方，反正容不下两人同时劳动。工具是一把锤子，一根短钢钎。耀邦同志说："我们一人打几锤，一人劳动时，另一人就喘口气。"尽管没有谈别的事，但我们靠得很近，有一种亲切感。

……耀邦同志劳动积极，插秧一天能插六分地，能扛很重的粮食麻袋往仓库送。到几十里路以外去拉石头；耀邦同志的学习抓得紧，夏日高温，蚊子又多，晚上多数人在室外乘凉，他却在蚊帐里读《资本论》；耀邦同志与群众打成一片，一些小青年（印刷学校学生和干部子女）经常和他打打闹闹，叫他"老胡"，要他拿钱买糖请客……

在新时期散文里颇有一些干校题材的散文作品，多描写文化人、著名学者的"文革"遭遇，像直接描写革命领袖人物干校"劳改"经历的，殊为少见。而李致先生珍惜这些往事见证，往往采用白描与写意手法，不粉饰，不矫造，不回避，不虚增，同他"爹"巴金先生一样，行文间有反躬自省与忏悔，如关于自己曾迫于形势压力捏造罪名检举揭发耀邦同志的行为，深感内疚："这些胡乱上纲的大字报，既是我'思想混乱'的表现，也是我人品污点的暴露。我没有顶住当时的压力，想借此划清界限，保自己。我对不起耀邦同志，尽管多次自责、忏悔，都无济于事。"所谓"无济于事"是指作者自己的良心背负与人格严检，这种自法国大革命、俄国十二月党人等以来倡导民主自由有着鲜明现代性启蒙意义的人生态度，正是巴金散文的一个突出特征，也反映在李致先生的行文中，时或掷地有声，与巴金散文形成互文效应。事件因亲闻面睹，更有同类风格散文如或间接道听途说所不可替代的"共时性"与亲历、在场美感，从而更贴近读者。如写到"文革"后百废待兴，作者回川主持出版工作，出版了一部述写彭德怀元帅"文革"遭遇的作品发行受阻，作者找到耀邦同志申述并请求支持：

> 耀邦同志听了我的陈述，显得有些犹豫。这是因为有不同意见，他感到难处。但我知道耀邦同志的为人，便据理力争。我说："您叫我们出好书。现在好书出来了，又不许发行，而不准发行的理由又站不住脚。"
>
> 我望着耀邦同志。他终于表态了："你们可以——"同时两只手各向左右摆动。但我没有明白他的意思。"自己发嘛！"他说。
>
> 一股暖流传遍我的全身。我说不出任何感谢的话，尽管眼睛已经湿润。带着耀邦同志的意见回到成都，经过一年多的奋斗，主管部门最终准予内部发行。

司马迁《史记》中有句名言："古者富贵而名磨灭，不可胜记，唯倜傥非常之人称焉。"李致先生散文中，即多见"倜傥非常之人"，他善于在观察或亲历其事的细节中表述敬意、热爱或同情，描写丝丝入扣、神情毕肖地写出"铭记在心的人"。革命领袖、领导类还如贺龙元帅、朱德总司令、小平同志、杨尚昆同志、张爱萍将军、汪道涵同志、任白戈同志、杜心源同志、安法孝同志、李亚群同志、胡克实同志、马识途同志等；革命战友、同志、同事类，如戴云、许光、贾唯英、洪德铭等人；亲友类如父母、舅舅、姐姐、妻子等，后一类的行文堪称力作的是写及自己对父亲（在作者降生一岁多时自杀）的再认识与态度转化（从心底谅解了父亲），对自幼称作"大妈"的母亲的深情回忆纪念，都特别令人动容。再有一类即因作者职业关系，对享誉国内外的一批文学艺术家的怀念与纪实，如茅盾、曹禺、沙汀、艾芜、李健吾、叶圣陶、周企何、陈书舫、竞华、许倩云、王永梭，等等。在这些兼具文学写实与史乘价值的篇幅中，尤以写到读者此前极难得知的"秘辛"——如解放前作者从事地下工作的详细细节，堪称"独家报道"，书写起来，得心应手，更见胜长，往往是步步惊心、气贯长虹，在朴实洗练的行文追述中，饱含着诗兴与追寻真理的青春激情，那是作者的青少年时代，记忆尤深。例如写自己加入地下党的"引路人"贾姐姐（贾唯英）、以中学英语老师身份作掩护的马识途，就多有神来之笔，前者如：

> 贾唯英同志比我们大，对我和先泽十分爱护。我们从认识她那一天起，就叫她贾姐姐。未名团契只有先泽和我是中学生，在会上我们还不大发言，更不敢参与争论。但散会以后，特别是在从陕西街（燕大所在地）回华西坝的途中，我和先泽总是走在贾姐姐的身边，向她提出各种各样的问题，听她热情洋溢尖锐深刻的观点。当时没有人民南路，回华西坝得从南大街经过南门大桥。夜深人静，河水撞击着石桥，发出巨大的响声。贾姐姐的谈话在我心中引起的震动，也像大桥下的流水，有力地叩打着我的心扉。

这就颇有些巴金小说中如觉民、觉慧等人的情节意境了。这却是真实的回忆录。事实上李致先生走上追求真理与参与革命的道路，正因为受到他四爸巴金以及"五四"新文学的影响与促进。作者不写小说，但行文间的叙事，有波澜，有曲折，不免带有小说情节鲜活的感染力，来自史实，更觉警新珍奇。再如写到地下党时期认识的马识途：

> 1946年底，地下党员贾唯英（我叫他贾姐姐）告诉我，有一个叫马谦和的先生要到华西协中（简称协中）教英文。贾姐

姐说他政治上很好，要我关心和支持他。

　　我和马先生见过一面，但没交谈。马先生身材魁梧，头戴土耳其帽，身穿中式长袍。

　　……

　　1949年底，成都和平解放。在解放军进城的前一两天，我得到通知去暑袜南街开会。一到会场便见到身穿军装的地下组织领导人：王宇光、贾唯英、彭塞等同志，还有马谦和先生。王宇光介绍马先生时说："这位是老马，马识途，老马识途。我们川康特委的副书记。"会上主要布置欢迎解放军入城的工作。会后，我握着马先生的手，他说："我记得你！"地下党没有官气，称呼也随意，我与其他同志一样，长期叫他为老马。他对我直呼其名，叫我爱人为小丁。

　　诸如此类的行文，从史料学角度，有党史与地方史志的价值意义；从文学散文角度看，真人真事，跃然纸上，颇感爽直亲切。还有如写到战友、同志或牺牲于黎明曙光之前，如冤死于极左路线，作者曲尽其经过，都有不尽之情。还特别值得一提的，是有关成都、重庆等巴蜀城市地景特色、关系的精确描写，颇多耐人寻味，更生今昔之感。李致先生在记述地下党时期出生入死的人物叙事散文类中，举重若轻，往往看似不经意的笔调，却存在紧张的氛围与生死攸关的时空叙事，这类题材堪称特有张力与生命气息、吸引力的行文，与其写及"文革"中遭受屈辱磨难的时代人物事状，堪称双绝，同为力作。书名题写"铭记"，堪称名副其实，那确是以生命鲜血及至牺牲为代价所镌刻出来的心灵碑铭，字词力透纸背。梁启超评《史记》有曰："《史记》之行文，叙一人能将其面目活现；《史记》之叙事，能剖析条理，缜密而清晰。"李致先生的纪实散文写作，往往即能够达到这样的境界，至少在朝着这样的方向行进。

《铭记在心的人》文集中还写到一些大时代里的"小人物"、普通人甚或"中间人物"，作者或直书其事，或半隐其名，却一样坦诚，怀着感情、同情以及谅解，同样写得生动活泼，例如《焦某"文革"轶事》，写出不正常的年代如何造就一个智慧甚至是狡黠的人；《许光的遭遇》中写及因受威逼神经失常在旷野不停奔跑的同事，作者奉命带领他回"牛棚"，采取反向奔跑从而引诱他追赶的机灵战术。《小萍的笑容》写及自己遭遇冤屈时，邻居孩子们的不谙世事与童真可爱。《冬娃儿》写儿时的伙伴，一派天真。相对而言，叙述文艺界因职业关系有所交际、过从的一批名家，在集子里分量稍显轻微，比较泛泛，缘于应酬毕竟不同至交，关系也不等同"同甘共苦""生死与共"，如前类题材那么更能打动人、发人深省。文集中多篇怀亲念慈的题材散文，则亦为心血之作，作者这些家族记忆，交织着人世真情、骨肉情、同胞情，以及时代的悲剧与幻灭感。这类散文，对于研究作者以及巴金家族世系用作旁证资料参考，可称宏富。

　　李致先生三十多年来的散文创作，有比较鲜明的特色风貌。如前所述，除比较共通的"实录"与巴蜀文化气质外，马识途先生的散文似多一些"龙门阵"的喜剧审美效果，王火先生记叙大时代中一名资深新闻记者的奔走见闻，李致先生则重在怀人，题材的特别，文中映射着的"多爱""爱奇"的特征，以及并不刻意为之的"史诗"气息，动荡时代的悲剧意味，相提并论之间，兴许还要更胜一筹。

　　古斯塔夫·缪勒讲解但丁《神曲》不肯迎合世俗偏爱，"他是为所有人写作的，以一种'丰富而爱怜的慷慨'盛邀我们全体，但他只期待着不多几个客人的到来。"①李致先生"多爱"的怀人散

---

① 古斯塔夫·缪勒：《文学的哲学》，广西师范大学出版社2001年版，第78页。

文，即有这样寄寓他严肃人生态度与潜在诗兴的作品，同巴老生前"用心写作"一样，他行文间无疑矗立着纪念的丰碑。

2018年6月30日于四川大学南门太守居

933

笔尖纸头方寸地　赤子痴心真性情

——论李致的"往事随笔"

◎ 朱丹枫[1]

作为一种文体，散文特别自由灵动。它源于古代笔记，形式灵活，篇幅不限，内容不拘一格，既可叙古今中外奇闻野史，也可抒思古感今伤春悲秋之情，市井人情、历史经纬、哲理思辨无不囊括其中。作家的人生历程、情感立场、价值判断等，都是决定散文风格的重要因素；散文又总是与时代精神紧密联系的，是作家学识修养与时代潮流交融激荡的结晶。纵览一个时期的散文，往往可见一个时代世态人情的嬗变。如民国的周作人、梁实秋、朱自清，对社会变迁的书写，表现文化转型时代文人的矛盾心态；新中国成立后十七年，秦牧、杨朔的散文表达出人们对美好生活的期待和热切向往；新时期以来巴金的《随想录》、韦君宜的《思痛录》等，反思历史，关注知识分子的良知和职责；20世纪末余秋雨、董桥等的文化散文，表现了对传统文化的审视，为散文增添了理性的深沉；当下一些优秀的青年散文作家如李娟、刘亮程关注文学与自然的对话以及社会剧烈变化对传统生活方式的影响，赋予了当代散文新的时

---

① 朱丹枫：评论家，曾任中共四川省委宣传部副部长。

代内涵。可以说，一篇篇散文，就是一段历史多姿多彩的横切面，也是一个作家生命历程和思想情感朴素直白的履历表。

李致同志是我的老前辈老领导，我们亦师亦友，他的做人、为事和作文都让我受教匪浅。他出身于旧式大家庭，成长于"五四"新文化、新思想的时代氛围中，受鲁迅、巴金等进步文学家的影响，学生时代就已经在报刊上发表一些不满现实、渴望光明的文章。但后来因时代历史的原因，他被迫中断了创作，直到20世纪八九十年代，改革开放的洪流冲破对思想的束缚，摒弃"文艺从属于政治"的桎梏，李致同志又开始重拾创作。他长期从事青年、出版、文艺和宣传工作，担任过总编辑、党政领导、文联主席等职务，一生既有风平浪静的安逸光阴，也有几次经历暴风骤雨的危急时刻，有狂飙突进的燃情岁月，也有壮志难抒的阴郁日子。在八十多年的人生历程中，接连不断的身份转换、起伏跌宕的生活经历、优秀人文作品的大量阅读，使李致同志的文学创作获得了丰厚的思想资源的滋养。这一时期，他回顾几十年风雨，写出大量以"往事随笔"为总题的散文，收入《往事》《回顾》《昔日》《我的四爸巴金》《铭记在心的人》等几部散文集。这些作品情感丰富，内容广泛，是了解李致同志精神世界的重要窗口。特别是其中一些历史、文化、革命题材的作品，是他一生坚定理想信念，执着追求真善美，为国家民族兴盛上下求索九死不悔的心路展示，也为研究考察新中国筚路蓝缕的艰辛历程提供了大量难得的第一手资料，具有重要的文学和历史价值。

李致同志的散文纵横捭阖，时间跨度长，内容涉及面广。从时间的纵向看，抗日战争、解放战争、新中国成立、社会主义建设、改革开放等重大历史时期的种种往事历历可见；从人间百态的横向看，旧式家长、革命者、建设者、文学艺术家、底层劳动者等各色人物一一展示。读其散文，恍如徜徉于深远悠长的历史长廊之中，两边墙上画框中一个个历史瞬间从幽暗的迷雾中缓缓浮现，黑白的画面逐渐变得绚烂斑斓。其平实质朴的文字总是蕴含着浓烈的感情，爱憎分明，感慨良多，点滴日常事，映射的却是一个时代的风云变幻。如《大妈，我的母亲》记叙"我"的大妈，一位封建地主家庭妇女的一生经历，侧面展示了从旧社会到新社会人情世态的变化，歌颂了人性的纯真善良；《看戏遇兵》《七星岗》以看戏与宪兵起冲突、买书被特务监视两件事，活画出反动政府的狰狞嘴脸，表现了人民对严酷压迫的不屈抗争和对美好自由生活的热切向往；《捐寒衣》从"我"不吃午饭省下钱捐给抗日战士做棉衣、抵制日货摔坏心爱的玩具、跑警报目睹敌人暴行等事中，表现抗战时期国人对日本侵略者的切齿痛恨，释放出火热的爱国激情；《失去自由的日子》记载了"我"作为被捕学生的一员，目睹了1947年6月1日国民党反动派逮捕进步人士并关押审讯的过程，展示出国民党统治穷途末路垂死挣扎的疯狂；《蹬三轮》《我淋着雨，流着泪，离开上海》《1969年春节》《特殊的纪念日》等文描写"文革"期间"我"被责令蹬三轮和交出信件、关"牛棚"、烧信件等事，刻画"四人帮"的倒行逆施、知识分子的坎坷遭际，流露着深深的无奈和伤痛，又于苦难中始终保持对真理和公义的执着信念，读来催人泪下；《终于盼到这一天》叙说"我"听说四人帮倒台的经过，洋溢着目睹祖国上空乌云驱散的喜悦，表达了个人与国家命运休戚与共的赤诚情怀；《川剧团访欧演出日记》主要记录川剧团在欧洲各国的演出状况，不仅表现了在封闭将近二十年后，中国艺术对世界产生的日益巨大的影响，蕴含着作者对传统文化的深厚情感和推动新时期文化发展振兴的热情，更是当代川剧演出活动和影响的重要资料，对四川乃至中国当代艺术活动研究来说都有重要价值。作者把自己多年见闻娓娓道来，不事雕琢，不由得让人回想起共和国数十年风雨历程的点点滴滴，心潮起伏，思虑悠远。

李致同志总是把人的经历言行作为记述的中心，从具体的人以及围绕他们发生的事情上生发开去，这是窥见历史真相的有效途径。德国人格奥尔格·西美尔在《历史哲学问题——认识论随笔》中曾说："历史认识的理论可以定义如下：其探究的对象也是各种人物的构思、意图、愿望和感觉。换句话说，人是历史认识的主题。"而在各色人群中，知识分子作为传统意义上文化的记录者和传承者，为社会运行提供精神动力和智力支持，他们往往具有比别的群体更加敏锐的触角和更加深刻的见解，是预知风浪来临的海燕、变革急流中的弄潮儿、时代精神的风向标。换句话说，知识分子的心灵，是对他所处时代世界更精确的反映，考察他们的精神世界，则更有可能了解一个时代的底色。李致同志对知识群体生活和思想的记述，特别清晰地反映了时代风貌。他有一组记20世纪40年代成都进步青年团体未名团契、破晓社众成员的文章因此显出重要价值。众所周知，解放前党的地下工作、进步青年的活动，由于各种原因，缺乏系统完整的文字记载，白色恐怖的腥风血雨中革命火种的燃烧极其隐秘，而大多数地下党人都把光荣隐藏，在当时就不可能为外人所道，加之这一批出生入死冒险斗争并做出杰出贡献的知识分子，是在20世纪40年代抗日救亡和反对国民党独裁的学生运动中成长起来，具有独立思想和民主观念，他们不为"三十亩地一头牛"，而为着理想，为着信念，在看不见硝烟的战场上，迎来了新的天地。遗憾的是，新中国成立后不少人重新被打入"地下"了，即使他们有幸熬过"文革"的长夜，他们一生中的大好时光也已耗尽，历史留给他们的只有一声深长而无奈的叹息。他们大起大落的人生，他们曲折多变的故事，他们惊险多舛的命运，他们出人意料的结局……到现在就更渺然难知。现在很多人对这段历史的了解，主要源自带有艺术夸张色彩的影视作品，不仅是浮光掠影的印象，而且大多缺乏真实性。而比较有说服力，尤其兼具历史真实性和文学可读性的口述历史、回忆录等还是太少。理解中国共产党团结带领全国人民推翻三座大山，建立独立自主新中国，开创中国特色社会主义这一伟大历史进程，显然不能仅仅依靠面目刻板的历史教科书、学术典籍和宏大叙事的"意义"阐释层面。从私人忆旧的细碎点滴记载中挖掘时代大潮对普通人的思想冲击、命运改变，还原当时社会暗流涌动、岩浆蓄积的原生状态，从而营造出鲜活的在场感，更能引起人们的情感共鸣。比如《大姐，我叫了她半个世纪》，记录了一群普通青年在革命斗争中成长，于内战前夕如何串联起来，成立团体，参加声援反对内战集会等活动；《忆贾唯英》记叙了解放战争时期，"我"的革命引路人女地下党员贾唯英加入进步青年团体未名团契，在燕京大学、华西大学广交朋友，帮助中学生创办破晓社，引导青年学生读进步书籍、关心政治、讨论时事，并推荐"我"入党等事件。这些记载从私人生活的角度展现了进步思想与学生的满腔热血融合汇流，形成改天换地的强烈意志，进而影响国家命运的过程。其他还有《再见，三哥》《十二桥前的思念》等，记载在国民党统治下地下党员、爱国学生、进步人士的精神面貌和活动情况。大姐的成熟执着，三哥的正直忠诚，"贾姐姐"的热情坚毅，杨伯恺的长者风范……把模糊不清，千人一面的"革命者"化成了一张张富有个性的面孔，各自风采熠熠，个个亲切鲜活。可以说，小人物、大事件，小片段、大历史的独特叙事视角，赋予了李致同志作品以特殊的情感张力。

李致同志的散文具有丰沛的文学审美价值。他长于细节刻画，往往寥寥数语，人物的性格、形象就跃然纸上。如对老一辈无产阶级革命家的记述，在《我所知道的张爱萍》中写自己代表四川人民出版社请张老出诗集，张老自谦地笑道"我那个算什么诗？豆豉、萝卜丝……"在《怀念贺龙同志》中写贺龙不要别人叫自己首长，说"什么手掌、脚掌哦！"这些原汁原味的大白话，生动表现了老一辈革命家的质朴、本真、平和，读来可喜，崇敬之情油然而生。在众多记人的篇章中，李致同志对文学家、艺术家的记叙尤为眼光独到。李致同志是巴金老的侄儿，自己也从事文艺工作，因此与文化名人多有结交，熟悉他们的生平和言行，这成为他写文化人事得天独厚的优势。他始终以一颗善感的心去看待名人，对他们赋予"同情之理解"，绘制了一幅幅惟妙惟肖的文化名人剪影。李致同志写四爸巴金的文章最多，水准也最高，他用一支摇曳多姿的笔描画出巴金作为知识分子铁肩担道义的凛然严峻和作为师长甘为孺子牛对后学晚辈的关爱照拂：巴老以文学做武器与国家和民族的敌人作斗争，不屈不挠，战斗到底；甚至对自己，他都以超人的毅力严格要求，他主动退还部分稿费，他提倡讲真话，对自己的言行深刻反省，反对恢复自己的故居，不做"盗名欺世的骗子"；他鼓励青年人多读书，多思考，"在生活的急流中搏斗"，自己出钱买书送他们；他患病手抖仍坚持为读者签名并称他们是"衣食父母"；捐出大笔稿费支持文学事业。巴老的铮铮风骨、坦荡胸襟、练达人情都得到了全面表现。在这些文章中，李致同志总是自然而然地表现出对尊者的恭谨。在《要有信仰》一文中他写巴金对自己十分关爱但也不乏批评，叹息"我说过我欠了巴老很多债，将认真反思和努力清偿"。《不知如何弥补》标题就是表达自己对工作太忙以至于无暇看望巴金的愧疚，一再地说"我真不知如何弥补这些遗憾和过失"。除了巴老，著名文学家曹禺、沙汀、艾芜、马识途，川剧表演艺术家周企何、谐剧创始人王永梭、剧作家魏明伦、徐棻等也在李致同志文中惊鸿照影，留下片段写真。李致同志用朴实的文字，对这些知名人物给予深深的尊重、理解和同情，不仅记述其言行逸事，更力图刻画出一代革命家、知识分子的精神世界，他的写作因此也具有了炽烈真诚的情感内核。

说到这里，我想，任何读李致同志文章的人，都会在第一时间有一个共同的感受，那就是他字里行间洋溢的"真"：真挚、真实、真性情。巴金曾经赠李致同志四句话："读书的时候用功读书，玩耍的时候放心玩耍，说话要说真话，做人得做好人"，又说"人各有志，最要紧的是做人"。就我多年所见，李致同志在公私两方面都严格奉行做好人（绝不是当下盛行的"庸俗好人主

939

义"）、说真话的宗旨。李致同志对家人和朋友充满真挚情谊，在《姨妈》中，写自己当年因为经济原因，没有给姨妈购买卧铺车票，感到"无地自容"，又对后来姨妈去世不能再见十分遗憾伤怀；《带来光和热的人》中写自己对为供养家庭而付出艰辛劳动的三爸李尧林的孺慕之情，当得知李尧林的坟墓因破四旧被铲平时，"心像刀割似的绞痛"。情真意切，催人泪下。李致同志与朋友的感情更多是建立在志同道合的同志情谊基础上，在《再见！三哥》一文中革命战友三哥仙逝后，他不是一味悲痛，而是放言"我们的信仰不会变，到时在马克思那里再见！"显出共产党人的豁达豪情。也许读者很奇怪，为什么我言必称"李致同志"，这在《找回名字》中，可以知道答案。受贺龙、胡耀邦等革命前辈的影响，李致同志对别人称呼自己官衔很不适，明确要求无论职务高低，党内一律称同志。这本是党内一贯的传统，但现在往往被各种"首长"、老板等奇怪称谓取代，导致领导称呼符号化、庸俗化，我想，这是李致同志等前辈革命者所不愿见的。李致的真，更体现在他对自己过失、错误的严厉自省上。他最耿耿于怀的一件事就是在"文革"中贴了时任共青团第一书记胡耀邦一张大字报。在那个疯狂的年代，这种事显得如此平常，以至于同样干过这事的很多人后来再也回想不起来，而李致却为此不安了数十年。在《大姐，我叫了她半个世纪》中，他说，自己过去一段很长的时间，满足于顶住压力没有乱揭发，敢于实事求是写材料，但后来知道破晓社结识的大哥余文正还能做到不怕划不清界限，帮助受难友人大姐贺惠君的家属，这让他感到非常惭愧，说"大哥是巨人，我是矮子。大姐，我相信你能原谅我，但我必须责备自己"。一般人往往宽以待己，而李致同志反其道而行之，对自己十分严苛，对自己作毫不留情的剖析，其为人之真诚、胸怀之磊落，展示出老一辈革命家令人敬仰的高风亮节。经历了战争与和平、理想与现实、崇高与卑微、真诚与虚假、正义与邪恶……凡此种种的世态炎凉和人事沧桑，更见出讲真话、吐真情的不易。也或许正是有了这些的经历，李致对信守巴老所言的"真"有了更刻骨铭心的自觉。正是在这一点上，他和巴老之间建起立了灵魂与灵魂之间沟通的桥梁。对个人荣辱得失举重若轻，对历史事件秉笔直书，对真理、真实孜孜以求，对真情、真感自由抒发，不怕"丢脸"，不惮大胆暴露自己、解剖自己，这不正是巴金老《随想录》所追求的人格和精神境界吗？

历史是由过去、现在和未来混合而成的长河，过去投射于现在，现在影响着未来，记忆因此就成了超越时空的现世存在。在这个意义上，对历史旧事故人的追忆，并非一种单纯的怀旧式感伤，回溯历史也不仅仅是了解已经发生的事件本身，更重要的是品味和体验其他人、其他时代、其他地域的思想、理念、情感，并将之与自己当下的遭际融合，获得精神资源和思想养料。如抗战时期，文学艺术家创作了大量的历史小说、戏剧和电影，田汉写《岳飞》，郭沫若写《屈原》《南冠草》等，就是用历史英雄人物的斗争精神鼓舞人民的抗日意志。当前，中国社会思想空前活跃，保守的、激进的、进步的、落后的……各种思想激烈碰撞，传统与现代、东方与西方、乡村与城市……各种文化理念和生活方式交织融合，既有的仪礼伦常被打乱、重组、拼贴，一元化的指导思想面对各方的冲击和解构，不少人陷入信仰缺失、价值观混乱、思想空虚的精神危机中。面对这纷繁复杂的情势，如何正确认识特定历史时期出现的特有现象，李致同志笔下那些革命者对党和人民的事业"咬定青山不放松"的坚定信仰和执着情怀，李致同志面对人生起落那所具有的淡定、平和，也许能为某些干涸的心灵提供滋养。

人生如书，人格致远。李致同志对理想信念、历史功过、人事是非、毁誉成败坦然直书，对别人不吝理解同情，对自己不惮苛刻剖析，在他身上，兼具了传统知识分子的担当情怀和优秀共产党员无私无畏的革命精神。他的书写从叙事中见真情，在平常中蕴伟力，于细微中传递正能量，不求技巧花哨，难见华丽辞藻，却具有直抵读者内心深处的强大穿透力。他的散文，是文学作品，也是个人化的历史记录，在四川乃至中国文学史上都有其独特的价值和意义。

2013年12月7日

·后记·

2017年春节刚过，四川人民出版社社长黄立新来到我家，希望出版我的文集。

我既感激，又惶恐。为什么惶恐？因为这几年，四川出版了李劼人、沙汀、艾芜、马识途和王火等著名作家的文集，不敢与他们"为伍"。为了有所区别，我想：如果要出，就叫"文存"吧。

有必要出"文存"吗？我征求了多位文友的意见。他们认为，我年近九十，写的一百多万字的往事随笔，无论是欢乐还是坎坷，都具有时代的某些折射或缩影。何况我与巴金老人之间特殊的亲情和相互的理解，以及改革开放之初于四川出版、振兴川剧的亲力亲为，都值得保存。我被说服，便有了《李致文存》。

四川人民出版社的编审谢雪，作为"文存"责任编辑之一，做了大量统筹工作。我们共同商定了"文存"的卷次、编排的体例和收编的原则。拟定"文存"共五卷六册：第一卷《我与巴金》，第二卷《我的人生》（上、下册），第三卷《我与出版》，第四卷《我与川剧》，第五卷《我的书信》，将我前后公开出版和编印的十种单行本，加上早年一些没有成集的、这四年新写的，一并收入。

早期写的文章，这次辑集时稍有补充，或加了附记；有的文章因发表时的侧重不同，辑集后某些细节有重复；还有极少数几篇文章，为适应不同的主题，也为方便分卷阅读，故重复收入，如巴金的《偏爱川剧》一文，在《我与巴金》和《我与川剧》两卷中都能找到。特此说明。

感谢四川人民出版社！

本书如有差误，恭请指正。

2018年12月9日